EDGAR WALLACE

Der Fälscher

Der Feuerrote Kreis

NEUES LEBEN

EDGAR WALLACE

Der Fälscher

Der Feuerrote Kreis

2 Romane

Verlag Neues Leben Berlin

Titel der englischen Originale:
The Forger — Ins Deutsche übertragen von Peter Meier
The Crimson Circle — Ins Deutsche übertragen von Edith Boldt

ISBN 3-355-00399-9

Lizenz Nr. 303 (305/68/87)
LSV 7324
Schutzumschlag und Einband: Michael Anker
Typografie: Walter Leipold
Schrift: 9 p Bodoni
Bestell-Nr. 644 259 2
Gesamtherstellung: Karl-Marx-Werk Pößneck V15/30
01180

Der Fälscher

Kapitel 1

Das große Sprechzimmer in der Harley Street 903 unterschied sich genauso von seinesgleichen, wie Mr. Cheyne Wells sich von anderen Ärzten unterschied.

Es war ein Mittelding zwischen einem Salon und der Art von Bibliothek, die ein Liebhaber guter Bücher Stück für Stück zusammenträgt, je nachdem wie sich Gelegenheit dazu ergibt. Die alten, wenn auch noch nicht abgenutzten Möbel, das tiefe Ledersofa, das vor das rot leuchtende Kaminfeuer gestellt war — das alles verbreitete Behaglichkeit. Zwei Wände waren von Regalen verdeckt, auf denen Bücher in unterschiedlichen Einbänden und Formaten standen; Bücher lagen auf dem Tisch, eine unachtsame Hand hatte eine Zeitung auf den Fußboden fallen lassen, aber es gab nichts von den üblichen medizinischen Gerätschaften — nicht einmal ein Mikroskop oder ein Reagenzglas.

In der Ecke des Zimmers neben dem Fenster, durch das gelbes Sonnenlicht hereinströmte, befand sich eine polierte Tür; sie führte in ein weiß gekacheltes Badezimmer ohne Wanne, dafür aber mit vielen Glasregalen und einem Tisch mit Glasplatte. Hier könnte man die Fülle der medizinischen Gerätschaften finden, und die Nase wurde durch stechende Antiseptika beleidigt. Es gab dort sorgfältig verschlossene Schränkchen mit Reihen über Reihen von Flaschen und Metallschränke mit Glastüren, hinter denen Petrischalen mit verschiedenen Kulturen standen. Obwohl Peter Clifton die Praxis seit Jahren regelmäßig besuchte, hatte er nie gesehen, daß die Tür zu diesem Raum offenstand.

Er saß jetzt auf der Armlehne eines der großen Sessel, seinen feinen Kopf herumgedreht, so daß er auf die Straße hinaussehen konnte, obwohl er sich weder für den großen Wagen interessierte, der am Bordstein stand, noch für die oberen Etagen des Hauses auf der anderen Straßenseite, die in seinem Gesichtsfeld lagen. Er war ein sensibler Mensch und hatte Angst davor, seine Gefühle zur Schau zu stellen; gerade in solchen Augenblicken hatte er es nicht gern, wenn irgend jemand sein Gesicht sah — selbst Cheyne Wells nicht. Auf einmal schnellte sein Kopf zurück, und sein Blick begegnete den dunklen Augen des Mannes, der breitbeinig vor dem Kamin stand, die Zigarette lässig im Mundwinkel.

Mr. Wells war ziemlich dünn und erweckte dadurch den Anschein körperlicher Größe, obwohl sein Längenmaß dem gar nicht entsprach. Sein dunkles, ja finsteres Gesicht mit dem gepflegten schwarzen

Schnurrbart wirkte im Zustand der Ruhe fast unheimlich; doch wenn er lächelte, nahm sein Gesicht einen ganz anderen Charakter an, und jetzt lächelte er.

Peter seufzte tief und streckte seinen sechs Fuß langen, anscheinend nur aus Knochen und Muskeln bestehenden Körper.

„Es war eine glückliche Stunde, als ich glaubte, Sie wären Zahnarzt!" sagte er.

Eine nervöse Spannung lag in seinem Lachen, die Mr. Donald Cheyne Wells nicht entging.

„Mein lieber junger Freund", er schüttelte den Kopf, „der Nutzen lag auf beiden Seiten. Ich habe dadurch den großzügigsten Patienten bekommen, den ich je hatte. Gesegnet sei die Telefonbehörde, die Harley Street 903 zum Wohnsitz eines Herrn machte, der eine Woche vorher wegging, bevor ich einzog."

Abermals lachte der andere.

„Dabei haben Sie sogar den alten Backenzahn geheilt!"

Das Lächeln verschwand aus dem Gesicht des Arztes.

„Ich habe nichts geheilt – außer Ihren bösen Ahnungen. Die Kapazität, in die Sie Ihren Glauben wirklich setzen müssen, ist Sir William Clewers. Ich hätte nicht gewagt, mich so festzulegen wie er; selbst heute muß ich Ihnen sagen, daß zwar die große Gefahr ausgeräumt ist, daß bei Ihnen aber immer noch jene Anfälle auftreten können, von denen ich sprach. Ich hielt es nicht für wichtig genug, diese Möglichkeit mit Sir William zu diskutieren; aber Sie können noch eine Konsultation haben, wenn Sie möchten?"

Peter schüttelte nachdrücklich den Kopf.

„Künftig werde ich weite Umwege machen, um die Harley Street zu meiden", sagte er und fügte dann schnell hinzu: „Das wäre natürlich ziemlich undankbar ..."

Doch der Arzt tat sein Argument mit einer Handbewegung ab.

„Sie wären dumm, würden Sie es nicht tun", sagte er, und dann, das Thema abrupt wechselnd: „Wann findet die wichtige Zeremonie statt?"

Er sah, daß sich einen Augenblick die breite Stirn seines Patienten in Falten legte. Das war ein überraschender Ausdruck auf dem Gesicht eines sehr reichen und sehr gut aussehenden jungen Mannes, der im Begriff war, das schönste Mädchen zu heiraten, das Cheyne Wells in seinem ganzen Leben je gesehen hatte. Und doch war der Arzt nicht völlig überrascht.

„Hm – um halb elf. Sie kommen doch, nicht wahr? Der Empfang wird im Ritz sein, und dann fahren wir gleich nach Longford Manor. Ich hätte gedacht, Jane würde das europäische Festland vorziehen – aber sie scheint auf Longford ziemlich versessen zu sein."

Ein Weilchen hörte man kein Geräusch außer dem leisen Ticken der Schweizer Uhr auf dem Kaminsims.

Dann fragte Wells: „Und was bedeuten die Falten auf Ihrer Stirn?", wobei er seinem Patienten gespannt ins Gesicht sah.

Peter hob die Arme mit einer Geste, die seine Unsicherheit offenbarte.

„Bei Gott, ich weiß es nicht — wirklich nicht. Nur . . ., es war solch eine merkwürdige Freierszeit . . ., während diese Sache über mir hing. Und manchmal ist Jane ziemlich — wie soll ich sagen? —, ‚kalt' wäre nicht das richtige Wort — ‚gleichgültig' auch nicht. ‚Unnahbar' — das wäre der richtige Ausdruck. Man kann ihr nicht ins Herz sehen. Sie wird einem fremd, und das erschreckt mich. Die ganze Sache fing mit dem falschen Ton an — wir haben nicht miteinander Schritt gehalten. Ich fürchte, ich werde die Bilder weiter durcheinanderbringen, bis ich ein bißchen klarer sehe."

Cheyne Wells' Lippen zuckten lächelnd.

„Ich habe Sie miteinander bekannt gemacht — das war der erste falsche Ton!" sagte er. „Und . . ."

„Seien Sie nicht albern — das war das Richtigste, was Sie je getan haben. Donald, ich bete Jane an! Es gibt nichts auf der Welt, was ich nicht für sie tun würde. Sie erschreckt mich, weil ich das empfinde und weiß, daß sie es nicht tut. Und es gibt auch keinen Grund, warum sie es tun müßte — das ist mein einziger Trost. Ich bin sozusagen in dieses stille Haus hineingeplatzt und habe mich selbst zur höllischen Plage gemacht. Ich habe sie in eine Verlobung geradezu hineingetrieben, die gar keine echte Verlobung war . . ."

Er biß die Zähne zusammen; wieder dieses angespannte, gequälte Aussehen.

„Donald, ich habe sie gekauft", sagte er ruhig, und diesmal lachte der Arzt laut.

„Ihre Phantasie geht mit Ihnen durch, mein Freund. Wie könnten Sie sie kaufen? Unsinn!"

Doch Peter schüttelte den Kopf.

„Natürlich habe ich nicht gesagt: ‚Ich will Ihre Tochter — ich gebe Ihnen hunderttausend Pfund dafür.' Ich wäre rausgeschmissen worden, hätte ich das getan. Doch als ich wie ein umhertapsender ungeschickter Hornochse Leith in seinem Arbeitszimmer in die Enge trieb und ihm gegenüber damit herausplatzte, daß ich diese Summe im Fall meiner Heirat auf den Tisch legen würde . . ., ich hatte Jane erst zweimal gesehen! Ich hatte einen Gedanken, der den Widerstand zerbrach . . . Ich bin mir nicht sicher . . . Ich fühle mich ziemlich mies deswegen. Können Sie sich denken, daß ich Jane noch nie geküßt habe?"

„Dann würde ich heute damit anfangen", antwortete der andere trocken. „Ein Mädchen, das übermorgen heiraten wird, erwartet eine gewisse Liebesbezeigung."

Peter fuhr sich mit den Fingern durch sein ungekämmtes Haar.

„Das ist irrig, nicht wahr?“ fragte er. „Es ist mein Fehler, natürlich ... Einmal erfaßte mich panischer Schrecken — ich wollte wissen, ob sie etwas über mich gehört hatte. Sie verstehen, was ich meine. Oder ob es irgendeine Vereinbarung gab, die ich umgeworfen hätte — Hale zum Beispiel.“

„Warum sollte sie ...“

An die Tür des Sprechzimmers wurde leise geklopft.

„Das ist meine Frau“, sagte Wells. „Ist es Ihnen recht, wenn sie hereinkommt, oder möchten Sie weitersprechen?“

„Ich habe genug geredet“, antwortete Peter wehmütig.

„Man erzählte mir, Sie seien hier“, sagte sie und ließ ihre Zähne einen Augenblick aufblitzen. „Heil dem Bräutigam! Übrigens sah ich heute morgen die Braut, wie üblich strahlend aussehend — nur mit dem falschen Mann!“

Ob sie den schnellen Seitenblick bemerkt hatte, den ihr Mann in ihre Richtung abschoß, ließ sie nicht erkennen. Immer durchzog ein Faden Bosheit Marjories Kommentare, doch dies war wahrhaftig schon ein ganzes Tau.

Er nahm die Herausforderung an.

„Der falsche Mann — doch nicht zufällig Basil Hale?“

Er sah, wie Peter seine grauen, fragenden Augen in Marjories Richtung wandte. Er zuckte recht schnell zusammen, dieser junge Mann, der einst der stellvertretende Sheriff von Gwelo gewesen war und der L'chwe, den Rebellenhäuptling, kurzerhand gehängt hatte.

„Es war Basil, natürlich — der arme alte Basil. Ich bin sicher, er fühlt sich miserabel ...“

„Warum denn?“

Wenn Cheyne Wells mit einer Stimme sprach, in der ein hartes metallisches Klingeln mitschwang, dann wurde seine Frau sanft und zerknirscht.

„Ich bin eine boshafte Klatschtante, nicht wahr? Das tut mir wirklich leid, Peter.“

Er nahm seinen Hut und lächelte wie über einen geheimen Scherz.

„Ja, wirklich“, sagte er grimmig. „Sie versetzen meinem Herzen mehr Stöße, als es irgendeine andere Frau sonst könnte. Kommen Sie morgen abend und essen Sie mit uns, Wells.“

Der Arzt nickte.

„Es muß ein Junggesellenessen werden“, sagte er bedeutungsvoll. „Ich kann doch nicht zulassen, daß Sie am Abend vor Ihrer Hochzeit trübsinnig gemacht werden.“

Er begleitete Peter zur Tür und blieb auf der obersten Stufe stehen, bis der Rolls Royce in der Wigmore Street verschwunden war. Dann kam er ins Sprechzimmer zuruck.

„Was ist mit Peter wirklich los? Er sieht doch ganz gesund aus!“

Sie stellte die Frage ganz beiläufig, als wäre ihr die Häufigkeit von Peters Besuchen erst jetzt zum Bewußtsein gekommen.

„Ich habe dir schon ein halbes dutzendmal gesagt, Marjorie, daß ich über meine Patienten nicht rede, nicht einmal im Schlaf. – Und, Marjorie", fügte er hinzu, als sie sich mit gereiztem Schulterzucken zur Tür wandte, „mach kein Theater wegen Peter, verstehst du . . . Ja, was ist?"

Ein Dienstmädchen stand in der offenen Tür. Ein kleiner, geschlossener Umschlag lag auf dem Silbertablett, das sie vor sich her trug. Obwohl keine Adresse darauf stand, öffnete er ihn, nahm eine Karte heraus und las sie aufmerksam.

„In Ordnung, führen sie Mr. Rouper bitte herein. Und du kannst gehen." Das galt seiner Frau. „Ich spreche später noch mit dir über Peter – und über andere Dinge."

Sie hatte das Zimmer schon verlassen, bevor er zu Ende war.

Der Mann, der hereingeleitet wurde, war groß und breitschultrig; das Haar, das er noch hatte, war grau, aber er hielt sich wie ein Soldat. Cheyne Wells schloß die Tür und wies den Besucher zu einem Stuhl.

„Setzen Sie sich, Inspektor!"

Inspektor Moses Rouper legte seinen steifen Hut sorgfältig auf den Tisch, streifte seine braunen Lederhandschuhe ab und tastete suchend in der Innentasche seines Mantels herum. Als er eine dicke, lederne Brieftasche zum Vorschein gebracht hatte, setzte er sich.

„Tut mir leid, Ihre Zeit in Anspruch zu nehmen, Doktor", begann er. „Ich weiß, Sie sind sehr beschäftigt, aber ich mußte zu Ihnen kommen."

Mr. Wells wartete gespannt, aber auch verwundert.

„Bitte sehr." Der Inspektor fischte ein gefaltetes weißes Stück Papier heraus und breitete es auf dem Tisch aus. „Eine Fünfzigpfundnote. Wir wären sonst nicht in der Lage gewesen, ihrer Spur nachzugehen, nur ist Ihr Name auf die Rückseite gestempelt." Er setzte sich den Kneifer auf und las: „Dr. Cheyne Wells, MRCS – 903 Harley Street."

Er gab die Banknote dem Arzt, der sie umdrehte und sich den verblichenen violetten Stempelabdruck ansah.

„Ja", antwortete dieser, „das ist mein Stempel. Ich benutze ihn für die verschiedensten Zwecke, kann mich aber nicht erinnern, diese Banknote gestempelt zu haben."

„Erinnern Sie sich daran, daß Sie sie weitergegeben haben – oder woher Sie sie bekamen?"

Cheyne Wells dachte nach.

„Ja . . ., Fünfziger sind eine ungewöhnliche Größe. Ich hatte sie von einem Patienten, Mr. Peter Clifton, bekommen. Ich gab sie auf der Rennbahn Kempton Park aus – ich wette gelegentlich, und ich habe eine Abneigung gegen die Bankkonten der Buchmacher."

Der Kriminalbeamte lächelte jovial.

„Und Sie verloren sie?"

Lachend schüttelte Mr. Wells den Kopf.

„Tatsache ist, daß ich gewonnen habe — mehrere Hunderter."

Rouper notierte sich hastig etwas auf der Rückseite eines Briefumschlags.

„Mr. Peter Clifton. Ich glaube, ich kenne den Herrn", sagte er. „Er hat eine Wohnung in Carlton House Terrace."

„Doch wo liegt das Geheimnis?" fragte Wells und fügte gutgelaunt hinzu: „Sie vermuten doch nicht, daß er sie gestohlen hat?"

Der Inspektor sprach erst, als er mit Schreiben fertig war.

„Nein, mein Herr. Aber diese Banknote ist eine Fälschung. Die übelste Arbeit des Cleveren! Das Papier hat ihn verraten."

Es war nicht nötig, sich eingehender nach dem Cleveren zu erkundigen. Fünf Jahre lang hatte sein eigenmächtiges Eindringen in die Finanzwelt die Bankiers erregt. Er war schon so lange aktiv, daß sich niemand mehr daran erinnerte, wer ihm diesen Namen beigelegt hatte. (Das hatte übrigens ein Polizeibeamter getan, als er in der Sache gegen einen Agenten des Cleveren aussagte.)

„Er hat sich bisher noch nie mit englischen Banknoten befaßt", legte Rouper dar. „Er begann mit der Bank of Africa, dann ging er auf die Schweizer Bundesbank über, danach machte er seinen Schnitt mit amerikanischen Hundertdollarnoten, dann wandte er sich der Bank Frankreichs zu. Wir glaubten, er würde sich wieder mit den Vereinigten Staaten einlassen, dann entdeckten wir jedoch eine gefälschte Banknote in Paris, und es war ein ziemlicher Schreck, daß er so unpatriotisch geworden ist!"

Er lachte asthmatisch und hüstelte.

„Sie haben kein Geld verloren", versicherte er dem erschreckten Arzt. „Die Bank hat die Note eingelöst, und jetzt suche ich den Mann, der sie gefälscht hat!"

Wells öffnete einen kleinen Wandtresor und nahm ein Buch heraus.

„Ich möchte ganz sichergehen", sagte er und blätterte die Seiten schnell um. Nach einer Weile hielt er inne. „Hier steht es — ‚Mr. Peter Clifton, 52 Pfund 10 Shilling, bar.' Er zahlte nie mit Scheck."

„Nummer?"

Mr. Wells schüttelte den Kopf.

„Nein, die Nummer habe ich nicht notiert. Das mache ich nie. Es wäre ziemlich viel Arbeit. Die meisten Leute, die zu mir kommen, zahlen bar."

Der Kriminalbeamte überflog die Seite.

„Das Datum würde ungefähr stimmen", bestätigte er, ein kleines braunes Buch aus der Tasche ziehend und mit dem Daumen an dessen Blättern entlangfahrend. „Ja, Kempton war an demselben Tag. Ich danke Ihnen, Doktor."

Auch ihn begleitete Cheyne Wells bis zur Tür. Als er zurückkam, lagen nachdenkliche Falten auf seiner Stirn. Es war nicht die Fälschung, die ihn beunruhigte. Wenn es etwas gab, was sicherer war als alles andere, dann war es die Tatsache, daß er nicht seinen Namen auf die Rückseite der Banknote gestempelt hatte. Doch wer hatte das gemacht? Und wozu?

Kapitel 2

„Hast du Peter heute gesehen?"

John Leith blickte von seiner Abendzeitung auf, mit der Frage einem zufälligen Gedanken folgend.

„Nein, Daddy."

Mr. Leith vertiefte sich wieder in das Studium der Tagesnachrichten. Er war ein kräftiger Mann mit einem langen Bart, der einst goldfarben gewesen, jetzt aber völlig ergraut war.

Die Wände des hohen Raums, in dem sie saßen, hätten dessen Verwendungszweck auch dann bezeugt, wenn ihn die großen Fenster nicht als Atelier ausgewiesen hätten. Jeder Zoll Platz an der Wand war bedeckt mit Leith' Landschaftsbildern, seinen Studien, seinen Kopien der Werke großer Meister. Er pflegte wehleidig darauf hinzuweisen, daß ihn nur sein Wohlstand daran gehindert habe, ein anerkannter Künstler zu werden. Nach einer Weile ließ er seine Zeitung sinken und kam auf sein Lieblingsthema.

„Ohne eine Spur Armut ist der Mensch nur ein Müßiggänger nach seinem Geschmack. Nur ein Mensch, der malen muß, was die Leute wollen, wird sich zur Größe hinaufarbeiten. Die besten Werke aller Meister waren Auftragsarbeiten – Murillo, Leonardo, Bellini, Michelangelo – alle waren sie Kirchenknechte! Grenze, der wie ein Teufel malen mußte, damit er genug Geld für seinen extravaganten Ehedrachen hatte; Morland und seine Wirtshausschilder; Gainsborough mit seinen Herzoginnen – wenn es sich ein Künstler leisten kann, sich seine Sujets auszusuchen, ist er erledigt!"

Aber sie war nicht an Künstlern interessiert. Mit übergeschlagenen Beinen lehnte sie sich über das wulstige Ende des Sofas zurück, ihre ernsten Augen auf das einzige Wesen in der Welt gerichtet, das sie ohne jeden Vorbehalt liebte.

„Es geht uns mächtig gut, nicht wahr, Daddy?"

Er schürzte seine bärtigen Lippen.

„Erträglich, mein Liebes ..."

„Warum *muß* ich dann Peter heiraten? Ich weiß, daß er schrecklich reich ist – und ich glaube wirklich, daß ich ihn mag, obgleich auf seinem Gesicht manchmal ein Ausdruck liegt, der mich ängstigt; und ich glaube wirklich, ich würde ihn noch mehr mögen, wenn . . ., nun, geschähe das nicht alles mit solch einer fürchterlichen Eile."

Er griff gemächlich hinüber und nahm ihre Hand.

„Mein Liebes, ich wünsche es so. Ich möchte dich versorgt sehen."

Sie sah ihn erschrocken an.

„Du bist doch nicht krank, Daddy?"

Sein lautes Lachen war eine beruhigende Antwort.

„Nein, ich bin nicht krank", sagte er gutgelaunt. „Ich enthalte dir nichts vor. Ich will dich nur verheiratet sehen. Er ist ein guter Kerl und, wie du gesagt hast, enorm reich."

„Woher hat er das Geld?" Sie hatte die Frage schon vorher gestellt. „Er spricht nie von seinen Verhältnissen, aber er kann nicht ein riesiges Vermögen geerbt haben, ohne daß es jeder wüßte. Basil sagt . . ."

„Basil sagt vieles, was er nicht sagen sollte." Mr. Leith sprach in ruhigem Ton, aber sie begriff, daß Basil im Augenblick unbeliebt war. „Du hast von Peter nichts gehört, nein?"

„Doch – ich habe von ihm gehört. Er hat angerufen. Ein Polizeibeamter ist zu ihm gekommen wegen einer Fünfzigpfundnote, die gefälscht war. Donald Wells' Name war draufgestempelt. Peter war sehr erregt. Du weißt, wie seine Stimme dann wird, ganz komisch und so hoch."

„Eine gefälschte Fünfzigpfundnote – hier steht etwas von dem Kerl, den sie den Cleveren nennen." Mr. Leith war zu seiner Zeitung zurückgekehrt. Er las laut und folgte gleichzeitig seinen eigenen Gedanken. „Gauner! Sie werden ihn erwischen . . .! Nun ja, wieder zu Peter. Ist ein kluger Bursche, dieser Peter. Er ist ja auch mit Geld geradezu geplagt; er könnte so groß wie Zohn sein. Tatsächlich, Peters Kupferstiche sind wunderbar. Erinnerst du dich jener Prachtstücke, die er für dich gemacht hat . . ."

„Und die du dann verloren hast", fügte sie vorwurfsvoll hinzu, und er brummte in der Art eines älteren Herrn über sein schlechter werdendes Gedächtnis.

„Ich kann mir nicht erklären, wo, zum Teufel, ich sie gelassen habe. Ich fuhr irgendwohin und steckte sie in meine Tasche, und dann habe ich sie im Zug liegenlassen, möchte ich schwören."

Sie ließ ihn gewähren; ihr ganzes Interesse war nur auf sich selbst gerichtet.

„Da wir gerade von Dingen sprechen, die man verliert", sagte sie und nickte ihm zu, „Daddy, ist dir überhaupt klar, daß ich in achtundvierzig Stunden verheiratet sein werde! Und ich möchte das überhaupt nicht – ist das nicht schrecklich?"

Der bärtige Mann legte seine Zeitung aus der Hand, lehnte sich weit über, schnippte ein Zigarrenkästchen auf und griff sich die erste Zigarre, die ihm in die Hand kam. Er biß das Ende ab und zündete sie im gleichen Moment auch schon an.

„Es gibt neunundsiebzig grundlegende Illusionen der Jugend.“ Er zog energisch an seiner Zigarre. „Vielleicht sogar noch zwei oder drei mehr. Eine besondere Illusion ist zum Beispiel die, daß alle zukünftigen Bräute wahnsinnig glücklich sind und ungeduldig darauf warten, daß die letzten achtundvierzig Stunden vergehen. Daß alle Bräute der Zukunft zuversichtlich entgegensehen, daß keine der Bräute – oder höchstens ein paar unglückliche Ausnahmen – ernsthafte Befürchtungen hinsichtlich der Zukunft hat.“

Er sah sie über seine Brillengläser hinweg an.

„Sie tun das, mein Liebes – die netten alle. Die jungen Leute, die sich gegenseitig mit gleicher Heftigkeit lieben, sie sind die Ausnahmen.“

„Wirklich, dann ist meine Einstellung entsetzlich normal?“ Sie nickte, diese Möglichkeit bekräftigend. „Nun ja, es ..., es ist nicht angenehm. Ich habe das Gefühl, ich müßte irgend etwas sagen, meine Gefühle und Hemmungen geordnet aufschreiben, sie von einem Notar beglaubigen lassen. Mit anderen Worten: Ich möchte gegenüber Peter fair sein, und das bin ich zur Zeit nicht.“

Sie sah sich um, als der Türgriff betätigt wurde, und rutschte in eine würdigere Stellung hinunter. Mr. Leith hob den Kopf und starrte den Besucher an.

„Ich möchte mit Ihnen sprechen, Basil“, sagte er.

„Hört sich ja an, als sollte ich zusammengestaucht werden; was habe ich angestellt?“

Es gab Zeiten, da war Jane überzeugt, daß sie Basil nicht leiden konnte; doch das ist eben die Widersprüchlichkeit der Frauen; es waren gerade die Gelegenheiten, bei denen sich Basil besondere Mühe gab, sie zufriedenzustellen.

Er hatte ein rundes, frisches Gesicht; sein Haar war rotblond, und er lächelte ständig. Es hatte in ihrer Bekanntschaft eine Zeit gegeben, in der seine Dreistigkeit für Jane Leith zu einer Quelle der Gereiztheit geworden war, einer Gereiztheit, in der eine Spur Unbehagen lag. Instinktiv wußte sie, daß es für seine Verwegenheit keine Grenzen gab, daß er von dem Zuschnitt des Räubers war, der sich nimmt, was er braucht, der niemanden um Erlaubnis bittet und niemandes Groll fürchtet. Er entsprach ihrer Vorstellung von einem Schwerenöter sowenig, wie das ein Mann nur konnte. Ansehnlich war er nicht; er neigte zur Rundlichkeit; aber seine Vitalität war unermeßlich. Er lockte aus jedem Mann und jeder Frau, die sich davon bezaubern ließen, etwas heraus und ließ sie dann träge und erschöpft zurück.

Er stand jetzt an der Tür, ein vergnügtes Grinsen auf dem glühenden Gesicht, in keiner Weise durch den unheildrohenden Ton in der Stimme ihres Vaters oder die Ablehnung in ihrem Blick verwirrt. Von seinem glänzenden Gesicht bis zu den blanken Schuhen strahlte alles an ihm. Die Onyxknöpfe seiner weißen Weste trugen glitzernde Diamantpunkte;

sein Hemd zierten zwei funkelnde Streifen; selbst die Gardenie in seinem Knopfloch wirkte mehr als exotisch.

„Was ist los, warum so frostig? Ich will zum Künstlerball gehen. Was hältst du davon, Jane?“

„Jane geht zu keinem Ball, weder bei Künstlern noch sonstwo. Ich möchte mit Ihnen reden, Basil.“

Leith stand aus seinem Sessel auf und nickte in Richtung auf sein Arbeitszimmer, das vom Atelier abging.

„Mein Gott! Sie wollen mich doch nicht etwa herunterputzen?“ Basil entrang sich ein kleines, glucksendes Kichern. „Bring ihn zur Ruhe, Jane! Ich ertrage alles, wenn du zum Ball mitkommst. Beeile dich und steig in irgend etwas rein, was einfach und teuer aussieht. Jane, du siehst heute göttlich aus – wirklich, du lieber Himmel! Es ist eine Entweihung, dieses langweilige Tugenddenkmal zu heiraten ...“

„Hale!“

Wenn Mr. Leith ihn mit dem Familiennamen anredete, machte Basil selten Einwände.

Als sich die Tür des Arbeitszimmers hinter ihnen schloß, hörte Jane die Klingel der Vordertür anschlagen. Sie ging schnell zu dem großen Fenster hinüber. Ein großer Rolls Royce stand in der Avenue Road vor ihrem Haus. War es Bestürzung, was sie empfand, Besorgnis? Aus irgendeinem Grund, der ihr unklar blieb, war sie gereizt. Sie konnte es sich nicht gestatten, dies zu glauben, noch konnte sie sich völlig der Erkenntnis dieser niederschmetternden Entdeckung verschließen: Der Mann, den sie in achtundvierzig Stunden heiraten würde, ging ihr schon jetzt auf die Nerven!

Sie gab sich große Mühe, den Anschein von Freude über seinen Besuch zu erwecken, und verlieh ihrer Begrüßung eine Wärme, die ihn überraschte und erfreute. Sie haßte sich selbst wegen dieses Betruges. Er trug seinen schäbigsten Anzug und war ungewöhnlich nervös und schweigsam. Sie verfügte nicht über genügend Eigendünkel, um wahrzunehmen, daß er dafür eine plausible Entschuldigung hatte.

Als Cheyne Wells gesagt hatte, sie sei die schönste Frau in London, war er recht kühn gewesen, hatte aber kaum übertrieben. Sie verfügte über alles, was regelmäßige Züge und ein untadeliger Teint dem natürlichen Charme des Ausdrucks und der Grazie der Figur verleihen können. Doch gab es noch etwas, was weder Gestalt noch Form hatte, einen undefinierbaren Glanz, der irgendwo hinter ihren grauen Augen wohnte – einen sichtbaren Wohlgeruch wie ein tropischer Morgen, wie Narzissen auf einem Feld, das sich zum Meer neigt.

„Ich habe dich nicht erwartet.“

Das klang entsetzlich banal.

„Nein“ – er war ein bißchen heiser. „Ich wollte auch nicht kommen.

Aber ich habe nachgedacht – über verschiedene Sachen. Du kennst so etwas: die Sache ist die ..."

Bei Peter war die Tautologie meist der Vorläufer der Zusammenhanglosigkeit.

„Was für Sachen?"

„Über dich vor allem. Ich fürchte, ich war ein ziemlicher ..., was soll ich sagen ..., du weißt es ..."

Sie wußte es, aber sie wollte ihm nicht helfen. Sie spürte eine scheußliche Befriedigung bei ihrer Grausamkeit.

„Nun ..., über dich und alles mögliche. Ob es richtig ist, dich zu heiraten, wenn du nicht selbst wahnsinnig darauf versessen bist; ich meine ..., nun, du bist es doch nicht, oder?"

Einen wilden Augenblick lang fühlte sie sich gedrängt, ihm die Wahrheit zu sagen, den Schlag durch die Beteuerung ihrer Freundschaft mildernd.

„Du bist doch nicht gekommen, Peter, um die Verlobung aufzulösen, nicht wahr?"

Was für eine Lügnerin sie doch war! Sie war selbst entsetzt über die Falschheit, die in ihrer Stimme lag.

„Hm – nein. Ich dachte, ich würde dich gern sagen hören ..., du verstehst?"

„Du möchtest, daß ich sie auflöse?"

Dann wurde ihr die Gefahr dieses Gedankengangs bewußt. Mit Bestürzung wurde ihr klar, daß die Rückkehr ihres Vaters diese verhangene Mischung von Andeutungen und halbdeutlichen Absichten plötzlich zur endgültigen Trennung werden lassen konnte.

„Sei doch nicht dumm. Natürlich täte ich nicht im Traum etwas so ..." Sie suchte hier nach einem Wort, wies aber „Unsinniges" als unpassend zurück. Glücklich füllte er die Lücke. Wenn ein tiefer, erleichterter Seufzer dazu geeignet ist, eine Lücke zu füllen.

„Tut mir leid – ich bin heute abend ziemlich durcheinander. Ein Bursche von Scotland Yard hat mich besucht. Ich habe dir schon davon erzählt. Ich hege eine stille Bewunderung für Scotland Yard. Als junger Mann habe ich in der rhodesischen Polizei gedient."

„Hast du in Rhodesien eine Goldmine gefunden?"

Sie lächelte bei der Frage, hatte sie aber mit Absicht gestellt.

Seine Verwirrung verblüffte sie.

„Nein. Ich, hm, habe geerbt – von meinem Vater."

Sie hätte geschworen, daß die Hand, die er zur Stirn führte, zitterte. Er schien zu spüren, daß seine Erregung der Erklärung bedurfte.

„Wie unvermittelt du mir die Frage gestellt hast? Ich fühle mich beinahe so, als hätte ich deiner Meinung nach das Geld gestohlen!"

Ihr fester Blick war auf ihn gerichtet.

„Ich wollte dich nicht einmal nach Geld fragen. Ich habe nur einen

Scherz gemacht. Ich weiß nicht einmal, ob es in Rhodesien Goldminen gibt."

Jetzt log sie schon alle paar Sekunden einmal, stellte sie während der entsetzlichen Stille fest, die nun folgte.

Er war die Art von Mann (fand sie), um die sie die meisten Mädchen beneiden würden. Für sein Aussehen würde sie ihm alle Punkte geben – solch Gesicht faszinierte sie gewöhnlich: die gerade Nase, das feste Kinn und die großen, ziemlich tief sitzenden Augen. Eine gute Figur hatte er auch – ein Athlet von einem Mann. Wenn er nur reden würde! Wenn er nur das Selbstbewußtsein von Basil hätte oder die Weltgewandtheit von Donald Wells!

Dort saß er nun – mit soviel Unbehagen, wie es keiner der Besucher, die je in das Atelier gekommen waren, gefühlt hatten; buchstäblich Däumchen drehend und auf seine zusammenhanglose Weise über das Wetter und über Kupferstiche Konversation machend.

John Leith kam als erster aus seinem Arbeitszimmer, gefolgt von einem etwas gedämpften Basil. Allerdings nicht so gedämpft, daß er nicht Jane hätte zublinzeln können, als er ihren Blick auffing. Und auch nicht völlig niedergeschlagen.

„Ich frage dich ehrlich, Jane, wie denkst du über deinen letzten Jungferntanz? Hier ist die Einladung zum Künstlerball, und du brauchst keine Minute, um dich umzuziehen. Old Peter wird nichts dagegen haben. Ich wette, er will über Geschäfte reden."

Erwartungsvoll sah sie Peter an. Er hatte die Brauen zusammengezogen – zum erstenmal seit dem Beginn ihrer Bekanntschaft. Das bestimmte ihren Entschluß.

„Ich glaube, Daddy, ich werde mitgehen", sagte sie.

Mr. Leith zuckte mit den Schultern. Als Jane herunterkam, ein schönes, ätherisches Ding in Grün, war Peter gegangen.

Irgendwie hatte sie keine Freude an dem Abend.

Kapitel 3

Als Peter vor St. George's aus seinem Wagen stieg, sah er sich fünfzig Fotoapparaten gegenüber. Ein Dutzend drängender Stimmen bat ihn stehenzubleiben – dem folgte ein wildes Klicken der Kameraverschlüsse.

„Danke schön, Mr. Clifton", sagte ein Zeitungsfotograf.

„Ich danke *Ihnen*", erwiderte Peter mechanisch.

Was um Himmels willen hatte alles diese Leute hierhergebracht? Jeder Platz in den Kirchenbänken füllte sich, und der widerwärtige Geruch von Blumen durchzog die ganze Kirche. Fremde die meisten – Müßiggänger, angelockt von der Neugier, mitzuerleben, wie zwei Millionen

Pfund die Schönheit heirateten. Müßige Frauen mit aufgerissenen Mäulern starrten ihn an und stießen sich gegenseitig in die Seiten – er sah seinen Kammerdiener in der einen Bankreihe und seinen Butler sowie dessen Frau in der anderen. Forby lächelte respektvoll, in seinem Gesicht einen Hauch trauriger Ungewißheit. Vielleicht „paßte" ihm die neue Dame des Hauses nicht. Es war ziemlich scheußlich, wenn von einem so viele Menschen abhängig waren. Am Kanzelgeländer entlang häuften sich die Blumen. Auch auf dem Altar lagen Blumen, und Kerzen brannten. Seine behandschuhten Hände spielten mit der Krempe seines Hutes.

„Hast du den Ring?"

„Hm?"

Er suchte in seiner Westentasche. Ja, er war da. Jane hatte anfangs ihre Gleichgültigkeit gegenüber Gold und Platin erklärt, und aufgehört hatte es damit, daß sie Platin eindeutig bevorzugte.

Marjorie Wells lächelte ihm von einer vorderen Kirchenbank aus zu. Sie sah ungewöhnlich abgehärmt aus, und in ihrem Lächeln lag keine Wärme. Vielleicht protestierte sie immer noch stumm dagegen, daß Donald Brautführer war. Sie war zum Eiferer für das Herkömmliche geworden. Es brachte Unglück, einen verheirateten Brautführer zu haben; das war einfach unsinnig. Peter hatte doch sicher einen Freund. Seinen Rechtsanwalt? Peters Rechtsanwalt war aber ebenfalls ein Ehemann – Anwälte heiraten früh.

Marjorie Cheyne Wells hatte geweint! Er machte diese Entdeckung, als sie ihm das Gesicht voll zuwandte, und es war wie ein Schock für ihn. Marjorie war kein Gefühlsmensch.

„Um des Himmels willen, wie lange müssen wir noch warten?" fragte er verdrießlich.

Donald Wells sah auf seine Uhr.

„Sie sind jetzt knapp fünfzig Sekunden hier. Nervös?"

„Ein bißchen schon. Ich wünschte, ich hätte Jane gestern noch mal gesehen. Ich war ziemlich mufflig zu ihr, weil sie mit Hale ausging. Ich hätte mich gern entschuldigt."

Wells preßte seine dünnen Lippen fester zusammen. Man hätte Jane den Hintern versohlen sollen, dachte er. Sie hatte sich in der ganzen Stadt ins Gerede gebracht – zwei Abende vor ihrer Hochzeit *tête à tête* mit Basil Hale essen zu gehen!

Eine Bewegung und ein Hälseverrenken. Der Chor watschelte hinunter, um die Braut zu begrüßen. „Watscheln" – das war der richtige Ausdruck dafür, fand Peter. Wie eine Doppelreihe weißer Enten ...

Sie war da! Die Orgel erbebte, und ein heller Ton führte die Knabenstimmen. Jetzt kamen sie mit mehr Würde zurück. Und da war Jane am Arm ihres Vaters, geheimnisvoll fremde Mädchen in Weiß hinter sich. Er kannte kaum eine von ihnen, und Jane nahm er zweifellos gar nicht wahr, obwohl er starrte und starrte, bis Wells ihn am Arm ergriff und an seinen Platz brachte ...

Sich hinzuknien war eine schmerzhafte Sache, obwohl es Jane keine Mühe zu machen schien. Ob ihre Hand kalt sein würde, wenn er sie ergriffe – nein, sie war warm, lebendig und zart: sie zu berühren bedeutete, eine Liebkosung entgegenzunehmen.

Sie sah ihn kein einziges Mal an; mit klarer Stimme antwortete sie dem Priester – doch niemals sah sie Peter an, und sie nahm auf dem Weg in die Sakristei auch nicht seinen Arm. Er war so verwirrt, daß er erst überlegen mußte, bevor die Eintragung ins Register unterschrieb – eine halbe Minute lang ließ er sie warten, die Feder in der Luft haltend ...

Die Fotoapparate klickten wieder, und eine wogende Menge von Frauen brandete bis zur Autotür. Ein Polizist stellte sich auf das Trittbrett, bis sie das Gedränge hinter sich hatten.

„Entsetzlich, nicht wahr?“ sagte sie.

„Ja ... ziemlich ..., ich habe es nicht so gespürt.“

Sie waren allein, aber nicht mehr als sonst, wenn er sie vom *Lord* oder aus dem Theater nach Hause fuhr. Und es lag kein Glanz auf diesem Alleinsein.

„Ich werde schrecklich gut sein zu dir“, platzte er heraus.

Das war genau die Banalität, die sie von ihm erwartet hatte. Jane rückte in die Ecke des Wagens; zum erstenmal in ihrem Leben voller Selbstbewußtsein.

Gott sei Dank war es ihr noch rechtzeitig gelungen, den vorgesehenen Empfang vom Hotel in das Haus an der Avenue Road zu verlegen! Das bedeutete, daß Hunderte von Telegrammen zugestellt, aber weniger Leute kommen würden – was natürlich von Vorteil war.

In ihrem Zimmer setzte sie sich hin, um Bilanz zu ziehen. Vor allem beschäftigte sie sich mit ihrer eigenen Person, doch hin und wieder ging ihr ein Gedanke an Peter durch den Sinn, und ihre Zofe sah, wie sich ihr Gesicht verdüsterte.

„Sie müssen jetzt hinuntergehen, gnädige Frau.“

Gnädige Frau! Sie war jetzt Mrs. Peter Clifton. Es gab keine Zeit mehr, über diesen Tatbestand nachzudenken.

„Porter, der sich um die Blumen für das Haus gekümmert hat, sagte mir, Mr. Clifton hätte ihn mit einer schlechten Fünfpfundnote bezahlt, gnädiges Fräulein – gnä' Frau. Ich habe Porter gesagt, das käme schon in Ordnung ...“

„Eine schlechte Fünfpfundnote? Eine Fälschung?“

Zuerst war Jane nur belustigt.

„Ja, gnä' Fräulein. Er brachte sie zur Post, und da fragten sie ihn: ‚Woher haben Sie die?‘ und alles so etwas – und Porter sagt, er könnte es sich nicht leisten, das ganze Geld zu verlieren.“

Eine schlechte Fünfpfundnote! Merkwürdig. Und gestern hatte es Ärger gegeben wegen einer Fünfzigpfundnote. Jane war nicht mehr belustigt.

Sie öffnete ein Fach ihres Schreibtisches, nahm ihre Tasche heraus und öffnete sie.

„Hier ist ein anderer Fünfpfundschein. Sag Porter, er soll nicht dumm sein – natürlich wird er nichts verlieren. Diese Fälschungen müssen Mr. Clifton irgendwie untergeschoben worden sein."

So ging sie nach unten, in Gedanken so sehr mit der gefälschten Banknote beschäftigt, daß sie in das Atelier erst geleitet werden mußte. Dies war nicht der Augenblick, um die Angelegenheit mit Peter zu besprechen. Sie fand es sehr schwierig, überhaupt mit ihm zu reden . . .

Endlich von allem befreit, Gott sei Dank – von der weißen Charmeuse, dem Schleier, dem schwach duftenden Bouquet und dem Zwang, unwichtige Leute mit einem Lächeln zu begrüßen, das den Eindruck von Glücklichsein erweckte.

Basil Hale war fast der letzte, der auf sie zukam; sie sah, daß in seinen hüpfenden Augen der Schalk saß.

„Ich habe Befehl, dich nicht zu ärgern oder zu verstimmen", sagte er zu ihr; während er sprach, schüttelte er Peter die Hand, sah ihn aber nicht an. „Alles Gute für dich, Jane, und alle diese Sachen, und komm glücklich zurück, und bring auch all deine Freunde unter die Haube – uff!"

Seine Rechte lag immer noch in Peters Hand – und Peter hielt sie mit plötzlichem und heftigem Druck fest.

„Gratulieren Sie *mir!*" sagte er kühl.

Das war das erstemal, daß sie etwas von einem neuen Peter zu sehen bekam.

„Bei Gott – Sie haben aber einen harten Griff!" beklagte sich Basil.

Das war die einzige genaue Erinnerung, die sie aus dem babylonischen Stimmengewirr, von den weißen Rosetten und dem Silberkonfetti mitnahm.

Als der Wagen ruhig und fast geräuschlos durch Hampstead Heath fuhr, bürstete sie das letzte Silberfädchen von ihrer Bluse und sah zu ihrem Ehemann hinüber. Sein Arm ruhte auf der Seitenlehne, seine Augen waren fest und gedankenvoll auf die vor ihm liegende Straße gerichtet. Sie wollte ihn fragen, ob er glücklich sei, aber sie brachte diese äußerste Scheinheiligkeit nicht über die Lippen. Und dann erinnerte sie sich an die Sache mit der Fünfpfundnote. Da sie glaubte, er habe ihr nicht zugehört, erzählte sie ihm noch einmal davon.

„Porter? Ja, ich gab ihm einen Fünfer. Und falsch war er? Wie unachtsam!"

„Unachtsam" war nicht ganz das Wort, das sie erwartet hatte. Sie stellte fest, wie sehr sie sich wünschte, daß er zu sprechen begann. Sie lebte für die Gegenwart – über die Zukunft konnte man nicht vernünftig nachdenken.

„Longford Manor war deine Idee, Jane“, sagte er.

„Tatsächlich?“ Jane konnte sehr provokativ sein.

„Ich hatte an Paris gedacht oder an ...“

„Sag nicht ‚Como‘“, hauchte sie. Sie spürte, sie würde schreien, wenn er „Como“ sagte.

Er wurde rot.

„Ich kenne Como nicht“, antwortete er etwas gezwungen. „Was ich aber auch hätte sagen können, es wäre auf keinen Fall Longford Manor gewesen. Ich hatte den Eindruck, du mochtest den Ort nicht, als du ihn das erstemal sahst.“

„Gehört das Haus dir?“ Sie wich der Herausforderung aus.

„Nein — ich habe es für drei Monate gemietet, als ich die Stadt satt hatte. Der Eigentümer lebt ständig im Ausland, und man kann es immer bekommen. Das Gelände ist hübsch, und seine Einsamkeit hat mir recht gut gefallen.“

„Mir wird sie auch gefallen“, sagte sie tapfer und fuhr dann fort: „Nimm es mir nicht übel, wenn ich heute ein bißchen nervös bin — so eine Hochzeit ist auch eine nervenaufreibende Sache. Übrigens — hast du Marjorie gesehen? Die Frau liebt dich, Peter.“

Er war zu erstaunt, um protestieren zu können.

„Ich weiß es. Sie sah mich wie mit Basiliskenaugen an. Ist das nicht lustig?“

„Ich kann schwören, daß du dich irrst“, antwortete er geradezu heftig.

„Vielleicht — was dich betrifft. Aber sie haßt mich.“

„Warum denn nur?“

Jane schüttelte den Kopf. Sie hatten inzwischen die armseligen Straßen von Tottenham hinter sich gelassen und waren jetzt auf dem Weg nach Epping. Er kam auf die Frage ihrer Flitterwochen zurück — sie hätte allerdings lieber über Marjorie Cheyne Wells gesprochen.

„Wir könnten anschließend ins Ausland gehen“, schlug er vor. „New York, Long Island oder sonst irgendwohin. Es ist großartig da am Sound. Ich kenne eine ganze Menge Leute in den Staaten. Ich war im vorigen Jahr drüben, zusammen mit Bourke — das ist der große Mann von Scotland Yard.“

Er war schon oft in Amerika gewesen — im Grunde Vergnügungsreisen, um die Langeweile totzuschlagen.

Sie mußte sich darüber wundern, warum sich Peter gerade Kriminalbeamte als Freunde aussuchte.

Viel mehr wurde auf dieser langweiligen Reise nicht gesprochen. Mit Herzklopfen sah sie von der Kuppe des Hügels oberhalb von Newport die Schornsteine von Longford Manor in der Ferne. Bevor sie ihre Gedanken ganz sammeln und ordnen konnte, hatten sie das Tor mit dem Pförtnerhäuschen passiert und bremsten vor dem Eingang des Herrensitzes.

Zwei Diener erwarteten sie an der geöffneten Eingangstür, taube alte Männer, die seit Jahren in den Diensten des Eigentümers standen. Eine uralte Zofe brachte Jane eine Tasse Tee in ihr getäfeltes Wohnzimmer – Boudoir wäre eine zu vornehme Bezeichnung für diesen düsteren Raum gewesen.

Peters Zimmer ging genau wie das ihrige von diesem Raum ab. Er erschien in der Tür, als sie gerade das heiße Getränk zu sich nahm.

„Du hast den Park und den Steingarten noch nicht gesehen, nicht wahr?" fragte er sie. Sie freute sich wie ein Kind, ins Freie und in das schräg einfallende Sonnenlicht gehen zu können, aber als er ihren Arm nahm, reagierte sie so gleichgültig, daß er ihn nach einer Weile unbeholfen losließ.

Die Zeit verging nicht. Jede Minute mußte durchlebt werden – sie schleppte sich mit dieser Bürde ab, als sie nach oben ging, um sich mit Hilfe des alten „Mädchens" für das Essen umzuziehen.

Für eine seiner Ideen war sie Peter dankbar: Anna lebte in der Vorstellung, daß die Flitterwochen zu Ende gingen.

„Mr. Clifton sagte, er würde Sie hierherbringen, gnä' Frau, bevor Sie nach London gingen. Dies hier ist ein ungewöhnlicher Ort für Flitterwochen. Wir vermieten oft für einen Monat, aber Sie sind die erste Dame, die ihre Flitterwochen in Longford beendet."

Sie dankte Peter recht herzlich dafür, als sie bei Tisch saßen.

„Anna liest keine Zeitungen, sonst wüßte sie, daß ich gelogen habe", sagte er und schien es eilig zu haben, das Thema zu wechseln.

Sie verbrachten den nicht enden wollenden Abend in der großen Bibliothek, die einen Flügel des Herrensitzes ausmachte. Ein- oder zweimal versuchte er etwas zu sagen, doch der Strom der Gedanken verlief in einem sandigen Delta zusammenhangloser Worte. Mehr als einmal wäre sie am liebsten aus dem Herrenhaus geflohen und hätte sich irgendeine Möglichkeit gesucht, nach Hause zu fahren. Wenn er versuchte, mit ihr über die Haushaltsführung oder die Zukunft zu sprechen, saß sie angespannt da, sich zügelnd.

„Du kannst Schecks ausstellen, wie du möchtest – sozusagen ein gemeinsames Konto, Jane. Geld ist eigentlich ein fürchterliches Thema für Flitterwochen, nicht wahr?"

„Du warst ungemein großzügig."

Damit verleitete sie ihn, spontan herauszuplatzen.

„Diese Vereinbarung war gar nichts – die hunderttausend Pfund, meine ich. Das Geld ist eine skrupellose Waffe. Ich frage mich manchmal, ob ich sie nicht ein bißchen grausam eingesetzt habe."

„Sie verschaffte dir, was du haben wolltest."

Ein kleines Teufelchen saß in ihr: Wie sollte er ahnen, daß sie sich auf die offenkundigste Weise von ihrer Ungewißheit befreien wollte?

„Sie gab mir dich ... Ich meine, sie ermöglichte ..."

Diese seine Taktlosigkeit und die Tatsache, daß sein Arm dabei etwas ungeschickt über ihre Schulter glitt, waren der notwendige Beweis.

Sie sprang auf die Füße und sah mit glühenden Augen zu ihm hinunter.

„Du hast mich gekauft — das meinst du doch?"

„So etwas habe ich nicht gemeint..."

„Doch, das meintest du — Geld war der schnelle Weg. Trotz unseres Wohlstandes ließen wir uns von Summen blenden, die uns märchenhaft erschienen. Das war einfacher als jede Werbung — das ist zwar ein dummer altmodischer Ausdruck, aber inhaltsschwer. Du glaubst doch nicht, daß ich dich liebe?"

Sein bleiches Gesicht schwang jetzt von einer Seite zur anderen.

„Nein. Ich hoffte es. Aber glauben tue ich es nicht."

„Oder daß dir von mir mehr gehört, als man mit Geld kaufen kann? Ein Geschäft ist ein Geschäft — und ich werde mich an meins halten. Ich werde deine Ehefrau sein. Ich bin deine Ehefrau. Aber ich lasse mich jetzt nicht zum Narren machen. Ich liebe dich nicht. Ich hasse es, pathetisch zu sein, aber meine Liebe konntest du nicht kaufen. Du kannst mich küssen, wenn du es willst, aber ich werde es hassen — tut mir leid. Ich hätte dir das gestern abend schon sagen sollen. Wenn du damit zufrieden bist — hier hast du mich!"

Leer sah er sie an. Sein Gesicht hätte jeden Ausdruck verloren.

„Ich verstehe", sagte er schließlich. „Nun, ich will nicht das haben, was ich bezahlt habe. Ich möchte das, was du geben kannst."

Sie schüttelte den Kopf.

„Da ist nichts."

Als Antwort nickte er.

„Nun, wir müssen, hm, einen Monat irgendwie ausfüllen", sagte er.

In diesem Augenblick hörte man an der äußeren Tür ein Klopfen, dessen Echo donnernd die Halle mit ihren nackten Steinwänden durchzog — wie schlurfende Schritte auf den Fliesen und Kettengerassel.

Peter wartete, die Augen auf die Tür gerichtet. Plötzlich ging sie auf.

Es war Inspektor Rouper.

„Tut mir leid, Sie stören zu müssen, Mr. Clifton."

Bis zur Schroffheit knapp, stellte er einen kleinen Aktenkoffer auf den Tisch der Bibliothek und ließ ihn aufschnappen. Jane sah ihm verwundert zu — die entnervenden fünf Minuten, die sie gerade hinter sich hatte, waren fast vergessen, obwohl sie noch von Kopf bis Fuß zitterte.

Rouper zog ein Bündel Banknoten heraus und legte sie auf den Tisch. „Sie fanden sich in einem Handkoffer, den Sie gestern morgen in der Gepäckabfertigung der Victoria Station stehenließen", sagte er. „Ich hätte gern eine Erklärung dafür, Mr. Clifton."

„Was wollen Sie damit sagen?"

„Ich will damit sagen", antwortete der Kriminalbeamte, „daß jede einzelne dieser Banknoten eine Fälschung ist."

Kapitel 4

Peter Clifton sah von dem Kriminalbeamten zu dem ordentlich gepackten Banknotenbündel.

„Ich habe nie einen Handkoffer auf der Victoria Station abgegeben“, erklärte er mit fester Stimme.

„Ich sage Ihnen . . .“, begann der Inspektor, lauter werdend.

„Bitte werden Sie nicht aggressiv.“ Die Autorität, die in Peters Stimme lag, erstaunte Jane. „Ich habe Ihnen gesagt, daß ich nie einen Koffer auf der Victoria Station stehenließ.“

„Ihr Namensschild war aber dran“, betonte Rouper, jetzt aber in einem milderen Ton.

Peters Mund öffnete sich zum Anflug eines Lächelns.

„Man macht kein Namensschild an Koffer mit gefälschten Geldscheinen und läßt sie dann an einem öffentlichen Ort stehen. Ich wüßte gern, wie Ihr Polizeipräsident darüber denkt. Und Oberkommissar Harvey sowie noch ein paar andere Herren. Den Schluß, den ich aus Ihrer Rede ziehen muß, ist der, daß ich gewußt habe, daß diese Banknoten gefälscht waren, und daß ich sie in Umlauf brachte. Die Bank von England kann Ihnen eine Million achthunderttausend Gründe dafür nennen, warum ich so etwas Dummes nie tun würde. Haben Sie übrigens den Koffer?“

Rouper wandte sich an einen der beiden Männer, die draußen vor der Tür standen, und gab ihm einen Befehl; unmittelbar danach kam er mit einem brandneuen Rindslederkoffer herein. An seinem Griff hing ein gedrucktes Schildchen:

Peter Clifton
175, Carlton House Terrace

„Ich habe ihn noch nie gesehen“, sagte Peter nach einem kurzen Blick. „Verleite ich Sie zur Preisgabe dienstlicher Geheimnisse, wenn ich Sie danach frage, woher Sie wußten, daß der Koffer auf der Victoria Station stand?“

„Das gehört nicht zur Sache.“ Rouper, ohnehin nicht gleichmütig, verlor seine Ruhe. „Ich bin herausgekommen, um die Umstände aufzuklären. Und es ist eine andere Sache . . .“

„Heute früh gab ich einem Mann einen gefälschten Fünfer, und ein gefälschter Fünfzigpfundschein wurde bis zu mir zurückverfolgt . . .“

Peter griff in die Jacke und holte eine lederne Brieftasche mit Geldscheinen heraus. Langsam entnahm er Stück für Stück den Inhalt.

„Das ist ein guter Zwanziger, dies auch – aber dieser hier“, er hielt die Banknote gegen das Licht, „der ist gefälscht. Das Wasserzeichen ist schlecht. Sie sollten sich darum kümmern. Dieser Schein“, er befühlte den vierten sorgfältig, „ist echt, dieser auch; aber dieser ist wieder eine Fälschung – das kann ich fühlen, ohne ihn anzusehen.“

Eine nach der anderen sortierte er die Banknoten.

„Haben Sie sie von Ihrer Bank bekommen?"

„Einige davon – ich gehe mit Geld ziemlich unachtsam um. Ich habe meine Banknoten in einem mit Stahl ausgeschlagenen Fach in meinem Schreibtisch liegen. Wenn ich Geld brauche, nehme ich den ersten Schein, der mir in die Hand kommt. Wenn ich Geld auf einen Scheck bekomme, fülle ich den Vorrat wieder auf."

„Von der Bank?" fragte der Kriminalbeamte schnell.

Peter schüttelte den Kopf.

„Ich gehe selten zur Bank. Nein, von Geschäftsleuten – mein Schneider beispielsweise löste vorige Woche einen Scheck über hundert Pfund ein. Wer jeweils zur Hand ist."

Jane hörte verwirrt und fasziniert zu. Angenommen ..., wenn er schuldig war, dann war das eine vollständige und verblüffende Erklärung.

Verblüfft war Rouper auf jeden Fall. Er kam auf das Bündel von Geldscheinen zurück.

„Die können Sie aber nicht aus einem Laden haben", stellte er triumphierend fest.

Geringschätzung lag in Peters Stimme.

„Ich habe es Ihnen schon gesagt – sie gehören mir nicht. Der Koffer gehört mir auch nicht. Das einzige, was so aussieht, als gehörte es mir, ist das Namensschild. Ein Feind muß das getan haben."

„Haben Sie irgendwelche Feinde?"

Peter lächelte.

„Nur Sie, Rouper."

Das Gesicht des Kriminalbeamten verdüsterte sich vor Zorn.

„Ich bin kein Feind. Es überrascht mich, daß ein Gentleman wie Sie so etwas sagt. Ich erfülle meine Pflicht."

Zur Verwunderung seiner still zuhörenden Frau schüttelte Peter den Kopf.

„Einen Monat lang haben Sie mich beobachtet – ‚observiert' nennt man das, glaube ich."

Der Ärger siegte über die Zurückhaltung des Inspektors.

„Tatsächlich? Dann können Sie mir vielleicht ein paar zusätzliche Informationen geben. Wer ist die Dame, die Sie Abend für Abend in Ihrer Wohnung besucht hat und die durch die Seitentür kam und Sie was weiß ich wann wieder verließ?"

„Was für eine abscheuliche Erfindung!"

Jane konnte kaum glauben, daß sie es war, die so wütend dazwischengeredet hatte.

„Selbst wenn das wahr wäre, hätten Sie nicht das Recht ..."

„Es ist wahr." Peter war die Kaltblütigkeit selbst. „Völlig wahr. Ich wurde in meiner Wohnung von einer Dame besucht, die im allgemeinen nicht länger als eine Stunde blieb und auf demselben Wege ging, auf dem sie gekommen war. Sie ist, glaube ich, fünfundsechzig Jahre alt. Ihren Namen und ihre Adresse bin ich nicht bereit anzugeben."

„Sie ist mit Ihnen befreundet?"

Abermals lächelte Peter.

„Nicht direkt. In Wahrheit ist sie jemand, der mich haßt. Von Beruf ist oder war sie Köchin. Ich möchte hinzufügen, sie ist oder war eine sehr schlechte Köchin. Und das, glaube ich, ist alles, was ich Ihnen sagen kann."

Rouper rieb sich gereizt das Kinn.

„Das muß alles meiner Behörde mitgeteilt werden", erklärte er.

„Das werde ich selbst tun." Peter nickte zu dem Telefon auf dem Tisch hinüber.

Der Inspektor zögerte etwas.

„Kann ich es benutzen?" Er griff schon halb nach dem Hörer.

„Nein", sagte Peter barsch, „das können Sie nicht. Es gibt kein Gesetz, das Sie berechtigt, mein Telefon zu benutzen."

Roupers Überraschung wirkte fast komisch.

„In Ordnung, mein Herr. Tut mir leid, daß ich Sie belästigt habe. Übrigens habe ich die Sache dem Yard noch nicht berichtet ..."

„Und der Polizei von Essex auch nicht." Peter lächelte. „Wirklich, Rouper, von allen Leuten in diesem Raum hier sind Sie in der schwierigsten Lage! Sie sind ohne gerichtliche Anordnung gekommen, Sie befinden sich auf einem Territorium, auf dem Sie keine Amtshandlungen vornehmen dürfen, es sei denn, im ausdrücklichen Auftrag des Polizeipräsidenten von Essex, Sie haben zwei Männer mitgebracht — auch ohne Vollmacht, nehme ich an —, und Sie müssen mich jetzt sehr höflich bitten, das alles der Zentrale gegenüber nicht zu erwähnen."

Rouper sah ihn mißtrauisch an.

„Sie sind doch nicht irgendein Polizeibeamter?"

Peter schüttelte den Kopf.

„Nur ein intelligenter Beobachter", antwortete er.

Dann schien er sich zum erstenmal der Gegenwart seiner Frau bewußt zu werden.

„Jane, wenn du mich einen Augenblick entschuldigen würdest, ich möchte mit dem Inspektor sprechen."

Sie ging in den dunklen Salon hinüber und knipste das Licht an. Ein Raum wie eine große Scheune, ein Ort, der modrig war und nach Erde roch; obwohl der Abend warm war, fröstelte sie. Sie schaltete das elektrische Öfchen ein, das in dem aus Ziegeln gemauerten Kamin stand. Der Klang der Stimmen drang wie ein leises Summen zu ihr.

Durch ihr neues Interesse war jenes entscheidende Drama fast in den Hintergrund getreten. In dieser Viertelstunde, in der sie neben ihrem Mann gestanden und die bestürzenden Anklagen angehört hatte, hatte sie fast alle menschlichen Gefühle durchlebt. Angst, die das Ausmaß des

Schreckens annahm, Erleichterung, beinahe Glück, als die halbe Anklage von ihm abgewendet war. Verachtung – wann hatte sie Verachtung empfunden? Mit gewisser Bestürzung rief sie sich in Erinnerung, daß es Peters Gefühl der stillen Verachtung war, das sie geteilt hatte. Er hatte sich verändert; der nervöse und schweigsame Peter, den sie kannte, war verschwunden, ohne eine Spur zu hinterlassen. Es war ein anderer Mann, der diesen gnadenlosen Dienern der Gerechtigkeit entgegentrat, mit ihnen focht und sie durch Schlußfolgerungen erschreckte.

Bluffte er nur? Das Herz sank ihr bei diesem Gedanken. Angenommen, jene zwei Millionen waren nur ein Mythos ... Doch die hunderttausend Pfund, die er in sie investiert hatte, waren Realität genug. John Leith hatte sozusagen jedes Pfund mit den Zähnen geprüft.

Sie hörte, daß die Haustür geschlossen wurde, und Peter kam herein. Sie hatte erwartet, daß er lächeln würde, doch er war sehr ernst.

„Die Bluthunde sind weg", sagte er.

„Wer ist dieser Rouper?"

„Ein echter Kriminalbeamter. Es gibt eine ganze Reihe feiner Kerle im Yard – schlecht bezahlt, aber über jeden Verdacht erhaben. Ich nehme an, sie verdienen zusätzlich ein bißchen durch Nebenbeschäftigungen – wie wir alle. Hin und wieder ist ein Jagdhund dabei, der mit den Hasen herumtanzt, anstatt zufrieden zu Hause in seiner Hütte zu liegen. Dazu gehört Rouper – nichts als Nebenbeschäftigungen."

„Er ist schon ein älterer Herr ..."

„Er geht dieses Jahr in Pension. Ich kenne Scotland Yard ziemlich gut. Ich mußte mir ein- oder zweimal bei ihnen Rat holen – nein, ich bin kein verkappter Kriminalpolizist, der als Millionär auftritt! Ich bin nur – nun, es macht sich für mich bezahlt, mit Scotland Yard Kontakt zu halten."

„Aber dieser Mann beobachtet dich."

Er lachte leise darüber.

„Ich habe ihn ärgerlich gemacht, und dann kam es heraus. Ja, er hat mich beobachtet."

Er sah auf seine Uhr.

„Du solltest dich besser in dein Bett trollen. Und schließ lieber die Tür ab, damit dir nicht irgendwer einen gefälschten Fünfer unter das Kissen schiebt."

Zum erstenmal an diesem Tag lächelte sie – ganz ehrlich.

„Sonst hat Longford Manor auch keine Überraschungen zu bieten." Jane war fast übermütig. „Wie wäre es mit einem Familiengespenst?"

„Ich erlaube meinem Familiengespenst nicht, mich auf meinen Reisen zu begleiten", war alles, was er darauf erwiderte. Und dann nickte er in Richtung auf die Tür.

Auf diese Weise wurde Jane Clifton am Abend ihrer Hochzeitsnacht mit Entschiedenheit entlassen.

Amüsiert ging sie die breiten Treppen hoch — zugleich ein bißchen verletzt. Sie hatte sich viele Möglichkeiten ausgemalt, allerdings lag es nicht im Bereich ihrer unangenehmen Wachträume, daß sie einfach entlassen werden könnte oder daß sie so brav einer gebieterischen Geste gehorchen würde.

Als sie das Treppenpodest erreicht hatte, bekam sie einen Schreck. Als Beleuchtung diente eine dämmerige Kugel, die, in eine antike eiserne Laterne eingeschlossen, von der Decke herabhing. Mit einem Fuß auf der obersten Stufe sah sie, daß sich im Schatten eine Gestalt bewegte. Mit aller Willenskraft unterdrückte Jane einen Aufschrei.

„Ach, du bist es, Anna!"

Das alte Dienstmädchen trat ins Licht.

„Ja, gnä' Frau, ich habe auf Sie gewartet."

Sie folgte dem Mädchen in das Schlafzimmer mit seinem großen Himmelbett und seinen bespannten Wänden. Doch es war hell genug, wenn das Licht eingeschaltet wurde.

Die alte Frau wartete darauf, Anerkennung für die Leistungsfähigkeit der elektrischen Anlage zu hören.

„Wir sind das einzige Haus in der Gegend, das auf diese Weise beleuchtet wird", erklärte sie voller Stolz. „Auch alles andere wird so gemacht — Kochen, Saubermachen, alles."

„Kommt Mr. Clifton oft hierher?" fragte Jane, als sie aus ihrem Kleid stieg.

Sie war verblüfft über die Abfuhr, die darauf folgte.

„Man erwartet von uns nicht, daß wir über die Angelegenheiten anderer Leute reden", erklärte Anna steif. „Deshalb behalten wir auch unsere Stellung."

„Sind Sie alle denn Mr. Cliftons Dienstboten?"

„Wir gehören zum Haus", war die undurchschaubare Antwort, „und wir werden zusammen mit dem Haus vermietet."

„Das Haus gehört Mr. Clifton nicht, das weiß ich", sagte die unerschrockene Jane.

Anna blieb bei ihrer Antwort. Sie gehörte zum Haus und war mit dem Haus vermietet worden. Sie fügte hinzu, Jinks & Jinks hätten das alles erledigt. Jane nahm an, das seien die Häusermakler.

Das Bett war unerwartet komfortabel — die Einrichtung war unter dem Gesichtspunkt der Bequemlichkeit getroffen worden. Man konnte die Lichter entweder gänzlich oder zur Hälfte vom Kopfende des Bettes aus löschen. Sie schaltete sie aus und kuschelte sich schwelgerisch ein. Schon halb eingeschlafen, erinnerte sie sich daran, daß sie die Tür nicht abgeschlossen hatte.

Sie hatte auch nicht die Absicht, so etwas Theatralisches zu tun. Sie schlief schon fast, bevor der Gedanke sie losließ ...

Anna sah sehr alt aus in dem durchdringenden Licht des Morgens.

„Guten Morgen, gnä' Frau!"

Gnädige Frau – natürlich. Wie lustig!

Sie wartete, bis die alte Frau das Zimmer verlassen hatte. Dann glitt Jane in ihren Morgenmantel und die Pantoffeln und ging zum offenen Fenster hinüber. Sie sah auf glatt gemähten Rasen hinunter, der durch einen altersschwachen Eisenzaun vom Park getrennt war. Dahinter zog sich das Grün der Parklandschaft hin und breitete sich aus bis zu einem Gürtel sonnendurchwobener Ulmen.

Sie konnte Peter nicht sehen, doch gerade als sie sich abwandte, kam er in ihr Blickfeld. Zu ihrer Überraschung ging ein Fremder an seiner Seite.

Peter war offensichtlich in guter Stimmung; der Klang seines Lachens schallte zu ihr herauf.

„... der arme alte Rouper ..., habe ihn ausgespielt ..."

Sie war sich nicht sicher, ob sie sich darüber freuen oder ärgern sollte, daß er so fröhlich war. Vielleicht machte er sich nicht viel Gedanken – oder wartete er darauf, daß sich ihr psychischer Widstand verbrauchte? Hoffte er, daß das unbeschwerte Miteinander einen Wandel in ihrer Haltung hervorrufen würde?

Sie trank den Tee, den Anna ihr gebracht hatte, drehte das Wasser in ihrem Bad an und begann, einen ihrer großen Reisekoffer auszupacken. Als sie dann zu den beiden Männern auf dem Rasen trat, war Peters übermütige Stimmung vorbei; er sah ernst, fast finster aus, und zum erstenmal seit jener Szene in der Bibliothek war er wieder sein altes, verlegenes Ich.

„Jane, dies ist Mr. Bourke – ich habe dir von ihm erzählt."

Dies war also der furchterregende Chefinspektor Bourke. Er war ein untersetzter Mann mit großem, gemütlichem Gesicht und Doppelkinn.

„Es tut mir leid, daß ich ins Paradies eindringen mußte, Mrs. Clifton."

Weniger als jeder andere Mann, den sie sich vorstellen konnte, wirkte Mr. Bourke wie ein berühmter Kriminalbeamter. Nur als sie ihm in die Augen sah, die unerschütterlich, prüfend und skeptisch blickten, entdeckte sie die Merkmale eines Ganovenfängers.

„Ich hoffe, der alte Rouper hat Sie gestern abend nicht beunruhigt, Mrs. Clifton? Er ist ein guter Kerl, der Rouper, aber er hat es eilig mit seinen Schlußfolgerungen, hm?"

Er schloß fast alle Fragen mit einem aus tiefer Kehle kommenden Knurren ab.

Abrupt wandte er sich an Peter.

„Vielleicht war es der Gärtner, Mr. Clifton?"

Clifton schüttelte den Kopf.

„Der Gärtner würde kaum auf den Beeten herumlaufen, und meines Wissens hat er kein Auto."

Verwirrt hörte sie zu.

„Worum geht es?“ fragte sie, und wieder zeigte Peter Anzeichen von Verlegenheit. Er wurde rot und fühlte sich unwohl in seiner Haut.

„Die Sache ist die . . ., irgendein Kerl war letzte Nacht auf dem Grundstück . . ., wir wissen nicht, wer es war, aber einer von den Dienstboten hat ihn gesehen.“ Er zeigte auf das Beet unter dem Fenster. „Er hinterließ Fußabdrücke auf der Erde. Es ist kein Grund zur Beunruhigung. Bourke ist nicht deswegen gekommen; wir haben lediglich darüber gesprochen.“

Da sie sah, daß er das Thema nicht weiterführen wollte, ließ Jane die Männer allein. Sie rechnete damit, daß Bourke zum Mittagessen bleiben würde, doch zu ihrer Überraschung verschwand er, so daß sie sich an dem langen Tisch mit Peter allein wiederfand.

Er war jetzt nicht mehr als vorhin geneigt, über den mitternächtlichen Besucher zu diskutieren.

„Möglicherweise ein Landstreicher. Diese Kerle wissen, daß das Haus die Hälfte des Jahres leer steht. Ich nehme an, er suchte ein Fenster, das nicht verriegelt war.“

Begeistert sprach er von Bourke, seinem Genie und seinen Fähigkeiten als Ermittler. Ohne ihn zu unterbrechen, lauschte sie dem Lobgesang, der den größeren Teil der Mahlzeit über andauerte.

„Woher kommt es, daß du diese Leute von Scotland Yard kennst, Peter?“ fragte sie, als sie über den sonnenbeschienenen Rasen schlenderten.

Diese Frage hatte eine merkwürdige Wirkung: Aus dem selbstbewußten, kaltblütigen Mann von Welt wurde er zu einem zusammenhanglos stotternden Schuljungen.

„Nun . . ., sie waren sehr freundlich zu mir . . ., haben sich um mich gekümmert und all solche Sachen . . ., haben mir ungeheuer geholfen, vor allem Bourke. Du hast keine Vorstellung, was für gute Kerle sie sind. Und natürlich ist es immer gut, auf der richtigen Seite zu stehen . . .“

„Auf der Seite von Scotland Yard? Warum das?“ fragte sie schnell.

Er antwortete nicht sofort; offensichtlich gingen ihm verschiedene mögliche Antworten durch den Kopf.

„Nun, so ist es“, sagte er schließlich wenig überzeugend und beendete das Thema.

Sie verbrachten den Nachmittag auf einem Miniaturgolfplatz. Als der Tag zu Ende ging, spürten sie beide etwas von der Spannung und der besonderen Widersprüchlichkeit des vergangenen Abends. War es Widersprüchlichkeit? Sie überlegte sich, ob es nicht eine Angst in ihrem Herzen und ein Gefühl der Verstimmung in dem seinigen war.

Er war kurz angebunden und wurde immer wortkarger. Schließlich verfiel sie in Schweigen. Schweigend saßen sie auch zu Abend unter den kurzsichtigen Augen des alten, asthmatischen Dieners, der als Butler, Lakai und Hausmeister diente.

Nach dem Essen ging sie in den Salon hinüber. Der Abend war etwas kühl, ein kleines Holzfeuer schwelte im Kamin. Er folgte ihr und wartete (ihrer Vermutung nach) mit Ungeduld darauf, daß der Kaffee serviert wurde. Es war fast ein Ritual, dieses gemeinsame Kaffeetrinken. Die junge Frau in dem grauen Abendkleid und dieser Mann, der steif auf der Kante eines großen Sessels saß, unterzogen sich einer Zeremonie, die keinem von ihnen die geringste Freude bereitete.

Plötzlich entschuldigte er sich.

„Ich bin in der Bibliothek, wenn du mich brauchen solltest", sagte er in einem solchen Ton, als wollte er ihr zu verstehen geben, daß er nicht im geringsten damit rechnete, überhaupt gebraucht zu werden.

Um zehn Uhr schaute sie hinein. Er saß am Tisch mit einem leeren Blatt Schreibpapier vor sich, an dem Ende seines Federhalters kauend. In einer gewissen Verwirrung sprang Peter auf, als ob sie ihn bei irgendeiner tadelnswerten Handlung überrascht hätte.

„Ich gehe jetzt zu Bett", sagte sie und war fort, bevor seine gemurmelte Antwort sie hätte erreichen können.

Sie fand so schnell keinen Schlaf. Kaum hatte ihr Kopf das Kissen berührt, da erinnerte sie sich schon des ungebetenen Besuchers von der Nacht zuvor. Sie stand auf, ging zum Fenster und schaute hinaus. Der Mond war noch nicht aufgegangen. Die Ruhe des Tages war vorbei: ein wechselhafter Wind wehte; von irgendwo hörte man leises Donnergrollen.

Sie zog die Vorhänge vor das offene Fenster, ging wieder zu Bett und versuchte einzuschlafen. Es dauerte eine Stunde, bis sie in ruhelosen Schlummer fiel.

Sie war es nicht gewohnt zu träumen, aber jetzt folgte ein Traum auf den anderen in verwirrender Folge. Von Peter träumte sie, von ihrem Vater, von jenem untersetzten Kriminalbeamten. Die Träume waren ohne Anfang und ohne Ende — einfach wechselhafte, unruhige Schrekkensbilder — daß Peter im Meer ertrank und der Kriminalbeamte ihn feindlich angrinste, von der hohen Kommandobrücke eines Dampfers aus . . .

Sie drehte sich erschauernd im Schlaf. Peter hatte ihr gesagt, sie solle die Tür zuschließen, aber sie hatte keine Angst.

Plötzlich wachte sie auf. Jemand hatte ihr den Arm um die dünn bekleideten Schultern gelegt.

Sie fühlte Lippen auf ihrer Wange, heiße, hungrige Lippen, die blind umherwanderten. Mit einem Aufschrei versuchte sie sich aufzurichten, den Mann abwehrend, der sie festhielt.

Kapitel 5

Ihre Hand stieß heftig gegen ein borstiges Kinn. Sie erinnerte sich eines alten Jiu-Jitsu-Tricks und drückte es hoch. Dabei fühlte sie, daß sich der Arm, der ihre Schultern umfangen hielt, als Folge des Schocks lockerte. Sofort entwand sie sich seinem Griff und sprang aus dem Bett, zu atemlos, um zu schreien, zu verängstigt, um denken zu können.

Blind stürzte sie auf die Tür am Fenster zu. Sie schwang auf, und Jane war im Salon. Sie konnte nichts sehen. Die zugezogenen Vorhänge versperrten dem schwachen Licht der Nacht den Weg in das Zimmer.

Hinter sich konnte sie das Scharren von Füßen auf dem polierten Fußboden ihres Schlafzimmers hören. Wahnsinnig vor Angst rannte sie fort, stolperte über einen Stuhl und fiel hin. Im Fallen berührten ihre Hände einen Türgriff, den sie in ihrer Verzweiflung aufdrückte.

„Wer ist dort?"

Plötzlich der blendende Schein von Licht. Peter war halb aus dem Bett. Als sie sich von ihrem Fall auf den Fußboden erhob, starrte sie ihn verblüfft und sprachlos an. Der nächtliche Besucher war nicht dieser eben erwachte Schläfer gewesen. Sie hatte den rauhen Stoff einer Tweedjacke und einen Hemdenkragen gespürt.

„Jane! Was ist los?"

Sie konnte nur hinter sich in die dunkle Öffnung der Tür zeigen und eine zusammenhanglose Geschichte hervorkeuchen. Bevor sie halb durch ihre Geschichte hindurch war, war Peter an ihr vorbeigestürzt. Jane taumelte auf das Bett zu und setzte sich. Sie zitterte von Kopf bis Fuß. Zum erstenmal im Leben hatte sie Angst kennengelernt. Und sie fror – entsetzlich kalt war ihr.

Sie sah sich hilflos nach etwas um, was sie sich überhängen konnte, sah aber nicht seinen schwarzen Morgenrock, der hinter der Tür hing.

Als Peter zurückkam, fand er sie auf seinem Bett sitzend vor, eine Daunendecke um die zitternden Schultern gelegt.

„Dein Fenster steht weit offen, und draußen lehnt eine Leiter an der Wand. Jetzt erzähle mir einfach, was geschehen ist."

Er setzte sich auf die Bettkante und hörte ihrer zusammenhanglosen Erzählung zu. Er war nicht wütend, was sie eigentlich erwartet hatte. In seinem Ton lag eine gewisse Sachlichkeit, die sie zunächst überraschte, dann aber verletzte. Sein ganzes Interesse schien sich nicht auf die Identität des Besuchers zu richten, sondern auf dessen Kleidung.

„Du bist sicher, daß er angezogen war?"

„Natürlich war er angezogen", entgegnete sie ein bißchen ungeduldig. „Ich sage dir, ich spürte die Jacke, und in seinem Kragen hatte er eine Sicherheitsnadel, die aufging und meinen Finger kratzte – schau her!"

Er schwieg eine Weile, aber sie wußte, er dachte nicht an ihren zerkratzten Finger, auf den er kaum einen Blick geworfen hatte.

„Er hat nichts gesagt — dessen bist du sicher? Und er trug Stiefel? Ich muß fest geschlafen haben; ich habe dich nicht schreien hören ..."

„Ich habe gar nicht geschrien. Ich hatte nicht den Atem dafür. Und ich dachte — du wärst es!"

Er hob den Kopf und lauschte. Sie hörte das Aufheulen und dann das Summen eines Autos.

„Das ist er", sagte Peter.

Es konnte Einbildung von ihr sein, aber sie hätte geschworen, daß in seinem Ton eine gewisse Erleichterung zu spüren war.

„Warum bist du ihm nicht gefolgt?"

Das sollte eigentlich nach einem Vorwurf klingen, doch gelang ihr das nicht. Sie war nur zu froh, daß er sie nicht allein ließ.

„Ich war mir nicht sicher." Und dann, etwas verlegen: „Weißt du, ich wußte nicht genau, was geschehen war. Es hätte ja ein Alptraum gewesen sein können. Und selbst wenn ich ihm gefolgt wäre, hätte ich ihn kaum einholen können."

Er ging jetzt im Zimmer umher, seine Kleidungsstücke einsammelnd.

„Ich nehme an, du möchtest, daß ich gehe?"

Wieder schüttelte er den Kopf.

„Nein, ich ziehe mich an. Es ist bald vier Uhr, und ich habe lange genug geschlafen. Du solltest besser hierbleiben und das Licht anlassen, bis ich zurück bin."

Offensichtlich zog er sich im Salon an, denn nach unglaublich kurzer Zeit kam er zurück, um sich die Taschenlampe zu nehmen, die auf dem Nachttisch lag.

„Ich steige die Leiter hinunter, um ein bißchen Nachforschungen anzustellen", sagte er. „Inzwischen kannst du entweder wieder schlafen gehen — ich glaube aber nicht, daß dir das irgendwie gelingen wird — oder dich anziehen oder statt dessen hierbleiben!"

Er sagte dies mit einem schnellen Lächeln, wie es bei ihm so selten war, und sie hatte den Eindruck, daß er über irgend etwas sehr fröhlich war. Sie hörte seine Füße auf den Sprossen der Leiter, glitt aus dem Bett und ging in den Salon hinüber.

Der elektrische Kamin bot eine ähnliche Gemütlichkeit wie ein Kohleofen, verleitete sie aber nicht zum Bleiben. Sie ging in ihr Schlafzimmer weiter, schloß die Tür und sah aus dem Fenster hinaus. Peter stand unten auf dem Kiesweg. Sie sah den kreisförmigen Schein seiner Lampe über die Beete wandern, und sie mußte irgendein Geräusch gemacht haben, denn er sprach sie an.

„Hier sind neue Fußabdrücke", sagte er in unbekümmertem Ton.

Es war seltsam, dachte sie, als sie das Fenster schloß, die Vorhänge zuzog und das Licht anschaltete, wie ruhig er ihr fürchterliches Erlebnis aufnahm. Es war fast so, als hätte er erwartet, daß irgend etwas geschehen würde.

Sie war mit dem Anziehen noch nicht fertig, als sie ihn die Leiter wieder hochkommen hörte. Er ging durch den Salon auf den Flur. Als sie dann in den Salon hinüberging, stellte sie fest, daß er das Licht angemacht hatte. Kaum hatte sie sich in einem Sessel vor der allzu warmen Heizung niedergelassen, als er schon mit zwei Tassen Tee und einem Teller Kekse hereinkam und alles auf den Tisch stellte. Als ob er Gedanken lesen könnte, so erriet er ihre Verwunderung und Verstimmung.

„Ich nehme an, du denkst, daß ich dies alles ziemlich ruhig hinnehme", sagte er, „aber ich fange tatsächlich jetzt erst an zu begreifen, was geschehen ist. Wäre ich richtig wach gewesen, dann wäre ich dem Kerl hinterhergerannt und hätte ihm den Hals gebrochen!"

Der Haß, der in seiner Stimme lag, war sicher echt, fand sie. Sie empfand genauso, und obwohl die Hand, mit der sie nach der Tasse griff, ganz ruhig war, hatte sie sich von dem Schreck noch nicht völlig erholt. Am östlichen Himmel zog die Morgenröte herauf; die Ulmen an der Einfahrt bildeten eine harte Linie vor dem Stahlblau des Morgens.

„Wir sollten die Zimmer lieber tauschen", schlug er vor. „Ich kann das Fenster bei mir zulassen. Die drei kleinen Felder, die sich öffnen lassen, geben mir genug Luft. Doch ich glaube nicht, daß dieser Vogel seinen Versuch wiederholt. Dir fehlen doch keine Schmucksachen?"

„Nein. Ich habe meine Ringe und Armreifen zwar leichtsinnigerweise auf der Frisierkommode liegenlassen, aber er hat sie nicht berührt. Wenn es ein Einbrecher war . . ."

Sie wußte, daß es kein Einbrecher gewesen war, und in Anbetracht dieser Gewißheit konnte sie solche Möglichkeit auch nicht diskutieren.

Das Gespräch zu führen war für sie geradezu eine Qual. Mit dem Gefühl der Bestürzung stellte sie fest, daß sie wenig gemeinsame Freunde und Interessen hatten. Sie bemerkte, daß sie über ihre eigene Hochzeit so sprach, als hätte sie die Zeremonie nur von weitem interessiert. Marjorie Cheyne Wells hatte sie nicht gesehen, weder in der Kirche noch auf dem Empfang.

„Magst du sie?" fragte sie, seine Antwort fast schon ahnend, denn er gehörte zu den verrückten Leuten, die keine ausgeprägten Vorlieben und Abneigungen haben. Es war dennoch fast so etwas wie eine angenehme Überraschung für sie, zu hören, daß Marjorie nicht zu seinen Favoritinnen gehörte.

„Ich weiß nicht recht, was ich von ihr halten soll", bekannte er. „Sie kann so außerordentlich verbittert sein — haßerfüllt ist der richtigere Ausdruck."

„War sie dir gegenüber haßerfüllt?" fragte sie, und er lachte.

„Nein. Ich bin zu unbedeutend, um ihre Feindseligkeit zu erregen."

Dies war eine Gelegenheit, jene Frage zu stellen, die ihr seit dem Besuch des Kriminalbeamten auf der Zunge lag. Die seltsame Intimität, die das Abenteuer der letzten Nacht bewirkt hatte, schuf eine Atmosphäre, in der die peinlichsten Probleme diskutiert werden konnten. Trotzdem hatte sie den Eindruck, daß er etwas zurückhaltend war, und ihr ungutes Gefühl verstärkte sich, als er erst einen Augenblick schwieg, nachdem sie ihm die Frage gestellt hatte.

„Ja, es stimmt, daß diese Dame mich oft besucht; doch ist sie, wie ich Rouper schon sagte, eine Köchin — zumindest war sie das vor vielen Jahren."

Er lachte nervös in sich hinein.

„Sie hat einen großen Kummer", war alles, was er Jane sagen wollte; abgesehen davon, daß sie Untersohn hieß und schwedischer Abstammung war.

Die Sonne stieg an einem blauen, wolkenlosen Himmel auf; Garten und Rasen riefen sie mit lauter Stimme. Trotz der anregenden Wirkung des Tees stellte Jane gegen sieben Uhr fest, daß ihr der Kopf heruntersank. Sie ging in ihr Zimmer, um sich eine Stunde hinzulegen, doch erst der mittägliche Gong weckte sie.

Vieles war geschehen, während sie geschlafen hatte. Als sie aus dem Fenster blickte, sah sie Peter zusammen mit einem Mann die Einfahrt hinuntergehen, der seiner Figur nach Chefinspektor Bourke zu sein schien.

Peter wartete zum Mittagessen auf sie.

„Ich hatte sie gebeten, diesen höllischen Gong nicht anzuschlagen", sagte er. „Du hast so fest geschlafen, daß ich nicht wollte, daß du geweckt wirst."

„War das Mr. Bourke, den ich gesehen habe?"

Er erklärte, daß Bourke auf seine Bitte hin herausgekommen war und daß er keinerlei Zweifel hatte, daß es sich bei dem Mann, der in der Nacht in ihr Zimmer gekommen war, um dasselbe Individuum handele, das in der Nacht zuvor auf dem Grundstück umhergestrichen war. Er erklärte nicht, woher er das wußte, sondern fuhr fort:

„Übrigens, du hast hoffentlich nichts dagegen: Ich habe Donald Wells gefragt, ob er herauskommen kann. Ich wäre sonst zu ihm gefahren, aber ich wollte dich nicht gern hier allein lassen."

Sie sah schnell von ihrem Teller auf.

„Warum? Geht es dir nicht gut?" fragte sie.

„Hm, gut? O ja, mir geht es gut! Natürlich haßte Donald den Gedanken, sich in unsere Flitterwochen hineinzudrängen."

In seinen Augen war die Spur eines Lachens, als er dies sagte.

„Bringt er Marjorie mit?"

Peter schüttelte den Kopf.

„Nein", antwortete er knapp.

„Warum kommt er dann, wenn du nicht krank bist?" wiederholte sie hartnäckig.

Es war eine Gelegenheit für Überschwenglichkeiten und indirekte

Vorwürfe. Doch irgendwie erwartete sie das nicht und war auch nicht enttäuscht.

Der Nachmittag kam und brachte für diesen Tag den zweiten Schock mit sich.

Peter saß lesend in der Bibliothek. Jane hatte einen vergeblichen Versuch gemacht, sich für den Rosengarten zu interessieren und mit einem uralten und wortkargen Gärtner ins Gespräch zu kommen. Sie war mit dem Gefühl purer Verzweiflung zurückgekommen, als sie darüber nachdachte, wieviel Stunden bis zum Schlafengehen noch zu füllen waren.

Peter sah auf, als sie hereinkam, und verbarg hastig das Buch, das er las – ein seltsamer Umstand, der ihre Neugier erregte.

„Wie lange müssen wir noch in Longford bleiben?" fragte sie verzweifelt. „Peter, dies ist ein furchtbarer Ort; bist du sehr böse, wenn ich dir sage, daß ich mich schrecklich langweile?"

Sein Lächeln war voller Mitgefühl.

„Ich habe schon dasselbe gedacht", bekannte er, „und deshalb habe ich, ohne dich vorher zu fragen, eine Suite im *Ritz-Carlton* gebucht. Da haben wir wenigstens die Theater."

Die Aussicht auf Befreiung aus ihrer trostlosen Umgebung machte sie fast glücklich.

„Vater darf es aber nicht wissen – er würde es nicht verstehen", sagte sie. „Wann fahren wir?"

Er berichtete, er habe die Suite, die er haben wollte, erst vom übernächsten Tag an bekommen können.

„Was hast du gelesen, als ich reinkam?"

Ganz schuldbewußt holte er das Buch hervor. Es war ein französisches Werk über Kupferstiche. Sie hatte vergessen, daß er eine Liebhaberei hatte, und sagte ihm das.

„Ich verdanke dem eine Menge", erwiderte er. „Ich hätte dich nicht getroffen, wäre meine Eitelkeit nicht auf eine persönliche Ausstellung hinausgelaufen."

Sie hatte schon vergessen, daß es eine schäbige Galerie in einer Seitenstraße der Bond Street gewesen war, wo ihr Vater sie miteinander bekannt gemacht hatte.

„Armer Daddy! Er war entsetzlich durcheinander, daß er deine Druckplatten verloren hat. Es tut mir auch leid."

Peter war hier so menschlich, ihrem Bedauern beizupflichten. Denn in einem Augenblick der Überschwenglichkeit hatte er seinem künftigen Schwiegervater einen Satz seiner Kupferstiche von unschätzbarem Wert geliehen. Peters Arbeiten waren außerordentlich schön. Die verlorengegangenen Platten, keine größer als eine Postkarte, verkörperten den Gipfel seiner Leistung.

„Es ist schrecklich schade, ich werde nie wieder so etwas fertigbringen", sagte er, einen Augenblick lang ein Bild der Schwermut. Dann lachte er beinahe übermütig. „Und es heißt immer, wir Engländer hätten keine künstlerischen Neigungen! Ich schrieb tausend Pfund für die Rückgabe der Platten aus, aber der Finder zog es dennoch vor, die Meisterstücke zu behalten!“

Sie saß in einem niedrigen Sessel auf der anderen Seite des Kamins, ihr Kinn auf die Hand gestützt, schaute ihn an, indessen ihre Gedanken mit seltsamen Dingen beschäftigt waren.

„Ich nehme an, daß dieser Mann — wie nennen sie ihn? — den Cleveren — auch ein Kupferstecher sein muß, nicht wahr? Daddy sagte, daß nur ein glänzender Künstler so etwas könnte. Er hat ein paar Probestücke gesehen.“

„Das denke ich auch.“

Sein Ton war vollkommen gleichgültig. Offensichtlich interessierten ihn die künstlerischen Fähigkeiten des unbekannten Fälschers nicht besonders.

Allein die Tatsache, daß sie den Cleveren erwähnt hatte, schien seine gute Stimmung versickern zu lassen und das weitere Gespräch zu hemmen.

Nach einer Weile stand sie auf und ging in die Halle hinaus.

An der Tür stehend und in den Park hinaussehend, wurde sie auf das Auto aufmerksam. Es war keine gewöhnliche Limousine. Ihr erster Eindruck war der, daß sich infolge irgendeines Versehens ein Teil einer Zirkuskolonne auf das Grundstuck verirrt hätte. Die Karosserie war groß und altmodisch. Sie war mit glänzender scharlachroter Farbe gestrichen, mit Gold abgesetzt. Die Türgriffe und die sonstigen Metallteile waren von mattem Gold. Der Chauffeur und der Lakai trugen Uniformen, die völlig zu dem Auto und seiner Polsterung paßten: ihre Mützen waren goldbetreßt.

Mit offenem Mund diese ungeheure Maschine beobachtend, bemerkte Jane, daß die Mützen der Dienstboten außerdem mit imposanten Kokarden geschmückt waren.

Der Lakai stieg aus und öffnete die Tür. Er wirkte recht selbstbewußt. Aus dem Innern des Wagens kam eine gewaltige Dame zum Vorschein. Sie war von achtunggebietender Größe, kräftiger Statur und grobem Teint. Doch trotz ihres geröteten Gesichts und ihres aufgedunsenen Fleisches war für Jane zu erkennen, daß dieses abstoßende Gesicht einst schön gewesen war. Eine dicke Schicht weißen Puders betonte noch die Furchen und Runzeln, die darunter lagen. Ihre Lippen waren von leuchtendem Dunkelrot, die Augenwimpern stark angetuscht — ein Streifen der Schminke hatte irgendwie ihre Wange erreicht und verlieh ihrem Gesicht, das an sich schon etwas furchterregend war, einen Hauch von Groteskem.

An ihren angeschwollenen Händen trug sie keine Handschuhe, aber jeden Finger zierten Ringe von einem Knöchel bis zum anderen. In ihren Ohren steckten Diamanten, und von ihrem Hals hing eine riesige, glitzernde Schmuckplatte herab, die auf ihrem Busen ruhte.

Sie war teuer und jugendlich gekleidet, aber die Farben mußten ihre eigene Wahl gewesen sein. Kein noch so tyrannischer Designer hätte diese Champagnerfarbe oder diese mädchenhaften Konturen gebilligt.

Sie stand unter dem Säulenvorbau und starrte die junge Frau düster an.

„Sie sind seine Ehefrau? Ich bin Madam Untersohn."

Madam Untersohn – die Köchin! Dies war also die geheimnisvolle Frau, die Peter fast jeden Tag besucht hatte. Ihre Stimme war hart und gewöhnlich; sie machte keinen Versuch, über ihre Erscheinung und ihren Pomp hinaus irgendwie die Illusion der Vornehmheit zu erwecken.

„Ja, ich bin Mrs. Clifton."

Die gewaltige Dame atmete schwer; offensichtlich war das die Auswirkung irgendeines in ihr eingeschlossenen Gefühls – Jane nahm an, es sei dumpfer Zorn, und war eher neugierig als alarmiert.

„Sie haben bekommen, was gar nicht seins war und was er nicht weggeben durfte!" Die Besucherin bellte ihren Vorwurf fast hinaus. „Was er dem rechtmäßigen Erben weggenommen hat von ..."

Einen Augenblick war Jane verblüfft. Sie hätte die theatralische Geste, das banale Klischee eines billigen Melodramas einfach ignorieren können.

„Rechtmäßiger Erbe? Wer soll der ‚rechtmäßige Erbe' sein?"

Madam Untersohn nahm eine neue Pose ein.

„Peter Cliftons Bruder – mein Sohn!" sagte sie.

Kapitel 6

Peters Bruder? Peter war ein Einzelkind – das war die einzige Information, die er ihr über sich gegeben hatte.

„Ich glaube, Sie irren sich."

„Gestatten Sie!"

Das war Peters Stimme. Er war hinter ihr geräuschlos aus der Bibliothek gekommen.

„Ihnen was gestatten?" Sie schürzte die angemalten Lippen zu einem häßlichen Grinsen. „Es reden doch sowieso immer nur Sie! Aber damit bringen Sie Ihren armen Bruder nicht um sein Recht!"

Ein feiner Unterschied lag in der schroffen Stimme, mit der sie Peter Clifton ansprach. Die grobe Sicherheit war dem Ton eines Plädoyers gewichen. In dem Gebaren der Frau war eine gewisse Unruhe zu spüren, denn sie rieb jetzt die juwelenbesetzten Hände gegeneinander und zwinkerte nervös mit den getuschten Wimpern.

„Ich bin rausgekommen, um mir anzusehen, wie weit Sie gegangen sind!“ Ihre Stimme war schrill geworden. „Ich habe keine Angst vor Ihnen. Wenn Sie mit Tricks anfangen, wie sie Ihr Vater drauf hatte, schieße ich Sie ab wie einen Hund – bei Gott, das werde ich tun!“

Sie ließ die große Tasche aufschnappen, die sie bei sich trug, und kramte in ihren Tiefen herum; schließlich hielt sie in der zitternden Hand einen vernickelten Revolver.

„... ich erschieße Sie so schnell, wie ich Sie sehe. Ich will Gerechtigkeit, und Sie machen mir keine Angst mehr!“

Peter musterte sie mit ausdruckslosem Gesicht, seine ernsten Augen fest auf sie gerichtet.

„Kommen Sie bitte herein, Mrs. Untersohn“, sagte er, drehte sich um, ging auf die Bibliothek zu und riß die Tür auf.

Jane konnte nur den Mund aufreißen, sprachlos über die Szene, die sich ihr bot. Es war wie ein Ausschnitt aus einem phantastischen Traum. Sie beobachtete die Frau, die hinterherwatschelte, ihre mißtrauischen Augen auf Peter gerichtet, die glänzende Pistole immer noch in der zitternden Hand wiegend.

Madam Untersohn ging rückwärts in den Raum, und Peter folgte ihr. Die Tür schloß sich hinter ihnen. Jane ging auf den Rasen hinaus. In ihrem Kopf drehte sich alles.

Was bedeutete das? Was für eine Erklärung gab es für das Eindringen dieser übertrieben gekleideten alten Frau mit ihren Drohungen, ihrem Revolver und ihren geheimnisvollen Andeutungen in bezug auf einen Bruder von Peter?

Als sie langsam und ziellos auf die Einfahrt zuging, hörte sie das Knirschen von Rädern; als sie hochsah, entdeckte sie ein Auto, das sich ihr aus Richtung der Torhäuschen näherte. Ihr Herz hüpfte, als sie die blaue Karosserie erkannte, und sie lief quer über den Rasen und winkte dem Fahrer zu.

„Es tut mir schrecklich leid — nach Arkadien hereinzuplatzen — und alles dieses.“ Donald Cheyne Wells ließ lächelnd seine weißen Zähne sehen, als er ihre Hand ergriff.

„Und ich bin schrecklich froh, daß Sie gekommen sind“, gab sie leidenschaftlich zurück. „Willkommen im Märchenland!“

Er lächelte abermals.

„Ein angenehmes Märchenland, hoffe ich?“ Es war seltsam (daran erinnerte sie sich erst, als sie ihm die Ereignisse der Nacht offenbarte), daß sie weder mit Donald noch mit seiner Frau je auf vertrautem Fuß gestanden hatte; dennoch erzählte sie ihm von dem ungebetenen nächtlichen Besucher, fast bevor sie begriff, was sie da sagte.

Die Wirkung auf ihn war bemerkenswert. Er stand stocksteif da und starrte sie an.

„Um des Himmels willen!“ hauchte er; dann fragte er schnell: „Sie haben ihn nicht erkannt?“

Es lag geradezu etwas Komisches in seiner Erregung. Und dann sah sie, daß sich seine Augen noch weiter öffneten. Madam Untersohns „Kutsche“ war vor dem Haus vorgefahren und geriet ihnen ins Blickfeld, als sie weitergingen.

„Untersohn – ist sie hier?“

Sein Gesicht wurde spitz und grau. Sie konnte ihn nur bestürzt ansehen.

„Sie kennen sie? Wer ist sie?“

Doch bevor sie die Frage ganz ausgesprochen hatte, eilte er schon auf das Haus zu.

Bevor er den Säulenvorbau erreicht hatte, erschien Madam Untersohn. Unter dem Puder, der ihr Gesicht bedeckte, sah man eine cholerische Röte. Gebieterisch winkte sie den aufmerksamen Lakai zu, und ihr massiges Auto bewegte sich auf sie zu.

Cheyne Wells war stehengeblieben, als er sie erblickte; er sprach und bewegte sich nicht, bis die Maschine mit ihrer prunkvollen Fracht weiterfuhr.

„Wie lange ist sie hiergewesen?“ Er war barsch bis zur Grobheit.

„Nur ein paar Minuten“, antwortete Jane verwundert. „Wer ist sie?“

Sie hörte ihn tief seufzen. Es war der Seufzer eines Mannes, dem eine schwere Last von der Seele genommen worden ist. Sein Ton wurde liebenswürdiger.

„Sie ist eine Frau, die Peter ziemlich viel Ärger gemacht hat, denke ich“, sagte er. Und dann schnell: „Sie haben sie gesehen? Hat sie irgend etwas zu Ihnen gesagt?“

Jane lacht.

„Sie werden immer rätselhafter, Donald“, bemerkte sie. „Ja, ich hatte ein kurzes Gespräch mit der Dame, in dessen Verlauf sie mir erzählte, ihr Sohn wäre der rechtmäßige Erbe, er wäre Peters Bruder ...“

Wieder zeigte sich Spannung auf seinem Gesicht. Seine dunklen Augen hatten sich so verengt, daß sie fast zu Schlitzen geworden waren. „Das hat sie Ihnen gesagt, wirklich? Sie ist wahnsinnig! Offensichtlich ist sie irre. Niemand würde mit einer solchen Karre umherfahren wie sie, wenn er nicht verrückt ist. Sie haben das doch nicht im geringsten ernst genommen, was sie gesagt hat?“

Jane schüttelte den Kopf.

„Ich hatte gar keine Zeit, darüber nachzudenken“, antwortete sie und wollte fortfahren, aber er unterbrach sie.

„Peter hatte nie einen Bruder. Diese Frau ist eine Geisteskranke, besessen von der Vorstellung, ihr Sohn wäre der Erbe von Peters Vermögen.“

„Sie selbst sieht nicht besonders bedürftig aus“, sagte Jane, sich an die blitzenden Diamanten erinnernd.

Wells nickte.

„Sie muß eine reiche Frau sein. Dadurch wird ihr Verhalten nur noch ungewöhnlicher."

Er schien äußerst bemüht zu sein, sie in diesem Punkt zu überzeugen — viel zu bemüht, dachte sie scharfsinnig.

„Peter hätte sie schon vor Jahren einsperren lassen sollen; er ist eben zu gutmütig. Hallo, Peter, alter Junge!"

Peter Clifton war aus dem Haus geschlendert, die Hände tief in die Taschen seiner Flanellhose gesteckt, die Andeutung eines Lächelns um die Lippen. Ohne ein Wort zu der jungen Frau zu sprechen, stürzte Donald Wells auf ihn zu, ergriff ihn am Arm und führte ihn — trotz seines Widerstrebens, wie es Jane vorkam — ins Haus zurück.

Immer rätselhafter, sagte sich Jane und ging in ihren unfreundlichen kleinen Salon hinauf. Keine Neuvermählte vor ihr hatte sich je so wenig als junge Frau gefühlt, als so überflüssig für das Glück, das Wohlbehagen und die Unterhaltung jedes anderen Menschen.

Sie wollte ihren Ohren nicht trauen, als sie eine Viertelstunde später Donalds Auto wegfahren hörte. Er war gegangen, ohne sich zu verabschieden und ohne noch ein Wort mit ihr zu wechseln. Zuerst war sie amüsiert und dann ärgerlich; etwas mehr als der von Peter überbrachte Abschiedsgruß aus zweiter Hand war schon nötig, um ihren Seelenfrieden wiederherzustellen.

„Er mußte schnell in die Stadt zurück."

„Warum ist er dann kurz mal herausgekommen?" fragte sie fast scharf.

„Ich bat ihn, mich zu besuchen. Was hältst du übrigens von der Dame?"

Er folgte ihr in die Bibliothek und schob ihr einen Sessel hin, doch sie blieb neben dem Büchertisch stehen, mit den Fingern unheildrohend darauf trommelnd.

„Hast du noch mehr Überraschungen für mich?" fragte sie. Ihr Ton amüsierte ihn irgendwie, denn er lachte.

„Es tut mir entsetzlich leid." Peter sprach im Ton einer Entschuldigung, aber er war keineswegs verlegen — nicht einmal besorgt. „Sie war wirklich eine Überraschung, nicht wahr?"

Er erwartete eine weitere Frage, und sie enttäuschte ihn auch nicht.

„Was meinte sie damit, als sie von deinem Bruder sprach?"

Er lächelte flüchtig.

„Das ist einer der vielen dunklen Punkte in meiner Familiengeschichte", antwortete er, „meiner Meinung nach der unbedeutendste. Ich nehme an, meine Einstellung ist überhaupt etwas unmoralisch; auf jeden Fall stört mich gerade diese Dummheit meines Vaters nicht so sehr, wie sie es wohl sollte."

Sie schwieg dazu.

„Ach — das ist es?" fragte sie unbeholfen.

„Ja, das ist es. Es tut mir leid. Mrs. Untersohn, die, soweit ich weiß, eine Miss Untersohn ist, hat sehr verschwommene Vorstellungen über das Erstgeburtsrecht und glaubt, ihr Sohn hätte ein Anrecht auf – hm – einen Anteil am Vermögen."

Seine fragenden Augen ruhten auf ihr. Sie schienen wissen zu wollen, ob sie überzeugt war.

„Das ist sehr unangenehm, nicht wahr?"

Das war für sie eine unbefriedigende, fast scheinheilige Antwort. Sie war wirklich nicht schockiert; sie spürte nicht einmal die Unerfreulichkeit, die in Peters Offenbarung lag. Ihr erstes Gefühl war das der Erleichterung.

„Ja – sehr. Hast du etwas dagegen, daß ich Bourke zum Abendessen eingeladen habe?"

Sie war etwas verwundert darüber.

„Den Polizeibeamten? Peter, warum liegt dir soviel daran, dich mit Kriminalbeamten zu umgeben?"

Diese Frage amüsierte ihn wirklich.

„Ich dachte, ich hätte dir das auseinandergesetzt", erklärte er lachend. „Wirklich, ich kann dir auch keine bessere Erklärung geben. Bourke ist ein sehr guter Freund von mir. Er hat schon sehr viel für mich getan. Hast du wirklich etwas dagegen, daß er kommt? Ich kann ihn ja wieder ausladen."

Sie hatte jedoch keine Einwände. Wären sie beim Essen zu dritt, würde sich die Spannung sicherlich etwas legen.

„Bleibt er über Nacht?"

Peter schüttelte den Kopf.

„Gleich nach dem Abendessen fährt er nach London zurück."

Es gab keine Verbindung zwischen ihrem Gespräch und der Erkenntnis, daß ihre Beziehung ungewöhnlich war. Plötzlich kam sie ihr in den Sinn – die groteske Unwirklichkeit ihrer Positionen. Peter hatte sie mit unbegreiflicher Bereitwilligkeit akzeptiert; seine Willfährigkeit war fast übermenschlich. Sie saß am Fenster ihres Schlafzimmers, auf eine Welt hinausschauend, die öde und ein bißchen häßlich geworden war. Sie überlegte, ob sie nicht plötzlich aufwachen und feststellen würde, daß ihre Eheschließung nur ein Traum gewesen war – in mancher Beziehung allerdings, und das war die seltsame Verdrehtheit, ein ziemlich angenehmer Traum.

Als sie Peter sah, wie er langsam den Rasen überquerte, mußte sie sich sagen: Das ist dein Ehemann – du trägst seinen Namen, und du bist seine Frau, bis daß der Tod euch scheidet.

Selbst diese fürchterliche Unvermeidbarkeit schockierte sie nicht; wenn sie auch das unbegreifliche Phänomen ihrer Heirat nicht verstand, so akzeptierte sie doch ihr eigenes Schicksal als etwas, was sie nicht persönlich interessierte.

„Was natürlich albern ist“, sagte sie zu sich selbst; doch in ihrem Hohn lag keine Überzeugung.

Die Nachmittagspost brachte einen Brief von Basil Hale, und der Anblick seiner Handschrift versetzte ihr einen kleinen Stich. Peter brachte ihr den Brief aufs Zimmer, zusammen mit einer Zeitung.

„Ich habe den Briefträger gar nicht kommen sehen“, sagte sie überrascht.

„Vor einer Stunde war er hier – ich vergaß, dir den Brief gleich zu geben“, antwortete er.

Sie schlitzte den Umschlag auf. Was hatte Basil ihr zu sagen? Er war, so berichtete er, an diesem Morgen aus Bournemouth zurückgekommen; der Londoner Poststempel zeigte die erste Briefkastenleerung an.

Ich überlege, wann es sich vernünftigerweise schickt, Euch junges Liebespaar zu besuchen ... Dein Vater war an dem Abend, an dem Du gingst, so trostlos, daß ich den Abendzug nach Bournemouth nahm. Ich weiß auch nicht genau, warum eigentlich ...

Der Rest war nichts weiter als ein tagebuchartiger Bericht von unbedeutenden persönlichen Erlebnissen.

Irgendwie ärgerte sie der Brief. Vielleicht bestimmte sie der Gedanke, daß sie ein Privatleben besaß, in das weder er noch irgend jemand sonst eindringen konnte.

Basil war wie gewöhnlich unverschämt. Sie sah sich gezwungen, ihre innere Einstellung zu Basil Hale zu überprüfen. Sie waren schon jahrelang befreundet, bevor sie Peter kennenlernte. Basil war ein typischer unbekümmerter junger Mann aus der Stadt, ungehobelt, zu einer losen Zunge neigend, aber durchweg amüsant. Mitunter geistreich; ein ausgezeichneter Gefährte, der einen manchmal schockieren konnte, der aber nie langweilig war.

Gedankenlos drehte sie das kleine Blatt um und sah, daß er es am unteren Rand mit einer Nachschrift versehen hatte – eine seiner ausgefallenen Eigenheiten:

Ich mache mir fürchterliche Sorgen um Dich – ehrlich. Habe ich mich richtig verhalten? Haben wir alle das getan? Diese Leidenschaft für Geld, für die wir alles zu opfern bereit sind

Damit endete die Nachschrift – nicht einmal ein Punkt schloß sie ab.

Jane durchsuchte den Umschlag nach einer Fortsetzung dieser Mitteilung – es gab keine. Doch als sie ihn öffnete, machte sie eine Entdeckung. Die Klappe des Umschlags rollte sich bei ihrer angestrengten Suche, und ihr Klebstreifen war noch naß.

Irgend jemand hatte den Brief geöffnet und gelesen. Und dieser Jemand konnte niemand anders gewesen sein als ihr Ehemann.

Kapitel 7

Sie fand Peter in der Bibliothek über einem Buch eingenickt. Ohne Einleitung erhob sie gleich ihre Anklage.

„Vielleicht bin ich sehr ungerecht, wenn ich dir eine Niederträchtigkeit zutraue, die vielleicht einer der Dienstboten ...“

„Du brauchst die Dienstboten nicht zu beschuldigen“, sagte er. „Ja, ich habe den Brief geöffnet.“

Eine Welle des Zorns schlug über ihr zusammen und machte sie einen Augenblick lang stumm.

„Du hast meinen Brief geöffnet? Warum? Gehört das zu den Rechten, die dir die Ehe verleiht?“

„Ich habe noch kein spezielles Recht entdeckt, das mit der Eheschließung verbunden ist“, sagte er mit einem leichten Lächeln, das sie verrückt machte. (Sie fand, daß sie Peter in so selbstsicherer Stimmung nicht ausstehen konnte.)

„Würdest du mir bitte erklären“, — sie gab sich Mühe, daß ihre Stimme ruhig blieb — „warum du diesen außergewöhnlichen Schritt ergriffen hast? Es war kein Versehen; sonst hättest du mir das gesagt.“

„Nein, es war kein Versehen“, sagte er gelassen. „Ich habe nur etwas dagegen, daß Basil Hale mit dir Briefe wechselt. Ich wollte dir das später sagen — ich habe nicht im Traum daran gedacht, daß er die Nerven haben würde, dir zu schreiben in deinen — Flitterwochen.“

Sie war ärgerlich, aber sie war auch verblüfft. Sie hatte immer gedacht, er und Basil wären gute Freunde. Als könne er ihre Gedanken lesen, fuhr er schnell fort:

„Ich bin nicht eifersüchtig im ordinären Sinn des Wortes. Hale und ich sind zwei entgegengesetzte Pole. Ich mißtraue ihm, und er mag mich nicht.“

„Warum mißtraust du ihm?“

Er zuckte mit den Achseln.

„Man faßt unvernünftige Abneigungen gegenüber manchen Leuten, und dazu gehört er. Ich weiß, ich habe einen unverzeihlichen Fehler begangen, Jane, aber es ging mir nur um dein Glück.“

Den letzten Teil seiner Rede brachte er etwas zögernd heraus. Sie war davon nicht überzeugt. Wenn sie nicht streiten wollte, dann war es vernünftig, die Angelegenheit im Raum stehenzulassen; noch vernünftiger war es vielleicht, eine Entschuldigung für ihn zu finden, damit die Möglichkeiten einer wachsenden Zuneigung nicht zerstört würden. Und diesen Weg beschritt sie.

„Es ist nicht so wichtig“, sagte sie, fast gleichgültig. „Ich war nur ein bißchen ärgerlich. Man mißt Briefen immer eine besondere Bedeutung bei.“

„Natürlich. Es tut mir schrecklich leid.“

Dieser Vorfall brachte sie noch ein bißchen weiter auseinander. Als

Bourke ankam, waren ihre Beziehungen fast eisig. Sie pries den glücklichen Gedanken, der eine dritte Person an ihren nicht viel versprechenden Tisch geführt hatte.

Mr. Bourke, jener untersetzte Mann, war in herzlichster Stimmung; unter seinem wohltuenden Einfluß taute sie auf und begann sich sogar für Verbrecher zu interessieren.

Offensichtlich gab es nur einen in der Welt, und der war außergewöhnlich raffiniert.

„Ich bin ein armer Mann, aber ich würde tausend Pfund dafür geben, ihn greifen zu können", brummte Mr. Bourke.

Er pflegte seine Worte mit imaginären Schlägen auf den Tisch zu betonen. Jedesmal, wenn er seine riesige Faust erhob, fuhr Jane zurück, aber der erwartete Schlag blieb immer aus.

„Er ist ein Mann außerhalb aller kriminalistischen Kategorien. Es gibt Mittäter, aber keiner hat ihn je verraten. Und warum nicht? Weil sie ihn nicht kennen!"

„Und inwiefern unterscheidet er sich von anderen Fälschern?"

Sie mußte nicht erst ein Interesse am Cleveren heucheln; der unbekannte Fälscher erfüllte ihre ganze Phantasie.

Bourke fuhr mit der Hand in seine Tasche, holte eine dicke Lederbrieftasche heraus und öffnete sie. Einem ihrer vielen Fächer entnahm er eine amerikanische Hundertdollarnote.

„Sehen Sie sich das an", sagte er. „Sie sind kein Fachmann, aber wären Sie einer, Sie würden dasselbe sagen: Es ist unmöglich, diesen Schein von einer echten Banknote zu unterscheiden. Billige Fälschungen sind überall in Umlauf. Es gibt eine Stelle in Hamburg, wo man Fünfpfundnoten jeweils für achtzehn Pence kaufen kann. Derjenige, der statt dessen die Produkte des Cleveren kauft, muß auch entsprechend zahlen — aber er erkauft damit auch Sicherheit."

Peter, der zunächst kaum interessiert schien, warf eine Frage ein.

„Was würde diese Hundertdollarnote kosten, wenn man sie direkt beim Fälscher kauft?" Er lehnte sich bei seiner Frage vor, seine Augen fest auf den Kriminalbeamten gerichtet.

„Zwanzig Dollar", antwortete Bourke sofort. „Vielmehr wäre das der Preis bei dem Vermittler, der vermutlich selbst fünf Dollar an dem Geschäft verdient. Darin unterscheidet sich der Clevere von allen anderen — er läßt sich die Seelenruhe bezahlen. Man könnte mit einer Tasche voll davon quer durch die Vereinigten Staaten reisen, und die Wahrscheinlichkeit, daß man damit gegriffen würde, läge bei eins zu zehntausend. Wenn man nicht gerade in Washington oder in einer anderen Stadt ist, in der eine gewisse Gefahr besteht, daß die Bundesbehörden gelegentlich einen Blick auf das in Umlauf befindliche Geld werfen. In Ohio gab es einen Bankier, der innerhalb eines Jahres dreitausend dieser Hundertdollarnoten in Umlauf brachte — unschuldig natürlich."

Das Vorgehen des Cleveren fand er schwierig zu erklären. Vermittler waren zwar in Paris, Berlin und Chicago festgenommen worden. Doch konnten sie keine weiteren Informationen geben, als daß ihnen zu einer vorherbestimmten Zeit, meistens nachts, an einer vereinbarten Stelle — an irgendeinem offenen Platz, wo nicht die Gefahr der Spionage bestand — die Banknoten übergeben wurden, deren Preis sie auf Heller und Pfennig bezahlten. Bei den Falsifikaten lag ein maschinengeschriebener Zettel, auf dem stand, wohin sie ihre nächste Anforderung richten konnten. Die Anschrift war nie dieselbe; in einem Fall entdeckte die Polizei, daß es ein „Etablissement" war, das ein kleiner Zeitungshändler zur Verfügung gestellt hatte. Immer wurde ein zufällig gefundener Junge losgeschickt, die angekommenen Briefe abzuholen, die vermutlich durch zwei oder drei weitere Hände gingen, bevor sie den Fälscher erreichten.

„Er macht nie den Fehler, den Markt zu überschwemmen. Manchmal liefert er neun Monate gar nichts. Doch das, was er herausbringt, ist das Beste. Das einzige, was wir sicher wissen, ist, daß die Zahl seiner Vermittler sehr begrenzt ist. Es hat nicht einen einzigen Fall gegeben, in dem die Auslieferungen in Paris und Berlin gleichzeitig erfolgten."

„Dennoch müssen seine Gewinne riesig sein", sagte die junge Frau staunend.

Bourke nickte.

„Etwa sechzigtausend Pfund im Jahr. Das ist eine Menge Geld. Das einzige Mal, daß er gefälschte Banknoten in ganz großem Maß herausbrachte, war während der Krise des Franc. Vermutlich trug er damit zu der Entwicklung entscheidend bei. Er warf dreißig Millionen Franc in Tausendernoten auf den französischen Markt."

Peter hatte während dieses Gesprächs mit seinem Messer gespielt, die Augen auf den Tisch geheftet. Jane hatte den Eindruck, daß er sich ein wenig langweilte. Sie verstand nicht, daß ein Mann, der sich so sehr für die Arbeit der Polizei interessierte, so wenig Aufregendes in dieser Erzählung finden sollte.

Sie schloß aus seiner Unruhe, daß er darauf wartete, mit Bourke allein sprechen zu können. Er überließ Bourke und ihr die Unterhaltung und starrte während des ganzen Essens auf das einzige Porträt, das in diesem Raum hing — ein großes Ölbild in einem matten Goldrahmen, an der Täfelung befestigt. Es war das Bild eines Mannes aus der Regentschaftszeit mit hohem Kragen, ernstem Gesicht, hartem, großem Mund und Augen, in die der Maler mehr als nur eine Andeutung kalter Bösartigkeit gelegt hatte. Das Bild schien ihn zu faszinieren, denn immer wieder wanderten seine Augen zu der gemalten Gestalt.

Zum frühestmöglichen Zeitpunkt stand Jane auf und verließ sie, und Peters Miene hellte sich beim ersten Anzeichen ihres bevorstehenden Aufbruchs sichtbar auf.

Sie war von Natur aus nicht neugierig und war irritiert, daß sie sich darüber Gedanken machte, über welches Thema die beiden Männer ein solch ernstes Gespräch führten. Aber das war wirklich nicht ihre Sache.

Sie ging von dem Gesellschaftszimmer in ihren kleinen Salon hinauf, schürte das schwelende Feuer, bis es schwach loderte, und durchsuchte aus lauter Langeweile das kleine Bücherregal, ob sie etwas zum Lesen fände. Es enthielt einige mehrbändige Romane, einen Band über Archäologie (im Jahr 1863 veröffentlicht), ein Schullesebuch mit Eselsohren sowie zu ihrer Überraschung einen ganz modernen Band in deutsch. Sie verstand Deutsch nicht, aber die Illustrationen ließen keinen Zweifel über das Thema des Buches. Es war ein Lehrbuch der Kunst des Kupferstechens.

Ob es Peter gehörte? Sie erinnerte sich an die Platten, die ihr Vater verloren hatte; erinnerte sich auch an einige von Peters besseren Arbeiten. Eine Marschlandschaft, voller Licht und sanften Schatten. John Leith hatte ihr gesagt, daß diese kleine Arbeit von Peter durchaus an die Seite von denjenigen von Zohn zu dessen besten Zeiten gestellt werden könnte.

Das Buch war gründlich gelesen worden, denn verschiedene ihr unverständliche Sätze waren unterstrichen. Peter sprach oder verstand also Deutsch — sie entdeckte jeden Tag irgendeine neue Fertigkeit an ihm. An dieser Stelle merkte sie mit Erschrecken, daß ihre Gedanken nicht frei von einem gewissen Spott waren — doch es gab keinen Grund, Peter zu verspotten. In Wahrheit gab es viel, was sie bewundern und respektieren mußte.

Es war zehn Uhr, als Peter sie herunterbat, um Mr. Bourke gute Nacht zu wünschen. Sie stand an der Seite ihres Ehemannes und sah das rote Rücklicht am Ende der Einfahrt verschwinden; dann gingen sie zusammen in die Bibliothek zurück, ein bißchen ungeschickt in ihrer Gemeinsamkeit.

„Nun, hattest du ein zufriedenstellendes Gespräch?“ fragte sie.

Sie war nicht wirklich daran interessiert, versuchte jedoch verzweifelt, ihr freundschaftliches Verhältnis auf die Stufe zurückzubringen, auf der es ihnen am Nachmittag entglitten war.

Er war linkisch und stammelte ein bißchen; so gab es ein ungemütliches Schweigen, bis sie ihm etwas hastig eine gute Nacht wünschte und in ihr Zimmer hinaufging.

Diesmal verschloß sie die Tür, zog die Vorhänge am Fenster zu und befestigte den Riegel des Fensterflügels, so daß er nicht von außen geöffnet werden konnte; dann zog sie sich aus. Sie war noch kein bißchen müde, nur gelangweilt, unsagbar gelangweilt. Eine ganze Stunde lag sie da, drehte sich von einer Seite auf die andere und versuchte vergeblich einzuschlafen, bis sie schließlich in einen Zustand verfiel, der weder das eine noch das andere war, eine Art betäubter, benommener Schlaflosigkeit...

Was sie zu vollem Bewußtsein gebracht hatte und ihr Herz klopfen ließ – sie wußte es nicht. Es war ein Geräusch, das Knirschen von Schritten auf dem Kies. Vielleicht hatte sie während ihres Schlafs im Unterbewußtsein darauf gelauscht. Gefahr war schon einmal von draußen gekommen, und so konnte es wieder sein.

In Sekundenschnelle war sie aus dem Bett, zog ihren Morgenrock über, ging verstohlen zum Fenster und schaute hinaus. Eine Zeitlang sah sie nichts, aber dann ...

Es war keine Einbildung: Gegen das dunkle Gras sah sie etwas noch Dunkleres, das sich bewegte – die Gestalt eines Mannes.

Sie mußte die Hand vor den Mund halten, um einen Schreckensruf zu unterdrücken. Da war es wieder! Mit zitternden Händen öffnete sie die Tür, die zum Salon führte, ging schnell durch ihn hindurch und öffnete Peters Tür. Das Bett war leer und unbenutzt, wie sie beim Schein der kleinen Lampe sah, die auf dem Nachttisch brannte.

Die Zeiger der Uhr neben der Lampe wiesen auf zwei. Sie durchschritt den Raum und ging die Treppe hinunter. Die Tür der Bibliothek stand offen, aber der Raum war dunkel. Doch unter der Tür zum Eßzimmer sah sie einen schmalen Lichtstreifen, und sie ging hinein. Doch auch dieser Raum war leer, aber schon als sie die Türklinke bewegte, wurde sie sich eines leisen rhythmischen Surrens wie von einer Maschine bewußt.

Wo war das Porträt des bösartigen Mannes geblieben?

Es war von der Wand verschwunden, und seinen Platz nahm jetzt eine rechteckige Öffnung ein. Das Gemälde und der untere Teil der Wandfüllung bildeten eine Tür, die jetzt weit offenstand.

Jane schlich weiter vor, und als sie um die Ecke sah, bot sich ihr ein Anblick, den sie nie wieder vergessen würde.

Ein langer, schmaler Raum, staubig und ohne Möbel, abgesehen von einer schweren Werkbank in seiner Mitte und einer kleineren an der Wand, unordentlich bedeckt mit den Utensilien des Kupferstecher-Handwerks. Doch nicht daran waren ihre Augen hängengeblieben. Auf der Werkbank in der Mitte stand eine kleine Maschine, die summte und leise klickte, wenn sich ihre Zylinder bewegten. Eine Druckmaschine ...

Dann blieb ihr das Herz fast stehen, als sie die rechteckigen Streifen sah, die auf einem schmalen Leinwandband entlangliefen. Es waren Banknoten, und der Mann, der daneben stand und deren automatischen Auswurf beobachtete, das war ihr Ehemann!

Kapitel 8

Jane konnte ihren Mann nur anstarren – betäubt, sprachlos. Dies war also das Geheimnis des Cleveren: Es war ...

Sie wollte aufschreien, als ihr diese entsetzliche Entdeckung bewußt wurde. Sie war mit einem Fälscher verheiratet, dem berüchtigsten Fälscher der Welt, mit dem Mann, nach dem die Polizei von ganz Europa und Amerika suchte. Das war doch nicht wahr, das konnte doch nicht wahr sein! Und doch: Da stand er und betrachtete kritisch eine der Noten, die er von dem Band genommen hatte.

Er stand mit dem Rücken zur Tür, als sie sich zurückschlich. Sie erreichte unbeobachtet die Halle und stand schon mit einem Fuß auf der Treppe, als sie sich des Mannes auf dem Rasen erinnerte. Unter der Last des neuen Schocks erschien er unwichtig, und erst als sie den oberen Treppenabsatz erreichte, kehrte die alte Angst zurück; sich über das Geländer lehnend, rief sie Peter beim Namen. Beim drittenmal bekam sie Antwort von ihm.

„Was ist los, Jane?“ fragte er.

„Da ist ein Mann – auf dem Rasen.“

Sie versuchte, ihrer Stimme einen ruhigen Klang zu verleihen. Doch er nahm ihr Zittern wahr, mißverstand aber dessen Ursache. Sie wartete lauschend, hörte ihn zum Eßzimmer zurückgehen, vernahm den leisen Schlag einer sich schließenden Tür und ein scharfes Klicken. Fast unmittelbar danach hörte sie ihn in die Halle laufen, wo das leise rasselnde Geräusch verriet, daß er die Türkette zurückzog.

Vom Fenster ihres Zimmers erhaschte sie einen kurzen Blick auf ihn, als er im Licht stand, das von der Halle hinausfiel. Es gab keinerlei Zeichen von dem Eindringling, und nach einer Weile sah sie, wie Peter aus der Dunkelheit zurückkam.

Sie saß jetzt da, furchtbar ruhig, anders als in der Nacht vorher. Die Entdeckung hatte sie betäubt, doch ihr Geist war übernatürlich aktiv. Sie konnte sich an bestimmte kleine Vorfälle erinnern und prüfte sie mit seltsamer Gleichgültigkeit. Dies war also die Quelle von Peters Reichtum, die Erklärung für sein angebliches Erbe. Er war der Clevere, und dieses Haus, das er angeblich gemietet hatte, war seine Zentrale.

Als sie die Vorhänge wieder zuzog und das Licht andrehte, hörte sie seine Schritte auf der Treppe, und als er in der Tür stand, war sie nur ein paar Fuß von ihm entfernt.

„Ich konnte niemanden sehen“, sagte er atemlos. Als er dann ihr Gesicht ansah, entdeckte sie Bestürzung in seinen Augen.

Sie wußte, daß sie blaß war, doch konnte sie sich nicht im Traum vorstellen, wie farblos und verzerrt ihr Gesicht geworden war.

„Mein Liebes! Wie furchtsam du aussiehst! Wenn ich diesen Mann finde, dann schlage ich ihn tot!“

„Den Mann?“ Sie hatte die Gestalt auf dem Rasen schon fast vergessen. „O ja. Du hast ihn nicht gefunden?“

Er antwortete nicht. Seine Hauptsorge war jetzt seine zitternde Ehefrau.

„Morgen fahren wir in die Stadt zurück“, beschloß er; als sie den Kopf schüttelte, wollte er überrascht wissen: „Warum denn nicht?“

„Ich weiß es nicht. Ich sage es dir morgen. Ich bin sehr müde.“

Sie war mehr als müde. Psychisch und physisch war sie erschöpft. Sie lag eine halbe Stunde da, starrte in die Dunkelheit und versuchte, sich über das klarzuwerden, was sie vom Leben und von Peter zu erwarten hatte. Einmal hörte sie Peter aus dem Hause gehen; anscheinend ging er erneut auf die Suche nach dem Eindringling.

Jane überlief es kalt, als ihr eine mögliche Erklärung für diese Vorfälle in den Sinn kam. Ein Kriminalpolizist! Stand Peter unter Überwachung? War er bei seinem Bemühen, mit der Polizei Freundschaft zu halten, etwa blind gegenüber der Möglichkeit, daß Bourke vielleicht sein Geheimnis erraten hatte und ihn beobachtete!

Mitten bei diesen Spekulationen fiel sie in einen tiefen Schlaf; als sie aufwachte, ergoß sich die Sonne bereits in ihr Zimmer, und Anna erkundigte sich mit essigsaurem Gesicht, ob sie eine gute Nacht gehabt habe.

Jane setzte sich im Bett auf und blickte verwundert umher. War alles nur ein böser Traum gewesen? In der Frische und Unbeschwertheit des Morgens war es fast nicht zu glauben, daß es irgend etwas anderes gewesen sein könnte...

„Waren Sie heute nacht unten, gnä' Frau?“ fragte Anna. „Ich fand einen Ihrer Pantoffeln in der Halle.“

Also kein Traum – schreckliche Wirklichkeit. Sie erinnerte sich daran, daß sie den Pantoffel verloren hatte, als sie die Treppe hinauffloh.

„Erinnerte mich an Aschenbrödel“, fuhr Anna fort – der Morgen schien selbst in ihr verdorrtes Herz ein wenig von seinem Liebreiz gesenkt zu haben. „Ulkig, daß ich daran denke – habe das Stück seit Jahren nicht gesehen.“

Als Jane ihren Tee trank, kam ihr ein Gedanke.

„Anna – wem gehört dieses Haus?“

Anna schüttelte den Kopf.

„Das weiß ich nicht, gnä' Frau. Früher gehörte es einem alten Herrn, der im Ausland lebte. Kann sein, er ist jetzt schon tot. Der Makler ist ein Herr Blonberg – er hat sein Büro in West End – in der Knowlby Street. Ich habe ihn nie gesehen. Manchmal kommt er hier heraus und bleibt einen ganzen Monat lang.“

Jane starrte die Frau an.

„Und trotzdem hast du ihn noch nie gesehen?“

„Nein, gnä' Frau. Wenn Mr. Blonberg herauskommt, dann bringt er sich seine eigenen Dienstboten mit, und das ist eine armselige Gesellschaft! Der Ort hier sieht wie ein Schweinestall aus, wenn sie wieder weg sind. Nirgends ist gefegt, Staub ist nicht gewischt, der Garten ist völlig zugrunde gerichtet."

„Und wo gehst du hin, wenn er hier ist?"

Anna lächelte mit ihrem zahnlosen Mund.

„Nach Hause – zu meinem Bruder nach London. Alle Dienstboten hier bekommen Urlaub mit Kostgeld – keiner von uns lebt in der Nachbarschaft, nur der Gärtner. Drei Tage in der Woche arbeitet er im Garten, aber ins Haus darf er nicht kommen."

Jane wälzte diese außergewöhnlichen Umstände in ihrem Kopf hin und her. Wer war Mr. Blonberg? Jemand, der sich Mühe gab, nicht erkannt zu werden ...

Jetzt fing sie an, die Dinge klarer zu sehen. Dies war Peters eigenes Haus ... Blonberg war der Name, unter dem er arbeitete und Pläne schmiedete – der Mann, der nach Bourke, dem Chefinspektor, zwar viele Helfershelfer hatte, von ihnen aber nicht verraten wurde, weil sie seine Identität nicht kannten.

Sie war jetzt sehr kaltblütig, bis ihr ein leichter Schmerz im Herzen eine spezielle und niederschmetternde Tatsache offenbarte: Sie hatte Peter gern! Sie konnte nicht analysieren, warum die Entdeckung seiner Schuld seine Attraktivität unterstrich. Plötzlich empfand sie seine große Einsamkeit und die Gefahr, in der er schwebte; zärtlich wurde sie sich der Güte bewußt, die er ihr entgegenbrachte.

Was konnte sie tun? Ihrem Vater schreiben und ihm alles berichten? Sie schüttelte den Kopf bei diesem Gedanken. Nein, es mußte ihr Geheimnis bleiben – das ihrige und Peters –, und sie mußte einen Weg finden, die unvermeidliche Katastrophe abzuwenden, die ihn erwartete.

Die Polizei war schon mißtrauisch, und das Netz war bereits geknüpft. Rouper wußte, wer er war; Bourke mußte es ebenfalls wissen und benutzte seine Freundschaft, um Peter blind zu machen gegenüber der Gefahr, in der er stand.

Jane war der Typ, der durch drohendes Unglück auflebte. Alle ihre schlummernden Fähigkeiten wurden dadurch zum Leben erweckt. Sie wurde beinahe fröhlich, als sie unter der kalten Dusche stand und fühlte, wie die eisigen Finger des Wassers auf ihren schlanken Körper trommelten.

Peter war auf dem Grundstück und lief auf dem Rasen auf und ab. Als sie sein Gesicht sah, konnte sie kaum einen Ausruf der Bestürzung zurückhalten. Er war bleich, hohläugig, matt.

„Nein, ich habe nicht gut geschlafen", sagte er. „Die Wahrheit ist – das Landleben bekommt mir nicht. Doch ich fürchte, du mußt es noch eine Nacht in Longford Manor aushalten. Diese verwünschten Leute in London können uns erst morgen unterbringen."

Eine quengelige Note lag in seinem Ton — sie hatte ihn noch nie so nervös und reizbar erlebt.

„Ich möchte hier eine ganze Woche bleiben — geht das?" fragte sie.

Diesen Ort mit seinem schrecklichen Geheimnis anderen spähenden Augen zu überlassen, das wäre eine unverzeihliche Dummheit gewesen.

Ihr Vorschlag schien ihn zunächst zu erleichtern, doch dann umwölkte sich seine Stirn.

„Ich nehme an, es wird dir nicht möglich sein, allein in die Stadt zu fahren und mich noch ein oder zwei Tage hierzulassen?" Und dann, schnell fortfahrend: „Ich weiß, das ist ein ungewöhnlicher Vorschlag, und natürlich ist das unmöglich. Nur — es gibt da die eine oder andere Sache, die ich noch klären muß. Und ich dachte daran, Cheyne Wells zu bitten, für eine Nacht herauszukommen; ich möchte mit ihm über bestimmte Dinge reden."

Sie rätselte über den Vorschlag, Donald Welle herauszubitten. Wollte Peter ihn als Freund oder als Arzt sprechen? Der Druck, unter dem er stand, mußte schrecklich sein, so daß jede Belebung geboten war, welche die Wissenschaft nur ersinnen konnte.

„Gewiß, bitte ihn darum. Aber, Peter, es geht nicht, daß ich allein in die Stadt zurückfahre — die Leute würden alle möglichen merkwürdigen Dinge annehmen."

Er hätte wissen müssen, dachte sie, daß das, was „die Leute" dachten oder sagten, sie nicht im geringsten beeinflußte. Doch offensichtlich akzeptierte er ihren konventionellen Einwand ohne jede Frage. Sie war fast verärgert.

Sie schob ihren Arm unter den seinigen und ging neben ihm.

„Peter — ich bin ein selbstsüchtiges Ekel, und du bist ein ausgemachter Engel. Wenn du mich noch nicht haßt, dann solltest du es aber tun — wenn ich du wäre, würde ich schon meinen Anblick verabscheuen! Aber ich möchte dir wirklich helfen — wo und wie ich nur kann, meine ich, in jeder Weise."

Er lächelte sanft.

„Du weißt nicht, wie sehr du mir schon in diesem Augenblick hilfst!" sagte er. Bevor er seine Rede bremsen konnte, hatte er schon hinzugefügt: „Ich hoffe, du erfährst es nie."

Das war eine Herausforderung, die sie noch tags zuvor begierig aufgegriffen hätte. Zu seiner Erleichterung stellte sie jedoch die Frage nicht, die er als unvermeidlich erwartet hatte. Er gab ihr auch kaum Gelegenheit dazu, sondern fuhr fort:

„Wenn du meinst, du wärst jetzt unbillig, dann wird es dich beruhigen, daß ich nicht ärgerlich bin — wirklich nicht. Meine natürliche Eitelkeit war nur ein bißchen verletzt. Männer sind ein bißchen wie Götter — sie glauben immer, die Welt und alles in ihr wäre nur zu ihrer eigenen Befriedigung geschaffen. Ich glaube nicht, daß du mich haßt oder daß wir uns voneinander entfernen oder daß wir entdeckt haben, wir hätten beide einen fürchterlichen Fehler gemacht und gingen jetzt einer tragischen inhaltlosen Zukunft entgegen. Das einzig Ungewöhnliche, an unserer Heirat war das völlige Fehlen jedes Freiens – ein altmodisches Wort, aber das einzige, das es dafür gibt."

Sie nickte. Das stimmte wirklich. Sie und Peter hatten die formalste Verlobungszeit gehabt, die man sich denken konnte. Abgesehen von dem Kuß, den er ihr am Tag ihrer Hochzeit in der Sakristei gegeben hatte, war nichts gewesen.

„Auf jeden Fall haben wir eine Illusion vermieden", fuhr er überraschend fort. „Und das ist wirklich die größte aller Illusionen. Ein Mann lernt ein Mädchen kennen, zeigt sich von seiner besten Seite, trifft sie wieder, besucht ihre Familie und führt sie auf Bälle und zu anderen Sachen. Sie beginnt, ihn zu mögen, räumt ihm bestimmte kleine Rechte ein, sie lassen sich in eine Verlobung treiben. Er zeigt ihr selten seine unerfreuliche Seite – er zeigt immer sein bestes Benehmen, führt immer Vollkommenheit vor. Natürlich ist sie idealistisch eingestellt, und da sie in ihm ihr Ideal sieht, liebt sie den Mann, den er ihr vorstellt. Und dann heiraten sie, und er beginnt, nachlässig zu werden. Sie sieht ihn beim Frühstück, wenn er ihr nichts mehr vorzuspielen braucht, und nach dem Abendessen, wenn er so ist, wie ihn die Natur geschaffen hat, und sie weiß, daß sie betrogen worden ist. Mir wäre es lieber, wenn du nie betrogen würdest."

Jane hörte fasziniert zu. Für einen Augenblick vergaß sie, daß sie mit dem Cleveren sprach, mit dem Fälscher, nach dem die Polizei von ganz Europa suchte, vergaß die Wolke, die ihrer beider Leben überschattete, über der Darlegung einer Philosophie, die eine Hoffnung für sie enthielt – eine Gewißheit des Glücks.

„Wir werden aushalten und auf die Wahrheit vertrauen", sagte er, seltsam zu ihr hinunter lächelnd. „Ich glaube, wir werden uns gegenseitig sehr brauchen. So Gott will, wird es für dich in nächster Zukunft keine großen Erschütterungen geben; sollte das aber doch geschehen, möchte ich spüren, daß es einen festen Grund gibt – jenseits von allem Schmutz, durch den wir vielleicht waten müssen."

Im Glanz der Morgensonne und inmitten des Dufts der Blumen warnte er sie so zum erstenmal vor der Katastrophe, die sie bis in die Grundfesten des Lebens erschüttern mußte.

Kapitel 9

„Was meinst du damit – Schmutz?"

Sie mußte sich dazu zwingen, ihm diese Frage zu stellen, und ihre Stimme war dabei heiser. Vielleicht würde er ihr die Wahrheit sagen und sie um Hilfe bitten. Sie wußte, daß er sie liebte; sie war sich in diesem Augenblick seiner sicherer als je zuvor. Diese Erkenntnis brachte sie an den Rand des Weinens. Gespannt und doch voller Furcht wartete sie, den Atem anhaltend.

„Schmutz – nun, Häßliches. Ich kann es dir nicht erklären."

Er blieb unbestimmt, nicht bereit, wie sie vermutete, auf dem Weg der Selbstoffenbarung einen Schritt weiterzugehen. Der Frühstücksgong hatte eine prosaische Note in seine Stimmung gebracht.

Während des Frühstücks verfiel er wieder in Schweigen. Einmal sah sie, daß er das Bild an der getäfelten Wand anstarrte. Trotz aller Selbstbeherrschung schauderte sie. Glücklicherweise bemerkte er das nicht.

Sie versuchte, sich mit ihm zu unterhalten. Sehr gewagt brachte sie das Gespräch auf die überspannte Mrs. Untersohn – ein Thema, das bisher stillschweigend als tabu betrachtet worden war –, und erst damit gelang es ihr, sein Interesse zu wecken.

„Eine wunderliche Frau, sie lebt in Hampstead – nein, deswegen ist sie nicht wunderlich. Viele nette, normale Leute leben in Hampstead. Sie müßte sich eigentlich gut stehen, aber ich glaube, ihr Sohn ist eine finanzielle Belastung für sie. Ich habe ihr oft geholfen – ich glaube, in den vergangenen vier Jahren habe ich ihr zehntausend Pfund gegeben."

Was seinen Plan betraf, Cheyne Wells über Nacht draußen zu haben, war Peter sehr zurückhaltend und wortkarg.

„Es war übrigens sein Vorschlag; er meinte, ich sähe abgespannt aus. Hast du wirklich nichts dagegen?"

Hätte er sie am Abend vorher gefragt – sie hätte den Plan aus vollem Herzen gutgeheißen. Aber jetzt? Sie wollte keine Außenstehenden dahaben. Mit Peter allein wäre es einfacher gewesen, sein Vertrauen zu gewinnen.

„Wann kommt er?"

„Heute abend. Wenn es dir lieber ist, daß er nicht kommt, könnte ich ihm noch absagen."

Doch sie schüttelte den Kopf.

Am nächsten Morgen, als Peter in den Ort gegangen war, um (wie er sagte) einige Telegramme aufzugeben, machte sie eine Entdeckung, und zwar auf eine höchst banale Weise. Anna hatte ihren Koffer ausgepackt und seinen Inhalt in verschiedenen Fächern des altertümlichen Kleiderschranks untergebracht. Jane konnte ihre Taschentücher nicht finden und klingelte nach der alten Zofe.

„Wo habe ich sie nur hingetan, gnä' Frau?"

Mit ihrem tiefem Stirnrunzeln fügte Anna ihrem Gesicht einen neuen Zug von Reizlosigkeit hinzu.

„Jetzt erinnere ich mich – ich habe alle Taschentücher zusammen in das Schubfach von Mr. Cliftons Frisierkommode gelegt. Ich hole sie."

„Nicht nötig – ich finde sie selbst."

Jane hatte keine besondere Eile. Erst eine halbe Stunde später ging sie in Peters Schlafzimmer. Das eine Fach seiner Frisierkommode war abgeschlossen, aber der Schlüssel lag oben auf der Platte. Sie drehte ihn im Schloß, zog das Fach auf, und das erste, was sie sah, war ein Stoß kleiner Kupferplatten. Sie nahm die oberste Platte heraus und erkannte sofort, daß es eine aus der Sammlung war, die nach Peters Worten ihr Vater verloren hatte. Es bestand überhaupt kein Zweifel. Sie waren gar nicht verlorengegangen! Geistesabwesend, wie er war, hatte Peter sie hiergehabt und sie vergessen. Wann waren sie verlegt worden? Sie konzentrierte sich und strengte ihr Gedächtnis an. Am 1. April! Sie erinnerte sich daran, daß ihr Vater über das Datum gescherzt hatte: Er bestritt, die Platten je gehabt zu haben, und behauptete, Peter wolle ihn in den April schicken.

Die Dienstbotin kam kurz darauf hoch, und Jane fragte sie mit gleichgültig klingender Stimme:

„Wann war Mr. Blonberg das letztemal hier?"

Anna dachte nach.

„Anfang April, gnä' Frau."

So war das also! Jane fiel ein, daß Peter Anfang April angeblich einem geheimnisvollen Ruf nach Paris gefolgt war.

„Er schläft nicht immer hier, der Mr. Blonberg. Sehr oft kommt er nur den Tag über heraus und fährt am selben Abend wieder zurück. Er fährt immer selbst in einem kleinen geschlossenen Wagen."

Jane seufzte.

„Wie interessant!" sagte sie.

Mit Anstrengung lenkte sie ihre Gedanken auf ein weltlicheres Thema.

„Dr. Wells bleibt heute über Nacht hier – ich nehme doch an, daß es noch ein freies Zimmer gibt?"

„Drei, gnä' Frau. Kommt er allein?"

Die Möglichkeit, daß Donald Wells seine Frau mitbringen könnte, erschreckte sie – die einzige Frau in der Welt, die Jane wirklich nicht ausstehen konnte.

„Das nehme ich an – ja, ich bin sicher."

Die Möglichkeit, Marjorie Cheyne Wells als Gast empfangen zu müssen, war mehr, als sie sich vorzustellen wagte.

Donald kam nach dem Mittagessen – allein.

„Es gibt keinen Grund, sich Sorgen zu machen", sagte er zu ihr, als sie ihn bei der ersten sich bietenden Gelegenheit zur Seite nahm und ihn unverblümt fragte, ob es für seinen Besuch einen besonderen Anlaß gebe. „Peter ist abgespannt – ich weiß nicht genau, wieso. Er war kerngesund, als er von London wegfuhr. Ich hoffe, daß ihn nicht diese Frau Untersohn nervös gemacht hat. Marjorie? – Oh, der geht es gut", antwortete er kurz auf Janes Nachfrage.

Er machte den Eindruck, daß ihm nicht daran gelegen war, über seine Ehefrau zu sprechen. Jane hatte schon vermutet, daß das Verhältnis zwischen Donald und seiner Frau nicht das beste war, und Basil Hale war der Ansicht, daß Mrs. Cheyne Wells eine zu schwierige Frau war, um mit ihr zu leben. Aber Basils Klatsch war immer gehässig.

Aus irgendeinem Grund begann sich Jane schon über die Anwesenheit des Arztes zu ärgern, bevor er auch nur eine Stunde im Hause war. Er stellte eine Schranke für den reibungslosen Fortschritt ihres wachsenden neuen Einvernehmens mit Peter dar – eines Verständnisses für den anderen, das so lange einseitig bleiben mußte, bis für sie die Gelegenheit kam, ihm alles zu sagen, was sie wußte und befürchtete. Doch als der Tag zu Ende ging, hatte sie ein Erlebnis, das einen erheblichen Teil ihrer Erwartung, dieses Verständnis würde nicht einseitig bleiben, erschütterte.

Vor dem Tee war sie ein paar Minuten mit ihrem Mann allein. Sie erinnerte sich an das, was am Morgen vorgefallen war. Vielleicht war er sich gar nicht darüber klar, daß sich die verloren geglaubten Platten wieder angefunden hatten.

„Oh, ich vergaß es dir zu sagen, Peter. Weißt du, daß deine Platten in dem Schubfach sind – die Platten, von denen du gedacht hast, Daddy hätte sie verloren ..."

So weit war sie gekommen, dann hielt sie inne. Sein Gesicht war kreidebleich geworden.

„Woher weißt du das – warum warst du an meinem Fach?"

Seine Stimme war scharf, fast ärgerlich, und vorübergehend war sie über seinen Ton verblüfft.

„Ich suchte Taschentücher – aber, Peter, warum bist du so ärgerlich? Ich dachte, diese Kupferstiche wären für dich wertvoll ..."

Er gab sich die größte Mühe, sein Gleichgewicht zurückzuerlangen. „Ja, natürlich – es tut mir leid, daß ich so nervös bin. Was für ein gedankenloser Narr ich doch bin! Und sicher habe ich den Schlüssel auf der Kommode liegenlassen? Ich brauche wirklich ein Kindermädchen!"

Die Farbe war in sein Gesicht zurückgekehrt, aber er war von ihrer Entdeckung offensichtlich beunruhigt. Als er behauptete, er hätte nicht gewußt, daß die Platten dort lagen, war ihr klar, daß er log, und zwar ungeschickt.

„Sehr peinlich. Nachdem ich deinen Vater beschuldigte, sie verloren zu haben, wäre ich dir sehr dankbar, Jane, wenn du diese Sache für dich behalten würdest. Ich meine, ich hätte es nicht so gern, wenn dein Vater erführe, daß ich mich so lächerlich gemacht habe."

„Er würde doch verstehen..."

„Es wäre mir lieber, wenn du ihm nichts sagtest – ehrlich. Es liegt mir sehr daran, daß er nichts erfährt."

Es schien eine zu unbedeutende Sache zu sein, um soviel Wesen davon zu machen, doch lächelnd gab sie ihm das gewünschte Versprechen – allerdings war dieses Lächeln völlig gezwungen.

Seinen Ärger konnte sie verstehen; seine Sorge war ihr unbegreiflich. Jane war verwirrt. In dem Augenblick, da sie glaubte, ihn zu verstehen zu beginnen, geschah etwas, was sie auf ihren Ausgangspunkt zurückwarf. Sie fand eine gewisse Erklärung dafür in der Anwesenheit von Donald Wells. Peter war ein überreiztes Nervenbündel – im Augenblick einfach nicht normal. Die Überlegung, wieweit sie zu diesem Zustand beigetragen hatte, machte ihr zu schaffen.

An diesem Nachmittag schrieb sie an John Leith – einen farblosen Brief über Belanglosigkeiten. Die Platten erwähnte sie nicht. Ihr Brief an Basil Hale war genauso inhaltsleer. Beim Schreiben überlegte sie, was für ein sarkastisches Urteil Basil wohl abgeben würde, wüßte er, daß sein Brief an sie geöffnet worden war. Das war wieder so ein seltsames Ereignis, das mit ihren Vorstellungen von Peter überhaupt nicht übereinstimmte.

Das Abendessen war für acht Uhr angesetzt, und um sieben saßen Peter und Donald Wells noch in der Bibliothek zusammen. Sie zog sich um und kam herunter. Die beiden waren noch beschäftigt, und sie ging in den Garten hinaus. Die Welt war sehr ruhig; abgesehen von dem Gezwitscher der Vögel vernahm man keinen Laut. Der abendliche Frieden hatte eine merkwürdig beruhigende Wirkung auf sie – sie war nämlich ebenfalls nervös. Wie nervös sie war, mußte sie entdecken, als sie durch die Öffnung in der Eibenhecke schritt, die in den Garten hinausführte. Irgend jemand rief sie flüsternd beim Namen.

Mit wild klopfendem Herzen blickte sie herum, sah niemanden und wollte schon fliehen, als die Stimme abermals sprach, diesmal aber lauter.

„Jane!"

Es war Basil Hale; auf einer niedrigen Gartenbank sitzend, war er unter den herabhängenden Zweigen einer Weide kaum zu sehen.

„Basil! Was tust du hier um Himmels willen?"

Vorsichtig kam er aus seinem Versteck, ein breites Grinsen auf seinem roten Gesicht.

„Habe ich dich aber erschreckt!" Er lachte leise. „Wo ist dein Männchen – mit Donald zusammen?"

In seinem Ton lag etwas, was ihr nicht gefiel – vielleicht hatte sie die

Besitzerhaltung vergessen, die er gelegentlich zeigte. Jetzt fühlte sie sich dadurch ein wenig verletzt.

„Ja, drüben in der Bibliothek. Bleibst du zum Abendessen?"

Er schüttelte den Kopf.

„Nein, ich habe meine Blechkiste da draußen auf der Straße stehen. Ich bin auf dem Weg in die Stadt zurück und wollte nur schnell mal einen Blick auf die schöne Neuvermählte werfen."

Seine Augen lächelten. Es war immer schwierig gewesen, sich über Basil zu ärgern, aber heute kostete es sie weniger Mühe.

„Ich war hier draußen, um mir die Eröffnung des Verfahrens gegen Worth anzuhören, einen verrückten Arbeiter, der seine Frau mit einem Beil umgebracht hat", sagte er vergnügt.

Basil war als Rechtsanwalt zugelassen. Er praktizierte nicht, interessierte sich aber theoretisch für Kriminalfälle. Jane hatte daran keinerlei Interesse, aber rein zufällig hatte sie an diesem langweiligen Nachmittag die Zeitung sehr gründlich gelesen, und unter anderem hatte sie erfahren, daß die Eröffnungsverhandlung gegen den geisteskranken Worth verschoben worden war. Sie wollte ihm schon ihr ironisches Mitgefühl aussprechen, weil er seine Reise umsonst gemacht hatte, als er fortfuhr:

„Ich war den ganzen Tag im Gericht ..."

„Aber der Fall wurde doch verschoben!"

Er schien dies als großen Spaß zu betrachten.

„Phantastisch, daß du das weißt! Jane, du wirst ja direkt zum Experten für Mordfälle! Ja, der Fall wurde verschoben, und meine Eröffnungsrede war vereitelt. Verdammter Unfug – und ich hatte sie so gründlich einstudiert! Erinnerst du dich an den Fall Alexander Welerson?"

Sie sah ihn an, und ihr Mund stand vor Verwunderung offen.

„Wovon redest du, Basil? Hast du ..."

„Getrunken? Nein. Welerson war ein sehr reicher Mann, der zwei vollkommen unschuldige Dienstboten kaltblütig getötet hat. Hier ist der Text meines Plädoyers. Er war natürlich geisteskrank. Es gab eine böse Tradition von Geistesgestörtheit in seiner Familie. Sein Vater starb in einer Irrenanstalt, und Welerson selbst starb schließlich in Dartmoor. Es gab nicht ein Familienglied, das nicht irgendwie leicht verrückt war."

„Was hat das alles mit mir zu tun?" wollte sie wissen, und er lächelte sie verschlagen von unten an.

„Wells ist hier, nicht wahr? Er betreut Peter schon seit Jahren. Warum ist Wells jetzt gekommen? Weil Peter spürt, daß ein neuer Anfall bevorsteht, nachdem ihm Donald für seine Heirat ein makelloses Gesundheitszeugnis ausgestellt hatte."

Sie stand da, starr vor Schrecken über die Andeutung.

„Peter – was meinst du damit?"

Er sah, daß sie verstanden hatte, und nickte.

„Peter ist verrückt. Ich mag dich zu sehr, um dich in Unkenntnis der

Gefahr zu lassen, in der du schwebst. Er ist der Sohn Alexander Welersons — eines geisteskranken Selbstmörders — und du solltest endlich wissen, wen zu heiraten dir dein Narr von Vater gestattet hat!“

Jane Clifton sah den rotgesichtigen Mann an, verwirrt und verständnislos. Der Schock der Offenbarung lähmte sie einen Augenblick lang.

„Das ist nicht wahr.“ Sie hatte ihre Stimme wiedergefunden. „Es war furchtbar, so etwas zu sagen — wirklich furchtbar!“

Hale war jetzt ganz ernst.

„Ich mache deinem Vater keinen Vorwurf — Wells sagte, Peter sei ausgeheilt, darauf könne man wetten. Aber sie wetten um dein Leben, Jane ...“

Er hörte schnelle Schritte auf dem Kiesweg und drehte sich mit angsterfüllter Grimasse um, die von Jane durchaus nicht unbemerkt blieb.

„Was machen Sie hier?“

Es war Peters Stimme, hart und gebieterisch. Basil zwinkerte mit den Augen, als er ihn sah.

„Was? Ich kam gerade vorbei und dachte, ich gucke mal vorbei und besuche Jane. Ich hoffe, Sie haben nichts dagegen?“

Peter blickte schnell von einem zum anderen. Janes Gesicht war schmerzverzerrt und verstört; ihr bebender Körper verriet ihm weniger, als er wissen wollte, und mehr, als er ohne Schmerzen mit ansehen konnte.

„Was haben Sie ihr erzählt?“ fragte er mit leiser Stimme.

Basil machte einen jämmerlichen Versuch, gleichmütig zu erscheinen.

„Den ganzen Klatsch der Stadt, alter Junge ...“, fing er an, doch Peter wandte sich abrupt der jungen Frau zu.

„Was ist los, Jane — was hat er dir erzählt?“

Sie schüttelte den Kopf.

„Nichts“, murmelte sie und versuchte, an ihm vorbeizugleiten.

„Was hat er dir erzählt?“ Mit seinen starken Händen hielt er sie an den Schultern fest. Er schaute ihr ins Gesicht.

Sie antwortete nichts, und wieder wandte er sich Basil zu.

„Sie haben zwei Rechnungen bei mir offen, Hale“, sagte er langsam, „und ich werde nur eine davon stehenlassen.“

„Ich fürchte, ich kann Ihnen nicht folgen.“ Basil lächelte, aber die Unruhe in seiner Stimme war sogar für Jane klar zu erkennen.

„In unserer zweiten Nacht hier draußen brachen Sie in mein Haus ein und in das Zimmer meiner Frau. Dafür hätte ich Sie töten können. Und wenn Sie Jane das erzählt haben, was ich vermute, dann gehen Sie mir aus dem Weg, Hale!“

„Versuchen Sie nicht, mir zu drohen!“ knirschte der andere, dessen Wut größer wurde als seine Angst.

„Ich habe Sie gewarnt!“ sagte Peter.

Was folgte, kam so unerwartet und geschah so schnell, daß Jane hinterher nur eine undeutliche Erinnerung hatte. Sie sah Basil Hale sich ducken, hörte das dumpfe Aufschlagen, als Peters Faust geradewegs seinen Kiefer traf, und im nächsten Augenblick war er ein schluchzendes, schreiendes, tierisches Etwas, das sich um ein Büschel Zwergrosen wand. Peter hob Jane hoch und schwang sie durch die Öffnung in der Eibenhecke.

„Ich denke, du gehst jetzt besser ins Haus“, sagte er und drehte sich um, um sich dem Rasenden entgegenzustellen, der wild mit den Armen fuchtelte.

Kapitel 10

Madam Untersohn lebte in einem kleinen georgianischen Haus in Hampstead: einem geduckten, zweistöckigen Gebäude, kaum sichtbar hinter hohen Mauern und einem Durcheinander von Bäumen, die wohl in grauer Vorzeit fast Stamm an Stamm gepflanzt worden waren. Das Haus war in der Zeit gebaut worden, als Amerika noch eine britische Kolonie und seine Umgebung eine richtige Waldung war. Es war ein Haus mit unebenen Fußböden und niedrigen Zimmerdecken; die unteren Räume waren von immerwährendem modrigem Erdgeruch erfüllt, der anscheinend unvermeidlich zu solchen alten Häusern gehört. Es sind lebendige und doch verwesende Dinge, in ausgelaugtem Boden wurzelnd.

Ein dunkles Haus, nachts voll von knarrenden und knisternden Geräuschen, so daß man fast das Schlurfen gespenstischer Schritte auf seinen verwinkelten Fluren hörte.

Wenn Mrs. Untersohn irgendwo glücklich leben konnte, so war es hier auf der Heide mit dem halben Morgen ungepflegten Gartens. Der Ort entsprach ihrem Geschmack. Der lange Salon, vollgestopft mit ausgefallenen modernen Möbeln, auffälligen japanischen Schränkchen und kitschigen kleinen Souvenirs ihrer wenigen Reisen, entsprach ihrer Vorstellung davon, wie solch ein Raum aussehen sollte. Zwei Hausangestellte und ein Chauffeur (von einer örtlichen Garage mietete sie sich gelegentlich noch einen Bedienten, wenn sie prunken wollte) machten ihr Personal aus.

Mrs. Untersohn war in ihrem Salon. Sie saß an einem nicht zu ihr passenden Schreibtisch und versuchte mit Hilfe eines Bleistiftstummels und eines Notizbuches, Einnahmen und Ausgaben in Übereinstimmung zu bringen. Dabei waren Rechenfehler unvermeidlich, sowohl bei der Addition als auch bei der Subtraktion, doch das Ergebnis ihrer Buchführung war auf jeden Fall niederschmetternd. Sie rieb sich die Nase mit den Fingerknöcheln, schüttelte den Kopf und verriet durch weitere Zeichen das Maß ihrer Bestürzung.

Sie erfreute sich eines regelmäßigen Einkommens, von dem sie bequem hätte leben können, aber Madam Untersohn hatte viele finanzielle Bedürfnisse — schwerwiegende und beharrliche Ansprüche, die sich nicht zurückweisen ließen.

Sie schaute auf ihre juwelenbesetzte Armbanduhr, stand mit unbehaglichem Stöhnen auf und ging nach oben in ihr Schlafzimmer. Als sie wieder herunterkam, trug sie einen anspruchslosen Ulster und einen ganz schlichten Hut — diese Veränderung verbesserte ihre Erscheinung wesentlich, obwohl sie beleidigt gewesen wäre, hätte ihr das jemand gesagt.

Sie ging hinaus, ohne ihren Weggang anzukündigen, lief bis zur Edgware Road und bestieg dort einen Omnibus. Es war neun Uhr, als sie an der Haltestelle Marylebone Lane und Knowlby Street ausstieg. Higgson House war ein schmales Bürogebäude, das ein Bauspekulant an der Straßenfront eines Wohnhauses errichtet hatte. Es stand — ein Schandfleck für die Nachbarschaft — in einer Straßenzeile besserer Wohnhäuser und erstreckte sich bis zu den dahinter liegenden unsauberen Stallungen. Higgson House hatte seinen Bauherrn ruiniert und zwei seiner Käufer zum Bankrott gebracht. Sein derzeitiger Eigentümer hatte offensichtlich Mieter für die kleinen Appartements und engen Räume gefunden, denn an den Türpfosten fanden sich mehrere Messingtafeln und gemalte Namensschilder. In zartgelben Buchstaben las sie „Blonberg, Finanzier".

Die Eingangstür war verschlossen, und sie drückte auf einen Klingelknopf. Fast augenblicklich machte es „klick!", und die Tür gab ihrem Druck nach. Sie schloß sie wieder hinter sich, ging durch den dürftigen Eingangsflur und begann, die Treppen zu ersteigen. Drei Etagen ließ sie hinter sich; dann kam sie auf einen kleinen Absatz, von dem zwei Türen abgingen. Sie drückte die Klinke der ihr gegenüberliegenden und betrat einen kleinen rückwärtigen Raum, der nur von einer staubigen Lampe erhellt wurde.

„Treten Sie näher", sagte eine Stimme.

Sie kam aus dem angrenzenden Innenraum. Er war nicht beleuchtet, doch aus dem äußeren Büro fiel genug Licht hinein, daß man einen kleinen Tisch vor der Wand erkennen konnte. Außer Atem setzte Mrs. Untersohn sich hin; sie wußte, daß die „Wand" ein Netz aus Drahtgaze war und daß sich dahinter der Mann befand, den sie suchte.

„Ich habe Ihre Mitteilung bekommen." Die Stimme aus dem Dunkeln hatte einen hohlen Klang — ein bißchen metallisch und unnatürlich. „Sie wollen eine Menge Geld."

„Ich bin eine Menge Geld wert", antwortete sie mit tiefer Stimme. „Millionen! Meine Rechte . . ."

„Ihre Rechte interessieren mich nicht", antwortete die Stimme. „Aber etwas anderes interessiert mich sehr. Sie kommen in einem günstigen

Augenblick. Mrs. Untersohn, wenn Ihrem Sohn sein Leben lieb ist, darf er seinen Besuch in Longford Manor nicht wiederholen!"

„Was?"

Der Unsichtbare konnte sich vorstellen, wie ihr vor Überraschung der Mund offenstand. Sie wußte also nichts davon, stellte er fest.

„Ich weiß nicht, wovon Sie reden, Mr. Blonberg", stieß sie keuchend hervor. „Mein Sohn? Der ist überhaupt nicht in Longford gewesen. Ich bin selber hingefahren, aber es war, als würde ich mit einem Stein reden, als ich versuchte, Clifton dazu zu bringen, sich mir gegenüber so zu verhalten, wie es sich gehört. Er schwimmt im Geld, und ich soll mit Pennies schaffen, wozu andere Pfunde brauchen ..."

„In der letzten Nacht war Ihr Sohn in Longford Manor", unterbrach die Stimme sie unnachgiebig. „Er brach in das Zimmer von Mrs. Clifton ein. Warnen Sie ihn. Er kann nur auf Knien dafür danken, daß ich ihm diese Chance gebe. Wieviel wollen Sie?"

Diese Frage schloß sich abrupt an.

„Tausend, Mr. Blonberg – ebensoviel für meinen Sohn."

„Tausend können Sie nicht haben. Fünfhundert werden Ihnen mit der Post geschickt. Haben Sie den Schuldschein?"

Sie suchte in ihrer Tasche herum, brachte dann ein Blatt Papier hervor und schob es durch den Spalt, der in Form und Größe eines Briefkastenschlitzes in die Drahtgaze geschnitten war. Unmittelbar danach hörte sie das Knistern von Banknoten und sah ein dünnes Paket von Geldscheinen vor sich auf dem Tisch liegen.

„Machen Sie das Schnappschloß von der Tür auf, wenn Sie hinausgehen, und ziehen Sie sie hinter sich wieder zu", sagte Mr. Blonbergs Stimme. „Und warten Sie wie gewöhnlich in dem Vorraum, bis Sie meine Glocke läuten hören."

Mrs. Untersohn stand vom Tisch auf.

„Ich möchte Ihnen nur sagen, daß mein Junge nichts Verkehrtes tun würde", sagte sie. „Natürlich hat er die Lebensart eines geborenen Gentlemans, aber ..."

„Besser ein geborener Gentleman als ein toter Gentleman", antwortete die geheimnisvolle Stimme. „Warten Sie im Büro."

Sie ging hinaus. Sogleich hörte sie das Schnappen eines Schlosses und ein leises, ächzendes Geräusch, das zur Stille erstarb. Wenige Sekunden später erklang eine laute Glocke. Mrs. Untersohn ging hinaus und machte die Tür zu. Gehorsam öffnete sie den Schnapper der Außentür und ließ sie ins Schloß fallen.

Diesmal fuhr sie nicht mit dem Bus zurück. Es regnete, und in der Marylebone Lane fand sie glücklicherweise ein Taxi, das sie nach Hause brachte.

Während der Fahrt kreisten ihre geplagten Gedanken so sehr um die Gefahr, die dem einzigen Menschen drohte, den sie liebte, daß sie nicht einmal merkte, daß sie das Bündel von Geldscheinen noch in der Hand hielt, das ihr Mr. Blonberg zugeschoben hatte.

Ihr Sohn. In Mr. Blonbergs Stimme hatte eine Drohung gelegen. Was wußte er über ihren Jungen? Sie fürchtete sich vor Blonberg – der wilde Blick seiner unsichtbaren Augen ängstigte sie fürchterlich. Sie hatte eine seltsame, groteske Vorstellung von ihm, diesem Ungeheuer in dem Drahtkäfig, der alles wußte, der ihr bei ihrem ersten Besuch alles das auf den Kopf zugesagt hatte, was sie in ihrer eigenen Brust verschlossen glaubte.

Aber er würde dem Jungen nichts tun, für den sie alles geopfert hatte – fast alles. Mit diesem Stück Selbstsicherheit ging sie schlafen.

Am nächsten Morgen brachte ihr das Mädchen eine Tasse Kaffee und die Zeitung. Den Kaffee trank sie gemächlich und genoß das Gefühl selbstzufriedener Behaglichkeit. Die großen Anforderungen, die in der letzten Woche an sie gestellt worden waren, konnte sie jetzt befriedigen. Er war ein guter Junge, sagte sie zu sich selbst, und er war es wert.

Das Mädchen zog die Jalousien hoch und gab ihr eine Brille mit Hornrand. Träge blätterte sie die Zeitungsseiten um, und genau so träge las sie die Überschrift:

Geheimnisvoller Mord in Hertfordshire

Mr. Basil Hale erschlagen auf dem Grundstück eines historischen Adelssitzes aufgefunden

Das Mädchen hörte den Aufschrei, drehte sich verblüfft um und sah die alte Frau aus dem Bett springen, brabbelnd, unhörbare Worte formend und die Zeitung immer noch in der Hand haltend.

„Mein Sohn, mein Sohn!“ kreischte sie. „Ermordet – mein Sohn!“

Kapitel 11

Jane Clifton erkannte, daß sie zwei verschiedene Personen sein konnte. Im Augenblick war sie eine davon – allerdings die verkehrte. Sie konnte – mit ihrem Mann und Wells beim Essen sitzend – gelöst, ja fast amüsant über Leute plaudern, die sie kannte, konnte ruhig danach fragen, wie es Marjorie ging, und sich für die kleinen Probleme einer Frau interessieren, die ihr mißfiel (oder dieses Interesse zumindest vortäuschen). Sie merkte schließlich, daß sie über ihre Hochzeit redete, was sie erschütterte.

Es war erstaunlich, daß sie so verstandesmäßig reden und handeln konnte. Sie ärgerte sich über ihre eigene Gleichgültigkeit, ihre unnormale Gelassenheit. Sie wollte ein Gefühl des Grauens hervorrufen, wie es sich nicht von allein einstellt. Sie war mit einem Geisteskranken verheiratet, ihr Leben lang an ihn gebunden – an den Sohn eines Selbstmörders, an einen Fälscher, der sein Verbrechen mit der Verschlagenheit eines Geisteskranken plante und ausführte.

Jane stellte fest, daß sie seine Züge einen nach dem anderen untersuchte. In seinen Augen war nichts von Wahnsinn zu sehen – sie erinnerte sich verschwommen an das gräßliche Porträt eines Irren, das ihr Vater einst gemalt hatte. Er pflegte es in einem seiner eingeschlossenen Skizzenbücher aufzubewahren, aber eines Tages hatte sie es gesehen, und ihr war körperlich übel geworden: der hängende Mund, die Unregelmäßigkeit der Züge, die ausgeprägte Disharmonie des Gesichts. John Leith hatte das Bild mit Wasserfarben gemalt, um sich selbst zu schulen, und war der Vorlage mit grausamem Naturalismus gefolgt.

Peter wies mit diesem Schreckgespenst von Porträt keinerlei Ähnlichkeit auf. Seine Hände, die zusammengefaltet auf dem Tisch lagen, waren einmalig schön, groß, aber in der Form fast wie Frauenhände. Sein Mund war straff geschlossen, sein Blick fest auf Cheyne Wells gerichtet.

Wenn sie nur irgendeine Gefühlsregung verspürte – Furcht, Verachtung, Entrüstung über den Fehler, den sie mit ihrer Heirat gemacht hatte –, wenn sie nur irgend etwas anderes wäre als das, was sie war: ein unpersönlicher Betrachter ihrer Schwäche – dann hätte sie ihr eigenes Schicksal in den Blick bekommen.

Donald Wells schien sich der gespannten Atmosphäre nicht bewußt zu sein. Obwohl sie mit Peter vor dem Essen einen Augenblick lang allein war, fragte sie ihn nicht danach, was aus Basil geworden war, und er hatte ihr von sich aus keine Erklärung gegeben. Auf seiner Wange hatte er einen blauen Fleck, und einer seiner Finger war verbunden. Im Lauf des Essens erzählte er Wells, ein Hund hätte ihn gebissen, und tat dessen Vorschlag, die Wunde auf jeden Fall zu untersuchen, geringschätzig ab.

Es war für Jane offenkundig, daß nicht einmal Donald Wells etwas von dem Kampf oder von Basils Anwesenheit wußte, denn während des Essens erwähnte er beiläufig, daß er Basil auf der Bond Street getroffen habe und daß dieser jetzt für drei Monate ins Ausland gehen werde. Doch der Arzt wurde nicht lange in Unkenntnis gelassen. Jane hatte den Raum kaum verlassen, als er die Frage stellte, die ihm schon während der ganzen Mahlzeit auf der Zunge gelegen hatte.

„Was ist los, Peter?“

Peter schüttelte den Kopf.

„Nichts“, sagte er knapp.

„Machen Sie sich nicht lächerlich. Irgend etwas hat Sie doch aus der Fassung gebracht.“

Peter zögerte ein Weilchen; dann berichtete er kurz und stockend von dem Ereignis im Garten. Als er Basils Namen erwähnte, sprang er halb vom Stuhl auf.

„Basil?“ fragte Wells ungläubig. „Was machte der hier? Wovon hat er geredet?“

Peter zuckte die Achseln.

„Können Sie es sich nicht denken?“ fragte er mit bitterer Stimme. „Das Schwein weiß, wer ich bin — und was ich bin!“

Wells starrte ihn ungläubig an.

„Sie meinen, er hat Jane erzählt — unmöglich!“

„Haben Sie sie beim Essen nicht angesehen? War es nicht sonnenklar, daß sie Bescheid weiß?“

Donald Wells schürzte seine Unterlippe.

„Ich kann nicht glauben, daß das möglich ist — großer Gott! Woher sollte er es wissen?“

Peter schüttelte den Kopf und zuckte ungeduldig die Achseln.

„Was weiß ich? Diese Sorte herumschnüffelnder Schleicher wühlt sich in jedes unangenehme Geheimnis. Im ersten Augenblick kam mir schon der Gedanke, daß Sie ...“

„Ich? Seien Sie doch nicht albern!“ spottete Wells. „So etwas wäre völlig gegen die Berufsehre und unverzeihlich, selbst wenn Hale mein bester Freund wäre, was er aber nicht ist.“

Peter saß lange da, still vor sich hin starrend. Sein Gesicht war gespannt und gequält. Plötzlich fragte er:

„Gibt es Ihrer Meinung nach irgendeine Gefahr? Dieser Mann hat mir einen Schreck eingejagt. Ich habe Angst wie ein Kind im Dunkeln.“

Donald Wells streckte seinen Arm aus, faßte das Handgelenk des anderen und fühlte eine Zeitlang dessen Puls. Peter sah, daß sich ein Stirnrunzeln auf dem Gesicht des Arztes zeigten.

„Sie sind ziemlich durcheinander, nicht wahr?“ fragte Wells, sich gedankenvoll auf die Lippen beißend. „Es war mir nicht klar, daß Sie das so schwer genommen haben — was für ein Schwein! Ich werde mit Jane sprechen und sie fragen, ob sie etwas dagegen hat, daß ich über Nacht hierbleibe.“

„Sie dürfen ihr keine Angst machen.“ Peter Cliftons Stimme war fast rauh. „Mein Gott! Ich hätte mein ganzes Vermögen darangegeben, um dies zu verhindern, Donald. Was für ein Narr war ich, was für ein Narr!“

Donald Wells mißverstand ihn.

„Ich nehme an, Sie haben ihn verprügelt — da ist nichts Närrisches dabei ...“

„Nein, ich denke an meine Heirat“, sagte Peter langsam. „Ich habe mich auf Sie verlassen. Ich beschuldige Sie nicht, alter Freund, denn ich bin mir dessen bewußt, daß Sie sich von den Spezialisten leiten ließen. Besteht die unmittelbare Gefahr eines Rückfalls?“

Donald schüttelte den Kopf.

„Sie können keinen ‚Rückfall‘ bekommen, denn es haben sich bei Ihnen noch nie Symptome dieser Krankheit gezeigt. Und ob Sie je davon betroffen werden können — ich würde meinen, da besteht nicht die geringste Gefahr“, antwortete er, aber seinem Ton fehlte die Überzeugungskraft. „Ich gebe Ihnen heute abend ein leichtes Schlafmittel, und ich rufe besser Marjorie an, daß ich nicht zurückkomme."

Als er vom Tisch aufstand, hörte man draußen ein Auto bremsen, und die beiden Männer sahen einander an.

„Erwarten Sie irgend jemanden?" fragte Donald.

Peter schüttelte den Kopf.

„Niemanden — falls sich Mr. Hale nicht entschlossen haben sollte, seinen Besuch zu wiederholen", antwortete Peter grimmig. „In meiner gegenwärtigen Stimmung könnte ich mir nichts Besseres wünschen!"

Jane hatte ebenfalls das Auto gehört, und so war sie es, die in die Halle hinunterging, als der alte Diener die Eingangstür öffnete. Sie trat vor Verblüffung einen Schritt zurück, als sie den Besucher erkannte. Es war Marjorie Wells, und auf dem Gesicht dieser schönen Dame lag ein um Entschuldigung bittendes Lächeln.

„Ich hoffe, daß ich Donald zurückbringen kann, aber ich bin mir dessen nicht sicher", sagte sie. „Sind Sie sehr böse, daß ich Ihre Flitterwochen störe?"

Unwillkürlich mußte Jane lachen. Es erschien ihr so merkwürdig, dieses Wort zu hören.

„Jedermann stört hier meine Flitterwochen", antwortete sie gutgelaunt. „Ich könnte Ihnen vor Dankbarkeit beinahe um den Hals fallen, Marjorie!"

„Schon gelangweilt ..."

„Was willst du hier?"

Es war die Stimme von Cheyne Wells, der seinen Ärger kaum verbarg.

„Hallo, Liebling!" Marjorie war die Kaltblütigkeit selbst. „Ich bin nur eine liebevolle und aufmerksame Ehefrau. Ich weiß, wie sehr du einsame Fahrten haßt; da dachte ich, es wäre ein guter Gedanke, dich abzuholen."

Donald antwortete nichts. In dem dämmerigen Lichtschein, der von der Lampe in der Eingangshalle ausging, sah Jane, welche Mühe er hatte, sich im Zaum zu halten.

Seine Haltung war für sie kaum eine Überraschung. Es gab Gerüchte — die vage waren und nicht durch augenscheinliche Beweise untermauert werden konnten —, daß in der *mánage* des Ehepaars Wells nicht alles zum besten stünde. Basil war das wichtigste Medium dieses Klatsches; doch unter aller seiner Boshaftigkeit gab es meist eine dünne Schicht trauriger Wahrheit.

„Ich fahre heute abend nicht zurück", sagte er kurz angebunden, nachdem er seine Stimme zu einem etwas höflicheren Klang emporgehoben hatte. „Peter fühlt sich nicht ganz auf der Höhe, und da ist es besser, ich bleibe und untersuche ihn gründlich."

„Welch glücklicher Zufall!" Sie schwankte nicht unter seinem stahlharten Blick. „Ich dachte mir schon, daß so etwas passieren könnte, und ich habe dir deinen Schlafanzug mitgebracht. Peter, mein Lieber, würden Sie bitte mein Taxi bezahlen? Ich wage es einfach nicht, Donald um Geld zu bitten. Es ist immer am schlimmsten mit ihm, wenn es sich um finanzielle Fragen dreht."

Absolute und uneingeschränkte Erleichterung war Janes vorherrschendes Gefühl. Sie zeigte Marjorie den Weg zu dem Zimmer hinauf, das sie in Gedanken schon für ihre unerwarteten Gäste reserviert hatte.

„Normalerweise verzeihe ich Leuten nicht, die mich nicht leiden können", schwatzte Marjorie weiter, als sie ihren Mantel auf das Bett warf, „aber Ihnen verzeihe ich, wenn Sie auch nur das kleinste bißchen wütend sind. – Wo schläft Donald?" fragte sie abrupt.

Einen Augenblick lang war Jane verwirrt.

„Ich weiß es nicht. Ich habe wirklich nicht darüber nachgedacht. Ich wußte nicht einmal, daß er hierbleibt", antwortete sie. „Aber dieses alte Haus hat viele freie Zimmer. Ich werde Anna die Betten herrichten lassen."

„Ich habe nur gefragt", sagte Marjorie ruhig, „weil ich glaube, ich möchte heute nacht möglichst weit von ihm entfernt sein. Donald hat ein gewalttätiges Temperament – die meisten Ehemänner werden nach gewisser Zeit so. Nein, ich bin nicht auf dem Weg, Ihnen Familiengeheimnisse zu offenbaren, meine Liebe. Das Zimmer ist wunderbar." Sie ging zur Tür und besah sich das Schloß. „Und es gibt einen Schlüssel! – Soll ich Ihnen etwas sagen?"

Ohne die erbetene Zustimmung abzuwarten, fuhr sie fort.

„Ist Ihnen klar, daß das Schlimmste für eine Frau ein redseliger Ehemann ist? Ein Ehemann, der die halbe Nacht im Zimmer auf und ab geht, einem erklärt, was man für Fehler hat, und einem Anweisungen gibt, wie man sie los wird?"

„Ich bin sicher, das würde Peter nie tun."

„Sie sind auch zu lammfromm, um in diesem Stadium ihrer Ehe schon Fehler zu haben!"

„Basil Hale war heute hier."

Jane verstand nie, warum sie das gesagt hatte. Es war eine jener unbedachten Äußerungen, für die man alles geben würde, um sie ungeschehen zu machen. Doch die Wirkung auf jene Frau war ungewöhnlich. Sie hatte versunken den großen altmodischen Pfeilerspiegel über dem Kaminsims geschaut; jetzt wandte sie sich schnell Jane zu, Mund und Augen weit aufgerissen.

„Basil Hale – hier? Weswegen kam er?" fragte sie hastig. „Sie hatten ihn doch sicher nicht gerufen?"

Sie sprach mit schneller Stimme; in ihrer Erregung stotterte sie.

„Ich glaube, Sie meinten wirklich, was Sie sagten, daß Sie nämlich gestörte Flitterwochen hatten. – Das hat er gewagt!"

Und dann platzte Jane mit einer Frage heraus.

„Wissen Sie irgend etwas über Peter?“ Sie war jetzt verwegen geworden; ihre angestauten Gefühle hatten sich endlich den Weg gebahnt. „Sie kennen ihn länger als ich – stimmt es, was Basil über ihn gesagt hat? Ich wollte eigentlich Donald fragen, habe mich dann aber nicht getraut und hatte auch keine Gelegenheit dazu – ach, ich weiß nicht, was ich rede. Sie werden denken, ich wäre verrückt, aber ich hatte einfach kein Interesse, ihn irgend etwas zu fragen.“

Zu ihrer eigenen Überraschung merkte sie, daß sie schrecklich zitterte. Marjorie Cheyne Wells packte sie an den Schultern, schob sie in einen Stuhl und sah aus schlitzförmig zusammengekniffenen Augen zu ihr hinunter.

„Was soll ich über Peter wissen?“ fragte sie. „Worum geht es, Jane? Hat es etwas mit Basils Besuch zu tun?“

Die junge Frau nickte.

„Wußte er etwas über Peter und hat es Ihnen erzählt?“

Jane nickte abermals. Als sie wieder sprach, bebte ihre Stimme.

„Er sagte, Peters Vater war verrückt – und sein Großvater auch. Es gibt in dieser Familie eine fürchterliche Tradition von Geisteskrankheit. Ach, und dann gibt es noch etwas, Marjorie – das kann ich Ihnen gar nicht erzählen. Bis zu diesem Augenblick habe ich gedacht, es macht mir nichts aus. Ich weiß nicht, warum ich solch ein Schwächling bin – aber ich habe Angst, fürchterliche Angst.“

„Vor Peter?“

Jane schauderte.

„Nein, nein, nicht vor Peter, sondern um ihn. Ich glaube nicht, daß ich ihn liebe, Marjorie. Ich mochte ihn wirklich sehr, und Daddy war sehr froh, daß ich ihn heiraten wollte. Aber es tut mir fürchterlich leid.“

Marjorie sagte kein Wort. Ihre dunklen Augen waren starr auf die junge Frau gerichtet.

„Peter ist der Sohn eines Irren, ja?“ fragte sie leise. „Natürlich, das erklärt vieles. Was für ein Narr bin ich gewesen!“ Eine Pause – und dann: „Ist er zufällig der Clevere?“

Kapitel 12

Diese Worte brachten Jane auf die Füße.

„Nein, nein, nein!“ erwiderte sie atemlos. Und dann, von panischem Schrecken erfüllt: „Ich weiß nicht, was Sie damit meinen – der Clevere. Meinen Sie den Fälscher?“

„Ja, ich meine den Fälscher“, sagte Marjorie unbarmherzig. „Den Mann, über den ganz London redet, den Mann mit den Banknoten.“

Sie wartete auf eine Antwort, aber es kam keine. Dann nickte sie langsam.

„Ich verstehe. Wer hat Ihnen gesagt, daß Peter der Fälscher ist?"

Erst jetzt begann Jane zu begreifen, was sie getan hatte. In einem Augenblick erbärmlicher Schwäche hatte sie die Person in der Welt, der sie am wenigsten vertraute, zu ihrem Mitwisser gemacht und ihr das katastrophale Geheimnis enthüllt, das ihr Leben in hoffnungsloses Verderben stürzen konnte.

„Wie unsinnig!" Sie machte einen heroischen Versuch, das Gespräch in normale Bahnen zurückzubringen, obwohl ihr klar war, daß sie sich schon zu weit von dem sicheren und geebneten Weg entfernt hatte, um mit dieser Absicht noch Erfolg haben zu können. „Ich erzähle Ihnen nur, was Basil über Peter gesagt hat. Sie werden es gewußt haben?"

Marjorie schüttelte den Kopf.

„Mein lieber Mann erzählt mir nichts", sagte sie mit einem harten, kleinen Lächeln. „Ich denke mir eine Menge, und manchmal denke ich verkehrt. Aber ich bin nie auf den Gedanken gekommen, daß Peter verrückt sein könnte – das ist es doch, nicht wahr?"

Sie legte der jungen Frau den Arm um die zitternden Schultern.

„Jetzt werde ich ganz mütterlich und herzlich", sagte sie, aber Jane spürte den Hohn, der sich nicht verbergen ließ, und entzog sich dem Arm, der sie umfangen hielt. „Das Entsetzliche ist nur, daß ich Sie nie leiden konnte und Sie mich auch immer verabscheut haben. Ich nehme an, Sie wissen, daß ich in Ihren Peter hoffnungslos verliebt bin?"

Sie sagte das so ruhig, daß Jane zunächst dachte, sie hätte einen Scherz gemacht. Doch ein kurzer Blick auf das Gesicht dieser Frau zeigte ihr, daß hinter jener Frivolität die Wahrheit stand.

„Das ist für eine ehrsame Ehefrau ein schändliches Bekenntnis. Aber ich war es, und ich bin es. Bis zu einem bestimmten Punkt."

Jane sah sie einen Augenblick entgeistert an. Irgendwie loderte ein kleiner Funke tugendhafter Empörung in ihrem Herzen auf und erlosch gleich wieder.

„Wenn Sie ihn sehr liebten", bemerkte Marjorie, „würden Sie mich ermorden wollen! Glücklicherweise ist das nicht der Fall."

Während der ganzen Zeit, da sie sprach, wandte sie die Augen nicht von Jane.

„Sie mögen ihn, und er tut ihnen leid; das heißt also, Sie sind auf dem Absprungbrett zur Liebe." Sie seufzte tief. „Peter hat Ihnen sicher nichts von den vielen unmoralischen Winken gesagt, die ich ihm gegeben habe. Ich nehme nicht einmal an, daß er sie überhaupt bemerkt hat, der liebe, arme Kerl!"

Sie ging zu dem Pfeilerspiegel zurück und zog sorgfältig ihre roten Lippen nach, bevor sie weitersprach.

„Großer Gott – was für eine amüsante Sache!" In der freundlichsten Weise begleitete sie ihre Überlegung mit einem Kopfnicken. „Und Basil hat es Ihnen erzählt – und natürlich hat er nicht gelogen. Er lügt nie, wenn er jemanden verletzen will. Haben Sie schon mit meinem lieben Mann gesprochen?"

„Nein", antwortete Jane.

Zum erstenmal verstand sie diese harte Frau. Marjorie war immer eine Frau mit scharfer Zunge gewesen, allzugern bereit, Dinge zu verhöhnen, die für Jane ziemlich wertvoll waren.

„Also Basil hat es Ihnen erzählt, ja?" Die Stimme von Marjorie Cheyne Wells war beinahe einschmeichelnd. „Basil tut mir ziemlich leid. Er ist zwar ein übler Bursche, aber amüsant."

„Weswegen tut er Ihnen leid?" fragte Jane.

Marjorie blickte unverwandt geradeaus und setzte die Arbeit mit dem Lippenstift fort.

„Weil ich nicht glaube", sagte sie langsam und ohne die geringste Spur einer Gemütsbewegung, „daß Basil sehr lange leben wird!"

Jane starrte sie verwundert an.

„Was meinen Sie damit?"

„Ich meine, wenn er Peter das gesagt hat und Peter weiß ..."

Jane hatte das Gefühl, daß die Ehefrau von Cheyne Wells im Begriff war, eine ungeheuerliche Erklärung abzugeben, doch sie zügelte sich und lachte leise.

Selbst wenn sie Peter liebte, so liebte sie sich selbst doch noch mehr. Marjorie Wells machte gerade eine neue Bestandsaufnahme ihres Lebens und rechnete Konten gegeneinander auf, die bisher im dunkeln geblieben waren. Dieses neue Wissen hatte sie vom Status eines argwöhnischen Beobachters zu dem eines Teilhabers an einem Spiel gebracht, dessen wirklichen Wert sie erst jetzt einzuschätzen begann.

Ihr Lachen endete so abrupt, wie es begonnen hatte, und sie beugte lauschend ihren Kopf vor.

„Der liebe Donald ist da in der Halle, und er wird sich darüber Gedanken machen, was für grausige Geheimnisse ich Ihnen von seinen Patienten erzähle. Lassen Sie uns unbedingt hinuntergehen; ich will mir jetzt Peter ansehen – und vergessen Sie nicht, daß ich wahnsinnig in ihn verliebt bin."

Die Leichtigkeit ihres Tons hätte eigentlich ein Lächeln bewirken müssen, aber Jane hatte ein unheimliches Geschick, hinter die Oberflächlichkeiten von Stimme und Haltung zu kommen, so daß ihr klar war, daß Marjorie Wells eine alte Wahrheit mit einer neuen Bedeutung ausstattete.

„Sie haben keine Rivalin", sagte sie ebenso frivol.

Marjorie warf ihr einen merkwürdigen Blick zu, den man nicht deuten konnte.

Ihr Ehemann hatte einen Instinkt, der fast untrüglich war. Das hätte sie schon bei früheren Gelegenheiten festgestellt. Sie erlebte jetzt mit Erschrecken eine neue Demonstration dieser seiner so seltsam übersinnlichen Kraft. Er warf einen Blick auf Janes Gesicht und erklärte dann zu Peters sichtbarer Verwirrung:

„Hale war hier und hat eine Menge Unsinn über Peter geredet."

Marjorie versuchte nicht, Überraschung zu heucheln. Sie hatte früher so etwas probiert, dabei war es ihr erbärmlich mißlungen, ihn zu täuschen.

„Jane hat mir gerade davon erzählt", sagte sie.

Erfolgreicher war sie bei der Vortäuschung ihrer Gleichgültigkeit.

„Ich wußte, daß früher oder später dieser betrunkene Wilde Ärger machen würde."

Sie hörte Peters gemurmelten Protest; wenn sie sich nicht irrte, würde das ausreichen, um die Unterhaltung mit Donald eine andere Richtung nehmen zu lassen. Sie selbst lenkte das Gespräch auf sichereren Boden. Der Abend ging mit Konversation dahin; ein höchst banales Ende für einen so verwirrenden Tag, dachte Jane, als sie die Tür ihres Schlafzimmers zumachte und verschloß.

In dieser Nacht kam sie zu einem Entschluß. Sie würde an ihren Vater schreiben und dem schlauen John Leith alles berichten. Glücklicherweise gab es in ihrem Schlafzimmer einen ausreichenden Vorrat an Briefpapier — glücklicherweise deswegen, weil sie zunächst ein halbes Dutzend vergeblicher Ansätze unternahm, bevor sie sich endlich in die Darstellung ihrer Nöte stürzte. Sie war damit immer zu ihrem Vater gegangen, aber es machte ihr besondere Mühe, ihm von ihrer Entdeckung zu berichten. Sie ersparte ihm nichts. Er würde verletzt sein, alarmiert, entsetzt; das einzige logische Ergebnis ihres Briefes würde sein, daß er käme und sie abholte. War das nicht auch für sie der einzige vernünftige Schritt? Sie war mit einem Fälscher verheiratet — einem Verbrecher, über dessen Haupt vielleicht eine lebenslängliche Strafe schwebte. Doch das erschien fast unbedeutend, so schrieb sie, im Vergleich zu der drohenden und noch größeren und entsetzlicheren Gefahr, die bereits einen Schatten über ihr Leben geworfen hatte.

Sie schrieb:

... Ich weiß nicht, was Du sonst tun könntest, Daddy, als herzukommen und mich fortzuholen. Ich denke, Peter wird es verstehen. Er ist sich dessen bewußt, daß ich es weiß. Er ist höchst aufmerksam, höchst rücksichtsvoll — wirklich ein Lieber. Ich habe das Gefühl, ich bin ein fürchterlicher Feigling, wenn ich weglaufe; doch wenn ich noch eine Woche so verbringe, schlägt mir das auf die Nerven. Es ist daher besser, ich gehe jetzt, bevor er nach London zurückkehrt. Wir haben einen entsetzlichen Fehler gemacht ... —

Sie schrieb bis ein Uhr, und dann — vernichtete sie den Brief, verbrannte ihn im Kamin. Peter und Cheyne Wells waren im Bett; sie hatte gehört, wie Peter auf den Flur mit rauher Stimme allen eine gute Nacht wünschte und wie sich dann seine Tür schloß. Sie selbst war völlig durcheinander; sie war geistig und körperlich strapaziert und fiel nur Sekunden später in Schlaf, nachdem sie sich ausgestreckt und das Licht ausgemacht hatte.

Tapp, tapp, tapp!

Das Geräusch war sanft, aber anhaltend. Sie war sofort wach und setzte sich mit schmerzhaft klopfendem Herzen in ihrem Bett auf.

„Wer ist da?" fragte sie mit leiser Stimme, als sie das Geräusch lokalisiert hatte.

„Marjorie — machen Sie mir auf."

Die geflüsterten Worte klangen sehr drängend. Jane glitt aus dem Bett, schloß die Tür auf und ließ die Frau ein.

„Machen Sie die Tür zu — schließen Sie ab."

Die Hand auf Janes nacktem Arm war kalt und zitterte.

„Was ist los?"

Marjorie mußte ahnen, daß sie nach dem Schalter der kleinen Tischlampe suchte, denn sie hielt sie davon zurück.

„Nein, nein, machen Sie kein Licht an. Ich habe wieder einen meiner nervösen Anfälle — kann nicht schlafen. Dies ist ein entsetzliches Haus!"

Offensichtlich hatte sie ihren Morgenrock über dem Arm mitgebracht, denn Jane hörte das Rascheln der Seide, als ihr Gast ihn anzog.

„Wo schläft Peter?"

„Im übernächsten Zimmer — wollen Sie etwas von ihm?"

Eine ganze Weile bekam sie keine Antwort, und dann:

„Ihr Zimmer ist sehr dunkel. Sind die Vorhänge über dem Fenster sehr schwer? Würde man ein Licht von draußen sehen können?"

„Nein", sagte Jane verwundert.

„Sehr gut, machen Sie die Lampe an."

In dem gedämpften, warmen Licht sah Marjorie Wells' Gesicht finster und bleich aus.

„Wo schläft Donald eigentlich? Ich habe mir nicht einmal die Mühe gemacht, mich darum zu kümmern."

„Donalds Zimmer ist auf der Rückseite des Hauses", antwortete ihr Jane, und die schauernde Frau seufzte erleichtert.

„Wenn er mich sprechen hört, kommt er herein, und ich möchte Donald heute nacht nicht sehen."

Sie ging zum Fenster hinüber, untersuchte die Vorhänge und schien zufrieden zu sein.

„Wie spät ist es?" Sie spähte zu der kleinen goldenen Uhr auf dem Nachttisch hinunter — Jane entdeckte bei dieser Gelegenheit, daß sie etwas kurzsichtig war. „Halb drei. Ich bin um elf ins Bett gegangen."

Jane warf Holzscheite auf das halbverloschene Kaminfeuer – die Nacht war kühl. Sie überlegte, wie lange Marjorie wohl bleiben wollte, obwohl sie ihre Gesellschaft mehr als Vergnügen denn als Belästigung empfand.

Donalds Frau hatte sich einen Sessel an das Feuer gezogen und saß zusammengekauert darin, sich ihre zitternden Hände wärmend. Nach einer Weile durchbrach sie die brütende Stille.

„Sie müssen mich für verrückt gehalten haben, als ich nach dem Cleveren fragte – sie haben doch Peter nichts erzählt?"

„Ich habe kaum mit Peter gesprochen", sagte Jane, um eine feste Stimme bemüht. „Wer ist der Fälscher? Haben Sie irgendeine Vorstellung?"

Sie mußte all ihren Mut zusammennehmen, um diese Frage zu stellen, aber Marjorie hob verneinend eine Schulter.

„Ich weiß nichts", sagte sie gleichmütig. „Man redet über solche Leute, ohne auch nur entfernt mit ihnen bekannt zu sein. Donald besaß eine der gefälschten Noten. Dieser Fälscher muß sehr reich sein." Sie warf einen kurzen Blick auf die junge Frau – so schnell, daß Jane kaum die Bewegung ihrer Augen sah. „Eines Tages werden sie ihn fangen, und dann kommt er bis an sein Lebensende ins Gefängnis – das wird eine mächtig feine Sache für alle sein."

Jane schauderte – wieviel Gift im Ton dieser Frau lag! Es war fast so, als ob sie einen persönlichen Groll gegen den Fälscher hätte. Dann ging Marjorie in ihrer sprunghaften Weise auf ein anderes Thema über.

„War Basil sehr übel? Was für ein abscheuliches Biest er ist! Aber Sie mögen ihn ziemlich, nicht wahr?"

Jane nickte.

„Er ist stets amüsant", antwortete sie.

„Amüsant!" Marjorie grinste höhnisch. „Auf Kosten anderer!"

„Wie lange kennen Sie ihn schon?"

Jane war nicht ernsthaft interessiert, aber die Umstände machten es erforderlich, daß sie sich um die Weiterführung des Gesprächs bemühte.

„Seit Jahren, seit unserer Zeit in Nunhead."

Sie merkte, daß Jane mit dem Namen nichts verband.

„Sie wußten nicht, daß Donald früher eine Armenpraxis im Süden Londons hatte, nicht wahr? Doch, die hatte er. Und wenn Sie glauben, daß er seinen Weg in die Harley Street nur seiner Tüchtigkeit zu verdanken hat, muß ich Sie leider enttäuschen! Donald war dem Untergang einmal so nahe, wie man es nur sein kann, ohne über die Klinge zu springen – und manchmal wünschte ich, er hätte springen müssen", fügte sie kaltblütig hinzu.

Kapitel 13

Jane war verblüfft und konnte sie nur in schockierter Verwunderung ansehen.

„Er war in einen unerfreulichen Fall verwickelt." Marjorie schien eine boshafte Freude dabei zu empfinden, ihr die Geschichte dieses schändlichen Vorfalls in Donalds Leben mitzuteilen. „Es gab eine gerichtliche Untersuchung, und beinahe hätte man ihn verhaftet; und dann fand Donald seinen reichen Patienten! Nein, es war nicht der liebe, geistesgestörte Peter — zucken Sie nicht zusammen, meine Liebe, ich bin nur zynisch —, es war ein geheimnisvoller Mr. Looker oder wie er sonst hieß, ein Hypochonder, der an Donald glaubte. Daher also der Glanz und die Pracht der Harley Street und unser großartiger Einzug in die Gesellschaft. In Nunhead hatten wir eine Vierzimmerwohnung über der Praxis, einem umgebauten Laden. Ich will nicht sagen, daß Donald nicht klug wäre — in mancher Beziehung ist er sogar hochbegabt. Er ist mehr Unterhalter als Diagnostiker, und das ist schließlich genau das, was man in einer Praxis in Westend sein muß. Die alten Damen von Bayswater schwören auf ihn, und seine Methoden sind wirklich bewundernswert. Er schickt alle alten Herren nach Torquay und alle alten Damen nach Bath. Früher hat er auch einige von ihnen nach Wiesbaden geschickt, aber diese verdammten deutschen Ärzte bemächtigten sich ihrer und heilten sie; und wir hatten unsere Patienten verloren. Heute schickt Donald sie nie mehr ins Ausland."

„Ist er Nervenspezialist?" fragte Jane mit einem wachsenden Gefühl der Bestürzung. Ihr war zumute, als ob einer der Pfeiler des Lebens nachgab.

„Nervenspezialist? Ich glaube schon. Wer ist das nicht? Er ist glaubwürdig und kann reden, wie ich gesagt habe, und in Nervensachen kann ein überzeugender Sprecher dem ganzen Britischen Arzneibuch den sicheren Garaus machen! Ich untergrabe Ihr Vertrauen zu Donald, nicht wahr?" Sie lächelte die junge Frau schnell an. „Aber..."

Sie hörten beide das Gäusch; sie hätten taub sein müssen, um es nicht zu hören — den gellenden Angstschrei, ein Brüllen wie von einem gequälten Tier. Marjorie sprang auf die Füße; ihr Gesicht war vor Angst verzerrt.

„Was war das? Was war das?" flüsterte sie.

Jane war auf dem Weg zum Fenster, als die andere Frau ihren Arm packte.

„Nein, nein, nein!" Sie winselte diese Bitte fast. „Machen Sie erst das Licht aus!"

Gegenüber diesem hemmungslosen Schreck blieb Jane ruhig. Sie ging zum Bett zurück, drehte den Schalter, lief wieder zum Fenster und zog die schweren Vorhänge zurück. Draußen war kein Geräusch zu hören —

nur das Rascheln der Blätter und in der Ferne der schwache Ton der Dampfpfeife einer Lokomotive.

„Was war das?“ Marjorie hielt sich an Janes Arm fest.

„Eine Eule vermutlich“, antwortete sie.

Sie zog die Vorhänge wieder zu. Halb führte, halb trug sie Marjorie zu Bett. Als Jane das Licht anschaltete, lag ihre nächtliche Besucherin auf dem Bauch, ihren Kopf in den Tüchern vergraben, und das Bett schwankte unter der Heftigkeit ihres Schluchzens. Jane gab ihr Wasser aus der Karaffe. Es dauerte eine halbe Stunde, bis sich die Frau beruhigte. Jane saß auf der Bettkante und versuchte sie zu beschwichtigen, als sie plötzlich das Knacken eines Dielenbretts auf dem Treppenabsatz zu hören glaubte. Sie schlich zur Tür und lauschte. Sie hörte kein weiteres Geräusch und ging zu ihrer Patientin zurück.

„Ich bin ein Narr – mein Gott, was für ein Narr ich bin!“ sagte Marjorie Wells mit heiserer Stimme. „Ich habe so lange am Rand der Dinge gelebt, daß ich vermutlich selbst schon ein bißchen verrückt geworden bin. Was glauben Sie, was es war, Jane?“

Noch bevor die zögernde Jane irgend etwas ersinnen konnte, fuhr Marjorie fort:

„Es war keine Eule, es war ein Wahnsinniger! Donald hat mich einmal auf seine Runde in eine Irrenanstalt mitgenommen.“ Sie schauderte und kniff ihre Augen zu. „Ich habe dort Dinge gesehen und gehört – es war entsetzlich! Ein Mann machte genau solchen Lärm.“

Einen Augenblick fürchtete Jane, Marjorie würde wieder zusammenbrechen, doch sie beherrschte sich.

„Ich fange an, hysterisch zu werden. Was war das nur?“

Wie ein ängstliches Kind klammerte sie sich an Jane.

„Irgend jemand auf dem Treppenabsatz. Ich sehe nach, wer es ist.“

„Nein, nein, machen Sie bitte nicht die Tür auf!“

Sie lauschten beide, aber das Knacken des Dielenbretts wiederholte sich nicht. Sie hörten auch kein anderes Geräusch.

Eine Stunde später ging Jane zum Fenster und spähte hinaus. Es war Morgen, und der Park lag in dem grauen, unheimlichen Licht der Dämmerung. Zu diesem Zeitpunkt hatte Mrs. Wells einiges von ihrer früheren Art wiedergewonnen, und dieser Strahl des Tageslichtes reichte aus, um sie wieder fast normal werden zu lassen.

„Ich habe Ihnen die Nachtruhe geraubt, und das tut mir fürchterlich leid. Für alles Geld in der Welt möchte ich keine zweite Nacht in diesem Haus verbringen. Wann wollen Sie in die Stadt zurückkommen?“

Jane zögerte.

„Heute, denke ich“, antwortete sie. „Peter hat eine Suite im *Ritz* gemietet.“

Marjorie sah an ihr vorbei, die Lippen nachdenklich geschürzt.

„Ich möchte ein langes Gespräch mit Ihnen führen, aber wir müssen unser Zusammentreffen wie Verschwörer organisieren — Donald hat die größten Einwände dagegen, daß ich mich mit Ihnen anfreunde. Ich denke, ich gehe jetzt — würden Sie mich bis zu meiner Zimmertür begleiten?"

„Sind Sie denn so ängstlich?" Jane lächelte unwillkürlich.

Die andere nickte.

„Sie wissen gar nicht, wieviel Angst ich habe", antwortete sie mit ernster Stimme.

Jane ging in ihr Zimmer zurück, ohne daran zu denken, sich wieder hinzulegen. Sie war jetzt völlig munter; es gab mehr als genug, was ihren Kopf füllte, bis das Leben im Haus erwachen würde. Marjorie Wells hatte ihr Donald in einem neuen Licht gezeigt. All seine Würde, seine ruhige und doch anspruchsvolle Weisheit war von ihm abgefallen wie ein schöner Mantel, der den Körper eines Fakirs an das Licht treten läßt. Es war keine angenehme Vorstellung, Peters Gesundheit in den Händen eines solchen Mannes zu wissen. Und jener Schrei — es war nicht schön, sich daran zu erinnern —, der Schrei eines Wahnsinnigen, wie Marjorie gesagt hatte. Peter? Der Gedanke machte sie krank — doch dann ließ sie ihn geringschätzig fallen. Peter würde in seinem Bett sein.

Sie saß eine Weile vor dem wieder aufgefüllten Kamin. Dann stand sie besorgt auf und ging in das kleine Wohnzimmer hinüber, das sein Schlafzimmer von dem ihrigen trennte. Sie bewegte leicht den Türgriff und trat ein.

Als erstes fiel ihr auf, daß das Fenster weit offenstand und daß die Vorhänge zurückgezogen waren. Über dem Fenstersims ragten die ungehobelten Enden einer Gartenleiter hervor. Dann wandte sich ihr Blick dem Bett zu. Es hatte ein hohes Fußende; von dort, wo sie stand, konnte sie nur den Kopf und die Schultern ihres Mannes sehen, doch bei deren Anblick stöhnte sie auf. Er trug immer noch seinen Smoking, lag aber auf der Bettdecke. Sie schlich sich auf Zehenspitzen zu ihm und schrie fast auf bei dem entsetzlichen Bild, das sich ihr bot. Die Vorderseite seines weißen Hemdes war übersät mit Blutflecken; die Hand, die an der Seite aus dem Bett hing, war rot beschmiert; Blut war auf seinem Gesicht, sein Kragen war zusammengeknüllt und vom Kragenknopf abgerissen, seine schwarze Krawatte hing lose. Er trug noch immer seine leichten Gesellschaftsschuhe, aber sie waren voller Schlamm, der noch nicht trocken war, und Schmutz war auch auf der seidenen Tagesdecke.

Sie stand da, vor Schreck wie versteinert, und hielt sich am Fußende fest; dann sah sie auf dem Teppichstreifen neben dem Bett einen großen Hammer liegen, bückte sich mechanisch und hob ihn auf. Das schlimme Ding war vom Griff bis zur Spitze blutbespritzt. Sie wollte ihn fallen lassen, legte ihn aber statt dessen auf den Nachttisch.

„Peter!" flüsterte sie ängstlich. „Peter!"

Sie schüttelte ihn mit aller Kraft, aber er wachte nicht auf. Er wirkte wie ein schlafender Drogensüchtiger. Sie wollte schreien und aus dem Zimmer fliehen, aber ein stärkerer Instinkt hielt sie fest. Dieser Mann war ihr Ehemann, mit ihr durch ein unfaßbares Band verbunden. Sie hatte eine Pflicht, die angesichts dieses gräßlichen Zeugnisses geradezu grotesk wirkte. Ein Mord war geschehen. Jener Schrei in der Nacht bedeutete etwas, was sie nicht auf sich beruhen lassen durfte.

In diesem Augenblick der Erleuchtung sah sie ihn in einem ganz neuen Licht: seine Hilflosigkeit, seine fürchterliche Einsamkeit. Er hatte keine Freunde. Die Frau, die marktschreierisch von ihrer Liebe zu ihm gesprochen hatte, würde die erste sein, ihn zu stürzen. Sie hielt den Atem an bei diesem Gedanken; jeder war gegen ihn — das Gesetz, seine „Freunde".

Sie ging zur Tür und legte den Riegel fest vor. Dann kam sie zurück und versuchte erneut, ihn aufzuwecken. Er brummte, als sie ihn schüttelte, machte aber die Augen nicht auf. Bald würden hier die Dienstboten herumlaufen, und er würde eindeutig als derjenige dastehen, der er war. In diesem Augenblick übelerregenden Schrecks überkam sie ein ungeheuer starkes Gefühl ihrer Pflicht.

Sie löste den Kragen und nahm ihn ab; mit zusammengebissenen Zähnen und zitternden Händen begann sie, ihren Mann zu entkleiden. Sie machte das Licht an und vergewisserte sich, daß sich die Blutflecken nur auf seine Jacke und sein Hemd erstreckten, und begann dann mit ihrer Arbeit, die fast übermenschlich war, denn er war ein schwerer Mann, der sich nur mit Mühe bewegen ließ. In einer Viertelstunde hatte sie ihn bis zu den Hüften ausgezogen. Sie trug die Schuhe, die Jacke, die Weste und jenes abscheuliche Hemd in ihr eigenes Zimmer, erhitzte Wasser in ihrem Teekessel über dem Kaminfeuer, kam mit einer Schale und einem Schwamm wieder und wusch ihm das schreckliche Zeugnis der Tragödie von den Händen. Nur einmal murmelte er im Schlaf, und sie beugte den Kopf, um ihm zu lauschen.

„Basil ... Schwein ...", sagte er und verfiel wieder in Schweigen.

Sie hob den Hammer mit Hilfe eines Stück Papiers auf, brachte ihn ebenfalls in ihr Zimmer, warf neues Brennholz in den Kamin, ließ den Hammer ins Feuer fallen und schaute zu, wie der Stiel langsam verbrannte. Die Kleidungsstücke, das Hemd und die Schuhe mußte sie auch irgendwie loswerden. Ihr Geist war höchst aktiv. Sie hatte ein Gefühl, als hätte sie selbst den Mord begangen und würde für ihre eigene Sicherheit und die Vernichtung der gegen sie gerichteten Beweisstücke sorgen. Die Kleidungsstücke konnte sie nicht verbrennen; sie schnürte sie zu einem Bündel zusammen und packte sie auf den Boden des Koffers. Auf dem Rückweg in sein Zimmer öffnete sie seine Garderobe und nahm eine andere Smokingjacke und ein frisches Hemd heraus, in das sie die Manschettenknöpfe einknüpfte, die sie von dem blutbefleckten Kleidungsstück im Koffer hatte.

Inzwischen war der Hammer rotglühend geworden. Sie zog ihn mit dem Schüreisen auf die Kaminplatte heraus, damit er dort abkühlen konnte, und erinnerte sich dann an die Leiter. Sie ging in Peters Zimmer zurück und stieß die Leiter fort, so daß diese auf den Rasen zurückfiel. Dann schloß sie das Fenster halb, zog die Vorhänge zu und ging in ihr eigenes Schlafzimmer, um dort zu warten.

Eine halbe Stunde später brachte ihr die alte Frau den Tee.

„Was, gnä' Frau, Sie sind schon auf!" sagte sie überrascht.

Jane zwang sich zu einem Lächeln.

„An einem Morgen wie diesem im Bett zu bleiben, das wäre geradezu eine Sünde!" sagte sie leichthin.

Anna blieb an der Tür stehen.

„Verzeihen Sie, gnä' Frau, haben Sie in der Nacht etwas gehört?"

Jane lag das Herz auf der Zunge, aber sie schüttelte den Kopf.

„Was war denn zu hören?"

„Ein entsetzliches Geräusch. Parsons hat's auch gehört — wie wenn ein großer Hund heult."

Jane unterdrückte ihre Regung, bei diesem Bild zu erschauern: ein großer Hund — ein verrückter Hund!

„Der Gärtner hat es auch gehört. Er schläft unten beim Pförtnerhäuschen."

„Sicher *war* es ein Hund", sagte Jane mit fester Stimme.

Sie war schon gebadet und angezogen, als die Frau gekommen war, sie zu wecken. Jetzt ging sie hinunter und ins Freie hinaus. Es war niemand in der Nähe; selbst der Gärtner war nicht in Sicht. Gemächlich schlenderte sie zur Vorderseite des Hauses, hob die Gartenleiter auf — sie war von beträchtlichem Gewicht — und trug sie ein Stück über den Rasen. Sie wandte sich zum Haus zurück, als sie undeutlich hörte, daß jemand ihren Namen rief. Sie blickte sich um und entdeckte den Gärtner, der auf sie zulief und wie ein Verrückter mit den Armen gestikulierte.

„O gnä' Frau", schluchzte er fast in seiner Angst, „ich habe etwas gesehen!"

Jane blieb das Herz stehen, und sie nahm alle Kräfte zusammen für das, was jetzt kommen würde.

„Ein Mann — getötet — ermordet! Der rothaarige Herr, der gestern hier war — unten an der Mauer — ermordet!"

Jane hielt sich an der Tür fest und starrte den Mann an. Jetzt wußte sie es.

Peter hatte Basil Hale getötet!

Kapitel 14

Als sie ratlos in der Halle auf und ab ging, kam Donald Wells gerade die Treppe herunter. Er warf einen flüchtigen Blick auf ihr Gesicht und eilte dann an ihre Seite.

„Was ist los?"

Sie konnte nicht sprechen und zeigte nur durch die Tür auf den unschlüssig dastehenden Gärtner. Donald wartete einen Augenblick am Fuß der Treppe, um nach seiner Frau zu rufen. Nach einigen Sekunden erschien Marjorie, mit einem Morgenrock bekleidet.

„Komm herunter und kümmere dich um Jane!" forderte er sie auf und ging zu dem Gärtner hinaus.

Der Mann hatte wenig zu berichten. Er war auf dem Weg zu seinem Geräteschuppen, als er den Fuß des Mannes hinter einem Busch hervorlugen sah. Zuerst hatte er gedacht, es handelte sich um einen Landstreicher, der auf das Grundstück gelangt war, bis er sah, daß es . . .

„Warten Sie hier – ich bin sofort zurück!"

Donald Wells kam zu Jane.

„Ist Peter schon auf?"

Jane schüttelte den Kopf.

„Ich habe ihn noch nicht gehört", antwortete sie.

„Kommen Sie mit." Er drehte sich um und stieg die Treppe hinauf. „Du kannst wieder in dein Zimmer gehen, Marjorie."

„Ich habe nicht vor, in mein Zimmer zu gehen", erklärte Marjorie Wells gelassen. „Ist etwas nicht in Ordnung?"

„Irgend jemand ist auf dem Grundstück verletzt oder getötet worden."

„Mein Gott! Das war also das Geräusch . . ."

„Was für ein Geräusch?" Er drehte sich auf halber Treppe um und blickte zu ihr hinab. „Hast du es auch gehört?" fragte er. „Ich hatte gehofft, du würdest schlafen. Ich bin davon aufgewacht. Ich glaube, du solltest jetzt wieder in dein Zimmer gehen, Liebes."

Verglichen mit seinem früheren Ton war seine Aufforderung geradezu mild.

„Ich glaube nicht. Ich sehe keinen Anlaß, weshalb ich in mein Zimmer zurückgehen sollte."

Marjorie blieb fest, und aus irgendeinem Grund verübelte er ihr diese Widerspenstigkeit nicht.

Er klopfte an Peters Tür und drückte auf die Klinke. „Peter!" rief er, aber es kam keine Antwort. „Kommt man sonst noch irgendwie in dieses Zimmer?"

Jane erinnerte sich daran, daß sie es ja gewesen war, die das Zimmer abgeschlossen hatte, und wäre beinahe mit der Wahrheit herausgeplatzt.

„Ja", sagte sie, „Sie kommen durch das Wohnzimmer hinein", und zeigte ihm den Weg.

„Ich habe ihm gestern abend ein leichtes Beruhigungsmittel gegeben – er war etwas erregt –, aber das kann nicht die Ursache dafür sein, daß er so fest schläft. Haben Sie ihn in der Nacht herumgehen hören?“

Sie schüttelte den Kopf und folgte dem Arzt in Peters Schlafzimmer. Er lag so, wie sie ihn verlassen hatte, und atmete gleichmäßig.

„Ziehen Sie die Vorhänge zurück“, wies Donald an, und während sie das tat, beugte er sich über den Schlafenden.

Sie hörte, daß er im Flüsterton einen Ausruf von sich gab.

„Was ist geschehen?“ fragte Marjorie, die im Türrahmen stand; ihre Stimme war scharf und voller Spannung.

„Nichts“, knurrte Donald. Und dann, Jane zugewandt: „Was ist los mit diesem Mann? Peter, wach auf!“

Zu ihrer Erleichterung bewegten sich daraufhin Peters Augenlider. Stöhnend streckte er seine Arme aus und murmelte:

„Mensch, habe ich einen fürchterlichen Brummschädel!“

Donald sah sich mit durchdringenden, suchenden Blicken in dem Zimmer um.

„Er ist halb angezogen“, sagte er. „Wo sind seine übrigen Sachen?“

„Dort!“ Jane zeigte auf die über den Stuhl geworfenen Kleidungsstücke.

„Sachen? Was ist mit meinen Sachen los?“ fragte Peter stöhnend. Er saß auf seiner Bettkante, das Gesicht in den Händen vergraben, offensichtlich war er sich ihrer Anwesenheit nicht bewußt. „Himmels willen! Das war aber ein starkes Gift von Ihnen, Wells. Ich fühle mich wie ein Toter.“

Donald rief seine Frau heran.

„Bring mir meine Hausapotheke und ein Glas Wasser“, befahl er.

Während er wartete, ging er zum Fenster und blickte hinaus. Im Morgenlicht sah Jane, daß sein Gesicht verstört war.

Eine Tatsache fiel ihr als bemerkenswert auf – daß er nichts unternahm, um zu dem zitternden Gärtner da unten zurückzugehen oder sich den Toten anzusehen, der irgendwo in den Büschen lag. Sie mußte ihn erst wieder auf dieses Thema bringen.

„Es ist Basil Hale“, sagte sie geradezu.

Er sah sie scharf an.

„Großer Gott! Sie werden doch nicht – Sie meinen den Toten?“

Sie nickte.

„Woher wissen Sie das?“

„Der Gärtner sagte mir, daß es der Mann ist, der gestern hier war. O Donald, ist das nicht furchtbar, ganz furchtbar?“

Er nickte barsch.

„Ja. Ich überlegte schon, ob es Hale sei. Irgendwie habe ich das erwartet.“ Er sah sie fest an – mit dünnem, ausdruckslosem Gesicht wie eine Sphinx. „Ich dachte mir, daß es Hale ist“, sagte er mit leiser Stimme. „Als ich heraufkam, war ich schon von panischem Schrecken gepackt – Peter haßte ihn.“

„Peter haßt niemanden." Janes Stimme war scharf und aufgebracht. Erstaunt rümpfte Wells die Nase. Offensichtlich war er auf diese bedingungslose Parteinahme nicht vorbereitet.

„O nun, vielleicht nicht."

Und das war der zweite Umstand: Donald hatte so gesprochen, als ob Peter nicht anwesend wäre oder als ob er wüßte, daß das, was er sagte, für Peter in dessen halbbewußtlosem Zustand unverständlich wäre.

„Was?" Peter sah schwerfällig auf. „Worum geht es denn überhaupt? Alle Wetter, mir platzt der Schädel!"

Donald nahm das Glas Wasser, das ihm seine Frau in diesem Augenblick brachte, goß die Hälfte des Inhalts von zwei Fläschchen hinein und rührte mit einem Glasstab um.

„Trinken Sie das – auf einen Zug!" befahl er, und Peter folgte seiner Anweisung. „Legen Sie sich jetzt hin."

Der Doktor drückte ihn gegen die Brust, und sein Patient sank mit einem Seufzer zurück.

„Wir können ihn jetzt allein lassen. Ich gehe hinaus zu diesem ..."

Offensichtlich zögerte er, das Wort auszusprechen; noch mehr Vorbehalte hatte er dagegen, die beiden Frauen allein zu lassen, denn er fand eine fadenscheinige Ausrede dafür, Marjorie in ihr Zimmer zurückzuschicken, die zu Janes Überraschung seiner Anweisung auch brav folgte.

Sobald ihr Ehemann außer Sicht war, kam Marjorie jedoch zu der jungen Frau zurück.

„Wer ist es? Ein Toter? Doch nicht etwa – Basil?"

Jane nickte.

„Ich habe schon befürchtet", antwortete sie. „Ist das nicht entsetzlich?"

Eine lange Pause entstand, in der niemand sprach.

„Das war das Geräusch, das wir gehört haben." Marjorie verzog ihr Gesicht zu einer angewiderten Grimasse. „Ich möchte wissen, wie es Peter geht."

Sie öffnete die Tür und ging hinein. Peter lag vollkommen wach auf seinem Bett.

„Meinem Schädel geht es besser. Hallo, Marjorie! Was ist überhaupt los?"

Dann entdeckte er seine Frau, und ein Zug von Bestürzung erschien auf seinem Gesicht.

„Ich bin doch nicht krank gewesen, nicht wahr?" fragte er.

Er mußte irgend etwas in Janes Augen gelesen haben, denn er sprang sofort aus dem Bett und stand unsicher und etwas hin und her schwankend davor.

„Was habe ich getan?" wollte er wissen.

„Sie warten besser, bis Sie wieder ganz in Ordnung sind."

„Mir geht es gut genug." Seine Stimme war überraschend ruhig. „Ist irgend etwas passiert?"

„Auf dem Grundstück ist jemand getötet worden. Ich glaube, es ist jemand, den wir kennen."

Sie sah, wie sein Gesicht die Farbe verlor.

„Wer?" fragte er.

Jane fuhr sich mit der Zunge über ihre trockenen Lippen und spürte ihren Atem schmerzhaft schnell werden: Sie war es, die es ihm berichten mußte – irgendwie griff Marjorie diesem Recht nicht vor.

„Ich fürchte, es ist Basil", sagte sie mit heiserer Stimme.

Er klammerte sich an das Fußende des Bettes.

„Basil? Du meinst Basil Hale? Getötet? Etwa ermordet?"

Sie nickte. Marjorie ergriff ihn am Arm.

„Setzen Sie sich hin, Peter."

„Aber das ist doch nicht möglich." Er schüttelte ihre Hand ab. „Basil ermordet – von wem denn?"

Er wußte nichts. Jane starrte ihn in ängstlicher Verwunderung an. Was auch immer in der Nacht geschehen war, er wußte wirklich nichts davon. Das war keine Verstellung; er war von dieser Nachricht echt erschüttert.

„Armer Teufel! Ich möchte wissen, wer ..."

Und dann sah sie die Angst in seinen Augen aufblitzen. Angstvoll blickte er auf seine Hände hinunter, furchtsam und heimlich, und als er das, was er erwartet hatte, nicht entdeckte, konnte sie seine Erleichterung sehen.

„Das ist schlimm. Ich werde mich baden und anziehen, wenn ihr nichts dagegen habt."

Er war so erschüttert, wie sie ihn nie zuvor erlebt hatte, dachte Jane, als sie und Marjorie Wells ihn verließen. Sie waren im Schlafzimmer, und Marjorie schloß beide Türen, bevor sie zu sprechen begann.

„Peter glaubt, daß er es war, der den Mord begangen hat. Haben Sie gesehen, wie er sich die Hände beschaut hat? Ich frage mich, ob er es war."

Jane Clifton brauste auf. Daß diese Frau, die Verständnis und Freundschaft bekundet hatte, sogar Liebe, daß sie ohne jeden Beweis Peter so etwas zutrauen konnte, das brachte sie in Wut.

„Warum fragen Sie sich das? Sie kennen ihn besser als ich. Können Sie sich vorstellen, daß er einen feigen Mord begehen könnte?"

Marjorie war weder verärgert noch bekümmert.

„Peter ist ein bißchen verrückt – Sie haben mir das selbst erzählt. Wirklich, Jane, Ihre Loyalität ihm gegenüber ist wunderbar! Sie werden sich in ihn verlieben, wenn Sie nicht aufpassen!"

Sie ließ Jane allein zurück, verwirrt und verblüfft.

Was sollte sie tun? Und dann erinnerte sie sich an Chefinspektor Bourke. Sie wollte direkt Scotland Yard anrufen und Bourke alles berichten. Wenn er nicht dort war, bekäme sie vielleicht seine Privatadresse heraus. Instinktiv sah sie in ihm einen wirklichen Freund ihres Mannes. Sie mußte das tun, bevor die örtliche Polizeibehörde den Fall übernahm.

Es war halb acht, und sie rechnete nicht damit, zu so früher Stunde den Chefinspektor in seinem Büro zu finden, aber es war seine Stimme, die ihr antwortete.

„Ja, Mrs. Clifton." (Wie fremd sich dieser Name anhörte!) „Ja, Bourke am Apparat. Ist irgend etwas nicht in Ordnung?"

Sie berichtete ihm in wenigen Worten, und als sie Basil Hale erwähnte, hörte sie ihn durch die Zähne pfeifen.

„Ich komme gleich heraus. Glücklicherweise liegt Ihr Grundstück gerade noch im hauptstädtischen Bereich. Weiß Ihr Mann, daß Sie angerufen haben?"

„Nein, nein!" beeilte sie sich zu sagen.

Als sie in ihr Zimmer zurückkam, fand sie dort Marjorie, die auf und ab lief.

„Mr. Bourke kommt heraus", sagte sie — etwas atemlos über ihre Kühnheit.

Marjorie antwortete nicht gleich. Ihre Stirn lag in Falten.

„Bourke ist der Polizeibeamte, nicht wahr? Ein Freund von Peter?" Und dann fuhr sie fort: „Ich wüßte gern alles, was Sie wissen. Ich meine alles das, was Sie mir nicht gesagt haben. Basil hat hier herumgehangen, seit Sie angekommen sind — das weiß ich. Donald hat es heute morgen durch Zufall geäußert. Ich glaube, er verliebte sich erst dann wirklich in Sie, als Sie verheiratet waren, aber so war Basil eben. Eine Person oder eine Sache mußte unerreichbar sein, wenn er sich wirklich dafür interessieren sollte . . ."

„Aber wir waren nur Freunde", protestierte Jane. „Er hat mir nicht einmal eine Liebeserklärung gemacht, und seine Haltung war mehr die eines Bruders."

Ein flackerndes Lächeln zeigte sich auf Marjorie Wells' zermürbtem Gesicht.

„Das meine ich ja", sagte sie. „Nur die Heirat konnte den Unterschied ausmachen. Als Sie Mrs. Peter Clifton wurden . . ."

Hier hielt sie inne und schüttelte fast ärgerlich den Kopf.

„Ich wüßte es wirklich gern."

In ihrem Ton lag eine gewisse Schroffheit, allerdings ohne jeden Grund, soweit Jane das beurteilen konnte.

„Haben Sie Peter etwas ausgezogen?"

Ihre durchdringenden Augen waren forschend auf das Gesicht der jungen Frau gerichtet, aber Jane nahm alle ihre Entschlußkraft zusammen, um zu lügen.

„Nein", antwortete sie.

Kapitel 15

Hätte sie ihre Farbe gewechselt, wäre ihr Betrug wertlos gewesen. Sie richtete ihre Gedanken fest auf den unpersönlichsten Gegenstand, der ihr in den Sinn kam, und mit dieser Anstrengung schien sie auch Erfolg zu haben, denn Marjorie entdeckte nichts, was ihr Mißtrauen geweckt hätte.

„Warum sollte ich?“ fragte Jane, aber ihre Gefährtin schaute aus dem Fenster.

Donald Wells kam langsam über den Rasen. Seine Hände steckten tief in den Taschen, seine Augen waren auf den Boden gerichtet. Allein schon an seiner Haltung sah sie, daß sich der Gärtner nicht geirrt hatte. Sie nahm das unvermeidliche Risiko auf sich, angeraunzt zu werden, verließ ihr Zimmer und ging ihm auf der Treppe entgegen.

„Ja, es war Basil.“ Er war überraschend höflich. „Der arme Teufel, er muß mit einem Hammer oder so etwas erschlagen worden sein.“

Jane war auf dem Treppenabsatz über ihm stehengeblieben und hörte zu. Sie preßte die Hände gegen ihr rasend klopfendes Herz. Erschlagen – mit einem Hammer!

Sie ging in ihr Zimmer, suchte den Hammerkopf hervor, den sie im Kohlenkasten versteckt hatte, und hatte gerade noch Zeit, ihn in ihren Koffer gleiten zu lassen und die Tür wieder aufzuschließen, bevor Marjorie in ziemlicher Eile zurückkam.

„Ich habe Donald erzählt, daß Sie nach Mr. Bourke geschickt haben“, sagte sie mit leiser Stimme. „Er ist wütend auf Sie; er sagt, damit hätten Sie Peter möglicherweise ziemlichen Schaden zugefügt.“

An der Tür klopfte es. Jane öffnete sie und fand ihren Mann im Bademantel davorstehen.

„Weswegen ist eigentlich dieser Wirbel?“ fragte er. „Ist etwas passiert? Jemand hat mir etwas Unerfreuliches erzählt, aber ich kann mich nicht mehr erinnern, was es war.“

Er war nervös und gereizt. Sie machte die Tür weiter auf.

„Komm nur herein“, forderte sie ihn auf.

Er hatte alles vergessen, was ein paar Minuten vorher geschehen war – wußte nicht mehr, daß sie ihm von Basils Tod berichtet hatte!

„Erinnerst du dich nicht? Ein Toter wurde auf dem Grundstück gefunden – ermordet.“

Die Hand, die er sich vor den Mund hielt, zitterte ein wenig.

„Ermordet? Wer war es?“ fragte er heiser.

Diesmal lieferte Marjorie die Antwort.

„Basil Hale.“

Er blinzelte sie an wie ein Mensch, der sich plötzlich einem starken Licht gegenübersieht.

„Basil Hale ermordet? Von wem? Wann ist das passiert?“

„Irgendwann in der Nacht." Janes Stimme war ganz ruhig. „Ich glaube, so gegen drei Uhr. Und, Peter, ich habe nach Mr. Bourke geschickt."

Er sah sie teilnahmslos an, als begriffe er die fürchterliche Nachricht gar nicht ganz, die sie ihm übermittelt hatte.

„Hale ermordet? Großer Gott!"

„Hast du etwas dagegen – daß ich nach Bourke geschickt habe?"

Er schüttelte den Kopf.

„Nein, ich bin dir dafür sehr dankbar. Woher weißt du, um welche Zeit es passiert ist."

Sie erzählte ihm von dem nächtlichen Schrei, und wiederum blinzelte er.

„Zu dieser Zeit habe ich geschlafen." Seine Stimme war trotzig, herausfordernd. In diesem Augenblick war er bewußt dabei, sich zu rechtfertigen. „Ich habe nichts gehört, obwohl ich einen sehr leichten Schlaf habe. Hat Donald sich ihn angesehen?"

Jane nickte. Er stand eine oder zwei Sekunden da, den Blick von einer Frau zur anderen schweifen lassend.

„Ich ziehe mich an und gehe hinunter", sagte er und verschwand in seinem Zimmer.

Jane wartete, bis sie die Tür ins Schloß fallen hörte, und wandte sich dann wieder Mrs. Wells' neugierigen Augen zu.

„Peter ist etwas mitgenommen."

„Hat er etwa keinen Grund dazu?" fragte Jane entrüstet; als Marjorie Wells lächelte, empfand sie Haß auf sie.

„Seien Sie doch nicht dumm – man sieht die Fußspur meines Geliebten, etwas schwächer als die einer Katze, aber doch nicht ganz so schwach wie die eines Tigers."

Sie machte die Tür auf, und Donald schritt herein, sein Gesicht so dunkel wie eine Gewitterwolke.

„Hat jemand Peter etwas gesagt?"

„Ich war das", antwortete Jane.

„Und Sie haben auch nach Bourke geschickt, wie? Das war nicht klug, Jane. So wird daraus eine Sensation für die Abendzeitungen."

„Sie können es kaum vertuschen", sagte Jane. „Es ist eine ganz entsetzliche Sache, die da passiert ist, aber ich verstehe nicht, was sie uns angehen soll."

Sie war absichtlich roh und verspürte keine Skrupel über ihre Gefühllosigkeit.

„Sie geht jeden etwas an", antwortete Donald mit Schärfe. „Sie hätte nicht solche Bedeutung gehabt, wäre es nicht gestern Abend zu jenem Kampf gekommen. Sie werden doch nicht annehmen, daß die Dienstboten darüber den Mund halten werden? Die beiden haßten einander, er und Peter. Übrigens habe ich bereits nach Rouper telefoniert; er ist wegen eines Falles gerade in Hertford. Ich habe ihm gesagt, er solle sofort herüberkommen. Wir brauchen Bourke nicht in dieser Sache ..."

„Rouper hat eine Abneigung gegen Peter", sagte Jane mit ruhiger Stimme. „Ich bin der Meinung, Sie hätten sich erst mit mir beraten können, bevor Sie ihn herriefen."

Er war über ihren Ton etwas verblüfft, und Jane fiel es auf, daß er sie bis jetzt mehr oder weniger als Null, als eine zu vernachlässigende Größe betrachtet hatte, auf die man in einem solch kritischen Augenblick keine Rücksicht zu nehmen brauchte.

„Das hätte ich nicht tun sollen", räumte er nach einer Pause ein. „Irgendwie habe ich nicht bedacht, daß Sie und Peter verheiratet sind. – Rouper ist wirklich kein schlechter Kerl, und ich glaube auch nicht, daß er Peter irgendwelche Feindseligkeit entgegenbringt. Natürlich ist jeder Polizeibeamte für seine Gesprächspartner ein Feind, wenn er ein Verbrechen untersucht."

Jane war fertig angekleidet und stand vor dem Haus, als Rouper eintraf.

„Guten Morgen, Mrs. Clifton." Sein Auftreten war fast freundlich zu nennen. „Ich erhielt die Nachricht des Doktors, als ich in das Büro des Polizeipräsidenten kam. Er hatte eine kleine Auseinandersetzung, nicht wahr? Ich denke nicht, daß er wegen Tätlichkeiten vorgeladen werden wird. Ich hätte noch gestern abend angerufen, aber ich war wegen eines Falles unterwegs ..."

Donald Wells rief ihn von der Halle aus mit scharfer Stimme.

„Sind Sie es, Rouper? Kommen Sie doch bitte herein. Ich möchte ganz vertraulich mit Ihnen sprechen."

Rouper ließ Jane vorübergehend verblüfft zurück. Tätlichkeiten? Und dann hatte Donald den Mann schon gestern abend angerufen – weswegen? Dann schoß ihr der Gedanke durch den Kopf, daß das Thema der telefonischen Nachricht der Kampf im Rosengarten gewesen war. Wenn etwas sicher war, dann dieses: Rouper wußte nichts von dem Mord. Es erschien ihr nur natürlich, jetzt Marjorie zu suchen und ihr vom Eintreffen des Inspektors sowie von ihrem Gespräch mit ihm zu erzählen.

Marjorie war dabei, sich anzuziehen, als Jane in ihr Zimmer trat. Sie hörte ohne Unterbrechung zu, und als Jane fertig war, lachte sie. Es war ein hartes, freudloses kleines Lachen. Und dann lief sie zur Überraschung der jungen Frau aus ihrem Zimmer in das von Jane und trat verstohlen an das Fenster. Sie war gerade rechtzeitig gekommen, um Donald Wells und den Inspektor noch zu sehen, bevor sie in dem Gestrüpp verschwanden, wo die Leiche lag.

„Was ist das Geheimnis – bitte?"

Sie hatte Jane Cliftons Stimme noch nie so kaltblütig, so scharf klingen hören. Das war keine Bitte, das war ein Befehl. Einen Augenblick lang – indem sie ihr eigenes Geheimnis mit einer gewissen boshaften Befriedigung völlig ignorierte – war sie verblüfft.

„Eines Tages werden Sie alles erfahren", antwortete sie, doch Jane war nicht damit einverstanden, daß eine so lebenswichtige Sache so leichtfertig abgetan wurde.

„Irgend etwas ist da ganz und gar verkehrt, Marjorie", sagte sie mit ruhiger Stimme. „Ich glaube nicht, daß Sie viel wissen. Sie sagten mir, sie seien gut in Vermutungen, und ich stelle mir vor, Sie vermuten das Richtige. Wollen Sie mich ganz in Ihr Vertrauen ziehen und mir alles sagen, was Sie wissen und denken und vermuten? Ich selber tappe gegenwärtig im dunkeln. All dies betrifft Peter, nicht wahr – glauben Sie, Peter hat diesen Mann getötet?"

Marjorie spitzte die Lippen. Sie war eine merkwürdige widersprüchliche Frau, von ihrer jeweiligen Stimmung beherrscht. Jane hatte den Eindruck, daß sich im Augenblick ihr stillschweigendes Bündnis aufgelöst hatte. Donald Wells' Frau hatte auch ein persönliches Ziel zu verfolgen, und sie würde ihre eigenen Interessen nicht irgendeiner unvernünftigen Tat der Nächstenliebe opfern. Sie wäre vielmehr bereit, Peter ans Messer zu liefern, wenn sie sonst Gefahr liefe, ihre eigene bequeme Zukunft aufs Spiel zu setzen.

„Ich glaube, Sie wollten mir bis zu einem bestimmten Punkt helfen, Marjorie, und dieser Punkt ist inzwischen erreicht. Aber Sie können mir nur dadurch helfen, daß Sie Ihr Wissen an mich weitergeben. Und was wissen Sie?"

„Nichts."

Die Antwort kam schnell und bestimmt. Einen Augenblick lang hatte Jane ein trostloses Gefühl des Alleinseins. Es gab nur noch eine einzige Person, die ihr helfen konnte, und das war Peter.

Ein paar Minuten später klopfte sie an Peters Tür. Er stand in Hemdsärmeln am Fenster und starrte geistesabwesend auf die Büsche, hinter denen die beiden Männer verschwunden waren. Er hatte sie ebenfalls beobachtet.

„Peter!"

Er hatte sie nicht hereinkommen hören und fuhr herum, als sie ihn ansprach.

„Willst du mir nicht erlauben, dir zu helfen?"

Diese so unerwartete Frage verleitete ihn zu einer Geste, die seine Hoffnungslosigkeit ausdrückte.

„Wer soll mir helfen", begann er müde und erkannte erst zu spät, daß er damit seine Qual offenbarte. „Meinst du meine Kopfschmerzen?" fuhr er stockend fort.

„Ich meine Basil Hale – und alles, was er über dich gesagt hat. Und dann meine ich" – es erforderte eine ungeheure Anstrengung, den Satz zu vollenden – „dann meine ich jenen Raum, in dem die Druckpresse steht."

Er wurde einen Ton blasser, rührte sich aber nicht.

„Du weißt Bescheid, nicht wahr? Wie hast du das herausgefunden? Wie schrecklich war das für dich!“

„Ich kam vorgestern nacht herunter“, fuhr sie fort, fast im Plauderton, „und ich sah dich in dem Raum und die Presse bei der Arbeit.“

Vorwürfe, die Forderung einer Erklärung, die Beschreibung ihrer Seelenangst, das wären alles fürchterliche Banalitäten gewesen.

Er gab keinen weiteren Kommentar mehr zu ihrer Entdeckung ab; offensichtlich erfüllte etwas Wichtigeres seine Gedanken.

„Irgend jemand hat gestern abend oder heute früh meine Sachen weggenommen“, sagte er, ohne sie anzublicken. „Dies ist nicht der Anzug, den ich trug.“ Er zeigte auf die Jacke, die Jane über den Stuhl gehängt hatte. „Und dies ist auch nicht das Hemd.“

„Ich habe deine Sachen weggenommen“, antwortete sie. „Ganz früh heute.“

Er starrte immer noch aus dem Fenster.

„Warum?“ fragte er schließlich. „Hatten sie – gab es etwas ...?“

Jetzt sah er sie an. Sein Gesicht verfinsterte sich in Anbetracht dessen, was sie ihm zu erzählen haben würde.

„Es war Blut darauf“, antwortete Jane ruhig.

Er tat einen langen, ihn schaudernden Atemzug.

„Das habe ich mir gedacht – auf der Waschschüssel in meinem Badezimmer waren Flecken. Gab es auch welche – auf meinen Händen?“

Sie nickte.

„Ich habe sie abgewaschen“, antwortete sie einfach. „Bitte, sieh mich an, Peter.“

Er gehorchte.

„Ich muß ihn getötet haben“, erklärte er ohne Umschweife. „Ich habe keinerlei Erinnerung – abgesehen davon, daß ich so schrecklich müde bin. Weißt du, wie ich aus dem Fenster gekommen bin? Stand da draußen eine Leiter?“

„Da stand eine Leiter. Vielleicht ist er damit zum Zimmer hochgekommen“, antwortete sie.

Peter schüttelte den Kopf. Er war ganz ruhig; die alte Nervosität war gewichen. „Ich war gestern abend ziemlich erregt – ich fühlte mich meiner nicht ganz sicher, deshalb habe ich Donald herauskommen lassen. Es bestand immer die Möglichkeit, daß ich diese merkwürdigen Anfälle bekäme, dennoch kann ich schwören, daß sich niemand gesünder fühlt als ich. Aber Donald hat mich gewarnt und Sir William Clewers auch.“

„Ist das der Spezialist?“ fragte sie.

Er nickte.

„Das ist der Kerl, der das Alles-in-Ordnung-Signal ein bißchen zu früh gegeben hat.“ Sein frostiges Lächeln war ohne jeden Humor. „Ich habe – jedenfalls bewußt – nur eine einzige unvernünftige Sache gemacht, und das war, dich zu heiraten, Jane. Ich weiß nicht, ob das eher unvernünftig oder verrucht war. Du hast mir die Hände abgewaschen, natürlich, und auch das Gesicht? Wie lieb von dir!"

Seine Stimme war so zart, daß sie spürte, wie ihr die Tränen kamen.

„Was willst du, das ich tun soll?" Er war wie ein Kind, dieser große, kräftige Mann. „Ich brauche jemanden, der mich leitet. Ich denke, ich sollte Bourke alles erzählen, wenn er kommt."

„Nichts wirst du ihm erzählen – abgesehen von dem Streit", antwortete sie mit Nachdruck. „Du mußt an mich denken, Peter. Mach dich von Donald frei, sobald du kannst; und wenn die Polizei hier war, gehen wir nach London zurück."

Er nickte.

„In Ordnung – nichts über das Blut oder irgend etwas sonst? Ich mache, was du für richtig hältst. Aber wenn jemand anders in Verdacht gerät, dann kann ich doch nicht schweigen? Wäre es nicht um deinetwillen, würde ich ihm alles erzählen. Wir müssen uns sowieso trennen. Ich muß jemanden suchen, der sich um mich kümmert."

Er ging langsam die Treppe hinunter, und sie folgte ihm. Donald war nicht zurückgekommen, und Marjorie war in ihrem Zimmer.

Sie waren allein, als Bourkes starker Wagen die Einfahrt hochkam; sein Gesicht war ernst.

„Wann ist es geschehen?" fragte er ohne jede Vorrede. „Irgendwann nach ein Uhr, das weiß ich."

„Woher wissen Sie das?" fragte Peter zurück.

Bourke sah ihn ernst an.

„Weil es ein Uhr war", antwortete er, „als Hale Scotland Yard anrief und dem diensthabenden Beamten berichtete, daß Longford Manor die Zentrale des Cleveren sei. Wir würden die Gerätschaften in einem geheimen Raum finden, der von der Bibliothek abgeht."

Kapitel 16

Jane Clifton erstarrte vor Angst. Die Stimme des Chefinspektors klang, als käme sie aus unermeßlicher Ferne.

„... er berichtete sehr ausführlich ..., gab unserem Mann alle Einzelheiten an. Er sagte, ein Bild hänge an der Wand; wenn man am Rahmen entlangtaste, findet man eine Feder, die es verschwinden lasse. Das ist das Bild, nicht wahr?"

Sie stand dem neuen Schock hilflos gegenüber – erst jetzt wurde ihr klar, daß sie miteinander zu dem Raum gegangen waren, in dem die geheime Druckpresse verborgen war.

Peter redete, und seine Stimme ließ weder Angst noch Aufregung erkennen.

„Das stimmt genau – solch einen Raum gibt es. Ich fand ihn dieser Tage zufällig."

Er ging zur Wand, berührte das Bild, und es gab ein *Klick*! Der Rahmen schwang vor, als würde er von einer verborgenen Feder angestoßen. Dahinter war eine tiefe, schalenförmige Nische, in deren Mitte sich ein kleines Eisenrad befand – wie die Miniaturausgabe eines Autolenkrades sah es aus. Er drehte es und zog daran. Die Wandtäfelung schwang schwerfällig auf. Peter faßte in die Öffnung hinein, schaltete das Licht an und ging hindurch. Bourke folgte ihm.

Jane trat langsam an den Eingang. Sie blickte in einen langgestreckten, hohen Raum – die Werkbänke hatte sie vorher schon gesehen –, aber es gab weder eine Druckpresse noch Banknoten, nichts von der Einrichtung einer Fälscherwerkstatt, die sich einige Nächte vorher ihrem schnellen Blick gezeigt hatte.

„Hm!"

Bourke ließ seine Augen über die leeren Werkbänke hin und her gehen.

„Irgend etwas war an jenen Tisch dort in der Mitte angeschraubt", erklärte Bourke und untersuchte die Löcher in der Platte. „Sie sehen nicht sehr neu aus", sagte er und blickte auf. „Diese Drähte müssen mit dem verbunden gewesen sein, was da auf dem Tisch gestanden haben mag. Es würde mich nicht überraschen, wenn dieser Ort für irgend so etwas benutzt worden wäre."

„Ich glaubte, es wäre eine Dunkelkammer."

Wie ruhig Peter sprach! Seine Kaltblütigkeit brachte sie in die Wirklichkeit zurück.

Bourke rieb mit dem Finger auf der Tischplatte herum.

„Säure", stellte er fest, machte auf dem Absatz kehrt und verließ den Raum. „Das kann warten – hallo, Rouper ist hier? Wer hat ihn hergeholt?"

„Dr. Wells." Jane hatte ihre Stimme wiedergefunden.

„Tatsächlich? Das war sehr kühn von ihm. Hallo, Rouper!"

Der Inspektor begrüßte seinen Chef ohne Begeisterung.

„Der Doktor hat mich von Hertford hergeholt, um mit diesem Mann zu sprechen ..."

„Sie sagten mir, er hätte Sie wegen der Auseinandersetzung geholt, die mein Mann mit Mr. Hale hatte", unterbrach ihn Jane. „Ich glaube nicht, daß Sie von dem Mord wußten, als Sie ankamen."

Einen Augenblick war der Inspektor verdutzt.

„Das ist eine Sache, über die ich mit Ihnen nicht diskutieren kann, gnädige Frau", sagte er barsch.

„Dann diskutieren Sie bitte mit mir darüber." Bourkes Stimme war ganz ruhig. „Wußten Sie, daß hier ein Mord begangen worden war, als Sie von Hertford herüberkamen?“

Der Inspektor zögerte.

„Nein.“

„Gut – ich möchte jetzt die Leiche sehen.“

Die Polizeibeamten waren kaum aus dem Haus, als Donald Wells sie fragte:

„Warum um Himmels willen haben Sie versucht, Jane, Rouper in Schwierigkeiten zu bringen?“

„Ich wollte ihn nur dazu bringen, daß er zu lügen aufhört“, antwortete sie.

Er biß sich auf die Lippen und überlegte hin und her, um eine Erklärung für ihre neue Haltung zu finden. Peter hatte darauf bestanden, Bourke und Rouper zu begleiten. Marjorie hatte sich diskret zurückgezogen, so daß sie beide in der Bibliothek allein waren.

„Jane, Sie müssen sich an den Gedanken gewöhnen, daß Peter nicht normal ist. Ich gebe es nicht gern zu, aber als ich heute früh zu ihm hinaufging, habe ich mit Sicherheit erwartet, ich fände ihn – ach, Gott weiß, was ich erwartet habe.“

Ihre Augen trafen sich und hielten einander stand.

„Ich wüßte gern, was haben Sie erwartet?“ fragte sie ruhig. „Dachten Sie, Peter blutbefleckt und mit einem Hammer neben sich zu finden?“

Dies war keine unbeabsichtigte Frage, ihrer Zunge in einem Augenblick der Unüberlegtheit entschlüpft. Sie sprach mit kaltblütiger Überlegung.

Donald Wells verschlug es die Sprache. Einen kurzen Augenblick lang konnte er sie nur anstarren.

„Ja“, sagte er schließlich mit einer Stimme, die fast nur ein Flüstern war. „Wie merkwürdig, daß – daß Sie das gesagt haben – daß Sie das dachten.“

Janes Lächeln war so kalt wie ihre Worte.

„Sie müssen angenehm überrascht gewesen sein“, sagte sie.

Sie ging durch den Park auf die drei Männer zu, die auf dem Rückweg waren. Peter sah bleich und kränklich aus. Bourke war wieder rätselhaft. Nur Rouper ließ eine merkliche Heiterkeit erkennen.

Peter sprach eindringlich auf den Kriminalbeamten ein. Sie hörte ihn deutlich sagen: „... mit Radlow sprechen“, doch in diesem Augenblick schien er sich ihrer Gegenwart bewußt zu werden und kam mit schnellen Schritten auf sie zu.

„Würdest du bitte in die Stadt fahren und dort auf mich warten?“ bat er sie. „Ich schicke deinem Vater ein Telegramm und bitte ihn, dich in der Wohnung zu besuchen – du solltest nämlich besser nach Carlton House Terrace gehen als ins Hotel.“

Sie zögerte.

„Es ist Basil, nicht wahr?“

„Ja“, antwortete er knapp und fuhr fort: „Bourke wird dich und Marjorie mitnehmen — laß bitte Anna deine Sachen packen, ich schicke dir dann dein Gepäck oder bringe es mit. Ich hätte sonst nach deinem Vater telegrafiert, aber ich möchte nicht, daß du auch nur eine Minute länger hierbleibst als nötig. Donald wird bei mir bleiben.“

„Kann ich nicht auch bleiben?“ fragte sie fast flehentlich.

Er schüttelte den Kopf.

„Nein — ich möchte, daß du gleich gehst, bitte.“

Demütig ging sie ins Haus und fand Marjorie in der Bibliothek. Mrs. Wells hörte sich den Vorschlag an; als Jane damit fertig war, antwortete sie ihr:

„Ich warte auf Donald — wenn Sie nicht sehr großen Wert darauf legen, daß ich mit Ihnen zurückfahre. Und, Jane, würden Sie all den Unsinn vergessen, den ich heute nacht über Donald erzählt habe? Ich war ziemlich verärgert über ihn, und ich fürchte, ich habe die Zunge und die Seele eines Drachens. Es ist natürlich Basil, nicht wahr? Wir verschwinden hier besser. Sie werden telefonieren wollen. Ich nehme an, er hatte Verwandtschaft, aber ich habe nie etwas davon gehört.“

Dieser Gedanke war der jungen Frau noch gar nicht gekommen. Vielleicht gab es irgendwo einen alten Mann oder eine alte Frau, für die jene Nachricht der Vorbote des Jüngsten Tages sein würde. Sie schauderte und betete inbrünstig zu Gott, daß die schlimmste Nachricht nirgendwo in der Welt solch Elend mit sich bringen möge.

Ihre eigene Stimmung verwirrte sie, als sie in fliegender Hast ihre Sachen zu packen begann. Sie hatte Basil gemocht, obwohl das eine Sympathie war, die mit Zärtlichkeit nicht das geringste zu tun hatte. Er tat ihr entsetzlich leid, aber warum empfand sie nicht die Trauer, die dem Verlust von jemandem entsprach, der einem auf jeden Fall ein Freund gewesen war?

Sie kniete vor ihrem Koffer, als ihr die Offenbarung kam. Basil Hale war der nächtliche Besucher gewesen — der Mann, der sich am Abend ihrer Hochzeit gewaltsam den Weg in ihr Zimmer gebahnt hatte, der Herumtreiber unter ihrem Fenster! Im Unterbewußtsein hatte sie das gewußt — aber seit wann? Das Wissen darum mußte ihr im Rosengarten gekommen sein, als er ihr von Peter erzählte. Seine Heimlichtuerei, allein schon die Tatsache, daß er da war, hatten ihn verraten.

Sie setzte sich mit versteinertem Blick entgeistert auf die Fersen. Es war Peters Stimme vor der Tür, die sie wieder aufrüttelte.

„Bist du fertig? Bourke will gleich fahren.“

Sie mußte nur noch ein paar Sachen in den Koffer legen. Als sie das getan hatte, warf sie den Deckel zu. Auf dem Boden des Koffers lagen die gräßlichen Zeugen des Mordes.

„Komm nur herein.“

Er betrat das Zimmer und sah mit Entsetzen den Koffer.
„Kann ich das nicht alles mitbringen? Er ist ziemlich groß ..."
„Nein, ich muß diesen Koffer nehmen."
Er ging zum Treppenpodest zurück und rief nach Bourke. Mr. Bourke war über den Koffer nicht entsetzt.
„Wir können ihn hinten hineinstellen", erklärte er. „Es tut mir leid, Sie so zu hetzen, Mrs. Clifton, aber wir müssen Hale noch ins Haus bringen."
Mehr war nicht nötig, um sie zur Eile anzutreiben.
Bourke mußte aus irgendeinem Grund in die Stadt zurück, über den er jedoch nicht sprach. Was es auch sein mochte, anscheinend war es eine dringliche Sache, denn er war ungeduldig fortzukommen. Der Koffer wurde in die Halle hinuntergebracht, und sie folgte ihm. Bourke stand an der Tür der Bibliothek. Die Zeitungen waren eingetroffen, während sie den Koffer packte, und auf den Tisch in der Halle gelegt worden. Bourke hatte sich die erste Zeitung genommen, die ihm zur Hand war, und sie gerade aufgeschlagen, als sie eintrat.
„Sind Sie fertig?" begann er, und dann entdeckte er aus den Augenwinkeln eine fesselnde Überschrift. „Großer Gott!" stöhnte er.
In der Mittelspalte für letzte Meldungen hatte er nämlich folgende Mitteilung entdeckt:

GEHEIMNISVOLLER MORD IN HERTFORD
TOD AUF DEM GRUNDSTÜCK DER HOCHZEITSREISENDEN

Mr. Basil Hale, ein bekannter Kunstkenner, wurde in den frühen Morgenstunden auf dem Grundstück von Longford Manor tot aufgefunden. In Longford Manor verbringen zur Zeit Mr. Peter Clifton und seine junge Frau ihre Flitterwochen. Beide Cliftons waren persönliche Freunde des Toten. Es gibt kaum einen Zweifel, daß Mr. Hale das Opfer eines Verbrechens geworden ist. Die Polizei von Hertfordshire untersucht den Mord.

„Lesen Sie das!" Er drückte Peter die Zeitung in die Hand und stürzte in die Bibliothek; Jane hörte ihn mit sich überschlagender Stimme telefonieren.
Sie schaute Peter über den Arm und las mit sinkendem Herzen den betreffenden Abschnitt. Seine unheilvolle Bedeutung stand außer Zweifel.
„Das tut mir furchtbar leid." Aufstöhnend ließ Peter die Zeitung sinken. „Natürlich mußten sie die Fakten so bringen, wie sie waren; ich hatte gehofft, dein Name würde aus diesem Fall herausgelassen werden."
Jane wußte genau, warum der Kriminalbeamte telefonierte, und wartete mit klopfendem Herzen auf seine Rückkehr. Nach ein paar Minuten kam Bourke aus der Bibliothek heraus.

„Das ist die Londoner Ausgabe“, sagte er. „Sie ging heute früh um vier Uhr in Druck — der Mord wurde um drei Uhr begangen und nicht vor sieben Uhr entdeckt! Da muß irgend jemand ein ganz schneller Reporter gewesen sein. Und dieser Irgendjemand ist derjenige, der den Mord begangen hat!“

Er blickte zu Jane und dann zu dem wartenden Auto hinüber.

„Die Telefonisten, die Nachtdienst hatten, haben inzwischen Feierabend gemacht, und wir werden mehrere Stunden brauchen, um mit ihnen in Kontakt zu kommen, und das gleiche gilt für den Nachtdienst der Zeitungen. Ich habe darum gebeten, dafür zu sorgen, daß mich die Herren, die die Nachricht entgegengenommen haben, um zwölf Uhr in Scotland Yard aufsuchen — nun, Mrs. Clifton.“

Doch sie mußten ihre Abfahrt noch weiter verschieben. Sie wollten gerade durch die Tür hinaustreten, als ein staubiges Taxi seine Fracht auslud.

Mrs. Untersohn hatte noch nicht vollständig Toilette gemacht. In dem kalten Morgenlicht und aller Hilfe beraubt, die künstliche Hilfsmittel ihrer Erscheinung hätten geben können, wäre ihr Gesicht sowieso schon unerfreulich anzusehen gewesen, doch jetzt war es zu einer Grimasse gequälter Wut verzerrt.

„Wo ist er?“ schrie sie, als sie den an der Tür Stehenden entgegenschwankte.

Dann entdeckte sie Peter und richtete ihren zitternden Zeigefinger anklagend auf ihn.

„Mörder . . ., Mörder!“ heulte sie. „Sie haben ihn getötet!“

Eine kreisrunde Furie, so sprang sie auf ihn zu, aber Bourke fing sie auf und hielt sie fest.

„Lassen Sie mich los . . . Ich bringe ihn um . . . Peter Clifton — Peter Welerson, wissen Sie, was Sie getan haben . . . Sie haben meinen Sohn getötet — Ihren eigenen Bruder!“

Jane Clifton taumelte zurück, als hätte man ihr ins Gesicht geschlagen.

Kapitel 17

Basil Hale war Peters Halbbruder!

Sie wiederholte diese Worte einer wahnsinnigen Frau, wiederholte sie mechanisch, als zehn Minuten später Bourke das große Polizeiauto die Einfahrt hinunterrollen ließ.

Das ächzende Wrack einer Frau, das sie halb angekleidet auf ihrem Bett hatte liegenlassen und das unter der Wirkung von Donalds subkutaner Spritze bewußtlos wurde, war Basil Hales Mutter!

„Denken Sie nicht daran", hatte Bourke gebrummt, als sie ihm eine Frage stellen wollte.

Die frische Morgenluft beruhigte und ermunterte sie zugleich. Sie hatten Langford Manor noch nicht weit zurückgelassen, als sie fast zu sich selbst zurückgefunden hatte. Und sie fühlte sich bei Bourke wohler, als sie das je für möglich gehalten hatte. Sie empfand ein Gefühl des Einvernehmens mit dem stattlichen Mann. Gestern war er ihr noch als alltäglich, als wenig gesellschaftsfähig erschienen. Heute besaß er eine neue Würde, eine neue Autorität. Sie mußte ihm gegenüber dasselbe empfinden, was Peter all diese Jahre empfunden hatte.

„Würden Sie mir sagen, Mr. Bourke, was für Eigenschaften ein Kriminalbeamter haben muß?"

Mit dieser Frage überraschte sie ihn.

„Ich wäre glücklich, wüßte ich das. Ich nehme an, ein natürliches Mißtrauen und der Glaube an die Verworfenheit der Menschheit gehören zu den wichtigsten Voraussetzungen", sagte er, ohne sich umzudrehen. „Weswegen fragen Sie?"

Die verschwommene Masse ihrer Absichten rückte schärfer in den Brennpunkt, doch nicht so klar umrissen, daß sie ihm einen festen Plan vorlegen konnte.

„Peter braucht viel Hilfe, denke ich — insbesondere solche Hilfe, die Sie ihm nicht geben können, weil Sie nicht wissen dürfen, was das Problem ist. Ich bin in bezug auf Scotland Yard völlig unwissend, doch ich las einmal, wenn die Polizei etwas weiß, etwas Verdächtiges, dann muß sie handeln, selbst wenn sie an die Unschuld der betreffenden Person glaubt."

Er nickte und warf ihr unter seinen schweren Augenlidern einen schnellen Blick des Einverständnisses zu.

„Ich nehme an, Sie werden mich für eine romantische Närrin halten, wenn ich behaupte, daß ich auch Detektiv sein möchte. Und doch ist es so. Ich möchte einem entsetzlichen Geheimnis auf den Grund kommen — dem Mord, Mrs. Untersohn, überhaupt allem. Und dann würde ich sicher in der Lage sein, einen Bericht für die Polizei abzufassen, ohne irgend jemanden zu verletzen — ich meine jemanden, den ich mag. Ich habe im Augenblick Angst, überhaupt etwas zu sagen . . ."

„Wissen Sie denn etwas — etwas Sicheres?"

Das fragte er freiheraus, aber sie schüttelte den Kopf.

„Nein — ich glaube nicht. Ich stelle nur Vermutungen an — das tun wir alle. Ich finde den roten Faden nicht — nennt man das so? — für bestimmte Zufälle. Ich brenne darauf, ihnen zwei Dinge zu sagen, doch wenn ich es täte, könnte ich mir das nie verzeihen."

Bourke, der das Lenkrad nur mit einer Hand hielt, nahm mit der anderen ein großes Zigarrenetui aus der Tasche. Er fragte nicht um Erlaubnis, ob er rauchen dürfte, und sie wäre auch überrascht gewesen, wenn er das getan hätte. Er biß das Ende der Zigarre ab und zündete sie ganz gemächlich mit einem kleinen silbernen Feuerzeug an; sie hatte den Eindruck, daß er damit Zeit gewinnen wollte, um über ihre Worte nachzudenken.

„Peter war nie ein ‚Fall' im eigentlichen Sinn", erklärte er ihr. „Das heißt, er ist nie Gegenstand einer polizeilichen Untersuchung gewesen. Früher ist er mir ziemlich auf die Nerven gegangen mit seinen Ängsten und Sorgen. Doch ich ließ mich auf ihn ein, wie man sich auf eine Freizeitbeschäftigung einläßt – bis ich ihn richtig kannte und ihn zu mögen begann. Er ist einerseits ein etwas schwieriger Kumpan; er ist reich, und ich bin ein armer Mann. Als er mir das erstemal für einen kleinen Dienst, den ich ihm erweisen konnte, ein Präsent anbot – tausend Pfund waren es –, war es für mich ziemlich schwer, das abzulehnen. Ich sage nicht, ich hätte nie Geschenke von Leuten angenommen, denen ich geholfen habe, aber bei Peter war es anders – aus Selbsterhaltungstrieb, nehme ich an. Ich wußte nie, ob er nicht eines Tages den Weg von Alexander Welerson gehen würde, und das wäre unangenehm geworden."

Sie näherten sich jetzt Barnet und verlangsamten ihre Geschwindigkeit, denn der Verkehr war stärker als gewöhnlich.

„Ich weiß nicht, welche Richtung Sie bei Ihren Nachforschungen nehmen werden. Der Mann, der das meiste über Peter wußte, war Basil Hale."

Sie hielt inne und sah ihn an.

„Basil wußte – wie kommen Sie auf den Gedanken?" fragte sie.

„Er hat mehr als ein Jahr damit verbracht, in Elmwood – das ist das Dorf, in dem Peters Vater sein Haus hatte – herumzuschnüffeln. Und er war auch viel in Southport. Welersons Rechtsanwalt hatte dort sein Büro, die Praxis Radlow and Bolf. Der alte Radlow war einer von Peters Treuhändern."

Radlow! Sie erinnerte sich an Peters Worte.

„Hale versuchte, etwas aus ihm herauszubekommen", fuhr der Kriminalbeamte fort und riß den Wagen beängstigend zur Seite, um einem Hund auszuweichen, „doch Radlow hat ihm nichts gesagt. Er ist achtzig, aber er hat den Geist eines Vierzigjährigen. Ich weiß nicht, was Hale bei den Anwälten zu finden hoffte – um Peter gab es nie etwas, was sich zu wissen lohnte."

Sie erinnerte sich an den Namen, obwohl sie den alten Rechtsanwalt nie gesehen hatte. Ein Vertreter dieser Rechtsanwaltspraxis war im Haus ihres Vaters tätig geworden und hatte mit unglaublicher Geschwindigkeit die Bestimmungen ihres Ehevertrages durchgesehen. Doch das war ein jüngerer Radlow gewesen, ein verschlossener, distanzierter Mann, der nur an irgendeiner anderen beruflichen Verabredung interessiert war und jede freie Minute dafür benutzte, nach seiner Uhr zu sehen.

Bourke brachte das Gespräch wieder auf die häßlichen Realitäten des Tages zurück.

„Ich wüßte gerne, ob Sie eine Vermutung haben, wer in Ihr Zimmer eingedrungen ist, Mrs. Clifton?"

„Ja, ich glaube, ich weiß es. Das gehört zu dem, was ich nie verstehen werde: warum er nach Longford Manor kam."

„Er war verliebt — oder glaubte das zumindest. Er war eben solch ein Mann. Und außerdem wahnsinnig."

Wahnsinnig! Sie verstand und war einen Augenblick wie gelähmt. Basil Hale war der Sohn von Alexander Welerson — Peters Halbbruder. Der Keim lag also auch in seinem Blut!

„Tud mir leid — ich fürchte, ich habe Sie erschreckt. Ja, Hale war wirklich wahnsinnig. Und seine Mutter hatte berechtigten Grund, sich zu beklagen. Der alte Welerson heiratete sie in seiner Verrücktheit, obwohl seine Ehefrau noch lebte. Sie wußte, daß er verheiratet war, aber er redete ihr ein, jene Ehe wäre nicht rechtsgültig — Peters Mutter war so etwas wie seine Cousine. Der alte Radlow könnte das Geheimnis aufklären, aber er will nicht. Ich bat Peter vor unserer Abfahrt, ihm zu telegrafieren, aber ich habe keine Hoffnung, daß irgend etwas die alte Auster dazu bringen kann, ihre Schalen zu öffnen."

Inzwischen waren sie schon im Londoner Verkehr, und die Unterhaltung wurde bruchstückhaft und belanglos. Das Auto fuhr vor der riesigen Einfahrt von Peters Wohnung vor. Sie hatte schon einmal sein stattliches Appartement besucht, so daß sie dem Butler, der ihr entgegenkam, nicht völlig fremd war.

„Ich fürchte, es ist noch nicht alles landfein, gnä' Frau. Wir haben Mr. Clifton für die nächsten Wochen nicht erwartet, und ich habe die Wohnung saubermachen lassen."

Es gab jedoch wenig Anzeichen von Durcheinander. Peter hatte am frühen Morgen angerufen, und ihr Zimmer wäre fertig, erklärte Walker.

„Verzeihung, gnä' Frau — ein Herr wartet auf Sie. Ich habe ihn in den Salon gebeten."

Sie nickte.

„Ja — mein Vater."

Walker stimmte ihr zu. Er war der Typ des wohlerzogenen Dieners, der immer beizupflichten bereit ist.

Als sie den großen Salon betrat, von dessen Fenster aus man Green Park überschaute, bot sich ihr eine Überraschung. Es war nicht John Leith, der da auf dem Kaminvorleger stand, die Hände auf dem Rücken verschränkt, das Kinn auf die Brust herabgesunken, sondern ein hagerer alter Mann, den sie noch nie gesehen hatte. Er war kahlköpfig, und sein Gesicht war ein Gewirr tiefer Linien und Furchen.

„Mrs. Clifton?" fragte er. Seine Stimme war dünn und schrill; durch sein Lispeln wurde sie noch schwerer verständlich.

„Ja?" antwortete sie verwundert.

„Ich heiße Radlow — Rechtsanwalt — bekam Peters Kabel — war glücklicherweise angezogen — sah die Zeitung — entsetzlich — die ganze Sache — Hale hat selbst schuld."

Er sprach schnell, atemlos, von einem abgerissenen Satz zum nächsten springend. Offensichtlich hatte er sich diese sparsame Sprechweise anerzogen.

Aus seinem langen Gehrock zog er eine zusammengefaltete Zeitung hervor und stieß mit seinem knorrigen Zeigefinger auf eine Meldung.

„Basil Hale verrückt — sagte ich schon immer — auch seiner Mutter — dumme alte Frau!"

„Sie kennen Mrs. Untersohn?" fragte sie.

„Sie kennen?" Mr. Radlows Stimme wurde dünn vor Ärger. „Belagert mein Büro — riesiges Vermächtnis — verrückte Extravaganz — ihr Auto gesehen? Ordinär! Eben eine Köchin ..." Er klopfte wieder auf die Zeitung. „Widerliche Sache, dies hier — jemand weiß alles darüber — ich sehe, wo es langgeht — mein Sohn stellt Nachforschungen an — Sie kennen ihn."

Jane reimte sich zusammen, daß „mein Sohn" der schmallippige Rechtsanwalt war, der in Sachen des Ehevertrages mit ihr verhandelt hatte.

„Ein guter tüchtiger Junge!"

Zu jeder anderen Zeit hätte sie gelacht. Bei seinem Wortschwall schien er den Faden verloren zu haben, denn er klopfte sich an die Stirn und murmelte vor sich hin.

„Ach ja", sagte er zuletzt. „Dieser Zeitungsbericht — schlecht für Peter, hm — sehr schlecht. Schlecht für Peter Clifton Welerson — Sohn des verstorbenen Alexander Hale Welerson — daher hat sie den Namen Hale — sie heißt Untersohn — aus Schweden. Ich muß sofort etwas tun — eine feierliche Aussage in meinem Alter — und ich hatte gehofft, dieses verdammte Gericht nie wieder zu betreten! Hätten die Dummköpfe nur das Testament richtig studiert!"

Erst jetzt erinnerte er sich wieder an den Zweck seines Besuches und wollte wissen, für wann sie Peter erwartete. Offensichtlich wußte er — vielleicht von den Dienstboten —, daß sie allein gekommen war.

„Er war dumm, dazubleiben — sagen Sie ihm, er soll mich anrufen ..."

Die Abgerissenheit seiner Sprechweise setzte sich in der Abgerissenheit seiner Bewegungen fort. Er beugte sich vor, preßte schnell ihre Hand, schüttelte sie mit verblüffender Energie, setzte seinen altmodischen Zylinderhut auf und war aus dem Raum, ehe sie noch Atem holen konnte. In demselben Augenblick, als die Wohnungstür zufiel, kam der Butler eilig herein.

„Mr. Leith", sagte er, und Jane lief vor, um ihren Vater zu begrüßen.

Es schien ihr hundert Jahre her zu sein, daß sie das letztemal in sein erschöpftes, gelehrtes Gesicht geblickt hatte. Es war jetzt abgehärmt vor Sorge, und sie sah ihn zum erstenmal in ihrem Leben ernsthaft verstört.

„Das ist eine gräßliche Sache, Jane. Mein armer Liebling!"

Sein Arm, den er ihr um die Schultern gelegt hatte, zitterte, und einen Augenblick lang beschäftigte sie die Wirkung, die jene Nachrichten auf ihn gehabt hatten, mehr als ihre eigenen Sorgen.

Sie war sich noch nicht darüber klar, wieviel sie ihm erzählen sollte. Peters Geheimnis war letztlich sein eigenes, das sie nicht einmal ihrem geliebten Vater offenbaren durfte. Ein Bekenntnis blieb ihr allerdings erspart: Peter hatte mit ihm telefoniert und offen über seinen Gesundheitszustand gesprochen.

„Es ist schwer zu glauben, daß Peter nicht der normalste Mensch auf der Welt sein soll", sagte er, trübsinnig in den Kamin starrend. Dann drehte er sich um und schob sie ein Stück von sich fort. „Laß dich ansehen. Das war ein entsetzliches Erlebnis für dich. Mein Gott, was für eine fürchterliche Sache das Geld ist!"

Sie lächelte flüchtig.

„Du meinst, ich hätte Peter nicht heiraten sollen und daß ich ihn nur wegen seines Geldes geheiratet habe?"

Er nickte.

„Ich habe dich seines Geldes wegen mit ihm verheiratet", antwortete er ein wenig bitter. „Ich glaubte, so hätten alle Probleme und Gefahren ein Ende. Ich bin kein so reicher Mann, wie du glaubst", fügte er schnell hinzu, als er die Frage in ihren Augen sah, „und ich machte mir wirklich Sorgen um die Zukunft. Als Peter unseren kleinen Kreis betrat, habe ich mich auf ihn gestürzt – buchstäblich gestürzt."

Er machte keine Anstalten, ihr seine Sorgen im einzelnen zu erläutern, sondern fragte:

„Wer ist jetzt bei Peter – ist Bourke bei ihm?"

„Mr. Bourke hat mich hergebracht", erklärte sie. „Donald ist bei ihm, Marjorie auch."

Bei dem Wort Marjorie fuhr er auf.

„Marjorie Wells! Wieso ist sie da?"

Jane erzählte es ihm. Aus irgendeinem Grund schien er erleichtert zu sein.

„War das der alte Radlow, den ich gerade gehen sah? Ja, ich kenne ihn. Er ist Peters Rechtsanwalt oder genauer der Chef des Rechtsanwaltsbüros, das für Peter arbeitet. Du wirst dich daran erinnern, Liebes, du hast seinen Sohn kennengelernt. Was wollte er denn?"

So gut sie konnte, brachte sie Mr. Radlows Worte in einen Zusammenhang, was sie in ihrer ursprünglichen Form nicht gehabt hatten. Er hörte aufmerksam zu und unterbrach sie ab und zu mit Fragen nach Dingen, die ihrer Meinung nach unwesentlich waren.

„Ich wünschte mir, du kämest mit mir in die Avenue Road zurück", sagte er, als sie fertig war, „aber ich fürchte, das wäre Peter gegenüber nicht ganz fair — magst du ihn eigentlich sehr?"

Sie zögerte eine Sekunde zu lange.

„Du magst ihn doch, trotz allem?" fragte er besorgt.

„Ich mag ihn sehr — ich glaube, ich könnte ihn lieben", antwortete sie ihm freimütig. Es entging ihr nicht, daß er dabei zusammenzuckte. „Willst du das denn nicht?"

„Natürlich", beeilte er sich zu entgegnen. „Doch wäre es besser, Liebes, wenn du — ihn nicht lieben würdest, weißt du. Wenn das stimmt, was er sagt . . ."

Sie schüttelte den Kopf.

„Das werde ich herausfinden", erklärte sie ganz ruhig.

Er blieb zum Essen bei ihr. Zweimal war sie drauf und dran, ihm von dem geheimen Raum zu erzählen und von dem rätselhaften Verschwinden aller Beweise für Peters tragische Dummheit innerhalb von vierundzwanzig Stunden. In beiden Fällen bremste sie sich rechtzeitig, obwohl sie eine Lüge erfinden mußte, um den schon begonnenen Satz so zu Ende zu bringen, daß sie bei ihm kein Mißtrauen erregte.

Das Essen war für Jane fast eine Qual, und es erstaunte sie, daß es sich dazu entwickelte, denn sie liebte diesen ruhigen Mann von Herzen und hatte sich von ihrer Begegnung Trost versprochen. Das Gespräch mit dem Rechtsanwalt hatte dagegen ein neues Problem aufgeworfen: eine von ihren unfertigen Theorien war zerstört worden. Sie hatte Peters Fälschungen als die geheime Quelle seines Reichtums betrachtet und keinen Zweifel daran gehabt, daß sein reicher Vater nur ein Mythos war, erfunden, um seinen Wohlstand zu erklären. Doch der Rechtsanwalt konnte nicht gelogen haben, wenn er von seinem Erbe sprach, das zwei Millionen wert war. Warum hatte sich dann Peter dieser unaussprechlichen Dummheit schuldig gemacht? Warum hatte er es dann bewußt darauf angelegt, das Gesetz zu brechen? War es symptomatisch für die geistige Verwirrung dieser Familie, ein groteskes Vergnügen, eine perverse Begeisterung, die er für die Spannung und Aufregung des Lebens eines Fälschers empfand?

Eine Sache hatte sie ihrem Vater eigentlich erzählen wollen — sie erinnerte sich daran, als er schon gegangen war —, und das war die Tatsache, daß sich seine Kupferstiche wieder angefunden hatten. Nie hatte sie John Leith so ärgerlich über sich selbst gesehen wie anläßlich dieser Unachtsamkeit. Sie nahm sich vor, ihm diese harmlose kleine Information zu übermitteln, wenn sie ihn das nächste Mal treffen würde.

Nach dem Essen telefonierte sie mit Longford Manor. Sie erfuhr, daß Bourke dorthin zurückgekehrt war; sowohl er als auch Peter waren außer Haus. Donald Wells war mit seiner Frau nach London gefahren. Es war eine fremde Stimme, die da mit ihr sprach. Sie hielt ihn aufgrund des amtlichen Tonfalls, in dem er sprach, für einen Kriminalpolizisten – offensichtlich war er jedoch angewiesen worden, ihr jede Information zu geben, um die sie bitten würde.

„Mr. Clifton kommt heute abend zusammen mit dem Inspektor in die Stadt", sagte die Stimme.

Anscheinend war auch Mrs. Untersohn weggefahren, denn als sie nach der Frau fragte, wurde sie nur kurz informiert, daß sie mitgenommen worden war – von wem und unter welchen Umständen, sagte er nicht.

Sie hatte wenigstens noch zwei Stunden, bis Peter zurückkommen würde. Sie schickte jemanden nach der Abendzeitung.

„Hätten die Dummköpfe nur das Testament richtig studiert ..." Was hatte der alte Mann damit nur gemeint, fragte sie sich. Was stand nur in dem Testament, was sich aufklären würde? Sie beschloß, sich bei nächster Gelegenheit eine Abschrift des Dokuments zu besorgen.

Die Zeitung kam nur wenige Minuten früher als der Mann, der sie repräsentierte. Sie fand eine Spalte, die „Mord im Herrensitz" überschrieben war, und hatte eben mit der Lektüre begonnen, als ihr der Reporter gemeldet wurde.

Im Haus ihres Vaters war Jane vielen Journalisten begegnet, und die Presse hatte nichts Beängstigendes für sie.

„Tut mir leid, Sie zu belästigen, Mrs. Clifton" – der junge Mann entschuldigte sich formgewandt. „Uns geht es sehr darum, in diesem Mordfall die angegebenen Zeiten zu überprüfen. Soviel ich weiß, hörten Sie Mr. Hale rufen?"

„Woher wissen Sie das?" fragte sie ruhig.

„Das steht in der Abendzeitung. Es heißt, daß Sie mitten in der Nacht aufwachten und versuchten, Ihren Gatten zu wecken, aber als Sie in sein Zimmer kamen, war er nicht da."

Sie starrte ihn an.

„Wer hat das gesagt?"

Der Journalist lächelte.

„Es ist immer schwierig, so ohne weiteres die Quelle irgendeiner Information zu nennen, aber auf jeden Fall wurde es berichtet. Ich nehme an, Sie werden alles in der Zeitung finden."

Sie überflog die Spalte und kam plötzlich zu dem Abschnitt: *Mrs. Clifton, die zu dieser Zeit schlief, wurde durch einen fürchterlichen Schrei auf dem Grundstück geweckt. Sie war so sehr beunruhigt, daß sie in das Zimmer ihres Mannes hinüberging. Da sie ihn dort nicht fand, bat sie Mrs. Wells, die Ehefrau des bekannten Arztes aus West End, die den Schrei ebenfalls gehört hatte, nach ihm zu suchen. Offensichtlich hatte Mr. Clifton das Geräusch gehört und war auf das Grundstück hinausgegangen, obwohl er sich nicht daran erinnern kann, sein Zimmer verlassen zu haben.*

Marjorie mußte der Informant gewesen sein! Marjorie oder Cheyne Wells?

„Diese Geschichte ist eine Erfindung", sagte sie. „Es ist zwar völlig richtig, daß ich ins Zimmer meines Mannes gegangen bin. Er hatte jedoch am Abend vorher ein Schlafmittel genommen, so daß es mir nicht gelang, ihn zu wecken. Der Rest ist nichts als Phantasie."

Etwas tiefer wurden ihre Augen von einem anderen Abschnitt gefangengenommen: *Sir William Clewers, der berühmte Psychiater, der heute früh Mr. Clifton besuchte, erklärte, der Vorfall sei ohne Zweifel die Tat eines Wahnsinnigen.*

Ihr Gesicht ließ keinerlei Gefühlsregung erkennen, als sie dem Reporter die Zeitung zurückgab.

Sir William Clewers war da! Wer hatte ihn kommen lassen? Sie war nicht mehr verwirrt; eine der Wolken, die die Wahrheit vor ihren Augen verborgen hatte, begann sich aufzulösen.

Kapitel 18

„Ich weiß nicht, ob Sie mit mir darüber sprechen möchten, Mrs. Clifton", begann der Reporter, „aber es gibt da eine Geschichte – natürlich haben wir sie ohne Bestätigung nicht gedruckt –, daß ihr Gatte und Mr. Hale gestern abend eine heftige Auseinandersetzung hatten, daß es sogar zu einem Kampf kam."

Sie nickte. Ihr Gehirn arbeitete jetzt eiskalt; sie war ganz Herr ihrer selbst. Einer Lüge mußte man mit einer Lüge begegnen, bis wirksamere Waffen zur Hand waren.

„Mr. Hale war sehr aggressiv. An dem Abend, an dem wir ankamen, brach er in unser Haus ein. Mein Mann entdeckte, daß er es gewesen war, und als er ihm auf dem Grundstück begegnete, forderte er ihn auf, es zu verlassen. Es war Mr. Hale, der ihn zuerst schlug, und ich bin überzeugt, mein Mann hat nichts weiter getan, als sich zu verteidigen. Das ist alles, was ich Ihnen sagen kann."

Wie aufgrund einer plötzlichen Eingebung fügte sie noch hinzu:

„Ich weiß nicht, ob es Ihnen klug erscheint, dies zu drucken – solch eine Erklärung könnte ein schlechtes Licht auf meinen Mann werfen und den Eindruck erwecken, daß er irgendeinen Groll gegen Basil Hale hegte."

Der Reporter lächelte.

„Beim gegenwärtigen Stand der Dinge würden wir kaum etwas drucken, was Ihren Mann oder irgend jemand anders belasten würde, Mrs. Clifton", antwortete er. „Ich möchte noch etwas für meine private Information erfragen – ich bearbeite den Fall nämlich. Es gibt da noch einen

Punkt, der uns als merkwürdig aufgefallen ist. Der Mord wurde zwischen drei und Viertel vier begangen. Wir haben uns bei dem Nachrichtenbüro erkundigt, von dem wir die Meldung hatten, und erfuhren, daß die Information dem Pressebüro um zehn vor vier telefonisch übermittelt wurde. Ein anderer Bericht, den wir von Longford Manor bekommen haben, sagt, daß Hales Leiche erst irgendwann gegen sieben Uhr entdeckt wurde. Haben Sie eine Vorstellung, wer dem Büro die erste Nachricht geliefert hat?"

Mit Vergnügen plagiierte sie Bourke an dieser Stelle.

„Wenn man wüßte, wer die Presseagentur informierte, wüßte man, wer den Mord begangen hat", sagte sie.

Als er wieder fort war, ging sie in ihr Zimmer hinüber, verschloß die Tür und begann, den Koffer auszupacken. Erst nach einiger Zeit kam sie an die dicken Bögen Packpapier, die ihre Kleider von Peters blutbefleckten Sachen trennten. Sie mußte einen Widerwillen überwinden, der fast körperliche Übelkeit bewirkte. Dann nahm sie die entsetzlichen Dinge heraus und legte sie auf das Einwickelpapier, das sie auf den Fußboden geworfen hatte. Sie hatten im Koffer keine Spuren hinterlassen, wie sie mit Erleichterung feststellte. Sie mußte sie schnell loswerden — aber wie und wo?

Sie machte ein Paket aus den Kleidern, stopfte den Hammerkopf hinein, brachte es in das kleine Wohnzimmer, das sie bereits zu dem ihrigen bestimmt hatte, und läutete nach dem Butler.

„Zentralheizung? Ja, gnä' Frau. Sie wird vom Keller aus betrieben — der Hilfsportier kümmert sich um den Ofen. Haben Sie irgend etwas, was Sie verbrennen möchten?"

Die Frage war Jane zu direkt.

„Nein", antwortete sie.

Es gab einen Teich in Green Park, aber sie wußte, daß das Wasser in regelmäßigen Abständen abgelassen wurde. Und der Fluß? Es schien einfach, das verräterische Beweisstück in die schnell dahinfließende Themse fallen zu lassen; doch eine Dame, die ein großes Paket in das Wasser wirft, wäre kaum der allgemeinen Aufmerksamkeit entgangen. Sie entschied, es müsse in der Nacht geschehen, und setzte sich hin, um einen Plan zu entwerfen, wie sie die Sachen loswerden könnte. Sie würde spät in der Nacht eine Droschke zum Themseufer nehmen, eine günstige Gelegenheit abwarten und das Paket dort über das Geländer fallen lassen. Das hörte sich einfach an, aber würde es das wirklich sein? Die Uferstraße war hell erleuchtet und nur selten ohne Fußgänger, selbst in den unfreundlichsten Nächten. Nebel würde die Sache vereinfachen, aber Nebel war nicht zu erwarten ...

„Möchten Sie Mr. Bourke empfangen?"

Erschrocken und schuldbewußt fuhr Jane beim Klang von Walkers Stimme auf.

„Mr. Bourke?“ stammelte sie und wechselte die Gesichtsfarbe. „Ja – natürlich. Ich empfange ihn im Salon.“

Sie nahm das Paket und schloß es in ein leeres Fach eines Sekretärs ein, bevor sie dem Kriminalbeamten entgegeneilte.

„Nein, Peter ist nicht mitgekommen“, sagte er, als sie sich die Hände schüttelten. „Er wollte über Nacht draußen bleiben, und ich denke, das ist klug von ihm. Morgen wird eine Untersuchung stattfinden. Aber Sie brauchen sich keine Sorgen um ihn zu machen, Mrs. Clifton. Ihm kann nichts geschehen. Ich habe drei meiner besten Leute dagelassen. – Mr. Rouper gehört nicht zu ihnen“, fügte er grimmig hinzu.

Bevor sie antworten konnte, fuhr er fort:

„Haben Sie die Abendzeitungen gesehen?“, und als sie darauf geantwortet hatte: „Schlimm, was? Mr. X ist entschlossen, Peter in seinen Fall hineinzuziehen oder bei dem Versuch unterzugehen!“

„Wer ist Mr. X?“ fragte sie.

„Vielleicht ist es eine Mrs. X“, antwortete er und setzte sich bequem in dem Sessel zurecht, den sie ihm angeboten hatte. „Dies ist der merkwürdigste Fall, den ich je erlebt habe, seit ich bei der Polizei bin. Morde? Dutzende! Aber einfache, offene Verbrechen, bei denen man bloß herausfinden mußte, wer mit dem Toten als letzter zusammen gewesen war oder wer am meisten Grund hatte, ihn aus dem Weg zu räumen, und man konnte den Täter festnageln. Doch hier wurde Basil Hale von einem oder mehreren Unbekannten ermordet, und der Mörder unternimmt die angestrengtesten Versuche, nicht nur sein eigenes Fell zu retten, sondern Peter die Schuld zuzuschieben! Übrigens habe ich alles herausgefunden, was die Information anbetrifft, die dem Nachrichtenbüro übermittelt wurde. Zwölf Minuten vor vier wurde sie telefonisch durchgegeben.“

„Von wo?“ fragte sie schnell.

„Von Longford Manor“, antwortete Bourke, wobei er seine Augen so fest auf den Teppich geheftet hatte, als suchte er etwas, was ihm heruntergefallen war. „Merkwürdig, nicht wahr? Longford Manor! Der Telefonist in Longford schlief halb, als der Anruf kam, und so dauerte es zwei Minuten, bis er die Verbindung hergestellt hatte. Der erste Versuch, die Meldung durchzugeben, muß also schon etwas früher als zehn Minuten vor vier gemacht worden sein. Die Vermittlung, die die Gegend kennt und weiß, daß Longford Manor oft an fremde Gäste vermietet wird, bat den Anrufer um seinen Namen.“

„Wer war es?“ Ihre Stimme war kaum mehr als ein Flüstern.

Bourke wandte ihr langsam den Blick zu.

„Was glauben Sie, Mrs. Clifton? Wer sonst als Peter! Er war es, der die Einzelheiten des Mordes übermittelte. Der Telefonist sagt, er hätte die Stimme erkannt.“

Ein langes Schweigen schloß sich an.

„Merkwürdig“, bemerkte Bourke schließlich, und dann sagte er plötzlich etwas, was ihr angst machte. „Es gibt noch ein oder zwei Dinge, die ich finden möchte, Mrs. Clifton. Zunächst die Jacke des Abendanzugs und das Hemd, das Peter in der Nacht des Mordes trug. Die zweite Sache ist ein Kohlenhammer, der in dem Arbeitszimmer lag. Der alte Mann, der Ihren Gatten in Longford Manor bedient hat, erklärte mir von sich aus, daß Peter zwei Abendanzüge hätte und daß eine der beiden Jacken verschwunden sei — er war sich hinsichtlich der dazugehörigen weißen Weste nicht ganz sicher, um so mehr aber in bezug auf die Jacke. Genauso sicher war er sich, was das Hemd angeht, das Peter in derselben Nacht trug. Er sagt, ihm fiel es deswegen auf, weil das Hemd, das er Peter herausgelegt hatte, eckige Manschetten besaß — das einzige Hemd dieses Zuschnitts, die anderen haben abgerundete Ecken. Weiterhin sagt er, das Hemd in Peters Zimmer, das er scheinbar am Abend vorher getragen hatte, sei in Wirklichkeit noch nie getragen worden, denn sein einer Ärmel klebte durch die Stärke zwischen Schulter und Ellbogen etwa sechs Zoll lang fest zusammen, was beweist, daß kein Arm hindurchgesteckt worden ist."

Die junge Frau mit dem fahlen Gesicht sah er noch immer nicht an. „Als Peter gefunden wurde", fuhr er nach einem Augenblick fort, „trug er Unterhemd und Hosen. Das läßt mich fast vermuten, daß ihn jemand ausgezogen hat. Vielleicht hat ihm dieser Jemand auch das Gesicht und die Hände gewaschen — ich bin mir dessen nicht sicher. Doch was ich ganz genau wissen möchte" — jetzt ruhten seine Augen auf ihr, so fest und unerschütterlich, daß es ihr wie eine Drohung vorkam — „ist, wo diese Kleider im Augenblick sind — und der Kohlenhammer."

Sie wollte schon sprechen, aber er bremste sie.

„Sagen Sie nichts, bevor ich nicht fertig bin. Und denken Sie daran, Mrs. Clifton, daß ich zwar eine sehr verantwortliche Stellung bei Scotland Yard innehabe, daß ich aber — obwohl ich theoretisch vierundzwanzig Stunden am Tag im Dienst bin — auch Augenblicke der Entspannung habe, in denen ich in die Rolle einer Privatperson zurückfalle. Und als Privatperson muß ich vergessen, daß ich Kriminalbeamter bin, sonst würde ich verrückt werden."

Er sah auf seine Uhr.

„Jetzt bin ich schon drei Minuten Privatperson, und es kann sein, ich bleibe es bis ungefähr sieben Uhr heute abend. In dieser Zeit gehöre ich zu Peters engen Freunden."

Sie verstand und nickte.

Er suchte in seiner Jackentasche herum und bat diesmal, rauchen zu dürfen. Sie reichte ihm mit zitternder Hand ein Streichholz, aber er schien ihre Aufregung nicht zu bemerken.

„Danke, Mrs. Clifton. Um auf alle diese interessanten Gegenstände zurückzukommen: Ich wäre entsetzlich beunruhigt, müßte ich annehmen, sie befänden sich im Besitz von Peters Feinden oder wären an einer

Stelle versteckt, an der sie ihnen leicht in die Hände fallen könnten. Ich gebe zu, das würde mich wie wahnsinnig aufregen; doch" – er sandte einen Ring Zigarrenrauch zur hohen Zimmerdecke hinauf und verfolgte ihn mit seltsamem Interesse – „könnte ich mich darauf verlassen, daß diese Erinnerungsstücke in den Händen von jemandem sind, der Peter sehr mag und ihm helfen will, nun, dann würde ich mir keine so großen Sorgen machen."

„Dann glaube ich nicht, daß Sie sich Sorgen machen müssen", antwortete sie, ohne zu zögern.

Er sah sie eine Weile an.

„Ist das so? Nun, ich bin ziemlich erleichtert – als Privatperson. Gegen sieben Uhr heute abend werde ich Sie vielleicht in anderer Eigenschaft aufsuchen und Ihnen alle Arten von lästigen Fragen stellen. Hätten Sie eine Tasse Tee für mich, wenn ich darum bitten dürfte?"

Sie sprang auf und läutete. Mr. Bourke brauchte noch weitere Zeit zum Überlegen.

„Ich habe eine Schwäche für Tee", bekannte er, als Walker das Tablett hereinbrachte. „Und das ist nicht meine einzige Schwäche."

Er beobachtete den Dienstboten, bis er die Tür geschlossen hatte, und fuhr dann fort:

„Ich habe eine Schwäche für die Armen – ihnen alte Kleider zu schenken und so etwas. Nehmen Sie an, sie hätten eine alte Jacke von einem Abendanzug oder ein Hemd, das Sie nicht mehr brauchen können – ich fände einen guten Verwendungszweck dafür. Genauso wie für Werkzeug. Meißel oder auch Hämmer – manch Krimineller, der künftig einen geraden Weg gehen will, kann seine Arbeit nicht ausführen, weil er nicht das richtige Werkzeug hat. Ich bitte Sie um eine ganze Menge, ich weiß", fuhr er fort, seine ganze Aufmerksamkeit auf den Tee gerichtet, den er umrührte. „Ich verstehe gut, daß Sie zögern – aus Sorge, daß die Sachen in die falschen Hände gelangen könnten. Aber angenommen, Sie hätten solche Sachen, Mrs. Clifton, und wollten sie loswerden? Sie würden sie nicht in den Aschkasten tun wollen, und das Gesetz erlaubt Ihnen nicht, sie in den Fluß zu werfen. Rouper ist ein pflichtbewußter Mann", fuhr er fort, plötzlich vom Gegenstand abspringend. „Er ist der Typ, der es haßt, wenn die Naturschutzbestimmungen für die Themse verletzt werden, und wenn Sie Carlton House Terrace mit einem Paket verließen, das Sie loswerden wollen, würde er Sie beschatten, und wenn Sie es dort unten in den Fluß werfen wollten, stünde er bereit, Sie daran zu hindern. Sie sehen, Mrs. Clifton" – wieder warf er ihr einen Blick zu – „ich bin nicht der einzige, der den Armen Kleider schenken will und annimmt, daß Sie etwas besitzen, was Sie loswerden wollen."

Jane fand die Stimme wieder.

„Ich wüßte sie lieber bei Ihnen als bei irgend jemandem sonst." Mr. Bourke nickte.

„Es freut mich, Sie das sagen zu hören." Er rührte jetzt seinen Tee heftig um. „Wenn Rouper mit einem Durchsuchungsbefehl kommt, was möglich ist, wird er vermutlich alle die alten Kleider, die er findet, für *seine* armen Freunde mitnehmen wollen."

„Sie mögen anscheinend Mr. Rouper nicht", sagte sie und begriff, daß sie damit eine sehr einfältige Bemerkung gemacht hatte.

Bourke lächelte über das ganze Gesicht.

„Wir sind eine Truppe von Kollegen bei Scotland Yard, und ich bin Roupers Vorgesetzter. Es gibt viel, was ich ihm vorschlagen könnte, wenn wir gleichrangig wären – aber da ich sein Chef bin, ist das anders."

Er setzte die Teetasse ab, ohne daraus getrunken zu haben.

„Haben Sie je erlebt, wie ein Durchsuchungsbefehl ausgeführt wird?" fragte er und nahm seine Zigarre wieder auf, die er vorübergehend auf der Kante des Kamingitters im Gleichgewicht gehalten hatte.

Sie schüttelte den Kopf.

„Möchten Sie sehen, wie es geschieht?" Er bemerkte die Angst in ihren Augen und lachte leise. „Sie wollen keine Probe machen?"

„Das meinen Sie?" fragte sie ernst. „Daß sie diese Wohnung durchsuchen werden?" Und dann, als er nickte: „Heute abend?"

„Irgendwann gegen sechs Uhr", antwortete Bourke langsam. „Ich möchte Ihnen zeigen, was sie tun werden – ganz inoffiziell."

Sie stand sofort auf.

„Mit welchem Raum würden sie beginnen?"

„Mit Peters Zimmer", antwortete er ohne Zögern. „Er hat ein Arbeitszimmer, nicht wahr? Die meisten Leute mögen so etwas. Ich selbst lese lieber im Bett."

„Sie waren noch nie hier?" fragte sie ihn, als sie ihm den Weg zeigte.

„Dutzende von Malen", antwortete er kühl, „doch ich versetze mich in die Lage eines Burschen, der die Anordnung der Zimmer nicht kennt. Im Augenblick heiße ich Rouper."

Kapitel 19

Peters Arbeitszimmer war ein großer Raum im oberen Geschoß (die Wohnung erstreckte sich über zwei Etagen) und lag direkt über dem Salon. Bourke blieb in der Tür stehen und warf einen schnellen Blick umher.

„Sie würden die Bücherschränke nicht anrühren, nicht wahr?" grübelte er. „Und ich nehme an, der Tisch ist verschlossen?"

Er meinte den Schreibtisch im Empirestil, dessen vier Fächer er ausprobierte. Sie öffneten sich ohne weiteres und enthielten nichts als

Schreibmaterial und jene Utensilien, die ein ordentlicher Mann in seinen Schreibtischfächern aufbewahrt.

„Es gibt hier irgendwo einen Safe."

Er fand ihn schließlich, in die Wand eingelassen, und zu ihrer Überraschung stellte er die Kombination fehlerlos ein, drehte den Griff und öffnete die Tür.

„Ja, ich kenne die Kombination; sie ist ein gemeinsames Geheimnis von Peter und mir", sagte er. „Sehen Sie, er fürchtete immer . . ."

Er hielt plötzlich inne, runzelte die Stirn und starrte aus dem Fenster.

„Daran habe ich nie gedacht", sagte er, seinen Gedanken laut aussprechend.

„Woran haben Sie nie gedacht?" fragte sie. „Was fürchtete Peter?"

Er antwortete ihr nicht, sondern wandte seine Aufmerksamkeit dem Safe zu und spähte in dessen Tiefe. Eine Reihe prall gefüllter Umschläge lag darin; sie waren fest verschlossen. Stück für Stück nahm er sie heraus, warf einen Blick auf ihre Aufschriften, die er sie nicht sehen ließ, und nahm dann etwas in die Hand.

„Da ist es!"

Er schrie das beinahe heraus, als er ein dickes Tagebuch ans Licht brachte, wie sich herausstellte. Es war in rotes Leder gebunden und trug die Zahlen des laufenden Jahres.

Als er es bewegte, wandte er der jungen Frau sein strahlendes Gesicht zu.

„Ich will nicht geheimnisvoll tun, aber dies hier ist das Buch, das ich, Moses Rouper, finden wollte."

„Was ist es?" fragte sie und sah dann die Zahlen. „Ein Tagebuch!"

Er zog einen zweiten Stuhl an den Tisch, und sie setzten sich nebeneinander. Er öffnete das Buch nicht; seine große Hand hielt es bedeckt.

„Wollen Sie es sehen?" fragte er.

„Was ist es?" Sie war verblüfft. „Ich wußte nicht, daß Peter ein Tagebuch führt."

Ihr wurde klar, daß es so vieles gab, was sie von Peter nicht wußte, daß es an sich überflüssig war, etwas einzeln aufzuführen. Er klappte den Einband auf und blätterte dann Seite für Seite um, bis er zur ersten Schreibseite kam. Sie war leer, die nächste und die dritte ebenfalls. Doch die vierte enthielt eine Eintragung in Peters charakteristischer Schrift: *240 USCN 100, alles hervorragend aufgegeben Baltimore*

Sie betrachtete den Text mit gerunzelter Stirn.

„Was bedeutet das?" fragte sie.

„Zweihundertvierzig US-amerikanische Currency Notes über je hundert Dollar", antwortete Mr. Bourke ruhig. „Sie wurden einem Agenten mit der Post zugeschickt, wenn man seinem Bericht glauben kann."

Mit einem Schlag verließen sie die Kräfte. Ihr wurde schwindelig, und einen Augenblick lang war sie nahe daran, ohnmächtig zu werden. Sofort umfing sie sein Arm.

„Dann stimmt es also?"

Es schien nicht ihre Stimme zu sein, die da sprach.

„Ich bin Rouper — vergessen Sie nicht, daß ich Rouper bin. Ich spreche die brutale Wahrheit aus."

Er wandte Seite für Seite um und hielt wieder inne. Sie wollte sich diese geheime Registratur nicht ansehen, aber sie war davon fasziniert, und ihr Blick wurde unwiderstehlich von jener Seite angezogen: *300 USCN 100, drei fehlerhaft, aufgegeben SG. 3. Chicago*

„Fällt Ihnen auf, daß er sie Currency Notes und nicht einfach Geldscheine nennt? Das ist seine Engstirnigkeit", murmelte Bourke, als Seite für Seite unter seinen Fingern hinglitt.

Bei der Eintragung für den 3. Mai hielt er wieder inne: *700 Ml. SFB, hervorragende Platte, drei fehlerhaft*

Diese Eintragung verwirrte sie, bis sie ihr der Kriminalbeamte erklärte.

„Die Abkürzung ‚Ml.' steht für ‚mille', und das heißt tausend. Mit ‚SFB' ist die Schweizerische Föderative Bank, die Bundesbank, gemeint. Kein Empfänger — ich nehme an, auf Abruf. Ende Mai wurden tatsächlich eine Menge SFB-Fälschungen in Umlauf gebracht."

„O das ist schrecklich, ganz schrecklich!" Sie hielt sich die Hände vor die Augen. „Ich möchte nichts mehr lesen. Ist das alles wahr, Mr. Bourke?"

„Rouper", korrigierte Bourke sie lakonisch. „Es ist sinnlos, ihn danach zu fragen, ob es wahr ist, denn er wird die Frage immer bejahen. Irgendwie weiß Rouper nichts von der Wahrheit und wird es auch nie wissen."

„Ich möchte nichts mehr sehen", sagte sie abermals, als er weiterblätterte.

Bourke lächelte darüber und stand steif vom Tisch auf.

„Ich denke, ich lege das besser zu den alten Kleidern. Ich kenne eine Menge armer Kerle, die ihren Kopf für ein Tagebuch geben würden, selbst wenn es teilweise beschrieben ist."

Nur einen Augenblick hatte sie das schreckliche Gefühl, dieser lethargische Mann versuchte, sie in eine Falle zu locken. Als ob er Gedanken lesen könnte, sagte er in einem völlig anderen Ton:

„Irgend jemandem müssen Sie vertrauen, Mrs. Clifton."

Er ging zum Safe zurück, verschloß ihn wieder und maß mit den Augen den Abstand zwischen der Wand, in die er eingelassen war, und dem Fenster. Er schob die untere Fensterhälfte hoch, trat auf den Balkon hinaus und spähte hinunter.

„Von innen gemacht", sagte er geheimnisvoll, gab aber keine Erklärung.

Er durchsuchte den Raum schnell und doch gründlich, ließ seine Augen an den Buchreihen auf den Regalen entlanglaufen, nahm das eine oder andere Buch herunter, um es durchzublättern, und schien schließlich zufrieden zu sein.

„Nein, Mrs. Clifton, ich möchte in kein anderes Zimmer mehr. Ich fürchte, mein Tee ist kalt geworden, aber das ist nicht weiter schlimm. Ich gehe jetzt wieder in den Salon zurück." Er sprach wohlüberlegt, jedes Wort hatte seine Bedeutung. „Wenn Sie so liebenswürdig wären, mir alle Kleiderpäckchen zu bringen, für die Sie keine Verwendung haben, wäre ich Ihnen sehr verbunden."

Er trat auf den Korridor hinaus und kehrte dann zum Salon und zu seinem Platz am Feuer zurück. Nach ein paar Minuten kam auch sie herein, sehr blaß, ein in braunes Papier eingewickeltes Paket in der Hand.

„Hier sind die Kleider, Mr. Bourke", sagte sie und zwang sich zu einem Lächeln. „Oder habe ich es mit Mr. Rouper zu tun?"

„Mit Bourke", antwortete der Angesprochene sogleich. „Mr. Rouper ..."

Die Tür öffnete sich schnell, und bevor der Butler den Besucher ankündigen konnte, sah Jane schon Roupers Gesicht. Ohne Förmlichkeiten kam er in das Zimmer und entließ mit einem Ruck seines Kopfes den Butler.

„Es tut mir sehr leid, Mrs. Clifton, aber ich habe eine unangenehme Pflicht zu erfüllen", begann er.

Erst danach schien ihm die Gegenwart von Chefinspektor Bourke bewußt zu werden.

„Sie sind mir etwas voraus, Sir", sagte er schroff.

„Eben angekommen, Rouper", murmelte sein Gegenüber. „Machen Sie mit Ihrer Sache weiter."

Rouper schluckte etwas hinunter, tastete in seiner Innentasche herum und holte ein Stück Papier hervor.

„Ich habe hier einen Durchsuchungsbefehl eines Londoner Gerichts, Mrs. Clifton, und ich beabsichtige, eine gründliche Durchsuchung dieser Wohnung vorzunehmen."

„Das ist seine Pflicht, Mrs. Clifton." Bourkes Stimme klang mitfühlend, fast wohlwollend.

Er nahm seinen Hut auf und klemmte sich das Päckchen im braunen Packpapier unter den Arm.

„Ich nehme der Familie die Wäsche mit, Rouper", sagte er, lächelte höflich und ging mit einem Jane zugewandten Nicken aus dem Zimmer. Sie blieb zurück, um sich dem verwirrten Rouper zu widmen, der auf der Suche nach blutigen Kleidern und belastenden Tagebüchern vergeblich in jede Ecke der Wohnung spähte.

Fast als erstes ging er zu dem Wandsafe.

„Kennen Sie seine Kombination?" fragte er.

„Nein", antwortete sie aufrichtig.

Offensichtlich glaubte er ihr nicht. Es hatte allerdings auch den Anschein, daß seine Frage völlig überflüssig gewesen war, denn er nahm einen Zettel aus der Westentasche, besah sich aufmerksam eine Gruppe von Buchstaben – und in einer Minute war der Safe offen.

Er öffnete die zugeklebten Päckchen eins nach dem anderen und untersuchte ihren Inhalt. Anscheinend war nichts dabei, was nicht wirklich privater Natur war: ein oder zwei Mietverträge, ein dickes Bündel Briefe, die offensichtlich in irgendeiner Beziehung zu Peters Besuch in Südafrika standen, und eine Urkunde. Über seine Schulter hinweg sah sie, daß es ein Testament war – sie nahm an, das seines Vaters. In diesem Augenblick erinnerte sie sich blitzartig an Mr. Radlows Worte: Hätten die Dummköpfe nur das Testament richtig studiert ... Sie fragte sich, ob es darin wohl irgend etwas geben könnte, was für Rouper eine Entdeckung wäre. Offensichtlich nicht; er faltete die Urkunde zusammen, schob sie wieder in ihren Umschlag zurück und legte sie auf den Stuhl zu den anderen Kuverts.

Sie war fest entschlossen, das Kodewort herauszubekommen, das sie bis jetzt noch nicht kannte, und würde das Testament sorgfältig untersuchen. Ein Entschluß, der allerdings erst von ihrem Verstand mit den neuen Problemen verarbeitet werden mußte, die dieser Abend mit sich bringen würde.

Die Durchsuchung hatte sich für Rouper als Enttäuschung erwiesen, so daß er den Safe mit einem wütenden Schlag zuwarf.

„Haben Sie die Koffer schon ausgepackt, die Sie von Longford Manor mitbrachten?“

Es hatte sich so ergeben, daß sie ihre eigenen Sachen in den Koffer zurückgelegt hatte, die sie zunächst herausnehmen mußte, um das Bündel mit Peters Kleidern zu entfernen. Rouper ging diese Dinge durch. Und dann machte er in seiner Verärgerung einen schweren Fehler.

„Was war in dem Päckchen, das Chefinspektor Bourke mitgenommen hat?“ wollte er wissen. Er hatte die Frage kaum ausgesprochen, da wurde ihm auch schon sein Schnitzer klar.

„Ist das nicht eine Frage, die Sie besser Chefinspektor Bourke stellen sollten?“ fragte Jane zurück.

„Ich habe nur einen Scherz gemacht, Mrs. Clifton.“

Aus der Eile, mit der er dies sagte, und seiner Ängstlichkeit schloß sie, daß Bourke der Mann in der Welt war, vor dem er sich fürchtete.

„Ich hoffe, Sie werden das nicht gegenüber Mr. Bourke wiederholen; er könnte das mißverstehen.“

Er verabschiedete sich fast unmittelbar danach; Jane blieb mit dem Gefühl zurück, daß sich in diesem verwirrenden Puzzle wieder ein paar Bausteine zusammengefügt hatten.

Unmittelbar bevor ihr einsames Dinner aufgetragen wurde, rief Peter an. Er war sehr nervös; sie spürte die Belastung, unter der er lebte.

„Es tut mir leid, daß ich nicht eher angerufen habe, aber ich war höchst unangenehm beschäftigt", erklärte er und fragte sie, ob sie es bequem habe und über alles verfüge, was sie brauche. „Es muß langweilig sein für dich. Willst du nicht deinen Vater bitten, herüberzukommen und über Nacht zu bleiben?"

Den Gedanken hatte sie schon selbst gehabt, ihn dann jedoch wieder verworfen.

„Ich bin morgen wieder da", fuhr er fort, und dann: „Hast du Bourke gesehen – und Rouper?"

Sie erzählte ihm kurz von Roupers Besuch, hielt es aber für klüger, am Telefon nichts von Mr. Bourkes seltsamem Verhalten zu sagen.

„Ich bin in einer ziemlich schwierigen Lage", sagte er dann. „Es sieht so aus, als ob ich derjenige war, der das Nachrichtenbüro angerufen hat, doch der Himmel mag wissen, warum ich das getan haben sollte, denn ich wußte ja nicht einmal, daß es dieses Büro gab, geschweige denn, daß ich seine Adresse kannte ..."

„Was sagst du da?" Er hatte sie aufgerüttelt. „Bist du sicher, daß du die Telefonnummer nicht kanntest?"

„Sicher?" Seine Stimme war überrascht. „Natürlich bin ich sicher. Ich habe noch nie Gelegenheit gehabt, mit der Presse in Verbindung zu treten. Warum fragst du?"

Sie antwortete zunächst nicht, und er wiederholte seine Frage, weil er annahm, sie habe sie nicht gehört.

Dann sagte sie langsam: „Weil es in Longford Manor kein Telefonbuch gibt. Am ersten Vormittag, als ich dort war, suchte ich eine Adresse. Anna sagte mir, sie hätten es weggeworfen, es war ein altes; das neue Telefonbuch sei aber noch nicht da."

Sie hielt es nicht für klug, ihm in diesem Augenblick etwas von Radlows Besuch zu erzählen, zumal er nicht nach dem Rechtsanwalt gefragt hatte.

„Peter" – sie senkte die Stimme – „ich möchte morgen ausführlich mit dir reden – über dein Tagebuch."

„Mein was?"

„Dein Tagebuch."

Eine Pause trat ein.

„Ich führe kein Tagebuch."

„Ich habe nicht im Traum geglaubt, daß du das tätest." Ihre Stimme jubelte fast.

Kapitel 20

Sie war kaum vom Telefon weggegangen, als es wieder schrill läutete. Sie ging zu dem Apparat zurück, und sie hörte eine fremde, tiefe, rauhe Stimme sagen:

„Peter Clifton? ... Sind Sie Peter Clifton? ... Mörder!"

Das war Mrs. Untersohn.

„Ich kenne Sie – Blonberg! Ich weiß ..."

Am anderen Ende der Leitung hörte Jane jetzt ein Durcheinander von Stimmen. Sie hatte den Eindruck, daß jemand die Wahnsinnige vom Telefon wegzerrte, und dann fragte eine ruhige, feste Stimme:

„Hat sie Sie belästigt? Ich bin die Pflegerin."

Jane hatte einen ganz trockenen Mund und konnte kaum etwas erwidern.

„Wo ist sie?" fragte sie schließlich.

„Zu Hause in St. John's Wood. Spreche ich mit Mrs. Clifton? Sie hat schon den ganzen Abend immerzu versucht, aufzustehen und Sie anzurufen, aber erst jetzt, als wir mal aus dem Zimmer waren ..."

Die Pflegerin war ziemlich redegewandt, erklärte ihr alles ausführlich und entschuldigte sich immer wieder bei ihr. Vieles von dem, was sie sagte, hörte Jane gar nicht, denn in Gedanken war sie woanders.

Blonberg war der Agent für Longford Manor – der Mann, der Peter das Haus vermietet hatte. Welche Rolle spielte er in diesem Drama? Hier gab es eine neue Verbindung.

Dieser Abend war der längste und ödeste, den sie je erlebt hatte. Sie spielte Patience, aber die Karten blieben ohne Bedeutung. Dann setzte sie sich ans Klavier und begann zu spielen, doch schon die ersten Klänge ließen sie wieder aufspringen. Um neun zog sie sich den Mantel an, setzte den Hut auf und läutete nach Walker, damit er ihr ein Taxi besorge.

Nicht einmal eine Woche war es her, daß sie die Avenue Road verlassen hatte, und doch erschien sie ihr wie eine ganz fremde Straße, und das alte Haus ihrer Familie, in dem sie ihre Kindheit verbracht hatte, war ihr genauso fremd. Ihre alte Zofe ließ sie ein, bei dem unerwarteten Anblick erstarrend.

„Gott sei Dank, Sie sind wieder da, Miss!" sagte sie mit der geheimnisvollen Stimme, die von Menschen ihrer Klasse benutzt wird, wenn es sich um solche Dinge des öffentlichen Interesses dreht wie mysteriöse Morde. „Ich habe mir den ganzen Tag um Sie Gedanken gemacht, da draußen in diesem fürchterlichen Landhaus ..."

„Wo ist mein Vater?" fragte Jane, ihr ins Wort fallend.

„Er ist im Arbeitszimmer, Miss – gnä' Frau, wollte ich sagen –, er arbeitet."

Jane ging zu dem großen Arbeitszimmer und drückte die Türklinke hinunter. Nur eine Deckenlampe brannte. Von John Leith war nichts zu sehen; anscheinend war er in seinem Privatzimmer. Sie ging zu dem winzigen Büro hinüber und probierte die Klinke; die Tür war jedoch verschlossen.

„Wer ist da?“ fragte die Stimme ihres Vaters.

„Ich bin es, Daddy – deine Jane.“

Sie hörte einen erstaunten Ausruf, das Geräusch eines zurückgeschobenen Stuhls, und nach einem kurzen Augenblick öffnete sich die Tür. Offensichtlich hatte er mit Wasserfarben an einem Bild der Broads gearbeitet; das halbfertige Blatt war auf sein schräg stehendes Zeichenbrett gespannt.

„Was ist passiert, Liebes?“ fragte er kurz angebunden.

„Ich langweile mich“, antwortete sie lächelnd.

„Ach! Ist Peter schon wieder in der Stadt?“

„Morgen kommt er.“

Sie hatte den Eindruck, daß er kränklich aussah; unter den Augen hatte er tiefe Schatten; sein Gesicht wirkte tiefer zerfurcht als sonst. Sie war sich darüber klar, daß es in ihrem Zusammensein manchmal Augenblicke der Verlegenheit gab. Sie hatte sich am Morgen dieses Tages so gefühlt, als wären ihr Vater und sie immer Fremde gewesen. Daran mußte sie jetzt denken. In allem, woran sie sich erinnerte, war sie ihre eigenen Wege gegangen, allerdings immer mit seiner Zustimmung und Billigung. Ihre gegenseitige Zuneigung beruhte vermutlich auf dem reibungslosen Verhältnis, das zwischen ihnen bestand.

„Die ganze Sache ist ziemlich – fürchterlich.“ Er saß wieder in seinem alten Sessel, sich mit den langfingrigen, bleichen Händen den Bart streichend. „Mir tut Hale nicht wirklich leid; er hatte so etwas Primitives an sich. Ich mußte sehr ernst mit ihm reden – am Tag vor deiner Hochzeit, du wirst dich daran erinnern.“

„Dir ist klar, daß Peter unter Verdacht steht?“

Er nickte.

„Ja, ich habe die Zeitungen gelesen.“ Er streckte sich und seufzte tief. „Gott sei Dank, daß du ihn nicht liebst!“ sagte er mit Nachdruck. „Du wirst das für eine ziemlich ungewöhnliche Beobachtung halten, doch ...“

„Ich liebe ihn aber“, antwortete sie mit ruhiger Stimme. Er setzte sich kerzengerade auf und starrte sie an.

„Das meinst du doch nicht im Ernst, Jane?“ Er versuchte nicht, seine Unruhe und seine Betroffenheit zu verbergen. „Natürlich hatte ich den Eindruck, daß du ihn magst und alle diese Sachen, und ich hoffte, früher oder später würdest du – ihn lieben.“

Er war unschlüssig, sprach stockend und überzeugte sie keineswegs. Ihr wurde die schockierende Tatsache bewußt, daß er in Wirklichkeit nichts dergleichen gehofft hatte.

Sie verstand ihn weniger, als sie ihn je zuvor zu verstehen geglaubt hatte. Ihr war, als sei seine Persönlichkeit durch eine ganz andere, ihr gänzlich unzugängliche ersetzt worden.

„Ich glaubte doch ..." Er war verlegen.

In mancher Beziehung war John Leith, das hatte sie längst bemerkt, ein bißchen prüde.

„Ich glaubte, deine Heirat ... Du wirst dich daran erinnern, daß du mir vor deiner Abreise in die Flitterwochen gesagt hast, du wolltest Peter bitten, dir noch ein bißchen Zeit zu lassen, ihn erst besser kennenzulernen ... Wirklich, ich deutete Peter gegenüber an ..."

Sie nickte.

„Ich hatte absolut genug Zeit, ihn besser kennenzulernen – und ich liebe ihn. Ich weiß auch nicht, wieso. Alles, was du angedeutet hast, und alles, was ich gesagt habe, ist Vergangenheit geworden. Allerdings bin ich mir nicht sicher, ob ich dadurch glücklicher geworden bin."

„Das ist großartig", antwortete er unbeholfen. „Natürlich hätte man sich das gewünscht – wenn diese fürchterliche Sache nicht geschehen wäre."

In diesem Augenblick erinnerte sie sich an die Angelegenheit, die ihm zu erzählen sie sich am Morgen vorgenommen hatte.

„Du weißt, daß Peter die Radierungen gefunden hat?" fragte sie ihn.

Einen Augenblick lang wirkte er verwirrt.

„Radierungen?" Und dann sah sie, wie er erstaunt den Mund öffnete. „Du meinst jene ... Platten!" Schnell erholte er sich wieder. „Das ist ja schön", sagte er. „Hat er dir erzählt, wo er sie gefunden hat?"

Sie war sprachlos vor Überraschung. Warum brachte es diese unbedeutende Nachricht fertig, das letzte bißchen Farbe aus John Leiths Gesicht zu vertreiben und ihn mit zitternden Händen und gesenkten Augen dasitzen zu lassen? Verzweifelt hatte sie sich bemüht, die verlorene Atmosphäre ihres glücklichen Elternhauses wiederzufinden, doch in einem einzigen Augenblick hatte sich alles verändert – selbst er, den sie für den unerschütterlichsten Wert in ihrem Leben gehalten hatte. Es war unglaublich; sie wagte nicht, ihren Augen zu trauen.

„Ich freue mich, daß Peter die Radierungen gefunden hat." Er hatte die Beherrschung wiedergefunden. „Wohlgemerkt, Jane, sie waren nicht epochemachend, hübsche kleine Sachen, mehr eine vielversprechende Hoffnung als schon deren Erfüllung selbst. Aber Peter schätzte sie hoch ein, und das hätte ich auch getan, wären mir solche guten Arbeiten in seinem Alter gelungen."

Er schien bestrebt zu sein, wieder an die Arbeit zu gehen. Auf jeden Fall zeigte er kein großes Bedürfnis, die ungeheuren Ereignisse der vergangenen Woche zu diskutieren, kam jedoch wieder auf ein anderes Thema zurück: auf ihre Gefühle für ihren Ehemann.

„Ich glaube, ich würde meine Gedanken nicht so sehr an Peter hängen, wenn ich an deiner Stelle wäre, Liebes – ich hatte ein langes Gespräch mit Wells. Er sagte, er hätte heute vormittag einen Spezialisten draußen gehabt, der sich Peter angesehen hat, und sie seien beide etwas besorgt. Ich weiß nicht, was aus dem Untersuchungsverfahren herauskommen wird. Du mußt dich aber auf das Schlimmste gefaßt machen."

„Mit anderen Worten – du glaubst, Peter ist geistesgestört?" fragte sie mit ruhiger Stimme.

Er zuckte mit den Achseln.

„Ich weiß es nicht. Wells ist ein ganz gerissener Kerl, und er steht auf Peters Seite . . ."

„Wirklich?"

Er sah sie scharf an.

„Warum fragst du so, Liebes?"

„Ich überlege nur."

„Ich glaube nicht, daß es daran irgendeinen Zweifel gibt", fügte er etwas energisch hinzu. „Natürlich muß Wells seine beruflichen Pflichten erfüllen. Er ist ein ziemlich berühmter Mann."

„Seit wann ist er ein ziemlich berühmter Mann, Daddy?"

Es war ein Abend voller Erschütterungen für John Leith.

„Was für merkwürdige Fragen zu stellst! Ich glaubte, du würdest Donald mögen."

„Wie lange ist er schon ein großer Mann – wann hat er Nunhead verlassen?"

Bei dem Wort „Nunhead" sprang John Leith halb auf.

„Wer hat mit dir gesprochen?" Und dann, ohne ihre Antwort abzuwarten: „Ich nehme an, du hast etwas von jenem unglücklichen Fall gehört. Zufällig weiß ich alles darüber. Donald war unschuldig; die Anklage – nun, soweit ist es eigentlich gar nicht gekommen – entsprang beruflichem Neid. Die alte Frau ist eines natürlichen Todes gestorben. Von Gift fand sich keine Spur. Außerdem hatte Donald nicht den geringsten Vorteil von ihrem Testament. Es ist alles nur böswilliges Geschwätz, Liebes."

Er stand aus seinem Sessel auf.

„Und jetzt, glaube ich, solltest du schnell nach Hause gehen. Vielleicht ruft Peter dich an."

Während des ganzen Gesprächs war er unruhig – so ruhelos, daß er keine Stellung länger als ein paar Sekunden beibehielt. Noch nie hatte sie ihn so nervös erlebt, und sie konnte keinen anderen Grund für seine Haltung finden als das neue Thema, das er ihr gegenüber angeschnitten hatte. Sie wußte jetzt etwas über Donald, was ihr vorher unbekannt gewesen war.

Sie verließ ihren Vater an der Tür seines Büros und ging in die Halle hinaus. Die Zofe kam die Treppe herunter, um sie hinauszubegleiten.

„Das Haus steht auf dem Kopf, seit Sie gegangen sind, gnä' Frau", schwatzte sie drauflos. „Das ganze obere Stockwerk ist hergerichtet worden, und der Mann von Waring war wegen Ihrer Möbel da.“

„Meine Möbel? Was soll das heißen?“

Der Zofe schlug das Gewissen.

„Oh, ich hoffe, Sie sagen nichts zu Mr. Leith. Es ist ein tiefes Geheimnis. Er macht aus der oberen Etage eine kleine Wohnung nur für Sie, falls Sie irgendwann hierbleiben wollen . . .“

Jane stieg in völliger Verwirrung in das Taxi. John Leith erwartete, daß sie zurückkam, hatte das seit dem Tag ihrer Heirat erwartet. Er hatte also gewußt, daß er sein Kind mit einem Wahnsinnigen verheiratete!

Kapitel 21

Während ihrer Abwesenheit war keine Nachricht eingetroffen. Sie hatte erwartet, von Donald Wells zu hören oder von der mitteilsamen Marjorie; doch hatte offensichtlich, wie ihr der Butler sagte, das Telefon nicht geläutet, solange sie nicht zu Hause war. Sie ging zu Bett und schlief fester, als sie es je für möglich gehalten hätte. Es war neun Uhr, als sie aufwachte und den Tee aus den Händen einer hübschen Zofe entgegennahm, die sie am Abend vorher nicht gesehen zu haben glaubte. Das Mädchen war vor ihrer Heirat angestellt worden und befand sich im Urlaub, als sie vom Butler zurückgerufen worden war, um ihr aufzuwarten.

Die Post umfaßte zwei Briefe und eine Karte. Der erste Brief kam von Peter. Auf ein halbes Blatt Briefpapier hatte er eine Zeile ohne Anfang und ohne Ende gekritzelt. Der lange Brief stammte von ihrem Vater.

Du mußt gestern abend geglaubt haben, ich wäre sehr gefühllos, Liebes. Doch in Wahrheit hat mich das, was Donald Wells mir gesagt hat, fürchterlich aus der Fassung gebracht, so daß ich kaum in der Lage war, mich über Peter und Deine Zukunft zu unterhalten. Ich fürchte, die Sache sieht schwarz aus für Peter. Wie mir Donald erzählt hat, meint der mit der Sache befaßte Kriminalbeamte, er habe allen Grund dafür, Peter zu verhaften, und er hätte das auch sofort getan, hätte es da nicht den Einfluß irgendeiner höheren Instanz gegeben.

(Hier erkannte Jane die Beziehungen zwischen Rouper und Bourke und konnte sich eines Lächelns nicht enthalten.)

Nachdem Du gegangen warst, kam Donald Wells vorbei. Seine Frau hat einen Nervenzusammenbruch erlitten, und er schickt sie zur Luftveränderung ins Ausland. Sie fährt morgen früh mit dem Achtuhrzug. Ich erzähle Dir das, falls Du sie anrufen willst. Ich habe mich gefreut, von Donald zu hören, daß Du und sie gute Freunde geworden seid. Sie ist allerdings sehr indiskret und, wie ich fürchte, eine bösartige Frau. Sie redet eine Menge Unsinn. Donald sagt, sie sei es gewesen, die Dir von der

Nunhead-Geschichte erzählt hat. Sowohl Donald als auch ich meinen, Du solltest Dich mit einem guten Anwaltsbüro in Verbindung setzen, und ich denke, Du kannst nichts Besseres tun, als Dir Sir John Lafe zu nehmen.

Damit hatte er ihr den Namen des hervorragendsten Anwalts von London genannt.

Der Rest des Briefes handelte im wesentlichen von seinem eigenen Gemützustand und davon, wie sehr er es bedauerte, der Hochzeit zugestimmt zu haben. Und dann schrieb er:

Donald hat eine Theorie, die ich nur für Phantasterei halten kann. Er glaubt, daß Peter der Clevere ist, jener Fälscher, von dem alle Leute reden. Es sei nicht ungewöhnlich, daß der Wahnsinn eine solche Form annehme, und er erinnerte mich an etwas, was mir in diesem Zusammenhang nie bewußt geworden ist – Peters außergewöhnliche Kunstfertigkeit als Kupferstecher. Er sagt, die Polizei habe irgendeine Entdeckung gemacht in bezug auf einen geheimen Raum, den es auf Longford Manor geben soll, und Inspektor Rouper hege keinen Zweifel, daß dieser Raum entweder zum Gravieren oder zum Drucken der gefälschten Banknoten benutzt worden ist. Es ist ein erstaunlicher Zufall, daß Peter jahrelang von Zeit zu Zeit auf Longford Manor gelebt hat. Und es ist durchaus möglich, daß der Landsitz in Wirklichkeit ihm gehört.

Sie las den Brief zweimal, bevor sie ihn kreuzweise zerriß und die Stücke ins Feuer warf. Dann sah sie sich die Postkarte an. Sie stammte von Marjorie:

Wollen wir Dienstag um eins im Carlton zusammen Mittag essen? – M!

Es gab darin keinerlei Anzeichen für einen Nervenzusammenbruch – und auch keinen Hinweis darauf, daß sie ins Ausland fahren wollte. Hilflos schüttelte Jane den Kopf.

Eine Sache sollte wenigstens erledigt werden, und zwar noch an diesem Vormittag. Sie bestellte ihren Wagen, sah im Telefonbuch nach und fuhr in die Knowlby Street.

Um diese Tageszeit war das ein geschäftiger Ort; Eisenbahn-Lieferwagen fuhren dicht an dicht heran. Es war nicht schwer, das etwas unseriös wirkende Higgson House zu finden. Sie ging die Namen durch, die an der Eingangstür standen, und entdeckte plötzlich „Blonberg, Finanzier". Darunter war – offensichtlich erst kürzlich – ergänzt worden: „Auskunft 3. Etage". Sie erklomm mühsam die steile und enge Treppe und kam atemlos auf dem Podest an, vor sich eine Tür mit Glaseinsatz und dem Schild „Auskunft".

Anscheinend hatte Mr. Blonberg noch ein zweites Büro. An die Wand war eine kleine Hand gemalt, die zum oberen Stockwerk wies, und darunter stand: „Blonberg – privat". Als sie an die Tür klopfte, forderte eine schrille Stimme sie zum Eintreten auf. Sie fand sich in einem kleinen, sehr unordentlichen Eingangsbüro wieder. Zwei Sekretärinnen schrieben fleißig auf der Schreibmaschine, während sich die dritte vor einem kleinen Stück Spiegelglas auf dem Kaminsims die Nase puderte.

„Ich möchte Mr. Blonberg sprechen."

„Sind Sie angemeldet?" fragte das dritte der Mädchen und ließ die Puderdose zuschnappen.

„Würden Sie ihm bitte sagen, daß Mrs. Clifton ihn sprechen möchte?"

Die Sekretärin verschwand durch eine Tür hinter ihr und blieb zwei Minuten fort. Als sie wieder erschien, öffnete sie die Tür mit einer einladenden Geste, und Jane betrat das Heiligtum.

Der Raum war viel winziger als das Sekretariat. An einem sehr kleinen, unordentlichen Schreibtisch saß ein kleiner, unordentlicher Mann. Er trug einen fleckigen Kragen, und die Manschetten, die aus seinem abgetragenen Rock herausschauten, waren ausgefranst; es fiel ihr auf, daß auch seine Hände nicht sauber waren.

„Treten Sie ein, gnädige Frau, und setzen Sie sich bitte."

Er hatte ein langes Gesicht mit den unregelmäßigsten Zügen, die Jane je gesehen hatte. Sein schmaler Kopf war mit einem Schopf grauer Haare bedeckt, und er hatte sich nicht rasiert, vermutlich seit Tagen nicht.

„Was kann ich für Sie tun?"

„Sind Sie der Agent von Longford Manor?"

Er nickte einige Male.

„Ich dachte mir gleich, na – Verzeihung, wollte sagen, Sie sind es. In dem Augenblick, als ich Ihren Namen hörte, war mir klar: Das ist die junge Dame, die in dem Haus gewesen ist, wo der Mord begangen wurde. Was für ein trauriges Ereignis, Mrs. Clifton . . ."

Sie war jetzt nicht in der Stimmung für eine Plauderei.

„Ich möchte wissen, wer der Eigentümer des Landsitzes ist, wem gehört er?"

Er schüttelte den Kopf.

„Ach, da haben Sie mich drangekriegt! Wir sind nur Agenten. Und da gibt es noch eine Menge weiterer Agenten. Der alte Herr, dem Longford Manor gehört, lebt in Florenz. Das ist in Italien", fügte er überflüssigerweise hinzu. „Wir sehen ihn nie. Wir schicken bloß das Geld an seine Agenten in Paris weiter . . ."

„Sie fahren manchmal selbst hinaus, nicht wahr?"

Verschlagen blickte er unter seinen halbgeschlossenen Augenlidern zu ihr auf.

„Nun, da Sie es schon sagen – ich fahre wirklich hinaus und spanne aus", antwortete er. „Es ist der einzige Urlaub, den ich habe, und er kostet mich keinen Pfennig. Das ist genau der richtige Urlaub, gnädige Frau! Ferien, so nennt man das in Amerika. Ich war zwei Jahre lang in Chicago, aber ich komme mit diesen Amerikanern nicht zurecht . . ."

„Kennen Sie Mrs. Untersohn?“

Er schüttelte den Kopf.

„Hört sich ausländisch an, finde ich. Nie von dieser Frau gehört. Aber ich kann ja eine meiner Angestellten fragen.“

Er streckte seine Hand zur Glocke aus, aber bevor er darauf drücken konnte, hielt sie ihn auf.

„Sind Sie sich ganz sicher, daß Sie sie nicht kennen?“

„Habe sie nie im Leben gesehen“, antwortete er. „Alle möglichen Frauen tauchen hier auf und leihen sich Geld oder versuchen es wenigstens. Aber an diesen Namen kann ich mich wirklich nicht erinnern.“

Nicht ohne Stolz erklärte er ihr, daß er ein zugelassener Geldverleiher sei, und offensichtlich betrieb er ein blühendes Geschäft mit kleinen Händlern und Handwerkern. Die Immobilienagentur war nur so etwas wie ein Nebenzweig.

„Und Sie sind wirklich Mr. Blonberg?“

Er nickte feierlich.

„Natürlich bin ich Mr. Blonberg.“

„Haben Sie Longford Manor an meinen Mann vermietet?“

Er nickte.

„Sicherlich. Er ist ein alter Kunde von uns. Er nimmt es seit sechs Jahren immer wieder. Longford Manor wird regelmäßig vermietet. Es gibt einen Börsenmakler, der es über Weihnachten nimmt, obwohl es kein Ort ist, an dem ich im Winter leben wollte. Und Mr. Clifton ist der regelmäßigste Kunde, den wir haben.“

Aus diesem Mann war nichts herauszuholen. Sie hatte das Gefühl, daß er ehrlich war, wenn er jede Bekanntschaft mit Mrs. Untersohn leugnete. Und dennoch hatte diese seltsame Frau Jane davon überzeugt, daß Mr. Blonberg den Schlüssel besaß, mit dem man die Tür zum Kern des Geheimnisses öffnen könnte.

„Ich darf Sie die Treppe hinunterbegleiten, gnädige Frau.“

Er sprang auf und schlurfte vor. Sie sah, daß er leuchtend rote Lederpantoffeln trug. Offensichtlich hielt Mr. Blonberg etwas von Bequemlichkeit. Sie überlegte sich, ob er wohl in seinen Kleidern schlafe, und kam zu dem Schluß, daß er das vermutlich tat.

„Nein, vielen Dank, ich finde meinen Weg nach draußen schon. Den Namen des Mannes, dem Longford Manor gehört, können Sie mir nicht nennen?“

„Das könnte ich schon, Mrs. Clifton, aber das wäre gegen die Prinzipien unseres Berufs. Er möchte nicht, daß allgemein bekannt wird, daß er vermietet. Mit alten Herren kann man nicht rechten, das wissen Sie ja selbst. Es ist eine böse Sache, dieses Unglück auf Longford Manor. Ich würde mich nicht wundern, wenn das Haus jetzt jahrelang leer stünde. Manche Leute glauben an Gespenster. Ich persönlich nicht ...“

Er redete immer noch, als sie schon die Treppe hinunterging. Wahrscheinlich fehlten ihr, so dachte sie wehmütig, die Voraussetzungen für einen Detektiv. Sie hatte nichts erfahren. Hätte sie die Geschicklichkeit eines Bourke, wäre es ihr sicher gelungen, diesem widerwärtigen Individuum eine ganze Reihe wichtiger Fakten zu entlocken. Sie beschloß, Mr. Bourke bei ihrem nächsten Zusammentreffen vorzuschlagen, seine Erfahrung hier einzusetzen – obwohl sie sich nicht vorstellen konnte, welchen Nutzen sie von dem Wissen haben würde, wem Longford Manor gehörte.

Außerdem war Jane enttäuscht. Sie hatte erwartet, auf etwas Unheilvolleres zu stoßen als diesen schmalgesichtigen Schwächling – ihr Unternehmen war in keiner Weise ein Erfolg gewesen. Es war dumm von ihr, überhaupt herzukommen. Sie hätte Bourke sagen sollen ...

„Guten Morgen, Mrs. Clifton."

Sie war gerade dabei, die Tür ihres Autos zu öffnen, als sie die Stimme hörte und hochfuhr. Bourke stand dicht hinter ihr auf dem Trottoir, ein breites Lächeln auf seinem großen Gesicht.

„Sie haben sich doch kein Geld geborgt, nicht wahr?" fragte er übermütig. „Blonberg ist kein besonders guter Geldverleiher."

„Oh!" hauchte sie. „Sie wußten, wo ich war?"

„Ja, ich hörte sie hineingehen und war auf dem Treppenpodest unter Ihnen, als Sie herauskamen. Ich nehme an, Sie wollten etwas über Longford Manor herausfinden? In Ihnen steckt etwas von einem Detektiv. Das war nämlich auch meine erste Nachforschung. Der Eigentümer ist ein Mann namens Brance, der sommers wie winters in Montecattini lebt, was bedeutet, daß er exzentrisch ist. Blonberg ist sein Agent, und das bedeutet, daß dieser Brance außerdem geistesschwach ist."

„Wer ist Blonberg?" fragte sie.

„Ein ehemaliger Sträfling. Dreimal ist er verurteilt worden, doch jetzt hat er sich darauf geworfen, den Leuten das Geld auf ehrliche Weise aus der Tasche zu ziehen – mit anderen Worten, er hat ein Geschäft als Geldverleiher eröffnet. Sein Startkapital war vermutlich Diebesbeute. Ich weiß nicht alles über Brance, aber ich nehme an, daß Longford Manor schwer mit Hypotheken belastet ist; Blonberg scheint der Gläubiger zu sein. Das ist wohl auch der Grund dafür, daß er der Agent, ja praktisch der Besitzer ist. Übrigens muß ich mich bei Ihnen entschuldigen, Mrs. Clifton. Ja, ich fahre gern mit Ihnen zurück, wenn Sie mich irgendwo in der Nähe vom Trafalgar Square absetzen."

Er stieg nach ihr ein.

„Warum müssen Sie sich bei mir entschuldigen?" erkundigte sie sich, als das Auto angefahren war.

„Sie entsinnen sich an die Kleider, die Sie mir für die bedürftigen Armen mitgegeben haben? Sie werden es sich nicht im Traum einfallen lassen, was mit ihnen passiert ist. Ich nahm sie gestern abend – oder genauer heute früh gegen zwei Uhr – mit nach Hause. Mitten auf der

Westminster Bridge blieb ich stehen, um mir eine Zigarre anzustecken. Dummerweise setzte ich das Paket dabei auf den Rand des Brückengeländers ab, und was meinen Sie, was geschah?"

Janes Herz machte einen Freudensprung.

„Sie fielen – plumps – mitten in den Fluß. Sie werden es nicht glauben, daß ein Mann meiner Erfahrung so unachtsam sein kann! Und es war ein schweres Paket – da bin ich ganz sicher, daß es sofort auf den Grund gesunken ist. Darf ich Ihnen übrigens einen Rat geben?"

„Mit tausend Freuden", antwortete sie, indem sie auf seine Stimmung einging.

„Wenn Sie wieder einmal alte Kleidungsstücke weggeben, insbesondere Männersachen", erklärte er, den Blick starr aus dem Fenster gerichtet, „dann denken Sie immer daran, daß gute Schneider ein Etikett einzunähen pflegen, auf dem sie Namen und Anschrift ihres Kunden vermerken. Sie finden es gewöhnlich an der Innennaht der Tasche. Dasselbe geschieht auch mit Hemden. Es empfiehlt sich immer, diese Etiketten herauszutrennen, bevor man die Sachen den bedürftigen Armen gibt, denn sonst kommen die bedürftigen Armen wieder und wollen noch mehr!"

Jane hörte ihm mit wachsender Bestürzung zu. Ihre Unvorsichtigkeit war wirklich kriminell gewesen! Sie war so überwältigt, daß sie ihm nicht einmal danken konnte. Aber dazu gab er ihr auch gar keine Gelegenheit. Er sprang von diesem Thema schnell zu Blonberg über. Er sprach, ohne daß er Atem zu schöpfen schien; nachdem er das Thema Blonberg mit einer langen, sardonischen Beschreibung erschöpft hatte, kam er übergangslos auf den Mord zu sprechen.

„Ich würde gern ein kleines Gespräch mit Mrs. Cheyne Wells führen. Sie sagten, sie hätte den Schrei gehört . . ."

„Mrs. Wells ist ins Ausland gereist."

„Was?"

Mit dem freundlich-brummigen Ton war es vorbei. Dieses „Was?" klang scharf und metallisch.

Kapitel 22

„Sind Sie sicher, Mrs. Clifton? Wo haben Sie das gehört?"

Sie erzählte ihm von dem Brief, den sie von ihrem Vater bekommen hatte, und Bourke hörte ihr zu, sich mit den Fingern über das breite Gesicht streichend.

„Sie ist gestern abend gar nicht zusammengebrochen – wirklich, der Frau war von einer Nervenschwäche nicht das geringste anzumerken. Acht Uhr dreißig – das heißt, daß sie nach Belgien gefahren ist. Sie haben keine Vorstellung, mit welchem Reiseziel?"

„Das kann ich herausfinden", antwortete Jane, „wenn Sie bitte mit zum Haus zurückkommen würden."

Zu ihrer Überraschung war ihm die Frage des Verschwindens von Marjorie anscheinend so wichtig, daß sie die Änderung seiner Pläne rechtfertigte.

Sie kam sofort zu Donald Wells durch.

„Ja, Marjorie ist heute ins Ausland abgereist", sagte Donald. „Ich wollte sie aus diesem abscheulichen Fall heraushaben. Sie ist nach Deutschland gefahren und wird ein paar Monate wegbleiben. Sie wollte Sie noch anrufen, aber ich dachte, es wäre das beste, Sie nicht mit ihren Plänen zu belästigen. Wie geht es Ihnen? Ich fahre wieder raus, um nach Peter zu sehen und an dieser gräßlichen Untersuchung teilzunehmen. Wo ist eigentlich Bourke? Ich hatte erwartet, daß er mich heute vormittag anrufen würde."

Ihr Telefon war einer dieser überlauten Apparate; offensichtlich hatte Bourke das Gespräch mitgehört, denn seine Lippen formten die Worte „Longford Manor".

„Er ist auf Longford Manor", sagte Jane.

„Ich verstehe nicht, daß Peter mit diesem Kerl Freundschaft geschlossen hat. Er trinkt viel zuviel." (Aus den Augenwinkeln sah sie den Chefinspektor verschmitzt lächeln; ihr war klar, daß er die letzten Worte ebenfalls gehört haben mußte.) „Sie müssen ihm gegenüber sehr vorsichtig sein, Jane. Unter dem Deckmantel der Freundschaft versuchen diese Leute, Ihr Vertrauen zu erwerben, und dann sagen Sie vielleicht etwas, was sich nachher als sehr nachteilig für Peter erweist."

„Ich werde vorsichtig sein", antwortete Jane.

Diese Versicherung schien er als Ende der Unterhaltung zu betrachten, denn er legte den Hörer auf.

„Er kann mich nicht leiden", sagte Bourke düster.

Dies war jetzt eine Gelegenheit, die sie sich nicht entgehen lassen durfte.

„Worum ging es bei dem Ärger in Nunhead, Mr. Bourke?"

„Nunhead? Ach, Sie meinen mit Wells? Das ist schon Jahre her. Da gab es eine reiche alte Dame, die in einem Vorort von Brockley wohnte. Sie war Patientin bei Wells. Sie hatte ihm oder irgend jemandem sonst erzählt, sie würde ihm ihr ganzes Vermögen hinterlassen — sie gehörte zu den zänkischen alten Weibern, die ihr ganzes Leben damit verbringen, sich mit der Verwandtschaft zu bekriegen. Sie starb so plötzlich, daß der Leichenbeschauer den Totenschein, den Wells ausgestellt hatte, nicht akzeptierte und eine Untersuchung anordnete. Es gab gewisse Gerüchte über Gift, aber die Experten verneinten das. Als sich herausstellte, daß sie Wells nicht einen Pfennig hinterlassen hatte, gab es auch kein Motiv mehr, das gegen ihn sprach. Ich halte es für möglich, daß das Testament für ihn genau so eine Überraschung war wie die gerichtliche Untersuchung. Es sah nur deswegen schwarz für ihn aus, weil er ein Spezialist in der Kunst der Medikamentenzubereitung ist – ich weiß nicht, ob das der richtige Fachausdruck dafür ist, aber zweifellos weiß er mehr als die meisten Ärzte über die Eigenschaften pflanzlicher Gifte. Das kam bei der Untersuchung heraus. Auf jeden Fall geriet die ganze Sache in Vergessenheit, und ein paar Monate später verließ Wells – damals war er noch einfach Dr. Wells und hatte sich das ‚Cheyne' noch nicht zugelegt – die Gegend. Wie er es fertiggebracht hat, in die Harley Street zu kommen, weiß der Himmel, denn er ließ überall Schulden zurück. Es gab Dutzende von Zahlungsbefehlen gegen ihn. Als ich das nächste Mal von ihm hörte, war er schon in der Harley Street."

Sie schaute auf seine Uhr. „Ich mache mich besser auf den Weg in das liebe alte Landhaus", erklärte er sarkastisch. „Ich glaube nicht, daß während meiner Abwesenheit dort irgend jemand ermordet worden ist, denn ich habe ein paar besonders zuverlässige Männer draußen gelassen – es sei denn, man hat Rouper getötet, der im Yard nicht gerade beliebt ist. War er gestern lange bei Ihnen?"

„Nicht sehr lange", antwortete sie.

„Er mußte die Durchsuchung bei Ihnen machen, das ist klar, und Rouper ist sehr gründlich. Kannte er übrigens den Kode für den Safe?"

Sie nickte.

„Das dachte ich mir." Bourke lächelte. „Das ist auch sicherlich die am weitesten bekannte Kombination, die irgend jemand hat. Sie kennen sie natürlich – ‚Janet'. Das war der Vorname seiner Mutter. Habe ich Ihnen das nicht erzählt? Tut mir furchtbar leid. Er nannte ihn mir, bevor ich herkam, und sagte mir, ich dürfte ihn an Sie weitergeben."

Die Tür hatte sich kaum hinter Chefinspektor Bourke geschlossen, als sie schon in Peters Bibliothek war und die Wählscheibe drehte. Eine weitere Sekunde später öffnete sich auf „Janet" hin der Safe, und nach kurzem Suchen hatte sie das Testament in Händen.

Was würde ihr dieses Dokument erklären? Ihr Atem ging schneller; sie setzte sich an Peters Schreibtisch und entfaltete das steife Papier, das sie sorgfältig durchlas. Nach einigen einleitenden Vermächtnissen, zu denen auch „100 000 Pfund für Peter Clifton Welerson" gehörten, lautete das Testament wie folgt:

Den verbleibenden Rest meines Vermögens hinterlasse ich dem vorerwähnten Peter Clifton Welerson, geboren auf Elm House im Dorf Chadwick am 4. Mai im Jahre unseres Herrn 1902. Ich möchte ihn dabei ermahnen, in seinem ganzen Leben dem Beispiel an Aufrichtigkeit, Bescheidenheit und Herzensgüte zu folgen, die seine Mutter zu so einer außergewöhnlichen Frau machten, und dem Fleiß und den zurückhaltenden Eigenschaften seines berühmten Vaters nachzueifern.

Es war nur menschlich, daß Jane über dieses Stückchen Egoismus lächeln mußte.

Sie las das Testament sorgfältig vom Anfang bis zum Ende, fand aber nichts, was ihr irgendeine Aufklärung geben konnte.

Als sie am Nachmittag dieses Tages in den gutgefüllten Bücherregalen des Arbeitszimmers ein bißchen herumschmökerte, entdeckte sie noch weitere Zeugnisse für die Vielseitigkeit des verstorbenen Mr. Welerson. Auf einem Regal voller Schulbücher fielen ihre Augen plötzlich auf den Namen Welerson auf einem Buchrücken. Sie nahm das schmale Bändchen herunter und schlug die Titelseite auf. Offensichtlich war es als Privatdruck herausgegeben worden; es trug den merkwürdigen Titel: „*Die Geschichte des Papiergeldes* von Alexander Welerson, BA (Cambridge)".

Das Buch war reich illustriert — und jetzt verstand sie auch, warum es ein Privatdruck war: es enthielt ein halbes Dutzend Reproduktionen berühmter Fälschungen, wobei die Fehler der Fälscher mit roten Kreisen markiert waren.

Welerson hatte noch mehr Bücher geschrieben, denn auf einer Seite hieß es in einer Fußnote: „Vgl. Säure-Reaktionen, Verlag Gibbson & Fry, von demselben Verfasser".

Hier hatte also ein Genie gewirkt — ein Genie, das später jene unsichtbare Linie überschritten hatte, die die Grenze der Vernunft markiert.

Sie wollte das Buch gerade zurückstellen, als sich das Vorsatzblatt, das am Deckel geklebt hatte, löste. In fließender Handschrift geschrieben, standen darauf die Worte: „Meiner lieben Frau, Janet Welerson", und darunter in Klammern: „Dieses Buch kam an dem Tag heraus, an dem unser Liebling Peter geboren wurde."

Mit einem tiefen Seufzer stellte sie das Buch wieder auf das Regal. Sie hatte gehofft, von dem alten Rechtsanwalt Radlow zu hören, doch weder die erste Post noch die zweite hatten eine Nachricht von ihm gebracht. Peter hatte sie nachmittags angerufen und ihr gesagt, die Untersuchung sei um eine Woche vertagt; er komme gegen Abend zurück. Sie telefonierte noch, als Walker hereinkam und ein Telegramm brachte. Es trug keine Unterschrift, stellte sie fest, als sie es öffnete, und war um ein Uhr in Amsterdam aufgegeben worden. Sein Text lautete:

Erzähle niemandem von diesem Telegramm. Schreibe mir ins Continental Berlin alles, was geschehen, und vertraue Donald unbedingt. Du weißt nicht, was er für Peter alles tut.

Offensichtlich kam das Telegramm von Marjorie, aber warum hatte sie ihren Namen nicht daruntergesetzt? Was stand hinter ihrer geheimnisvollen Flucht?

In der Schule hatte Jane Stenografie gelernt. In bezug auf Geschwindigkeit war sie darin nicht besonders geübt, aber sie hielt diese Art von Schrift für sehr nützlich; in ihr schrieb sie das Telegramm in ihr kleines

Notizbuch ab, das ihr als Tagebuch und Terminkalender diente. Dann überantwortete sie Marjories Mitteilung dem Feuer.

Um vier Uhr war Peter noch nicht zurück – und auch um fünf nicht. Um sechs rief sie auf Longford Manor an und hörte seine Stimme am anderen Ende der Leitung.

„Ich fürchte, ich bin nicht rechtzeitig zum Abendessen zurück, Jane. Bourke wird dir alles erzählen, was vorgefallen ist."

„Warum bleibst du da?" fragte sie mit verzagendem Herzen. „Du bist doch nicht ..."

Sie hörte ihn kurz auflachen.

„Nein, nicht verhaftet – dem Himmel sei Dank! Ich weiß allerdings nicht, wie lange dieser glückliche Zustand anhalten wird. Ich habe Bourke gebeten, einen Posten in Carlton House Terrace aufzustellen."

„Warum denn?" fragte sie, aber er gab ihr keine zufriedenstellende Antwort.

„Nun – ich möchte vermeiden, daß du von Reportern belästigt wirst. Ich selbst bin um zehn Uhr zu Hause. Ist dein Vater bei dir?"

„Nein", antwortete sie; irgend etwas in ihrem Ton veranlaßte ihn, sie zu fragen:

„Ist er sehr ärgerlich auf mich? Ich würde es ihm nicht übelnehmen."

„Nein, nein", versicherte sie ihm.

Mr. Bourke kam erst gegen neun Uhr. Es regnete stark; sein Regenmantel war völlig durchnäßt, obwohl er nur ein kurzes Stück gelaufen war.

„Ist Peter hier?"

Er war ehrlich überrascht, fast alarmiert, als sie den Kopf schüttelte.

„Er hat gesagt, er käme erst um zehn", antwortete sie. Seine Augen wurden schmal.

„Vor einer Stunde hat er Longford Manor verlassen."

Etwas von seiner Besorgnis übertrug sich auf Jane.

„Allein?" Bourke nickte.

„Ja. Wells und der andere Arzt fuhren um sieben. Sie bestanden darauf, sich noch zu beraten, und ich nehme an, dabei ging es ihnen um unseren unglücklichen Peter. – Würden Sie bitte nachsehen, ob das von ihm ist?" fragte er, als Walker mit einem Telegramm hereinkam.

Sie riß den lederfarbenen Umschlag auf, nahm zwei eng beschriebene Bögen heraus und reichte sie Bourke hinüber. Das Telegramm war nicht von Peter. Das erste Wort, nach dem er suchte, war die Unterschrift – sie lautete: „Radlow".

„Es ist für Peter bestimmt", sagte er, las es aber laut vor:

Betrifft Ihren Telefonanruf. Bin entschlossen wegen Andeutungen heutiger Abendzeitungen umfassende Erklärung abzugeben. Erbitte Be-

such heute abend halb elf Lands Sydenham, um Enwurf Notariatsbeamten morgen vorzulegen.

Ich verstehe nicht viel davon", sagte sie. „Mr. Radlow ist in seinen Telegrammen so lakonisch wie in seinen Reden. Was heißt ‚Lands'?"

„Das ist der Name seines Hauses in Sydenham. Ich nehme doch an, es handelt sich um den alten Herrn Radlow?"

Bourke überflog das Telegramm. Es war kein Aufgabeamt angegeben, nur das Wort London stand da, was bedeutete, daß es der Absender telefonisch durchgegeben hatte.

„Peter kommt erst um zehn Uhr zurück. Ich denke, wir könnten ebensogut hinfahren – sind Sie im Dienst, oder haben sie frei?" wollte sie von ihm wissen.

„Frei", antwortete er sofort. „Steht Ihr Auto zur Verfügung?"

Sie läutete nach Walker und trug ihm auf, den Rolls Royce vorzufahren.

„Wenn Peter auftauchen sollte, bevor wir aus dem Haus gehen, muß er mitkommen. Auf jeden Fall sollten Sie ihm besser eine Nachricht hinterlassen und ihm mitteilen, wohin wir gefahren sind."

Er schaute abermals auf die Uhr und runzelte die Stirn.

„Mir gefällt das nicht", erklärte er. „Er hätte inzwischen hier sein müssen. Es ist eine gute Straße, so daß er zwanzig Minuten nach Abfahrt die Vororte von London erreichen müßte."

Solange sie auf das Auto warteten, überlas er das Telegramm noch einmal und erklärte ihr die geheimnisvollen Worte am Ende.

„Er will damit sagen, daß er eine Erklärung vorbereitet, die gerichtlich beglaubigt werden soll. Die Sache mit der telefonischen Anfrage verstehe ich nicht, aber ich bin sicher, daß Radlow uns alles erklären wird."

Trotz des Regens war die Nacht warm; Jane zog aber einen Regenmantel über und war später über diese Vorsichtsmaßnahme sehr froh, denn es regnete so stark, daß sie trotz des Regenschirms, den der Butler über sie hielt, auf dem kurzen Weg von der Haustür bis zum Auto schon naß gewesen wäre. Es war dunkel, und der Weg aus London nach Sydenham hinaus war nur mit größter Vorsicht zu nehmen. Die meiste Zeit führte die Straße neben Wagenspuren her, und an manchen Stellen lag die Fahrbahn voller Schlamm. Unterwegs erzählte Bourke ihr von Radlow.

Der alte Mann stand in dem Ruf, ein Menschenfeind zu sein. Er lebte in dem großen Haus, in dem seine Frau gestorben war und wo er einige der glücklichsten Jahre seines Lebens verbracht hatte, praktisch allein, abgesehen von drei Dienstboten. Obwohl seine Praxis in Southport lag, war er schon vierzig Jahre lang der Besitzer von Lands.

Das Haus stand auf einem wie eine Insel freiliegenden Grundstück auf dem Hügel von Sydenham, ein hohes, ziemlich finster wirkendes Gebäude, umgeben von einem Garten mit drei Ecken, der von einer hohen Ziegelmauer umschlossen war. Bourke mußte sich weitgehend auf sein Gedächtnis verlassen und wählte irrtümlich eine seitliche Einfahrt, weil er davon überzeugt war, die Fassade des Hauses ginge nach Norden. Dieser Fehler war verzeihlich, denn am Rand des Bordsteins in Höhe einer ziemlich breiten Holztür, die in die Mauer eingelassen war, sah er die Lichter eines Autos, so daß er den Chauffeur anwies, direkt dahinter zu halten.

„Warten Sie bitte eben einen Augenblick", sagte er zu der jungen Frau und ging durch den strömenden Regen zu dem Torweg. Ein schneller Blick, und er merkte, daß er sich geirrt hatte und vor dem Gartentor angekommen war. Er ging zu Jane zurück, die sich aus dem Fenster lehnte und nach vorn sah.

„Wir sind an der falschen Seite ..." begann er.

„Wessen Auto ist das?" fragte sie mit leiser Stimme. „Ich bin sicher, es ist Peters Wagen!"

Kapitel 23

Eine Sekunde später war sie auf dem Bürgersteig und ging schnell auf den unbewachten Bentley zu.

„Es ist wirklich Peters Auto!"

Im Licht der Straßenlampe sah Bourke, daß der Wagen – ein Zweisitzer mit einem Allwetterverdeck – mit Schmutz bespritzt war. Um seine Untersuchung zu vervollständigen, holte er eine kleine Taschenlampe hervor und leuchtete hinein. Auf dem Boden lag ein Gurt; er hob ihn auf und untersuchte ihn. Dann begann er, um das Auto herumzugehen. Der Dienersitz war halb offen.

„Wirklich, das ist Peters Wagen", sagte er, ging zum Gartentor zurück und versuchte, es aufzustoßen.

Die Tür gab seinem Druck nach, und er fand sich auf einem Kiesweg zwischen zwei hohen Reihen von Rosmarinbüschen wieder. Nach einem Weilchen kam er heraus und gesellte sich wieder zu der jungen Frau.

„Ich verstehe das nicht." Seine Stimme klang beunruhigt. „Natürlich kann Peter regelmäßig hier gewesen sein, ohne jemandem davon etwas zu erzählen. Er kann auch immer diesen Eingang benutzt haben, aber es ist doch ziemlich merkwürdig. Warten Sie bitte hier."

Er ging in den Garten zurück. Mit Hilfe seiner Lampe fand er den Weg zu der Tür, die möglicherweise den Privateingang darstellte. Zu seiner Erleichterung bellte kein Hund. Er fing mit einem schnellen Blick das Äußere des Hauses ein. Es lag im Dunkeln – abgesehen von einem erleuchteten Viereck, das, wie er annahm, die nicht abgedunkelte Terrassentür eines Raumes im Erdgeschoß war.

Er kam auf dem Rasen an und wollte gerade zurückgehen, als er ein tiefes Stöhnen hörte. Er fuhr herum, sein Licht rechts und links herumstreifen lassend. Und dann sah er eine Hand, die in einem Handschuh steckte. Er zog das Blumenbüschel beiseite, das die dazugehörige Person verdeckte, und sah dann einen Mann auf dem Rücken liegen.

Es war Peter!

Bourke pfiff leise durch die Zähne, kauerte sich nieder und zerrte die bewußtlose Gestalt in eine sitzende Position. Er hatte seine Lampe abgesetzt, um die Hände frei zu haben; als er wieder danach griff, entdeckte er mit einem Anflug von Verwunderung den Lichtstrahl auf etwas gerichtet, was einen erfahrenen Mann wie ihn aufspringen ließ. Es war eine automatische Pistole, und um die Mündung herum war ein seltsames mattes Metallstück geklemmt, in dem er den neuen deutschen Schalldämpfer erkannte.

Er nahm die Pistole auf, roch an ihrer Mündung, drückte die Sicherung wieder rein und steckte die Waffe in die Tasche. Er war ein Mann von außergewöhnlicher Kraft. Fast ohne jede Anstrengung stellte er Peter auf die Füße und trug ihn, seine Beine auf dem Kies hinter sich herziehend, zu dem Torweg. Und dann fiel ihm der Chauffeur ein.

„Ist irgend etwas nicht in Ordnung?“ fragte Jane atemlos, als sie auf ihn zugelaufen kam.

„Können Sie den Bentley fahren?“ fragte Bourke mit leiser Stimme. Sie bestätigte ihm das, und er fuhr fort: „Dann schicken Sie bitte den Rolls Royce vor das Haus und sagen Sie dem Chauffeur, er soll dort auf Sie warten.“

Erst jetzt sah sie die schlaffe Gestalt, die er an den Torpfosten gelehnt hatte.

„Um Gottes willen! Ist das Peter?“ flüsterte sie entsetzt.

„Bitte tun Sie, was ich Ihnen gesagt habe!“ zischte ihr der Kriminalbeamte zu.

Er zog die leblose Gestalt weiter ins Dunkel. Ein zufällig vorbeikommender Fußgänger, ein Polizist auf seiner Patrouille — alles das hätte seinen Plan scheitern lassen können. Er ging ein Risiko ein — aber mit wachen Augen und in der Überzeugung, das Richtige zu tun.

Er hörte das Auto anfahren, und dann kam Jane zurück.

„Bitte bleiben Sie aus dem Weg“, warnte er.

Er nahm Peter auf die Schulter, überquerte mit ihm die Fahrbahn und hob ihn in den tiefen, niedrigen Sitz des Autos.

„Steigen Sie bitte auf der anderen Seite ein und fahren Sie nach Carlton House Terrace zurück.“ Seine Anweisungen überstürzten sich. „Vielleicht hat er sich bis dahin erholt. Er bewegt sich schon. Bringen Sie ihn ins Haus und warten Sie auf meine Rückkehr.“

Sie wollte ihn noch hundert Sachen fragen, war aber klug genug, ihre Erkundigungen bis später aufzuschieben. Von Kopf bis Fuß zitternd, biß sie die Zähne zusammen, setzte sich auf den Fahrersitz und betätigte den Anlasser. Bourke beobachtete ihre Abfahrt, bis das Schlußlicht um die Ecke zur Hauptstraße verschwunden war.

Er nahm die Pistole wieder aus der Tasche und roch abermals an der Mündung. Sein breites Gesicht zeigte ein humorloses Lächeln, als er die Tür aufzog und wie müßig auf die Vorderseite des Hauses zuschlenderte.

Erst mußte er aber noch mit dem Chauffeur sprechen. Wenn der ebenfalls Peters Auto erkannt hatte, würde es Ärger geben; aber wahrscheinlich hatte er das nicht.

„Mrs. Clifton ist mit einem Taxi in die Stadt zurückgefahren; es geht ihr nicht besonders." (Glücklicherweise waren sie an einen Taxistand vorbeigefahren, unmittelbar bevor sie in die Seitenstraße einbogen.) „Sie sollen hier auf mich warten."

Bourke ging den Asphaltweg zu der Vordertür hinauf und klingelte. Dreimal mußte er läuten, bis eine Bedienstete die Tür der dunklen Halle öffnete.

„Mr. Clifton?" fragte sie. „Der Herr erwartet Sie. Tut mir leid, daß das Gas nicht brennt, aber der Herr mag kein Licht in der Halle."

Offensichtlich hatte sie „Mr. Clifton" noch nie gesehen, denn sie akzeptierte die bejahende Antwort des Kriminalbeamten sofort. Trotz des Einwandes des sparsamen Radlow gegen Beleuchtung entzündete sie eine kleine Flamme in einer riesigen Ampel und führte ihn durch einen schmalen Gang dorthin, wo sicher der hintere Teil des Hauses lag.

„Der Herr hat gesagt, daß er nicht gestört werden dürfte, bis Sie kämen", flüsterte sie.

Offensichtlich führte der alte Mann eine ziemliche Schreckensherrschaft in diesem Haus.

„In Ordnung", sagte Bourke. „Ich melde mich selbst bei ihm."

Er öffnete die Tür und verspürte dabei einen leichten Luftzug. Das Fenster stand offen.

„Warten Sie hier."

Ein Gas-Kronleuchter hing über dem Schreibtisch, und durch seine weißen Kugeln blieb das Licht trotz des Luftzugs ruhig. Genau im Mittelpunkt des Raumes stand unter dem Kronleuchter ein großer, altertümlicher, von beiden Seiten zu benutzender Schreibtisch. An ihm saß hingesunken ein Mann – der Kopf lag auf der Schreibunterlage, ein Arm hing hilflos neben dem Stuhl herunter.

„Haben Sie Telefon? Natürlich haben Sie eins. Wo steht es?"

„In der Halle, Sir", antwortete die zitternde Bedienstete. „Ist etwas passiert?"

„Ja. Rufen Sie die Polizeistation an; wenn sich das Amt meldet, brauchen Sie nur zu sagen, daß Sie die Polizei haben wollen. Sagen Sie dann dem Beamten, Chefinspektor Bourke ist hier; er möchte den Polizeiarzt und den diensthabenden Kriminalbeamten herschicken."

Er schloß die Tür vor ihr ab und ging langsam auf den Schreibtisch zu.

Eins der beiden Terrassenfenster stand weit offen; die Vorhänge wehten an einer Ecke herein. Er schloß das Fenster sorgfältig, bevor er seine Aufmerksamkeit dem Toten zuwandte. Die Schreibunterlage war rot von Blut. So sah auch das Papier unter dem Füllhalter aus, den die erkaltete Hand noch immer hielt.

Bourke blieb stehen und schaute auf den Schreibtisch. Dann stellte er sich hinter die vom Unglück geschlagene Gestalt und las die wenigen Zeilen oben auf der Seite, die die Zahl 7 trug.

... Unter diesen Umständen hatte ich den Eindruck, daß ich den Wünschen meines Klienten nicht gut widersprechen konnte. Zu jener Zeit gab es keine Anzeichen jener furchtbaren Krankheit ...

Hier endete die Aufzeichnung. Die Seiten 1 bis 6 fehlten. Er schaute in den Papierkorb, aber der war leer. Der Rest von Radlows Erklärung war verschwunden.

Bourke verließ den Raum. Er entfernte den Schlüssel, der innen in der Tür steckte, aus dem Schloß; damit verschloß er die Tür von außen. Drei Dienstboten waren in der Halle, die aufgeregt und ängstlich miteinander schwatzten. Eine vor Angst bebende Stimme hörte er etwas ins Telefon sagen.

„Sind Sie zu sprechen, Sir?"

Bourke ging an den Apparat und war mit dem Wachtmeister der Polizeistation verbunden.

„Ja, ja — auch einen Krankenwagen, bitte. Ja, unzweifelhaft ist es Mord."

Er hörte die unterdrückten Entsetzensschreie und gab den Frauen ein Zeichen, die Halle zu verlassen.

„Warten Sie einen Augenblick, bis diese Dienstboten hier weg sind. Ja, aus kurzer Entfernung erschossen. Ich bin zufällig hier draußen, weil ich Nachforschungen in der Sache Longford Manor anstellen wollte. Sie können das in Ihrem Bericht festhalten, Wachtmeister."

Er legte den Hörer auf, ging die enge Steintreppe zum Kellergeschoß hinunter und fragte nach der Haushälterin. Es stellte sich heraus, daß es die Frau war, die ihn eingelassen hatte.

„Er ist doch nicht tot, Sir, nicht wahr?" flüsterte sie. „Unser lieber alter Herr ..."

„Kommen Sie bitte nach oben", forderte er sie auf, aber sie schreckte zurück.

„Ich könnte ihn nicht so sehen. Nein, das könnte ich wirklich nicht, Sir."

Schließlich gelang es ihm, sie dazu zu überreden, die Gasbeleuchtung im Salon anzuzünden. Sie hatte ihm wenig zu berichten. „Der Herr" hatte sich nach dem Essen, zehn Minuten nach acht war es, in sein Arbeitszimmer zurückgezogen und Anweisung gegeben, ihn unter keinen Umständen zu stören. Sie hatte ihm gleich nach dem Essen den Kaffee dorthin gebracht, und seitdem hatte sie kein Geräusch mehr aus seiner „Bude" gehört, wie er selbst diesen Raum nannte.

Sie erinnerte sich an alle Anrufe, die im Lauf des Tages angekommen waren. Mr. Radlow ließ sich nur sehr selten anrufen; er war ein altmodischer Mann, der das Telefon haßte. Der Apparat war überhaupt nur deswegen im Haus, weil er sich vor Feuer fürchtete und eine Verbindung zur Feuerwehr haben wollte. Am Vormittag hatte es vier Anrufe gegeben — zwei von Geschäftsleuten, einmal hatte sich jemand verwählt, und dann hatte Mr. Radlows Arzt angerufen. Er pflegte den alten Herrn zweimal in der Woche zu besuchen und hatte seine Verabredung auf den nächsten Tag verschoben.

Am Nachmittag waren zwei Anrufe angekommen. Einen davon hatte Mr. Radlow selbst entgegengenommen.

„Es war Mr. Clifton, Sir, aber bei seinem ersten Anruf schlief der Herr. Er legt sich nach dem Mittagessen immer eine Stunde hin, und da wollte ich ihn nicht stören. Als er aufwachte, sagte ich ihm, daß Mr. Clifton angerufen hätte, und er wies mich an, wenn Mr. Clifton wieder anriefe, dann sollte ich ihm Bescheid sagen. Mr. Clifton rief um halb sechs an, es kann auch sechs Uhr gewesen sein. Mr. Radlow schickte mich aus der Halle, wie Sie es beim Telefonieren ja auch gemacht haben; aber als ich die Treppe hinunterging, hörte ich ihn sagen: ‚Ich gebe die Erklärung ab — mich interessiert nicht, ob Ihnen das gefällt, Sie junger Narr!' oder so ähnlich. Dann muß er aber seine Meinung geändert haben, denn schließlich sagte er: ‚Nun gut, ich überlege es mir noch einmal, und wenn ich anderer Ansicht bin, dann gebe ich Ihnen Bescheid.' Nachdem ich ihm den Kaffee gebracht hatte, mußte ich dann die Telegrammaufnahme anrufen und eine Nachricht an Mr. Clifton schicken.

Sie hatte das Stück Papier noch in ihrer Tasche und ging hinunter, um es zu holen. Es war genau die Nachricht, die Jane bekommen hatte.

„Daher wußte ich, daß Sie kommen würden — ach, aber Sie sind ja gar nicht Mr. Clifton, Sie sind ja ein Herr von der Polizei."

„Haben Sie ein Geräusch gehört?" unterbrach sie Bourke.

Die Frau zögerte.

„Ich habe wirklich geglaubt, ich hätte gehört, wie eine Tür zufiel. In diesem alten Haus kann man fast jedes Geräusch hören."

„Einen schnellen, scharfen Knall?" wollte er wissen.

Es war eher gedämpft, glaubte sie.

„Wann war das?"

Hier gab sie ihm genaue Auskunft.

„Eine halbe Stunde vor seinem Anruf.“ Sie hatte die Uhr schlagen hören.

Die Haushälterin war damit knapp zu Ende gekommen, als es an der Tür klopfte. Bourke ging hin und ließ einen Kriminalwachtmeister und zwei Mann von der örtlichen Polizeistation ein. Als er an ihnen vorbeischaute, erblickte er einen uniformierten Polizisten außerhalb des Eingangstores. In dem Beamten erkannte er einen seiner früheren Assistenten.

„Kommen Sie herein, Rennie. – In Ordnung, Sie müssen nicht bleiben. Wie heißen Sie?“

„Mrs. Stodder, Sir“, stammelte die Haushälterin.

Er führte Rennie in die Kammer des Todes, und ein paar Minuten später gesellte sich der Polizeiarzt zu ihnen.

„Ich habe nichts berührt“, sagte Bourke. „Der alte Mann schrieb gerade an einer Erklärung, die ich abholen wollte – sie betrifft den Fall Longford Manor. Sie werden bemerken, daß er auf Seite sieben war und die anderen sechs Seiten fehlen.“

Kapitel 24

Auf der Erde neben dem Schreibtisch lag eine viereckige silberne Schachtel, die der Chefinspektor übersehen hatte. Rennie bückte sich und hob sie auf.

„Nanu, was ist das denn?“ fragte er.

Er öffnete den Deckel. Es war eine Zigarettenschachtel, ein Autozubehör, und Bourke erkannte sie sofort, noch bevor Rennie den Deckel wieder zuklappte und das Monogramm „P. C.“ las.

In Bourkes Gesicht bewegte sich kein einziger Muskel.

„Das ist mir hinuntergefallen“, sagte er. „Es ist eine kleine Schachtel, die Peter Clifton immer in einer Ledertasche neben dem Lenkrad hat.“

Diese Schachtel hatte er schon ein dutzendmal in Benutzung gesehen. Peter hatte eine besondere Angewohnheit: Er rauchte sehr selten Zigaretten, es sei denn, er fuhr Auto; und er hatte sich diese kleine Schachtel machen lassen, damit er immer einen Vorrat zur Hand hatte.

Er sah noch einmal hinein; die Schachtel war voll. Er zog eine Zigarette heraus und untersuchte sie. Es war eine beliebte Virginia-Marke, für die viel Reklame gemacht wurde.

„Seltsamer Kerl“, sagte er ohne jeden Zusammenhang und ließ die Schachtel in seine Tasche gleiten.

Die zwei Kriminalpolizisten durchsuchten das Zimmer sorgfältig.

„Übrigens war das Fenster offen, als ich hereinkam. Vielleicht sind die Papiere hinausgeweht“, bemerkte Bourke, obwohl er sich ziemlich sicher war: Wären sie irgendwohin geweht, dann in den Gang, als er die Tür aufmachte.

„Hier sind Fußspuren auf dem Teppich", sagte einer der Kriminalpolizisten plötzlich, als er sich hinunterbeugte und die schmutzige Oberfläche berührte, „und die Stelle ist naß."

„Rufen Sie den Yard wegen eines Fotografen an", sagte Bourke. „Und bitten Sie die Leute, sich mit Chefinspektor Watkins in Verbindung zu setzen und ihn herauszuschicken." (Das war der Chefinspektor dieses Bezirks.) „Er ist für diesen Fall verantwortlich. Übrigens, wenn Sie die Dienstboten vernehmen, werden sie Ihnen erzählen, daß sie den Besuch von Mr. Peter Clifton erwarteten. Radlow war sein Rechtsanwalt — oder vielmehr der Anwalt seines Vaters. Ich bin an Mr. Cliftons Stelle gekommen."

Eine kleine Menschenmenge hatte sich am Torweg angesammelt, als er zum Auto hinausgehen wollte, denn böse Nachrichten verbreiten sich sehr schnell. Der Polizist stellte ihm einen Herrn vor, der Radlows unmittelbarer Nachbar gewesen war, ein bekannter Teehändler aus der City. Er war in seinem Garten auf der Suche nach seinem jungen Airedaleterrier gewesen, der in die Nacht hinausgestreunt war und auf sein Pfeifen nicht reagiert hatte. Bourke nahm diesen Zeugen mit in die Halle.

„Kommen Sie doch bitte mit ins Haus", hatte Bourke sofort gesagt, als er die Vorrede hörte.

Er geleitete seinen neuen, wichtigen Zeugen in den Salon.

„Was haben Sie gehört?"

„Es hörte sich so an, als ob eine Pistole mit Schalldämpfer abgeschossen wurde", sagte der Nachbar. „Während des Krieges war ich in der Feuerwaffenschule in Hythe. Wir machten dort Versuche mit verschiedenen Arten von Schalldämpfern, so daß mir das Geräusch gut bekannt ist. Außerdem wehte der Wind in meine Richtung, so daß ich das Geräusch um so besser erkennen konnte."

„Haben Sie noch mehr Geräusche gehört?"

„Sonst habe ich nichts gehört, und da, wo ich stand, konnte ich auch nichts sehen. Ich ging meinen Weg noch ein Stück weiter, der parallel zu der Trennmauer verläuft, bis ich an eine Stelle kam, an der man hinübersehen kann. Ich war natürlich nicht allzu neugierig, denn in einer solchen erbärmlichen Nacht möchte man möglichst nicht länger draußen bleiben. Doch als ich hinüberschaute, sah ich einen Mann in Richtung auf das rückwärtige Tor über den Rasen gehen. Dieses Grundstück und die nächsten sechs haben rückwärtige Tore; abgesehen von Mr. Radlows Tor sind sie alle in Garageneinfahrten umgewandelt worden. Im Glauben, daß es Radlow war, rief ich die Person an, bekam aber keine Antwort. Von dort, wo ich stand, konnte ich sehen, daß das Fenster in Radlows Zimmer offenstand. Wir hatten hier in letzter Zeit Einbrecher, und ich machte mir deswegen etwas Sorgen. Ja, ich hätte beinahe die Polizei angerufen, aber man mischt sich nicht gern in die Angelegenheiten seines Nachbarn ein. Und ich weiß zufällig, daß Mr. Radlow den Abend immer in diesem Zimmer verbrachte und ein ziemlicher Frischluftfanatiker war."

„Sie haben den Mann nicht gesehen?"

„Nein, auf jeden Fall nicht gut genug, um ihn identifizieren zu können."

„War er groß oder klein?"

Auch hier konnte der Zeuge nicht helfen. Er hatte das Gartentor noch zufallen hören, dann aber seinen Hund gefunden und ihn ins Haus gebracht.

„Eine Frage möchte ich Ihnen noch stellen: Ging dieser Mann schnell oder langsam? Hielt er sich gerade oder torkelte er?"

„Er ging sehr gerade und sehr schnell."

Bourke nickte.

„Ich hätte mich sonst auch sehr gewundert."

Er fuhr geradewegs nach Carlton House Terrace, und er war sehr in Sorge. Peters Auto stand nicht vor dem Haus; er überlegte, ob Jane überhaupt schon zurück war, aber dann war sie es, die ihm aufmachte.

„Er schläft", sagte sie mit leiser Stimme.

„Dann hat er sich noch nicht erholt, nein?" fragte Bourke stirnrunzelnd.

„Nur ein kleines Weilchen. Er war in der Lage, ins Haus zu gehen, aber ich bin mir nicht sicher, ob er mich erkannt hat oder wußte, wo er war. Gott sei Dank war Walker in seiner Geschirrkammer, und ich schaffte es, Peter ohne Hilfe in sein Zimmer zu bringen."

Ängstlich schaute sie ihm in die Augen.

„Etwas Schreckliches ist geschehen, nicht?" Und als er nickte: „Mr. Radlow?"

„Radlow ist ganz aus der Nähe erschossen worden. Ich glaube nicht, daß ich an Ihrer Stelle viel fragen würde, Mrs. Clifton. Wo ist Ihr Mann?"

Sie führte ihn ins Schlafzimmer. Peter lag angezogen auf dem Bett unter einer Daunendecke. Er schlief. Bourke versuchte nicht, ihn zu wekken, sondern durchsuchte schnell seine Taschen. Der erste Gegenstand, den er ans Tageslicht brachte, war ein langes, schwarzes, leeres Pistolenmagazin; ohne das erst auszuprobieren, wußte er sofort, daß es in die bewußte Automatik paßte. Das zweite, was sein Interesse fand, war ein flaches Päckchen in Peters Innentasche. Es war fest zugeklebt und mit grünem Band verschnürt, trug aber keinerlei Aufschrift. Darin fand er ein weiteres Päckchen, in feines Silberpapier eingewickelt. Es enthielt einen Stoß amerikanischer Banknoten, jede über hundert Dollar. Fünfzig Stück waren es; er konnte sie um so einfacher zählen, da sie laufend numeriert waren. Mr. Bourke rümpfte die Nase.

„Das einzige, was jetzt noch fehlt, ist ein schriftliches Geständnis, versteckt in seinem linken Stiefel!“ knurrte er.

Eine Sache interessierte ihn: ein kleines goldenes Zigarettenkästchen, das in Peters Tasche steckte. Es war leer. Der Anblick faszinierte ihn. Vor zwei Stunden hatte er Peter dieses Kästchen füllen sehen.

Er schüttelte den Schlafenden, und langsam öffnete Peter die Augen.

„Stehen Sie auf“, sagte Bourke gebieterisch, und der Schläfer gehorchte. „Legen Sie Ihre Jacke ab.“

Mit immer noch geschlossenen Augen führte Peter die Anweisung aus, wobei ihm Jane und Bourke halfen. Er wollte oder konnte nicht sprechen; so verschlafen war er, daß er sofort das Bewußtsein verlor, als sie ihn wieder auf das Kissen niederlegten. Bourke rollte Peters Manschette hoch und begann, mit Hilfe seiner Taschenlampe den Arm zu untersuchen. Offensichtlich stellte ihn das, was er entdeckte, voll zufrieden, denn mit triumphierendem Lächeln wandte er sich der verängstigten Jane zu.

„Wissen Sie, was Ihr Mann braucht? Licht!“

„Licht?“ fragte die junge Frau verdutzt.

Bourke zeigte auf die zwei mit Schirmen versehenen Wandlampen, die die einzige Beleuchtung des Raumes darstellten. Neben dem Bett stand jedoch noch eine Nachttischlampe; er nahm den seidenen Schirm ab, knipste die Lampe an und hielt sie dem Schläfer vors Gesicht. Sie sah Peters Augenlider zittern und seine fast schmerzerfüllte Grimasse – er hob seine Hand, um die Lampe wegzuschieben, aber Bourke war unerbittlich.

„Wachen Sie auf“, sagte er, und als hätten seine Worte irgendwelche Zauberkraft, so gehorsam öffnete Peter die Augen und setzte sich aus eigener Kraft auf.

„Worum geht es?“

„Um Sie“, stieß Bourke wütend hervor. „Sie haben eine erfolgversprechende Karriere noch kurz vor ihrem Ende ruiniert. Ich habe nur noch zwei Jahre bis zu meiner Pensionierung, aber jetzt sieht es so aus, als müßte ich sie in einem der Gefängnisse seiner Majestät abdienen!“

Peter blickte von dem Kriminalbeamten zu der jungen Frau und sah sich dann im Zimmer um.

„Ich bin zu Hause, nicht wahr?“

„Sie sind wirklich nach Hause gekommen, und das in jedem Sinne“, antwortete Bourke. Er sah Jane bedeutungsvoll an, und sie ließ die beiden Männer allein.

Erst eine Viertelstunde später folgten sie ihr. Peter war bleich; Bourkes Haar sträubte sich in alle Richtungen.

„Wissen Ihre Dienstboten, daß Peter zurück ist?“ war die erste Frage, die der Kriminalbeamte stellte.

„Ja, ich habe ihnen gesagt, er wäre schon einige Zeit da.“

„Gut. Sie haben ihn nicht kommen hören."

Er schaute auf die Uhr.

„Sie kamen zehn Minuten vor zehn Uhr zurück. War da ein Portier in der Halle?"

„Er hatte frei, als ich kam. Der Fahrstuhl geht automatisch."

Wiederum nickte er.

„Gut. Wer brachte seinen Wagen weg?"

„Ich selbst. Sobald ich Peter ins Haus geschafft hatte, fuhr ich den Wagen um die Ecke zu einer Garage, die ich manchmal benutze. Ich weiß nicht, wo Peters eigene Garage ist."

„Hervorragend", bemerkte Bourke. „Das bedeutet, daß Ihr Chauffeur ihn nicht gesehen hat."

Peter stöhnte.

„Sie haben mir die Hände zusammengebunden, Bourke", sagte er.

„Was wolltest du tun?" fragte Jane ihn schnell.

Bourke nickte.

„Mr. Peter Clifton hatte die großartige und einmalige Idee, zur nächsten Polizeistation zu laufen und das Geständnis abzulegen, er hätte zwei Morde begangen", sagte Bourke. „Doch weil er das nur tun könnte, indem er seine Frau der Beihilfe und Chefinspektor Bourke der Mittäterschaft beschuldigen würde, hat er freundlicherweise versprochen, davon abzusehen. – Wo haben Sie den Wagen gelassen, Mrs. Clifton?"

Sie schrieb ihm die Adresse der Garage auf.

„Ich werde dort vorbeigehen und mir den Wagen ansehen. Sie sollten wieder zu Bett gehen, Peter; aber was Ihre Frau tun wird, das weiß ich nicht. Ich an ihrer Stelle würde mich neben das Telefon setzen, keine andere Auskunft geben als die, daß ihr Mann im Bett liegt und schläft, und bereit sein, Kriminalinspektor Moses Rouper zu empfangen, wenn er sich meldet. Vielleicht bin ich schon vorher wieder da, aber auf jeden Fall komme ich zurück."

„Soll ich mitkommen?" fragte Peter.

„Sie wären der letzte, den ich bei mir haben wollte", antwortete Bourke. „Sie bleiben hier. Sollten Reporter kommen, dann lehnen Sie es ab, mit ihnen zu sprechen."

„Sähe das nicht ein bißchen verdächtig aus?"

Bourke schüttelte den Kopf.

„Hier ist ein Mann, der gerade aus Longford Manor zurückgekommen ist, wo ein Mord begangen wurde, und auf den ein gewisser Verdacht fällt. Was ist naheliegender, als daß er erwartet, von Reportern belästigt zu werden? Es gibt also Gründe genug, daß er mit niemandem sprechen will. Ich glaube nicht, daß das Haus unter Bewachung steht. Rouper, nehme ich an, hat woanders zu tun."

Unmittelbar danach war Bourke fort.

Kapitel 25

Als er aus dem Haus kam, sah er sich nach Beobachtungsposten um. Ihm war völlig klar, wo sich ein Observant aufstellen würde, aber er sah keine Kriminalpolizisten. Als er später an der Straßenecke an einem uniformierten Polizisten vorbeikam, bot er ihm einen flüchtigen „Guten Abend!". Der Mann erkannte ihn und sagte nichts von einer Überraschung, was er sonst sicher getan hätte.

Peters Wagen stand in einer öffentlichen Garage. Bourke brauchte nur seinen Ausweis vorzuzeigen und wurde sofort zu dem Auto geführt. Es stand mitten auf dem Hof und wurde gerade gewaschen. Mit Hilfe einer Handlampe führte er eine vollständige Durchsuchung des Innenraumes durch. Dieser Prozeß wurde dadurch erleichtert, daß die Wagenwäscher bereits einmal durchgegangen waren und die Polster abgestaubt hatten. Er sprach mit dem Chef des Wäscherteams.

„Nein, Sir, es lag nichts weiter drin außer ein paar Zigarettenkippen."

„Was?" Bourke wandte sich ihm mit angespannter Aufmerksamkeit zu. „Ich nehme an, sie sind nicht mehr wiederzufinden?"

Der Mann nickte.

„Doch; sie sind in dem Beutel vom Staubsauger."

Der Beutel wurde abgehakt und entleert. Eine der Kippen hatte sich durch das Staubsaugen aufgerollt, aber die andere war noch in Ordnung. Die Zigarette war nur halb aufgeraucht (und zwar mit Spitze, stellte Bourke fest). Er wickelte die Kippe in Papier und steckte sie vorsichtig in die Tasche.

In dem grauen Staub, der aus dem Staubsauger herausgeblasen worden war, sah er einen kleinen weißen Fleck. Er putzte den Staub vorsichtig mit dem Zeigefinger ab und hatte ein winziges weißes Dragee in der Hand.

„Welche anderen Wagen sind noch mit diesem Staubsauger gesäubert worden?"

„Keine weiter, Sir", beeilte sich der Vorarbeiter zu sagen. „Der ganze Staub, den Sie auf diesem Blatt sehen, kommt nur aus jenem Wagen. Wir benutzen immer einen frischen Beutel für jeden neuen Wagen, und der Staub wird vor dem Wegschütten erst untersucht, falls irgend etwas verloren wurde. Wir haben auf diese Weise oft schon Perlen gefunden; einmal hatten wir sogar einen Diamantring, der einer Lady verlorengegangen war."

Bourke faltete das Papier auseinander, in das er die Zigarettenkippe eingewickelt hatte, und legte das Dragee hinzu.

„Und sonst nichts gefunden?"

Der Vorarbeiter der Wäscher verneinte das, aber einer aus seinem Team gab einfältig zu, er habe auf dem Sitz drei Zigaretten gefunden, und entschuldigte seine kleine Unterschlagung mit deren offensichtlicher

Wertlosigkeit. Er hatte sie in der Tasche. Bourke nahm sie in die Hand und untersuchte sie. Wie er erwartet hatte, war es dieselbe Sorte wie die in dem Silberkästchen. Er legte sie in sein Zigarrenetui. Da das Auto sonst keine Informationen weiter hergab, leistete er sich den ungewöhnlichen Luxus eines Taxis und fuhr nach Scotland Yard zurück. Hier suchte er den Chef einer bestimmten Abteilung auf und übergab ihm das silberne Zigarettenkästchen.

„Ein halbes Dutzend Fingerabdrücke ist darauf", sagte er. „Ich möchte, daß sie abgenommen werden und die Fotos morgen mittag um zwölf auf meinem Tisch liegen. Ein Exemplar geht an das Strafregister zur Identifizierung und Berichterstattung."

Er nahm die halbaufgerauchte Zigarette heraus, fand ein kleines Reagenzglas in einem Schrank seines Zimmers, ließ sie hineinrutschen und korkte das Glas zu.

„Dies hier geht zur chemischen Analyse."

Er hatte das Dragee von der Zigarette getrennt und wickelte es in ein anderes Stück Papier ein.

„Hiervon brauche ich ebenfalls eine chemische Analyse. Ich nehme an, daß es Hyoszin ist."

Diese Entdeckungen im Auto waren weit mehr, als er erwartet hatte. In seinen kühnsten Träumen hätte er nicht damit gerechnet, einen solchen Fang zu machen, und es war ein sehr frohlockender Bourke, der an die Tür von 903, Harley Street, klopfte.

Der Diener war nicht geneigt, ihn einzulassen.

„Der Doktor ist zu Bett gegangen, Sir", gab er zu bedenken, „und Mrs. Cheyne Wells ist im Ausland."

„Sagen Sie Dr. Wells, daß Chefinspektor Bourke ihn zu sprechen wünscht."

Er blieb allein in der Halle, während der Diener nach oben ging. Als er wieder herunterkam, folgte ihm Donald Wells. Er trug zwar einen geblümten seidenen Morgenrock, war aber darunter vollständig angekleidet.

„Ich wollte gerade zu Bett gehen, Bourke. Wollten Sie mich aus besonderen Gründen sprechen? Ich habe heute abend ziemliche Kopfschmerzen."

„Morgen früh wird jeder Kopfschmerzen haben", antwortete Bourke fröhlich. „Ich meine: jeder außer mir. Der arme alte Peter Clifton, Mrs. Clifton, Moses Rouper – und möglicherweise Sie, Doktor."

Cheyne Wells öffnete die Tür und geleitete seinen Besucher ins Arbeitszimmer, in dem er das Licht anschaltete. Er ging zu einem kleinen Tisch und berührte eine Feder. Die Tischplatte öffnete sich und gab eine wohlbestückte Hausbar frei.

„Was möchten Sie trinken?"

„Wasser", sagte Bourke kurz und bündig. „Mir geht es wie dem Eingeborenen in Kiplings Gedicht – wenn es zum Schlachten kommt, mir nur noch klares Wasser frommt."

Wells lachte, goß etwas Whisky in ein Becherglas und füllte es aus einem zischenden Siphon auf.

„Und wen wollen Sie heute abend schlachten?"

„Das möchte ich ja gerade wissen. Ich bin mir über seine Identität noch nicht ganz im klaren, aber es kann nur noch ein paar Tage dauern, bis ich ihn dahin stecke, wo ihn die Hunde nicht beißen können. Ich habe am Telefon mit Sowlby gesprochen – den Rechtsanwälten, die im Fall Longford Manor tätig geworden sind."

Er setzte – recht weitschweifig, wie Donald meinte – seine langweilige Erzählung fort. Plötzlich sagte Bourke:

„Sie werden sicher wissen, daß der alte Anwalt ermordet wurde – erschossen, heute abend um zehn Uhr in seinem Arbeitszimmer."

Auf Cheyne Wells Gesicht zeigte sich Entsetzen.

„Radlow – ermordet? Großer Gott!"

„Sagte ich Radlow?"

Bourkes Stimme war hart wie Stahl.

Einen Augenblick lang war Wells nicht zu antworten in der Lage.

„Habe ich Radlow gesagt?" fragte Bourke abermals. „Ich sprach doch von Sowlby, nicht wahr? Er ist Anwalt, ein alter Mann – wieso meinen Sie, ich spräche plötzlich von Radlow? Übrigens kennen Sie ihn ja gar nicht."

Donald Wells erholte sich wieder.

„Ich kannte ihn – Peters Anwalt, nicht wahr? Peter hat von ihm tagelang gesprochen, tatsächlich. Ich fragte mich schon, was aus dem alten Mann geworden ist; ich habe ihn jahrelang nicht gesehen. – Es ist seltsam, daß ich gedacht habe, Sie sprechen über Radlow, aber ich bin fast telepathisch veranlagt."

Bourke antwortete ihm nicht. Mit stahlhartem Blick fixierte er die Augen des Arztes. Als er schließlich sprach, geschah das langsam und eindringlich.

„Radlow wurde heute nacht in seinem Arbeitszimmer von einem unbekannten Täter erschossen, der allerdings von einem Nachbarn gesehen wurde – der Mann, der im nächsten Haus wohnt, war in den Garten gegangen, um seinen Hund hereinzuholen, und sah den Mörder nach dem Schuß Radlows Zimmer verlassen."

Seine Stimme war fest, fast monoton; er machte weder eine Pause, noch bot er einen Anlaß, ihn zu unterbrechen.

„Das geschieht in Mordfällen oft, Doktor – die unwahrscheinlichsten schwachen Punkte treten auf. Wer hätte in einer regnerischen, miserablen Nacht damit gerechnet, daß ein ehrbarer Bürger von Sydenham durch seinen Garten streifen würde, um einen kleinen Hund zu suchen? Und dabei sah er den Mann so genau, daß er ihn mir beschreiben konnte, und jetzt bin ich da und lege meine Hand . . ."

Sein Gegenüber war starr vor Schreck.

„... auf jedes leere, möglicherweise umlaufende Gerücht, Peter Clifton wäre in Sydenham gewesen."

Erst jetzt und allein durch Anspannung aller Willenskräfte gelang es Donald Wells, die Augen wieder von Bourke loszureißen. Das Becherglas, das er an die Lippen hob, zitterte, doch auf seine schlagfertige Weise fand er eine Entschuldigung für seine Erregung.

„Radlow – großer Gott!" murmelte er, als er sein Glas auf einen Zug leerte. „Schreckliche Sache, was?"

„Wo haben Sie Peter verlassen?"

„Ich verließ ihn – in Longford Manor", sagte Wells. „Er fuhr gleich hinterher; er sagte, er habe eine Verabredung. Er wollte jemanden in der Stadt besuchen. Ich glaube, daß er Radlow besuchen wollte."

Bourke schürzte gedankenvoll die Lippen.

„Das wollte er auch. Ich war gerade in seiner Wohnung in Carlton House Terrace, als er gegen zehn vor zehn nach Hause kam. Habe noch nie einen krankeren Mann gesehen als den armen alten Peter Clifton. Sie haben recht, Doktor – er wollte hinausfahren und Radlow besuchen. Ich habe ihn aber überredet, statt dessen ins Bett zu gehen. Ich fuhr hinaus und besuchte Radlow – allein. Wenn ich ‚allein' sage, fügte er bedächtig hinzu, dann heißt das, ich nahm Mrs. Clifton mit. Sie machte sich aber solche Sorgen, weil Peter so krank aussah, daß sie mit einem Taxi wieder nach Hause fuhr. Ich fand Radlow eine halbe Stunde nachdem er ermordet worden war, und ich werde den Gedanken nicht los, wie entsetzlich peinlich es für Peter gewesen wäre, hätte man ihn irgendwann gegen zehn Uhr in der Nähe von Radlows Haus gesehen."

Cheyne Wells antwortete nicht; seine Augen schienen immer noch den Teppich zu untersuchen. Plötzlich hob er sie.

„Was glauben Sie, wer Radlow ermordet hat?" fragte er ruhig.

„Das wird unschwer festzuhalten sein, sobald wir die Pistole gefunden haben. Das Gelände wird morgen abgesucht werden. Nicht daß sie irgend etwas finden werden. Erstklassige Mörder lassen ihre Waffen nicht zurück, höchstens in Romanen – oder dann, wenn sie den Mord jemand anderem in die Schuhe schieben wollen. Ich weiß von einem oder zwei Fällen, in denen das geschah. Oder sie nehmen merkwürdige Zigarettenkästchen, um sicherzugehen, daß selbst so dämliche Polizisten wie ich keinen Zweifel mehr haben, daß Peter der Mörder ist."

Da jetzt Donalds Blick auf ihn gerichtet war, hielt er ihn fest. Und Donald wich nicht zurück.

„Das hört sich mehr wie ein Kriminalroman an als wie ein Bericht von Scotland Yard", sagte er mit einem Lächeln. „Nun, was soll ich für Sie tun, Bourke?"

„Sie sind Arzt." Bourke sah nachdenklich zur Zimmerdecke auf. „Ich möchte von Ihnen ein gutes Gegenmittel für Hyoszin und Morphin. Subkutan verabreicht – was für ein hübscher Ausdruck!"

Seine Augenlider schienen geradezu mit einem Klick herunterzufallen. Er starrte Donald durchbohrend an, aber im Gesicht des Arztes regte sich nichts.

„Das ist ungewöhnlich und hört sich so an wie das, was Ungebildete den ‚Dämmerschlaf' nennen würden."

Bourke nickte.

„Ich bin ungebildet, und ich nenne es so", bemerkte er.

Donald zuckte die Achseln.

„Ich weiß nicht, was für ein Gegenmittel Sie meinen. Jene Stoffe haben keine gefährlichen Folgen, wenn sie ordnungsgemäß verabreicht werden..."

„Von einem erfahrenen Mediziner", murmelte Bourke. „Dumm ist nur, daß ich zwar das Hyoszin gefunden, das Morphin jedoch verfehlt habe – ein winziges Dragee. Es muß auf dem Boden des Autos gelegen haben, doch der Staubsauger hat es herausgefischt. Ich habe die Leute gebeten, nach einem kleinen braunen Dragee derselben Größe zu suchen, aber ich glaube nicht, daß sie dabei Erfolg haben werden. Erfahrene Mediziner sind nicht so unachtsam, gleich zwei Dragees fallen zu lassen!"

Kapitel 26

Wells schüttelte den Kopf.

„Ich weiß um alles in der Welt nicht, wovon Sie reden. Was für ein Auto?" Dann fuhr er plötzlich fort: „Setzen Sie sich, Bourke. Wir arbeiten einander entgegen. Sie sind entsetzlich verwirrend, und ich bin ziemlich durcheinander. Sagen Sie mir geradezu, worum es Ihnen geht. Handelt es sich um Peter? Und wer ist der erfahrene Mediziner? Außer mir kenne ich keinen." An dieser Stelle gluckste er leise in sich hinein. „Wollen Sie mir vorwerfen, ich hätte Peter betäubt oder so etwas? Und was hat das alles mit Radlow zu tun?"

Er redete auf seine schnelle, nervöse Art und konnte doch vor dem kaltblütigen Beobachter nicht verbergen, unter welcher Spannung er stand.

„Ich wüßte gern, woran Sie denken, Chefinspektor."

„Ich will Ihnen sagen, was ich denke, Dr. Wells", entgegnete Bourke ruhig. „Ich denke, daß Sie die Nachrichten, die ich gebracht habe, auf ganz falsche Weise aufnehmen. Sie sind ein Freund von Mr. Clifton – ich nenne ihn Peter, weil ich ebenfalls die Ehre habe, sein Freund zu sein. Und Sie haben nicht so reagiert, wie das zu erwarten gewesen wäre. Ich bin gekommen und habe Ihnen erzählt, daß ein anderer Mann aus Ihrem Bekanntenkreis ermordet worden ist. Ich habe Ihnen so gut wie berichtet, daß Peter unter den Wirkungen einer Droge leidet. Ich habe bemerkt, daß Sie betroffen waren, aber ich habe Sie nicht sagen hören, daß Sie geradewegs zu Peter gehen und für ihn tun wollen, was in Ihren Kräften steht. Genau das hätte ich von Ihnen erwartet, Dr. Wells, und genau das haben Sie nicht getan. Die ganze Zeit über, in der ich bei Ihnen bin, haben Sie sich verteidigt — wogegen? Als ich davon sprach, die Hand auf etwas zu legen, sind Sie beinahe zusammengebrochen — warum? Was haben Sie zu fürchten? Ich spreche jetzt von Mann zu Mann mit Ihnen, ohne Zeugen."

Cheyne Wells stand vor dem Kaminfeuer in einer seiner Lieblingshaltungen, die Hände in den Hosentaschen, den Kopf zur Seite geneigt, den Blick aufmerksam auf den Chefinspektor gerichtet; er hatte etwas von seinem alten Gleichgewicht wiedergefunden.

„Und jetzt sage ich Ihnen etwas von Mann zu Mann — ohne Zeugen", sagte er mit sanfter Stimme.

Dabei trat er vor und klopfte auf den Tisch, um seine Argumente zu unterstreichen.

„Stellen Sie sich vor, Chefinspektor Bourke, ich hätte vor, Ihnen zu berichten, Peter Clifton hätte mir gegenüber zugegeben, Basil Hale ermordet zu haben — was würden Sie machen? Das wäre ein sehr peinlicher Augenblick für Sie, nicht wahr? Stellen Sie sich vor, ich sagte folgendes hier und jetzt oder brächte es zu Papier: ‚Ich betrachte es als meine staatsbürgerliche Pflicht, die Polizei davon in Kenntnis zu setzen, daß Mr. Peter Clifton, wohnhaft 175 Carlton House Terrace, mir gegenüber eine Erklärung abgegeben hat, in der er bekennt, in einem Augenblick der Bewußtseinstrübung Basil Hale in Longford Manor ermordet zu haben.' Dann unterschriebe ich diese Aussage und händigte sie Ihnen aus — was würden Sie machen?"

Bourkes riesiger Kopf schoß vor. Seine Augen waren nichts mehr als nur noch zwei schmale Schlitze.

„Ich will Ihnen sagen, was ich tun würde", antwortete er mit tiefer, grollender Stimme. „Ich würde Sie sofort verhaften! Wenn irgend jemand vor Gericht gehört, dann sind Sie es. Und ich habe genug Beweise in der Hand, die eine Anklage rechtfertigen würden."

Trotz aller Selbstbeherrschung wurde Wells Gesicht blaß.

„Für welche Anklage?"

„Wegen bewußter Weitergabe einer gefälschten Fünfzigpfundnote auf der Rennbahn von Hurst Park. Das ist nur ein Anklagepunkt. Ich wage zu behaupten, morgen um die gleiche Tageszeit werde ich noch eine ganze Menge mehr zur Hand haben." Jetzt hatten sie die Masken fallenlassen. In Donalds Augen brannte kalter, bösartiger Haß.

„Sie wissen anscheinend nicht, was Sie sagen, Chefinspektor. Sie sprechen nicht mehr mit Dr. Wells aus Nunhead, wie Sie wissen."

Bourke nickte.

„Sie scheinen nicht zu verstehen, Wells“ – er ließ alle Titel und Höflichkeitsformen fallen – „daß die Polizei niemals auf Scherereien aus ist. Wenn sie auftreten, ist sie bereit, sich damit zu befassen, aber sie versucht nicht, Straftaten zu schaffen. Sie wartet, bis das Verbrechen den Kopf hebt, und dann haut sie ihm eins drüber. Sie sind nicht mehr Dr. Wells aus Nunhead, das weiß ich. Innerhalb von zwölf Monaten nach jener Untersuchung saßen Sie in einer guten Praxis in der Harley Street. Woher hatten Sie das Geld dafür?“

„Was, zum Teufel, geht Sie das an?“ brach sein Gegenüber wütend los.

„Das hat mit mir eine Menge zu tun. Stellen Sie sich vor, ich bringe Sie auf die Anklagebank – könnten Sie auch nur zwei Zeugen auftreiben, deren Aussagen irgendein vernünftiges Gericht akzeptieren würde und die erklären könnten, wieso Sie plötzlich reich wurden und sich Dr. Wells aus Nunhead zu Dr. Cheyne Wells, Nervenspezialist aus der Harley Street, mauserte? Überlegen Sie sich das – wenn sich Ihr plötzlicher märchenhafter Reichtum irgendwie erklären läßt, können Sie zu Scotland Yard gehen und fordern, daß ich meinen Rock an den Nagel hänge, denn ich werde nicht abstreiten, was ich heute abend gesagt habe. Ich warne Sie“ – sein Zeigefinger schoß auf den bleichen Donald los – „lassen Sie Peter Clifton in Ruhe; und wenn Sie einen guten Plan haben sollten, seine Millionen einzuheimsen, vergessen Sie ihn. Zwei Morde sind begangen worden. Sie waren in Longford Manor, als Basil Hale getötet wurde ...“

„Heute abend habe ich das Haus aber nicht verlassen!“

„Sie sind ein Lügner“, entgegnete Bourke mit aller Ruhe. „Ich habe Sie den ganzen Tag beschatten lassen. Sie haben das Haus heute abend um acht Uhr verlassen und sind erst um drei Viertel elf zurückgekommen. Mein Mann verlor Sie dabei von neun Uhr fünfzehn bis zu der Zeit, als Sie vor diesem Haus wieder aus dem Taxi stiegen, aus den Augen – diese Information stelle ich Ihnen zur Verfügung.“

Er nahm seinen Hut und ging zur Tür. Er riß sie mit solchem Schwung auf, daß sie fast aus den Angeln flog.

„Jemand wird wegen dieser Morde geschnappt werden, Wells“, fuhr er fort, „und das wird nicht Peter Clifton sein. Bringen Sie das in Ihren Schädel! Rouper wird Ihnen nicht helfen können, selbst wenn Rouper nächste Woche noch bei Scotland Yard sein sollte. Diese kleine Information dürfen Sie ihm zukommen lassen, aber keine Zigarettenkästchen, die mit einer Sorte gefüllt sind, die Peter gar nicht raucht, und auch keine gefälschten Tagebücher, die Ihr Freund, der Clevere, geschrieben hat.“

Er zog die Tür mit einem Knall zu und ging hinaus. Donald Wells setzte sich hin, um über seine besonders gefährliche Situation nachzudenken. Als sein Diener nach Mitternacht kam, saß er immer noch da, den Kopf in die Hände gestützt.

„Geh schlafen“, sagte Donald, ohne aufzusehen; er behielt seine Haltung noch fast zwei Stunden bei. Dann stand er auf, streckte seine verkrampften Glieder, ging in sein kleines Labor hinüber und braute sich einen Trunk, etwas stärker als gewöhnlicher Whisky.

Sein Kopf war jetzt klar, sein Verstand schnell und wachsam. Er zog ein Blatt aus dem Papierständer und begann zu schreiben. Um sechs Uhr hatte er den Brief fertig, steckte ihn in einen großen Umschlag und adressierte ihn an den Polizeipräsidenten, Kriminalpolizei, Scotland Yard. Er klebte eine Briefmarke auf, ging in die Halle und eilte zur Tür. Nein, er würde die Sache noch einmal überschlafen. Der Brief konnte auch später am Tage abgehen.

Es war für ihn nicht ungünstig, diese Entscheidung zu fällen. Außerhalb seines Hauses wartete nämlich ein Mann von Scotland Yard, der von Chefinspektor Bourke strikte Anweisungen bekommen hatte.

„Sollte Wells herauskommen, um einen Brief aufzugeben, und sollte dieser Brief an Scotland Yard adressiert sein, dann verhaften Sie ihn und halten Sie ihn in Marylebone Lane fest, bis ich komme.“

Mr. Bourke war zu der Entscheidung gekommen, wenn er schon hängen mußte, dann sei es egal, ob wegen eines Lamms oder eines Schafs — obwohl er selbst im nachsichtigsten Moment Dr. Donald Cheyne Wells nicht im geringsten für ein harmloses Schaf gehalten hätte.

Kapitel 27

Peter erwachte am Morgen aus tiefem, traumlosem Schlaf und fand jemanden neben seinem Bett stehen. Er hörte das angenehme Geklapper von Teetassen und dann die Frage:

„Stark oder schwach?“

Die süßeste Stimme der Welt fuhr fort: „Ich bin noch nicht einmal lange genug verheiratet, um zu wissen, ob du Zucker nimmst oder nicht.“

Blinzelnd öffnete er die Augen. In einen geblümten Kimono gehüllt, stand Jane neben seinem Bett, eine kleine chinesische Teekanne in der Schwebe haltend.

„Was?“ sagte er und sah um sich. „Oh, ich bin zu Hause, nicht wahr?“

„Du bist absolut zu Hause“, antwortete sie ruhig. „Ich weiß nicht, ob du dir klar bist, wie interessant ein Ehemann ist, der nie ganz sicher weiß, in welchem Bett er gerade schläft!“

Peter lächelte und fuhr sich durchs Haar.

„Eins ist mir klar: Mit mir verheiratet zu sein, das muß überhaupt das schrecklichste Erlebnis sein, das eine Frau haben kann“, antwortete er, als er ihr die Tasse aus der Hand nahm.

„Wie spät ist es?"

Sie lachte zärtlich über diese Frage.

„Das hört sich wirklich häuslich an. Halb acht ist es."

Er schaute verwirrt im Zimmer umher.

„Ist Bourke hier?" fragte er.

„Mr. Bourke ist nicht hier", antwortete sie. „Ich habe ernstlich daran gedacht, ihm das Gästezimmer anzubieten, aber ich glaube nicht, daß er das Angebot angenommen hätte."

Dankbar schluckte er den Tee und betrachtete stirnrunzelnd die schlanke Gestalt, die auf der Kante seines Bettes saß.

„Irgend etwas ist letzte Nacht geschehen – aber was? Ich habe eine dunkle Erinnerung, daß Bourke mir etwas erzählt hat." Er versuchte, sich zu besinnen, schloß die Augen und keuchte. „Radlow – er wurde getötet!"

Sie nickte.

„Ja", sagte sie, „Mr. Radlow wurde erschossen."

Peter verbarg sein Gesicht in den Händen und stöhnte.

„Wie entsetzlich! Ich nehme an . . ."

„Du brauchst gar nichts anzunehmen, bevor du mit Mr. Bourke gesprochen hast", warf sie schnell ein, „insbesondere falls du annehmen solltest, *du* hättest ihn getötet."

Er schüttelte den Kopf.

„Das nützt nichts, Jane", sagte er voller Verzweiflung. „Du warst wundervoll zu mir, und jetzt, wo du Bescheid weißt . . . über meinen elenden Vorfahren, kann ich mit dir offen reden. Ich glaubte, ich wäre geheilt und es bestünde keine Gefahr mehr; sonst hätte ich es nie geschehen lassen, daß du mich heiratest. Donald sagte mir, es sei möglich, daß ich solche Anfälle bekäme – warum siehst du mich so an?"

Sicherlich lag in Janes schmalen Augen in diesem Moment ein seltsamer Ausdruck.

„Habe ich sonderbar ausgesehen? Vielleicht wirklich. Peter, ich glaube nicht, daß du soviel auf das geben solltest, was Donald Wells sagt. Du neigst dazu, seine Ansichten zu ernst zu nehmen. Und starre mich doch nicht an wie ein verängstigtes Rehkitz – du hast doch nichts gegen solche zärtlichen Ausdrücke? Wir müssen den Eindruck erwecken, daß wir glücklich verheiratet sind, und da mußt du dich daran gewöhnen, mit solchen liebevollen Ausdrücken angeredet zu werden."

Er lachte behaglich in sich hinein. Das war das erstemal seit der Heirat, daß sie ihn lachen sah.

„Davon kann ich eine Menge ertragen", antwortete er. Und dann fuhr er ernsthafter fort: „Warum kannst du Donald nicht leiden? Er ist ein sehr guter Freund von mir, Jane. Ich weiß nicht, was ich ohne seine Hilfe hätte tun sollen."

Sie sah ihn feierlich an.

„Detektive sind von Natur aus mißtrauisch", sagte sie. „Das hat mir Mr. Bourke beigebracht."

„Detektive?"

Sie nickte.

„Ich bin ein Detektiv", antwortete sie mit ruhiger Stimme. „Mit Begeisterung habe ich mit diesem neuen Beruf begonnen. Ich bin mißtrauisch gegenüber Donald, mißtrauisch gegenüber Marjorie, ja durchaus bereit, selbst gegenüber Bourke mißtrauisch zu sein."

„Und mir gegenüber?"

Ein leichtes Lächeln erschien auf ihrem Gesicht und verging wieder. „Nein, dir gegenüber nicht. Ich habe dich im Verdacht, vieles zu sein, was ich sehr hübsch finde, aber auch vieles, was ziemlich dumm ist."

Sie stand auf und goß ihm noch eine Tasse Tee ein.

„Ich wollte dich irgendwann schon bitten, mir eine kleine Chronik dessen zu geben, was mit dir geschehen ist und wie du sie alle kennengelernt hast, insbesondere Donald. Und jetzt lasse ich dich allein. Wenn du angezogen bist, dann komm doch bitte in mein Zimmer hinüber – ich nehme an, daß es meins ist; du wirst mich dort mit Feder, Papier und einem Fragebogen wartend vorfinden."

Er lachte abermals.

„Ich werde der entgegenkommendste Zeuge sein, den du je im Kreuzverhör hattest."

Sie mußte sich selbst noch anziehen, blieb aber lange genug im Wohnzimmer, um noch die Zeitungen durchzusehen. Nur eine von ihnen hatte auf ihrer Titelseite einen Artikel, der von Mr. Radlows Tod handelte. Glücklicherweise ließ sich im Augenblick keine Verbindung zwischen dieser Tragödie und Peter herstellen, so daß ihm die Qual erspart blieb, wieder mit dem hartnäckigen und allgegenwärtigen Kriminalreporter zusammenzutreffen, der Einzelheiten über seinen Tagesablauf erfahren wollte. Sie zog sich in aller Ruhe an und kam in das herrliche kleine Wohnzimmer zurück. Peter stand am offenen Fenster und sah auf den sonnenüberfluteten Park hinaus. Offensichtlich hatte er den Zeitungsartikel auch gelesen, denn gleich, als sie hereinkam, begann er, über das Verbrechen zu sprechen.

„Bourke hat mir etwas erzählt", sagte er. „Ich kann mich nicht erinnern, was es war, aber ich habe das scheußliche Gefühl, es war etwas Unerfreuliches. War ich gestern abend in Sydenham?"

„Das warst du", antwortete sie ohne Zögern.

„Ich kann das alles nicht verstehen, und doch habe ich fürchterliche Angst, daß ich es verstehen werde! Hat Bourke gesagt . . ."

„Es ist gleichgültig, was Bourke gesagt hat." Sie wirkte unbeschwert und nüchtern; ihrem Versprechen getreu, setzte sie sich an den Schreibtisch. „Ich brauche Daten, Peter. Wie kam es, daß du Donald Wells kennengelernt hast?"

„Ist das nötig, Liebes?“ Er war fast ungeduldig mit ihr.

Sie nickte.

„Sehr nötig. Mr. Bourke bat mich, diese Fakten zu beschaffen.“

Peter lief in dem Zimmer hin und her, die Hände auf dem Rücken gefaltet, seine Stirn in Falten gelegt.

„Ich traf ihn . . ., wann habe ich ihn getroffen? Das war nach meiner Rückkehr aus Afrika. Ich hatte schlimme Zahnschmerzen auf dem Schiff, und ein Mann dort empfahl mir einen Arzt in der Harley Street. Die Hausnummer, 903, behielt ich in Erinnerung, aber die Schmerzen verschwanden für zwei oder drei Monate. Eines Abends traten sie wieder auf; da fuhr ich zur Harley Street und traf Donald Wells. Du wirst verstehen, daß mich die größere Sorge nie verlassen hatte. Sie war ein Alptraum für mich mein ganzes Leben lang – seit ich zufällig entdeckt hatte, daß mein Vater in Broadmoor gestorben war.“

„Wann hast du das erfahren?“ fragte sie schnell.

„Als ich einundzwanzig war. Die Rechtsanwälte mußten es mir sagen. Ich mußte eine Menge Papiere unterschreiben, und dabei stellte ich fest, daß mein Name eigentlich Welerson war. Ich brauchte nicht zu fragen, warum man ihn geändert hatte; der Sterbeort meines Vaters stand in den Papieren, die ich lesen und unterschreiben mußte. Sie wurden mir gebracht, als ich in Gwelo lebte – das ist in Rhodesien –, und der Sekretär, der sie mir zur Unterschrift vorlegte, war ziemlich redselig – er erzählte mir alles. Ich wußte immer, daß irgend etwas nicht in Ordnung war. Der alte Radlow war so bestrebt, mich im Ausland zu halten, mich in die freie Luft zu bekommen. Ich hatte angenommen, daß es in meiner Familie Lungenkrankheiten gegeben hatte. Es war ein entsetzlicher Schock für mich, als ich entdecken mußte, daß es etwas soviel Schlimmeres war.“

Sie seufzte tief und merkte, daß sie leise die Hand streichelte, die neben der ihrigen auf dem Tisch ruhte.

„Nun erzähle mir weiter von Donald“, bat sie freundlich.

„Ja, ich fuhr also in die Harley Street, traf dort Wells und erläuterte ihm meinen Irrtum. Er hatte das Haus von dem Zahnarzt gekauft, der inzwischen gestorben war, und brachte mich zu einem seiner Kollegen – ich glaube, es war in der Devonshire Street –, der den Nerv abtötete und sich um mich kümmerte. Wells wartete auf mich, und ich ging hinterher mit ihm in sein Haus zurück. Seine Frau war im Ausland. Ich fand ihn sehr sympathisch. Er war Arzt, und natürlich konnte ich ihm Dinge sagen, die sich seit Jahren in meinem Innern aufgestaut hatten. Ich hatte noch nie einen Mediziner wegen meines Zustandes und der eventuellen Möglichkeit, das Leiden meines Vaters zu erben, konsultiert. Bei der ersten sich bietenden Gelegenheit erzählte ich ihm alles. Ich schulde Donald mehr, als ich ihm je zurückzahlen kann. Er ließ mich das Versprechen abgeben, ihn jede Woche einmal zu besuchen, und wir wurden gute Freunde. Und für eine Sache kann ich ihm nie dankbar genug sein: Durch ihn habe ich dich kennengelernt."

Sie nickte.

„Ich erinnere mich an den Abend, an dem er dich mitbrachte – es war meine Geburtstagsfeier, nicht wahr?" Bevor er antworten konnte, fragte sie noch schnell: „War Basil Hale auch da?"

Er überlegte einen Augenblick.

„Ja, ich glaube. Ich habe keine genaue Erinnerung an ihn, aber ich habe die verschwommene Vorstellung, daß er sich irgendwo im Hintergrund herumtrieb."

Sie notierte sich etwas.

„Eine andere Frage, und ich glaube, das ist jetzt die wichtigste: Erinnerst du dich daran, was Donald für einen Grund nannte, weshalb er dich zu unserer Feier mitnahm?"

Er nickte.

„Dein Vater legte Wert darauf, mich kennenzulernen. Er hatte einige meiner Kupferstiche gesehen."

Sie schob das Papier von sich weg. Er hatte das erleichternde Gefühl, daß sie mit ihren Fragen zu Ende wäre.

„Peter, wie oft hattest du schon diese Anfälle – ich meine jene Perioden, von denen du nicht weißt, was du in diesen Zeiten getan hast?"

„Erst seit kurzem", antwortete er. „Aber Donald hatte mich schon gewarnt, mein jetziges Alter sei das kritischste. Dasselbe sagt Clewers, der Spezialist."

„Hast du sie seit der Nacht, in der Basil starb, wieder gehabt?"

„Nein – abgesehen von der letzten Nacht natürlich. Ich verstehe wirklich nicht, was da geschehen ist. Ich kann mich genau daran erinnern, daß ich Longford Manor verlassen habe, aber was danach geschehen ist, das weiß ich nicht. Ich habe versucht, mir alle Einzelheiten ins Gedächtnis zu rufen, aber die letzte genaue Erinnerung, die ich habe, ist die an den Torpfosten des Landsitzes. Danach ist alles verschwommen und verworren."

„Sind Sie an einem Auto vorbeigefahren, das am Straßenrand stand?"

Beim Klang dieser fremden Stimme sprang Jane auf. Es war Bourke. Wenn man seinen Umfang berücksichtigte, war er überraschend geräuschlos. Er mußte die Tür geöffnet haben, während sie miteinander sprachen, und hatte sie offensichtlich hinter sich geschlossen, ohne daß sie ihn gesehen hatten, denn er war schon ganz im Zimmer, als er mit seiner heiseren Stimme jene Frage stellte.

„Hallo!" Peter stand ungeschickt auf. „Woher, zum Teufel, kommen Sie?"

„Vom Flur", sagte sein Gegenüber mit breitem Grinsen. „Meine früheste Ausbildung hatte ich als König der Dämonen in einer Pantomime.

Guten Morgen, Mrs. Clifton. Es tut mir leid, daß ich Sie erschreckt habe."

„Sie haben mich nicht erschreckt. Doch ich muß zugeben, daß ich ziemlich überrascht bin."

Bourke lachte leise in sich hinein.

„Ich bin etwas theatralisch – das gebe ich zu. Der Traum meines Lebens ist es, eine bessere Rolle auf der Bühne zu spielen als den Kriminalbeamten, aber ich hatte nie Gelegenheit dazu. Was ist nun mit dem Auto?"

Er zog sich einen Stuhl heran und setzte sich an die andere Seite des Tisches, sein breites Gesicht Peter zugewandt.

„Ein Auto? Ja, ich erinnere mich an ein Auto – einen großen schwarzen Zweisitzer."

„Sie fuhren daran vorbei, und dann sahen Sie es wieder? Es folgte Ihnen, nicht wahr?" vermutete Bourke.

Peter dachte einen Augenblick nach.

„Ja, daran erinnere ich mich auch. Ich fuhr ziemlich langsam und wunderte mich, daß es mich nicht überholte. Es war ein sehr viel stärkerer Wagen als meiner. Das ist alles, woran ich mich erinnern kann."

„Das ist auch genug", erklärte Bourke. „Was haben Sie ihn alles gefragt, Mrs. Clifton?"

Sie zeigte ihm das Papier, auf dem sie sich Notizen von Peters Antworten gemacht hatte. Bourke setzte seinen Kneifer auf und las sie sorgfältig durch.

„Gut", sagte er und steckte seine Gläser wieder weg. „Doch das meiste davon wußte ich schon. Was ich nicht wußte" – er sprach ganz langsam – „war etwas ganz anderes. Sie sind mit dem Grundstück von Longford Manor recht gut vertraut, nicht wahr?"

„Ja", sagte Peter ruhig. Sein Gesichtsausdruck war plötzlich angespannt geworden. Jane beobachtete ihn und stellte mit Schrecken fest, daß er auf der Hut war.

„Sie wissen, daß sich direkt hinter dem Haus ein alter Brunnen befindet, der seit Jahren nicht mehr benutzt wird?"

Peter nickte. Alle Farbe war aus seinem Gesicht gewichen, und einen Augenblick lang waren selbst seine Lippen blutleer.

„Ich war gespannt, ob Sie das wußten", fügte Bourke hinzu.

Er starrte an Peter vorbei ins Leere.

„Ein alter, trockener Brunnen, der seit Jahren nicht mehr benutzt wird."

„Ja, was ist damit?" Peter stieß die Worte trotzig heraus. „Ich erinnere mich an den Brunnen – der Gärtner erzählte mir, daß er aufgefüllt werden sollte."

Bourke strich sich nachdenklich über das breite Kinn, und sein Blick kehrte zu dem Jüngeren zurück.

„Sie sind ein Rätsel für mich, und ich kann Sie nicht verstehen", erklärte er. „Alles paßt zusammen — nur das nicht."

„Nur was nicht?" fragte Jane ängstlich.

Wenn Bourke verwirrt war, so war sie es nicht minder. Einen fürchterlichen Augenblick lang hatte sie erwartet, der Kriminalbeamte würde ihnen berichten, der Brunnen hätte einen neuen Schrecken preisgegeben. Was auch immer sein Geheimnis war, es reichte aus, Peter bis an die Grenze der Panik zu bringen.

„Er durchkreuzt alle meine Pläne, ihr alter Mann hier." Bourke konnte gelegentlich ziemlich grob sein, und diese völlig unangemessene Beschreibung ihres Ehemannes konnte Jane nur dazu bringen, hysterisch aufzulachen. „Narrt mich und macht mich nervös — er hat mich in mehr Sackgassen geführt als irgendein Mann, den ich sonst je gekannt habe. Heute gehen Sie nicht aus, mein Freund."

„Ich hatte auch nicht die Absicht auszugehen", murmelte Peter. Er litt immer noch unter dem Schock, den ihm Bourkes geheimnisvolle Andeutung versetzt hatte.

„Ich habe die Vorstellung, daß sich aller Nebel, der über diesem Fall hängt, in vierundzwanzig Stunden auflösen wird. Ich habe — obwohl das meiner üblichen Praxis widerspricht — keine Bedenken, Ihnen zu sagen, daß ich die Spur dieser Morde zu dem Cleveren zurückverfolgen konnte. Heute abend wird in London viel Geld in Umlauf gebracht werden — vielleicht das letzte, das dieser gerissene Kerl je erleben wird —, und wenn ich mich nicht irre, dann schnappen wir einen Mann, der genug von dem großen Kerl weiß, um uns all die Informationen zu geben, die wir haben wollen."

Er machte eine Pause, als erwartete er einen Kommentar, doch Peter schwieg.

„Ich will Ihnen noch etwas sagen, Peter. Wir werden den großen Kerl selbst hinter Schloß und Riegel haben — er hat einen einzigen bösen Fehler gemacht. Das ahnt er nicht — oder er verläßt noch heute das Land."

„Wissen Sie denn, wer er ist?" fragte Peter und hob die Augen nicht vom Tisch.

„Ganz genau, Peter", antwortete Bourke ruhig. „Ganz genau!"

Nachdem der Kriminalbeamte gegangen war, bekam Jane ihren Mann stundenlang nicht zu sehen. Peter hatte sich mit einer solchen Eile in sein Arbeitszimmer zurückgezogen, daß sie vermutete, er befürchte eine weitere Kette aufregender Fragen. Mittags kam er heraus, um mit ihr gemeinsam zu essen. Sie erriet die Ursache seiner Nervosität und versuchte klugerweise nicht, zu erfahren, was in der Andeutung des Chefinspektors von dem Brunnen ihn so beunruhigt hatte. Während des Essens wurde er ungezwungener; er lächelte einmal, als sie ihn scherzhaft mit „mein Lieber" anredete.

„Um den Schein zu wahren, mußt du dich daran gewöhnen, dasselbe zu tun, Peter", erklärte sie ihm. „Du kannst das zunächst insgeheim üben. Ich werde dir eine Aufstellung der Ausschweifungen geben, die dir gestattet sind und von denen man erwartet, daß du sie benutzt, wenn du deine Frau anredest."

„Ich glaube, die meisten von ihnen kenne ich", antwortete Peter ruhig. „Du siehst, ich denke eine Menge über dich nach."

Das ließ sie erröten, und sie versuchte, das Gespräch in alltäglichere Bahnen zu lenken.

„Ich weiß nicht, was du mit mir tun wirst, Jane. Du kannst dich nicht von mir scheiden lassen, wenn ich nicht etwas ganz Häßliches tue, und das ist von mir nicht zu erwarten."

„Ich könnte mich ja in jemand anderen verlieben", schlug sie vor, und seine Bestürzung war so echt, daß sie in glucksendes Lachen ausbrach.

Daß sie überhaupt lachen konnte, verblüffte sie. Sie hatte oft die Redensart gelesen, „auf einem Pulverfaß sitzen". Sicher, nie hatte eine Frau so dicht vor der möglichen Vernichtung von Frieden und Glück gestanden wie sie jetzt. In jedem Augenblick — der scheußliche Gedanke kam ihr von Zeit zu Zeit — konnte jemand in der Tür stehen und Peter herauswinken — und sie würde ihn nie wiedersehen. Ein Fälscher — ein Mörder?

Sie schüttelte den Kopf. Nein, ein Mörder nicht.

„Weswegen schüttelst du den Kopf?" fragte er.

„Ich habe nachgedacht."

„Über eine Scheidung?" Dann fuhr er ernst fort: „Jane, wenn irgend etwas geschieht, wenn sie mich je aus dem Verkehr ziehen sollten, wird das Gericht vermutlich dich zur Verwalterin meines Vermögens machen ... Um Gottes willen, was ist los?"

Sie stand neben dem Tisch. Ihr blutloses Gesicht starrte zu ihm hinunter. Jetzt, erst jetzt verstand sie die kaltblütige Gemeinheit der Verschwörung, die gegen Peter Clifton angezettelt worden war. Und in diesem Augenblick verwandelte sich die Liebe, die sie ihr Leben lang für ihren Vater gehabt hatte, in kalten, fast bösartigen Haß.

Kapitel 28

Dr. Wells steckte voller Pläne, als er damals in die Harley Street gekommen war. Er war sich nicht klar darüber, ob er sich als Facharzt niederlassen oder sich in der Chirurgie dem neuesten Stand anpassen sollte, obwohl er auf diesem Gebiet nicht besonders geschickt war, oder ob er — was ihn am meisten angesprochen hätte — einen Teil seines Hauses in ein Pflegeheim für geistig gestörte Patienten umwandeln sollte.

Peters Ankunft und die ungewöhnliche Geschichte, die er berichtete, gaben den Ausschlag dafür, daß er sich für die Idee des Pflegeheims entschied. Er sah geschäftliche Möglichkeiten in der Unterbringung reicher Patienten, machte sich mit beträchtlichem Enthusiasmus an die Vorbereitungen und ließ zwei Suiten mit schalldicht gepolsterten Wänden herrichten. Einem erfahreneren Kollegen gegenüber erwähnte er sein Projekt.

„Großer Gott, das erlaubt man Ihnen nie!" rief der schockierte Mediziner aus. „Sie brauchen dafür eine besondere Genehmigung, und die wird nur erteilt, wenn Sie ausgiebige Möglichkeiten schaffen, daß sich die Patienten Bewegung machen können."

Dr. Wells nahm das mit Bestürzung zur Kenntnis. Der winzige Hof hinter dem Haus, vielleicht drei Meter mal fünf Meter groß, würde sicherlich nicht den Ansprüchen der Gesundheitsbehörden entsprechen. So gab er seinen Plan auf und verfügte nun über zwei komplett eingerichtete Suiten, die wahrscheinlich nie benutzt werden konnten.

Nachdem er seine Entscheidung über den Brief gefällt hatte, der in seiner Tasche steckte, ging er den Treppenaufgang bis zum zweiten Podest hinauf. Von hier ging eine weitere Treppe ab, doch sie war durch eine Tür abgeschlossen, die an der Seite mit Brettern verschlagen war. Der Doktor sperrte die Tür auf, verschloß sie wieder hinter sich, ging die Stufen hinauf, schloß eine weitere Tür auf und kam in ein kleines Appartement.

Die Frau, die auf dem Bett lag, sprang auf.

„Was ist, Donald?" fragte sie atemlos.

„Alles in Ordnung; mach dir keine Sorgen. Ich habe nicht die Absicht, dir die Kehle durchzuschneiden oder sonst etwas zu tun."

Er knipste eine Lampe an, denn das Zimmer war selbst tagsüber dunkel.

„Du wirst doch vernünftig, Donald, mein Lieber?" bat Marjorie drängend. „Ich schwöre dir, ich mache dir niemals wieder Ärger, und ich werde meine Zunge wirklich im Zaum halten. Laß mich heute aus dem Haus gehen ..."

„Du bist in Deutschland", sagte er ruhig, „und du bleibst drei oder vier Monate. Ich habe das in der *Times* veröffentlichen lassen."

„Was habe ich denn gemacht?" jammerte sie.

„Du bist zu selbständig", antwortete er, „und zu klug. Du warst gescheit genug zu entdecken, daß ich gefälschte Banknoten in Umlauf bringe, und aus reiner Bösartigkeit hast du auf die Rückseite einer solchen Note meinen Namen und meine Adresse aufgestempelt. Ich brauchte viel Zeit, um das herauszubekommen; dann aber wurde mir klar, daß es nur zwei Wege gab, die ich einschlagen konnte. Der eine bestand darin, dich als Witwer zu beweinen, der andere darin, dich irgendwo hinzustecken, wo du kein weiteres Unheil anrichten kannst. Wirklich, Marjorie, du bist zu einer ernsthaften Gefahr geworden, schlimmer noch als unser lieber Freund, Chefinspektor Bourke, der mir Gott weiß was angedroht hat."

„Aber, Donald", warf sie aufgeregt ein, „ich könnte doch gar keine Aussage gegen dich machen. Das Gesetz würde das gar nicht erlauben."

„Ach, das hast du herausgefunden, nicht wahr?" Er schürzte seine dünnen Lippen zu einem Lächeln. „Theoretisch ist das sehr interessant, doch das hilft mir nicht viel. Du könntest dein Material an Leute weitergeben, die ohne das geringste Zögern gegen mich aussagen würden, und das will ich auf jeden Fall verhindern. Mach dir keine Gedanken — jeder glaubt, du bist im Ausland. Ich habe mir sogar die Mühe gemacht, jemanden nach Holland zu schicken, damit er an deine liebe junge Freundin, Mrs. Clifton, ein Telegramm von dir schickt."

„Aber die Dienstboten werden sich wundern . . .", begann sie.

„Auch da habe ich vorgesorgt. Abgesehen von Frank sind sie alle im Urlaub, und auch Frank geht morgen. Ich mache die Hausarbeit mit Hilfe einer Zugehfrau, und du mußt mit den Mahlzeiten zufrieden sein, die ich dir raufschicke."

„Du kannst mich hier nicht für immer einsperren", wandte sie ein, wobei ihre alte Gereiztheit wiederkehrte.

„Ich behalte dich hier oben, bis ich dich eine wirkliche Gefährtin im Verbrechen nennen kann", erklärte er. Er bemerkte ihre Verwirrung und fuhr fort: „Du bist einfältiger, als ich geglaubt habe. Ich hatte weiß Gott nie eine sehr hohe Meinung von deiner Intelligenz! Du bleibst hier, Marjorie, bis du genau so sehr wie ich in die Sache verwickelt bist und nicht wagen kannst zu reden, wenn du dir nicht den Hals brechen willst!"

Sie sank zurück.

„O mein Gott! Du willst doch nicht, daß ich — jemanden töte?"

„Warum nicht?" Er war die Kaltblütigkeit in Person. Dann brach er plötzlich in einen Lachkrampf aus. „In Wirklichkeit natürlich nicht", sagte er. „Nein, ich will nicht, daß du deine Hände in Blut tauchst — nichts so Melodramatisches. Die Bedingungen, die ich schaffen will, sind sehr einfach. Ich will, daß du so viel Angst um dein eigenes Fell bekommst, daß du nie wieder irgendeine Indiskretion begehst. Ich bringe das nur fertig, wenn du zum aktiven Partner meines kleinen Planes wirst."

„Ich werde alles tun, Donald", sagte sie eifrig — ein bißchen zu eifrig, um ihn zufriedenzustellen. „Aber es ist absurd und — und mittelalterlich, mich hier oben in diesem fürchterlichen Raum einzuschließen. Ich habe nichts zu lesen . . ."

„Du kannst alle Bücher bekommen, die du haben willst."

„Aber ich werde verrückt, wenn ich mit niemandem reden kann!"

„Du hast mich — ich kenne keinen unterhaltsameren Gesellschafter", versuchte er sie zu beruhigen. „Wenn du sehr brav bist, brauchst du nicht sehr lange eingesperrt zu bleiben. In einem Monat, Marjorie, wirst du dich aus England — und auch von mir, wenn du willst — davonstehlen können; in Paris kannst du dann mehr Geld ausgeben, als du je zuvor ausgegeben hast."

„In einem Monat!" warf sie erschrocken ein.

„Das ist wirklich keine entsetzlich lange Zeit", sagte er leichthin. „Besonders wenn man hinterher etwas bekommt."

Sie brütete eine Zeitlang darüber; schließlich stellte sie ihm eine Frage.

„Bourke? Ja, er deckt Peter. Ich gebe zu, daß er mich unsicher macht. Ich wußte nicht, daß es bei der Polizei soviel Korruption gibt. Für Rouper habe ich tausend Pfund ausgegeben, aber er war nicht fünf Pence wert", fuhr er fort.

„Donald, sage mir etwas", unterbrach sie ihn. „Bist du — bist du der Clevere?"

„Bin ich der Clevere?" äffte er sie nach. „Ich habe viele Fähigkeiten, meine Liebe, aber die Fälschung von Banknoten gehört nicht dazu! Das muß man ein Leben lang geübt und studiert haben, und ich bin leider nur ein unwürdiger Diener der Medizin."

„Aber du hattest Falschgeld", beharrte sie. „Ich habe es im Haus gesehen. Du hattest einmal zwei Pakete in deinem Zimmer. Ich habe das Packpapier aufgerissen und gesehen, daß ausländische Banknoten darin waren."

Er setzte sich auf das Bett und lachte. Donald Cheyne Wells hatte nämlich einen besonderen Sinn für Humor.

„Marjorie, meine Liebe", er lächelte sie ganz freundlich an, „du gibst mir noch einen zusätzlichen Grund, warum ich dich aus dem Weg räumen mußte. Irgend etwas Unklugeres, als mir in diesem Augenblick mitzuteilen, daß du ein strafbares Geheimnis entdeckt hast, kann ich mir wirklich nicht vorstellen."

Er biß sich auf die Unterlippe und betrachtete sie gedankenvoll.

„Ich habe nie geglaubt, daß ich sentimental wäre, aber vermutlich sind wir es alle ein bißchen. Meine lange Verbindung mit dir hat dir einen völlig falschen Wert verliehen."

„Ich weiß nicht, wovon du sprichst." Hilflos schüttelte sie den Kopf.

„Ich versuche auf leichtverständliche Weise die Gründe darzulegen, weshalb du noch am Leben bist", antwortete er fast vergnüglich. „Nein, meine Liebe, ich bin kein Fälscher von Banknoten. Ich bin nur ein Rädchen in einer ziemlich komplizierten Maschine. Eine hochkomplizierte Maschine, Marjorie, mit einem ganz wunderbaren Nachrichtendienst. Ich bin dabei, auch darauf meine Hand zu legen. Du kannst alle diese interessanten Tatsachen auswendig lernen; sie werden deine Freunde unterhalten, wenn du das nächste Mal Gelegenheit hast, mit ihnen zusammenzutreffen; allerdings wird das nicht so bald sein. Mein Chef ist ein recht schwieriger Mann, und als ich gestern abend mit ihm über die Geschäfte sprach, hatte ich ziemliche Sorge, daß er auf seine kaltblütige Weise empfehlen würde, dich endgültig zu entfernen. Glücklicherweise hat er nichts so Drastisches vorgeschlagen."

„Was soll ich denn tun?" fragte sie.

Er kannte sie gut genug, um zu erkennen, daß sie sich im Zustand äußerster Angst befand. Wenn sich dieser Zustand aufrechterhalten ließe, dann konnte er aus einer Handlung, die er fast schon bedauerte, doch noch Nutzen ziehen. Donald Wells hätte viel darum gegeben, hätte er eine Mitteilung, die er an die Zeitungen gegeben hatte, und ein gewisses Telegramm, das sein Agent in Holland aufgegeben hatte, wieder aus der Welt schaffen können. Er hatte schon früher erlebt, daß Marjorie ihre Bußfertigkeit zur Schau stellte, und in einem Fall hatte er ziemlich drastische Maßnahmen ergriffen, um ihre Zunge zu zügeln. Doch die Wirkung hatte sich nur allzu schnell verloren. Bevor er Marjorie freiließ, mußte er ein überzeugenderes Argument schaffen, das eine Wiederholung ihrer Narrheiten verhindern würde.

„Deine erste kriminelle Tat wird darin bestehen, daß du einen Brief an Peter schreibst. Du hast mir gegenüber so oft zugegeben, daß du ihn bewunderst, da wird dir die Erfüllung dieser Aufgabe nicht allzu schwerfallen. Und sie wird dir um so leichter werden, als ich dir verspreche, keine Einwendungen gegen den Charakter des Briefes zu machen, wie liebevoll er auch ausfällt. Du schreibst ihn auf einem Briefbogen des *Continental Hotel*, Berlin, aber er braucht nicht zur Post gegeben zu werden. Am besten, du beginnst ihn so: ‚Diesen Brief lege ich in einen Brief an . . .' wen wollen wir dafür benennen? Nun, an irgendeinen gemeinsamen Freund, der dir einfällt. Du kannst schreiben, was du willst, aber ein paar Dinge sind wichtig. Du wirst ihn an die schönen Zeiten erinnern, die ihr zusammen hattet, und du wirst dabei andeuten, daß nicht alles unschuldig war. Du wirst ihn an die Gefahr erinnern, in der er schwebt, und ihn bitten, sofort zu dir zu kommen . . ."

„Du willst Jane eifersüchtig machen?"

Müde schloß er die Augen.

„Bitte versuche nicht klug zu sein. Da Jane diesen Mann nicht liebt, ist kaum zu vermuten, daß sie die Möbel zerschlägt, wenn sie das liest."

„Aber wann komme ich hier raus?" fing sie wieder an. „Hier ist es furchtbar für mich, Donald. Ich bin so sehr an ein aktives Leben gewöhnt."

„Du konntest einmal eine ganze Menge Freiübungen", unterbrach er sie. „Ich rate dir, deine Zeit damit zu verbringen."

In der vergangenen Nacht hatte er kein Auge zugemacht, aber nach einem Bad hatte er sich so frisch und klar gefühlt, als wäre er von einem wohltuenden Schlaf aufgestanden. Viel war zu tun. Er befand sich am Wendepunkt seiner Karriere, und ein falscher Schritt konnte ihn unwiederbringlich ruinieren. Und dieser Morgen brachte ihm den Besuch von

Inspektor Rouper, offensichtlich in Verbindung mit dem Mordfall Longford Manor.

Rouper war beunruhigt und nervös. In seiner langen und nicht unbedeutenden Laufbahn bei Scotland Yard hatte es eine Reihe unerfreulicher Ereignisse gegeben. Ihre Häufung konnte leicht zur Katastrophe führen, würden sie durch irgendeine frische Untersuchung seiner Handlungsweise erneut ans Tageslicht geholt.

„Ich fürchte, ich kann nicht mehr viel für Sie tun, Doktor. Ich habe schon zuviel getan, und heute morgen tat es mir fast leid, daß ich überhaupt mit diesem Fall zu tun bekommen habe. Bourke hat mich anscheinend durchschaut, und er ist der einflußreichste Mann bei Scotland Yard. Ich kenne ihn seit zwanzig Jahren und kann ihn trotzdem nicht verstehen. Er ist nicht der Mann, der Peter Clifton decken würde, wenn er ihn nicht für unschuldig hielte oder" – er sah Wells gerade in die Augen – „oder wenn er sich nicht ziemlich sicher wäre, den Mann zu kennen, der den Mord begangen hat."

„Blödsinn! Wer sollte es sonst getan haben?" sagte Wells und schob dem Beamten sein Zigarrenkästchen zu.

„Das frage ich mich auch", antwortete Rouper, die einladende Geste ignorierend. „Wissen Sie, ich kenne Bourkes Methode. Im Büro des Staatsanwalts nennen sie ihn ‚die Bombe'. Bourke legt nicht all die kleinen Beweisstücke vor, sobald er sie findet, sondern wartet, bis er seinen Fall geklärt und bis zum letzten Zeugen und zum letzten Beweis fertig hat, und erst dann wirft er ihn dem Schwurgericht in den Korb. Ich sage Ihnen noch etwas, Doktor: Bourke würde nicht einmal seinen eigenen Bruder verstecken. Und wenn man ihm zwanzigtausend Pfund böte oder gar fünfzigtausend – man könnte ihn nicht kaufen. Hielte er Peter Clifton für schuldig, dann säße Peter schon in der ‚Falle' und würde seinen Prozeß erwarten. Ich habe höllische Angst."

„Angst? Sie?"

Rouper nickte.

„Sie wissen vielleicht nicht, wieviel Kriminalbeamte Bourke schon von Scotland Yard entfernt hat – degradiert machen sie heute als Herr Niemand am Ufer der Themse Streifendienst. Deswegen habe ich Angst vor ihm. Der Polizeichef und der Disziplinarchef nehmen jede seiner Aussagen so, als wären sie unter Eid abgegeben worden."

Donald Wells lachte.

„Und Sie befürchten, daß er seine unbarmherzigen Absichten jetzt an Ihnen auslassen wird, nicht wahr? Seien Sie kein Narr, Rouper. Sie haben nichts zu befürchten; Sie haben Ihre Pflicht getan, so gut Sie nur konnten. Sie decken niemanden, und Sie setzen alles daran, den Mörder der Gerechtigkeit auszuliefern. Das ist doch kein Grund bei Scotland Yard, Leute hinauszuwerfen, nicht wahr?"

Rouper nickte abermals.

„Doch, wenn es der falsche Mörder ist", antwortete er grimmig. „In diesem Fall gibt es eine Menge, was ich nicht verstehe, Doktor. Sie haben mir gesagt, Clifton hätte den Mord begangen und Sie selbst hätten ihn blutbedeckt auf seinem Bett liegen sehen. Weiter haben Sie mir berichtet, seine Frau hätte seine Kleider nach London gebracht; ich würde sie in seiner Wohnung finden. Und dann haben Sie behauptet, es gäbe da ein Tagebuch, in das alle gefälschten Banknoten eingetragen wären. Keiner dieser Tips hat sich bewahrheitet. Ich habe die Information, die ich von Ihnen hatte, an den diensttuenden Beamten in Sydenham weitergegeben, aber er teilte mir mit, er habe die Pistole nicht gefunden und es gebe keinerlei Beweis dafür, daß Peter an dem Abend, als Radlow erschossen wurde, in der Nähe des Hauses war. Woher wissen Sie überhaupt, daß er da war?"

Roupers Ton war eindeutig feindselig, und zum erstenmal begann Wells, böse Ahnungen zu hegen.

Er hatte eine sehr beträchtliche Summe für diesen Kriminalbeamten ausgegeben, so daß man ihm die Vorstellung, Rouper in der Tasche zu haben, nachsehen mußte.

„Warum machen Sie keine Aussage bei der Polizei, wenn es stimmt, daß Clifton Ihnen gegenüber alles zugegeben hat?" fuhr Rouper fort.

Es lag Donald Wells auf der Zunge, ihm zu antworten, daß er eine solche Aussage bereits vorbereitet und den größten Teil der Nacht damit verbracht hatte, sie niederzuschreiben, sich aber nach eingehender Überlegung entschlossen hatte, den Brief den Flammen zu übergeben.

„Irgendwelche Neuigkeiten über unseren klugen Freund?"

Rouper zögerte mit der Antwort, was nicht ohne Bedeutung war, denn bisher hatte er keine Zurückhaltung gezeigt, selbst wenn es sich um die wertvollsten Geheimnisse von Scotland Yard gehandelt hatte.

„Ja", sagte er langsam und offensichtlich nur ungern. „Die französische Polizei ist der Auffassung, daß in dieser Woche eine große Menge holländischer Banknoten in Umlauf gesetzt werden soll — in London oder in Paris, ich bin mir nicht sicher, in welcher Stadt. In Paris, denke ich. Dieser Frau Untersohn geht es wieder besser. Ich glaubte erst, sie würde verrückt werden, aber wie ich höre, erholt sie sich wieder. Wußten Sie, daß Hale ihr Sohn war?"

Donald schüttelte den Kopf.

„Das war die überraschendste Entdeckung, die ich je gemacht habe", erklärte er, allerdings ohne überzeugend zu wirken.

Rouper fuhr gleich nach Longford Manor weiter; sein Wagen stand vor der Tür. Donald wartete, bis er fort war, und ging dann zu Fuß in die Oxford Street. Er hatte eine wichtige Verabredung mit seinem Bankdirektor. Donald war ein sparsamer Mensch, ein gewitzter, kluger Geldanleger mit einem hellen Verständnis für die einzelnen Kapitalmärkte. Im Augenblick erforderten die Märkte allerdings nicht viel

Einsicht. Die Ereignisse im Fernen Osten hatten selbst mündelsichere Wertpapiere plötzlich fallen lassen. Das war jetzt nicht der Augenblick, wie ihm sein Bankdirektor nachdrücklich darlegte, um sein Guthaben flüssig zu machen.

„In zwei Wochen erholt sich der Markt wieder", erklärte er ihm. „Wir haben Informationen aus Shanghai ..."

Donald unterbrach ihn mit einer Geste.

„Das verstehe ich durchaus, Mr. Reed", sagte er. „Aber in der nächsten Woche brauche ich eine Menge Geld, so daß ich auf jeden Fall verkaufen werde, selbst wenn ich dabei einen Punkt Verlust hinnehmen muß."

In zwei Wochen, so überlegte er sich, als er die Oxford Street hinunterging, würde ihn die Frage von einem oder zwei Punkten kaum noch berühren.

Er bereitete sich auf den Fall einer Katastrophe vor. Seine leichten Herzens abgegebenen Drohungen, seine Frau drei Monate eingesperrt zu lassen, waren nichts als Bluff. Realisierte sich sein großer Coup nicht in der nächsten Woche, würde er all sein verfügbares Geld brauchen und noch mehr seinen fixen Verstand.

Marjorie war ein Problem. Ihretwegen ärgerte er sich über sich selbst. Er hatte aus Gereiztheit gehandelt, als er sie einsperrte und die Geschichte von ihrer Auslandsreise in Umlauf setzte. Aber die Gereiztheit ist die Schwester der Panik. Der Psychologe in ihm empörte sich über diese Abweichung vom Gleichgewicht. Marjorie hinter verschlossenen Türen — das war eine drohende Gefahr. Wenn sie nur genug Kraft und Initiative hätte, könnte sie vom Fenster aus leicht die Aufmerksamkeit der Öffentlichkeit erregen. Es wäre eine äußerst peinliche Situation für ihn, käme er zur Harley Street zurück und fände dort eine gaffende Menschenmenge sowie einen Polizisten vor der Haustür, der das Auftauchen einer geheimnisvollen Gestalt an einem der oberen Fenster untersuchen wollte.

Andererseits könnte Marjorie, wäre sie frei und würde sich ihm unterordnen, eine tüchtige Hilfe sein — die einzige Hilfe, auf die er sich absolut verlassen konnte.

Er war wild geworden, als sie ihm durch Zufall erzählte, daß sie in der Nacht mit Jane zusammen war, in der Hale ermordet wurde, und als sie ihm aus Angst vor seiner unvernünftigen Wut bekannte, welche Vertraulichkeiten sie der jungen Frau weitergegeben hatte, hätte er sie umbringen können. Statt dessen hatte er im Zorn gehandelt — sie nach oben geschafft und in den Isolierraum eingeschlossen. Einen seiner Leute hatte er stehenden Fußes nach Holland geschickt. Das war dumm gewesen. Er hatte sich selbst in eine überflüssige Gefahr hineinmanövriert. Als ersten Schritt mußte er jetzt seine Lage, was Marjorie anbetraf, korrigieren und ihre volle Unterstützung gewinnen.

Als er wieder nach Hause kam, berichtete ihm sein Diener Frank, der ihm öffnete und der bereits seine Straßenkleider trug, da er am Nachmittag in Urlaub gehen sollte, daß Rouper zweimal angerufen habe.

„Er schien etwas aufgeregt zu sein, Sir", sagte der Diener.

Donald sah ihn verblüfft an.

„Er war aufgeregt, wirklich? Das genügt, Frank. Wann gehst du?"

„Ich wollte gerade gehen, Sir. Essen Sie auswärts?"

Wells nickte.

„Ich gehe, wenn du fort bist."

Der Mann kam aus dem Kellergeschoß, wo sein Zimmer war, seine Tasche in der Hand. Cheyne Wells stand in der Haustür.

„Ich hatte dir vierzehn Tage Urlaub gegeben, nicht wahr? Nun, du kannst mit drei Wochen rechnen. Wenn irgend etwas passieren sollte und ich dich brauche, schicke ich dir ein Telegramm."

Er wartete, bis sich die Tür hinter seinem Diener geschlossen hatte, und stieg dann langsam die Treppe hinauf bis zu dem angenehmen kleinen Gefängnis seiner Frau.

„Du kannst herauskommen", sagte er knapp und riß die Tür auf.

Sie war geradezu außer sich vor Dankbarkeit.

„Ach, Donald, du bist doch ein Liebling! Wirklich, dieses Zimmer fing an, mir auf die Nerven zu gehen. Ich bin sicher, ich wäre verrückt geworden ..."

Er ließ sie reden, ohne sie zu unterbrechen, und ging mit ihr in den kleinen Salon an der Rückseite des Gebäudes hinunter. Eine kalte Mahlzeit war auf dem Tisch serviert. Er selbst entkorkte eine Flasche Champagner und goß ihr ein. Sie sprudelte über vor Erleichterung.

„Es wäre auch dumm gewesen, mich da oben eingesperrt zu lassen. Natürlich kannst du mir vertrauen, Donald ..."

„Hast du den Brief geschrieben?"

Aus den Papieren, die sie heruntergebracht hatte, holte sie einen Bogen hervor, der in ihrer verschnörkelten Handschrift beschrieben war.

„Natürlich ist das alles ein bißchen ausgefallen – dich wird doch nichts verletzen, was ich hier geschrieben habe?" begann sie etwas nervös. „Du hast mir gesagt, ich sollte ..."

„Halt den Mund!" knurrte er und las den Brief Wort für Wort, strich ein paar Zeilen und fügte hier und dort einen Satz hinzu. Dann nickte er. „Das ist großartig! Nur war es nicht nötig, mich herabzusetzen."

„Ich dachte, das wäre geschickter", sagte sie, und er lächelte.

„Das ist schon ganz der Ton eines Verschwörers, Marjorie. Wirklich, ich werde etwas aus dir machen können. Iß weiter und überlaß mir alles Reden, was erforderlich ist."

Er selbst aß nur mäßig, trank aber den größten Teil der Flasche, die er geöffnet hatte.

In der Ecke des Salons stand ein kleiner Schreibtisch. Er stand auf, ging in sein Arbeitszimmer und kam mit ein paar Briefbögen und einem Umschlag zurück.

„Schreibe den Brief ins reine, und wenn du damit fertig bist, habe ich dir etwas zu sagen."

Er setzte sich an den Tisch und rauchte eine Zigarette, seine Stirn lag in Falten. Er wartete geduldig, bis sie mit der Reinschrift fertig war. Er las sie sorgfältig durch, faltete den Bogen und steckte ihn in den Umschlag, den sie schon adressiert hatte.

„Hervorragend!" sagte er. „Trink dein Glas aus!"

„Du kannst doch den Zeitschriften schreiben, daß die Sache mit meiner Auslandsreise ein Irrtum war, nicht wahr? Ich kann nicht die ganze Zeit in diesem Haus bleiben."

Ihr Herz erzitterte unter dem Blick, den er ihr zuwarf.

„Du wirst noch mindestens fünf Tage im Haus bleiben", erwiderte er. „Genau gesagt, bis die Sache mit Peter zu einem erfolgreichen Abschluß gekommen ist. Ich werde mich heute mit ihm treffen. Ich muß dir vertrauen, aber ich kann dir mehr vertrauen, wenn du von der interessierten Öffentlichkeit isoliert bist."

„Du hast mir doch auch früher getraut, nicht wahr?" platzte sie wütend heraus. „Habe ich dich verraten? Habe ich der Polizei von Nunhead gesagt, daß ich gesehen habe, wie du die Medizin für die alte Miß Stillmann zurechtgemacht hast? Habe ich ihr von den kleinen Flaschen erzählt, die aus Indien kamen . . ."

„Das hast du nicht", sagte er ruhig, „und wenn du es getan hättest, dann hätte das der Polizei auch nicht viel genützt, denn die Aussage einer Ehefrau kann nicht gegen ihren Ehemann verwendet werden."

„Was wirst du mit Peter machen?" wollte sie wissen. „Was ist dein Plan?"

Sein aufreizendes Lächeln verfehlte nie, ihre Wut zu erregen.

„Ich habe alle diese Pläne und Intrigen satt! Wollte Gott, wir wären in Nunhead geblieben! Ich war dort glücklich, bis es zu diesem Geschäft kam . . ."

„Genau. Doch dieses Geschäft, wie du es nennst, ruinierte mich. Und ich kann mich nicht erinnern, daß du über eine Fünfzehnschillingwohnung besonders glücklich warst. Ich habe vielmehr eine genaue Erinnerung an deine täglichen Klagen über unsere Arbeit; aber du bist eine Frau und infolgedessen inkonsequent, und ich bin dir nicht böse. Außerdem liebst du den Luxus, Marjorie – schöne Kleider, gutes Essen und so weiter. Du hast den Rolls-Royce-und-Ascot-Ehrentribünen-Komplex, und der Gedanke, den ich jetzt vor dir ausbreiten werde, müßte meiner Meinung nach völlig ausreichen, um dich vernünftig werden zu lassen. Wenn du mir nicht von ganzem Herzen und ohne jeden Vorbehalt hilfst, besteht die Gefahr, daß ich in sehr ernste Schwierigkeiten komme. So ernsthaft, daß ich vielleicht gezwungen bin, aus diesem Land zu verschwinden – und dabei muß ich jeden Penny mitnehmen, den ich besitze. In diesem Fall wärst du auf die Mildtätigkeit deiner Freunde angewiesen – und wo sind sie? Du hast vielmehr eine fatale Neigung, dir Feinde zu machen, meine Liebe. Wenn du dich die nächsten zwei Stunden mit Papier und Bleistift hinsetzen und versuchen würdest, die Namen aller Personen aufzuschreiben, die dir einen Hunderter leihen oder geben würden, so würdest du, fürchte ich, nicht viel weiter als bis zu Peter kommen. Und das bedeutet, du müßtest dir deinen Lebensunterhalt durch Arbeit verdienen, dich in eine düstere Unterkunft in Pimlico zurückziehen und bis zum Ende deiner Tage armselig leben. Ich sehe dich schon in der Schlange vor dem Fabriktor stehen und zugucken, wie deine alten Freunde zum Essen fahren. Und das ist doch keine erfreuliche Perspektive, nicht wahr, meine Liebe?"

Sie fröstelte. Er kannte sie nur zu gut.

„Ich will keinerlei übertriebene Argumente verwenden. Ich glaube, jene kleine, ernste Tatsache reicht aus, um dich davon zu überzeugen, daß deine Interessen bei mir liegen. Ich werde dir nicht damit drohen, daß ich dich vergifte oder daß ich, wenn du mich verrätst, zurückkommen und dir die Kehle durchschneiden werde, sondern ich zeige dir nur auf, was dir im Leben passieren wird!"

Sie war den Tränen nahe.

„Sei nicht häßlich, Donald. Natürlich werde ich alles tun! Aber es wird sehr gefährlich werden – ich meine, wenn ich Dinge tun soll, die illegal sind."

Er schüttelte den Kopf.

„Eine Ehefrau kann strafrechtlich nicht für Dinge verfolgt werden, die sie tat, weil ihr Ehemann sie dazu genötigt hat", erklärte er ihr. „Ich lege alle Karten auf den Tisch, Marjorie. Vielleicht ist meine Lage so sicher wie die Bank von England. Andererseits kann sie aber auch so ernst sein, daß ich schon auf dem Weg zum europäischen Kontinent sein müßte. Ich brauche deine Freundschaft und deine Hilfe. Ich bin bereit, dich dafür zu bezahlen."

Er zog ein Stück Papier aus der Tasche und schob es ihr über den Tisch zu.

„Ich habe heute früh zehntausend Pfund auf dein Konto eingezahlt, damit du völlig sicher bist."

Er sah ihre Augen aufstrahlen und unterbrach ihre leidenschaftlichen Dankesbezeigungen. Er lebte schon zu lange mit Marjorie, als daß er sie hätte mißverstehen können. Sie betete das Geld und die Annehmlichkeiten an, die man mit Geld kaufen konnte.

„Es gibt drei Dinge, die ich in bezug auf Peter Clifton tun könnte", sagte er. „Ich versuche heute das erste. Das zweite ist zu gefährlich; das dritte ist zwar schwierig, aber möglich. Es kann gut sein, daß ich schon auf den ersten Schlag Erfolg habe; anderenfalls verlasse ich mich auf dich."

„Ich will alles tun, Donald — alles. Es war lieb von dir, mir all das Geld zu geben — wirklich ganz lieb von dir. Mir erstarrte das Blut, als du von den Schlangen vor Fabriktoren sprachst; ich hasse die Armut. Was soll ich denn tun?"

„Erst einmal — und das ist sehr wichtig — hast du im Haus zu bleiben, ohne dich zu zeigen. Das heißt, du mußt die Arbeit des Dienstmädchens und der Köchin tun, allerdings nur für ein paar Tage. Und dann möchte ich, daß du zur Abreise bereit bist — ich kümmere mich um das Visum in deinem Paß — in die Vereinigten Staaten."

Sie nickte.

„Natürlich mache ich alles ...", fing sie an, doch er unterbrach sie abermals.

„Aus den zehntausend mache ich fünfzigtausend, wenn du brav bist."

Er war fast gütig. Eine zweite Flasche Champagner gab er aus. Sie saßen noch eine ganze Stunde zusammen, in der er Mittel und Methoden erörterte und in ihr einen zufriedenen, ja bereitwilligen Gehilfen fand.

Er wollte gerade zu einer seiner beiden Verabredungen gehen, als in seinem Arbeitszimmer das Telefon läutete. Es war Rouper.

„Ich habe schon den ganzen Vormittag versucht, Sie zu erreichen." Roupers Stimme war ungeduldig, doch zugleich hatte sie einen Klang von Triumph.

„Was ist geschehen?" fragte Donald schnell.

„Wir haben etwas gefunden."

Er hörte ein leises Glucksen am anderen Ende der Leitung. Offensichtlich war die Beschreibung des Dieners, der Mr. Rouper als aufgeregt bezeichnet hatte, nicht an den Haaren herbeigezogen.

„Es gibt einen alten Brunnen hinter Longford Manor, und ein Mann von der örtlichen Polizei, der heute morgen auf dem Grundstück herumschnüffelte, hob den Deckel ab und leuchtete hinunter. Und was glauben Sie, was wir da gefunden haben?"

Donald konnte es erraten, äußerte aber keine Meinung.

„Eine Druckerpresse und Platten — die ganze Einrichtung einer Fälscherwerkstatt! Und wir haben die Aussage vom Sohn des Gärtners. Er war am Abend vor dem Mord im Haus, um leere Milchflaschen aus der Küche zu holen, und sah Clifton etwas zum Brunnen tragen."

„Weiß Bourke es schon?"

Wieder ein erfreutes Glucksen.

„Nein. Die beiden Männer, die er hier draußen gelassen hatte, waren im Dorf unterwegs zu Zeugenvernehmungen. Aber natürlich wird er es im Lauf des Tages erfahren. Ich habe Arbeiter in den Brunnen hinuntergeschickt; praktisch ist jetzt alles oben."

Donald legte den Hörer mit einem Lächeln auf. Er war sich nicht ganz sicher, ob ihm diese Entdeckung helfen oder ob sie sich als Handikap erweisen würde.

Er ging in sein Labor hinüber, öffnete einen kleinen Geldschrank, der in der Ecke stand, schloß ein Fach auf und nahm eine zusammengefaltete Zeitungsseite heraus. Er brachte sie in sein Arbeitszimmer und steckte sie in einen Umschlag. In diesem kritischen Augenblick durfte er nichts dem Zufall überlassen. Jeden Augenblick konnte Bourke kommen, ausgestattet mit dem Recht, jedes Stück Papier zu untersuchen, jedes seiner geheimsten Besitztümer. Es gab nur einen Platz für jene eingerissene Seite einer fünfundzwanzig Jahre alten Provinzzeitung: den Tresor seines Rechtsanwalts.

Auf den Umschlag schrieb er: „Privat. Verbleibt bei meinen Dokumenten. Nicht öffnen!" Er steckte den Umschlag in einen größeren und versiegelte ihn. Damit war er gerade beschäftigt, als Marjorie eintrat.

„Hast du zu tun?" fragte sie ihn. „Ich habe darüber nachgedacht, was ich Jane gesagt habe. Ich habe versucht, mich an jedes einzelne Wort zu erinnern und daran, wie sie es aufgenommen hat. Donald, du machst doch keinen Fehler in bezug auf sie, nicht wahr?"

„Wie meinst du das?" fragte er.

„Sie ist keine Närrin, und ich glaube nicht, daß man mit ihr so einfach fertig wird, wie du denkst. Wenn ich du wäre, würde ich mich nicht darauf verlassen, daß ihr gleichgültig ist, was mit Peter geschieht. Sie mag ihn."

„Dummes Zeug!" rief Wells spöttisch aus. „Wenn das stimmt, was ich glaube, und sie die Person ist, die . . ." Er vollendete den Satz nicht, und sie erfuhr nicht, in welcher Situation sich Peter an diesem Vormittag befand. „Wenn sie Peter verteidigt, dann nur aus einem gewissen Pflichtgefühl heraus."

Marjorie schüttelte den Kopf.

„Sie mag ihn sehr", erklärte sie nachdrücklich. „Wenn ich auch nicht behaupten würde, daß sie in ihn wild verliebt ist. Und sie ist mißtrauisch mir und dir gegenüber."

„Dank deiner geschwätzigen Zunge wird sie das wohl sein", knurrte Donald. „Sie mag aber auch ihren Vater, meine Gute, und wenn sie eine Entscheidung zu fällen hat, wird sie sich an John Leiths Rat halten."

Marjorie schüttelte den Kopf.

„Ich weiß nicht", entgegnete sie, „das ist absolut nicht der Eindruck, den ich gewonnen habe."

„In Ordnung. Ich denke zwar, du irrst dich, aber ich werde auf der Hut sein."

Stirnrunzelnd blickte er auf den unadressierten Brief an seinen Rechtsanwalt hinunter. Jane Clifton! Er hatte sie nie als etwas anderes als eine Schachfigur in dem großen Spiel betrachtet; eine reizende junge

Frau, modern, ein bißchen oberflächlich. Sie war nicht von seiner Art, also hatte er sich nie Mühe gegeben, sie zu verstehen.

Donald Wells hatte keine sehr hohe Meinung von weiblicher Intelligenz, und zweifellos hatte er Jane Clifton nicht als mögliches Hindernis einkalkuliert. Es irritierte ihn, in diesem Stadium einen neuen Faktor in Betracht ziehen zu sollen. Jane Clifton? Er tat ihre Existenz mit einem Achselzucken ab, adressierte den Umschlag und ließ ihn in die Tasche gleiten. Auf jeden Fall würde er sie am Nachmittag treffen; vorgewarnt würde er sie im Licht von Marjories Worten besser beurteilen können.

Er ging in die Wigmore Street, gab seinen Einschreibbrief auf, dachte immer noch an das junge Mädchen und fühlte sich aus irgendeinem Grund, der ihm nicht klar wurde, ein wenig unbehaglich. Im Unterbewußtsein war er der Überzeugung, daß ihm ein Versehen unterlaufen war — aber doch nicht in bezug auf Jane Clifton?

Auf dem ganzen Weg nach St. John's Wood hatte er dieses irritierende Gefühl. Marjorie war nicht der Grund, Jane konnte es nicht sein. Die Unannehmlichkeiten des Morgens waren durch Roupers Jubel völlig getilgt. Auch Peter war jetzt nicht der Grund — er war eine ständige Ursache von Unbehagen. Er stieg vor John Leiths Haus aus und sagte dem Taxifahrer, daß er warten sollte. Das Hausmädchen, das ihn einließ, teilte ihm mit, daß Mr. Leith im Garten sei; genau dort hatte ihn Donald erwartet.

Es war ein mittelgroßes Grundstück hinter dem Haus. An seinem Ende stand ein rustikales Sommerhaus, das sich von den meisten seiner Art dadurch unterschied, daß es gut gebaut und bequem eingerichtet war. John Leith schlenderte auf dieses Haus zu, als er aus einem Winkel seines Auges den Besucher kommen sah. Er ging langsam auf die Eingangstür des rustikalen Pavillons zu und erwartete Wells dort.

„Nun?" fragte er. Seiner Stimme fehlte jene Sicherheit, über die er sonst verfügte, und er zeigte eine gewisse Nervosität, die an ihm völlig neu war.

Donald folgte ihm in das Sommerhaus und ließ sich in einen Sessel aus Rohrgeflecht fallen.

„Heute abend befrage ich das Orakel", sagte er leichthin.

„Ich wünsche Ihnen viel Spaß dabei", knurrte John Leith.

Er saß auf der Kante eines Sessels, stützte seine Ellbogen auf die Knie und zupfte mit seinen weißen Händen nervös am Schnurrbart. Donald betrachtete ihn neugierig.

„Ich habe mich oft gefragt, wie Sie in dieses Komplott gekommen sind, John."

John Leith zuckte die Achseln.

„Vielleicht haben Sie sich auch oft gefragt, wie ich lebe", antwortete er zynisch. „Ich sage Ihnen, es wird weitgehend so gewesen sein wie bei Ihnen — das vermute ich jedenfalls, denn ich weiß nichts Näheres. Ich reise gern, ich spreche verschiedene Sprachen, ich habe Zutritt zur Gesellschaft — in vieler Hinsicht hatten Sie, Donald, im Vergleich zu mir dabei beträchtliche Vorteile."

Donald lehnte sich vor und senkte die Stimme.

„Haben Sie je den Cleveren gesehen?" fragte er.

„Bewußt nicht", antwortete John Leith. „Vermutlich hatten Sie und ich das gleiche Erlebnis. Ich habe mit ihm in seinem so theatralischen Raum gesprochen; ich habe sein Geld weitergeleitet und habe es — das Herz schlug mir bis zum Hals! — so weit nach Osten bis Bukarest geschafft."

Donald steckte sich eine Zigarette an.

„Ich mache mir etwas Sorgen", sagte er dann. „Sorgen um mich, um Sie, um Jane."

„Wieso um Jane?" fragte John Leith schnell. Und als er seinen Gesprächspartner aufblicken sah, fuhr er fort: „Sie brauchen keine Angst zu haben. Dies Häuschen ist schalldicht. Sie können die Tür zumachen, wenn Sie möchten, aber es wird dann gräßlich heiß."

„Ich will Ihnen sagen, wieso ich mir Sorgen mache." Donald rückte seinen Sessel näher an den von John Leith. „Angenommen, wir bringen diese Sache zu Ende. Ich überrede Peter, sich für geistesgestört erklären zu lassen und die Verwaltung seines Vermögens Jane zu übergeben — das war unser Plan von Anfang an, wir haben nur die Methode ein bißchen verpfuscht. Kommt uns dann unser kluger Freund dazwischen, und erntet er die Früchte unserer Arbeit?"

John Leith schüttelte den Kopf.

„Ich weiß nicht. Ich habe daran auch gedacht", antwortete er. „Bisher hat er sich aber immer großzügig verhalten, und es war vorgesehen, daß jeder seinen Schnitt machen sollte."

Dann senkte er plötzlich das Gesicht in die Hände und stöhnte.

„Mein Gott, was für ein Scheusal war ich doch! Ich glaubte, alles ließe sich schnell und leicht erledigen. Nicht im Traum habe ich daran gedacht, daß Basil getötet werden könnte — das war entsetzlich. Der Plan war, daß er verschwinden sollte und Sie einen Mord vortäuschen würden." Er schaute den anderen scharf an. „Dieser Mord, Donald, ist nach meinem Gefühl ein bißchen viel für einen Zufall."

„Er wurde von Wilderern getötet, ich sagte es Ihnen doch", entgegnete Donald ruhig. „Rouper stimmt dieser Theorie zu. Basil muß auf dem Grundstück umhergeschlichen sein, als ihm jemand eins über den Schädel gab. Ein oder zwei Leute hatten wahrscheinlich auf dem Grundstück Fallen für Kaninchen gestellt."

John Leith betrachtete ihn lange Zeit, ohne etwas zu sagen.

„Wurde Radlow vielleicht auch von Wilderern getötet?" fragte er. „Warum wurde er ermordet, Donald? Ich habe Angst! Diese Sache ist zu weit gegangen, hat die falsche Richtung genommen. Radlows Tod bestürzt mich."

„Großartig!“ erwiderte der andere sarkastisch. „Sie geraten jetzt in die Kategorie der tief Erstaunten, in der ich bloß eine unbeträchtliche Größe darstelle. Nein, nein, mein lieber Freund, ich weiß nicht mehr über Radlows Tod als über den von Basil Hale.“

„Woran schrieb er gerade?“ fragte Leith. „In den Polizeiberichten heißt es, daß sechs Blatt seines Manuskripts fehlten.“

Er stand auf, bewegte sich zur Tür, als ob er gehen wollte, und drehte sich dann plötzlich um.

„Ich habe Sie nie gefragt, wie Sie in dieses Geschäft gekommen sind. Doch da wir miteinander so gut bekannt sind, könnten Sie mir vielleicht die Bedingungen nennen, unter denen Sie arbeiten; was Sie zu erringen hoffen, was für eine Vorstellung Sie vom Schluß der Sache haben.“

Jetzt hatte Donald Wells Grund zum Nachdenken. Jahrelang hatten diese beiden Männer in täglichem Kontakt gestanden; jahrelang hatten sie nur indirekt von ihrer Tätigkeit gesprochen und nie ihre stillschweigend akzeptierte Beziehung in Worte gefaßt. Für Donald war dieser bequeme Schwächling von Mann ein geduldiges und uninteressiertes Werkzeug der Organisation, die zwanzig Jahre lang Europa und Amerika geschröpft hatte. Wells hatte das unheilvolle Geschick, Leute in Kategorien einzuordnen. Von Anfang an sah er John Leith als jemanden, der den Weg des geringsten Widerstandes ging, der sich das Leben außerhalb des Gesetzes nicht ausgesucht hatte, sondern der es sich hatte auswählen lassen; er selbst hatte nur die Hände gefaltet und sich den Umständen gebeugt. Als er John Leith näher kennenlernte, fing er an, ihn weniger zu respektieren. Wie er es einmal Marjorie gegenüber formuliert hatte, betrachtete er Leith als Treibholz des Lebens. Sein majestätischer Wille verdankte alles dem zufälligen Lauf der Dinge, in dem er sich gerade befand. Für die Dienste, die er leisten konnte — Donald hielt ihn für den wahren Chef des Nachrichtendienstes des Cleveren —, war er gut bezahlt worden, doch wie sehr ihn der Unbekannte verachtete, zeigte sich in dessen Entscheidung, Jane zum Opfer zu machen, und in dem demütigen Einverständnis ihres Vaters, sie diese Rolle spielen zu lassen.

„Ich kam zu dem großen Mann vermutlich auf die gleiche Weise wie Sie“, sagte er und beobachtete sein Gegenüber. „Ich war kaputt und verzweifelt. Da bekam ich eine Mitteilung von Blonberg, in der er mir ein Darlehen zu ungewöhnlich günstigen Bedingungen anbot. Ich fürchtete, daß irgendein Haken dabei wäre, aber ich griff damals nach jedem Strohhalm. So ging ich zur Knowlby Street hinauf und führte das Gespräch in jenem theatralisch dunklen Raum. Der Clevere war von brutaler Offenheit und sagte mir, er suche einen Agenten, einen gebildeten Mann, um seine Fälschungen in Umlauf zu bringen. Bei dieser Gelegenheit gab er mir tausend Pfund in echtem Geld, damit ich aus der Patsche herauskam, in der ich damals steckte. Am nächsten Morgen heckte er den Plan aus, daß ich mich in der Harley Street niederlassen sollte. Niemand wußte besser als er, daß ich keine Fähigkeiten besaß, die auch nur den einfältigsten Arzt hätten dazu verleiten können, mich in irgendeiner Frage zu konsultieren. Aber die Sache paßte in seine Pläne, und *voilà!* Es wurde ein gewinnbringendes Unternehmen."

„Sie waren es auch, der ihm von Peter erzählte?" sagte Leith – mehr eine Feststellung als eine Frage.

„Ja, das war ein außergewöhnlicher Glücksfall. Peter kam in mein Haus, um sich einen Zahn plombieren zu lassen – jemand hatte ihm den Zahnarzt empfohlen, der früher in dem Haus wohnte, bevor ich es kaufte. Wir kamen ins Gespräch, und nach und nach erzählte er mir von seinen Sorgen und Ängsten. Natürlich erinnerte ich mich an den Fall Welerson und konnte zwei plus zwei addieren."

„Und Sie waren es auch, der den Plan vorschlug – und Jane einbezog?"

„Und Sie derjenige, der das ohne Protest billigte", warf ihm Donald vor. „Mein lieber Freund, das ist jetzt nicht der Zeitpunkt für gegenseitige Beschuldigungen. Ich bin vollkommen sicher, daß jener kleine Plan aufgehen wird. Natürlich ist es Pech für Jane; sie wird sehr in der Öffentlichkeit stehen . . ."

„Sie liebt ihn", sagte John Leith still.

Donald starrte ihn an.

„Unsinn! Wie könnte sie ihn lieben! Sie weiß nichts Näheres von ihm, nur, daß er ein Wahnsinniger ist."

„Sie liebt ihn", sagte Leith abermals und schüttelte den Kopf. „Seltsam ist das. Nicht im Traum habe ich mir vorgestellt, daß Jane irgend jemanden lieben könnte. Es war verrückt, auf Sie zu hören, aber die zwei Millionen blendeten mich, und es sah so einfach aus."

Und dann fuhr er zu Donalds Verwirrung fort:

„Sie haben mir nicht alles gesagt, was Sie von Peter wissen, nicht wahr? Irgend etwas halten Sie zurück. Ich habe das Gefühl, daß Sie neben all den Plänen, die Sie für den großen Mann ausarbeiten, auch einen kleinen Plan für sich selbst haben, der nur Donald Wells und niemanden sonst angeht, und daß Sie etwas im Alleingang machen – was ist es?"

Donald zwang sich ein Lächeln ab.

„Das ist doch absoluter Unsinn, was Sie da reden", begann er, aber John Leith schnitt ihm das Wort ab.

„Dieses Gefühl habe ich. Im Hintergrund Ihres verschlagenen Geistes gibt es ein Etwas, von dem nicht einmal der große Chef weiß – ein kleines privates Spiel, das Sie parallel zu dem anderen und unabhängig davon betreiben."

Für Donald Wells' Geschmack kam er der Wahrheit in beunruhigender Weise nahe.

„Sie werden nervös, und wenn ich nicht aufpasse, stecken Sie mich damit noch an."

John Leith ließ das Gesicht seines Gegenübers nicht aus den Augen.

„Wenn ich feststelle, daß ein Mann Vorbereitungen trifft, um das Land fluchtartig zu verlassen, muß ich zu Recht vermuten, daß es entweder eine größere Gefahr gibt, als ich weiß, oder daß er für sein eigenes Interesse arbeitet. Ihre Bank verkauft schon die letzten drei Tage Wertpapiere in Ihrem Auftrag. Heute morgen sind Sie zum Bankdirektor gegangen und waren mehr als eine halbe Stunde in seinem Privatbüro."

Donald war bestürzt, aber er verbarg seine Überraschung hinter einem lauten Gelächter.

„Heil Ihnen, Chef des Nachrichtendienstes!" sagte er spöttisch. „Heil und Glückwunsch! Als unwürdiger Diener des großen Khans der Gesetzlosen bewundere ich die Tüchtigkeit selbst dann, wenn sie gegen mich gerichtet ist! Chefspion des Mächtigen, ich grüße Sie!"

John Leith senkte die Augen.

„Ich mache die Arbeit, die ich zu tun habe", antwortete er mürrisch. „Ich bin nicht mehr so jung, wie ich einmal war, und ich kann nicht mehr durch ganz Europa ziehen und überall Päckchen mit falschen Banknoten hinterlassen."

„Sie brauchen sich nicht zu entschuldigen", sagte Donald, als er aufstand, sich einen Rest Zigarettenasche von der Weste schnippte und seine Krawatte geraderückte. „Und schlagen Sie sich den Gedanken aus dem Kopf, ich würde den großen weißen Häuptling hintergehen." Lebhaft fuhr er fort: „Ich lasse Sie wissen, was Peter gesagt hat, obwohl das wahrscheinlich überflüssig ist, denn Sie haben sicher einen Spion in einem Schrank nahe dabei versteckt. Es ist wohl zu vermuten, daß er den generellen Vorschlag, den ich ihm vorlegen werde, annehmen wird. In diesem Fall sind dann nur noch ein paar legale Formalitäten zu erledigen, und – siehe da! – wir sind alle fast Millionäre."

John Leith antwortete ihm nicht. Er sah der eleganten Erscheinung des Arztes nach, wie er den Gartenweg hinunterging und durch die große Terrassentür des Arbeitszimmers verschwand. Dann senkte er den Blick. Lange Zeit faltete und löste er seine Finger immer wieder und erwog in seinen Gedanken hundert verschiedene Möglichkeiten, eine immer unangenehmer als die andere.

Schließlich stand er auf, öffnete einen kleinen Wandschrank und nahm eine Brandyflasche heraus. Er goß sich eine großzügige Portion in ein Becherglas ein und trank es auf einen Zug aus. Er ging in das Haus zurück und nahm eine telefonische Mitteilung von einer Frau entgegen, die ihm bei vielen Gelegenheiten gute Dienste geleistet hatte.

„Entschuldigen Sie, Sir", sagte eine Stimme, „aber ich glaube, ich sollte Ihnen sagen, daß Mrs. Untersohn einen geladenen Revolver in ihrem

Schlafzimmer hat. Ich hab heute morgen gesehen, wie sie sich ihn beguckte."

„Vielen Dank", antwortete John Leith fast strahlend.

Kapitel 29

Dr. Donald Cheyne Wells drückte die Klingel an Peters Wohnung und wartete. Nach einem Weilchen klingelte er erneut. Er hatte den Finger kaum vom Klingelknopf zurückgezogen, als die Tür geöffnet wurde, allerdings nicht von dem Butler, wie er erwartet hatte.

„Nun, Jane, was ist passiert? Haben Ihre Dienstboten Sie verlassen?" fragte er in fröhlicher Stimmung.

Sie antwortete ihm nicht. Dieser pfiffige Mann benötigte nur einen schnellen Blick auf ihr Gesicht, um zu erkennen, daß sich Jane Clifton beträchtlich verändert hatte, seit er sie das letztemal gesehen hatte. Auf irgendeine unerklärliche Weise sah sie erwachsener, plötzlich zur Frau gereift, aus; er spürte hier jenen bisher unberücksichtigt gebliebenen Faktor, auf den Marjorie hingewiesen hatte.

„Treten Sie näher", forderte sie ihn auf und schloß die Tür hinter ihm.

„Wie geht es Peter? Oder ist er nicht da?"

„Peter ist da", antwortete sie, und er hatte den Eindruck, dies sei der richtige Augenblick, um etwas zu ihrer veränderten Haltung zu sagen.

„Was ist los, Jane? Habe ich Sie irgendwie verärgert?"

Sie schüttelte den Kopf.

„Nein, ich bin nicht verärgert", sagte sie. „Wollen Sie bitte hereinkommen, Doktor?"

„‚Doktor'!" spottete er, als er ihr ins Wohnzimmer folgte. „Was ist passiert, Jane? Und seit wann bin ich ‚Doktor' für Sie?"

Dann erinnerte er sich.

„Ach so! Mein so geschwätziges Eheweib hat wieder etwas Propaganda betrieben! Leider, meine Liebe, sind Marjorie und ich nicht so gute Freunde, wie wir es sein sollten. Und da wir uns neulich, als sie nach Longford Manor kam, ziemlich gestritten haben, hat sie keine sehr freundliche Meinung von ihrem langmütigen Ehemann. Doch sie dürfen Marjorie nicht zu ernst nehmen."

„Ich habe Peter gerade empfohlen, daß er Sie ebenfalls nicht zu ernst nehmen sollte", antwortete sie. „Das Problem mit dem armen Peter besteht darin, daß er selbst furchtbar geradeaus und ehrlich ist; da glaubt er, alle Menschen auf der Welt sind von derselben Fasson!"

Donald amüsierte sich.

„Anscheinend haben wir miteinander ziemlich ‚aufgeräumt'." Er lachte. „Wo ist Peter?"

„In der Bibliothek. Ich sage ihm gleich, daß Sie da sind, aber ich möchte vorher noch etwas mit Ihnen besprechen. Wollen Sie sich nicht setzen?“

Sie war so formvollendet höflich, so irritierend „erwachsen“, daß er kaum wußte, ob er verärgert oder amüsiert sein sollte.

„Das hört sich wie die Eröffnung von etwas Schauerlichem an. Worum handelt es sich?“

„Ist Peter verrückt?“

Bar jeder Einleitung, jeder taktvollen Einführung hörte sich ihre Frage brutal an. Aber er bedauerte es nicht, daß sie sie gestellt hatte. Auf jeden Fall wurde dadurch seine eigene Aufgabe beträchtlich einfacher. Es wäre klug von ihm gewesen, genauso direkt zu sprechen. Statt dessen verleitete ihn sein berufliches Training dazu, der Erörterung auszuweichen.

„Was für eine seltsame Frage, die Sie da stellen – sind wir nicht alle ein bißchen verrückt?“

„Ist Peter verrückt? Lassen Sie es mich klar formulieren: Ist er so geisteskrank, daß er in eine Anstalt gesteckt werden kann?“

Wieder bot sich ihm eine Chance, und wieder verpaßte er sie.

„Peters Gesundheit ist eine Sache, die nur ihn betrifft, und nicht im Traum würde ich daran denken, dieses Thema ohne Peters volle Zustimmung zu diskutieren.“

„Sie betrifft mich ebenfalls.“

Ihre Stimme war fast sanft, und er ließ sich durch ihre scheinbare Demut täuschen.

„Ich bin seine Ehefrau, und als ich ihn heiratete, übernahm ich damit eine schwere Verantwortung. Zu jener Zeit begriff ich noch nicht, wie schwer sie war. Aber ich habe nun einmal diese Verantwortung, Dr. Wells, und ich habe auch bestimmte Rechte nach dem Gesetz. So habe ich das Recht, zu erfahren, wie es um die Gesundheit meines Mannes steht. Ich bin sogar die einzige Person, die dieses Recht besitzt.“

„Warum sprechen Sie nicht mit Ihrem Vater ...“ begann er.

„Ich spreche jetzt mit Ihnen, und ich will ganz offen sein. Ich möchte, daß Sie sich in bezug auf Peter auf eine Meinung festlegen, bevor Sie ihn sehen. Wenn Sie mir nicht jetzt gleich sagen, was mit Peter los ist, muß ich Sie bitten, das Haus zu verlassen.“

Er starrte sie verblüfft an.

„Aber, meine liebe Jane, da nehmen Sie eine höchst merkwürdige Haltung ein – und das gegenüber einem alten Freund! Und wirklich, mir gefällt die Art nicht, in der Sie von Ihrem Vater sprechen ...“

„Ich glaube, es wäre besser, Sie würden mich künftig als Mrs. Clifton anreden.“

Jetzt begriff Donald Wells die besonderen Schwierigkeiten und Gefahren seiner Position. Die kühle Würde der jungen Frau raubte ihm erst den Atem und machte ihn dann wütend.

„Quatsch und Unsinn!“ erklärte er grob. „Was soll die ganze ...“ Er zögerte.

„‚Vornehmtuerei‘ ist das Wort, das Ihnen fehlt. Ich *bin* vornehm. Ich war tatsächlich so arrogant, heute früh die vollständige Kontrolle über Peters Leben zu übernehmen.“

Dem folgte eine lange, von Donald als schmerzhaft empfundene Stille.

„Nun gut“, sagte er schließlich. „Peter ist geistig nicht gesund. Wie Sie wissen, war sein Vater ein lebensgefährlicher Verrückter, der tatsächlich einen Mord beging und in Broadmoore starb. Sein Großvater hatte die gleiche Anlage; und ich habe alle Ursache zu glauben, daß Peter diese Schwäche geerbt hat.“

„Welcher Anlaß hat Sie zu dieser Meinung gebracht?“ wollte sie wissen.

Er zügelte sein Temperament.

„Es gibt verschiedene Anlässe, die ich jedoch im Augenblick nicht zu diskutieren bereit bin. Ich bin der festen Überzeugung, Peter hat ein entsetzliches Verbrechen im Zustand des Komas begangen — das heißt zu einem Zeitpunkt, da er für seine Handlungen nicht verantwortlich war oder sich in einem solchen Zustand der geistigen Labilität befand, daß er sich hinterher an seine Taten nicht mehr erinnern konnte.“

„Den Mord an Basil Hale?“

„Ja“, antwortete Wells herausfordernd, „den Mord an Basil Hale! Und ich bin außerdem ganz sicher, daß er das furchtbare Verbrechen gestern abend begangen hat. Er hat Clewers besucht, der die höchste Autorität für Geisteskrankheiten ist, und Clewers hat immer die These vertreten, daß es möglich ist, daß die Gefahr erneut auftritt.“

„Das ist nicht das, was Sie Peter gesagt haben.“

„Es ist auf jeden Fall die Wahrheit“, hielt er dem verzweifelt entgegen. „Und wirklich, Jane, ich habe nicht vor, meine Zeit mit der Diskussion undurchschaubarer geistiger Prozesse mit einer jungen Frau zu verschwenden.“

„Sie diskutieren aber nicht mit irgendeiner jungen Frau, sondern mit Peter Cliftons Ehefrau“, betonte sie.

Dann ging sie zu seiner Überraschung zu einer der Türen und öffnete sie.

„Ich bringe Sie jetzt zu Peter.“

Er mußte durch den Salon gehen und stellte überrascht fest, daß Jane offensichtlich am Nachmittag Besuch gehabt hatte, denn der Teetisch war noch gedeckt, und auf dem großen Silbertablett standen vier oder fünf benutzte Tassen. Sie klopfte an eine weitere Tür, und Peters Stimme forderte sie auf einzutreten. Die zweite Überraschung bestand in der Tatsache, daß sie gar nicht versuchte, ihn zu begleiten.

Peter war beim Schreiben, als er eintrat, legte aber die Feder hin und stand auf, um seinen Gast zu begrüßen.

„Hallo, Donald!“ rief er ihm fast fröhlich zu. „Sie sehen etwas erregt aus. Hatten Sie Streit mit Jane?“

„Ich weiß nicht, ob sie in besonders streitsüchtiger Stimmung ist; auf jeden Fall ist sie schwierig“, knurrte Donald. Er nahm sich eine Zigarette vom Tisch. „Wer war heute nachmittag hier – Bourke?“

Peter schüttelte den Kopf.

„Nein. Jane hatte drei Männer zum Tee hier, Freunde von ihr. Sie waren ziemlich amüsant, obwohl ich weiß Gott nicht in der Verfassung bin, mich amüsieren zu lassen! Nun?“

Donald stand in seiner Lieblingshaltung vor dem leeren Kamin und schürzte die Lippen.

„Das war eine böse Sache gestern abend“, begann er.

„Sie meinen die Sache mit Radlow?“

„Ja, das meine ich.“

„Glauben Sie“ – Peter zögerte. „Sie glauben doch nicht, ich hätte damit irgend etwas zu tun?“

„Glauben Sie es?“ fragte Wells freiheraus, bekam aber keine Antwort. „Auf jeden Fall habe ich nicht die Absicht, das zu erforschen, Peter. Wichtig ist jetzt, daß Sie eine Entscheidung fällen müssen, und zwar eine schnelle Entscheidung – im Interesse Ihres eigenen Schutzes und des Ihrer Jane. Es ist sonnenklar, daß Sie – nun, um es nicht zu scharf auszudrücken – nervenkrank sind. Ich fürchte sehr, darüber gibt es überhaupt keinen Zweifel. Und ich befürchte eins: daß die Wahrheit über diese Morde herauskommt. Es wird dann einen fürchterlichen Strafprozeß geben. Ich denke, das Beste, was Sie tun könnten, wäre, dem durch einen freiwilligen Akt zuvorzukommen.“

Peter saß immer noch am Tisch, die Hände auf der Schreibunterlage gefaltet, den Kopf gesenkt.

„Und was schlagen Sie vor?“

„Ich schlage vor, daß Sie mit Jane sprechen und sie von der Richtigkeit meiner Überlegungen überzeugen. Dann müßten wir uns ein paar gute Leute suchen, Sie für geistesgestört erklären lassen und Sie in eine spezielle Einrichtung bringen, die unter der Leitung eines erfahrenen Mannes steht. Vermutlich ist das nur für fünf oder sechs Jahre nötig. Am Ende dieser Zeit können alle diese betrüblichen Symptome verschwunden sein.“

Eine Stille beherrschte den Raum, unterbrochen nur durch das Tikken der Uhr auf dem Kaminsims.

„Mit anderen Worten, ich soll mich der Schande des Wahnsinns aussetzen?“ Peters Stimme war kaum zu hören.

Donald nickte.

„Die Sache könnte in der Stille erledigt werden. Das Gericht wird Jane zur Verwalterin Ihres Vermögens ernennen, und vielleicht wollen Sie mich und Janes Vater als Treuhänder haben.“

Peter sah nicht auf. Donald Wells beobachtete ihn aufmerksam und sah, wie sich sein Kopf auf die Schreibunterlage senkte.

„Ich möchte jedes Aufsehen vermeiden", fuhr er fort. „Wenn es uns gelingt, Sie im stillen für geistesgestört erklären und wegschaffen zu lassen, und die wirkliche Täterschaft dieser Morde erst später entdeckt wird, ergreift die Polizei keine Maßnahmen – wie könnte sie das auch gegen einen Mann, der bereits Insasse einer Klinik für Geistesgestörte ist? Sie müssen auch an Jane denken, mein Junge." (Er wußte, daß er sich hier auf sicherem Grund befand und das bestätigende Nicken, mit dem ihm Peter antwortete, gar nicht brauchte.) „Sie können sie nicht als die Ehefrau eines verurteilten Mörders brandmarken."

Der junge Mann am Tisch hob sein verstörtes Gesicht und sah sein Gegenüber an.

„Und es gibt wirklich keinen Zweifel?" bettelte er fast.

Donald schüttelte den Kopf.

„Keinen", sagte er mit einer Endgültigkeit, die Peter erzittern ließ.

Fünf Minuten saß er da, ohne ein Wort zu sprechen. Mit einem schnellen Seufzer hob er dann den Kopf.

„In Ordnung", sagte er. „Würden Sie hinausgehen, Jane suchen und sie bitten, zu uns hereinzukommen?"

Die junge Frau war in dem Raum, in dem sie vorhin den Besucher empfangen hatte. Sie war weder erstaunt, noch zeigte sie die geringste Unruhe, als sie Donald mit angemessener Feierlichkeit bat, in die Bibliothek zu kommen. Stockend legte Peter ihr das Wesentliche des mit Wells geführten Gesprächs dar, und sie hörte kommentarlos zu.

„Ich glaube, Donalds Plan ist der beste", sagte er abschließend. „Es ist fürchterlich für dich, aber wir müssen den häßlichen Tatsachen ins Auge schauen. Du weißt, in welchem Zustand ich gestern abend nach Hause gekommen bin, und du kannst dir denken, was geschehen ist, Jane. Mir blutet das Herz, dir das zu sagen, aber ich muß es tun."

„Was ist Donalds Vorschlag?" fragte sie.

Er vermied es, ihr in die Augen zu sehen.

„Er organisiert es, mich für geistesgestört erklären zu lassen. Du weißt, was das heißt?"

Sie nickte.

„Ich weiß, was das heißt. Er und ein anderer Arzt erklären übereinstimmend, daß du geistig zerrüttet bist, und du wirst irgendwohin gebracht ..."

„Ich kenne den Ort schon", unterbrach Wells sie. „Ein hübsches kleines Haus auf dem Land, in dem weiter keine Patienten sind."

Mit einer Geste brachte sie ihn zum Schweigen.

„Ich nehme an, Sir William Clewers wird der andere Arzt sein?"

Donald stimmte ihr zu.

„Er ist der Größte in unserem Beruf", sagte er mit Enthusiasmus.

„Ziemlich viele Leute sind der Auffassung, er sollte überhaupt nicht in Ihrem Beruf sein – zumindest nicht darin praktizieren“, hielt sie ihm mit verblüffender Ruhe entgegen. „Sie gehen sogar so weit, zu sagen, daß seine Methoden hoffnungslos veraltet sind, daß er mehr trinkt, als für ihn gut ist, und daß er schon lange nicht mehr seinen Aufgaben gewachsen ist!“

Donald Wells schnappte nach Luft.

„Das ist schändlich von diesen Leuten, so etwas zu behaupten“, sagte er streng. „Er ist einer der bekanntesten Nervenärzte der Welt.“

„Meine Liebe“, warf Peter freundlich ein, „ich glaube, diese Angelegenheit überläßt du besser Donald.“

„Wir haben die Angelegenheit ziemlich lange Donald überlassen“, entgegnete Jane. „Aber ich habe das Gefühl, daß mich das so sehr betrifft, daß ich jede nur mögliche Frage selbst stellen muß. Was das angeht, woher wissen Sie, daß Peter verrückt ist? Gibt es Symptome, durch die er sich von jedem anderen Mann unterscheidet?“

„Zweifellos“, erklärte Donald Wells sofort. „Es gibt gewisse Besonderheiten der Sprache, des Aussehens und des Verhaltens, selbst jetzt, wo er völlig vernünftig ist, die ihn verraten. Ich habe bisher nicht davon gesprochen, weil ich Peter nicht verletzen wollte.“

„Laß die Angelegenheit um Gottes willen fallen“, bat Peter. „Es ist eine furchtbar häßliche Sache, Jane; je eher wir sie erledigt haben, desto besser.“

Doch Jane ignorierte ihn.

„Was für Symptome?“ fragte sie. „Sind sie so, daß sie jedem Mediziner auffallen würden?“

Donald nickte.

„Jedem Menschen, der von Geisteskrankheiten Ahnung hat“, erwiderte er.

„Würden sie Sir George Grathman und Dr. Heinrich Straus auffallen?“ Sie erwähnte die Namen dieser zwei großen Spezialisten so ungezwungen, daß Donald sie anstarrte.

„Nun, natürlich“, sagte er.

Und dann bemerkte er zu seinem Erstaunen, daß sie lächelte.

„Meinen Sie, daß Sir Vardon Jackson Anzeichen von Geisteskrankheit bei einem Menschen feststellen würde?“

Nun war Sir Vardon Jackson von den großen Nervenärzten sicher der allergrößte. Er wurde von allen medizinischen Fakultäten in Amerika und Europa als Autorität anerkannt, und sein Werk über Neurosen galt als Klassiker.

„Natürlich“, antwortete Donald. „Ich kann diese Fachleute gern hinzuziehen, aber dann ist es notwendig, ihnen die ganze entsetzliche Wahrheit über den Mord an Basil Hale zu offenbaren, und das möchte ich vermeiden.“

Einen Augenblick lang schwieg sie. Auf ihren Lippen ruhte immer noch das Lächeln, und dann sagte sie langsam:

„Ich habe Ihnen diese Mühe abgenommen. Jene drei Männer, deren Namen ich aufgeführt habe, waren nämlich heute nachmittag hier!"

„Was?" fragte Peter überrascht. „Die Männer, die zum Tee kamen?"

Sie nickte.

„Ja. Ich bat sie zum Tee, weil ich über dich völlig sicher sein wollte. Ich habe ihnen – abgesehen von den Morden – alles erzählt und sie gebeten, ganz freimütig und offen zu mir zu sein. Und jeder dieser Männer sagte, du wärest so normal wie ich."

Eine tödliche Stille folgte. Peter drehte sich langsam zu Donald Wells um. Sein fahles Gesicht zuckte, aber er schwieg. Janes Erklärung hatte ihn sprachlos gemacht.

„Würden Sie gegenüber diesen Herren Ihren Standpunkt aufrechterhalten?" fragte Jane.

„Ja, auf jeden Fall", entgegnete ihr Gegenüber, heiser vor Wut. „Ich kenne den Fall, ich kenne die Morde, ich weiß genau, was geschehen ist. Peter hat mir gegenüber so gut wie zugegeben, daß er Basil Hale getötet hat. Es sind berühmte Männer, das gebe ich zu, aber sie wissen überhaupt nichts von den Begleitumständen. Wie können sie nach einer flüchtigen Untersuchung etwas über Peters Geisteszustand sagen?"

Jane Clifton neigte den Kopf zur Seite. Das Feuer in ihren Augen war hart und feindselig. Donald erkannte, daß sie für ihn zum unversöhnlichen Gegner geworden war.

„Nun gut", sagte sie. „Ich will Ihrem Plan zustimmen. Aber wenn, dann muß Peter von diesen drei Männern, die ich heute nachmittag zu uns gebeten hatte, für geistesgestört erklärt werden und von niemand sonst. Sollten sie eine gründlichere Untersuchung durchführen und dann erklären, Peter sei verrückt, dann will ich keinen Widerspruch erheben. Doch eins sage ich Ihnen, Dr. Wells" – sie senkte die Stimme – „wenn Peter fortgebracht und entmündigt werden sollte, dann werden meine Anwälte in dem Verfahren beantragen, daß das gesamte Vermögen unter gerichtliche Verwaltung gestellt wird – wie gefällt Ihnen das?"

Sie wußte Bescheid! Vom Anfang des Gesprächs an hatte er das ungute Gefühl gehabt, daß hinter ihrem Verhalten und ihrem Auftreten noch irgend etwas anderes als bloß der Widerwille stand, den Marjories dumme Vertrauensseligkeit hervorgerufen hatte. Er hatte übrigens noch ein zweites Argument auf Lager gehabt, das allerdings den Betrug an seinem Auftraggeber bedeutet hätte. Auch diese Profitquelle war jetzt versiegt.

„Sie werden Sir Vardon und den anderen beiden Männern sagen, daß Peter ein Mörder ist, ja? Sie werden ihnen alles von Basil Hales Leichnam erzählen und wie Sie Peter auf seinem Bett liegend gefunden haben, blutbedeckt und voll angekleidet? Sie werden ihnen das sagen, ja?"

Abermals lächelte sie.

„Sie können ihnen das auch erzählen", fügte sie schnell hinzu, „denn Sie wissen ja, wie er dahin gekommen ist."

Mit dieser Bemerkung hätte das Gespräch logischerweise zu Ende sein müssen, aber Donald zögerte noch. Es gab noch eine Chance für seine Rettung. Geschwind begann er, seine Verteidigung aufzubauen.

„Ich will jetzt alle meine Karten auf den Tisch legen, Jane – in Ordnung, Mrs. Clifton wollte ich sagen . . ."

„Ich glaube, Sie sollten Ihre Bemerkungen von jetzt an besser an mich richten."

Peters Stimme war kühl und fest, so anders als bei dem von panischem Schrecken gepackten Peter, den sie noch einen oder zwei Augenblicke zuvor gesehen hatte, daß Jane spürte, wie etwas Neues in ihr Gespräch getreten war.

„Was für Karten haben Sie, Wells, und wieviel Buben sind dabei?"

Donald fuhr zurück. Er war ein Mensch mit einem seltsam pervertierten Sinn für Würde. Er hatte noch eine andere Eigenschaft: Seine besten Anstrengungen waren immer sorgfältig geprobt. Jetzt mußte er jedoch die Einzelheiten seines Angebots improvisieren, und dabei verpfuschte er alles.

„Welchen Preis ist Ihnen Ihre Ruhe wert, Clifton?" fragte er. „Zahlen Sie mir hunderttausend Pfund, und ich verlasse Sie als einen sehr glücklichen Mann. Es hört sich lächerlich an, aber ich kann jede Sorge verscheuchen, die Sie jetzt belastet; ich kann Ihnen eine neue Perspektive geben. Sie müßten es allerdings schnell tun."

Peter ging zu der Tür, die zum Flur hinausführte, und riß sie auf.

„Ich brauche etwas mehr als Ihre Versprechungen, um glücklich zu sein", erklärte er. „Dort ist die Tür!"

„Ich verstehe!"

Donald nahm seinen Zylinder und wischte ihn mechanisch ab.

„Sie übernehmen das Urteil Ihrer Frau über mich und setzen das gegen den Dienst, den ich Ihnen geleistet habe."

„Ich will nicht so primitiv sein, Sie daran zu erinnern, daß Ihre Dienste keineswegs uneigennützig waren", antwortete Peter. „Ja, ich akzeptiere Janes Auffassung. Ich weiß nicht, was für ein Narr ich gewesen bin, aber ich fange irgendwie an zu begreifen, daß ich nicht gerade Sokrates gewesen bin."

Wells zögerte immer noch.

„Ich nehme an, es ist Ihnen noch nicht aufgefallen, daß Ihre Frau als Helfershelfer verhaftet würde, wenn die Polizei die Wahrheit über Hale erfährt? Wenn Ihnen das bisher nicht klar war, könnten Sie doch mal einen Gedanken daran verschwenden, ja?"

Peter antwortete nicht. Vielsagend stand er an der Tür. Als sein Besucher ging, folgte er ihm bis zum Eingang und schloß die Tür hinter ihm.

Zurückgekommen fand er Jane am Tisch sitzend vor, wie sie sich in hysterischem Lachen krümmte. Einen Augenblick sah er sie erstaunt an; dann stimmte er in ihr Gelächter ein. Jane war die erste, die sich wieder erholte.

„Jetzt geht es in die Schlacht um Leben oder Tod, Peter", sagte Jane.

Es war ihr klar, daß Peter und sie jetzt auf eine lebensgefährliche Krise zusteuerten, daß sie es mit einer Macht zu tun hatten, die so skrupellos war, daß sie nicht einmal vor Mord zurückschreckte. Nur eine Frage hätte sie gern zufriedenstellend beantwortet gehabt. Glaubte Basil Hale, als sie heiratete, daß sie sich damit ein Leben lang an einen Mann band, der seiner Meinung nach ein mörderischer Wahnsinniger war? War sein Besuch in Longford Manor am Abend ihrer Hochzeit ganz zufällig?

Sie war wieder allein, als sie sich diese Fragen vorlegte. Es war ganz impulsiv, daß sie die Hand zum Telefon ausstreckte, den Apparat an sich heranzog und John Leith anrief.

„Nun, Jane, wozu habt ihr euch entschlossen?"

Sie verstand nicht gleich, was er da fragte.

„Entschlossen – oh! Du wußtest also, daß Donald herkommen würde?"

Er antwortete nicht. Sie wiederholte ihre Frage.

„Ja, ich wußte es. Was wird Peter tun?"

„Das sage ich dir, Vater, wenn du mir auch etwas sagst."

„Ich sage dir alles, meine Liebe." In seiner Stimme lag ein Hauch von Überraschung, doch daraus wurde ein niederschmetternder Schock, als sie fragte:

„Warum hast du Basil Hale am Abend meiner Heirat nach Longford Manor geschickt?"

In dem empfindlichen Instrument hörte sie, wie er schnell Atem holte, und wartete. Als er dann sprach, war seine Stimme schärfer und schriller als vorher.

„Hat er dir das erzählt? Nun, weißt du ... Ich wollte mit dir kein Risiko eingehen, meine Liebe ..., wegen Peter ... Peters Familiengeschichte ..., ich dachte, besser wäre jemand zur Hand ..."

„Ich verstehe, Vater. Du wußtest – oder glaubtest zu wissen –, daß Peter geistesgestört war, als ich ihn heiratete?"

Sie wartete seine Antwort nicht ab, sondern legte den Hörer auf. Das Telefon läutete hinterher fünf Minuten lang wie wild, aber sie nahm den Anruf nicht entgegen und gestattete auch Peter nicht, für sie zu sprechen. Als eine halbe Stunde später John Leith im Zustand höchster Erregung ankam, erhielt er keine Antwort auf sein wiederholtes Läuten, denn sie hatte seine Ankunft von ihrem Schlafzimmerfenster aus beobachtet.

Kapitel 30

Über Scotland Yard lag ein Hauch heiterer Ruhe. Angestellte und Boten schienen müßig die Flure mit den niedrigen Gewölben entlangzuschlendern, und abgesehen von dem diensthabenden Polizisten am Eingang und der Marmortafel für ihre gefallenen Söhne in der Halle gab es wenig, was die Polizeizentrale von irgendeiner anderen großen Regierungsbehörde unterschieden hätte.

Mr. Bourke saß in seinem Büro am Schreibtisch und spielte mit einem Papiermesser. Inspektor Moses Rouper teilte seine Aufmerksamkeit zwischen seinem Chef und dem Gepränge des Themseufers. Auf seinem Tisch war eine Reihe von Kupferplatten verteilt, die Bourke von Zeit zu Zeit mit dem größten Interesse untersuchte. Eine davon war fast zweimal umgebogen, doch die übrigen waren unbeschädigt und zeigten keine Spuren der drastischen Behandlung, der sie nun unterworfen worden waren.

„Die ganze Sache ist sonnenklar für mich, Sir", bemerkte Rouper respektvoll. „Clifton erfuhr, daß wir möglicherweise sein Haus durchsuchen würden – ich will nicht behaupten, daß irgend jemand aus dem Yard ihm einen Tip gegeben hatte . . ."

„Ich würde so etwas nicht sagen, Rouper, wenn ich Sie wäre", murmelte Bourke, wobei seine Aufmerksamkeit ganz von den Platten gefesselt war.

„Ich behaupte das ja auch gar nicht", beeilte sich Rouper zu versichern. „Auf jeden Fall erfuhr er, daß wir möglicherweise alles über den Ort wissen wollten, den er so oft besuchte. Er nahm also die Druckerpresse und die Platten und warf alles in den Brunnen hinunter. Hätte nicht einer von den Ortspolizisten die Sachen gefunden, hätten wir nie erfahren, daß sie da liegen."

„Ich schon, Rouper", sagte Bourke so freundlich wie immer, „denn ich wußte, daß sie dort waren – zumindest vermutete ich es –, und ich wollte gerade an dem Tag, an dem Sie sie gefunden haben, eine gründliche Durchsuchung veranlassen. Das Papier und die fertigen Banknoten sind natürlich verbrannt worden . . ."

„Von Clifton", ergänzte Rouper triumphierend.

„Sehr gut möglich, daß es Mr. Clifton war", stimmte ihm Bourke zu.

Er war so betont höflich, daß sich Roupers Unbehagen von Minute zu Minute verstärkte. Nichts deutete mehr darauf hin, daß eine Explosion in der Luft lag, als Chefinspektor Bourkes so versöhnlich wirkendes Auftreten.

„An diesem Ort wurde eine ganze Menge Fälscherei betrieben, Rouper. Ich nehme an, er wurde von Mr. X oder Y oder Z – oder wie er sonst auch immer heißen mag – jahrelang benutzt. Wie geht es Mrs. Untersohn?"

„Alles in Ordnung“, antwortete Rouper, den die Frage überrascht hatte. „Ich habe sie nicht mehr gesehen, seit sie aus Longford zurückgebracht worden ist, aber ganz durch Zufall traf ich neulich einen ihrer Dienstboten in der Harley Street – ach, wenn ich Harley Street sage, meine ich natürlich Marylebone Road“, fügte er schnell hinzu.

„Sagen Sie ruhig Harley Street – das klingt besser“, schlug Bourke mit höflichstem Lächeln vor. „Und der Dienstbote sagt, sie erholt sich gut?“

Rouper nickte. Er konnte seinen Chef nicht ausstehen, wenn der seinem Hang zum Sarkasmus nachgab.

„Wie Sie schon gesagt haben, müssen in Longford eine Menge Banknoten gedruckt worden sein. Peter Clifton hat jahrelang von Zeit zu Zeit in dem Landhaus gewohnt. Vermutlich gehört es ihm sogar.“

„Der Eigentümer ist Mr. Blonberg, oder zumindest handelt er als dessen Agent“, hielt ihm Bourke entgegen. „Aber es ist völlig richtig, daß Mr. Clifton einer seiner Mieter ist. Davon gibt es übrigens noch mehr. Ich stimme Ihnen übrigens zu; eine erhebliche Menge gefälschter Banknoten ist aus diesem interessanten Raum gekommen. Aber die fünf Hundertpfundnoten, die Sie am letzten Donnerstag auf das Bankkonto Ihrer Frau eingezahlt haben, sind – davon bin ich überzeugt – echte Produkte der Bank von England.“

Er sah nicht auf und sprach in ganz gewöhnlicher Stimmlage, aber Roupers Unterkiefer klappte herunter.

„Fünf – fünf Hunderter?“ stammelte er. „Ich weiß nicht, was Sie meinen.“

„Ich habe die Nummern und kann sie zurückverfolgen“, sagte Bourke mit einem leichten Seufzer. „Sie kamen von Dr. Cheyne Wells' Bank und gingen zur Bank Ihrer Frau. Erst fand ich das ziemlich seltsam, und dann kam ich auf den Gedanken, daß Sie dem Arzt möglicherweise eine großartige Idee für eine Patentmedizin verkauft haben, und natürlich gibt es in der ganzen Welt keinen Grund, warum Sie das nicht tun dürften. Wenn Sie jedoch“, fuhr er fort, immer noch mit den Platten spielend, die seine gesamte Aufmerksamkeit zu fesseln schienen, „fünfhundert Pfund als Geschenk angenommen hätten, dann wäre das – so fürchte ich – gegen die polizeilichen Vorschriften, und Sie müßten damit rechnen, vor den Polizeichef geladen zu werden.“

„Ich habe ihm etwas verkauft.“ Rouper hatte schließlich seine Stimme wiedergefunden.

„Ein sehr wertvolles Etwas, hoffe ich doch?“ fragte Bourke mit sanfter Stimme. „Ich möchte gern glauben, daß er für sein Geld auch etwas von Wert bekommen hat.“

„Es war – ein Bild, ein alter Meister. Ich habe ihn für ein Butterbrot aufgetrieben.“

„Und jetzt für dreißig Silberlinge verkauft“, ergänzte der unerbittliche Bourke. „Alte Meister sind die besten Meister, Rouper. Der alte Meister hat Ihnen achtzehn Jahre lang das Gehalt gezahlt und wird Ihnen eines Tages eine Pension gewähren. Es wäre ziemlich dumm, die Pension des alten Meisters für die fünfhundert des neuen Mannes zu riskieren – oder waren es doch tausend?"

Inspektor Moses Rouper hörte ihm zu und schwitzte.

„Was werden Sie mit diesen Sachen tun?" Bourke zeigte auf die Platten und auf die übel zugerichtete Druckpresse, die in einem kleinen Nachbarraum stand.

„Ich habe einen Bericht darüber geschrieben", antwortete Rouper. Mit der Hand fuhr er sich in die Tasche.

„Einen Augenblick! Steht irgend etwas über Peter Clifton in Ihrem Bericht? Verstehen Sie, ich müßte Maßnahmen ergreifen, wenn sein Name genannt wird. Wenn es nichts als ein gewöhnlicher Bericht über den Fund dieser Dinge im Brunnen ist, ist natürlich alles in Ordnung. Ist es dagegen so etwas, was ich dem Chef und dem Schwurgericht vorlegen muß, nun, dann würde es mir leid tun – für jeden."

In seinem Ton lag zu viel Bedeutsamkeit, als daß Rouper sie hätte überhören können.

„Ich bin mir nicht sicher, ob ich in meinem Bericht alles richtig geschrieben habe", antwortete er. „Ich werde ihn durchsehen und einen neuen schreiben."

Bourke nickte mehrere Male.

„Es emfpiehlt sich immer, sorgfältig zu sein", erklärte er schulmeisternd. „Ich hoffe und bete, daß heute abend etwas geschieht, was jedermann hilft, das Gesicht zu wahren – abgesehen von dem ‚jungen Meister'."

Und dann fiel ohne jede Warnung alle Lethargie plötzlich von ihm ab, und sein altes forsches Ich trat wieder hervor.

„Seien Sie vorsichtig, Rouper! Das ist keine Drohung, sondern eine Warnung! Ich habe in letzter Zeit selbst gegen so viele polizeiliche Vorschriften verstoßen, daß ich langsam eine ungesunde Sympathie mit jenen entwickle, die sich zeit ihres Lebens nicht daran gehalten haben. Gehen Sie jetzt und schreiben Sie Ihren Bericht; ich möchte ihn noch sehen, bevor ich das Büro verlasse."

Bevor sich die Tür hinter Rouper geschlossen hatte, war er schon am Telefon, um den Chefinspektor anzurufen, dessen Gebiet die Londoner Innenstadt war. Daraus wurde eine private Beratung; am Abend dieses Tages waren dann fünfzig Kriminalpolizisten in verschiedenen Restaurants des West End im Dienst und warteten auf die Ankunft einer kleinen Clique von Kurieren, die die neuesten und letzten Erzeugnisse aus der Druckerpresse des Fälschers in die ganze Welt tragen sollten.

Kapitel 31

Donald Wells kam nach St. John's Wood, um sich mit seinem Freund zu beraten, und fand John Leith als gebrochenen Mann vor. Wells brauchte die Geschichte seines Mißerfolgs nicht erst zu erzählen. Leith hatte bereits alles aus dem Ton seiner Tochter herausgehört. Er wandte sich dem Arzt in ohnmächtiger Wut zu.

„Sie waren es, der ihr etwas gesagt hat, der etwas ausgeplaudert hat, Sie verdammter Narr!" brüllte er. „Alles, wofür ich gearbeitet habe, alles, was ich ertragen habe – futsch!"

„Alles, wofür Sie gearbeitet haben, mein lieber John, das waren Sie selbst", antwortete Donald kühl. „Wenn es Ihnen Spaß macht, sich dem Glauben hinzugeben, daß Sie für Jane Opfer gebracht haben, dann tun Sie es ruhig. Sie haben ihr alles gegeben, was sie haben wollte, weil das für Sie der einfachste Weg war. Sie beschäftigten sich mehr mit Ihren Bildern als mit irgendeinem menschlichen Wesen. Es hat keinen Sinn, in Wut zu geraten. Die Frage ist nur: Was tun wir jetzt? Peters Rolle als profitabler Wahnsinniger ist erledigt. Peter als geldbringendes Projekt ist dagegen sehr lebendig." Er sprach in wohlabgewogenem Ton. „Mindestens eine Viertelmillion läßt sich aus dem jungen Mann herausholen, wenn Sie bereit sind, Ihre Eitelkeit zu opfern."

John Leith schaute kurz auf.

„Was meinen Sie damit – meine Eitelkeit opfern?"

„Jane kennt die Rolle, die Sie gespielt haben, oder ahnt sie zumindest. Wenn kein Wunder geschieht, wird sie früher oder später erfahren, daß ihr Vater zu den wohlbezahlten Agenten der größten Fälscherorganisation gehörte, die es je in diesem Lande oder anderswo gegeben hat. Wenn sie das weiß, werden Sie sicherlich ohne Hilfe dastehen. Ich schlage vor, Sie gehen zu Peter oder gestatten mir, ihn zu besuchen – ich wage zu behaupten, daß ich es schaffen würde, ihm die Situation klar darzulegen."

„Was für eine Situation?" fragte John Leith ärgerlich.

„Daß Sie sind, was Sie sind – daß Sie gefälschte Banknoten in Umlauf bringen. Erzählen Sie ihm, sie wollten ins Ausland gehen und keine Schande über Jane kommen lassen – Sie kennen dieses rührselige Zeug. Peter wird mitmachen."

Die bärtigen Lippen verzogen sich in einem höhnischen Lächeln.

„Ach, Peter macht mit, ja? Und Sie sind daran beteiligt, nehme ich an? Haben Sie schon einmal daran gedacht, daß ich kein freier Agent mehr bin – so wie Sie? Daß ich London nicht verlassen oder nicht irgendwohin umziehen kann, wenn mir der Clevere dafür keine spezielle Erlaubnis erteilt?"

Donald lachte abfällig.

„Meine Güte! Das ist jetzt eine Sache des *Rette-sich-wer-kann.)* Glauben Sie wirklich, ich würde ihn nicht für Geld verraten, oder *Sie* würden es nicht tun, wenn wir wüßten, wer er ist? Ich habe eine Menge Geld – ich nehme an, Sie auch –, aber ich habe eine unausrottbare Schwäche dafür, noch ein bißchen mehr zu bekommen. Wenn wir mit Peter nicht mehr arbeiten können, sollten Sie nicht vergessen, daß Jane über hunderttausend in eigenem Namen verfügt. Aber tun Sie es schnell, John! Ich spüre es in den Knochen, daß das Unglück vor der Tür steht, und ich möchte lieber aus dem Weg sein, wenn das Kesseltreiben losgeht."

„Und was werden Sie mit Marjorie tun?" fragte Leith.

Diese Frage war so unerwartet sanft und familiär, daß Donald vor Überraschung lachen mußte.

„In einem Anfall von Wahnsinn habe ich heute früh zehntausend Pfund auf ihr Konto eingezahlt. Ich habe eine ziemliche Schwäche für diese Frau. Ich nehme an, das liegt daran, daß ich schon so lange mit ihr verheiratet bin und die Ehe ein notorischer Verderber der Urteilskraft ist. Wegen Marjorie brauchen Sie sich keine Sorgen zu machen. Das werden Sie doch auch nicht tun?"

John Leith bewegte sich unbehaglich.

„Ich würde es mir nie vergeben, täte ich das", antwortete er.

Donald verließ ihn in dem zufriedenen Bewußtsein, daß die Saat, die er gelegt hatte, üppig aufgehen würde.

Er hatte vergessen, seine Schlüssel mitzunehmen; unbehaglich überlegte er, ob Marjorie sie gefunden haben könnte. Er hatte kaum die Klingel gedrückt, als sie auch schon aufmachte. Offensichtlich hatte sie auf ihn gewartet.

„Ich bekam direkt eine Gänsehaut, so allein im Haus", sagte sie. „Nun, Liebling, hattest du Erfolg?"

„Entsetzlichen sogar", sagte er zynisch, als er in sein Arbeitszimmer ging. Er sah, daß sein Schlüsselbund da war, wo er es gelassen hatte, nämlich in einem der Fächer seines Schreibtisches, und steckte es in die Tasche.

„Da ist ein Brief", plapperte Marjorie weiter. „Er kam durch Boten. Wenn du nicht immer so wild würdest, wenn ich deine Briefe aufmache, hätte ich mal nachgesehen, was darin ist – er sieht so wichtig aus."

Daß er wirklich wichtig war, erkannte Wells auf den ersten Blick. Es gab nur einen Mann, der ihm auf diesem dicken weißen Briefpapier schrieb. Herrisch schickte er seine Frau fort, um aus dem Keller eine Flasche Champagner zu holen; in dem Briefumschlag fand er einen zweiten und darin noch einen dritten. Der Briefschreiber wollte kein Risiko eingehen, denn Donalds Name und der Vermerk – „Privat!" standen, mit Maschine geschrieben, auf jedem dieser Umschläge. Der Brief war ebenfalls mit der Maschine geschrieben und weder mit Datum noch mit Anrede oder Unterschrift versehen. Er las ihn sorgfältig. Es war eine ziemlich lange Epistel für einen Absender, der sich im allgemeinen möglichst lakonisch auszudrücken pflegte. Donald las und war fasziniert.

Mit Hilfe eines roten Bändchens war an dem Brief ein winziger Schlüssel befestigt. Donald las den Text erneut und prägte ihn seinem Gedächtnis ein; der Abend versprach amüsant und gewinnbringend zugleich zu werden.

Er steckte den Schlüssel in die Tasche und zerstieß die Asche des Briefes, bis sie ganz auseinandergefallen war. In diesem Augenblick kam Marjorie mit der Flasche und zwei Gläsern auf einem Tablett herein.

„Verbrennst du gerade alle strafwürdigen Geheimnisse?“ fragte sie fröhlich.

Er haßte sie am meisten, wenn sie so banal war. Doch im Augenblick war er in ziemlich guter Stimmung und lächelte großmütig über ihr leeres Geschwätz. Sie war ungewöhnlich nervös, aber angespannt, wie er in dieser Situation selbst war, bemerkte er es nicht, bis er ihre Hand, die den Wein eingoß, zittern sah.

„Du bist auch nervös, was?“

„Ja – ich weiß nicht, wieso.“

„Nun, du mußt es nicht sein“, redete er ihr ein. „Übrigens, Marjorie, unser kleiner Plan ...“ Er fuhr mit der Hand in die Tasche, holte den Brief heraus, den sie nach seinem Diktat geschrieben hatte, und warf ihn ebenfalls ins Feuer. Ihre Erleichterung bemerkte er nicht.

„Die Kunst der militärischen Führung liegt darin, die Fronten verändern zu können, wenn sie unter Beschuß geraten sind“, erklärte er ihr. „Und der Hase läuft nicht wie geplant – du hattest recht in bezug auf Jane: Sie liebt diesen Verrückten.“

„Du brichst mir das Herz“, antwortete sie scherzhaft. Und dann in verändertem Ton: „Im Ernst, Donald, ich glaube, sie mag ihn sehr. Es wäre mir sehr peinlich und unangenehm, wäre jener Brief Jane in die Hände gefallen.“

„Den Teufel hätte mich das gestört“, antwortete er mit beißendem Spott. „Er sollte doch Jane in die Hände fallen, du Dummkopf!“

Nachdem sie zusammen zu Abend gegessen hatten, ging Donald um acht Uhr aus dem Haus. Seine Frau beobachtete ihn durch das Fenster des Arbeitszimmers und sah, wie er ein Taxi heranwinkte und schnell fortfuhr. Unmittelbar danach sank sie in einen Sessel und wischte sich das feuchte Gesicht.

Sie hatte zwei Stunden beispielloser Anspannung hinter sich. In jedem Augenblick hätte Donald zum Safe gehen und den Umschlag öffnen können, in den er die Banknoten gesteckt hatte, die er am Vormittag von der Bank geholt hatte. Beim Öffnen hätte er allerdings nichts Wertvolleres darin gefunden als ein Exemplar der Zeitung vom Vortag. Marjorie wollte kein Risiko eingehen. Jene zwölf Stunden in dem Raum mit den gepolsterten Türen waren eine Erfahrung, die sie nicht wiederholen wollte.

Sie zog sich schnell an, packte eine kleine Reisetasche, prüfte abermals die Eisenbahnfahrkarten, die sie merkwürdigerweise genau auf der Strecke befördern würden, die sie angeblich genommen hatte, und warf einen letzten Abschiedsblick auf ihre Wohnung, als donnernd an die Tür geklopft wurde. Sie floh in Donalds Arbeitszimmer und spähte um die Kante der zugezogenen Fensterläden. Zwei Männer sah sie auf der Türschwelle stehen und auf dem Trottoir in ihrer Nähe einen uniformierten Polizisten.

Sie öffnete die Handtasche, nahm die Banknoten heraus und ließ sie in die Tasche gleiten, die sie in ihren Unterrock eingenäht hatte. Erst dann öffnete sie die Tür, um Mr. Bourke einzulassen.

Kapitel 32

Für Peter Clifton hatten der Nachmittag und der Abend dieses Tages einen besonderen Reiz, wie ihn noch kein Tag seines Lebens besessen hatte. Er hatte mit Jane schon beizeiten diniert und auf ihre Bitte hin sich dafür nicht extra umgezogen. Er lernte dabei eine neue Jane kennen: spöttisch, aufreizend und ganz weiblich zugleich. Eine junge Frau, die ihn mit ernstem Gesicht necken und die ihn die tragische Atmosphäre vergessen lassen konnte, in der er sich bewegt hatte. Ein dutzendmal hatte er versucht, wieder auf die häßlichen Realitäten zurückzukommen – und ein dutzendmal war es ihr gelungen, ihn abzulenken.

Sie waren in der kleinen Bibliothek, und Jane blätterte in dem einen oder anderen Buch. Plötzlich hielt sie inne.

„Peter, hättest du sehr viel dagegen, wenn ich dich etwas fragte?"

„Tu es nur", schlug er ihr entspannt vor.

Mit der Pfeife im Mund saß er in einem tiefen Klubsessel, ein Buch auf den Knien.

„War dein Vater ein großer Forscher?"

„Nun, ich glaube schon", antwortete er langsam. „Du hast sein Buch gefunden, nicht wahr? Ein recht merkwürdiges Zusammentreffen, daß es – es handelt von Fälschern, nicht wahr? In seiner frühen Jugend war er Chemiker. Er hat ein paar Entdeckungen gemacht – eine neue Methode, Eisen zu behandeln zum Beispiel. Ich habe nur eine höchst ungenaue Vorstellung davon. Damit hat er sich sein Vermögen erworben."

Sie blätterte in dem Buch und fand es verständlicherweise uninteressant, da es in trockener Fachsprache geschrieben war.

„Hattest du je ...", sie zögerte, ihm die Frage zu stellen, „je den Wunsch, Banknoten zu fälschen?"

„Ich? Großer Gott, nein! Ich hätte Todesangst davor!"

Er hatte ziemlich brüsk geantwortet und versuchte, das Thema zu wechseln.

„Aber du weißt, wie man Banknoten sticht? Ich meine, du könntest es, wenn man dich vor diese Aufgabe stellte! Es ist nicht so schwer, nicht wahr?"

„Jane, meine Liebe, laß uns von etwas anderem reden."

„Peter, mein Lieber, ich kann an nichts anderes denken, von dem wir reden könnten."

Er seufzte tief.

„Weißt du, wie lange wir verheiratet sind?"

„Tausend Jahre", antwortete sie. „Ich bin schon eine alte Dame mit grauen Haaren."

„Ich frage mich, ob du weißt, wieviel Tage?"

Sie dachte nach und erschauerte. Für sie war es schon ein ganzes Leben her, seit sie an seinem Arm durch das Kirchenschiff geschritten war. Fünf Minuten lang sagte er gar nichts; offensichtlich hatte er über die Geschehnisse des Nachmittags nachgedacht, denn schließlich fragte er:

„Denkst du, es war irgend etwas dran an dem, was Donald sagte, an seinem Angebot, mich für hunderttausend Pfund vollkommen glücklich zu machen?"

Sie lächelte ihm zu.

„Mein Lieber, ist es dir nicht ziemlich über, immer hunderttausend Pfund auszugeben, um glücklich zu werden?" Als sie sah, wie verständnislos er sie anguckte, fuhr sie fort: „Das ist genau die Summe, die du für mich bezahlt hast, mein Engel!"

Er lachte leise in sich hinein.

„Und das hat sich durchaus gelohnt", erklärte er. „Du warst ein guter Kauf, Jane. Ich möchte wissen, ob man aufwachen und feststellen kann, daß dieses widerliche Geschäft nur ein Traum war, ob ein Mann wie ich nicht mit einer Frau, wie du es bist, wirklich glücklich sein könnte?"

„Ist es nicht eher die Frage, ob eine Frau wie ich mit einem Mann wie du glücklich wird?" erwiderte sie leichthin. „Ich weiß nicht. Das Leben mit dir ist fast zu aufregend. Ich rede davon, schon eine alte Frau zu sein, aber tatsächlich habe ich heute früh auf meinem Kopf ein graues Haar gefunden."

Sie hörte ein Geräusch in der Halle.

„Das ist die Post", sagte sie. „Ich habe es eigentlich satt, die an dich gerichteten Bettelbriefe zu beantworten."

Sie ging hinaus, kam mit einem Bündel Briefe zurück und sortierte sie auf dem Tisch auseinander.

„Sie sind alle für dich, glaube ich", sagte sie. „Mr. Peter Clifton . . ., Mr. Peter Clifton . . ., P. Clifton, Esq. . . ., Peter Clifton, Esq. – einer ist für mich."

Sie riß die Augen auf, als sie die Schrift erkannte.

„Von Donald. Kann es ein Hochzeitsgeschenk sein?"

„Wells? Weswegen schreibt er?"

Sie schlitzte den Briefumschlag auf, holte einen weiteren Umschlag heraus und las dessen Aufschrift.

„Das ist fürchterlich mysteriös — ,Verbleibt bei meinen Dokumenten. Nicht öffnen'."

Darunter stand der Name eines Rechtsanwaltsbüros, das sie kannte. Nur einen Augenblick lang zögerte sie. Es war ihr durchaus klar, daß der äußere Umschlag falsch adressiert worden war. Sie konnte aber nicht wissen, daß sie noch während Donalds Feder über das Papier flog, in einem solchen Maß die Herrschaft über sein Denken ausgeübt hatte, daß nichts anderes in seinem Kopf Platz hatte. Sie riß den zweiten Umschlag auf und nahm seinen Inhalt heraus. Es war ein verblichenes Zeitungsblatt, abgegriffen und an den Kanten eingerissen. Es war so oft zusammengefaltet und wieder geglättet worden, daß es fast auseinanderfiel. An der oberen linken Ecke entdeckte sie ein paar Zeilen in Wells' sauberer Schrift. Er war ein sehr systematischer Mensch, das wußte sie, und pflegte alles genau zu registrieren. Hier hatte er geschrieben:

Infolge eines seltsamen Zufalls einige alte Bücher in diese Zeitung eingewickelt gefunden, drei Wochen nach P.s erster Konsultation. The Cumberland Herald, etwa 1898.

„Cumberland!" rief Peter aus. „Das ist merkwürdig. Meine Mutter hat da lange gelebt. Eigentlich stammt unsere Familie aus Cumberland."

Auf der Titelseite stand nichts sonderlich Aufregendes. Sie drehte sie um und entdeckte sofort die Hauptsache: eine Spalte auf der Mitte der Seite. MR. ALEXANDER WELERSON GESTORBEN

Er hörte ihren erstaunten Ausruf, sprang aus seinem Sessel auf und kam zu ihr herüber.

Wir bedauern, den Tod von Mr. Alexander Welerson mitteilen zu müssen, seit vielen Jahren Bürger von Carlisle und einer der hervorragendsten Chemiker seiner Zeit. Mr. Welerson war gerade von seinem Aufenthalt in der Schweiz zurückgekehrt. Bei der Einfahrt nach Carlisle scheute sein Pferd, sein Dogcart überschlug sich und stürzte in einen Graben. Von den dabei erlittenen Verletzungen genas Mr. Welerson nicht wieder.

Der Verstorbene hinterläßt eine Witwe und ein drei Monate altes Kleinkind. Infolge eines merkwürdigen Zufalls hielt sich sein namensgleicher Cousin, Mr. Alexander Welerson, der bekannte Gründer der Eisenwerke von Middlesbrough, zum Zeitpunkt des Todes gerade bei ihm auf. Es wird angenommen, daß der Verstorbene mit Versu-

chen im Zusammenhang mit dem Schmelzen dieses Metalls beschäftigt war.

Schweigend schauten sie einander an.

„Im Jahre 1900. Unmöglich!"

„Wann starb dein Vater?" fragte Jane mit einer Stimme, die kaum mehr als ein Flüstern war.

„Im Jahr 1919, als der Krieg vorbei war."

Sie zeigte auf den Holzschnitt, den die Zeitung über die Meldung gezeichnet hatte. Es war das schlecht gezeichnete Bild eines Mannes von etwa dreißig Jahren, glattrasiert, und nicht einmal dem Künstler war es gelungen, die recht feinen Züge stark zu vergröbern.

„Ist dies dein Vater?"

Er schüttelte den Kopf.

„Nein", antwortete er, „jedenfalls nicht der, den ich kannte – was ist da noch angeheftet?"

Sie drehte die Seite um und entdeckte einen kleinen Artikel, der an eine Ecke des größeren Blattes angeheftet war. Er trug kein Datum, redete aber seine eigene Sprache unter der Überschrift:

KEIN NAMENSWECHSEL

Die Witwe von Mr. Alexander Welerson und Mutter von Peter Clifton Welerson heiratete am Dienstag in aller Stille den Cousin ihres Mannes, der den gleichen Namen trägt wie ihr verstorbener Gatte. Mr. und Mrs. Welerson fuhren zusammen mit dem sieben Monate alten Kind der jungen Frau an die Riviera.

„Nun?" Janes Stimme schwankte. „Verstehst du jetzt, was für ein wertvolles Geheimnis dir Wells für hunderttausend Pfund verkaufen wollte?"

Er war wie betäubt, fast zu denken unfähig.

„Ich verstehe das nicht. Sie haben im November 1900 geheiratet. Ich wurde aber schon im März 1900 geboren – am 27. genau."

Die Hand, mit der er die Zeitung hielt, zitterte.

„Peter" – ihre Stimme war heiser – „du bist der Sohn des ersten Alexander – nicht des Mannes, der in Broadmoore starb. Das meinte er, als er in seinem Testament davon sprach, er hoffe, du würdest dich deines berühmten Vaters würdig erweisen. Mein Gott, wie wunderbar!"

Und dann lag sie plötzlich in seinen Armen, bevor sie sich überhaupt klar wurde, was geschah. Er hielt sie fest und wagte kaum zu atmen.

„Wie wunderbar!" Sie seufzte. „Peter, verstehst du nicht . . ."

Sie hörten Marjories schrille Stimme rufen, und er hatte kaum Zeit, sich von Jane zu lösen, als Marjorie auch schon in das Zimmer gestürzt kam. Jane starrte sie überrascht an.

„Marjorie! Ich denke, Sie sind in Deutschland . . ."

Doch die Angesprochene hörte nichts. Sie hatte nur für Peter Augen, lief zu ihm hinüber und ergriff seinen Arm.

„Peter!“ keuchte sie. „Die Polizei! Sie sind in meinem Haus – Bourke!“

Sie war so atemlos, daß sie kaum sprechen konnte.

„Wo ist Ihr Mann?“ fragte Peter schnell.

Sie schüttelte den Kopf.

„Ich weiß es nicht, er ist weggegangen. Ich wollte auch gerade gehen, als – Bourke kam! Er hat alles durchsucht. Und sie warten auf Donald. Und, ach Peter, wissen Sie, was Bourke gesagt hat?“ Sie legte sich die Hand auf die Brust, als gewänne sie dadurch ihre Selbstbeherrschung zurück. „Er ging mit mir ins Eßzimmer, machte die Tür zu und sagte: ‚Kennen Sie den Cleveren? Wenn Sie ihn kennen, dann sagen sie ihm, daß wir heute abend zu ihm kommen!‘“

Jane sah von einem zum anderen. Warum hatte Bourke diese Warnung ausgesprochen? Sie spürte, daß ihr das Herz sank, und nahm sich zusammen. Sie mußte Vertrauen haben – sie mußte.

„Warum wollte er ihn warnen?“

„Woher soll ich das wissen?“ stieß Marjorie hervor. „Wissen Sie, Peter, wer es ist? Ist es Donald? Ach, es ist furchtbar! Zwei Kriminalpolizisten sind im Haus und sehen alle Papiere von Donald durch, und sie haben gesagt, alle Bahnhöfe würden überwacht. Was soll ich bloß tun?“

„Sie können hierbleiben“, antwortete Jane gebieterisch.

Die junge Frau schüttelte den Kopf.

„Nein, das geht nicht. Donald könnte etwas geschehen, und dann möchte ich ...“

Ihr fehlte das richtige Wort. „Ich möchte Bescheid wissen. Ich kann ihm helfen. Er weiß nicht, daß ich das kann. Ich war ihm gegenüber fürchterlich treulos, Jane.“

Sie stand kurz vor dem Zusammenbruch. Jane legte ihr den Arm um die Taille und führte sie ins Schlafzimmer. Ein Glas Wasser schien auszureichen, damit Marjorie in die übliche Redseligkeit zurückfiel. Jane ging zurück, um ihren Mann zu suchen.

„Es geht ihr wieder besser ...“, begann sie, als sie die Bibliothek betrat, aber Peter war nicht dort.

Sie ging in sein Zimmer hinüber, aber auch dieser Raum war leer. Und dann hörte sie die Eingangstür zufallen, stürzte in die Halle und fand dort nur den Butler vor.

„Mr. Clifton ist gerade weggegangen. Ich weiß nicht, was mit ihm los ist, gnä' Frau; er hatte weder Mantel noch Hut noch sonst irgend etwas dabei.“

Jane lief ihm nach, riß die Tür auf und eilte die Treppe hinunter. Als sie die Straße erreicht hatte, war Peter jedoch verschwunden.

Sie ging schnell zur Pall Mall hinunter. Beim Carlton Club gab es einen Taxistand, wo er sich vielleicht ein Taxi genommen hatte. Ihre

Vermutung erwies sich als zutreffend. Sie sah das Taxi wegfahren, bevor sie die Fahrbahn erreichte. Der nächste Taxifahrer in der Reihe hob fragend die Brauen, und sie winkte ihn heran.

„Würden Sie mir sagen, wohin er gefahren ist — der Herr, der eben das Taxi genommen hat?"

„Knowlby Street, meine Dame."

Der Name klang bekannt, aber im Augenblick konnte sie ihn nicht einordnen.

„Es ist die Marylebone Lane hoch. Der Fahrer wußte es nicht und fragte mich; deswegen kann ich es Ihnen sagen."

Knowlby Street — Blonberg hatte sein Büro dort. Jetzt fiel es ihr wieder ein!

„Kommen Sie bitte nach Carlton House Terrace 175 zurück und warten Sie dort auf mich!" trug Jane ihm auf.

Sie rannte fast in ihre Wohnung, fand einen Mantel sowie einen Hut und nahm ihre Tasche von der Frisierkommode. Marjorie saß in einem Sessel, weinte geräuschvoll und warf Fragen ein, die für Jane in ihrem jetzigen Geisteszustand mehr oder weniger unverständlich waren.

Sie trat aus der Haustür; das Taxi wartete auf sie.

„Zum Ende der Knowlby Street. Fahren Sie dort vor und warten Sie bitte auf mich."

Zu dieser Nachtstunde machte Knowlby Street einen verlorenen Eindruck. Sie überlegte, ob in diesem Bürohaus überhaupt jemand da sei und sie einlassen könne. Sicherlich gab es dort einen Hauswart, und sie glaubte sich daran zu erinnern, daß Büros Reinigungspersonal hatten, das die ganze Nacht durch arbeitete.

Sie ging schnell die Straße hinunter und blieb an der Haustür stehen. Was für eine Ausrede hatte sie? Ein Impuls hatte sie zu einer Dummheit verleitet. Trotzdem drückte sie auf den Klingelknopf. Sie klingelte mehrmals, doch ohne Ergebnis; als sie dann den Kopf wandte, sah sie ein anderes Taxi am Ende der Straße halten und einen Koloß von Frau ausladen. Es war Mrs. Untersohn.

Jane floh die Straße hinunter, bis sie in dem ersten ihr geeignet erscheinenden Torweg Schutz fand.

Kapitel 33

Ein Leben lang hatte Mrs. Untersohn in der Gegenwart eines Wahnsinnigen und in der Furcht vor ihm verbracht. Dadurch hatte sie sich angewöhnt, vernunftwidrig zu handeln. Doch sie hatte ihre Sinne durchaus beieinander, als sie zu der Überzeugung kam, das Bett sei kein Platz für eine Frau von Charakterstärke.

Ein Arzt protestierte, und zwei Krankenschwestern taten ihr Bestes, um sie zu überreden. Doch war sie die Herrin ihres eigenen Hauses — eine ungezähmte, wildäugige, furchterregende Herrin.

Es gab keine Vereinbarungen, auf die sich der Arzt berufen konnte. Obwohl es die Polizei beantragt hatte, war Mrs. Untersohn nicht unter Arrest gestellt worden.

Der Doktor nahm seine Entlassung mit einer Geste hin, die Mrs. Untersohn darauf hinwies, daß sie sich selbst alle Schuld zuzuschreiben hätte, wenn ihre Gesundheit Schaden nehmen sollte. Die Schwestern bezahlte sie stundenweise, wobei sie sich über den Wucher des Heimes beklagte, das sie geschickt hatte. Sie zitierte ihre Dienstboten in ihr Schlafzimmer; sie folgten der Aufforderung in der irrtümlichen Annahme, sie läge im Sterben und wollte ihnen einen Ausgleich für die böse Zeit und die spärliche Entlohnung gewähren, die sie bei ihr erduldet hatten.

Sie saß vor ihrer Frisierkommode und war damit beschäftigt, ihr Gesicht mit weißem Puder zu betupfen. Sie sah sie nicht an, sondern betrachtete nur nacheinander ihre Spiegelbilder.

„Wenn dieser Arzt wiederkommt oder die Schwestern, ist ihnen nicht zu öffnen. Das ganze Haus hat ab morgen Trauer. Ihr bekommt jeder ein Pfund für schwarze Sachen. Es gibt einen Ausverkauf bei Cathrey; ich habe die Anzeige heute in der Morgenzeitung gelesen."

Sie öffnete ihre Tasche und nahm drei Einpfundgeldanweisungen heraus. Mit einer Handbewegung entließ sie dann ihre Dienstboten. Tatsächlich ging einer von den dreien los, um sich „schwarze Sachen" zu kaufen, und kam nie zurück. Sie machte diese Entdeckung erst am Abend. Mrs. Untersohns Brief an den örtlichen Polizeiinspektor über diesen Vorfall befindet sich in den Akten der Polizeistation von Hampstead. Den ganzen Nachmittag hatte sie sich ausgeruht und kleine Schlucke Brandy aus einer Flasche getrunken, die sie unter ihrem Kopfkissen liegen hatte. Sie war energisch und zuversichtlich, als sie den Brief über den ungetreuen Dienstboten verfaßte, wie ihr Stil beweist.

Den ganzen Abend schritt sie in ihrem Salon hin und her, oder sie kauerte sich vor dem Kaminfeuer nieder. Basil war tot. Ihr Junge. Sie sagte sich das hundertmal. Sie war wütend über ihre stumpfe Apathie. Sie steigerte sich in eine Wut, die sie im Grunde nicht spürte. Alexander Welersons Sohn — so klug, so geschickt, so ganz und gar gewissenlos. Die letztgenannte Eigenschaft betrachtete sie als besondere Tugend.

Sie konnte neben ihrem großen Kummer gleichzeitig die ganz sachlichen Fakten betrachten, die die Berechtigung irgendeines Kummers ausschlossen. Der alte Welerson hatte sie bei einem Notar in Manchester geheiratet. Und sie war damit einverstanden gewesen, obwohl sie genau wußte, daß er schon verheiratet war und ein Kind hatte. Er hatte sie von der Armut zum Wohlstand emporgehoben — sie haßte die Erinnerung an ihn, weil er ihr nicht mehr gegeben hatte. Jene seltsamen Abende, an denen sie mit ihm zusammengesessen und sich seine verrückten Geschichten über Abenteuer angehört hatte, die es nie gegeben haben konnte. Sie hatte nie wirklich Angst vor ihm gehabt. Selbst in jener Nacht, als er die Möbel zerschlug und sie zu erwürgen versucht hatte, bis die Polizei kam, hatte sie keine Angst gehabt. Sie war immer mit ihm fertig geworden – in ihrer Jugend war sie eine Frau von ungewöhnlicher Muskelkraft gewesen.

Es hatte fast einen Skandal und eine Verhandlung vor dem Polizeirichter gegeben, denn Welerson hatte den Polizeibeamten geschlagen, der dazukam. Die Sache war jedoch vertuscht worden.

Peter hatte seinen Vater nicht so gekannt, wie sie ihn kannte. Peter? Jetzt war er verheiratet. Der Gedanke ließ sie wütend grinsen.

Die ganze Nacht lag sie da, eingekeilt in ihren Kissen, und dachte nach – dachte nach.

Der Morgen kam und schleppte sich zum Nachmittag hin. Gegen Abend wurde ihr durch Boten ein Brief gebracht. Langsam las sie ihn Zeile für Zeile.

Ich wäre Ihnen dankbar, wenn Sie mir das Geld zurückzahlten, das Sie mir schulden. Ich warte zur üblichen Zeit und am üblichen Ort. Nachdem Ihr Sohn tot ist, besteht keine Möglichkeit mehr, daß er das Geld seines Vaters erbt, wie Sie immer behauptet haben. Er hat selbst schuld. Ich sagte Ihnen schon, daß er über seine Aufgaben hinausging und daß er dabei sterben würde. Es ist für alle gut, daß er sterben mußte. Bringen Sie also wenigstens das Geld zurück, daß Sie geliehen haben. – B.

Sie las den Brief in ihrem unaufgeräumten Schlafzimmer. Ihre unterdrückte Wut hätte jetzt wild zum Ausbruch kommen können, aber sie beherrschte sich.

Aus einem abgeschlossenen Schubfach nahm sie einen großen deutschen Revolver. Basil hatte ihn ihr gegeben – es war ein Souvenir aus dem Krieg, das er aus zweiter Hand erworben hatte. Als er ihn ihr brachte, war er geladen – das war er auch jetzt. Wegen seiner Länge paßte er nicht in ihre Tasche. Sie war deswegen gezwungen, einen schweren Pelzmantel zu tragen, obwohl die Nacht warm war. In diesem Mantel war jedoch eine Tasche, in der die Waffe bequem untergebracht werden konnte.

Gerade als sie gehen wollte, brachten ihr die älteste ihrer Bediensteten und eine jüngere, die erst dabei war, sich die häusliche Vertrautheit zu erwerben, eine Tasse Tee. Mrs. Untersohn wirkte schwermütig herausgeputzt in einem schwarzen Rock, der zu kurz war, und in einer zu weiten schwarzen Bluse.

„Verzeihung, gnä' Frau", sagte das Dienstmädchen, „die Köchin fragt, wegen wem wir Trauer haben."

Mrs. Untersohn betrachtete sie melancholisch.

„Meinetwegen“, antwortete sie.

Die Dienstbotin ging in die Küche zurück und beschrieb ihre Herrin als „seltsam“.

Die Frau nippte an dem heißen Getränk und ließ ihren Gedanken freien Lauf. Blonberg! Blonberg, der es angedroht und ausgeführt hatte. Letztlich war er Peters Geschöpf. War sie nicht jahrelang zu Blonberg gegangen und hatte sich auf ihre Erwartungen hin Geld geliehen? Wußte er nicht alles über Basil und Peter und Alexander Welerson? Und dann mußte er fortgegangen sein und sie verraten haben. Er war ihr Gegner — er hatte Basil gedroht, und Basil war durch Peters Hand zu Tode gekommen. Dieser Brief bewies es.

Die Polizei wurde ebenfalls von Peter bezahlt. Immer war dieser dicke Kriminalpolizist in der Nähe. Er war dazu da, Peter zu schützen. Welchen Weg sie auch immer nahm — stets stand da ihr unerbittlicher Feind: erst, um sie zu berauben, dann, um sie zu zerquetschen, dann, um ihren Sohn zu vernichten ...

„Der rechtmäßige Erbe“, murmelte sie den Wänden zu. „Mein Junge!“

Es gab einen alten Rechtsanwalt — Badman nannte sie ihn, aber so hieß er nicht wirklich — Radman — nein, Radlow. Radlow und irgend etwas, so hieß das Büro. Sie schickten ihr an jedem Ersten ein Almosen. Nicht genug, um Basil in der Stellung zu halten, die er innehatte — er war ein Gentleman und hatte Umgang mit Gentlemen.

Doch ihr gewaltiges Geheimnis hob sie sich bis zuletzt auf. Es war nicht zu erwarten gewesen, daß Peter wußte, daß Basil Hale sein Bruder war, aber er hatte es herausgefunden und Basil getötet.

Blonberg sollte um Gnade betteln. Er sollte vor ihr auf die Knie fallen. Sie hatte noch zwei Stunden, bis sie sich mit ihm treffen würde; sie verstrichen schnell, während sie ihren ungeheuren Kummer bedachte. Schließlich wurde es Zeit. Sie ging aus dem Haus — ziemlich unsicher, denn die Beine schienen ihr den Dienst zu versagen. Doch sie fand ein Taxi. Die Glocken schlugen gerade neun, als sie wieder ausstieg; es regnete stark.

„Da sind wir, gnä' Frau — soll ich warten?“

Das war der Taxifahrer. Sie war sich nicht ganz sicher.

„Ja — das ist vielleicht besser.“

Sie klingelte, hörte das Klicken des elektrischen Schlosses, ging hinein und schloß die Eingangstür hinter sich. Mühsam erklomm sie geräuschvoll atmend die engen Treppen. Vor der Tür auf dem obersten Podest hielt sie inne, um Atem zu schöpfen. Mit ihrer feuchten Hand ergriff sie den Kolben der deutschen Pistole und trat dann ein. Dasselbe trübe Licht wie immer in dem kleinen äußeren Vestibül — dieselbe höllische Finsternis im Heiligtum dahinter.

Sie tastete nach dem Tisch und dem Stuhl und setzte sich. Verstohlen streckte sie eine Hand aus und berührte das enggewebte Drahtnetz.

„Sind Sie da?“ flüsterte sie. Sofort bekam sie Antwort in gedämpften Ton.

„Ja – hier bin ich. Haben Sie das Geld mitgebracht?“

„Mein Sohn ...“ begann sie mit zitternder Stimme.

„Ihr Sohn war genauso verrückt wie sein Vater“, war die kühle Antwort. Die Wut verlieh der Frau Mut.

„Sie wußten alles darüber, was? Sie und Peter und dann sein Mädchen ...“

Sie zog den Revolver heraus. Der Hahn hatte sich in ihrem zerrissenen Taschenfutter festgehakt.

„Seien Sie nicht närrisch. Basil Hale war gewarnt – er hatte bestimmte Dinge zu tun, Überschritt aber seine Anweisungen ...“

„Das hat er gemacht, ja wirklich?“ Sie schrie die Worte heraus. „Sie Mörder ...“

Ein heller Lichtfleck fuhr ihr ins Gesicht und blendete sie. Irgendwo vor dem Mann stand eine starke Lampe, die er plötzlich eingeschaltet hatte. Sie kam schwankend auf die Füße und warf dabei den Stuhl um. Zweimal schoß sie in die Dunkelheit hinter der Lampe. Die Explosionen waren ohrenbetäubend, furchtbar.

Sie hörte einen tiefen Seufzer und riß an dem Draht.

„Ich habe jetzt Sie getötet – Sie getötet!“ schrie sie, drehte sich um und stürzte aus dem Raum.

Stolpernd eilte sie die Treppen bis zu dem unteren Durchgang hinunter, umklammerte den Türgriff und riß die Tür auf.

„Vorsicht! Sie ist bewaffnet!“ sagte eine Stimme.

Jemand umklammerte ihren Arm und entwand ihr die Pistole. Sie hatte das undeutliche Bild einer Menschenmenge, alles Männer, bevor sie dem Polizisten in die Arme fiel, der sie festhielt.

„Bringt sie mit dem Taxi da ins Krankenhaus“, sagte Bourke. „Drei Mann von Ihnen folgen mir – Waffengebrauch nur, wenn es unvermeidlich ist.“

Kapitel 34

Jane Clifton hatte gesehen, wie Mrs. Untersohn das Haus betrat. Möglicherweise hatte sie einen eigenen Schlüssel, vermutete Jane, und wartete. Fünf Minuten vergingen, zehn Minuten, aber die Frau tauchte nicht wieder auf. Und dann sah sie eine Reihe von Männern schnell die Straße hinuntergehen und erkannte im dahinschwindenden Licht des Abends die untersetzte Gestalt Bourkes. Ihr blieb fast das Herz stehen. Sie waren im Begriff, das Büro zu stürmen, und Peter war hier irgendwo!

Die drei berieten sich kurz. Sie glaubte, einer davon müsse Rouper sein. Sie sprachen mit zusammengesteckten Köpfen, und dann ...

Man hörte zwei Schüsse in schneller Folge. Sie konnte die Geräusche eher instinktiv als bewußt orten. Irgend jemand im Innern dieses Büros hatte geschossen — und Peter war dort!

Sie sah Bourke zu der Haustür gehen. Offensichtlich bückte er sich, um einen Schlüssel in das Türschloß zu stecken. In diesem Augenblick mußte die Tür aufgegangen sein, denn plötzlich ragte aus dem Haufen von Männern eine dunkle Gestalt heraus, die in einer Weise schrie, die kaum zu ertragen war.

Es war Mrs. Untersohn. Jane lief auf die andere Straßenseite gegenüber der Gruppe und überquerte die Straße abermals, um in die Nähe des Taxis zu kommen, das sie verlassen hatte. Die Neugier hatte den Taxifahrer zu dem Haus gezogen, das da gestürmt wurde, und ungeduldig wartete sie auf seine Rückkehr.

Neben dem Bürogebäude war ein enger, mit Kopfsteinen gepflasterter Weg, der zu Stallungen zu führen schien. Auf diesem Fahrweg stand sie, als sie das Signal einer Autohupe hörte. Sie drehte sich um und sah ein Taxi von den Stallungen kommen. Sie hatte gerade noch Zeit, auf den schmalen Fußweg zu springen, als es schon an ihr vorbeifuhr. Den Fahrer sah sie genau — einen glattrasierten Mann, der eine Tonpfeife rauchte. Und dann fiel ihr verblüffter Blick auf den Fahrgast.

Es war Peter! Sekundenlang stand die junge Frau wie versteinert da und starrte ihrem Mann in die Augen.

„Peter!“ rief sie, ja schrie sie fast.

Er drehte schnell den Kopf weg. Bevor sie begriffen hatte, was geschehen war, schwenkte das Auto in die Marylebone Lane ein und geriet außer Sicht. Sie starrte ihm immer noch nach, als ihr Taxifahrer zurückkam.

„In dem Haus hat es Ärger gegeben“, erklärte er ihr. „Sie glauben, jemand ist erschossen worden.“

Schweigend nickte sie.

„Bringen Sie mich bitte nach Hause“, sagte sie schließlich.

Ob Peter vor ihr dasein würde! Mit einem Kopfschütteln beantwortete sie ihre eigene Frage.

Bourke war der erste, der die engen Treppen erklomm. Er hielt eine Minute inne, um Blonbergs allgemeines Büro auf der dritten Etage zu untersuchen, und dann setzte er seinen Weg in das darüber liegende Geheimzimmer fort, dessen Existenz er seit langem vermutet hatte. In das äußere Vestibül warf er nur einen schnellen Blick. Dann drehte er sich um und stand dem blendenden Licht einer Lampe gegenüber, die durch das Drahtnetz leuchtete.

Er versuchte, die Hand auszustrecken, aber das Netz hinderte ihn. Er fand ein Klappmesser in seiner Tasche, schnitt damit ein Loch in das feine Gewebe und hängte sich mit seinem ganzen Gewicht daran. Krachend riß es von der Deckenleiste ab, an der es befestigt war. Bourke schob den Tisch zur Seite und stellte fest, daß ein zweiter Tisch unmittelbar daran gestellt war. Auf diesem Tisch stand – eine starke Handlampe, an eine von der Decke herabhängende Verlängerungsschnur angeschlossen. Er ergriff sie und lenkte ihre Strahlen in die entgegengesetzte Richtung.

Ein Mann saß dort vor etwas, was wie ein Schrank aussah und aus der Wand vorragte. Sein Kopf hing tief herunter, und seine Hände waren ausgestreckt, als wollte er sich vor dem Fallen schützen. Bourke hob den Mann an den Schultern an; dabei fiel dessen Kopf zurück, und Bourke schaute Cheyne Wells in die leblosen Augen.

„Hm! Das hatte ich mir schon gedacht", sagte er.

Mit Hilfe eines seiner Leute hob er die Leiche von dem Schrank weg. Er suchte und fand eine kleine herausragende Stelle in der hölzernen Verkleidung und drückte darauf. Mit einem Klick öffnete sich die dahinter liegende Tür. Im Schein der Lampe sah er einen winzigen Fahrstuhl, der gerade zwei Personen Platz bot.

„Schicken Sie bitte nach dem Polizeiarzt. Übrigens, haben Sie Leute am Ende der Stallungen aufgestellt, Rouper?"

Rouper fuhr auf.

„Jawohl, Sir", antwortete er, obwohl das nicht stimmte. Bei der ersten sich bietenden Gelegenheit glitt er hinaus, um seinen Fehler zu korrigieren. Diese Gelegenheit bot sich, als Bourke in den Fahrstuhl trat und auf einen der beiden Knöpfe drückte, die innen an einer Steuertafel angebracht waren. Der Fahrstuhl senkte sich schnell und hielt erst an, als sie nach Bourkes Meinung den Keller erreicht hatten. Er öffnete die Tür und trat hinaus.

Er war in einer Garage. Es standen zwar keine Autos darin, aber an einer Wand waren Benzinkanister aufgestapelt, und in einer Ecke stand eine Werkbank, die noch vor kurzem benutzt worden war.

Er öffnete das Tor und trat in die Stallungen hinaus, die unter dem Niveau der oberen Straße lagen. Ein Chauffeur war dabei, ein in der Nähe stehendes Auto zu putzen; er zeigte sich erst verschlossen, bis Bourke sich ihm als Beamter von Scotland Yard vorstellte.

„O ja, Sir, jene Garage wird von einem alten Taxifahrer benutzt. Wir nennen ihn Old Joe. Ich habe ihn vorher nie gesehen, heute abend zum erstenmal."

„Wann war das?" fragte Bourke schnell.

„Vor ungefähr zehn Minuten. Er fuhr weg und hatte einen Fahrgast."

Diesen Fahrgast konnte er bildlicher beschreiben als den Fahrer. Chefinspektor Bourke hatte keine Schwierigkeiten, Peter darin zu erkennen. Im ganzen gesehen, dachte er, war es genausogut, daß der Eingang zu den Stallungen nicht bewacht worden wäre.

Niemand kannte Old Joe. Er war ein „Schieber" – das hieß, ihm gehörte sein Taxi selbst, und meistens fuhr er nachts. Er machte niemandem Ärger; in der Regel kam und ging er in den dunklen Stunden der Nacht.

Bourke ging in die Garage zurück, verschloß die Tür und fuhr wieder in das Sterbezimmer hinauf.

„Mit den Männern am Stallende ist alles in Ordnung", erklärte Rouper. Er war etwas außer Atem, denn er war gerade erst die Treppe heraufgekommen.

„Ich sah Sie hinter ihnen hergehen", antwortete Bourke unfreundlich.

Er sah auf seine Uhr.

„Warten Sie bitte hier, bis der Polizeiarzt eintrifft. Stellen Sie einen Mann ab für eine gründliche Durchsuchung des oberen Büros; er soll sich um jedes Blatt Papier in diesem Gebäude kümmern", wies er an. „Sie brauchen nicht lange zu warten; ich schicke einen fähigen Mann, der die Leitung übernehmen kann."

„Ich bin hier", erklärte Rouper peinlich berührt.

„Davon spreche ich ja gerade", antwortete ihm Bourke mit beleidigender Ehrlichkeit. „Ich mache mich jetzt auf die Suche nach Peter Clifton."

Kapitel 35

Als Jane zu Hause ankam, fand sie die Wohnung leer vor; nur die Dienstboten waren da. Walker berichtete ihr, Mrs. Wells habe die Wohnung fünf Minuten nach ihr verlassen. In großer Eile habe sie nach einem Taxi geschickt und dem Fahrer aufgetragen, sie zum Bahnhof Waterloo Station zu bringen.

„Ist Mr. Clifton gekommen?"

„Nein, gnädige Frau."

„Und hat auch nicht angerufen?"

„Nein, gnädige Frau."

Sie konnte also nichts weiter tun als warten. Doch es war noch keine halbe Stunde vergangen, da hatte sie einen Gefährten, der gemeinsam mit ihr die Nachtwache hielt.

„Ich dachte, ich komme mal vorbei", sagte Bourke in seiner üblichen lässigen Art. „Peter nicht zu Hause?"

„Nein, er ist in den Park spazierengegangen – er hat das Haus eben verlassen. Sie müssen ihn gerade verfehlt haben."

Mr. Bourke lächelte.

„War es nicht Kipling, der das kleine Stück schrieb, in dem Judy

O'Grady und die Frau des Obersten wie Schwestern unter einer Decke steckten? Wie oft habe ich als junger Beamter geglaubt, irgendeinen berühmten Kerl festnehmen zu können, um mir dann von seiner Frau sagen zu lassen, er wäre gerade ausgegangen – und dabei versteckte er sich die ganze Zeit im Keller!"

„Peter verbirgt sich nicht im Keller", warf sie empört ein. „Es gibt nichts, weswegen er sich verstecken müßte – Sie sind doch nicht gekommen, um ihn zu verhaften?"

Bourke schüttelte den Kopf.

„Ich bin in der Hoffnung auf einen ruhigen Abend gekommen." In seiner Stimme lag nichts, was auf Ironie hingedeutet hätte. „Carlton House Terrace hat so etwas Besänftigendes an sich. Es ist sein Reichtum, die Extravaganz, auf einem Grundstück zu leben, das eine Million Pfund je Quadratfuß wert ist, was mich ganz zur Ruhe kommen läßt. Waren Sie heute fort, Mrs. Clifton?"

„Nein", antwortete sie forsch, „ich habe nur einen Brief zum Kasten gebracht."

In Gedanken versunken schaute er zur Zimmerdecke hoch.

„Ich versuche mir gerade vorzustellen, ob es in Knowlby Street einen Briefkasten gibt", sagte er halb zu sich selbst und kratzte sich am Kinn. „Ich denke, das könnte sein."

„Sie müssen mich für eine entsetzliche Lügnerin halten", bemerkte sie reuevoll.

„Es ist die Pflicht jeder Ehefrau, für ihren Mann zu lügen", erwiderte Bourke ohne alle Moral. „Ich habe Sie nicht selbst gesehen, sondern einer meiner Leute. Sie fuhren in dem Taxi PC 97581. Der Fahrer heißt Leany und wohnt in Grayside Mews. Sie kennen doch meine Methoden, Dr. Watson?"

Das war Bourkes Standardscherz, über den er sich jedesmal von neuem freute.

„Ich möchte Ihnen etwas zeigen", sagte sie plötzlich, als ihr das Papier einfiel, das auf dem Tisch der Bibliothek ausgebreitet lag.

Er folgte ihr und betrachtete staunend fünf Minuten lang die zwei Artikel, die man in einer Minute hätte lesen können.

„Das ist das kleine Stück, das mir gefehlt hat", sagte er mit einer solchen Befriedigung in der Stimme, als ob er sich sein bisheriges Unwissen als Verdienst anrechnete. „Großer Gott, was für ein Schwindel. Hätte ich bloß soviel Zivilcourage gehabt, Wells gestern festzunehmen!"

„Wells? Hat er den Mord begangen?"

„Beide Morde", antwortete Bourke. „Vermutlich hat er ein Dutzend begangen. Die meisten großen Mörder tun das, und eins muß man Wells lassen – er ist wirklich groß."

„Haben Sie ihn festgenommen?"

Er schüttelte den Kopf.

„Werden Sie es jetzt tun?“

Wiederum schüttelte er den Kopf.

„Warum denn nicht?“ fragte sie unsicher.

„Deswegen“, antwortete Bourke orakelhaft, „weil es nichts mehr gibt, was ein Richter und ein Henker noch tun könnten, was Mrs. Untersohn nicht schon getan hätte.“

Er spürte, daß sie nach seinem Arm griff, und streckte seine Hand aus, um sie zu halten.

„Ruhig Blut, meine junge Freundin!“ sagte er auf seine knurrende, gütige Art.

„Ist er – tot?“ flüsterte sie.

Bourke nickte.

„Erschossen.“

„Ich hörte sie – die Schüsse. Und es war Mrs. Untersohn – dessen sind Sie sicher?“

„Absolut. Sie hatte die Pistole noch in der Hand, als sie die Treppe herunterkam, und sie ist darüber auch überhaupt nicht wortkarg. Eine deutsche Pistole, ein sehr interessantes Stück.“

Donald Wells tot! Das war unvorstellbar. Er war noch an diesem Nachmittag dagewesen, hatte dort gestanden, wo jetzt der Chefinspektor stand. Sie schüttelte den Kopf.

„Ich kann es einfach nicht glauben.“

In diesem Augenblick kam Peter. Mißtrauisch betrachtete er den Kriminalbeamten, sah seine Frau aber fast gar nicht an.

„Hatten Sie einen angenehmen Spaziergang?“ fragte Bourke in ruhigem Ton.

„Ja.“ Die Antwort war knapp und stellte keine Ermunterung zu weiteren Fragen dar.

„Der Taxifahrer hat es geschafft, aus London herauszukommen, nehme ich an?“

„Ich weiß nicht, wovon Sie reden.“

„Ich habe nur darüber nachgedacht“, erklärte Bourke. Und dann: „Was ich jetzt sagen muß, will ich in Gegenwart Ihrer Frau sagen, Clifton. Vor einiger Zeit boten Sie mir eine Menge Geld, aber ich habe Ihr Angebot abgelehnt. Ich sagte Ihnen, niemand könne zwei Herren dienen. Das war natürlich eine abgedroschene Bemerkung, aber wie alle abgedroschenen Dinge völlig zutreffend. Seitdem habe ich drei Herren gedient und finde, das ist einfach zuviel. Ich habe kein Gewissen, aber ein ausgeprägtes Pflichtgefühl, und dieses Pflichtgefühl bringt mich dazu, daß ich heute abend dem Polizeichef meinen Rücktritt einreichen werde – bitte unterbrechen Sie mich nicht, Sie dürfen nur ‚Hört, hört!‘ rufen. Dadurch wird meine Pension ein wenig kleiner. Ich muß Ihnen jedoch sagen, daß ich es mir nicht leisten kann, auch nur auf ein Pfund je Woche zu verzichten. Ich habe Tag für Tag in der Angst gelebt, daß irgend jemand – sei es Rouper oder sonst ein kluger Kerl – herausfinden würde, was ich tat. In diesem Fall hätte ich den Yard ohne jede Pension verlassen müssen; zwölf Monate lang hätte ich in Wormwood Scrubbs darüber nachdenken können, was geschehen konnte. Doch ich hatte Glück, so wie auch Sie Glück hatten, Clifton; und sollten Sie mir an dem Tag, an dem ich den Yard verlasse, ein ordentliches Geschenk senden, so warne ich Sie, daß ich es annehmen werde. Ich bitte nicht darum; ich habe sozusagen Anspruch darauf. Ich habe keine falsche Scham, keine falsche Bescheidenheit, überhaupt nichts Falsches an mir. Nur kann ich nicht, wie ich gesagt habe, zwei Herren dienen, und deshalb scheide ich beim Yard aus."

„Ich gebe Ihnen ...", begann Peter leidenschaftlich.

Mr. Bourke hob die Hand.

„Nennen Sie jetzt bitte keine Summe; ich könnte sonst leichtfertig werden", gab er zu bedenken. „Ich hatte schon überlegt, Ihnen meine Dienste als Aufseher anzubieten, aber ich habe den Eindruck, Sie haben eine Dame geheiratet, die sich sehr gut um Sie kümmern kann. Und mit diesen kurzen Worten möchte ich mich verabschieden."

„Warum machen Sie das?" fragte Peter. „Sie haben mir nie irgendeine Warnung zukommen lassen. Ich wußte, daß ich vielleicht Ihre Karriere ruinieren würde, aber jetzt ..."

„Der Taxifahrer und die Unmöglichkeit, über ihn zu reden – das hat mich zu meiner Entscheidung gebracht", erklärte Bourke rätselhaft.

Nach seinem Weggang sprach lange keiner von beiden.

„Es tut mir leid, daß ich nicht geantwortet habe, als du mich ansprachst", sagte Peter schließlich, „aber es handelt sich darum, daß ..."

„Bitte rede nicht davon", antwortete sie. Aus irgendeiner höchst erstaunlichen Ursache ließen sie sich in ein Gespräch über Trivialitäten treiben: die Anlage von Le Toupquet, die Pferde, die Peter bei den Verkäufen im Dezember erwerben wollte. Sie trieben in einen Zustand geistiger Erschöpfung, als Bourke zurückkam.

„Tut mir sehr leid, Sie stören zu müssen." Er entschuldigte sich so überschwenglich, daß sichtbar wurde, daß er alle Ursache für seine Rückkehr hatte. „Ich habe die fehlenden Seiten gefunden."

„Die von Radlow?" fragte Peter schnell.

„Genau die."

Er holte aus seiner Gesäßtasche die zweimal gefalteten Papiere. Weder Peter noch die junge Frau fragten Bourke, woher er sie beschafft hatte. Sie wußten nur zu genau, daß sie noch vor zwei Stunden in der Tasche von Donald Wells gesteckt hatten.

Er übergab sie Peter, der sie schweigend las. Die ersten beiden Seiten berichteten, was er am Vormittag entdeckt hatte: die Heirat Alexander Welersons mit seiner Cousine.

Die Dame erholte sich nie ganz vom Tod ihres ersten Ehemannes, und ihr eigenes unglückliches Hinscheiden trug wahrscheinlich viel dazu bei, Mr. Welersons Wahnsinn auszulösen. Sie war schon lange krank, und es war während dieser Zeit, als sie noch lebte, daß er in einem jener merkwürdigen Anfälle von Wahnsinn, mit denen ich als Rechtsanwalt jahrelang vertraut war, die Ehe mit einem Mädchen namens Untersohn schloß, die bei ihm als Köchin oder Hausmädchen beschäftigt war. Bis zum Tode seiner Frau lebte Alexander Welerson noch zwei Jahre lang dieses Doppelleben. Dabei wurde ihm ein Kind geboren, das die furchtbare Krankheit geerbt haben muß, die seinen Vater ruinierte. Von Anfang an war Mr. Welerson dem Sohn seiner Frau leidenschaftlich zugetan, und in seinen vernünftigen Momenten pflegte er mir gegenüber die Tatsache zu beklagen, daß er so unaufrichtig leben mußte. Er ließ sich von seiner Frau versprechen, daß der Junge nie erfahren sollte, daß er gar nicht sein Sohn war, und er trug mir auf, seinen Heiratstermin geheimzuhalten und dem Sohn die Heiratsurkunde nicht zu zeigen. Ich habe jedoch Grund zu der Annahme, daß von allen diesen Tatsachen später Basil Hale oder Untersohn Kenntnis hatte, der im Auftrag von Dr. Cheyne Wells Nachforschungen durchführte. Doch ist dies nur eine Vermutung. Ich habe keine genaue Information darüber . . .

Peter beendete die Lektüre und übergab das Papier der jungen Frau neben sich.

„Meine Theorie ist, daß Wells erfahren hat, daß Radlow diese schriftliche Erklärung abgeben würde", erläuterte Bourke. „Sie werden sich erinnern, daß ihn jemand an diesem Nachmittag zu Hause anrief. Beim erstenmal schlief er; beim zweitenmal nahm er den Anruf selbst entgegen und stand ganz unter dem Eindruck, daß er mit Peter sprach. Der Anrufer war jedoch ohne Frage Wells selbst. Sowie er wußte, daß die Erklärung abgegeben werden würde, improvisierte er seine kleine Verschwörung. Er muß von Longford Manor aus angerufen haben. Er kannte Peters Gewohnheiten; er wußte alles darüber, daß er Zigaretten zu rauchen pflegte, wenn er allein Auto fuhr. Es war die einfachste Sache von der Welt, die Zigaretten mit einem Betäubungsmittel zu versehen, und das tat er dann auch. Er wartete unterwegs auf ihn; als er sah, daß das Auto zur Seite fuhr und anhielt – das tat Peter mechanisch, ehe er das Bewußtsein verlor –, stieg Wells in den Wagen, gab Peter zwei Spritzen und fuhr ihn nach Sydenham. Sie werden sich erinnern, es war eine feuchte, regnerische Nacht, und um seinen Plan doppelt abzusichern, falls er unterwegs von einem Verkehrspolizisten angehalten würde, band er Peter, denke ich, in aufrechter Haltung fest. Ich fand das Band auf dem Boden des Wagens – Sie erinnern sich, Mrs. Clifton. Er fuhr in der Absicht dorthin, den alten Mann zu töten und Peter die Schuld in die Schuhe zu schieben. Der Zeitplan und die Methode der Vorbereitung waren von teuflischer Verschlagenheit. Vermutlich erwartete er, daß die Erklärung fertig sei. Er hatte ihm angekündigt, daß Peter ihn anrufen würde. Aber er überraschte Radlow beim Schreiben und erschoß ihn dabei."

„Der Mord an Hale war vermutlich weniger vorsätzlich. Durch sein verrücktes Verhalten gefährdete Hale den großen Plan, der darin bestand, daß Peter sich für geistesgestört erklären lassen sollte, damit die Bande dann sein Vermögen verwalten könnte."

Bourke schüttelte den Kopf.

„Ein blendender Plan! Einer der klügsten, der je von dem Gehirn eines Menschen ausgebrütet wurde. Ich kann Ihnen diese Papiere nicht hierlassen, aber Sie werden ihren Inhalt vermutlich nicht vergessen."

Er faltete das Papier wieder zusammen, hielt einen Augenblick an der Tür inne und hob die Hände.

„Das ist das letzte, was Sie heute abend von mir zu sehen bekommen!" sagte er.

Nach seinem Weggang folgte abermals ein langer Zeitraum des Schweigens. Und dann nahm Jane ihr Herz in die Hand, ging hinüber, wo Peter saß, und legte ihm die Hand auf die Schulter.

„Peter", fragte sie, „ist mein Vater noch weggekommen?"

Er nickte.

„Ich hoffe es wenigstens", antwortete er.

Wieder ein kleines Interregnum des Schweigens – und dann die nächste Frage:

„Er war der Clevere, nicht wahr?"

Peter nickte abermals.

„Ja. Es tut mir leid, mein Mädchen – ich wußte es natürlich gleich, als ich jene Kupferstiche, die mir gehörten, auf der Werkbank neben der Druckerpresse fand. Offensichtlich war er draußen gewesen, um zu drukken, hatte meine Platten auf die Bank gelegt und sie dort vergessen; als ich durch Zufall den Raum fand und jene Platten entdeckte, wurde mir ganz schwarz vor den Augen."

Sie antwortete nicht; er suchte ihre Hand und hielt sie fest.

„Er ist großartig; seit Jahren hat er diese Organisation aufgebaut. Seine Agenten fand er durch Blonberg, der blind ist. Als Geldverleiher kam er mit merkwürdigen Leuten in Kontakt. Er kannte Mrs. Untersohns Sorgen dadurch, daß sie zu ihm kam, um sich Geld zu leihen. Auf demselben Weg wurde er auch mit Hale bekannt. Und dann fand Wells mich durch einen ungewöhnlichen Zufall."

„Von wem weißt du alles?" fragte sie mit leiser Stimme.

„Von ihm selbst."

Sie stand schnell auf.

„Ich bin gleich zurück", sagte sie, ohne sich umzusehen.

Eine Stunde lang wartete er vor dem leeren Kaminrost. Er rauchte eine Zigarette nach der anderen, bis im Raum nur noch eine einzige Qualmwolke war. Am Ende dieser Stunde kam sie zurück. Sie trug ihren Kimono, und er konnte kaum sehen, daß sie geweint hatte.

Sie ließ sich auf der Armlehne seines Sessels nieder und ließ den Kopf auf die Schulter ihres Mannes sinken.

„Laß uns jetzt von etwas anderem reden", sagte sie.

Der Feuerrote Kreis

Prolog

Der Nagel

Man kann davon ausgehen, daß es das Geheimnis des Feuerroten Kreises niemals gegeben hätte, wäre nicht der Neunundzwanzigste eines bestimmten September der Geburtstag von Monsieur Victor Pallion gewesen. Ein Dutzend Menschen, nunmehr tot, wären aller Wahrscheinlichkeit nach noch am Leben, und Thalia Drummond wäre gewiß niemals von einem nüchternen Polizeiinspektor als „Diebin und Kumpanin von Dieben" bezeichnet worden.

Pallion hatte seine drei Assistenten zum Essen in das *Coq d'Or* im Zentrum von Toulouse eingeladen, wo es fröhlich und heiter zuging. Um drei Uhr morgens fiel Pallion ein, daß der Anlaß seines Besuches in Toulouse die Exekution eines englischen Verbrechers namens Lightman war.

„Liebe Kinder", sagte er mit feierlicher, aber schwankender Stimme, „es ist drei Uhr, und die ‚rote Lady' muß jetzt aufgestellt werden!"

Sie begaben sich also auf den Platz vor dem Gefängnis, wo schon seit Mitternacht ein Karren mit allen Teilen der Guillotine stand. Mit durch häufige Übung erworbenem Geschick errichteten sie das gräßliche Instrument und paßten das Messer in die dafür vorgesehenen Schlitze.

Aber selbst größtes handwerkliches Können ist nicht gegen die berauschenden Weine Südfrankreichs gefeit, und als sie das Fallmesser ausprobierten, fiel es nicht wie vorgesehen.

„Ich mach das schon", sagte Pallion und schlug genau an der Stelle einen Nagel in das Gerüst, wo kein Nagel hätte eingeschlagen werden dürfen.

Aber er wurde nervös, denn die Soldaten waren schon auf den Platz marschiert ...

Vier Stunden später (es war hell genug für einen unternehmungslustigen Fotografen, den Gefangenen, der dicht vor ihm stand, aufzunehmen) wurde ein Mann aus dem Gefängnis gebracht ...

„Mut", murmelte Pallion.

„Scher dich zum Teufel!" erwiderte das Opfer, das jetzt angeschnallt auf dem Block lag.

Pallion betätigte einen Hebel, und das Messer fiel ..., aber nur bis zum Nagel.

Dreimal versuchte er es, und dreimal schlug es fehl, schließlich brachen die empörten Zuschauer durch die Militärkette, und der Gefangene wurde ins Gefängnis zurückgebracht.

Elf Jahre später sollte jener Nagel viele Menschen töten.

1

Die Aufnahme

Es war zu einer Stunde, da sich die meisten achtbaren Menschen auf das Zubettgehen vorbereiteten und in den oberen Fenstern der großen altmodischen Häuser um den Platz Licht aufleuchtete, gegen das sich die Umrisse der kahlen Bäume, die sich im Sturm bogen, abzeichneten. Ein kalter Wind fegte über den Fluß, und seine Ausläufer drangen eiskalt in die entferntesten und geschütztesten Winkel.

Der Mann, der langsam an dem hohen Geländer entlangschritt, fröstelte trotz seiner warmen Kleidung, denn der Unbekannte hatte als Treffpunkt einen Ort gewählt, der dem Sturm voll ausgesetzt war. Die Überreste des dahinscheidenden Herbstes wirbelten in phantastischen Kreisen um seine Füße, die Zweige brachen krachend von den Bäumen herunter, die ihre unheimlichen, langen Arme über ihm umherwarfen, und er blickte neidvoll zu dem freundlichen Schimmer in den Fenstern eines Hauses auf, das ihn, würde er nur anklopfen, als willkommenen Gast aufnähme.

Die elfte Stunde dröhnte von einer nahe gelegenen Uhr, beim Widerhall des letzten Schlages kam ein Auto schnell und geräuschlos auf den Platz gefahren und hielt neben ihm. Die beiden vorderen Scheinwerfer leuchteten schwach. Im Wageninnern war kein Licht. Nach kurzem Zögern ging der Mann auf das Auto zu, öffnete die Tür und stieg ein. Er konnte die Umrisse der Gestalt des Fahrers auf dem Vordersitz nur ahnen. Er spürte sein Herz laut schlagen, als er sich der ungeheuren Bedeutung seines Schrittes bewußt wurde. Das Auto stand still, und auch der Mann auf dem Fahrersitz blieb reglos. Für einen kurzen Augenblick herrschte Totenstille, die von dem Fahrgast unterbrochen wurde.

„Nun?" fragte er nervös, fast gereizt.

„Haben Sie sich entschieden?" erkundigte sich der Fahrer.

„Wäre ich sonst hier?" entgegnete der Fahrgast. „Denken Sie, ich bin aus Neugier gekommen? Was wollen Sie von mir? Sagen Sie es mir, und ich sage Ihnen, was ich von Ihnen will."

„Ich weiß, was Sie von mir wollen", sagte der Fahrer. Seine Stimme klang gedämpft und undeutlich, so als spräche er hinter einer Maske. Als sich der Neuankömmling an die Dunkelheit gewöhnt hatte, erkannte er schemenhaft die Umrisse einer schwarzen Seitenkapuze, die den Kopf des Fahrers bedeckte.

„Sie stehen am Rand des Bankrotts“, fuhr der Fahrer fort. „Sie haben Geld genommen, das Ihnen nicht gehörte, und Sie denken an Selbstmord. Aber nicht Ihr Bankrott bringt Sie auf diesen Gedanken. Sie haben einen Feind, der etwas in Erfahrung gebracht hat, was Ihnen schaden und Sie in die Hände der Polizei liefern würde. Vor drei Tagen haben Sie von einer Chemiefirma, bei der ein Freund von Ihnen arbeitet, eine besonders giftige Droge erhalten, die man nicht bei einem Apotheker kaufen kann. Sie haben eine Woche damit zugebracht, alles über Gifte und ihre Wirkungen zu lesen, und falls nicht etwas geschieht, was Sie noch vor dem Ruin retten kann, haben Sie die Absicht, sich das Leben zu nehmen. Ich glaube, Sonntag.“ Er hörte den Mann hinter sich keuchen, und er lachte leise.

„Nun, mein Herr“, sagte der Fahrer, „wollen Sie in Erwägung ziehen, für mich zu arbeiten?“

„Was soll ich machen?“ fragte der Mann hinter ihm mit bebender Stimme.

„Ich verlange nicht mehr, als daß Sie meine Anweisungen ausführen. Ich sorge dafür, daß Sie kein Risiko eingehen und daß Sie gut bezahlt werden. Ich kann Ihnen sofort eine sehr große Summe Geld in die Hand geben, die es Ihnen ermöglicht, Ihren dringendsten Verpflichtungen nachzukommen. Als Gegenleistung sollen Sie alles Geld, das ich Ihnen schicke, in Umlauf bringen, es im erforderlichen Maß einwechseln, die Spur aller Rechnungen und Banknoten, deren Nummern der Polizei bekannt sind, verwischen, Wertpapiere veräußern, die ich nicht veräußern kann, und überhaupt als mein Bevollmächtigter agieren“ — er machte eine Pause und fügte dann bedeutungsvoll hinzu: „Und auf Anforderung zahlen, was ich verlange.“

Der Mann hinter ihm antwortete eine Zeit nicht und fragte dann mit einem Anflug von Gereiztheit:

„Was ist der Feuerrote Kreis?“

„Sie“, war die überraschende Antwort.

„Ich?“ Der Mann schnappte nach Luft.

„Sie sind vom Feuerroten Kreis“, sagte der andere vorsichtig. „Sie haben einhundert Kollegen, von denen Sie keinen je kennen werden und von denen keiner Sie je kennen wird.“

„Und Sie?“

„Ich kenne sie alle“, sagte der Fahrer. „Nehmen Sie an?“

„Ja“, sagte der andere nach einer Pause.

Der Fahrer streckte, halb nach hinten gewandt, seine Hand aus.

„Nehmen Sie das“, sagte er.

„Das“ war ein großer dicker Umschlag, den das neuaufgenommene Mitglied des Feuerroten Kreises in seine Tasche schob.

„Und nun steigen Sie aus“, sagte der Fahrer schroff, und der andere gehorchte ohne weitere Fragen. Er schlug die Tür hinter sich zu und stellte sich so, daß er den Fahrer von vorn sah. Er wollte noch immer seine Identität herausfinden, für sein eigenes Seelenheil war es notwendig, zu wissen, wer der Fahrer war.

„Stecken Sie sich Ihre Zigarre nicht hier an“, sagte der Fahrer, „oder ich muß annehmen, das Rauchen ist nur ein Vorwand, um ein Streichholz anzuzünden. Merken Sie sich, mein Freund, der Mann, der weiß, wer ich bin, nimmt dieses Wissen mit in die Hölle.“

Bevor der andere antworten konnte, setzte sich das Auto in Bewegung, und der Mann mit dem Umschlag sah dem roten Rücklicht nach, bis es seinen Blicken entschwand. Er bebte von Kopf bis Fuß. „Das wär's“, sagte er mit belegter Stimme, überquerte die Straße und verschwand in einer Seitengasse.

Er war kaum außer Sichtweite, als sich eine Gestalt verstohlen aus dem Torweg eines dunklen Hauses löste und ihm folgte. Es war die Gestalt eines Mannes, groß und breit, der Schwierigkeiten hatte beim Gehen, denn er war kurzatmig. Er hatte ihn schon hundert Schritte verfolgt, als ihm auffiel, daß er noch das Schiffsfernglas in den Händen trug, mit dem er alles beobachtet hatte.

Als er die Hauptstraße erreichte, war das Ziel seiner Verfolgung verschwunden. Er hatte nichts anderes erwartet, und so war er nicht beunruhigt. Er wußte, wo er ihn finden würde. Aber wer war der in dem Auto? Er hatte die Nummer gelesen und könnte seinen Besitzer am nächsten Morgen ausfindig machen. Mr. Felix Marl grinste. Hätte er den Charakter des beobachteten Gesprächs erraten — er hätte keinen Grund zur Freude gehabt. Schon stärkere Männer als er waren vor Angst erstarrt angesichts einer Drohung vom Feuerroten Kreis.

2

Der Mann, der nicht zahlte

Philip Bassard hatte gezahlt und lebte, denn offensichtlich hielt der Feuerrote Kreis Wort; Jacques Rizzi, der Bankier, hatte auch gezahlt, aber er war von panischer Angst ergriffen. Einen Monat später starb er — eines natürlichen Todes, denn er hatte ein schwaches Herz. Benson, Anwalt bei der Eisenbahn, hatte über die Drohung gelacht — er wurde neben seinem privaten Salonwagen tot aufgefunden.

Mr. Derrick Yale hatte mit seinem erstaunlichen Geschick den Farbigen, der in Bensons Privatwagen geschlichen war, Benson ermordet und den Leichnam aus dem Fenster geworfen hatte, zur Strecke gebracht.

Der Farbige wurde gehängt, ohne jedoch die Identität seines Auftraggebers preisgegeben zu haben. Die Polizei mochte sich verächtlich über Yales psychometrische Kräfte äußern — was sie auch tat —, aber innerhalb von achtundvierzig Stunden hatte er die Polizei zum Haus des Halunken in Yareside geführt, wo der völlig verwirrte Mörder ein Geständnis ablegte.

Nach dieser Tragödie müssen viele Männer gezahlt haben, ohne eine Meldung an die Polizei zu machen, denn über einen längeren Zeitraum gab es in den Zeitungen keinerlei Hinweis auf den Feuerroten Kreis. Und dann gelangte eines Morgens ein einfacher Umschlag auf den Frühstückstisch von James Beardmore, der eine Karte mit dem Stempel des Feuerroten Kreises enthielt.

„Du interessierst dich doch für das Melodramatische im Leben, Jack — lies das da." James Stamford Beardmore warf die Karte über den Tisch seinem Sohn zu und befaßte sich mit dem nächsten Brief aus dem Stapel neben seinem Teller.

Jack nahm die Karte und prüfte sie mit leichtem Stirnrunzeln. Es handelte sich um eine gewöhnliche Briefkarte, nur daß sie keine Adresse trug. Ein großer feuerroter Kreis berührte die vier Kanten; er sah aus, als sei er mit einem Gummistempel gedruckt worden, denn die Tinte war ungleich verteilt. In der Mitte des Kreises standen in Druckbuchstaben fogende Worte:

Einhunderttausend sind nur ein kleiner Teil Ihres Besitzes. Zahlen Sie diese Summe in Banknoten an einen Boten, den ich schicken werde, nachdem in den nächsten vierundzwanzig Stunden in der ‚Tribune' eine Anzeige erschienen ist, die genau die Ihnen genehme Zeit angibt. Dieses ist die letzte Warnung.

Eine Unterschrift gab es nicht.

„Nun?"

Der alte Jim Beardmore schaute über seine Brille, und seine Augen lächelten.

„Der Feuerrote Kreis!" stieß sein Sohn hervor.

Jim Beardmore lachte angesichts der sorgenvollen Stimme seines Sohnes laut auf.

„Ja, der Feuerrote Kreis — ich habe bereits vier davon!"

Der junge Mann starrte ihn an.

„Vier?" wiederholte er. „Großer Himmel! Ist das der Grund, warum Yale bei uns ist?"

Jim Beardmore lächelte.

„Das ist ein Grund", sagte er.

„Natürlich wußte ich, daß er Detektiv ist, aber ich hatte nicht die leiseste Ahnung . . ."

„Mach dir keine Sorgen über diesen verfluchten Kreis“, unterbrach ihn sein Vater etwas ungeduldig. „Ich habe keine Angst vor denen. Froyant lebt in schrecklicher Angst, daß er an die Reihe kommt. Das wundert mich auch gar nicht. Er und ich haben uns seinerzeit ein paar Feinde gemacht.“

James Beardmore hätte mit seinem harten zerfurchten Gesicht und seinem stoppligen grauen Bart durchaus für den Großvater des gutaussehenden jungen Mannes, der ihm gegenübersaß, gehalten werden können. Das Beardmore-Vermögen war mühselig erworben worden. Es war aus den Trümmern von Träumen hervorgegangen und hatte in den Entbehrungen, Gefahren und Sorgen eines Goldsuchers seinen Anfang genommen. Dieser Mann, der in den wasserlosen Ebenen der Kalahari vom Tod begleitet worden war, der im Schlamm des Vale River nach trügerischen Diamanten geschürft und einen Anteil am Klondyke herausgeschunden hatte, hatte schon zu vielen wirklichen Gefahren gegenübergestanden, als daß er sich angesichts der Drohung durch den Feuerroten Kreis sehr beunruhigen würde. Im Augenblick gab es eine greifbarere Gefahr, nicht so sehr für ihn als vielmehr für seinen Sohn.

„Ich traue dir genügend Vernunft zu, Jack. Nimm mir also das, was ich sagen will, nicht übel. Ich habe mich nie in deine Unternehmungen eingemischt und dein Urteil nie in Frage gestellt — aber glaubst du, daß du dich im Augenblick klug verhältst?“

Jack verstand. „Du spielst auf Miß Drummond an, nicht wahr, Vater.“

Der ältere Mann nickte.

„Sie ist Froyants Sekretärin“, begann Jack.

„Ich weiß, und ich sage nicht, daß sie deshalb schlecht ist. Aber weißt du denn etwas mehr über sie, Jack?“

Der junge Mann rollte bedächtig seine Serviette zusammen. Sein Gesicht hatte sich gerötet und trug einen komisch verbissenen Ausdruck, der Jim im stillen amüsierte.

„Ich mag sie. Sie ist eine Freundin von mir. Ich habe ihr gegenüber nie von Liebe gesprochen, wenn du das meinst, Vater, und ich glaube auch, daß es mit unserer Freundschaft aus wäre, wenn ich es täte.“

Jim nickte. Er hatte gesagt, was zu sagen war, und nahm nun einen prallen Umschlag in die Hand, den er neugierig und interessiert betrachtete. Jack sah französische Briefmarken darauf und fragte sich, wer wohl der Schreiber sei.

Der alte Mann riß den Umschlag auf und nahm einen Packen Briefe heraus, unter denen noch ein weiterer, mehrfach versiegelter Umschlag war. Er las die Aufschrift und rümpfte die Nase.

„Oh!“ sagte er und legte den Umschlag ungeöffnet beiseite. Er sah den Rest der Korrespondenz durch und blickte dann zu seinem Sohn hinüber.

„Traue nie einem Mann oder einer Frau, bis du das Schlimmste von ihnen weißt", sagte er. „Ich bekomme heute Besuch von einem Mann, der ein ehrenwertes Mitglied der Gesellschaft ist. Sein Ruf ist so schwarz wie mein Hut, und dennoch werde ich Geschäfte mit ihm machen. Ich weiß das Schlimmste!"

Jack lachte. Das weitere Gespräch wurde durch die Ankunft ihres Gastes unterbrochen.

„Guten Morgen, Yale – haben Sie gut geschlafen?" fragte der alte Mann. „Klingele noch einmal nach Kaffee, Jack."

Derrick Yales Besuch war ein ungetrübtes Vergnügen für Jack Beardmore. Er war in einem Alter, in dem alles Romantische ihn sehr ansprach, und schon die Gesellschaft des gewöhnlichsten Detektivs hätte ihm eine besondere Freude bereitet. Aber der Glanz, der Yale umgab, war der Glanz des Übernatürlichen. Dieser Mann hatte ungewöhnliche und besondere Eigenschaften, die ihn zu etwas Einmaligem machten. Das feine, schöne Gesicht, seine ernsten, rätselhaften Augen, die bloße Gebärde seiner langen, empfindlichen Hände waren Teil seiner Einzigartigkeit.

„Ich schlafe nie", sagte er gutgelaunt, indem er seine Serviette auseinanderfaltete. Er hielt den silbernen Serviettenring eine Sekunde lang zwischen den Fingern, wobei ihn James Beardmore amüsiert beobachtete. Jack zeigte unverhohlene Bewunderung.

„Nun?" fragte der alte Mann.

„Wer diesen zuletzt in der Hand hatte, hat schlechte Nachrichten erhalten – ein naher Verwandter ist hoffnungslos krank."

Beardmore nickte.

„Das Dienstmädchen Jane Higgins hat heute den Tisch gedeckt", sagte er. „Sie hat heute morgen einen Brief bekommen mit der Nachricht, daß ihre Mutter im Sterben liegt."

Jack stockte der Atem.

„Und das haben Sie am Serviettenring gefühlt?" fragte er verblüfft. „Wie geht das zu, Mr. Yale?"

Derrick Yale schüttelte den Kopf.

„Ich versuche gar nicht, es zu erklären", sagte er ruhig. „Alles, was ich weiß, ist, daß ich in dem Moment, als ich die Serviette nahm, ein Gefühl tiefen, erschütternden Kummers hatte. Es ist unheimlich, nicht wahr?"

„Aber woher wußten Sie das mit Janes Mutter?"

„Ich habe es irgendwie gespürt", antwortete der andere fast brüsk; „es ist eine Frage von Schlußfolgerungen. Haben Sie Neuigkeiten, Mr. Beardmore?"

Statt einer Antwort reichte Jim ihm die Karte, die er am Morgen bekommen hatte.

Yale las die Nachricht und hielt die Karte abwägend in seiner weißen Hand.

„Von einem Seemann abgeschickt", sagte er, „einem Mann, der im Gefängnis gewesen ist und in letzter Zeit eine größere Menge Geld verloren hat."

Jim Beardmore lachte.

„Die ich sicherlich nicht ersetzen werde", sagte er, sich vom Tisch erhebend. „Nehmen Sie diese Warnungen ernst?"

„Ich nehme sie sehr ernst", sagte Derrick in seiner ruhigen Art. „So ernst, daß ich Ihnen rate, das Haus nicht ohne meine Begleitung zu verlassen. Der Feuerrote Kreis ist", fuhr er fort, Beardmores entrüsteten Protest mit einer charakteristischen Geste unterbrechend, „zugegebenermaßen ziemlich melodramatisch in seinem Vorgehen, aber es wird für Ihre Erben kein Trost sein, zu wissen, daß sie auf theatralische Weise gestorben sind."

Jim Beardmore war einen Moment lang still. und sein Sohn betrachtete ihn ängstlich.

„Warum gehst du nicht ins Ausland, Vater?" fragte er, und der alte Mann schnauzte ihn an.

„Ins Ausland gehen — zum Teufel damit!" tobte er. „Vor einer billigen Gangstertruppe weglaufen? Ich werde sie empfangen . . .!" Er sagte ihnen nicht, wohin sie gingen, aber sie konnten es erraten.

3

Das gleichgültige Mädchen

Eine schwere Last ruhte auf Jack Beardmore, als er an jenem Morgen langsam über die Wiesen ging. Seine Füßen trugen ihn instinktiv auf das kleine Tal zu, das eine Meile vom Haus entfernt war und in dessen Mitte die Hecke verlief, die die beiden Grundstücke Beardmore und Froyant voneinander trennte. Es war ein glänzender Morgen. Der Regensturm, der das Land die Nacht zuvor gepeitscht hatte, hatte sich selbst hinweggeblasen, und nun lag die Welt in gelbem Sonnenschein. In der Ferne, jenseits des olivgrünen Dickichts, das Penton Hill krönte, erblickte er das große weiße Herrenhaus Harvey Froyants. Würde sie sich bei dem vom Regen aufgeweichten Boden und dem triefenden Gras herauswagen, fragte er sich.

Er hielt an einer großen Ulme am Rand des Tales an und schaute besorgt über die ungepflegte Hecke, bis sein Blick auf einem winzigen Sommerhäuschen ruhen blieb, das die früheren Besitzer von Tower House errichtet hatten — Harvey Froyant, der die Einöde haßte, hätte sich eine solche Extravaganz niemals erlaubt.

Es war niemand zu sehen, und sein Mut sank. Nach zehn Minuten gelangte er an das Loch, das er in den Zaun gemacht hatte, und stieg hindurch. Das Mädchen, das in dem Häuschen saß, hatte vielleicht seinen Seufzer der Erleichterung vernommen.

Sie blickte sich um und erhob sich dann mit einem gewissen Zögern. Sie war auffallend hübsch, mit ihrem blonden Haar und der makellosen Haut, ihre Augen aber drückten kein Entgegenkommen aus, als sie langsam auf ihn zukam.

„Guten Morgen“, sagte sie kühl.

„Guten Morgen, Thalia“, wagte er zu sagen, und sie runzelte erneut die Stirn.

„Das gefällt mir gar nicht“, sagte sie, und er wußte, daß sie es genauso meinte. Ihr Verhalten ihm gegenüber verwirrte und beunruhigte ihn. Sie war eine Frohnatur und voll pulsierenden Lebens. Einmal hatte er sie dabei überrascht, wie sie einen Hasen jagte, und fasziniert hatte er zugesehen, wie die kleinen Füße dieser lachenden Diana über das Feld flitzten, um dem erschrockenen Hasen zu folgen. Er hatte sie mehrmals singen hören, und die reine Lebensfreude schwang in ihrer Stimme – aber er hatte sie auch schon so niedergeschlagen und düster gesehen, daß er fürchtete, sie wäre krank.

„Warum sind Sie immer so steif und förmlich zu mir?“ brummte er.

Eine Sekunde lang huschte die Andeutung eines Lächelns über ihre Mundwinkel. „Weil ich Bücher gelesen habe, und da nehmen arme Sekretärinnen, die nicht steif und förmlich zu Millionärssöhnen sind, gewöhnlich ein schlimmes Ende.“

Sie war von einer Direktheit, die einen ziemlich aus der Fassung bringen konnte.

„Außerdem“, sagte sie, „gibt es keinen Grund, warum ich nicht steif und förmlich sein sollte. Es ist die übliche Haltung eines Menschen zu seinen Mitmenschen, es sei denn, sie sind sehr voneinander angetan, was ich von Ihnen und mir nicht sagen kann.“

Sie sprach ruhig und bedachtsam, und der junge Mann wurde rot. Er kam sich töricht vor und verfluchte sich, daß er diese Grausamkeit provoziert hatte.

„Ich will Ihnen etwas sagen, Mr. Beardmore“, fuhr sie in ihrem gleichförmigen Tonfall fort, „etwas, was Sie noch nicht begriffen haben. Wenn ein Junge und ein Mädchen auf einer verlassenen Insel aufeinandertreffen, ist es ganz natürlich, daß der Junge glaubt, das Mädchen sei das einzige auf der Welt. Seine ganze eigensinnige Einbildungskraft konzentriert sich auf eine einzige Frau, die im Lauf der Zeit in seinen Augen immer wunderbarer wird. Ich kenne viele Bücher und Filme, die von dieser interessanten Situation handeln, und so kommt mir dies auch vor. Sie sind hier auf einer verlassenen Insel – Sie verbringen zuviel Zeit auf Ihrem Gut, und das einzige, was Sie sehen, sind Hasen, Vögel und Thalia Drummond. Sie sollten in die Stadt gehen und sich in die Gesellschaft von Leuten Ihres Ranges begeben.“

Sie wandte sich mit einem Nicken von ihm ab, denn sie hatte ihren Arbeitgeber kommen sehen, sie hatte aus dem Augenwinkel beobachtet, daß er stehenblieb, um sie zu mustern, und seine Verärgerung erraten.

„Ich dachte, Sie erledigen die Abrechnungen, Miß Drummond", sagte er schroff.

Er war ein hagerer Mann Anfang Fünfzig, farblos, mit scharfen Zügen, schon seit relativ jungen Jahren glatzköpfig. Er hatte die unangenehme Eigenart, seine gelben Zähne zu entblößen, wenn er eine Frage stellte, eine Grimasse, die auf seltsame Weise andeutete, daß er sowieso glaubte, die Antwort sei eine Ausrede.

„Morgen, Beardmore." Mürrisch stieß er diese Begrüßung hervor und wandte sich wieder seiner Sekretärin zu.

„Ich habe es nicht gern, wenn Sie Ihre Zeit vergeuden, Miß Drummond."

„Ich vergeude weder Ihre noch meine Zeit, Mr. Froyant", antwortete sie ruhig. „Ich habe die Abrechnung bereits fertig – hier!" Sie tippte auf die abgenutzte Ledermappe unter ihrem Arm.

„Sie hätten die Arbeit in meiner Bibliothek machen können", beschwerte er sich, „es ist nicht nötig, dazu in die Wildnis zu gehen." Er brach ab, rieb sich seine lange Nase und blickte von dem Mädchen zu dem jungen Mann.

„Sehr gut, das reicht. Ich will gerade Ihren Vater besuchen, Beardmore. Vielleicht kommen Sie mit?"

Thalia war schon unterwegs zum Tower House, und Jack hatte keinen plausiblen Grund, noch länger zu verweilen.

„Beardmore, nehmen Sie bitte nicht die Zeit dieses Mädchens in Anspruch", sagte Froyant gereizt. „Sie können sich nicht vorstellen, wieviel sie zu tun hat – und ich glaube, Ihr Vater sieht es auch nicht gern."

Jack war nahe daran, etwas Verletzendes zu sagen, aber beherrschte sich. Er verabscheute Harvey Froyant, und im Augenblick haßte er ihn wegen seiner Bevormundung gegenüber dem Mädchen.

„Diese Art Mädchen", begann Mr. Froyant und schickte sich an, die Hecke entlang bis zum Tor am Ende des Tales zu gehen, „diese Art Mädchen ..." Er blieb stehen und starrte. „Welcher Teufel hat hier ein Loch durch die Hecke gebrochen?" verlangte er zu wissen und zeigte mit seinem Stock auf die Stelle.

„Ich", antwortete Jack nüchtern. „Es ist sowieso unsere Hecke, und man spart eine halbe Meile – kommen Sie schon, Mr. Froyant."

Harvey Froyant sagte kein Wort, als er vorsichtig durch die Hecke stieg.

Sie gingen langsam den Hügel hinauf bis zu der großen Ulme, wo Jack zuvor gestanden und ins Tal gesehen hatte.

Mr. Harvey Froyant schwieg verbissen. Er war ein Verfechter von Konventionen, sofern ihre Einhaltung ihm nutzte.

Sie waren auf der Erhebung angekommen, als ihn plötzlich jemand am Arm packte. Er drehte sich nach Jack Beardmore um, der auf den Baumstamm starrte. Froyant folgte seiner Blickrichtung und trat einen Schritt zurück, wobei sein ungesundes Gesicht noch eine Spur blasser wurde. Auf den Baumstamm war – in noch feuchter Farbe – ein unebener feuerroter Kreis gemalt.

4

Mr. Felix Marl

Jack Beardmore suchte mit den Augen die Gegend ab. Das einzige menschliche Wesen in seinem Blickfeld war ein Mann mit einer Tasche in der Hand, der sich langsam von ihnen entfernte. Jack rief nach ihm, und er drehte sich um.

„Wer sind Sie? Was machen Sie hier?"

Der Fremde war ein großer, stämmiger Mann, und die unternommene Anstrengung hatte ihn etwas atemlos gemacht, so daß einige Zeit verging, bis er antwortete.

„Ich heiße Marl, Felix Marl. Sie haben vielleicht schon von mir gehört. Ich glaube, Sie sind der junge Mr. Beardmore, nicht wahr?"

„Das bin ich. Was machen Sie hier?" fragte Beardmore den Mann noch einmal.

„Es soll vom Bahnhof hierher eine Abkürzung geben, aber so kurz, wie man sagte, ist sie nun auch wieder nicht", sagte Marl röchelnd. „Ich bin auf dem Weg zu Ihrem Vater."

„Waren Sie in der Nähe dieses Baumes da?" fragte Jack, und Marl starrte ihn an.

„Warum sollte ich denn an irgendeinen Baum gehen?" fragte er ungehalten. „Ich sage Ihnen doch, ich komme direkt über die Felder."

Inzwischen war Harvey Froyant herangekommen und erkannte den Neuankömmling.

„Das ist Mr. Marl, ich kenne ihn. Marl, haben Sie jemanden in der Nähe dieses Baumes gesehen?"

Der Mann schüttelte den Kopf, der Baum und sein Geheimnis waren für ihn offensichtlich ein Mysterium.

„Ich habe gar nicht gewußt, daß dort ein Baum ist. Was ist denn passiert?"

„Nichts", entgegnete Froyant scharf.

Jack hatte die Tasche des Besuchers genommen, und so gingen sie auf das Haus zu. Die Erscheinung dieses großen Mannes hatte Jack nicht beeindruckt. Seine Stimme war rauh, sein Benehmen recht gewöhnlich, und Jack fragte sich, welche Beziehung dieses ungehobelte Exemplar eines Menschen zu seinem Vater wohl haben könnte.

Sie näherten sich dem Haus, als der kräftige Mr. Marl plötzlich und aus unerfindlichen Gründen einen Angstschrei ausstieß und zurückwich. Seine Furcht war unübersehbar. Sie stand offen auf den bleichen Wangen und den zuckenden Lippen des am ganzen Leib zitternden Mannes geschrieben.

Jack sah ihn erstaunt an, und selbst Froyant zeigte Interesse.

„Was, zum Teufel, ist denn los mit Ihnen?" fragte er ungehalten. Seine eigenen Nerven waren zum Zerreißen gespannt, und der Anblick der unverhüllten Angst des großen Mannes bedeutete eine weitere Belastung, die er kaum ertragen konnte.

„Nichts, nichts", murmelte Marl mit belegter Stimme. „Ich bin . . ."

„Sie haben getrunken, würde ich meinen", fuhr ihn Froyant an.

Nachdem Jack den Mann ins Haus gebracht hatte, machte er sich sofort auf die Suche nach Derrick Yale. Er fand den Detektiv in einem großen Rohrstuhl zwischen den Sträuchern, das Kinn auf die Brust gesenkt, die Arme verschränkt — eine seiner charakteristischen Haltungen. Yale blickte auf, als er die Schritte des jungen Mannes vernahm.

„Ich kann es Ihnen nicht sagen", begann er, bevor Jack überhaupt seine Frage formuliert hatte, und als er dessen verwunderten Blick sah, lachte er. „Sie wollten mich doch gerade fragen, was Marl so in Schrecken versetzt hat, oder?"

„Ja, deshalb bin ich gekommen." Jack lachte. „Sie sind doch ein außergewöhnlicher Mensch, Mr. Yale! Haben Sie gesehen, was für einen unheimlichen Schreck der gekriegt hat?"

„Ich habe ihn gesehen, kurz bevor er diesen Schock bekam. Man kann den Feldweg von hier aus einsehen."

Er runzelte die Stirn.

„Er erinnert mich an jemanden", sagte er langsam, „aber ich kann einfach nicht sagen, wer er ist. Kommt er häufig hierher? Ihr Vater erzählte mir, daß er kommen würde, und da dachte ich mir gleich, daß er es ist."

Jack schüttelte den Kopf. „Ich sehe ihn zum erstenmal. Ich kann mich allerdings jetzt erinnern, daß Vater und Froyant geschäftlich zu tun hatten mit einem Mann namens Marl — Dad hat ihn einmal erwähnt. Ich glaube, er ist Bodenspekulant. Vater interessiert sich zur Zeit sehr für Land. Übrigens habe ich das Zeichen des Feuerroten Kreises gesehen", und er beschrieb das frisch gemalte Signum auf dem Ulmenstamm.

Sofort verlor Yale das Interesse an Mr. Marl.

„Es war noch nicht da, als ich runter ins Tal ging", sagte Jack. „Das kann ich beschwören. Es muß angemalt worden sein, während ich mit — mit einem Freund sprach. Man kann den Stamm vom Grenzzaun aus nicht sehen. Was hat das zu bedeuten, Mr. Yale?"

„Ärger“, entgegnete Yale knapp.

Er erhob sich plötzlich und wanderte auf dem Plattenweg umher.

Jack überließ ihn, nachdem er eine Weile gewartet hatte, seinen Meditationen.

Unterdessen erwies sich Mr. Marl als ziemlich nutzloser Dritter bei einer Besprechung über Bodentransaktionen. Marl war, wie Jack gemeint hatte, Bodenspekulant und war mit einem vielversprechenden Vorschlag gekommen, er war jedoch unfähig, ihn zu erklären.

„Ich kann leider nicht anders, meine Herren“, sagte er, und zum viertenmal legte er seine zitternde Hand an die Lippen. „Ich hatte heute morgen einen kleinen Schock.“

„Was war denn?“

Marl war jedoch keiner Erklärung fähig. Er konnte nur hilflos den Kopf schütteln. „Ich bin nicht in der Lage, irgend etwas in Ruhe zu besprechen. Wir müssen die Angelegenheit bis morgen verschieben.“

„Denken Sie, ich bin heute hierhergekommen, um mir solchen Unsinn anzuhören?“ knurrte Mr. Froyant. „Ich kann Ihnen nur sagen, ich möchte dieses Geschäft heute unter Dach und Fach haben. Sie doch auch, Beardmore.“

Jim Beardmore, dem es gleichgültig war, ob die Sache sofort oder eine Woche später abgemacht würde, lachte.

„Ich wüßte nicht, daß es so wichtig ist. Wenn Mr. Marl derart aufgebracht ist, brauchen wir ihn doch nicht weiter zu belästigen. Vielleicht bleiben Sie heute nacht hier, Marl?“

„Nein, nein, nein!“ Die Stimme des Mannes steigerte sich fast zu einem Schrei. „Nein, ich werde nicht hierbleiben, wenn es Ihnen nichts ausmacht – nein, das möchte ich ganz und gar nicht!“

„Wie Sie wünschen“, sagte Beardmore gleichgültig und schob die Unterlagen, die er zur Unterzeichnung vorbereitet hatte, zusammen.

Sie gingen zusammen hinaus in die Halle, wo Jack auf sie traf. Beardmores Auto brachte den Besucher und seine Tasche zurück zum Bahnhof. Dort nahm Mr. Marls Verhalten seltsame Formen an. Er gab die Tasche auf bis zur Stadt, aber er selber stieg an der nächsten Station aus. Für einen Mann, der das Laufen haßte und von Natur aus eine Aversion gegen körperliche Aktivität hatte, bewies er nun einen fast heroischen Geist, denn er machte sich auf, die neun Meilen, die ihn noch von dem Beardmore-Sitz trennten, zu laufen, und er wählte nicht die kürzeste Strecke.

Es war kurz vor Einbruch der Nacht, als Mr. Marl sich heimlich in die dichte Schonung am Rand des Beardmore-Besitzes schlich. Er ließ sich nieder, müde, schmutzig, aber entschlossen, er wartete, bis sich die Nacht über das ganze Gelände gesenkt hatte. Während er wartete, prüfte er vorsichtig und sorgsam die schwer automatische Pistole, die er im Zug aus seiner Tasche genommen hatte.

5

Das Mädchen, das davonlief

„Ich verstehe nicht, warum dieser Mann heute morgen nicht wiedergekommen ist“, sagte Jim Beardmore mit einem Stirnrunzeln.

„Welcher Mann?“ fragte Jack sorglos.

„Ich spreche von Marl.“

„War das der große Gentleman, den ich gestern gesehen habe?“ erkundigte sich Derrick Yale.

Sie standen auf der Terrasse des Hauses, von deren erhöhter Lage sie einen guten Blick über das Land hatten.

Der Frühzug war gekommen und abgefahren. Sie sahen die weiße Rauchspur, die er hinterließ, als er in den Gebirgsausläufern neun Meilen entfernt verschwand.

„Ja, ich rufe besser Froyant an und sage ihm, daß er nicht kommen soll.“ Jim Beardmore strich sich über sein stoppliges Kinn. „Marl gibt mir Rätsel auf. Ich glaube, er ist ein schlauer Kerl, ein ehemaliger Dieb, der sich gebessert hat, soviel ich weiß – zumindest hoffe ich, daß er sich gewandelt hat. Was hat ihn gestern so aufgebracht, Jack? Er kam in die Bibliothek wie der leibhaftige Tod.“

„Ich habe nicht die leiseste Ahnung. Ich glaube, er hat ein schwaches Herz oder so etwas. Er sagte, er würde öfter solche Krämpfe bekommen.“

Beardmore lachte sanft, dann ging er ins Haus und kam mit seinem Spazierstock zurück.

„Ich mache einen kleinen Spaziergang, Jack. Nein, du brauchst nicht mitzukommen. Ich möchte über ein paar Sachen nachdenken, und Ihnen verspreche ich, Yale, daß ich das Grundstück nicht verlassen werde, obwohl ich finde, Sie messen den Drohungen dieser Schurken zuviel Bedeutung bei.“

Yale schüttelte den Kopf.

Jim Beardmore schnaubte verächtlich. „Da gehört schon mehr dazu, mir hunderttausend abzuknöpfen.“ Er winkte zum Abschied und ging die breite Steintreppe hinunter.

Die beiden sahen ihn langsam durch den Park gehen.

„Meinen Sie wirklich, mein Vater schwebt in Gefahr?“ fragte Jack.

Yale, der der Gestalt nachgeschaut hatte, wandte sich mit einem Ruck um.

„In Gefahr?“ wiederholte er, und dann, nach einer Sekunde des Zögerns: „Ja, ich glaube, in den nächsten Tagen schwebt er in sehr großer Gefahr.“

Jack sah der sich entfernenden Gestalt mit kummervollem Blick nach.

„Ich hoffe, Sie haben unrecht. Vater scheint die Sache nicht so ernst zu nehmen wie Sie."

„Weil Ihr Vater nicht die Erfahrung hat, aber soviel ich weiß, hat er mit Inspektor Parr gesprochen, und der Inspektor meinte, daß eine große Gefahr bestünde."

Jack lachte trotz seiner Angst leise vor sich hin.

„Wie vertragen sich der Löwe und das Lamm? Ich hatte nicht den Eindruck, daß das Polizeihauptquartier viel Verwendung für Private wie Sie hat, Mr. Yale."

„Ich bewundere Parr", sagte Derrick langsam. „Er ist langsam, aber gründlich. Ich habe gehört, er soll einer der gewissenhaftesten Leute im Hauptquartier sein, und ich vermute, die Chefs vom Hauptquartier haben ihn wegen des letzten Verbrechens vom Feuerroten Kreis ziemlich schlecht behandelt. Sie haben ihm praktisch klargemacht, daß er, falls er die Organisation nicht zu Fall bringen kann, seinen Rücktritt einreichen muß."

Während sie miteinander sprachen, war die Gestalt von Mr. Beardmore im Dunkel eines kleinen Waldes am Rand des Gutes verschwunden.

„Ich habe mit ihm während des letzten Mordes zusammengearbeitet, und ich hatte von ihm den Eindruck ..." Er brach ab, und die beiden Männer sahen sich an.

Ein Irrtum war ausgeschlossen. Es war ein Schuß, nahe und deutlich, aus der Richtung des Waldes. Eine Sekunde später setzte Jack über die Balustrade und raste über die Wiese, Derrick Yale folgte ihm.

Sie fanden Jim Beardmore, auf dem Gesicht liegend, zwanzig Schritt den Waldweg einwärts. Er war tot. Und als Jack mit entsetztem Blick aufsah, tauchte ein Mädchen am anderen Ende des Waldes auf und verweilte gerade lange genug, um sich mit einer Handvoll Gras etwas von ihren Händen zu wischen, dann floh sie an der Hecke entlang, die das Froyant-Grundstück abgrenzte.

Nicht ein einziges Mal drehte sich Thalia Drummond um, bis sie sich im Schutz des kleinen Sommerhauses befand. Ihr Gesicht war entstellt und bleich, und sie rang nach Luft, als sie für einen Augenblick in der Tür zur kleinen Hütte stehenblieb, um sich nach dem Wald umzusehen. Ein rascher Blick in die Runde, und sie verschwand im Haus. Auf Knien zerrte sie mit zitternden Händen an einer Fußbodenbohle. Sie löste sich und gab eine schwarze Öffnung frei. Nach kurzem Zögern warf sie den Revolver, den sie in der Hand hielt, in das Loch, wonach sie die Bohle wieder an ihren Platz legte.

6

„Thalia Drummond – eine Diebin und Kumpanin von Dieben“

Der Kommissar betrachtete den Zeitungsausschnitt vor sich und zupfte an seinem grauen Bart. Inspektor Parr, der den Text kannte, beobachtete ihn mit scheinbar unbeteiligtem Interesse.

Er war ein kleiner untersetzter Mann, so klein, daß es bemerkenswert war, daß er überhaupt den strengen Anforderungen der Polizeibehörden entsprechen konnte. Er war etwas unter fünfzig, aber sein rotes Gesicht war faltenlos. Es war ein Gesicht, dem jedes Anzeichen von Intelligenz und Vornehmheit fehlte. Seine ausdruckslosen runden Augen schauten dumm und träge drein, die große fleischige Nase, die kräftigen Wangen, die wie Säcke unterhalb der Backenknochen hingen, verstärkten diese Ausdruckslosigkeit. Der Kommissar nahm den Zeitungsausschnitt auf. „Hören Sie sich das an“, sagte er schroff und las. Es handelte sich um einen redaktionellen Artikel des *Morning Monitor*, der von einer beleidigenden Direktheit war.

Zum zweitenmal in diesem Jahr geriet das Land in Schrecken und Zorn angesichts der Ermordung eines prominenten Mannes. Es ist hier nicht nötig, Details des Verbrechens des Feuerroten Kreises zu geben – diese werden auf einer anderen Seite erscheinen. Aber es ist unbedingt erforderlich, mit Nachdruck und unmißverständlich festzustellen, daß wir mit Bestürzung die offenkundige Hilflosigkeit des Polizeihauptquartiers bei der Verfolgung dieser kriminellen Gruppe sehen. Inspektor Parr, der sich das ganze Jahr über mit der Verfolgung der Mördererpresser befaßte, kann uns nichts anderes anbieten als das vage Versprechen, alles aufzudecken, ohne es aber je einzulösen. Es ist klar, daß das Hauptquartier der gründlichen Überprüfung und Zuführung neuen Blutes bedarf. Wir vertrauen darauf, daß die Verantwortlichen für die Regierung dieses Landes nicht zögern werden, die erforderlichen einschneidenden Veränderungen vorzunehmen.

„Hm“, brummte Colonel Morton, „was halten Sie davon, Parr?“

Der rieb sein breites Kinn und sagte nichts.

„James Beardmore wurde ermordet, obwohl die Polizei rechtzeitig gewarnt worden ist. Er wurde in Sichtweite seines Hauses erschossen, und der Mörder ist auf freiem Fuß. Das ist der zweite schwere Fall, Parr, und ich sage Ihnen offen, daß ich die Absicht habe, den Rat der Zeitung zu befolgen.“ Er klopfte bedeutungsvoll auf den Zeitungsausschnitt.

„Beim letzten Fall haben Sie Mr. Yale die Ehre überlassen, den Täter gefaßt zu haben. Ich nehme an, Sie haben mit Mr. Yale gesprochen?“

Der Kriminalbeamte nickte.

„Und was sagt er?"

Mr. Parr war unbehaglich zumute, und er trat von einem Bein aufs andere.

„Er hat mir eine Menge Unsinn über einen dunklen Mann mit Zahnschmerzen erzählt."

„Wie kommt er denn darauf?" fragte der Kommissar schnell.

„Durch eine Patronenhülse, die er auf der Erde gefunden hat", sagte der Detektiv. „Ich kümmere mich nicht um diesen psychometrischen Kram ..."

Der Kommissar lehnte sich in seinem Stuhl zurück und seufzte.

„Ich glaube, Sie kümmern sich um nichts, was nützlich wäre, Parr. Rümpfen Sie nicht die Nase über Yale. Der Mann besitzt ungewöhnliche Gaben. Daß Sie sie nicht verstehen, macht sie nicht unbedeutender."

„Wollen Sie damit sagen, Sir", sagte der zum Widerspruch aufgestachelte Parr, „daß ein Mann eine Patrone in die Hand nimmt und Ihnen sagt, wie die Person aussieht, die sie zuletzt in der Hand hatte, und was die betreffende Person über dieses Ding dachte? Das ist doch absurd!"

„Nichts ist absurd", sagte der Kommissar ruhig.

„Die Wissenschaft der Psychometrie wird seit Jahren praktiziert. Einige Menschen, die ungewöhnlich sensibel auf Eindrücke reagieren, können die ungewöhnlichsten Dinge erkennen, und Yale ist einer von denen."

„Er war da, als der Mord begangen wurde", erwiderte Parr. „Er war zusammen mit Beardmores Sohn, nicht einmal hundert Yard entfernt, und dennoch hat er den Mörder nicht gefaßt."

Der Kommissar nickte.

„Und Sie auch nicht", sagte er. „Vor zwölf Monaten haben Sie mir von Ihrem Plan berichtet, den Feuerroten Kreis in die Falle zu locken, und ich habe Ihnen zugestimmt. Ich glaube, wir haben beide etwas zuviel von Ihrem Plan erhofft. Sie müssen etwas anderes versuchen, ich sage es nicht gern, aber so ist es nun mal."

Parr antwortete eine Weile nicht, und dann nahm er zur Überraschung des Kommissars unaufgefordert einen Stuhl und setzte sich seinem Gesprächspartner gegenüber.

„Colonel, ich will Ihnen was sagen", begann er, und er war dabei so ernst, so ganz anders als sonst, daß der Kommissar ihn nur verwundert ansehen konnte. „Die Bande des Feuerroten Kreises kann man ganz leicht haben. Ich kann jeden einzelnen finden, wenn Sie mir Zeit geben. Aber ich will die Zentrale, sozusagen die Achse vom Rad. Wenn ich an die rankomme, brauche ich die Speichen kaum noch. Aber Sie müssen mir mehr Autorität geben, als ich im Augenblick habe."

„Mehr Autorität?" sagte der verblüffte Kommissar. „Was, zum Teufel, meinen Sie denn?"

„Ich werd's Ihnen erklären", sagte der schwerfällige Mr. Parr, und was er erklärte, hatte zur Folge, daß der Kommissar als ein sehr ruhiger und nachdenklicher Mann zurückblieb.

Nach Verlassen des Hauptquartiers ging Mr. Parr als erstes in ein Büro im Stadtzentrum. In einem kleinen Appartement im dritten Stock, das sich nur durch den Namen des Bewohners von den anderen unterschied, wartete Mr. Derrick Yale auf ihn. Man konnte sich keinen größeren Kontrast zwischen zwei Männern vorstellen.

Yale, der Überreizte, der nervöse und sensible Träumer; Parr, fest und schwerfällig, als wäre er eines selbständigen Gedankens gänzlich unfähig.

„Wie ist denn ihr Gespräch verlaufen, Parr?"

„Nicht sehr gut." Parrs Worte kamen etwas kläglich. „Ich glaube, der Kommissar hat etwas gegen mich. Haben Sie Neuigkeiten?"

„Ich habe Ihren Mann mit den Zahnschmerzen gefunden", war die erstaunliche Antwort. „Sein Name ist Sibly; er fährt zur See. Man hat ihn den Tag darauf in der Nähe des Hauses gesehen." Yale nahm ein Telegramm auf und fuhr fort: „Gestern wurde er wegen Trunkenheit und ungebührlichen Benehmens festgenommen, in seinem Besitz befand sich eine automatische Pistole, mit der, so stelle ich mir vor, das Verbrechen begangen worden ist. Sie erinnern sich doch, daß die Kugel, die man aus dem armen Beardmore entfernte, offensichtlich aus einer Automatik abgefeuert worden war."

Parr starrte ihn erstaunt an.

„Woher wissen Sie denn das?"

Derrick Yale lachte sanft.

„Sie haben nicht viel Vertrauen in meine Kombinationsgabe", sagte er mit einem Schimmer von Humor in den Augen. „Aber als ich diese Patrone in der Hand befühlte, war ich sicher, daß ich den Mann sehen könnte, so wie ich mir jetzt sicher bin, daß ich Sie sehe. Ich habe einen von meinen Leuten mit Nachforschungen beauftragt, und das ist das Ergebnis." Er deutete auf das Telegramm.

Parr stand mit gerunzelter Stirn, so daß das wenige, was in seinem Gesicht als schön gelten konnte, vollends dahin war.

„Sie haben ihn also gefaßt", sagte er mit weicher Stimme. „Jetzt möchte ich nur wissen, ob er das hier geschrieben hat."

Er nahm ein Notizbuch heraus, und Derrick Yale sah, wie er einen Fetzen Papier herauszog, der offensichtlich gebrannt hatte, denn die Ekken waren schwarz.

Yale nahm ihm den Fetzen aus der Hand.

„Wo haben Sie das gefunden?" fragte er.

„Das habe ich gestern aus dem Aschkasten in Beardmores Haus gefischt."

In großer Schrift hingekritzelt, war auf dem Stück Papier zu lesen:

Du allein
ich allein
Block B
Schiebung

„Du allein . . ., ich allein“, las Yale. „Block B . . ., Schiebung?“

Er schüttelte den Kopf. „Damit kann ich nichts anfangen.“

Er wog den Brief auf seiner Handfläche und schüttelte den Kopf. „Ich kann nicht einmal einen Eindruck erfühlen. Feuer zerstört die Aura.“

Parr legte den Fetzen sorgfältig in seine Brieftasche.

„Da ist noch etwas, was ich Ihnen sagen wollte. Es war jemand im Wald, der spitze Schuhe trug und Zigarren rauchte. Ich fand die Zigarrenasche in einem kleinen Loch, und die Fußspuren waren auf den Blumenbeeten.“

„In der Nähe des Hauses?“ fragte Derrick Yale, aufmerksam geworden. Mr. Parr nickte.

„Nach meiner Theorie wollte jemand Beardmore warnen, hat ihm diesen Brief geschrieben und ihn nach Einbruch der Dunkelheit zum Haus gebracht. Der Alte muß ihn bekommen haben, denn er verbrannte ihn. Ich habe die Asche an der Stelle gefunden, wo die Dienstboten die Heizrückstände lagern.“

Es wurde leise an die Tür geklopft.

„Jack Beardmore“, sagte Yale im Flüsterton.

Jack Beardmore war die schwere Zeit, die er hinter sich hatte, anzusehen. Er nickte Parr zu und ging mit ausgestreckter Hand auf Yale zu.

„Es gibt wohl keine Neuigkeiten?“ fragte er, und sich an den anderen wendend: „Sie waren gestern in unserem Haus, Mr. Parr. Haben Sie etwas gefunden?“

„Nichts, was der Rede wert wäre“, antwortete Parr.

„Ich war gerade bei Froyant, er ist in der Stadt. Es war kein erfolgreicher Besuch, er befindet sich in einem bedauerlichen nervlichen Zustand.“

Er sagte nicht, daß der unbefriedigende Teil seines Besuches darin bestand, daß er Thalia-Drummond nicht gesehen hatte, und nur einer der beiden Männer erriet den Grund für seine Enttäuschung.

Derrick Yale berichtete ihm von der erfolgten Verhaftung.

„Ich möchte nicht, daß Sie allzuviel Hoffnung darauf setzen; auch wenn es sich um den Mann handelt, der den Schuß abgefeuert hat, ist er mit Sicherheit nur ein Handlanger. Wir werden vermutlich dieselbe Geschichte hören, die wir schon einmal zu hören bekommen haben, daß ihm das Wasser bis zum Hals stand und daß der Chef des Feuerroten Kreises ihn zu der Tat veranlaßt hat. Wir sind von einer endgültigen Klärung so weit entfernt wie bisher.“

Sie gingen zusammen aus dem Büro in den klaren Herbsttag. Jack, der eine Verabredung mit dem Anwalt seines Vaters hatte, begleitete die beiden Männer, die auf dem Weg zum Zug in die Stadt waren, wo der verdächtige Mörder gefangen saß. Sie gingen gerade durch eine sehr belebte Straße, als Jack etwas rief. Auf der gegenüberliegenden Straßenseite war eine große Pfandleihe, und aus dem Seiteneingang, der für die bestimmt war, die zeitweiliger Anleihen bedurften, kam ein Mädchen heraus.

„Na, so ein Glück!" Es war Parrs nüchterne Stimme. „Die hab ich zwei Jahre nicht gesehen."

Jack sah ihn mit großen Augen an.

„Seit zwei Jahren nicht gesehen", sagte er langsam. „Meinen Sie diese Dame da drüben?"

Parr nickte. „Ich meine Thalia Drummond", sagte er ruhig, „eine Diebin und Kumpanin von Dieben!"

7

Der gestohlene Abgott

Jack war wie betäubt. Reglos und stumm stand er, als das Mädchen, scheinbar ohne zu bemerken, daß sie beobachtet wurde, ein Taxi nahm und davonfuhr.

„Na, zum Teufel, was hat die denn hier gemacht?" sagte Parr.

„Eine Diebin und Kumpanin von Dieben", wiederholte Jack mechanisch. „Großer Gott! Wohin gehen Sie?" fragte er schnell, als der Inspektor einen Schritt auf die Fahrbahn machte.

„Ich versuche, herauszukriegen, was sie in der Pfandleihe gemacht hat", sagte Parr gleichmütig.

„Sie ist vielleicht dort gewesen, weil sie knapp bei Kasse war. Es ist ja kein Verbrechen, knapp bei Kasse zu sein."

Jack spürte beim Sprechen, wie schwach seine Verteidigung war. Thalia Drummond eine Diebin! Es war unglaublich, unmöglich! Und dennoch folgte er dem Detektiv widerstandslos, als dieser die Straße überquerte: folgte ihm den dunklen Gang entlang, der in die Leihabteilung führte, und war im Zimmer des Leiters zugegen, als ein Gehilfe den Artikel brachte, den das Mädchen verpfändet hatte. Es handelte sich um eine kleine goldene Buddhafigur.

„Ich fand es sehr sonderbar", sagte der Leiter, als Parr sich vorgestellt hatte. „Sie wollte nur zehn Pfund, aber die Figur ist hundert wert, wenn man sie mit Geld aufwiegen kann."

„Was hat sie denn als Erklärung gesagt?" fragte Derrick Yale, der bisher ein stummer Zuhörer gewesen war.

„Sie sagte, sie hätte Geldsorgen und daß ihr Vater mehrere solcher Raritäten habe, daß sie sie aber zu einem Preis verpfänden wolle, der es ihm ermögliche, sie wieder einzulösen."

„Hat sie ihre Adresse hinterlassen? Was für einen Namen hat sie angegeben?"

„Thalia Drummond", sagte der Assistent, „Park Gate neunundzwanzig."

„Das ist ja wohl Froyants Adresse", rief Derrick Yale aus.

Zu gut wußte Jack, daß es die Adresse des geizigen Harvey Froyant war, und er erinnerte sich mit wachsender Verzagtheit, daß Froyant diese Antiquitäten aus dem Osten sammelte. Der Inspektor stellte eine Rechnung für die Götterfigur aus und steckte sie in seine Tasche.

„Wir gehen zu Mr. Froyant."

Jack mischte sich verzweifelt ein. „Um alles in der Welt, wir wollen das Mädchen nicht in Schwierigkeiten bringen", bat er. „Es ist vielleicht nur so eine augenblickliche Versuchung gewesen — ich bringe das wieder in Ordnung, wenn sich die Angelegenheit mit Geld regeln läßt."

Derrick Yale betrachtete den jungen Mann mit einem tiefen, verständnisvollen Blick.

„Sie kennen Miß Drummond?"

Jack nickte. Er fühlte sich zu elend zum Sprechen; er wäre am liebsten fortgelaufen und hätte sich irgendwo verkrochen.

„Das geht nicht", sagte Inspektor Parr entschieden. Er war jetzt der förmliche Polizeibeamte. „Ich gehe zu Froyant, um festzustellen, ob dieser Gegenstand mit seiner Einwilligung verpfändet wurde."

„Dann gehen Sie allein", sagte Jack voller Zorn.

Er konnte sich nicht vorstellen, Zeuge der Erniedrigung des Mädchens zu sein. Es war ungeheuerlich. Es wäre gemein von Parr, sagte er zu Yale, als sie allein waren.

„Das Mädchen würde nie so einen gemeinen Diebstahl begehen, der blöde, ungeschickte Kerl! Hätte ich ihn nur nicht auf sie aufmerksam gemacht."

„Er hat sie doch zuerst gesehen", sagte Yale und legte seine Hand auf die Schulter des jungen Mannes. „Jack, ich glaube, Sie sind ein bißchen überreizt. Warum interessieren Sie sich so für Miß Drummond? Natürlich", sagte er plötzlich, „Sie müssen sie oft gesehen haben, als Sie zu Hause waren. Froyants Grundstück grenzt an Ihres, nicht wahr?"

Jack nickte. „Wenn er dem Feuerroten Kreis genausoviel Aufmerksamkeit gewidmet hätte wie der Jagd auf dieses Mädchen", sagte er bitter, „würde mein armer Vater heute noch leben."

Derrick Yale gab sich die größte Mühe, ihn zu beruhigen. Er brachte ihn zurück in sein Büro und versuchte, seine Gedanken auf eine angenehmere Bahn zu lenken. Sie waren eine viertel Stunde dort, als das Telefon läutete. Parr war am Apparat.

„Und?" fragte Yale.

„Ich habe Thalia Drummond festgenommen, morgen früh reiche ich Klage gegen sie ein", war die lakonische Antwort.

Yale legte den Hörer vorsichtig auf und wandte sich dann an den jungen Mann.

„Sie ist festgenommen?" erriet Jack, bevor Yale sprechen konnte.

Der Privatdetektiv nickte.

Jack Beardmores Gesicht war sehr weiß.

„Sehen Sie, Jack", sagte Yale sanft, „Sie sind wahrscheinlich genauso getäuscht worden wie Froyant. Das Mädchen ist eine Diebin."

„Selbst wenn sie eine Diebin und Mörderin wäre", sagte Jack störrisch, „ich liebe sie."

8

Die Anklage

Mr. Parrs Gespräch mit Harvey Froyant war sehr kurz. Beim Anblick des Polizeibeamten wurde der hagere Mann bleich. Er kannte ihn vom Sehen, denn er hatte ihn oft im Zusammenhang mit der Beardmore-Tragödie gesehen.

„Und, und", sagte er zitternd, „was ist los? Haben diese Teufel eine neue Kampagne gestartet?"

„So schlimm ist es nicht, Sir, ich bin gekommen, um Ihnen ein paar Fragen zu stellen. Wie lange haben Sie Thalia Drummond in Ihrem Haus?"

„Sie ist seit drei Monaten meine Sekretärin", sagte Froyant mißtrauisch, „warum?"

„Was für ein Gehalt zahlen Sie ihr?"

Mr. Froyant nannte eine gänzlich unangemessene Summe, und selbst er meinte sich für diese Unzulänglichkeit entschuldigen zu müssen. „Ich gebe ihr auch Essen, wissen Sie, und abends hat sie frei", sagte er in dem Gefühl, den Hungerlohn rechtfertigen zu mussen.

„Hatte sie in letzter Zeit Geldmangel?"

Mr. Froyant starrte ihn an. „Na ja. Sie fragte mich gestern, ob ich ihr fünf Pfund vorschießen könnte. Natürlich zahle ich nicht im voraus. Ich halte nichts davon, Geld zu zahlen für eine Arbeit, die noch nicht erledigt worden ist", sagte Froyant voller Pflichtbewußtsein. „Es führt zur Verarmung ..."

„Sie haben, wenn ich recht informiert bin, zahlreiche Antiquitäten, wovon einige sehr wertvoll sind. Haben Sie in letzter Zeit welche vermißt?"

Froyant sprang auf. Der bloße Gedanke, daß er beraubt worden sein könnte, versetzte ihn in Panik. Ohne ein weiteres Wort eilte er aus dem

Zimmer. Er war drei Minuten lang weg, und als er zurückkam, quollen seine Augen förmlich aus dem Kopf.

„Mein Buddha!" preßte er hervor. „Er ist hundert Pfund wert. Heute morgen war er noch da ..."

„Schicken Sie nach Miß Drummond", sagte der Detektiv knapp.

Thalia kam. Ein kühles, selbstbeherrschtes Mädchen. Sie stand neben dem Schreibtisch ihres Brotherrn; die Hände auf dem Rücken verschränkt, schaute sie kaum auf den Polizeibeamten.

Die Unterredung war kurz und schmerzlich für Mr. Froyant. Auf das Mädchen hatte sie keine spürbare Wirkung. Und dennoch mußte sie gewußt haben, daß ihr Diebstahl entdeckt worden war – Froyants Augen glänzten metallisch. Einen Augenblick lang hatte der Mann Schwierigkeiten, einen zusammenhängenden Satz zu formulieren. „Sie – Sie haben mir etwas gestohlen", brachte er unartikuliert hervor, nahezu kreischend. Seine anklagende Hand zitterte – so heftig war seine Erregung. „Sie – Sie sind eine Diebin!"

„Ich habe Sie um das Geld gebeten", sagte das Mädchen kühl. „Wären Sie nicht so ein gemeiner Geizhals, hätten Sie es mir gegeben."

„Sie – Sie ...", stotterte Froyant – und dann mit einem Keuchen: „Ich klage sie an, Inspektor. Ich klage sie wegen Diebstahls an. Sie gehen dafür ins Gefängnis. Das können Sie mir glauben, meine Gute. Moment, Moment", er hob seine Hand. „Ich muß nachsehen, ob noch etwas fehlt."

„Sie können sich die Mühe sparen. Außer dem Buddha habe ich nichts weiter genommen, und das war sowieso nur ein häßliches kleines Scheusal."

„Geben Sie mir die Schlüssel", drängte der wutentbrannte Mr. Froyant. „Die Vorstellung, daß ich Sie meine Geschäftsbriefe habe öffnen lassen!"

„Ich habe gerade einen geöffnet, der nicht sehr angenehm für Sie sein dürfte, Mr. Froyant", sagte sie ruhig, und er sah, was sie in der Hand hielt.

Sie reichte ihm den Brief, starren Blickes nahm er den feuerroten Kreis wahr, aber die im Kreis eingeschlossenen Worte waren verschwommen und unscharf. Er ließ die Karte fallen und brach zusammen.

9

Thalia vor dem Polizeirichter

Der Polizeirichter war ein freundlicher Mann, und es war ihm offensichtlich unbehaglich zumute. Er blickte von dem sachlichen Mr. Parr, der in den Zeugenstand getreten war, zu dem Mädchen in dem stählernen Verschlag. Sie war genau so gelassen und beherrscht wie der Polizeizeuge. Ihr Gesicht hätte unter jedweden Umständen Aufmerksamkeit erregt, vor dem öden Hintergrund des Polizeigerichts jedoch wurde ihre Schönheit noch besonders hervorgehoben.

Der Richter sah auf die vor ihm liegende Anklageschrift. Ihr Alter war mit einundzwanzig, ihr Beruf mit Sekretärin angegeben. Der Richter, der viele Erschütterungen in seinem Leben durchgemacht und sich gegen die ungewöhnlichsten und unwahrscheinlichsten Ereignisse abgehärtet hatte, schüttelte verzweifelt den Kopf.

„Ist etwas gegen diese Frau vorzubringen?" fragte er und hielt es gleichzeitig für absurd, diese schlanke mädchenhafte Gefangene als „Frau" zu bezeichnen.

„Sie wird seit einiger Zeit beobachtet, Euer Ehren", war die Antwort, „aber sie war noch nie in Polizeigewahrsam."

Der Richter sah über seine Brille hinweg auf das Mädchen.

„Ich kann nicht verstehen, warum Sie sich in diese schreckliche Lage gebracht haben. Ein Mädchen, das offensichtlich die Bildung einer Dame genossen hat — und läßt sich des Diebstahls von ein paar Pfund anklagen, denn obwohl der von Ihnen gestohlene Artikel viel Geld wert war, war das alles, was Ihnen Ihre Unehrlichkeit einbrachte. Ihre Tat war wahrscheinlich die Folge einer großen Versuchung. Ich vermute, daß Sie dringend Geld brauchten. Dennoch ist das keine Entschuldigung. Ich stelle Sie unter Bewährung, Sie haben vor dem Gericht zu erscheinen, wann immer Sie dazu aufgefordert werden. Damit tragen wir dem Umstand Rechnung, daß Sie nicht vorbestraft sind. Ich ermahne Sie mit allem Ernst, ehrlich zu leben und eine Wiederholung dieser unerfreulichen Erfahrung zu vermeiden."

Das Mädchen verbeugte sich leicht und verließ den Vernehmungsstand, um in das Polizeibüro zu gehen. Der nächste Fall wurde aufgerufen.

Harvey Froyant erhob sich zur gleichen Zeit und verließ das Gerichtsgebäude. Er war ein reicher Mann, dem Geld Zweck und Ziel des Lebens war. Er gehörte zu denen, die jeden Abend vor dem Zubettgehen den Inhalt ihrer Taschen zählen. Er hätte unter ähnlichen Umständen selbst seine Mutter vors Gericht gebracht. Thalia Drummonds Vergehen erschien ihm um so abscheulicher, als ihre letzte Handlung darin bestanden hatte, ihm die Warnung des Feuerroten Kreises zu überreichen, was ihm einen solchen Schreck versetzt hatte, daß er sich noch nicht erholt hatte.

Er war ein großer dünner Mann mit ewig krummem Rücken. Sein Verhältnis zur Umwelt war beherrscht von heftigem Mißtrauen, im Augenblick in erster Linie von Groll, denn er hegte die strengsten Ansichten über die Unantastbarkeit des Eigentums.

Parr gegenüber, der mit ihm das Gericht verließ, äußerte er seine Enttäuschung, daß das Mädchen nicht ins Gefängnis gekommen war.

„Eine solche Frau ist eine Gefahr für die Gesellschaft", beklagte er sich in seiner hohen verdrießlichen Stimme. „Woher soll ich wissen, daß sie nicht gemeinsame Sache mit den Schurken macht, die mir drohen? Vierzigtausend verlangen sie! Vierzigtausend!" Die letzten Worte kamen mit wehklagender Stimme. „Ihre Pflicht ist es, dafür zu sorgen, daß mir nichts zustößt! Verstehen Sie — Ihre Pflicht!"

„Ich habe Sie gehört!" sagte Inspektor Parr müde. „Und was das Mädchen anbelangt, so glaube ich nicht, daß sie jemals etwas vom Feuerroten Kreis gehört hat. Sie ist reichlich jung."

„Jung!" knurrte Froyand. „Das ist der Zeitpunkt, wo man sie bestrafen muß, nicht wahr? Jung greifen und jung bestrafen, und man bekommt respektable Bürger!"

„Ich glaube, Sie haben recht", stimmte der Inspektor mit einem Seufzer zu, um dann wenig logisch hinzuzufügen: „Kinder sind eine große Verantwortung."

Froyant murmelte etwas im Flüsterton vor sich hin, und ohne das geringste Zeichen des Abschieds eilte er auf das Auto zu, das vor dem Gerichtsgebäude auf ihn wartete.

Inspektor Parr verfolgte ihn mit einem leisen Lächeln. Als er sich umdrehte, fiel sein Blick auf einen jungen Mann, der an der Bürotür wartete.

„Guten Tag, Mr. Beardmore. Wollen Sie die junge Dame sehen?"

„Ja, wie lange werden sie sie festhalten?" fragte Jack nervös.

Mr. Parr blickte mit ausdruckslosen Augen auf den jungen Mann und ließ ein verächtliches Schnaufen vernehmen.

„Nehmen Sie es mir nicht übel, Mr. Beardmore, aber Sie interessieren sich für Miß Drummond mehr, als für Sie gut sein dürfte."

„Was meinen Sie damit?" fragte Jack schnell. „Das Ganze war doch ein Komplott. Dieser gemeine Froyant . . ."

Der Inspektor schüttelte den Kopf.

„Miß Drummond hat zugegeben, daß sie die Statuette entwendet hat. Außerdem haben wir sie ja bei Isaacs herauskommen sehen. Es besteht kein Zweifel."

„Sie hat das Geständnis aus einem Grund gemacht, den sie am besten kennen wird", entgegnete Jack heftig. „Denken Sie, ein solches Mädchen würde stehlen? Warum sollte sie? Ich hätte ihr gegeben, was sie wollte ..." Er nahm sich plötzlich zusammen. „Da steckt etwas dahinter", fuhr er ruhiger fort, „etwas, was ich nicht verstehe und Sie wahrscheinlich auch nicht, Herr Inspektor."

In diesem Augenblick ging die Tür auf, und das Mädchen kam heraus. Sie blieb stehen, als sie Jack sah, und ein leichtes Rot überzog ihr blasses Gesicht.

„Waren Sie im Gerichtssaal?" fragte sie unvermittelt.

Er nickte, und sie schüttelte den Kopf.

„Sie hätten nicht kommen sollen", sagte sie nahezu leidenschaftlich. „Woher wußten Sie es? Wer hat es Ihnen erzählt?" Sie schien die Anwesenheit des Inspektors vergessen zu haben, zum erstenmal seit ihrer Verhaftung äußerte sie Anzeichen ihres unterdrückten Gefühls. Die Farbe in ihrem Gesicht wechselte, und ihre Stimme war nicht ganz fest, als sie fortfuhr: „Ich bedaure, daß Sie etwas davon erfahren haben, Mr. Beardmore, und ich bedaure außerordentlich, daß Sie gekommen sind."

„Aber es ist doch nicht wahr", unterbrach er. „Sie können mir das nicht erzählen, Thalia. Es war ein Komplott, nicht wahr? Ein Komplott, um Sie zu ruinieren." Seine Stimme war fast flehend, aber sie schüttelte den Kopf.

„Es gab kein Komplott. Ich habe Mr. Froyant bestohlen."

„Aber warum, warum?" fragte er verzweifelt. „Warum haben Sie ..."

„Ich kann Ihnen leider nicht sagen, warum", antwortete sie mit dem Anflug eines Lächelns auf den Lippen, „außer daß ich Geld brauchte, und das ist doch ein guter und ausreichender Grund, oder?"

„Ich werde das nie glauben." Jacks Gesicht war starr, und seine grauen Augen blickten sie unaufhörlich an. „Sie sind doch nicht jemand, der sich mit solchen Diebereien abgibt."

Sie sah ihn eine lange Zeit an, dann wandte sie sich an den Inspektor.

„Vielleicht können Sie Mr. Beardmore aufklären. Ich bin leider nicht in der Lage dazu."

„Wo gehen Sie jetzt hin?" fragte er, als sie mit einem kleinen Nicken weiterging.

„Ich gehe nach Hause", erwiderte sie. „Kommen Sie bitte nicht mit, Mr. Beardmore."

„Aber Sie haben doch kein Zuhause."

„Ich habe ein Zimmer", sagte sie, bereits etwas ungeduldig.

„Dann komme ich mit." Beardmore blieb hartnäckig.

Sie erhob keinen Protest, und sie gingen zusammen auf die belebte Straße. Kein Wort wurde gewechselt, bis sie den Eingang zur U-Bahn-Station erreicht hatten.

„Jetzt muß ich aber nach Hause gehen", sagte sie — diesmal etwas liebenswürdiger.

„Aber was gedenken Sie zu tun?" wollte er wissen. „Wie wollen Sie Ihren Lebensunterhalt verdienen, mit dieser fürchterlichen Belastung?"

„Ist es so fürchterlich?" fragte sie kühl. Sie ging auf den Eingang zu, als er sie am Arm packte und mit fast wilder Gewalt herumzog.

„Jetzt hören Sie mir mal zu, Thalia", preßte er zwischen den Zähnen hervor. „Ich liebe Sie, und ich will Sie heiraten. Ich habe es Ihnen noch nicht gesagt, aber Sie haben es erraten. Ich werde es nicht zulassen, daß Sie aus meinem Leben verschwinden. Verstehen Sie? Ich glaube nicht, daß Sie eine Diebin sind, und ..."

Sehr behutsam löste sie sich aus seiner Umklammerung.

„Mr. Beardmore", sagte sie leise, „Ihr Benehmen ist die reinste Donquichotterie! Sie haben mir gesagt, was Sie nicht zulassen werden, und ich werde Ihnen jetzt sagen, daß ich nicht zulassen werde, daß Sie Ihr Leben ruinieren wegen einer Zuneigung zu einer überführten Diebin. Sie wissen nichts von mir, außer daß ich anscheinend ein hübsches Mädchen bin, das Sie durch Zufall auf dem Land kennengelernt haben, und es ist meine Pflicht, Ihre Mutter und Tante zu sein." Mit einer Spur von Belustigung ergriff sie seine dargebotene Hand.

„Wir werden uns vielleicht eines Tages wiedersehen, und dann wird der Glanz des Romantischen verschwunden sein. Auf Wiedersehen."

Sie war im Schalterraum verschwunden, ehe er seiner Stimme wieder mächtig war.

10

Der Ruf des Feuerroten Kreises

Thalia Drummond ging zu dem Zimmer, das sie bewohnt hatte, bevor sie ihren Dienst als Sekretärin in Froyants Haus antrat. Die Geschichte ihrer Übeltaten schien ihr vorausgeeilt zu sein, denn die beleibte Wirtin bereitete ihr einen sehr kühlen Empfang, und wenn sie nicht während ihrer Zeit bei Froyant die Miete für das eine Zimmer weiter bezahlt hätte, wäre sie wahrscheinlich gar nicht hineingelassen worden.

Ungeachtet des grimmigen Gesichts ihrer Wirtin ging sie in ihr Zimmer und schloß die Tür. Sie hatte eine sehr unangenehme Woche hinter sich, denn sie war in Untersuchungshaft gehalten worden, und ihre Sachen schienen den muffigen Geruch von Holloway Gaol auszudünsten. Holloway hatte allerdings gegenüber der Lexington Street Nummer 14 einen Vorteil: es hatte mehrere Badezimmer, wofür das Mädchen regelrecht dankbar war, als sie anfing, sich umzuziehen.

Ihr ging allerlei durch den Kopf. Harvey Froyant ... Jack Beardmore ... Sie verzog ihr Gesicht wie bei einer abscheulichen Erinnerung und versuchte, ihn aus ihrem Gedächtnis zu tilgen. Es war dagegen eine Wohltat, auf Froyant zurückzukommen. Ihn haßte sie beinahe. Auf alle

Fälle verachtete sie ihn. Die in seinem Haus verbrachte Zeit war die schlimmste in ihrem Leben. Sie hatte ihre Mahlzeiten mit den Dienstboten eingenommen, und sie wußte, daß jeder Happen, den sie aß, gemessen, gewogen und ordnungsgemäß portioniert worden war von einem Mann, dessen siebenstelliger Scheck ohne weiteres eingelöst worden wäre.

„Wenigstens hat er mir keine Liebe angeboten", sagte sie zu sich selbst und lächelte. Sie konnte sich Harvey Froyant gar nicht liebend vorstellen. Sie erinnerte sich daran, wie sie ihm mit einem Notizbuch in der Hand durch das große Haus gefolgt war, während er auf der Suche nach Beweisen für die Saumseligkeit seiner Dienstboten war und mit den Fingern über die polierten Regale in der Bibliothek fuhr, vergeblich nach Staub suchend, die Teppichecken anhob, das Silber überprüfte oder etwas nachzählte, wie er zum Beispiel regelmäßig jede Woche die Vorräte in der Speisekammer durchging.

Er maß den Wein bei Tisch und zählte die leeren Flaschen, ja sogar die Korken. Er brüstete sich damit, daß er das Fehlen einer einzigen Blume in seinem Garten bemerken würde. Zusammen mit den Blumen wurden das von ihm angebaute Gemüse und die Pfirsiche regelmäßig zum Markt gebracht, und wehe dem unglücklichen Gärtner, der auch nur einen reifen Apfel aus dem Obstgarten entwendete – Harvey hatte einen untrüglichen Instinkt, der ihn zu dem geplünderten Baum führte.

Sie lächelte etwas gezwungen bei dieser Erinnerung. Nachdem sie sich fertig umgezogen hatte, verließ sie das Zimmer und schloß es hin ter sich ab. Die Wirtin sah ihr noch eine Weile nach und lächelte böse.

„Ihre Mieterin ist zurückgekommen", sagte eine Nachbarin.

„Ja sie ist zurückgekommen", antwortete die Frau grimmig. „Eine nette Dame – ich weiß ja nicht! Das erstemal, daß ich eine Gaunerin in meinem Haus hab, und das letztemal! Ich kündige ihr heute abend."

Thalia, die diese kritischen Bemerkungen nicht mehr vernahm, stieg in einen Bus und fuhr ins Zentrum. In der Fleet Street stieg sie aus und ging in das große Büro einer bekannten Zeitung. Sie nahm ein Annonceformular, betrachtete das weiße Papier einen Augenblick nachdenklich und schrieb dann:

SEKRETÄRIN. – Junge Dame aus den Kolonien sucht eine Stelle als Sekretärin. Haussekretärin bevorzugt. Niedriges Gehalt beansprucht. Stenografie und Maschineschreiben.

Sie ließ noch Platz für die Chiffre, reichte die Anzeige über den Tisch, zahlte die Gebühren.

Sie war wieder in der Lexington Street, als es Zeit für die von ihrer Wirtin auf einem ramponierten Tablett servierte Teemahlzeit war.

„Also, Miß Drummond“, sagte die würdige Person, „ich habe mit Ihnen zu reden.“

„Sprechen Sie nur“, entgegnete das Mädchen ruhig.

„Ich benötige Ihr Zimmer ab übernächster Woche.“

Thalia wandte sich langsam um.

„Heißt das, ich muß raus?“

„Genau das. Ich kann keine Leute wie Sie in meinem ehrbaren Hause dulden. Ich wundere mich sehr über Sie, eine junge Dame, wie ich immer dachte.“

„Denken Sie nur weiter so“, sagte Thalia kühl. „Ich bin sowohl jung als auch eine Dame.“

Aber die Wirtin ließ sich in ihrer gut einstudierten Anklage nicht beirren. „Eine feine Dame sind Sie! Verschaffen meinem Haus einen üblen Ruf. Im Gefängnis waren Sie eine Woche. Vielleicht denken Sie, ich weiß das nicht, aber ich lese die Zeitung.“

„Ich bin sicher, daß Sie das tun. Ja, das wär's dann, Mrs. Boled. Ich verlasse Ihr Haus nächste Woche.“

„Und ich wollte noch sagen ...“

„Sagen Sie es draußen.“ Damit schloß Thalia die Tür vor dem cholerischen Gesicht der Wirtin.

Da es dunkel zu werden begann, zündete sie die Öllampe an und befaßte sich mit der Pflege ihrer Fingernägel, wobei sie durch das Eintreffen der Neunuhrpost unterbrochen wurde. Ein Brief, mit Druckbuchstaben adressiert, war für sie gekommen. Sie sah sich erst den Poststempel an, bevor sie den Brief öffnete. Beim Blick auf die feste weiße Karte veränderte sich ihr Gesichtsausdruck. Die Karte war quadratisch, und in der Mitte war ein großer feuerroter Kreis. Im Innern des Kreises stand:

Wir brauchen Sie. Steigen Sie in das Auto, das morgen abend um zehn Uhr an der Ecke des Steyne Square wartet.

Der Feuerrote Kreis hatte Verwendung für sie! Sie hatte den Ruf erwartet, aber er war früher gekommen, als sie angenommen hatte.

11

Das Bekenntnis

Drei Minuten vor zehn des folgenden Abends fuhr ein geschlossener Wagen langsam auf den Steyne Square und hielt an der Ecke zur Clarges Street. Ein paar Minuten später kam Thalia Drummond vom anderen Ende auf den Platz. Sie trug einen langen Mantel, und der kleine Hut auf ihrem Kopf wurde von einem unter dem Kinn geknoteten dicken Schleier festgehalten.

Ohne Zögern öffnete sie die Tür des Autos und stieg ein. Es war völlig dunkel, aber die Gestalt des Fahrers war undeutlich zu erkennen. Er drehte sich nicht um und versuchte auch nicht, das Auto zu starten, obwohl sie das Vibrieren des Motors unter ihren Füßen spürte.

„Sie wurden gestern mittag vor dem Marylebone-Polizeigericht wegen Diebstahls verklagt", sagte der Fahrer ohne weitere Vorrede. „Gestern nachmittag haben Sie eine Anzeige aufgegeben, in der Sie sich als Neuankömmling aus den Kolonien ausgeben, in der Absicht, eine neue Gelegenheit zu finden, Ihr kleinen Diebereien fortzusetzen."

„Das ist sehr interessant", sagte Thalia ohne ein Zittern in der Stimme. „Aber Sie haben mich nicht kommen lassen, um mir meine Vergangenheit zu erzählen. Als ich Ihren Brief bekam, nahm ich an, Sie hielten mich für einen sehr nützlichen Gehilfen. Aber eine Frage möchte ich Ihnen stellen. Angenommen, ich hätte mich mit der Polizei in Verbindung gesetzt und wäre von Mr. Parr und dem schlauen Derrick Yale begleitet worden?"

„Dann würden Sie jetzt tot auf dem Bürgersteig liegen", lautete die klare Auskunft. „Miß Drummond, ich verschaffe Ihnen bequem zu verdienendes Geld und einen ausgezeichneten Job. Ich habe auch nichts dagegen, wenn Sie sich in Ihrer Freizeit in Ihren ausgefallenen Beschäftigungen ergehen, aber Ihre Hauptaufgabe wird darin bestehen, mir zu Diensten zu sein. Verstehen Sie? Sie werden für alles gut bezahlt. Ich bin immer zur Stelle, Ihnen zu helfen – oder Sie zu bestrafen, falls Sie versuchen sollten, mich zu hintergehen. Verstehen Sie?"

„Vollkommen", erwiderte sie.

„Ihr Auftrag ist sehr einfach. Sie stellen sich morgen in Brabazons Bank vor. Brabazon braucht eine Sekretärin."

„Aber wird er mich nehmen?" unterbrach sie. „Soll ich einen anderen Namen angeben?"

„Behalten Sie Ihren Namen", sagte der Mann ungeduldig. „Unterbrechen Sie mich nicht. Ich zahle Ihnen zweihundert Pfund für Ihre Dienste. Hier ist das Geld." Er schob zwei Banknoten über seine Schulter, und sie nahm sie. Ihre Hand berührte zufällig seine Schulter, und sie fühlte etwas Hartes unter seinem weichen Mantel.

Eine kugelsichere Weste, registrierte sie in Gedanken, dann sagte sie laut: „Was soll ich zu Mr. Brabazon über meine früheren Erfahrungen sagen?"

„Es wird nicht nötig sein, überhaupt etwas zu sagen oder zu tun. Sie werden von Zeit zu Zeit Instruktionen bekommen. Das ist alles."

Ein paar Minuten später saß Thalia Drummond in einem Taxi, das sie zur Lexington Street brachte. Hinter ihr fuhr ein anderes Taxi, das sich in der Geschwindigkeit ganz ihrem Taxi anpaßte und das sie nie überholte, auch nicht, als sie an der Ecke zu ihrer Straße ausstieg. Und als sie den Schlüssel in der Haustür umdrehte, war Inspektor Parr nur ein Dutzend Schritt von ihr entfernt. Wenn sie wußte, daß sie beschattet wurde, ließ sie dieses zumindest nicht erkennen.

Parr beobachtete von der anderen Straßenseite das Haus nur noch ein paar Minuten; als er sah, daß hinter dem oberen Fenster Licht anging, begab er sich gedankenversunken zu dem Taxi, das ihn so weit in Richtung Osten gebracht hatte. Er stieg gerade in den Wagen ein, als jemand an ihm vorbeiging, den Kragen des Mantels hochgeschlagen und flott laufend, aber Parr erkannte ihn.

„‚Flush'", rief er scharf, und der Mann drehte sich auf dem Absatz um.

Es war ein kleiner, dunkler, geschmeidiger Mann mit einem hageren Gesicht. Beim Anblick des Inspektors klappte sein Kiefer herunter.

„Ach, Mr. Parr", sagte er mit schlechtgespielter Freundlichkeit, „wer hätte gedacht, Sie in dieser Gegend zu treffen?"

„Ich möchte mich ein bißchen mit dir unterhalten, Flush. Kommst du ein Stück mit?"

Es war eine unheimliche Einladung, die Flush jedoch nicht das erstemal hörte.

„Sie haben doch nichts gegen mich, Mr. Parr?"

„Gar nichts", gab Parr zu, „außerdem machst du doch keine krummen Touren mehr. Mir ist so, als hättest du mir so etwas gesagt, als du aus dem Gefängnis entlassen wurdest."

„Stimmt, keine krummen Touren, verdiene meinen Lebensunterhalt und will heiraten."

„Was du nicht sagst", entgegnete Mr. Parr mit gutgespielter Überraschung. „Ist es Bella oder Milly?"

„Milly", sagte Flush Barnet, im stillen das ausgezeichnete Gedächtnis des Polizeiinspektors verfluchend. „Sie lebt auch anständig. Sie hat einen Job in einem Laden."

„In Brabazons Bank, genauer gesagt", sagte der Inspektor und wandte sich dann um, als ob ihn ein Gedanke gepackt hätte. „Ich frage mich", murmelte er vor sich hin, „ich frage mich, ob es das ist."

„Sie ist eine richtige junge Dame, die Milly", beeilte sich Flush zu erklären. „Ehrlich wie der junge Tag, sie würde keine Uhr klauen, auch wenn ihr Leben davon abhängen würde. Denken Sie ja nicht, Mr. Parr, daß sie schlecht ist, sie ist es nämlich nicht. Wir führen beide, was man so 'n ehrliches Leben nennt."

Auf Parrs ruhigem Gesicht erschien ein Lächeln.

„Das sind ja großartige Neuigkeiten, die du mir da erzählst, Flush. Wo kann man Milly denn jetzt finden?"

„Sie wohnt drüben, auf der anderen Seite vom Fluß beim Goldbergwerk", sagte Flush zögernd. „Sie wollen doch nicht alte Geschichten ausgraben, Mr. Parr?"

„Um Himmels willen", sagte Inspektor Parr liebenswürdig. „Nein, ich würde gern mal mit ihr sprechen. Vielleicht ...", er zögerte, „na ja, es kann auch warten. Es war ein günstiger Umstand, dich mal wieder getroffen zu haben, Flush."

Aber Flush konnte diese Ansicht gar nicht teilen, obwohl er mäßige Zustimmung zum Ausdruck brachte.

„Das ist es also", sagte der Inspektor zu sich, aber er sagte nichts über die Art seines Verdachts, auch nicht, als er eine halbe Stunde später Derrick Yale in seinem Klub traf. Außerdem war es merkwürdig, daß Parr in dem langen Gespräch, das sie dann führten und in dem alle Aspekte des Geheimnisses um den Feuerroten Kreis berührt wurden, kein einziges Mal Thalia Drummonds Interview erwähnte, das er zwar nicht gesehen, aber doch zumindest erraten hatte.

Am nächsten Morgen machten sich die beiden Männer zeitig auf den Weg in das Landstädtchen, in dem ein gewisser Ambrose Sibly, der Vollmatrose sein sollte, wegen Mordverdachts in Haft war. Auf dringliches Ersuchen Jack Beardmores wurde diesem erlaubt, die beiden zu begleiten, obwohl er bei der Unterredung zwischen den beiden Detektiven und dem düsteren Mann, der seinen Vater ermordet hatte, nicht zugegen war.

Ein stämmiger, unrasierter Bursche, halb schottisch, halb schwedisch — das war Sibly. Er konnte weder lesen noch schreiben, und er hatte früher bereits mit der Polizei zu tun gehabt. Soviel hatte Parr den Fingerabdruckunterlagen entnehmen können.

Zuerst wollte er nicht gestehen, und es war wohl eher Yales geschicktem Kreuzverhör als Parrs Bemühungen zugute zu halten, daß es schließlich zu einem Geständnis kam.

„Ja, ich hab's getan", sagte er am Ende.

Sie saßen in der Zelle und hatten einen offiziellen Stenografen, der seine Äußerung notierte.

„Wenn ich nicht betrunken gewesen wäre, hätten Sie mich nicht gekriegt. Und da ich schon mal beim Gestehen bin, könnte ich genausogut zugeben, daß ich Harry Hobbs umgebracht habe. Der war 1912 mit mir zusammen auf der *Oritianga* — einmal können sie mich nur hängen. Hab ihn umgebracht und die Leiche über Bord geschmissen. Hab ich gemacht wegen 'ner Frau, die wir in Newport News — ist in Amerika — kennengelernt haben. Will Ihnen mal erzählen, wie das passiert ist, meine Herren. Hatte mein Schiff vor einem Monat verpaßt und war im Seemannsheim in Wapping gelandet. Dort bin ich rausgeflogen, weil ich betrunken war, und zusätzlich haben sie mich noch sieben Tage eingesperrt. Hätte mich der alte Narr doch einen Monat lang festgehalten, dann wäre ich heute nicht hier. Eine Nacht nachdem ich aus dem Gefängnis war, ging ich so durch East End auf der Suche nach meinem Glück und gierte nach einem Schluck und fühlte mich einigermaßen elend. Es kam noch übler — ich hatte Zahnschmerzen ..."

Parrs und Yales Blicke trafen sich, und Yale lächelte schwach.

„Ich bummelte so am Straßenrand lang und suchte Zigarettenstummel und dachte nur noch daran, wo ich ein bißchen was zu essen herkriegen könnte und 'n Bett für die Nacht. Es fing auch noch an zu regnen, und es sah so aus, als ob ich noch eine Nacht auf der Straße verbringen müßte, da hörte ich eine Stimme ganz nah an meinem Ohr sagen: ‚Spring rein.' Ich guckte mich um und sah ein Auto auf der Straße stehen. Ich traute meinen Ohren nicht. ‚Spring rein. Dich meine ich!' Und er nannte meinen Namen. Wir fuhren eine Weile, ohne daß der was sagte, und mir war aufgefallen, daß der um alle Straßen, wo große Lampen waren, einen Bogen machte. Nach einer Weile hielt er an und erzählte mir, wer ich war. Das kann ich Ihnen sagen, ich war vielleicht überrascht. Der kannte meine ganze Geschichte. Der wußte auch von Harry Hobbs – ich hatte einen Prozeß wegen der Sache gehabt und war freigesprochen worden –, und dann fragte er mich, ob ich mir hundert Pfund verdienen wollte. Ich sagte ihm, ich wollte schon, und er erzählte mir, daß da auf dem Lande ein alter Herr wäre, der ihm 'ne ganze Menge Ärger gemacht hätte und den er ‚weg'haben wollte. Zuerst wollte ich den Job nicht annehmen, aber der hat mich so vollgequatscht, wie er mich für den Mord an Hobbs an den Galgen bringen könnte, wie sicher das alles wäre, daß er mir ein Fahrrad geben würde, damit ich schnell wegkommen könnte, und da hab ich zuletzt ja gesagt. Eine Woche später hat er mich, wie verabredet, auf dem Steyne Square abgeholt und mir die letzten Einzelheiten erklärt. Ich war dann bei Beardmore, bald nachdem es dunkel war, und versteckte mich im Wald. Der hatte mir gesagt, Mr. Beardmore würde jeden Morgen einen Spaziergang im Wald machen und daß ich's mir die Nacht über ruhig bequem machen sollte. Ich war noch keine Stunde da, als ich einen Schreck kriegte. Ich hörte jemanden. Muß wohl ein Wildhüter gewesen sein. Es war ein großer Bursche, und ich konnte ihn nur ganz kurz sehen. Und das ist alles dazu, meine Herren, bloß noch, daß der Alte am nächsten Morgen in den Wald kam und ich ihn erschossen habe. Ich kann mich nicht mehr so genau erinnern, ich war ja betrunken, hatte ja 'ne Flasche Whisky mit in den Wald genommen. Aber so nüchtern war ich doch, daß ich aufs Fahrrad stieg und wegfuhr. Und wenn der Suff nicht gewesen wäre, wäre ich ja ganz weggekommen."

„Und das ist alles?" fragte Parr, nachdem das Geständnis noch einmal verlesen worden war und der Mann sein holpriges Kreuz darunter gesetzt hatte.

„Das ist alles, Chef", sagte der Seemann.

„Und Sie kennen denjenigen, der Ihnen den Auftrag gegeben hatte, nicht?"

„Gar keine Ahnung", gab der andere bereitwillig Auskunft. „Nur eine Sache könnte ich Ihnen von ihm erzählen", sagte er nach einer Pause.

„Er sagte immer ein Wort, das ich noch nie gehört hatte. Ich bin ja nicht sehr gebildet, aber ich habe schon mitgekriegt, daß manche Leute ihre Lieblingswörter haben. Wir hatten einen alten Kapitän, der immer das Wort ‚morbid' benutzte."

„Was war es für ein Wort?" fragte Parr.

Der Mann kratzte sich am Kopf.

„Es wird mir noch einfallen, und dann kriegen Sie es zu erfahren."

Sie überließen ihn seinen Gedanken, die nicht zahlreich, aber wahrscheinlich nicht unerfreulich waren.

Vier Stunden später brachte der Wächter Ambrose Sibly Essen. Er lag auf dem Bett, und der Wächter rüttelte ihn an der Schulter.

„Aufwachen", aber Ambrose Sibly wachte nie mehr auf. Er war mausetot.

In dem zur Hälfte gefüllten Blechnapf, der an seinem Bett stand und aus dem er seinen Durst gestillt hatte, war genügend Blausäure, um fünfzig Männer zu töten.

Inspektor Parr interessierte sich nicht so sehr für das Gift als vielmehr für den kleinen Kreis aus feuerrotem Papier, der auf dem Wasser schwamm.

12

Die spitzen Schuhe

Mr. Felix Marl saß hinter der verschlossenen Tür seines Schlafzimmers und war mit einer Aufgabe befaßt, die ihm in unangenehmer Weise vertraut war.

Vor fünfundzwanzig Jahren hatte er als Insasse des großen französischen Gefängnisses von Toulouse in einer Schusterwerkstatt gearbeitet. Natürlich hatte seine Aufgabe darin bestanden, Schuhe ganz zu machen und nicht zu zerstören. Heute schnitt er mit einem scharfen Messer ein Paar spitze Lackschuhe, die er nur dreimal getragen hatte, in Fetzen. Streifen für Streifen zerschnitt er das Leder und warf es ins Feuer.

Manche Menschen leben intensiv und leiden intensiv. Mr. Felix Marl gehörte zu denen, die die Schrecken von Äonen in einen Tag pressen. Auf irgendeine Weise hatte eine Zeitung die Geschichte von den Fußspuren auf Beardmores Grundstück erfahren und so eine neue Angst zu den vielen, die diesen Mann verwirrten und lähmten, hinzugefügt. Er saß in Hemdsärmeln, und der Schweiß rann ihm über das Gesicht, denn es war ein starkes Feuer und das Zimmer also überheizt.

Im Moment war der letzte Streifen im Feuer, und er sah zu, wie er röstete und in Flammen aufging, bevor er das Messer weglegte, seine

Hände wusch und die Fenster öffnete, um den beißenden Geruch brennenden Leders hinauszulassen.

Es wäre besser gewesen, wenn er seinen ersten Entschluß realisiert hätte, und er verfluchte sich wegen seiner Feigheit, die ihn verleitet hatte, den Revolver durch einen Füllfederhalter zu ersetzen. Aber er war in Sicherheit. Niemand hatte ihn gesehen, als er das Grundstück verließ.

Bei Menschen seines Schlages folgten blinde Panik und blindes Vertrauen fast wie etwas Natürliches aufeinander. Als er die Treppe zu seiner kleinen Bibliothek hinabstieg, hatte er schon fast vergessen, in welcher Gefahr er schwebte. Im schwindenden Tageslicht hatte er einen versöhnlichen, ja geradezu unterwürfigen Brief geschrieben und hatte ihn, wie er glaubte, sicher überbracht. Würde er gefunden werden? Ein neuer Anfall von Angst überfiel ihn.

„Pah!" Damit tat er die gefährliche Möglichkeit ab.

Sein Diener brachte ein Teetablett und stellte alles auf dem kleinen Tisch neben dem Schreibtisch ab, an dem Felix Marl saß.

„Werden Sie den Gentleman empfangen, Sir?"

„Wie?" sagte Mr. Marl und drehte sich um. „Welchen Gentleman?"

„Ich sagte Ihnen doch, daß ein Mann Sie sprechen möchte."

Marl erinnerte sich, daß sein zerstörerisches Werk durch ein Klopfen unterbrochen worden war.

„Wer ist es?"

„Ich habe seine Karte auf das Tablett gelegt, Sir."

„Haben Sie ihm nicht gesagt, daß ich beschäftigt bin?"

„Ja, aber er sagte, er würde warten, bis Sie herunterkämen."

Der Mann reichte ihm die Karte, und Marl, diese lesend, sprang hoch und verfärbte sich krankhaft gelb.

„Inspektor Parr", sagte er unsicher. „Was will der von mir?" Seine zitternde Hand fingerte an seinem Mund herum. „Führ ihn rein", sagte er mit Anstrengung.

Er hatte Inspektor Parr weder dienstlich noch bei einem gesellschaftlichen Ereignis kennengelernt. Sein erster Blick auf den kleinen Mann gab ihm die Sicherheit zurück. Es ging nichts besonders Bedrohliches von diesem Detektiv mit dem roten Gesicht aus.

„Setzen Sie sich, Inspektor. Ich bedaure, daß ich beschäftigt war, als Sie kamen", sagte Mr. Marl, dessen Stimme in Erregung immer dünn wie die eines Vogels war.

Parr setzte sich auf die Kante des nächsten Stuhls und balancierte seinen Derbyhut auf seinem Knie.

„Ich dachte, ich warte, bis Sie herunterkommen, Mr. Marl. Ich wollte Sie wegen des Beardmore-Mordes sprechen."

Mr. Marl sagte nichts. Mit Mühe unterdrückte er das Zittern seiner Lippen und nahm, wie er glaubte, eine Haltung höflichen Interesses an.

„Sie kannten Mr. Beardmore sehr gut?"

„Nicht sehr gut. Ich hatte natürlich geschäftlich mit ihm zu tun."

„Haben Sie ihn kurz zuvor gesehen?"

Marl zögerte. Er war ein Mensch, dem das Lügen leichtfiel, und seine natürliche Veranlagung war, immer das genaue Gegenteil der Wahrheit zu sagen.

„Nein", gab er zu. „Ich habe ihn vor Jahren gesehen, das war noch, bevor er einen Bart hatte."

„Wo war Mr. Beardmore, als Sie ins Haus kamen?" fragte Parr.

„Er stand auf der Terrasse", erwiderte Marl mit unnötig lauter Stimme.

„Und Sie haben ihn gesehen?"

Marl nickte.

„Man sagte mir", fuhr Parr fort, während er auf seinen Hut blickte, „daß Sie aus irgendeinem Grund erschrocken waren – Mr. Jack Beardmore sagt, er dachte, Sie hätten einen Augenblick lang schreckliche Angst ausgestanden. Was war der Grund dafür?"

Mr. Marl zuckte mit den Schultern und zwang sich zu einem Lächeln.

„Ich habe ja schon erklärt, es war ein kleiner Herzanfall, ich leide darunter."

Parr drehte seinen Hut so, daß er in ihn hineinsah, und er hob seine Augen nicht, als er fragte: „Es war nicht der Anblick von Mr. Beardmore?"

„Natürlich nicht", sagte der andere lebhaft. „Warum sollte ich mich vor Mr. Beardmore erschrecken? Ich habe viel mit ihm korrespondiert, und ich kenne ihn fast so gut . . ."

„Aber Sie hatten ihn jahrelang nicht gesehen?"

„Ich war jahrelang nicht bei ihm", korrigierte sich Marl verwirrt.

„Und die Ursache Ihrer Erregung war nur ein Herzanfall, Mr. Marl?" fragte der Inspektor, wobei er zum erstenmal die Augen hob und sie auf die des anderen richtete.

„So war es." Marls Stimme fehlte es nicht an Festigkeit. „Ich hatte diesen kleinen Anfall schon vergessen."

„Da ist noch ein anderer Punkt, den ich gern geklärt hätte", sagte der Detektiv. Seine Aufmerksamkeit war wieder ganz auf seinen faszinierenden Hut gerichtet, den er mechanisch immerfort drehte, bis er einem rotierenden Butterfaß glich. „Als Sie zu Beardmores Haus kamen, trugen Sie spitze Lackschuhe."

Marl legte die Stirn in Falten.

„Habe ich das? Ich hab's vergessen."

„Sie sind außer der Strecke, die Sie vom Bahnhof aus zurücklegten, auch noch anderswo auf dem Grundstück herumgelaufen."

„Nein."

„Sie sind nicht etwa um das Haus herumgegangen, um – eh – die Architektur zu bewundern?"

„Nein. Ich war nur ein paar Minuten im Haus, und dann bin ich wieder gefahren."

Mr. Parr blickte zur Decke auf.

„Wäre es zuviel verlangt", fragte er entschuldigend, „wenn ich Sie aufforderte, mir die spitzen Schuhe zu zeigen, die Sie damals trugen?"

„Keineswegs", sagte Marl und erhob sich mit Eifer.

Er war ein paar Minuten nicht im Zimmer und kam mit einem Paar langen spitzen Lackschuhen zurück.

Der Detektiv nahm die Schuhe in die Hand und besah sich gründlich die Sohlen.

„Ja, aber das sind natürlich nicht die Schuhe, die Sie trugen, weil ...", er rieb vorsichtig mit der Hand an der Sohle, „Staub darauf ist, der Boden war aber vergangene Woche feucht."

Marls Herz setzte fast aus.

„Das sind die Schuhe, die ich anhatte", sagte er trotzig. „Was Sie ‚Staub' nennen, ist in Wirklichkeit getrockneter Schlamm."

Parr sah seine staubigen Finger an und schüttelte den Kopf.

„Da muß irgendein Irrtum vorliegen, Mr. Marl", sagte er freundlich. „Das ist Kreidestaub. Aber es ist auch nicht so wichtig."

Er stand so lange herum und sah auf den Teppich hinunter, daß Mr. Marl trotz seiner Angst ungeduldig wurde.

„Kann ich noch etwas für Sie tun, Herr Inspektor?" fragte er.

„Ja. Geben Sie mir doch bitte Name und Adresse von Ihrem Schneider. Vielleicht schreiben Sie es mir auf."

„Mein Schneider?" Mr. Marl starrte den Besucher an. „Was, der Teufel, wollen Sie von meinem Schneider?" Und dann mit einem Lachen: „Na ja, Sie sind ein merkwürdiger Mensch, Inspektor; aber es ist mir ein Vergnügen."

Er ging zu seinem Sekretär, schrieb alles auf und reichte dem Inspektor den Zettel. Parr sah sich die Adresse gar nicht an, steckte aber den Zettel in seine Tasche.

„Ich bedaure, daß ich Sie so belästigen muß, aber Sie werden verstehen, daß jeder, der während der letzten vierundzwanzig Stunden vor Beardmores Tod im Haus war, unbedingt befragt werden muß. Der Feuerrote Kreis ..."

„Der Feuerrote Kreis!" keuchte Mr. Marl.

Der Detektiv sah ihm offen ins Gesicht. „Wußten Sie nicht, daß der Feuerrote Kreis für den Mord verantwortlich ist?"

Um Mr. Marl Gerechtigkeit widerfahren zu lassen: Er wußte wirklich nichts davon. Er hatte in einem kurzen Bericht gelesen, daß James Beardmore erschossen aufgefunden worden war, aber ein Zusammenhang zwischen dem Mord und dem Feuerroten Kreis war nur vom *Monitor*, einer Zeitung, die Mr. Marl nicht las, enthüllt worden.

Er ließ sich bebend in einen Sessel fallen.

„Der Feuerrote Kreis", murmelte er. „Großer Gott . . ., ich habe nie gedacht . . ." Er nahm sich zusammen.

„Was haben Sie nicht gedacht?" fragte Parr vorsichtig.

„Der Feuerrote Kreis", murmelte er wieder. „Ich dachte, es wäre nur . . ." Er vollendete seinen Satz nicht.

Eine Stunde nachdem der Detektiv gegangen war, saß er immer noch zusammengekauert in seinem Sessel, den Kopf in die Hände gestützt. Der Feuerrote Kreis! Es war das erstemal, daß er auch nur im entferntesten mit dieser Erpresserorganisation in Verbindung gebracht worden war, und jetzt drängte sie sich seinen Gedanken derart auf, daß jede bis jetzt von ihm gefaßte Theorie durcheinandergeriet.

„Das gefällt mir nicht", murmelte er, als er sich mit Schmerzen erhob und in dem dunkel gewordenen Zimmer Licht anmachte. „Ich glaube, jetzt muß ich mich aus dem Staub machen." Er verbrachte den Abend mit der Prüfung seines Kontos, und diese Prüfung fiel sehr tröstlich aus. Er könnte noch etwas mehr herauspressen, dachte er, und dann . . .

13

Mr. Marl preßt etwas mehr heraus

Ein anderer Agent, besser eine Agentin, des Feuerroten Kreises fand, daß sie einen guten Fang gemacht hatte. Sie war von Mr. Brabazon eingestellt worden, ohne befragt zu werden. Offensichtlich war der Mann in jenem Auto außerordentlich einflußreich. Noch viel ungewöhnlicher war jedoch, daß Tag für Tag verging, ohne daß ihr mysteriöser Arbeitgeber von sich hören ließ. Sie hatte erwartet, daß er sofort von ihren Diensten Gebrauch machen würde. Sie war jedoch schon fast einen Monat in Brabazons Bank, ehe sie eine Nachricht erhielt. Eines Morgens war es soweit. Sie fand auf ihrem Schreibtisch einen Brief, der in fetten Druckbuchstaben an sie adressiert war. Der Brief, der nicht das Zeichen des Kreises trug, begann ohne Einleitung:

Machen Sie sich mit Marl bekannt. Finden Sie heraus, warum er Brabazon in der Hand hat. Schicken Sie mir die Daten seines Kontos und benachrichtigen Sie mich sofort, wenn sein Konto geschlossen wird. Benachrichtigen Sie mich ebenfalls, wenn Parr oder Derrick Yale zur Bank kommen. Telegrafieren Sie an Johnson, 23, Mildred Street, City.

Sie führte die Anweisungen zuverlässig aus, obwohl sie erst nach ein paar Tagen Gelegenheit hatte, Mr. Marl kennenzulernen. Derrick Yale kam nur einmal in die Bank. Sie hatte ihn vorher schon bei den Beardmores gesehen, und selbst wenn dem nicht so gewesen wäre, hätte sie ihn anhand des Fotos von ihm, das in den Zeitungen erschienen war, erkannt. Was sein Anliegen war, erfuhr sie nicht, aber aus ihrem kleinen Büro, das sie dank ihrer Position als Brabazons Privatsekretärin für sich allein hatte, konnte sie aus den Augenwinkeln sehen, daß er sich mit einem der Kassierer am Schalter unterhielt, und ordnungsgemäß benachrichtigte sie den Feuerroten Kreis. Inspektor Parr erschien jedoch nicht, auch Jack Beardmore sah sie nicht. Sie wollte nicht zuviel an Jack denken. Es war kein angenehmes Thema.

Wenn John Brabazon, der gestrenge und stattliche Präsident der Seller Bank, nervös war, griff er zu einem kleinen charakteristischen Trick. Seine Finger streiften durch sein Haar, das am Hinterkopf lockig und voll war. Dann drehte er kurz eine Locke um den Zeigefinger, um danach mit seinen Fingerspitzen langsam über die kahle Kopfplatte zu streichen, bis diese auf der Stirn ruhten. In solchen Augenblicken, den Kopf gesenkt und die Finger auf den Augenbrauen, sah er aus, als wäre er in ein Gebet vertieft.

Der Herr, der mit ihm in seinem schönen Büro saß, hatte überhaupt nichts Charakteristisches. Er war ein massiger Mann, der geräuschvoll atmete und durch sein faules, in Genüssen schwelgendes Leben aufgedunsen war, aber er spielte nicht nervös herum, sondern hielt seine Hände ruhig über seiner Weste gefaltet.

„Mein lieber Marl", sagte der Bankier mit sanfter, fast schmeichlerischer Stimme, „Sie stellen zuweilen meine Geduld auf die Probe. Ganz zu schweigen von der Belastung, die Sie meinen Mitteln zumuten."

Der Mann lachte still vor sich hin. „Ich biete Ihnen Sicherheiten, Brab . . ., ausgezeichnete Sicherheiten, Alter. Das können Sie nicht leugnen!"

Mr. Brabazons weiße Finger trommelten auf der Schreibtischkannte eine Melodie.

„Sie schlagen mir unmögliche Projekte vor, und bisher war ich dumm genug, sie zu finanzieren. Es muß ein Ende haben mit solchen Torheiten. Sie brauchen keine Hilfe. Ihr Guthaben allein an dieser Bank beträgt fast hunderttausend."

Marl blickte sich zur Tür um und beugte sich dann nach vorn.

„Ich will Ihnen eine Geschichte erzählen, eine Geschichte über einen mittellosen jungen Angestellten, der die Witwe des Chefs der Seller Bank heiratete. Sie war alt genug, um seine Mutter sein zu können. Sie starb ganz plötzlich — in der Schweiz. Sie stürzte über einen Felsvorsprung. Weiß ich etwa nichts darüber? Habe ich denn nicht Fotos von dieser wunderbaren Berglandschaft gemacht? Hab ich Ihnen das Foto von diesem Unfall mal gezeigt, Brab? Sie sind drauf! Sie sind drauf, obwohl Sie dem Untersuchungsrichter gesagt hatten, Sie wären meilenweit weg gewesen!"

Mr. Brabazons Augen waren auf den Schreibtisch gerichtet. Nicht ein Muskel in seinem Gesicht bewegte sich.

„Außerdem", sagte Marl in einem normaleren Tonfall, „können Sie es sich doch leisten. Sie sind ja gerade dabei, einen neuen Ehebund einzugehen — so lautet doch wohl der Ausdruck?"

Der Bankier sah auf seinen Besucher und runzelte nun unwillig die Stirn.

„Was meinen Sie?"

Marl schien offensichtlich amüsiert, er klopfte sich aufs Knie und wollte sich ausschütten vor Lachen.

„Was ist mit der Person, die Sie neulich abend auf dem Steyne Square getroffen haben — die in dem geschlossenen Wagen, na? Leugnen Sie nicht. Ich hab Sie gesehen! War ein hübsches kleines Auto."

Jetzt zeigte Brabazon zum erstenmal Anzeichen von Bewegung. Sein Gesicht war grau und verzerrt, und seine Augen schienen noch tiefer in die Höhlen versunken zu sein.

„Ich regele das mit Ihrer Anleihe", sagte er.

Mr. Marls Gefühl der Zufriedenheit wurde durch ein Klopfen an der Tür unterbrochen. Auf Brabazons „Herein!" erschien eine Person, deren Erscheinung alle anderen Gedanken aus dem Kopf des Besuchers verdrängte.

Das Mädchen brachte einen Zettel, den sie ihrem Chef vorlegte — offensichtlich eine mit Bleistift notierte telefonische Nachricht.

Weiß, gold, rot. Mr. Marls Sinne registrierten die Eindrücke, die er wahrnahm. Weiß wie Sahne und zart die Haut, rot wie Mohnblumen die Lippen, gelb wie reifes Korn das Haar. Er sah sie im Profil und fühlte sich ein klein wenig abgestoßen von der Festigkeit ihres Kinns — Mr. Marl mochte Frauen, die in seinen Händen gefügig, sanft und geschmeidig waren —, aber die Schönheit des Mundes, der Nase und der Brauen, die betörten ihn.

Er atmete etwas lauter und schneller. Als sie nach einem leise geführten Gespräch gegangen war, seufzte er.

„Was für eine Königin!" sagte er. „Ich habe sie irgendwo schon einmal gesehen. Wie heißt sie?"

„Drummond — Thalia Drummond", sagte Brabazon, indem er seinen Besucher kalt musterte.

„Thalia Drummond", wiederholte Felix Marl langsam. „War sie nicht bei Froyant? Sind selber etwas nett zu ihr, was, Brabazon?"

„Es ist nicht meine Gewohnheit, ‚nett' zu meinen Angestellten zu sein, Mr. Marl. Miß Drummond ist eine sehr gute Kraft. Das ist alles, was ich von meinem Personal verlange."

Marl erhob sich schwerfällig, vor sich hin feixend.

„Wir sehen uns morgen wegen der anderen Sache“, sagte er. Er lachte asthmatisch, Mr. Brabazon aber blieb ernst.

„Um halb elf morgen“, sagte er und ging mit dem Besucher zur Tür. „Oder paßt es Ihnen auch um elf?“

„Elf“, stimmte der andere zu.

„Guten Tag“, wünschte der Bankier, ohne ihm die Hand zu reichen.

Kaum hatte sich die Tür hinter dem Besucher geschlossen, als Mr. Brabazon sie abschloß und an seinen Schreibtisch zurückkehrte. Er nahm aus seinem Notizbuch eine einfache weiße Karte, tauchte die Feder in rote Tinte und malte einen roten Kreis. Darunter schrieb er die Worte:

Felix Marl hat uns bei unserer Unterredung auf dem Steyne Square gesehen. Er wohnt Marisburg Place 79.

Er steckte die Karte in einen Briefumschlag und schrieb die Adresse: „Mr. Johnson, 23 Mildred Street, City.“

14

Thalia wird eingeladen

Mr. Marl hatte den ganzen Bankraum zu durchqueren. Er blickte über die zwei Reihen Schreibtische, ohne jedoch das Gesicht des Mädchens zu entdecken, das er suchte. Am Ende der Reihe war ein kleines Abteil, dessen Inhaber mittels undurchsichtiger Scheiben vor Beobachtung geschützt war. Die Tür war nur angelehnt, und er konnte eine Gestalt wahrnehmen. Er ging zur Tür.

Thalia Drummond sah von ihrem Schreibtisch hoch und blickte in das große lächelnde Gesicht eines Mannes, der zu ihr heruntersah.

„Beschäftigt, Miß Drummond?“

„Sehr“, erwiderte sie, schien aber nichts gegen sein Eindringen zu haben.

„Macht nicht viel Spaß hier, was?“ fragte er.

„Nicht sehr.“ Ihre dunklen Augen taxierten ihn.

„Wie wär's mit einem Dinner an einem der nächsten Abende und einer hübschen Show danach?“

Ihre Augen musterten ihn von seinen gefärbten Haaren bis zu seinen mit viel Sorgfalt polierten Schuhen. „Sie sind ein schlimmer alter Mann“, sagte sie ruhig, „aber das Dinner ist meine Lieblingsmahlzeit.“

Sein Grinsen wurde breiter, und das Feuer der Eroberung flackerte in seinen farblosen Augen.

„Wie wär's mit dem *Moulin Gris?*“ Er schlug dieses Restaurant vor, ohne daran zu zweifeln, daß sie zustimmen würde, aber sie schürzte verächtlich die Lippen.

„Dann können wir gleich in Hooligans Fischklause gehen. Nein, nein, für mich kommt nur das Ritz-Carlton in Frage, sonst nichts."

Mr. Marl war verblüfft, aber dennoch erfreut.

„Sie sind eine Prinzessin und sollen königlich essen." Er strahlte. „Wie wär's mit heute abend?"

Sie nickte.

„Kommen Sie zu mir. Die Adresse ist Marisburg Place, Bayswater Road. Um halb acht. Sie finden meinen Namen an der Tür."

Er machte eine Pause und erwartete, daß sie einen Einwand erhob. Zu seiner Überraschung nickte sie aber wieder.

„Auf Wiedersehen, Liebling", sagte der siegesgewisse Mr. Marl und küßte die Spitzen seiner dicken Finger.

„Schließen Sie die Tür", sagte das Mädchen und setzte ihre Arbeit fort.

Sie sollte schon wieder unterbrochen werden. Diesmal war der Besucher ein gutaussehendes Mädchen, deren Unterarme in glänzenden Lederstulpen steckten. Es war die Stenotypistin, die Mr. Marl bereits im Bankraum neugierig beobachtet hatte.

Thalia lehnte sich auf ihrem Stuhl zurück, während die Besucherin die Tür sorgfältig hinter sich schloß und sich setzte.

„Na, Macroy, was bringen Sie?" fragte sie grob.

Die Worte paßten nicht recht zu dem fein gezeichneten Gesicht, und nicht zum erstenmal wunderte sich Milly Macroy über das Mädchen.

„Wer ist denn der alte Knopf?" fragte sie.

„Ein Bewunderer", entgegnete Thalia ruhig.

„Sie ziehen sie an, Kleine", kommentierte Milly Macroy nicht ohne Neid. Dann gab es eine kleine Pause.

„Und?" fragte Thalia. „Sie sind ja wohl nicht gekommen, um mit mir meine Liebesabenteuer zu besprechen, oder?"

Milly lächelte geheimnistuerisch.

„Ich bin gekommen, um offen mit Ihnen zu reden, Drummond."

„Offene Gespräche sind wie Milch und Wein für mich", sagte Thalia Drummond.

„Sie erinnern sich doch an das Geld, das vorigen Freitag als Einschreiben an die Sellinger Corporation ging?"

Thalia nickte.

„Na, und ich nehme an, Sie wissen, daß behauptet wird, in dem Päckchen wäre nichts weiter als Papier gewesen, als es ankam?"

„So? Mr. Brabazon hat mir nichts davon gesagt", und sie erwiderte den prüfenden Blick der anderen, ohne mit der Wimper zu zucken.

„Ich habe das Geld in den Umschlag gelegt, und Sie hatten es zu überprüfen. Nur Sie und ich sind in diesem Geschäft, Miß Drummond, und einer von uns hat das Geld genommen, ich schwöre, ich war's nicht."

„Dann muß ich es gewesen sein", sagte Thalia mit einem unschuldigen Lächeln. „Wirklich, Macroy, das ist eine ziemlich starke Anschuldigung, die Sie da gegen eine unschuldige Frau aussprechen."

Die Bewunderung in Millys Augen stieg. „Sie sind 'ne ganz Ausgekochte! Jetzt hören Sie zu, Kleine, wir wollen alle Karten auf den Tisch legen. Vor einem Monat, kurz nachdem Sie zur Bank kamen, fehlte eine Hundertpfundnote am Devisenschalter."

„Na und?" fragte Thalia in die Pause hinein.

„Ich weiß nun zufällig, daß Sie sie hatten und bei Bilbury umgetauscht haben. Ich kann Ihnen sogar die Nummer der Banknote sagen, wenn Sie wollen."

Thalia drehte sich ruckartig um und sah die andere unter zusammengezogenen Augenbrauen an.

„Was haben wir denn da?" fragte sie mit gespielter Verblüffung. „Einen weiblichen Spürhund! Himmel, ich bin wirklich erledigt!"

Dieses überzogene Spiel kam für die Macroy völlig überraschend. „Sie können ja eiskalt sein!" sagte sie. Sie lehnte sich nach vorn und legte ihre Hand auf den Arm des Mädchens. „Es kann Ärger geben wegen der Sellinger-Sache. Sie werden Freunde brauchen können."

„Und Sie erst", sagte Thalia kühl. „Sie hatten mit dem Geld zu tun."

„Und Sie haben es genommen", sagte die andere überzeugt. „Wir wollen uns nicht deswegen streiten, Drummond. Wenn wir zusammenhalten, wird es keinen Ärger geben — ich kann schwören, daß der Brief in meiner Anwesenheit versiegelt wurde und daß das Geld da war."

Thalias Augen funkelten belustigt, und sie lachte leise.

„Gut", sagte sie und zuckte leicht mit der Schulter. „Lassen wir es so laufen. Nun, da Sie mich vor dem Ruin gerettet haben, bitten Sie mich um einen Gefallen, nicht wahr? Ich kann Sie wegen des Geldes beruhigen. Ich habe es genommen, weil ich es gut anlegen konnte. Ich brauche häufig Geld, und in letzter Zeit ist sowieso soviel von Postraubüberfällen geschrieben worden. Erst neulich war ein langer Artikel darüber in der Zeitung. Nun, reden Sie weiter."

Milly Macroy, die nicht gerade wenige Bekannte unter den Kriminellen hatte, starrte das Mädchen fassungslos an.

„Sie sind tatsächlich abgebrüht", sie nickte, „aber Sie müssen das mit den kleinen Fischen lassen, sonst verderben Sie ein wirklich großes Ding, und das kann ich nicht zulassen. Wenn Sie was vom großen Geld haben wollen, müssen Sie sich mit den Leuten verständigen, die große Sachen starten — verstehen Sie das?"

„Verstehe ich, und wer sind Ihre Mitarbeiter?"

Miß Macroy nahm den Ausdruck nicht zur Kenntnis, sondern antwortete diskret: „Es gibt da einen Gentleman, den ich kenne ..."

„Sagen Sie ‚Mann', ‚Gentleman' erinnert mich immer so an die Anzeigen von Herrenschneidern."

„Dann eben ein Mann“, sagte die geduldige Miß Macroy. „Er ist ein Freund von mir, er beobachtet Sie schon ein paar Wochen, und er denkt, daß Sie das richtige Mädchen wären, klug genug, ohne Ärger 'ne Menge Geld zu machen. Ich habe ihm von der anderen Affäre erzählt, und er möchte Sie sehen.“

„Noch ein Verehrer?“ fragte Thalia Drummond, wobei sie ihre vollkommenen Augenbrauen hochzog, während das Gesicht der Macroy sich dunkel färbte.

„Da spielt sich nichts ab, verstehen Sie, Drummond“, sagte sie entschieden. „Dieser Bursche und ich sind so was wie . . . verlobt.“

„Der Himmel bewahre mich davor“, sagte Thalia Drummond frömmelnd, „daß ich mich zwischen zwei liebende Herzen dränge.“

„Sie brauchen gar nicht so sarkastisch zu sein“, das Gesicht der Macroy war noch dunkler geworden. „Ich sage Ihnen, da ist nichts mit Liebelei. Es ist ein reines Geschäft, verstehen Sie?“

Thalia spielte mit ihrem Brieföffner. Schließlich fragte sie: „Denken Sie, ich will mir Ihr Komplott entgehen lassen?“

Milly Macroy sah das Mädchen mißtrauisch an. „Kommen Sie nach Bankschluß zu 'nem kleinen Dinner“, sagte sie.

„Nur noch Einladungen zum Dinner“, murmelte Thalia, und die fixe Milly Macroy schnappte nach der Information.

„Der alte Knabe hat Sie zum Dinner eingeladen, was? Na, wenn das kein Glück ist!“ Sie pfiff, und ihre Augen strahlten. Sie wollte gerade eine Vertraulichkeit ausplaudern, änderte aber ihren Sinn. „Der hat 'nen Haufen Geld durchs Verleihen. Meine Liebe, ich sehe Sie schon mit einer Diamantkette in ein paar Wochen!“

Thalia richtete sich etwas auf und nahm ihren Federhalter.

„Perlen sind eine Schwäche von mir. — Gut, Macroy, ich sehe Sie heute abend“, und damit arbeitete sie weiter.

Milly Macroy ging noch nicht. „Hören Sie, erzählen Sie dem Gentleman nicht, was ich über unsere Verlobung gesagt habe, ja?“

„Brabs Klingel“, sagte Thalia, stand auf und nahm ihr Notizbuch, als ein Summer ertönte. „Nein, ich rede davon nicht — ich kann Märchen sowieso nicht ausstehen.“

Miß Macroy sah dem sich entfernenden Mädchen mit einem nicht sehr freundlichen Ausdruck nach.

Mr. Brabazon saß an seinem Schreibtisch, als das Mädchen eintrat, und überreichte ihr einen versiegelten Brief.

„Schicken Sie das durch einen Boten“, sagte er.

Thalia sah auf die Adresse und nickte, und dann schaute sie Mr. Brabazon mit ganz neuem Interesse an. Der Feuerrote Kreis rekrutierte sich wahrhaftig aus den verschiedensten Klassen.

15

Thalia schließt sich der Gang an

Thalia Drummond verließ an dem Abend fast als letzte die Bank; sie stand auf der Treppe und schaute gelassen von links nach rechts, während sie sich ihre Handschuhe anzog. Wenn sie den Mann, der sie von der gegenüberliegenden Straßenseite beobachtete, sah, so gab sie das durch nichts zu erkennen. Schließlich entdeckte sie Milly, die ein paar Yard weiter wartete, und sie ging zu ihr.

„Sie haben aber lange gebraucht, Drummond", murrte Miß Macroy. „Sie dürfen meinen Freund nicht warten lassen, er will das nicht, wissen Sie."

„Er wird es verkraften", sagte Thalia, „ich halte mich nicht an Pläne, wenn es um Männer geht." Sie trat an Millys Seite, und sie liefen die belebte Hauptstraße hundert Yard entlang, bis sie in die Reeder Street einbogen.

Die Restaurants in der Reeder Street trugen Namen, die die Fröhlichkeit und das Genießerische von Paris vortäuschen sollten. *Moulin Gris* war ein Etablissement, das, schmal und tief, mit Hilfe zahlreicher Spiegel und unter Verwendung von Blattgold eine Atmosphäre üppigen Glanzes zu schaffen vermochte.

Die Tische waren für das Dinner eingedeckt und noch nicht besetzt, denn es waren noch zwei Stunden bis zur rechten Zeit. So etwas wie Nachmittagstee war dem Besitzer des *Moulin Gris* unbekannt. Sie stiegen eine schmale Treppe hinauf in ein weiteres Speisezimmer im ersten Stock. Ein Mann, der an einem der Tische saß, erhob sich flink, um sie zu begrüßen. Es war ein junger Mann, dunkel, von glattem, gepflegtem Äußerem, sein von Pomade glänzendes Haar war aus der Stirn nach hinten gebürstet, und er war – wenngleich nicht nach der allerletzten Mode – ganz im Stil der von ihm bevorzugten Mode gekleidet.

Ein feiner Duft von *l'origan*, eine weiche große Hand und ein Paar heller starrer Augen waren die ersten Eindrücke, die Thalia von ihm hatte.

„Setzen Sie sich, setzen Sie sich, Miß Drummond", sagte er heiter. „Ober, bringen Sie den Tee."

„Das ist Thalia Drummond", sagte Miß Macroy unnötigerweise.

„Wir brauchen nicht vorgestellt zu werden." Der junge Mann lachte. „Ich hab schon viel von Ihnen gehört, Miß Drummond. Mein Name ist Barnet."

„Flush Barnet", sagte Thalia, die – durchaus nicht unangenehm – überrascht war.

„Sie haben schon von mir gehört?"

„Sie hat von allem schon gehört", sagte Miß Macroy resigniert, „und was viel wichtiger ist", fügte sie bedeutungsvoll hinzu, „sie kennt Marl und ißt heute abend mit ihm."

Barnet blickte scharf von einer Frau zur anderen und dann wieder zu Milly.

„Hast du ihr irgendwas erzählt?" fragte er mit bedrohlicher Stimme.

„Man braucht ihr gar nichts zu erzählen", sagte Miß Macroy unbekümmert. „Sie weiß alles!"

„Hast du ihr was gesagt?" wiederholte er.

„Über Marl? Nein, ich dachte, du wolltest es ihr sagen."

In dem Moment brachte der Ober den Tee, und sie schwiegen, bis er gegangen war.

„Also ich nehme kein Blatt vor den Mund", sagte Flush Barnet. „Und ich will Ihnen sagen, wie ich Sie nenne."

„Das hört sich interessant an", sagte das Mädchen, ohne den Blick von ihm zu wenden.

„Ich nenne Sie Thalia, die Durchtriebene. Wie finden Sie das? Gut, was?" sagte Barnet, sich auf seinem Stuhl zurücklehnend und sie musternd. „Thalia, die Durchtriebene! Sie sind ein ganz schlimmes Mädchen! Ich war damals auf dem Gericht, als Sie der alte Froyant wegen Diebstahls verklagt hatte." Er schüttelte voller Vergnügen seinen Kopf.

„Was Sie nicht alles wissen!" sagte Thalia kühl. „Ich nehme an, Sie haben mich nicht hierherkommen lassen, um mit mir Komplimente auszutauschen?"

„Nein, so ist es nicht", gab Flush Barnet zu, und die eifersüchtige Miß Macroy erkannte an bestimmten Anzeichen, welche Faszination von dem Mädchen auf ihren Liebhaber ausging. „Ich habe Sie herbestellt, weil ich Geschäftliches mit Ihnen besprechen will. Wir sind hier alle Freunde, und wir stecken alle in demselben alten Geschäft. Ich will Ihnen gleich sagen, daß ich nicht so 'n kleiner Gauner bin, der von der Hand in den Mund lebt."

Er sprach sehr korrekt, behauchte aber das H etwas zu stark, bemerkte Thalia sofort.

„Ich habe Leute hinter mir, die beliebig viel Geld machen können, wenn der Job gut genug ist, und Sie verderben uns den großen Wurf, Thalia."

„Oh, tatsächlich, ich? Wie soll ich den großen Wurf verderben, nach allem, was ich in Ihren Augen bin?"

Mr. Barnet wiegte seinen Kopf mit einem Lächeln von einer Seite zur anderen.

„Mein liebes Mädchen", sagte er gutgelaunt. „Was glauben Sie, wie lange das weitergehen kann, so Geld aus dem Umschlag nehmen und dann mit Papierfetzen weiterschicken? Na? Wenn mein Freund Brabazon nicht verrückterweise denken würde, daß der Betrug auf der Post passiert ist, hätten Sie schon die Polizei im Büro. Und wenn ich sage, mein Freund Brabazon, dann spaße ich nicht, ja?"

Hier glaubte er offensichtlich, er habe zuviel gesagt, aber es fiel ihm zu schwer, seine Freundschaft zu Brabazon unerwähnt zu lassen. Herausgefordert, hätte er vielleicht mehr gesagt, aber Thalia äußerte sich nicht dazu.

„Jetzt will ich Ihnen was sagen", er lehnte sich über den Tisch und veränderte seine Stimme. „Milly und ich sind seit zwei Monaten an Brabazons Bank dran. Da ist 'ne Menge Geld zu holen, nicht aus der Bank – Brabazon ist ein Freund von mir –, aber aus einem seiner Kunden, und der Mann mit dem größten Konto ist Marl."

Sie schürzte ihre Lippen zum zweitenmal an diesem Tag.

„Das ist Ihr Fehler", sagte sie ruhig. „Marls Konto ist keinen Pfifferling mehr wert."

Er starrte sie ungläubig an und sah dann mit einem Stirnrunzeln zu Milly.

„Du hast mir doch gesagt, daß er fast hunderttausend hat..."

„Hat er auch", antwortete das Mädchen.

„Hatte er bis heute. Heute nachmittag ging Brabazon weg – ich denke, zur Bank von England, denn er brachte neue Scheine mit. Er ließ mich kommen, und ich sah sie auf seinem Schreibtisch aufgestapelt. Er sagte mir, er wolle Marls Konto schließen, denn Leute wie ihn mochte er nicht als Kunden haben. Dann nahm er das Geld und ging, glaube ich, zu Marl, denn als er kurz vor Bankschluß zurückkam, übergab er mir Marls Scheck. ‚Ich habe dieses Konto beglichen, Miß Drummond', sagte er. ‚Ich glaube nicht, daß wir uns noch einmal mit diesem Schurken herumärgern müssen.'"

„Wußte er, daß Marl Sie zum Essen eingeladen hat?" fragte Milly, aber das Mädchen schüttelte den Kopf.

Mr. Barnet sagte gar nichts. Er hatte sich auf seinem Stuhl zurückgelehnt, und strich sich das Kinn, den Blick in weite Ferne gerichtet. „War es eine Menge Geld?" fragte er.

„Zweiundsechzigtausend", erwiderte das Mädchen.

„Und das hat er jetzt in seinem Haus?" Barnets Gesicht war rot vor Aufregung. „Zweiundsechzigtausend! Hast du das gehört, Milly? Und Sie essen heute abend mit ihm?" sagte Flush Barnet langsam und bedeutungsvoll. „Na, wie wär's damit?"

Sie begegnete seinem starren Blick, ohne zu zucken. „Womit?" fragte sie.

„Das ist die Chance unseres Lebens", sagte er, heiser vor Erregung. „Sie gehen in sein Haus. Sie sind sich ja wohl nicht zu fein, den alten Mann ein bißchen an der Nase herumzuführen, was, Thalia?"

Sie schwieg.

„Ich kenne die Gegend", sagte Barnet, „eins von den netten kleinen

Häusern in Kensington, die ein Vermögen kosten. Marisburg Place, Bayswater Road."

„Ich kenne die Adresse ziemlich gut", sagte das Mädchen.

„Er hält sich drei männliche Bedienstete", fuhr Flush fort, „aber die sind gewöhnlich nicht im Haus, wenn er eine Dame zu Gast hat, verstehen Sie mich?"

„Aber er hat mich nicht in sein Haus eingeladen", sagte das Mädchen.

„Und wenn es nach der Show noch ein kleines Nachtmahl gibt, hm? Nehmen wir an, er schlägt es Ihnen vor und Sie sagen ja. Da sind keine Dienstboten im Haus, wenn Sie zurückkommen, da schwör ich drauf. Ich hab Marl studiert."

„Was soll ich machen? Ihn berauben?" fragte Thalia. „Ihm die Kanone unter die Nase halten und sagen ‚Los, raus mit den Moneten'?"

„Seien Sie nicht närrisch", sagte Barnet, der nun auf die Pose des eleganten Gentlemans verzichtete. „Sie brauchen nichts weiter zu machen, als mit ihm zu essen und dann wegzugehen. Unterhalten Sie ihn, bringen Sie ihn zum Lachen. Sie brauchen keine Angst zu haben, weil ich bald nach Ihnen im Haus sein werde, und sollte es irgendwelchen Ärger geben, bin ich zur Stelle."

Das Mädchen spielte mit ihrem Teelöffel, die Augen auf die Tischdecke gerichtet.

„Und wenn er seine Diener nicht wegschickt?"

„Da können Sie sich drauf verlassen", unterbrach Barnet sie. „Moses! So eine phantastische Gelegenheit hat es noch nie gegeben! Machen Sie mit?"

Thalia schüttelte den Kopf.

„Das ist zu groß für mich. Vielleicht haben Sie recht, und ich kriege wirklich Ärger, aber es ist eben so, daß meine Sache die kleinen Mausereien sind."

„Bah!" sagte Barnet verächtlich. „Sie sind verrückt! Jetzt ist Ihre Zeit zu ernten, meine Liebe. Sie sind der Polizei nicht bekannt, stehen nicht so im Rampenlicht wie ich. Machen Sie es nun?"

Sie senkte ihre Augen wieder auf die Tischdecke und spielte nervös mit dem Teelöffel herum.

„Na gut", sagte sie schließlich mit einem Achselzucken: „für ein Schaf werd ich genauso gehängt wie für ein Lamm."

„Oder für einen anständigen Anteil an sechzigtausend wie für ein paar miese Hunderter, was?" sagte Barnet jovial und winkte dem Kellner.

Thalia verließ das Restaurant und ging nach Hause. Sie mußte an der Bank vorbei und hielt es für taktisch unklug, ein Taxi zu nehmen, solange sie sich in dem Umkreis befand, wo Brabazons ernste Augen ihre Extravaganz beobachten könnten. Sie reihte sich in den Strom der Fußgänger, der sich um diese Stunde durch die Regent Street drängte, ein.

Ein junger Mann lief neben ihr, ein gutaussehender, beflissener junger Mann, der nicht gewinnend lächelte wie die anderen, die in der Regent Street verstohlen an ihren Arm stießen, auch fragte er nicht, ob sie denselben Weg hätte wie er.

„Thalia!"

Sie drehte sich bei dem Klang der Stimme um, und für einen Augenblick versagte ihre Selbstbeherrschung.

„Mr. Beardmore!" brachte sie stockend hervor.

Jacks Gesicht war über und über rot, und er war offensichtlich verlegen.

„Ich wollte Sie nur einen Moment sprechen. Ich habe eine Woche lang auf diese Gelegenheit gewartet", sagte er rasch.

„Sie wußten, daß ich bei Brabazon arbeite — wer hat es Ihnen gesagt?"

Er zögerte. „Inspektor Parr", sagte er, und als er ein kleines Lächeln in ihrem Gesicht sah, fuhr er fort: „Der alte Parr ist gar nicht so schlecht. Er hat nie wieder etwas gegen Sie gesagt, Thalia."

„Nie wieder!" zitierte sie, „aber zählt das noch? Jetzt muß ich aber wirklich gehen, Mr. Beardmore. Ich habe eine sehr wichtige Verabredung."

Aber er hielt ihre Hand fest. „Thalia, wollen Sie mir nicht sagen, warum Sie es getan haben?" fragte er ruhig. „Wer steckt dahinter?"

Sie lachte.

„Es muß doch einen Grund geben, warum Sie sich mit diesen ungewöhnlichen Leuten abgeben", fuhr er fort.

Sie unterbrach ihn. „Was für ungewöhnliche Leute?" wollte sie wissen.

„Sie kommen gerade aus einem Restaurant, und Sie waren dort mit einem Mann namens Flush Barnet, einem notorischen Kriminellen, der schon eine Zuchthausstrafe hinter sich hat. Die Frau bei Ihnen war Milly Macroy, eine Komplizin von ihm, sie war auch am Raubüberfall in der Darlington Cooperative beteiligt und hat auch schon im Gefängnis gesessen. Zur Zeit arbeitet sie in der Brabazon Bank."

„Und?" fragte das Mädchen wieder.

„Sicher wissen Sie nicht, was das für Leute sind?" drängte Jack weiter.

„Und woher kennen Sie die?" fragte sie ruhig. „Ich irre doch nicht in der Annahme, daß Sie nicht allein waren bei Ihrer — Wache? Waren Sie in Begleitung des bewundernswerten Mr. Parr? Ich verstehe schon, so war es. Nun, Sie sind ja selber fast ein Polizist, Mr. Beardmore."

Jack war erschüttert.

„Sehen Sie ein, daß es Parrs Pflicht ist, Ihren Arbeitgeber zu informieren über die Art der Gesellschaft, die Sie pflegen? Um Gottes willen, Thalia, betrachten Sie doch Ihre Lage vernünftig!"

Aber sie lachte. „Der Himmel möge mich davor bewahren, daß ich mich in die Pflichten eines verantwortlichen Polizeibeamten einmische, aber es wäre mir doch lieber, Mr. Parr würde es nicht tun. Das wäre wenigstens ein Zeichen von Güte." Sie lächelte. „Ja, es wäre mir viel lieber, er täte es nicht. Ich habe nichts dagegen, daß die Polizei mir gut zuredet, weil es nur recht und billig ist, daß sie die Schwachen von ihren sündigen Wegen wegzuführen versucht. Aber ein Arbeitgeber, der sich in den Kopf setzt, ein irregeleitetes Mädchen zu bessern, könnte zu einer Plage werden, finden Sie nicht auch?" Sie entzog ihm ihre Hand mit einem ungewöhnlichen Lächeln. „Auf Wiedersehen", sagte sie freundlich und ließ ihn in dem Gefühl, genarrt zu sein, zurück.

Das Mädchen lief schnell durch die Burlington Arcade nach Piccadilly und stieg in ein Taxi. Der Häuserblock, vor dem sie ausstieg, lag in der Marylebone Road und war eine deutliche Verbesserung gegenüber der Lexington Street.

Der livrierte Portier brachte sie im Fahrstuhl in den dritten Stock, und sie begab sich in eine Wohnung, die sowohl hübsch als auch teuer ausgestattet war.

Sie betätigte eine Klingel, worauf eine gesetzte Dame im mittleren Alter erschien.

„Martha, ich nehme heute keinen Tee, vielen Dank. Legen Sie mir das blaue Abendkleid heraus und rufen Sie Walthams Garage an und bestellen Sie ein Auto, das fünf Minuten vor halb acht hier sein soll."

Miß Drummonds Gehalt von der Bank betrug genau vier Pfund die Woche.

16

Mr. Marl geht aus

„Sie sind also gekommen, hm?" sagte Mr. Marl, der sich erhob, um Thalia zu begrüßen. „Wirklich, Sie sehen sehr elegant aus! Ganz entzückend, meine Liebe!" Er nahm ihre Hände in die seinen und führte sie zu dem in Weiß und Gold gehaltenen Salon.

„Entzückend!" wiederholte er mit fast lautloser Stimme. „Ich kann es Ihnen ja sagen, mir war ein bißchen bange, Sie ins Ritz-Carlton zu führen. Sie nehmen mir meine Offenheit nicht übel, nicht wahr – eine Zigarette?" Er griff in die Schoßtasche seines Fracks und holte ein großes goldenes Etui hervor.

„Sie dachten, ich erscheine in Morne & Gillingsworth – Billigmodell von der Stange, was?" Sie lachte, als sie sich eine Zigarette anzündete.

„Ja, ja, das dachte ich, meine Liebe. Ich habe viele unselige Erfahrungen gemacht", erklärte Marl, als er sich schwerfällig in einen Sessel niederließ. „In den kuriosesten Kleidern sind sie hier schon aufgetaucht, das kann ich Ihnen sagen!"

„Ist es Ihre Gewohnheit, die Jungen und Hübschen einzuladen?" Thalia hatte sich auf das gutgepolsterte Kamingitter gesetzt und sah unter halbgeschlossenen Lidern auf ihn nieder.

„Nun", sagte Mr. Marl selbstgefällig, sich dabei die Hände reibend, „ich bin noch nicht so alt, als daß ich kein Vergnügen hätte an der Gesellschaft von Damen. Aber Sie sind überwältigend!"

Er war ein hellhäutiger Typ mit rotem Gesicht und hatte verdächtig braunes Haar und verdächtig ebenmäßige Zähne, und an diesem Abend hatte er eine Taille aufzuweisen, die völlig irreal zu sein schien.

„Wir werden dinieren und anschließend in ‚The Boys and the Girls' in den Winterpalast gehen, und dann", er zögerte, „was halten Sie von einem kleinen Nachtmahl?" fragte er.

„Ein kleines Nachtmahl? Ich nehme kein Nachtmahl", sagte das Mädchen.

„Sie können ja ein wenig Obst naschen", schlug Mr. Marl vor.

„Und wo?" fragte das Mädchen ruhig. „Die meisten Restaurants schließen, bevor die Theater aus sind, nicht wahr?"

„Warum sollten wir nicht wieder hierherkommen? Sie sind ja wohl nicht prüde, meine Liebe, oder?"

„Nicht sehr", bekannte sie.

„Ich kann Sie in meinem Auto nach Hause bringen", sagte er.

„Ich habe mein eigenes Auto, danke", sagte das Mädchen, und Mr. Marls Augen wurden groß. Dann fing er an zu lachen, zuerst kraftvoll, dann ging es in einen asthmatischen Lachkrampf über. Schließlich japste er: „Oh, schlimmer kleiner Teufel!"

Der Abend war interessant für Thalia, um so mehr, als sie Mr. Flush Barnet flüchtig wahrnahm, während sie die Hotelhalle durchquerte.

Als die Revue aus war und sie im Vestibül auf ihr Auto warteten, zeigte sich Thalia wieder etwas unschlüssig, doch der redegewandte Mr. Marl überwand alle Bedenken, die sie hatte. Als die Uhr halb zwölf schlug, schritt sie durch die Halle seines Hauses, nicht ohne bemerkt zu haben, daß Mr. Marl nicht nach seinen Dienstboten geläutet, sondern mit seinem eigenen Hausschlüssel geöffnet hatte. Das Nachtmahl war in einem rosenfarbenen Speisezimmer serviert.

„Ich helfe Ihnen, meine Liebe. Wir brauchen die Diener nicht zu bemühen." Aber sie schüttelte den Kopf.

„Ich kann nichts essen, und ich glaube, ich fahre jetzt besser nach Hause."

„Warten Sie doch", bat er. „Ich möchte mich noch ein bißchen mit Ihnen über Ihren Chef unterhalten. Ich kann Ihnen in der Firma ganz nützlich sein, Thalia. Wer hat Ihnen den Namen Thalia gegeben?"

„Meine Paten und Patinnen, M. oder N.", sagte Thalia feierlich, und Mr. Marl kreischte vor Vergnügen über den kleinen Spaß.

Er trat hinter sie, um scheinbar nach einer der Speisen zu langen, die auf dem Tisch standen, hielt aber inne und hätte sie, wäre sie seinem Zugriff nicht entkommen, geküßt.

„Ich muß jetzt gehen", sagte Thalia.

„Unsinn!" Mr. Marl war verärgert, und wenn er das war, vergaß er, eine vornehme Herkunft vorzutäuschen. „Kommen Sie und setzen Sie sich."

Sie sah ihn lange und nachdenklich an, dann drehte sie sich plötzlich um und ging zur Tür; die war jedoch verschlossen.

„Es ist wohl besser, Sie machen die Tür auf, Mr. Marl", sagte sie beherrscht.

„Ich finde nicht." Mr. Marl gluckste. „Nun, Thalia, seien Sie das liebe, gute kleine Mädchen, für das ich Sie gehalten habe."

„Es tut mir leid, die Illusionen, die Sie sich in bezug auf meinen Charakter gemacht haben, zerstören zu müssen", sagte Thalia kühl. „Sie werden jetzt bitte diese Tür öffnen."

„Gewiß."

Er schlenderte zur Tür, in seine Tasche greifend, dann, ehe sie seine Absicht durchschaute, nahm er sie in seine Arme. Er war einen Kopf größer als sie, und seine großen Hände hielten ihre Arme wie Stahlzwingen.

„Lassen Sie mich gehen", sagte Thalia unbeirrt. Sie verlor ihre Nerven nicht und zeigte nicht die geringsten Anzeichen von Angst. Plötzlich fühlte er ihre gespannten Muskel locker werden. Er hatte sie bezwungen.

Mit einem schnellen Atemzug ließ er das widerspenstige Mädchen los.

„Lassen Sie mich etwas essen", sagte sie, und er strahlte.

„Jetzt, meine Liebe, sind Sie das kleine Mädchen, das ich . . ., was ist denn das?" Das letzte war ein einziger Schreckensschrei.

Sie war langsam zum Tisch geschlendert und hatte ihre Brokattasche hochgenommen. Er hatte sie beobachtet und geglaubt, sie suche ein Taschentuch. Statt dessen hatte sie ein kleines, schwarzes, eiförmiges Ding hervorgebracht und mit einem Griff eine kleine Nadel herausgezogen und diese auf den Tisch fallen lassen. Er wußte, was es war — er hatte sich ein bißchen mit Waffenausrüstungen befaßt und kannte Eierhandgranaten sehr gut.

„Legen Sie das weg — nein, nein, stecken Sie die Nadel ein, Sie dummes Ding!" wimmerte er.

„Machen Sie sich keine Sorgen", sagte sie kühl. „Ich habe noch eine Ersatznadel in meiner Tasche — machen Sie die Tür auf!"

Die Hand zitterte ihm wie einem Mann mit spastischer Lähmung, als er am Schlüsselloch herumfummelte. Dann drehte er sich um und sah sie mit halb zusammengekniffenen Augen an.

„Eine Eierhandgranate!" murmelte er und ließ sich — eine fette Masse wabbelnden Fleisches — gegen die zart verkleidete Wand fallen.

Sie nickte bedächtig.

„Eine Eierhandgranate", sagte sie sanft und ging hinaus. Er folgte ihr bis zur Tür und schlug sie hinter ihr zu, dann begab er sich schwankend hinauf in sein Schlafzimmer.

Flush Barnet, der im Schatten einer Wäschemangel stand, hörte das Klicken der Schlösser und dann das Schnappen eines Riegels, als Mr. Marl sein Zimmer betrat.

Das Haus war still. Durch die dicke Tür von Marls Schlafzimmer drang kein Laut. Der einzige Beweis, daß jemand in dem Zimmer war, bestand in einem Lichtgitter an der Decke des Flures, das durch einen Ventilator in der Wand des Schlafzimmers verursacht wurde.

Während des Krieges war dieses Haus als Offiziersgenesungsheim genutzt worden, und man hätte gewisse hygienische Vorkehrungen treffen müssen, die mehr nützlich als schön waren.

Flush schlich leise auf Strümpfen zur Tür und lauschte. Er vermeinte den Mann mit sich selbst sprechen zu hören, und er suchte etwas, mit Hilfe dessen er in das Zimmer blicken könnte. Er fand einen kleinen eichenen Tisch auf dem Korridor, stellte ihn an die Wand und kletterte hinauf. Seine Augen erreichten die Höhe des Ventilators, und er sah auf Mr. Marl hinab, der in Hemdsärmeln den Raum durchschritt, offensichtlich erregt. Dann hörte Flush ein Geräusch. Nur ein schwaches Huschen von Füßen auf einem Teppich, er stieg hinunter, ging schnell den Korridor entlang, am Treppenabsatz vorbei.

Die Halle unten war dunkel, aber er fühlte – mehr als daß er sah –, daß eine Gestalt auf der Treppe war. Ob es ein Mann oder eine Frau war, konnte er nicht sagen, und er hielt auch nicht inne, um das herauszufinden. Es konnte einer von den Dienern sein, der heimlich zurückgekommen war – Diener blieben nicht immer weg, auch wenn man sie darum gebeten hatte. Flush zog sich bis zum hinteren Ende des Flurs zurück, um von einem Vorsprung in der Wand aus aufzupassen. Er sah jedoch niemanden am Treppenabsatz vorbeigehen. Nach einer Weile schlich er wieder zurück. Es würde nicht viel bringen, die Tür zu Marls Schlafzimmer mit Gewalt zu öffnen, selbst wenn es möglich wäre. Er hatte Zeit gehabt, das Haus in Muße zu untersuchen, und beschlossen, den kleinen Safe in der Bibliothek einer gründlicheren Durchsicht zu unterziehen, denn Mr. Marls eigenes Zimmer hatte sich als ein Reinfall erwiesen.

Die „Untersuchung", die zwei Stunden gedauert hatte und unter Verwendung der besten Werkzeuge dieser Profession durchgeführt worden war, hatte sich zwar nicht als unprofitabel erwiesen, aber die gewaltige Geldsumme, die ihm vorschwebte, hatte sie nicht erbracht. Er zögerte. Die Nacht war schon zu weit vorgeschritten, um es noch mit dem Schlafzimmer zu versuchen, selbst wenn er es noch nicht von Wand zu Wand durchsucht hätte. Er legte sein Werkzeug zusammen und steckte es in die eine Tasche, seine Beute in die andere. Dann ging er wieder nach oben. Aus Marls Zimmer kam kein Laut, aber das Licht war noch an. Er versuchte, durchs Schlüsselloch zu sehen, aber der Schlüssel steckte noch darin. Das einzige, was ihn noch verlockte, das Zimmer zu betreten, war die Möglichkeit, daß sich das Geld in Marls Kleidern befand. Es bestand jedoch nur eine geringe Wahrscheinlichkeit, Marl hatte es möglicherweise an einer sicheren Stelle hinterlegt – ein Umstand, den Barnet vorhergesehen hatte.

Er ging langsam die Treppe hinunter, durch die Halle und den Anrichteraum des Butlers bis zu der Seitentür, wo er seine Schuhe, seinen Mantel und seinen glänzenden Seidenhut gelassen hatte, denn er war in Abendgarderobe. Dann stahl er sich vorsichtig den überdachten Gang am Haus entlang. Von hier führte eine Tür in den kleinen Vorgarten von Marls Haus. Er erreichte den Garten und war gerade am Tor, als jemand ihn berührte und er sich herumdrehte.

„Sie suche ich, Flush", sagte eine wohlbekannte Stimme. „Inspektor Parr. Sie erinnern sich vielleicht an mich?"

„Parr!" keuchte der verdutzte Barnet, und fluchend riß er sich los und sprang durch das Tor, aber den drei Polizisten, die auf ihn warteten, konnte er nicht entgehen, und sie führten Flush Barnet, einen Mann voller Angst und Sorge, zum nächsten Polizeirevier.

In der Zwischenzeit ging Parr selbst auf die Suche. Begleitet von einem Detektiv, begab er sich bis zur Halle des Hauses und von dort nach oben.

„Das ist anscheinend der einzige Raum, in dem jemand ist", sagte er und klopfte an die Tür.

Es gab keine Reaktion.

„Versuchen Sie doch mal, ob Sie einen der Dienstboten wach kriegen."

Der Detektiv kam mit der überraschenden Nachricht zurück, daß kein Dienstbote im Hause war.

„Da ist jemand", sagte der alte Inspektor, und als er mit der Taschenlampe den Korridor ableuchtete, sah er den Tisch, und mit einer für sein Alter bemerkenswerten Agilität sprang er hinauf und spähte durch den Ventilator.

„Ich kann nur jemanden schlafen sehen. He! Aufwachen!" rief er, ohne daß er damit etwas erreichte.

Auch das Hämmern an die Tür blieb erfolglos.

„Gehen Sie runter und suchen Sie ein Beil, wir brechen die Tür auf, das gefällt mir nicht."

Ein Beil gab es nicht, aber sie fanden einen Hammer.

„Können Sie Licht machen, Mr. Parr?" fragte der Mann, und Parr leuchtete mit der Taschenlampe zur Tür. Es war eine weiße Tür – weiß mit Ausnahme des feuerroten Kreises, der ihr mit einem Gummistempel aufgedrückt worden war.

„Brechen Sie die Tür auf", sagte Parr, schwer atmend.

Fünf Minuten lang schlugen sie gegen die Türfüllung, bis sie endlich durch waren, aber der Schläfer drinnen gab kein Lebenszeichen von sich.

Parr langte mit der Hand durch die Tür, drehte den Schlüssel um, und sich etwas streckend, erreichte er den Riegel oben an der Tür. Er trat ins Zimmer. Das Licht brannte immer noch, es fiel auf den Mann, der ausgestreckt auf dem Bett lag, ein verzerrtes Lächeln im Gesicht, aller Wahrscheinlichkeit nach tot.

17

Der Blasenmacher

Es war lange nach Mitternacht. Derrick Yale saß in seinem hübschen kleinen Arbeitszimmer – er hatte eine Wohnung, die zum Park hinausging – als an der Tür geklopft wurde und er aufstand, um Inspektor Parr einzulassen.

Parr erzählte das Ereignis des Abends.

„Aber warum haben Sie mir nichts gesagt?“ fragte Derrick mit leichtem Tadel, dann lachte er. „Es tut mir leid, es scheint, als mische ich mich immer in Ihre Angelegenheiten. Aber wie konnte der Mörder entkommen? Sie sagen, Sie hatten das Haus zwei Stunden lang umstellt. Kam das Mädchen raus?“

„Ohne jeden Zweifel; sie kam raus und fuhr nach Hause.“

„Und es ging keiner weiter rein?“

„Das würde ich natürlich nicht beschwören“, sagte Parr. „Der Betreffende muß jedenfalls schon lange, bevor Marl aus dem Theater kam, im Haus gewesen sein. Ich habe dann festgestellt, daß es einen Ausgang durch die Garage auf der Rückseite des Hauses gibt. Wenn ich sagte, das Haus war umstellt, dann war das etwas übertrieben. Es gab noch einen Weg durch den hinteren Garten, den ich nicht kannte. Ich hatte gar nicht vermutet, daß dort Gärten sind. Zweifellos benutzte er die Garagentür.“

„Verdächtigen Sie eigentlich das Mädchen?“

Parr schüttelte den Kopf.

„Und warum haben Sie Marls Haus überhaupt umstellt?“ fragte Derrick Yale ernst.

Die Antwort war ebenso unerwartet wie sensationell:

„Weil Marl unter Polizeibeobachtung steht, seit er wieder in London ist. Genaugenommen, seitdem ich entdeckt habe, daß er derjenige war, der den Brief an Beardmore geschrieben hat, den Fetzen, den ich gefunden und vorige Woche mit seiner Schrift verglichen habe – ich bat ihn, mir die Adresse seines Schneiders aufzuschreiben.“

„Marl?“ fragte der andere ungläubig.

Inspektor Parr nickte.
„Ich weiß nicht, was es zwischen dem alten Beardmore und Marl gab oder was Marl veranlaßte, ihn zu besuchen. Ich habe versucht, die Szene zu rekonstruieren. Sie erinnern sich vielleicht, daß Marl plötzlich in Panik geriet."
„Ich erinnere mich." Yale nickte. „Jack Beardmore hat es mir erzählt. Na und?"
„Er wollte absolut nicht mehr in dem Haus bleiben, sagte, er würde zurück nach London fahren. In Wirklichkeit ist er nur bis nach Kingside gefahren, so etwa acht oder neun Meilen entfernt. Seine Tasche schickte er weiter nach London, und er selbst kam wieder zurück zu Beardmores Haus, benutzte aber die Straße. Wahrscheinlich hat ihn der Mörder in der betreffenden Nacht gesehen. Aber warum kam er zurück, wenn er doch zuerst solche Angst hatte, daß er weglief? Und warum schrieb er diesen Brief, um ihn in der Nacht abzugeben, wo er doch James Beardmore am Tag alles hätte erzählen können, als er bei ihm war?"
Es herrschte ein langes Schweigen.
„Wie wurde Marl getötet?" fragte Yale.
Der andere schüttelte den Kopf.
„Das ist ein Rätsel für mich. Der Mörder kann unmöglich in das Zimmer gelangt sein. Ich hatte eine Unterredung mit Flush Barnet – bis jetzt weiß er nichts von dem Mord –, er gibt zu, daß er in das Haus eingebrochen ist. Er sagt, er habe jemanden im Haus gehört und er habe sich daraufhin versteckt. Er sagt auch, er habe ein merkwürdiges Zischen gehört, wie Luft, die aus einem Rohr entweicht. Ein weiterer bemerkenswerter Hinweis war eine nasse runde Stelle auf dem Kopfkissen, ein paar Zentimeter von der Hand des Toten entfernt. Genau kreisrund. Zuerst dachte ich, es wäre ein Zeichen des Feuerroten Kreises, dann aber habe ich noch einen Fleck auf der Bettdecke entdeckt. Der Arzt hat die Todesursache nicht feststellen können, aber das Motiv ist klar. Seiner Bank zufolge – ich habe gerade mit Brabazon telefoniert – hat er gestern eine große Summe abgehoben. Brabazon hat sein Konto sogar aufgelöst. Sie hatten wegen irgendeiner Sache Streit. Den Safe hatte Flush Barnet natürlich aufgemacht, aber als er im Polizeirevier durchsucht wurde, hat man nichts bei ihm gefunden, nur einigen Krimskrams – ja, und wer hat das Geld genommen?"
Derrick Yale durchschritt das Zimmer, die Hände auf dem Rücken, das Kinn auf der Brust.
„Wissen Sie etwas über Brabazon?" fragte er.
Der andere antwortete nicht sofort.
„Nur daß er Bankier ist und viel mit dem Ausland zu tun hat."
„Ist er zahlungsfähig?" fragte Derrick Yale gezielt. Der Inspektor hob langsam seine trüben Augen, bis sie auf einer Höhe mit denen Yales waren.

„Nein“, sagte er, „und ich will Ihnen auch nicht verschweigen, daß wir bereits einige Beschwerden über seine Methoden bekommen haben.“

„Waren sie gut befreundet – Marl und Brabazon?“

„Ziemlich gut“, lautete die zögernd gegebene Antwort. „Aus den Berichten habe ich den Eindruck gewonnen, daß Marl Brabazon in der Hand hatte.“

„Und Brabazon war zahlungsunfähig“, sinnierte Derrick Yale. „Und heute nachmittag hat Marl sein Konto aufgelöst. Wie waren die näheren Umstände? Ist er zur Bank gegangen?“

Der Inspektor erklärte kurz, was sich ereignet hatte. Es gab offenbar kaum etwas in Brabazons Bank, worüber er nicht Bescheid wußte.

Derrick Yale bekam langsam Respekt vor diesem Mann, den er zuerst mit gutmütiger Verächtlichkeit für etwas dumm gehalten hatte.

„Ich weiß nicht, ob es möglich wäre, daß ich noch heute nacht in Marls Haus gehe?“

„Ich bin gekommen, um das vorzuschlagen“, sagte der andere. „Ich habe sogar schon einen Wagen vor der Tür warten lassen.“

Derrick Yale sprach während der Fahrt nach Bayswater nicht, erst als er in der Halle des Hauses in Marisburg Place stand, brach er das Schweigen. „Wir müßten eigentlich irgendwo einen kleinen Stahlzylinder finden“, sagte er langsam.

Der Polizist, der in der Halle Wache stand, kam heran und salutierte vor dem Inspektor.

„Wir haben in der Garage eine Flasche aus Eisen gefunden, Sir“, sagte er.

„Ah!“ rief Derrick Yale triumphierend. „Das habe ich mir doch gedacht!“

Er rannte fast die Treppen hoch, dem Detektiv bis zum Flur vorauseilend, der jetzt erleuchtet war. Der kleine eichene Tisch stand am Ventilator, und auf den ging er jetzt zu. Dann kniete er sich hin und roch am Teppich. Sofort fing er an zu husten und zu würgen und war ganz rot im Gesicht, als er aufstand.

„Zeigen Sie mir die Stahlflasche“, sagte er.

Man brachte sie ihm. Es war eine Flasche aus Eisen, an deren Ende sich ein kleines Rohr mit einer winzigen Drehscheibe befand.

„Und nun müßte noch irgendwo ein Becher sein“, sagte er, sich umsehend, „es sei denn, er hat es in einer Flasche gebracht.“

„Eine kleine Glasflasche lag in der Garage daneben, Sir“, sagte der Polizist, der sie gefunden hatte, „sie ist aber zerbrochen.“

„Bringen Sie sie mir schnell“, sagte Yale. „Ich kann nur hoffen, daß sie nicht ganz und gar kaputt ist und nichts mehr von ihrem Inhalt übrig.“

Der beleibte Mr. Parr beobachtete ihn mit düsterem Blick. „Was soll das alles?“ fragte er, und Derrick Yale lachte leise in sich hinein.

„Eine neue Methode, einen Mord zu begehen, mein lieber Mr. Parr", sagte er leichthin. „Jetzt gehen wir mal ins Zimmer."

Die Leiche Marls lag auf dem Bett, mit einem Laken zugedeckt. Der runde feuchte Fleck auf dem Kopfkissen war noch nicht getrocknet. Die Fenster standen offen, und ein böiger Wind ließ die Vorhänge flattern.

„Natürlich ist es hier nichts zu riechen", sagte er zu sich selbst. Wieder ging er auf die Knie und roch am Teppich. Wieder hustete er und erhob sich eilig.

Inzwischen war der Polizist mit dem unteren Teil einer Glasflasche zurückgekommen. Ein paar Tropfen einer Flüssigkeit waren noch enthalten, diese schüttete Yale in seine Hand.

„Seife und Wasser", sagte er. „Das habe ich mir gedacht. Und jetzt will ich Ihnen erklären, wie Marl getötet wurde. Ihr Einbrecher, Flush Barnet, hörte ein zischendes Geräusch. Das war das Geräusch von schwerem Gas, das aus diesem zylindrischen Behälter entwich. Ich mag mich irren, aber ich glaube, daß genügend Giftgas in dieser kleinen Flasche ist, um Sie und mich ins Jenseits zu befördern. Es befindet sich übrigens immer noch etwas auf dem Fußboden, es handelt sich um ein schweres Gas, das nach unten fällt."

„Aber wie hat es Marl umgebracht? Hat man es durch das Gitter zu seinem Kopf gepumpt?"

Derrick Yale schüttelte den Kopf.

„Es ist eine ganz einfache und garantiert tödliche Methode, die der Feuerrote Kreis hier angewendet hat", sagte er ruhig. „Man hat Blasen gemacht."

„Blasen!"

Derrick Yale nickte.

„Das Ende dieses Zylinders – man kann immer noch die schmierige Seife fühlen – wurde erst in die Seifenlösung eingetaucht und dann durch das Gitter geschoben. Der Hahn wurde dann nach unten gedreht, und es bildete sich eine Blase, die vom Ventilator abgeschüttelt wurde." Er rannte aus dem Zimmer und sprang auf den Tisch. „Ja, das dachte ich mir", sagte er, „er konnte Marls Kopf sehen. Zwei oder drei Blasen müssen danebengegangen sein. Eine fiel auf das Kopfkissen, aber ich glaube, das war schon nach seinem Tod, eine ging an die Wand, Sie werden die nasse Stelle finden, aber eine, vielleicht auch mehrere, zerplatzten auf seinem Gesicht. Er muß fast auf der Stelle tot gewesen sein."

Parr konnte nur staunen.

„Ich habe mir das alles auf dem Weg hierher überlegt. Der kreisrunde Fleck auf dem Kopfkissen erinnerte mich an meine eigenen Heldentaten, die ich als Junge vollbracht habe, und welche schreckliche Wirkung es hatte, wenn ich im Schlafzimmer Seifenblasen veranstaltete. Und als Sie den Ventilator und das zischende Geräusch erwähnten, war ich absolut sicher, daß meine Theorie stimmt."

„Aber wir haben kein Gas gerochen, als wir ins Zimmer kamen", sagte Parr.

„Der Wind hat die Dünste vielleicht weggeblasen", sagte Derrick Yale. „Aber abgesehen davon, drückt das Gewicht des Gases dieses zur Erde, wo es sich dank seiner Dichte gleichmäßig über den Fußboden verteilt — sehen Sie!" Er zündete ein Streichholz an und hielt es über den Fußboden. Ein paar Zentimeter über dem Teppich ging es plötzlich aus.

„Ich sehe", sagte Inspektor Parr.

„Wie ist es mit einer Durchsuchung? Vielleicht kann ich mich nützlich machen?" schlug Yale vor, aber sein Hilfsangebot fand keine sehr dankbare Aufnahme.

Die kleine Gruppe der Polizisten, die voller Ehrfurcht zugehört hatte, als Yale seine Theorie entwickelte, konnte sich in den Inspektor hineinversetzen. Offensichtlich auch Yale, denn mit einem gutmütigen Lachen empfahl er sich und ging nach Hause.

Es gibt Augenblicke, da sollte man die Vertreter des Polizeihauptquartiers mit ihren Gefühlen allein lassen. Niemand wußte das besser als Yale.

18

Flush Barnets Geschichte

Nach einer weiteren Durchsuchung machte sich Inspektor Parr auf den Weg zur nächsten Polizeistation, um Mr. Flush Barnet zu befragen. Flush, ein niedergeschlagener und müder Mann, konnte keine aufklärenden Informationen geben.

Der Erlös seines Raubzuges lag auf dem Tisch des Polizeiwachtmeisters, eine Sammlung von Ringen und Uhren, eine gänzlich wertlose Banknote — wertlos jedenfalls für Flush — sowie eine Silberflasche. Aber der überraschendste Umstand war, daß man in Barnets Tasche zwei funkelnagelneue Hundertpfundnoten fand, von denen er stur und steif behauptete, es wären seine eigenen.

Nun sind Einbrecher — und besonders der Typ, den Flush Barnet darstellte — von geradezu notorischem Leichtsinn. Sie arbeiten nicht, wenn sie Geld in den Händen haben, und im Besitz von zweihundert Pfund hätte Flush Barnet mit Sicherheit nicht versucht, in Marisburg Place einzubrechen.

„Es sind meine, wie ich Ihnen sage, Mr. Parr", protestierte er, „denken Sie, ich würde lügen?"

„Ja, natürlich", sagte Inspektor Parr ohne Erregung. „Wenn es deine sind, wo hast du sie dann her?"

„Von einem Freund."

„Warum hast du in der Bibliothek Feuer gemacht?" fragte Parr unerwartet, und Flush fuhr zusammen.

„Weil mir kalt war", sagte er nach einer Pause.

„Hm", machte Parr, und dann, als würde er seine Gedanken laut entwickeln, sagte er: „Er hat zweihundert Pfund, er bricht in ein Haus ein, er raubt einen Safe aus und macht sich ein Feuer. Warum das Feuer? Um etwas zu verbrennen, was er im Safe gefunden hat!"

Flush Barnet hörte zu, ohne einen Kommentar zu geben, aber er fühlte sich ganz offensichtlich bedrängt.

„Dafür ", sagte Parr, „wurdest du bezahlt – um in das Haus einzubrechen, du hast die zweihundert dafür bekommen, daß du etwas aus dem Safe holst und es gleich verbrennst. Hab ich recht?"

„Wenn ich jetzt sterbe ...", begann Flush Barnet.

„Geht's ab in die Hölle", sagte der Inspektor ungerührt, „wo alle Lügner hinkommen. Wo ist deine Freundin, Barnet? Es wär besser, du sagst es mir, ich bin mir nämlich noch nicht schlüssig, ob ich dich wegen Mordes anklagen soll ..."

„Mord!" kreischte Flush Barnet nahezu, als er aufsprang. „Was wollen Sie damit sagen? Ich habe keinen Mord begangen!"

„Marl ist tot, und das ist alles; er wurde tot in seinem Bett gefunden."

Er ließ den Gefangenen in einem Zustand geistiger Erschöpfung zurück, und als er am nächsten Morgen in aller Frühe wiederkam, um mit seiner Befragung von neuem zu beginnen, erzählte Flush Barnet ihm alles.

„Ich weiß nichts über feuerrote Kreise, Mr. Parr, das ist die Wahrheit." Er fügte noch einen frommen Wunsch hinzu derart, daß die Vorsehung ihn hart treffen sollte, wenn er von der Wahrheit abirrte.

„Ich verkehre mit einer jungen Dame aus Brabazons Bank. Eines Abends – sie hatte länger gearbeitet – habe ich auf sie gewartet, als ein Herr aus dem Seiteneingang der Bank trat und mich rief. Ich war überrascht, meinen Namen zu hören, und ich wäre fast tot umgefallen, als ich sein Gesicht sah."

„Es war Mr. Brabazon?" vermutete Parr.

„Stimmt, Sir. Ich sollte in sein Büro kommen. Ich dachte, er hätte was gegen Milly."

„Mach weiter", sagte Parr, als Flush eine Pause machte.

„Ich muß mich ja retten, nicht. Und da ist's wohl besser, wenn ich die ganze Wahrheit erzähle. Er hat mir gesagt, daß Marl ihn erpreßt und daß Marl von ihm ein paar Briefe hätte, die er in seinem privaten Safe aufbewahrt, und dann hat er mir Tausend angeboten, wenn ich sie beschaffen würde. Das ist die Wahrheit. Und dann hat er noch angedeutet, daß Marl eine Menge Geld zu Hause hätte. Er hat es nicht so direkt gesagt, aber angedeutet hat er's. Er wußte, daß ich schon mal wegen Einbruchs gesessen habe – er hatte Nachforschungen über mich angestellt –, und sagte, daß ich genau der richtige Mann wäre. Na ja, Sir, da bin ich mal vorbeigegangen und hab mir die Sache angesehen, und es sah ganz so aus, als würde es ein bißchen schwierig werden. Es waren immer männliche Bedienstete im Haus, außer wenn Mr. Marl Damen zum Abendessen eingeladen hatte." Er grinste. „Ich hätte den Job aufgegeben, aber da ist eine junge Dame im Büro, auf die Marl scharf war."

„Thalia Drummond?"

„Ja, Sir." Flush nickte. „Es war, wie man so sagen könnte, ein Akt der Vorsehung, daß er hinter ihr her war, und als ich mitkriegte, daß er sie zum Dinner eingeladen hatte, dachte ich mir, das wäre doch eine günstige Gelegenheit, um ins Haus zu kommen. Und dann hätte ich noch Geld umsonst gehabt. Ich wußte nämlich, daß er sein ganzes Geld abgehoben hatte. Also, ich mache den Safe auf – das war leicht –, ich finde den Brief, aber keine Papiere, nur 'ne Fotografie drin mit 'nem Mann und 'ner Frau drauf auf 'nem Felsen. Ich glaube, die Fotografie war von irgendwo im Ausland, im Hintergrund waren nämlich 'ne Menge Berge zu sehen, und es sah so aus, als würde er sie runterschubsen und sie sich an 'nem Stückchen Baum festhalten. Vielleicht war es so ein Filmfoto. Jedenfalls habe ich es verbrannt."

„Aha", sagte Inspektor Parr. „Und das ist alles?"

„Das ist alles, Sir. Ich habe nirgends Geld gefunden."

Um sieben Uhr stattete Inspektor Parr mit einem Haftbefehl in der Tasche und begleitet von zwei Detektiven, dem Häuserblock, in dem Brabazon seinen Wohnsitz hatte, einen Besuch ab.

Ein Dienstbote im Nachtgewand öffnete ihnen und führte sie in das Zimmer des Bankiers. Die Tür war verschlossen, aber Parr stieß sie mühelos auf. Das Zimmer war jedoch leer. Ein offenes Fenster und ein erloschenes Feuer ließen vermuten, auf welche Weise sich der bedeutende Bankier aus dem Staub gemacht hatte, und die Tatsache, daß das Bett noch unberührt war und daß es keine Zeichen von Unordnung im Zimmer gab, machte deutlich, daß er schon Stunden vor Eintreffen des Inspektors gegangen war.

Neben dem Bett stand ein Telefon, und Parr rief das Amt an. „Können Sie herausfinden, ob diese Nacht ein Anruf an diese Nummer hier ging? Ich bin Inspektor Parr, Polizeihauptquartier."

„Zwei", war die Antwort. „Ich habe die Verbindung selber hergestellt. Ein Anruf kam von Bayswater . . ."

„Das war ich selbst", sagte der Inspektor. „Und der andere?"

„Kam vom Western Exchange . . ., um zwei Uhr dreißig."

„Danke", sagte der Inspektor hart und legte auf. Er sah seine Begleiter an und rubbelte sich gereizt seine große Nase.

„Thalia Drummond wird einen anderen Job kriegen", sagte er.

19

Thalia nimmt ein Angebot an

Es dauerte über eine Woche, bis die Untersuchungen zu Brabazons Konkurs erledigt waren, und als diese Zeit vorüber war, verließ Thalia Drummond mit einem Wochengehalt in ihrer kleinen Ledertasche und ohne Aussichten auf eine Anstellung die Bank.

Inspektor Parr hatte sich nicht bemüht, etwas zu beschönigen, als er sich vor einem beeindruckten Publikum an sie wandte: „Nur die Tatsache, daß ich Sie aus Marls Haus habe herauskommen sehen und daß er die Tür hinter Ihnen zumachte, rettet Sie vor einer schweren Anklage."

„Wenn sie mir auch eine Moralpredigt erspart hätte, wär ich sehr erfreut", erwiderte Thalia kühl.

„Was halten Sie von der?" fragte Parr, als das Mädchen durch die Schwingtür des Büros verschwand.

„Sie gibt mir eigentlich Rätsel auf." Es war Derrick Yale, an den er seine Frage gerichtet hatte. „Und je mehr ich über sie nachdenke, desto rätselhafter erscheint sie mir. Die Macroy sagt, sie habe sich, solange sie bei der Bank war, mit kleinen Diebereien abgegeben, aber es gibt keinen Beweis dafür. Wirklich, der einzige, der einen Beweis erbringen könnte, ist unser abwesender Freund Brabazon. Warum ziehen Sie sie nicht als Zeugin im Fall Barnet heran?"

„Das würde auf Aussage gegen Aussage hinauslaufen", sagte der Inspektor, den Kopf schüttelnd, „und die Sache gegen Barnet war so klar, daß ich keinen weiteren Beweis als meine eigenen Augen brauchte."

Yale runzelte nachdenklich die Stirn.

„Ich frage mich ...", sagte er mehr zu sich selbst.

„Was fragen Sie sich?"

„Ich frage mich, ob dieses Mädchen uns mehr Informationen über den Feuerroten Kreis geben kann, als wir im Moment haben. Ich bin fast geneigt, sie anzustellen."

Parr murmelte etwas vor sich hin.

„Ich weiß, Sie halten mich für verrückt, aber in Wirklichkeit liegt Methode in meiner Verrücktheit. Aus meinem Büro kann nichts gestohlen werden. Ich könnte ständig ein Auge auf sie haben, und wenn sie in Verbindung zum Kreis stünde, würde ich sicherlich alles herausbekommen."

„Warum haben Sie ihr die Hand geschüttelt?" fragte Parr neugierig, und der andere lachte.

„Weil sie mich interessiert. Ich wollte einen Eindruck bekommen, und der Eindruck, den ich hatte, war der einer dunklen, unheilvollen Kraft hinter ihrem Leben. Das Mädchen arbeitet nicht aus eigenem Antrieb. Sie hat hinter sich ..."

„Den Feuerroten Kreis?“ meinte Parr, und in seinem Tonfall war ein Anflug von Verächtlichkeit.

„Sehr wahrscheinlich“, sagte der andere ernst. „Ich werde mich jedenfalls mit ihr treffen.“

Er besuchte Thalia an jenem Nachmittag in ihrer Wohnung. Ihr Dienstmädchen führte ihn in das hübsche Wohnzimmer. Eine Minute später kam Thalia herein, in ihren schönen Augen war ein Lächeln wahrzunehmen, als sie ihren Besucher erkannte.

„Nun, Mr. Yale, sind Sie gekommen, um mich zu warnen?“

„Nicht direkt.“ Yale lachte. „Ich will Ihnen einen Job anbieten.“

Sie zog ihre Augenbrauen hoch. „Wollen Sie eine Assistentin“, fragte sie ironisch, „nach dem Motto, einen Dieb fängt man nur mit einem Dieb. Oder haben Sie die Vorstellung, mich umzuerziehen? Verschiedene Leute wollen mich umerziehen“, sagte sie.

Sie setzte sich auf den Klavierhocker, die Hände auf dem Rücken, und er wußte, daß sie sich über ihn lustig machte.

„Warum stehlen Sie, Miß Drummond?“

„Weil es meine Natur ist“, antwortete sie, ohne zu zögern. „Warum sollte Kleptomanie nur auf die herrschende Klasse beschränkt sein?“

„Verschafft es Ihnen irgendeine Befriedigung?“ fragte er. „Ich frage nicht aus purer Neugier, sondern als jemand, der den Menschen studiert.“

Sie wies mit ihrer Hand auf ihre Wohnung. „Ich habe die Befriedigung, ein sehr schönes Heim zu haben. Ich habe ein gutes Dienstmädchen, und ich werde wahrscheinlich nicht Hungers sterben. Das alles befriedigt mich außerordentlich. Jetzt erzählen Sie mir etwas über den Job, Mr. Yale. Wollen Sie mich als Polizistin?“

„Nicht direkt.“ Er lächelte. „Aber ich möchte eine Sekretärin, jemanden, auf den ich mich verlassen kann. Meine Arbeit nimmt enorm zu, und ich habe so viel Korrespondenz, daß ich es nicht mehr schaffen kann. Ich muß noch hinzufügen, daß es in meinem Büro wenig Gelegenheit gibt, Ihr Lieblingslaster auszuüben“, antwortete er gutgelaunt. „Und außerdem würde ich dieses Risiko sowieso auf mich nehmen.“

Sie dachte einen Augenblick nach, wobei sie ihn fest ansah.

„Wenn Sie bereit sind, das Risiko auf sich zu nehmen, so bin ich es auch“, sagte sie schließlich. „Wo ist Ihr Büro?“

Er gab ihr die Adresse.

„Ich bin morgen früh um zehn Uhr bei Ihnen. Schließen Sie Ihr Scheckheft ein, und räumen Sie alles Kleingeld weg.“

Ein bemerkenswertes Mädchen, dachte er, als er zurück in die Stadt ging. Er hatte die reine Wahrheit gesagt, als er Parr gegenüber zugab, daß sie ihn verwirrte, und das, obwohl er bereits mit jeder Art Krimineller zu tun gehabt hatte und von Verbrecherpsychologie wahrscheinlich mehr verstand als Parr mit all seiner Erfahrung. Seine Gedanken wanderten zu Parr, diesem Unglücklichen, der, wie er bereits wußte, in Ungnade gefallen war. Wie lange würde das Polizeihauptquartier ihn noch dulden, nachdem es ihm auch das drittemal mißlungen war, mit dem Feuerroten Kreis fertig zu werden, fragte er sich.

Mr. Parrs Gedanken gingen in dieser Nacht die gleichen Wege. Eine kurze offizielle Notiz hatte ihn bei seiner Ankunft im Hauptquartier erwartet — er las sie mit kummervoller Miene. Schlimmeres würde folgen, vermutete er, und er hatte guten Grund für solche Befürchtungen.

Am nächsten Morgen wurde er in das Haus von Mr. Froyant gerufen. Derrick Yale war bereits dort. Trotz ihrer guten Beziehung zueinander hatte sich die Jagd nach dem Feuerroten Kreis zu einem Duell zwischen diesen beiden seltsam verschiedenen Menschen entwickelt. Es war ein offenes Geheimnis in der Zeitungswelt, daß der drohende Ruin Parrs weniger die Folge der nicht unter Kontrolle gebrachten Verbrechen des Feuerroten Kreises war als vielmehr des übermenschlichen Glanzes seines inoffiziellen Rivalen. Um Yale Gerechtigkeit widerfahren zu lassen, muß man sagen, daß er sein Bestes tat, um diese Ansicht aufzuweichen, aber sie hielt sich.

Froyant hatte ungeachtet seines Geizes und der hohen Forderungen Yales den Privatdetektiv unmittelbar, nachdem er die Warnung bekommen hatte, in seine Dienste genommen. Sein Vertrauen in die Polizei war geschwunden, und er gab sich keine Mühe, sein Mißtrauen zu verbergen.

„Mr. Froyant hat sich entschieden zu zahlen", waren die Worte, mit denen der Inspektor begrüßt wurde.

„Natürlich werde ich zahlen!" platzte Froyant hervor.

Er war in den letzten Tagen um zehn Jahre gealtert, stellte Parr fest; sein Gesicht war blasser und schmaler, und er schien in sich zusammengesunken zu sein.

„Wenn die Polizei es zuläßt, daß diese heimtückische Organisation ehrbare Bürger bedroht, und nicht einmal ihr Leben schützen kann, was bleibt da anderes übrig, als zu zahlen? Mein Freund Pindle hatte eine ähnliche Drohung erhalten und hat gezahlt. Ich kann diesen Druck nicht länger ertragen." Er lief in der Bibliothek auf und ab wie ein Geistesgestörter.

„Mr. Froyant wird zahlen", sagte Derrick Yale langsam. „Aber dieses Mal war der Feuerrote Kreis ein bißchen zu kühn, glaube ich."

„Was meinen Sie?" fragte Parr.

„Haben Sie mal den Brief da, Sir?" Froyant zog wütend ein Schubfach auf und schleuderte die Karte mit dem vertrauten Zeichen auf die Schreibplatte.

„Wann ist das gekommen?" fragte Parr, während er die Karte mit dem feuerroten Kreis aufnahm.

„Heute mit der Morgenpost."

Parr las die im Kreis geschriebenen Worte:

Wir kommen wegen des Geldes Freitag nachmittag um 15.30 Uhr in das Büro von Mr. Derrick Yale. Die Banknoten dürfen nicht fortlaufend numeriert sein. Wenn das Geld nicht da ist, sterben Sie in derselben Nacht.

Dreimal las der Inspektor die Nachricht, dann seufzte er.

„Das vereinfacht die Sache natürlich. Selbstverständlich werden sie nicht kommen ..."

„Ich glaube doch", sagte Yale leise; „aber ich werde auf sie vorbereitet sein, und ich hätte Sie gern dabei, Mr. Parr."

„Das ist doch ganz klar", sagte der Inspektor phlegmatisch, „daß ich dasein werde. Aber ich glaube nicht, daß sie kommen."

„Ich bin nicht Ihrer Meinung. Wer immer die Hauptfigur des Feuerroten Kreises ist, ihm oder ihr mangelt es jedenfalls nicht an Mut. Und übrigens", er senkte seine Stimme, „werden Sie eine alte Bekannte in meinem Büro finden."

Parr blickte den Detektiv kurz und mißtrauisch an, wobei er bemerkte, daß dieser sich im stillen amüsierte.

„Drummond?"

Yale nickte.

„Sie arbeitet bei Ihnen?"

„Sie interessiert mich wirklich sehr, und vor allem bilde ich mir ein, sie wird mir bei der Lösung dieses Geheimnisses eine echte Hilfe sein."

In dem Augenblick kam Froyant wieder herein, und man wechselte taktvoll das Thema.

20

Der Schlüssel vom Haus am Fluß

Es war vereinbart worden, daß Froyant an dem betreffenden Donnerstagmorgen das erforderliche Geld von seiner Bank abheben sollte, daß Yale es abholen würde und dann gemeinsam mit Parr in seinem Büro die notwendigen Vorbereitungen für den Empfang des Besuches treffen sollte.

Mr. Parrs Weg zur Polizei führte ihn an dem großen Haus vorbei, in dem Jack Beardmore allein lebte.

Die Ereignisse der letzten Wochen hatten eine ungewöhnliche Veränderung in dem jungen Mann hervorgerufen. Aus einem Jungen war plötzlich ein ausgeglichener, vernünftiger Mann geworden. Er hatte enorm viel Geld geerbt, aber gleichzeitig damit hatte er die bedeutendste Antriebskraft seines Lebens verloren. Er wurde die Erinnerung an Thalia Drummond nicht los; er hatte ihr Gesicht vor sich, ob er schlief oder wachte, und obwohl er sich selbst einen Narren schimpfte und die ganze Sache logisch durchdenken konnte, schwanden alle seine Vernunftgründe vor dem Bild, das er in seinem Herzen trug.

Zwischen Inspektor Parr und ihm hatte sich eine merkwürdige Freundschaft entwickelt. Es hatte eine Zeit gegeben, da er den untersetzten kleinen Mann fast gehaßt hatte, aber sein Verstand hatte ihm gesagt, daß Gefühle, wie stark sie auch sein eigenes Leben und die Richtung seines Handelns beeinflußten, in dem moralischen Rüstzeug eines Polizeibeamten keinen Platz hatten.

Der Inspektor blieb vor der Tür des Hauses stehen, und einem Impuls gehorchend, ging er die Treppe hinauf und klingelte. Der Bediente, der ihn einließ, war nur einer von einem Dutzend Dienstboten, die die Leere des Hauses noch unterstrichen.

Jack war im Eßzimmer und tat so, als hätte er Appetit auf ein spätes Frühstück.

„Kommen Sie rein, Mr. Parr", sagte er, sich erhebend. „Ich nehme an, Sie haben schon vor Stunden gefrühstückt. Gibt es etwas Neues?"

„Nichts, nur daß Mr. Froyant beschlossen hat zu zahlen."

„Das war klar", sagte Jack verächtlich, und dann lachte er, zum erstenmal nach langer Zeit. „Ich möchte nicht der Rote oder Feuerrote Kreis sein, oder wie immer er sich nennt."

„Warum nicht?" fragte Mr. Parr leicht belustigt, aber er konnte die Antwort eigentlich erraten.

„Mein armer Vater sagte immer, daß Froyant wegen jeden Hellers in Wut geriet, den man ihm nahm, und nicht eher ruhte, bis er ihn zurück hatte. Wenn Harveys Angst und Schrecken vorüber sind, dann wird er sich den Feuerroten Kreis vorknöpfen und nicht eher von ihm lassen, bis jeder Schein, den er an ihn gezahlt hat, zurückerstattet ist."

„Durchaus wahrscheinlich", stimmte der Inspektor zu, „aber noch haben sie das Geld nicht."

Er erzählte Jack den Inhalt des Briefes, den Froyant am Morgen erhalten hatte, und sein junger Gastgeber schien sichtlich erstaunt.

„Die riskieren eine Menge, finden Sie nicht? Es muß schon ein ganz Cleverer sein, der Derrick Yale schafft."

„Das denke ich auch", sagte der Inspektor, während er seine Beine bequem übereinanderschlug. „Ich muß meinen Hut ziehen vor Yale. Es gibt doch Dinge an ihm, die ich mächtig bewundere."

„Seine psychometrischen Kräfte zum Beispiel." Jack lächelte, aber der Inspektor schüttelte den Kopf.

„Ich weiß darüber nicht genug, um sie bewundern zu können. Sie erscheinen mir unheimlich, aber ich kann sie in einer bestimmten Weise wiederum auch verstehen. Nein, ich denke da an andere Qualitäten von ihm." Er war plötzlich still, und Jack spürte seine Niedergeschlagenheit.

„Sie haben es jetzt ziemlich schwer im Hauptquartier, nicht wahr? Es ist kaum anzunehmen, daß man über die Unantastbarkeit des Kreises besonders erfreut ist."

Parr nickte. „Ich bin im Moment nicht gerade auf Rosen gebettet", gab er zu. „Aber das macht mir keine Sorgen." Er sah Jack fest an. „Übrigens, Ihre junge Freundin hat einen neuen Job." Jack fuhr hoch.

„Meine junge Freundin?" stammelte er. „Sie meinen Miß ..."

„Miß Drummond meine ich. Derrick Yale hat sie eingestellt", sagte er und schmunzelte über Jacks Verblüffung.

„Thalia Drummond eingestellt? Sie scherzen!"

„Ich dachte auch, er macht Spaß, als er so etwas andeutete. Ist schon ein komischer Vogel, dieser Yale."

„Er gehörte ins Hauptquartier, das denken viele Leute", sagte Jack und war sich des Schnitzers bewußt, noch ehe die Worte heraus waren.

Aber wenn Parr sich verletzt fühlte, so zeigte er es zumindest nicht. „Man nimmt keine Leute von außerhalb", sagte er mit einem Lächeln, und der Inspektor lächelte selten. „Sonst hätten wir Sie nehmen sollen, Mr. Beardmore! Nein, unser Freund ist klug. Aber Sie nehmen ja wohl nicht an, ein Mann des Hauptquartiers würde zugeben, daß ein Detektiv aus ‚Liebhaberei', wie wir das nennen, etwas anderes als ein störender Dummkopf sein kann. Dennoch, Yale ist clever."

Sie waren beide zum Fenster geschlendert und sahen auf die ruhige Straße, in der Beardmores Haus stand.

„Ist das nicht Miß Drummond?" fragte Jack plötzlich.

Parr hatte sie schon gesehen. Sie lief langsam die andere Straßenseite entlang und sah auf die Hausnummern. In dem Moment überquerte sie die Straße.

„Sie kommt hierher", brachte Jack hervor. „Ich möchte wissen, was ..." Er nahm sich nicht die Zeit, zu Ende zu sprechen, sondern stürmte aus dem Zimmer und öffnete ihr die Eingangstür, als ihr Finger gerade den Klingelknopf berührte.

„Das ist aber schön, Sie zu sehen, Thalia", sagte er, indem er herzlich ihre Hand ergriff. „Wollen Sie nicht hereinkommen? Ein alter Bekannter von Ihnen sitzt im Eßzimmer."

Sie hob ihre Augenbrauen.

„Etwa Mr. Parr?"

„Sie können ausgezeichnet raten." Er lachte, als er die Tür hinter ihr schloß. „Wollten Sie mich allein sprechen?" fragte er plötzlich.

„Nein; ich habe nur eine Nachricht für Sie von Mr. Yale. Er möchte gern den Schlüssel zu Ihrem Haus am Fluß haben."

Inzwischen waren sie im Eßzimmer angelangt, und das Mädchen nickte dem ausdruckslos blickenden Mr. Parr knapp zu.

Sie mag meinen Freund Mr. Parr nicht, dachte Jack.

Er erklärte den Grund des Besuchs.

„Mein armer Vater besaß am Flußufer ein vernachlässigtes Anwesen.

Es ist jahrelang nicht vermietet worden, und die Gutachter sagen, eine Reparatur wird etwa genausoviel kosten, wie es jetzt an Wert besitzt. Aus irgendeinem Grund glaubt Yale, daß Brabazon es als Versteck benutzt. Es war eine Zeit in seinen Händen, als er versuchte, es zu verkaufen. Er hat sich um einen Teil des Besitzes meines Vaters gekümmert. Aber ist es denn überhaupt wahrscheinlich, daß er dort ist?

Mr. Parr schürzte seine kräftigen Lippen und blinzelte nachdenklich.

„Das einzige, was ich über ihn weiß, ist, daß er noch nicht das Land verlassen hat“, sagte er schließlich. „Ich kann mir nicht denken, daß er in ein Haus gehen würde, von dem er weiß, daß es durchsucht werden wird.“ Er starrte abwesend auf Thalia. „Immerhin könnte es sein“, überlegte er. „Ich nehme an, er hat einen Schlüssel? Was ist es eigentlich, ein Haus?“

„Es ist zur Hälfte ein Haus und zur Hälfte ein Lager. Ich habe es nie gesehen, aber ich glaube, es ist so ein Gebäude, wie sie vor zweihundert Jahren von Kaufleuten bevorzugt wurden, als man noch an derselben Stelle wohnte, wo man sein Geschäft hatte.“

Er schloß seinen Schreibtisch auf und zog ein Schubfach voll mit Schlüsseln hervor, jeder einzelne mit einem Anhänger versehen.

„Das ist er, glaube ich, Miß Drummond“, sagte er und händigte ihr den Schlüssel aus. „Wie gefällt Ihnen Ihre neue Arbeit?“ Es erforderte einigen Mut, die Frage zu stellen, denn ihre Gegenwart ließ ihn vor Ehrfurcht erstarren.

Thalia lächelte leicht.

„Sie ist unterhaltsam, ohne in irgendeiner Weise eine Versuchung darzustellen! Ich kann Ihnen noch nicht viel erzählen, weil ich erst heute morgen angefangen habe.“ Sie wandte sich an den Inspektor. „Nein, ich werde Ihnen keinen Ärger mehr machen, Mr. Parr. Das einzige wertvolle Stück in dem Büro ist ein silberner Briefbeschwerer – ich brauche nicht einmal die Briefe abzuschicken“, setzte sie spöttisch hinzu. „Das Büro ist nach amerikanischem Muster gebaut, und da ist eine kleine Rutsche in Mr. Yales Büro, auf der die Briefe direkt in den Kasten unten in der Halle fallen. Das ist sehr enttäuschend!“

Obwohl sie sich ernst gab, tanzten ihre Augen vor Fröhlichkeit.

„Sie sind eine seltsame Frau, Thalia Drummond“, sagte Parr, „und dennoch glaube ich, daß in Ihnen ein guter Kern steckt.“

Die Bemerkung schien sie grenzenlos zu amüsieren. Sie lachte, bis sie Tränen in den Augen hatte, und Jack lächelte aus Sympathie mit.

Parr allerdings zeigte keinerlei Anzeichen von Belustigung.

„Seien Sie vorsichtig“, sagte er, und es klang unheilvoll. Das Lächeln verschwand von ihren Lippen.

„Sie können sicher sein, daß ich sehr vorsichtig bin, Mr. Parr“, sagte sie „und wenn ich irgendwie in Schwierigkeiten sein sollte, können Sie gewiß sein, daß ich sofort nach Ihnen schicken werde!“

„Das will ich hoffen, dennoch, ich habe meine Zweifel.“

21

Das Haus am Fluß

Thalia ging zurück ins Büro und fand Derrick Yale in seinem Zimmer, mit einem Berg unerledigter Korrespondenz beschäftigt.

„Ist das der Schlüssel? – Danke. Legen Sie ihn dorthin. Sie werden wohl die meisten Briefe selber beantworten müssen. Viele sind von einfältigen jungen Leuten, die als Privatdetektive ausgebildet werden möchten. Sie werden schon eine passende Erwiderung finden, Sie können sie auch selber unterzeichnen. Und teilen Sie dieser Dame mit", dabei reichte er ihr einen Brief herüber, „daß ich im Moment so beschäftigt bin, daß ich keinen Auftrag annehmen kann."

Er nahm den Schlüssel vom Tisch und hielt ihn eine Sekunde lang in der Hand.

„Sie haben Mr. Parr gesehen?"

Sie lachte.

„Sie können einem wirklich angst machen, Mr. Yale. Ich habe Mr. Parr tatsächlich gesehen. Aber woher wissen Sie das?"

Er schüttelte lächelnd den Kopf.

„Es ist wirklich sehr einfach, und ich dürfte eigentlich für meine Gabe keinen Ruhm beanspruchen, jedenfalls nicht mehr als Sie für Ihr gutes Aussehen und Ihre Veranlagung – nun, wie soll ich sagen –, die Dinge zu nehmen, wie Sie sie finden?"

Sie gab nicht sofort eine Antwort, dann aber: „Ich bin eine Gebesserte."

„Ich glaube, Sie werden sich zur rechten Zeit bessern. Sie interessieren mich", sagte Yale, und dann nach einer Pause: „Außerordentlich!", und mit einer Kopfbewegung entließ er sie.

Sie war mitten in der Arbeit, und die Schreibmaschine klapperte heftig, als er in der Tür seines Zimmers erschien.

„Rufen Sie bitte Mr. Parr an, Sie finden seine Nummer in der Liste."

Mr. Parr war nicht in seinem Büro, als sie anrief, aber eine halbe Stunde später erreichte sie ihn und stellte zum Nachbarzimmer durch.

„Sind Sie das, Parr?"

Sie hörte seine Stimme durch die Tür, die nur angelehnt war.

„Ich gehe jetzt zu Beardmores Grundstück am Fluß, um es zu durchsuchen. Ich bilde mir ein, Brabazon könnte sich dort verstecken ... Nach dem Mittagessen; in Ordnung. Sind Sie so gegen halb drei hier?"

Thalia Drummond hörte zu und machte sich auf dem Löschpapier Notizen. Um halb drei kam Parr. Sie sah ihn nicht, denn es gab einen direkten Zugang zu Yales Zimmer, aber sie hörte das Grummeln seiner Stimme, und in dem Augenblick gingen sie auch schon aus dem Haus. Sie wartete, bis ihre Schritte nicht mehr zu hören waren, dann nahm sie ein Telegrammformular, das sie an Johnson, Mildred Street 23, City adressierte, und schrieb:

Derrick Yale durchsucht Beardmores Haus am Fluß.

Thalia Drummond war durch und durch Pflichtbewußtsein.

Das Haus stand an einem kleinen Kai und bot ein desolates Bild. Das Fundament des Kais war am Zerbröckeln, das Geländer gebrochen, der Hof eine Unkrautwildnis; nachdem sie es geschafft hatten, die zur schäbigen East-End-Straße gelegene Tür zu öffnen, machten üppiges Gras und Brennesseln ihr Fortkommen fast aussichtslos.

Das Haus selbst mag einmal malerisch gewesen sein, jetzt aber gab es mit seinen zerbrochenen Fenstern, dem verwitterten Holz und der abgeblätterten Farbe an den Wänden ein bedauernswertes Beispiel architektonischen Ruins ab. An einem Ende war ein großes finsteres Steinlager, das mit dem Kai bündig abschloß und offensichtlich Verbindung mit dem Haus hatte. Ein Luftangriff während des Krieges hatte eine Ecke der Wand und die wenigen übriggebliebenen Dachziegel weggerissen, so daß sich das Gerüst verrottender Dachrippen den Augen bloß und nackt darbot.

„Ein fröhlicher Ort", sagte Yale, als er die Tür öffnete. „Das ist nicht gerade die Szenerie, in der man sich den eleganten Brabazon vorstellen kann, nicht wahr?"

Der Flur war staubig, Spinnweben hingen von der Decke, und im Haus war alles still und leblos. Sie machten schnell die Runde durch alle Räume, ohne jedoch irgendein Anzeichen des Flüchtigen zu entdecken.

„Dort ist eine Dachkammer", sagte Yale und zeigte auf eine Treppe, die zu einer Falltür führte.

Er rannte die Treppe hinauf, stieß die Klappe auf und verschwand. Parr hörte ihn oben laufen, schließlich kam er zurück.

„Nichts da", sagte er, als er die Falltür zuschlug.

„Ich habe niemals erwartet, daß Sie hier irgend etwas finden würden", sagte Parr, als er voran aus dem Haus ging.

Sie gingen den unkrautbewachsenen Pfad zum äußeren Tor, und hinter einem Dachkammerfenster mit schmutzigen Scheiben beobachtete sie ein Mann mit weißem Gesicht; ein Mann, dessen Bart eine Woche alt war und den selbst seine engsten Freunde niemals als Mr. Brabazon, den bekannten Bankier, erkannt hätten.

22

Der Abgesandte des Kreises

„Sie sind ein Narr, Sir, und ein Idiot. Ich dachte, Sie wären ein schlauer Detektiv, aber Sie sind ein Narr!“

Mr. Froyant war übelster Laune. Der säuberliche Stapel Banknoten, der auf seinem Schreibtisch lag, lieferte den Grund dafür. Der Anblick einer solchen Menge Geld, das aus seinen Händen gehen sollte, war für den geizigen Harvey Anlaß für unermeßliche Wut, und wenn seine Augen einmal von dieser Anhäufung von Reichtum wegglitten, so wanderten sie doch augenblicklich wieder dahin zurück.

Derrick Yale war schwer zu beleidigen.

„Vielleicht bin ich das“, sagte er, „aber ich muß meine Geschäfte nach meiner Fasson abwickeln, Mr. Froyant, und wenn ich glaube, daß mich das Mädchen zum Feuerroten Kreis führen kann – was ich wirklich glaube –, dann werde ich sie bei mir anstellen.“

„Denken Sie an meine Worte“, Froyant schwang seinen Finger vor dem Gesicht des Detektivs, „dieses Mädchen gehört zu den Gangstern. Sie werden es sehen, *sie* ist der Bote, der das Geld abholt!“

„In welchem Fall sie sofort verhaftet werden wird“, sagte der andere. „Glauben Sie mir, Mr. Froyant, ich habe nicht die Absicht, diese Scheine aus den Augen zu verlieren, aber wenn sie an den Feuerroten Kreis gehen, liegt die Verantwortung bei mir, nicht bei Ihnen. Es ist mein Job, Ihr Leben zu retten und die Rache des Kreises von Ihnen auf mich zu lenken.“

„Ganz recht, ganz recht“, bestätigte Mr. Froyant hastig, „es ist schon richtig, die Sache so zu betrachten, Yale. Ich sehe, Sie sind doch nicht so unintelligent, wie ich dachte. Machen Sie es so, wie Sie es für richtig halten“, sagte er. Er berührte die Scheine liebevoll, tat sie dann in einen länglichen Umschlag und reichte diesen zögernd dem Detektiv, der das Päckchen in seine Tasche gleiten ließ.

„Es gibt wohl nichts Neues von Brabazon? Der Schuft hat mir zweitausend Pfund gestohlen, die ich dummerweise in einen von Marls heruntergewirtschafteten Konzernen investiert habe.“

„Wußten Sie etwas über Marl?“ fragte der Detektiv, während er die Tür öffnete.

„Ich weiß nur, daß er ein Erpresser war.“

„Wissen Sie etwas, was nicht schon allgemein bekannt ist?“ fragte Yale geduldig. „Wie er anfing, wo er herkam?“

„Er kam aus Frankreich, glaube ich“, sagte Froyant. „Ich weiß sehr wenig über ihn. Es war übrigens James Beardmore, der uns miteinander bekannt gemacht hat. Es wurde erzählt, er wäre in Frankreich in Bodenspekulationen verwickelt gewesen und hätte dafür gesessen, aber ich kümmere mich nie um Geschwätz. Er war für mich nützlich, ich habe durch meine Investitionen bei ihm ganz schöne Gewinne gemacht."

Der andere lächelte. Unter diesen Umständen, dachte er, könnte der Geizkragen Marl die erlittenen Verluste schon verzeihen.

Als er in sein Büro zurückkam, warteten Parr und Jack Beardmore bereits auf ihn.

Er hatte einen Besuch des jungen Mannes nicht erwartet, und er nahm an, daß der wahre Grund Thalia Drummond war, deren Abwesenheit er auf taktvolle Weise entschuldigte.

„Ich habe Miß Drummond nach Hause geschickt, Parr. Ich möchte nicht, daß ein Mädchen in das Geschäft, das wir heute nachmittag zu erledigen haben, hineingezogen wird. Es kann ein wildes Durcheinander geben."

Er sah Jack Beardmore intensiv an.

„Worauf Sie, hoffe ich, vorbereitet sind."

„Ich bin enttäuscht, wenn es nicht dazu kommt", sagte Jack fröhlich.

„Wie ist Ihr Plan?" fragte Parr.

„Ein paar Minuten bevor der Bote erscheinen soll, gehe ich in mein Zimmer. Beide Türen sollen verschlossen sein, die zum Flur und die zu diesem Büroraum. Was diese Tür betrifft, so lasse ich den Schlüssel bei Ihnen und bitte Sie, mich einzuschließen. Mein Ziel ist es natürlich, eine Überraschung zu vermeiden. Sobald Sie ein Klopfen hören und merken, daß ich aufstehe, zur Tür gehe und sie aufschließe, wissen Sie, daß der Besucher eingetroffen ist, und wenn die Tür wieder geschlossen wird, sollen Sie sich draußen im Flur postieren."

Parr nickte.

„Es scheint ganz einfach", sagte er. Er ging zum Fenster, sah hinaus und winkte mit einem Taschentuch, Yale lächelte zustimmend.

„Ich sehe, Sie haben die erforderlichen Vorsichtsmaßnahmen getroffen. Wie viele Männer haben Sie?"

„Ich glaube, es sind achtzig", sagte Parr ruhig, „die werden das Haus praktisch umzingeln."

Yale nickte.

„Wir müssen bedenken, daß der Feuerrote Kreis vielleicht einen ganz gewöhnlichen zweitrangigen Boten schickt, der dann natürlich verfolgt werden muß. Ich will, daß das Geld in die Hände des Chefs des Feuerroten Kreises gelangt — das ist ein wesentlicher Punkt."

„Ich bin vollkommen Ihrer Meinung", sagte Parr, „aber ich habe so eine Ahnung, daß der Gentleman, oder wer immer es sein mag, nicht selbst kommen wird. Darf ich mir Ihr Büro ansehen?"

Er ging hinein und besichtigte es. Durch ein Fenster fiel Licht in den Raum. In einer Ecke stand ein Schrank, den er öffnete. Außer einem Mantel war nichts darin.

„Wenn Sie nichts dagegen haben", Mr. Parr benahm sich fast unterwürfig, „dann möchte ich, daß Sie im Vorzimmer bleiben. Ich werde die Tür hinter Ihnen schließen. Ich bin immer nervös, wenn mir jemand zusieht."

Lachend ging Yale aus dem Büro, und Parr schloß die Tür hinter ihm. Er öffnete die zweite Tür und sah auf den Korridor. Gleich danach hörte man ihn auch die zumachen.

„Sie können hereinkommen, ich habe alles gesehen, was ich wollte." Das Zimmer war einfach, aber bequem ausgestattet. Es hatte einen großen Kamin, in dem jedoch trotz des kühlen Tages kein Feuer brannte.

„Ich nehme nicht an, daß er durch den Schornstein kommen wird", sagte Yale humorvoll, als er den Inspektor bei dessen Besichtigung beobachtete. „Ich habe in diesem Büro noch nie ein Feuer gemacht. Ich gehöre zu den heißblütigen Sterblichen, die nie richtig frieren."

Jack, der die Durchsuchung fasziniert beobachtete, nahm die kleine todbringende Pistole, die auf dem Schreibtisch des Detektivs lag, in die Hand und untersuchte sie vorsichtig.

„Achtung, der Auslöser ist sehr empfindlich", sagte Yale.

Er nahm den Umschlag mit den Geldscheinen aus seiner Tasche und legte ihn neben die Waffe. Dann blickte er auf seine Uhr.

„Um ganz sicherzugehen, sollten wir jetzt wohl besser ins Vorzimmer gehen und die Tür verschließen", schlug er vor.

„Es ist ganz schön aufregend", flüsterte Jack. Er meinte, Flüstern wäre in diesem Moment genau der richtige Ton.

„Ich hoffe, es wird nicht zu spannend", sagte Yale. Sie gingen ins Vorzimmer, schlossen ihn ein und setzten sich — Jack auf Thalia Drummonds Stuhl, was er unbewußt tat, dann jedoch plötzlich erkannte.

War sie vom Feuerroten Kreis, fragte er sich. Parr hatte so etwas angedeutet. Jack biß die Zähne zusammen; er könnte und würde es nicht glauben, niemandem, nicht einmal seinen eigenen Augen und seinem gesunden Menschenverstand. Ihr Einfluß schwand nicht, sondern nahm im Gegenteil an Stärke zu. Sie war unabhängig, und wenn sie schuldig war ...

Er blickte auf und sah Parrs Augen auf sich gerichtet.

„Ich will ja nicht psychometrisch sein, aber ich habe den Eindruck, Sie denken an Thalia Drummond."

„Ja", gab der junge Mann zu. „Mr. Parr, meinen Sie, sie ist wirklich so schlecht, wie sie scheint?"

„Wollen Sie wissen, ob ich glaube, daß sie Froyants Buddha gestohlen hat? Wenn Sie das meinen, das ist keine Frage von Glauben, ich weiß es."

Jack schwieg. Er konnte nicht darauf hoffen, diesen sturen Mann von der Unschuld des Mädchens zu überzeugen, und es war ja sowieso Wahnsinn, zu glauben, sie sei unschuldig, da sie doch ihr Vergehen eingestanden hatte.

„Sie sollten da drüben lieber still sein.“ Es war Yales Stimme, und Parr brummte eine Erwiderung.

Danach saßen sie in tiefem Schweigen. Sie hörten, wie Yale sich im Zimmer bewegte, und dann war auch er ruhig, denn der vereinbarte Zeitpunkt rückte näher. Inspektor Parr zog seine Uhr aus der Tasche und legte sie auf den Tisch; die Zeiger standen auf halb vier. Jetzt war es Zeit für den Boten, und er saß, den Kopf gespannt vorgeneigt, und lauschte, aber es war kein Geräusch einer Auseinandersetzung zu vernehmen. In dem Augenblick war ein Geräusch in Yales Zimmer zu hören, ein seltsames Geräusch wie bei einem Aufprall, so als hätte sich Yale fallen lassen.

Parr sprang hoch.

„Was war das?“

„Es ist alles in Ordnung“, sagte Yales Stimme, „ich bin nur über etwas gestolpert. Seien Sie still.“

Sie setzten sich wieder, nach weiteren fünf Minuten rief Parr:

„Ist alles in Ordnung, Yale?“

Keine Antwort.

„Yale!“ er rief lauter. „Hören Sie mich?“

Es kam keine Antwort. Er sprang zur Tür, schloß auf und stürzte in das Zimmer, dicht gefolgt von Jack.

Was sie sahen, hätte auch einen erfahreneren Beamten als Parr erstarren lassen. Auf dem Fußboden ausgestreckt, die Gelenke in Handschellen, die Fußgelenke gefesselt, ein Handtuch über seinem Gesicht, so lag die überwältigte Gestalt Derrick Yales. Das Fenster war offen, und es roch stark nach Äther und Chloroform. Das Geldbündel, das auf dem Tisch gelegen hatte, war verschwunden.

Drei Sekunden später verließ ein älterer Postbote das Gebäude, auf dem Rücken trug er einen Briefsack, und die Polizei, die das Haus beobachtete, ließ ihn, ohne ihn zu befragen, passieren.

23

Die Frau im Schrank

Parr beugte sich hinunter und nahm das durchtränkte Handtuch von dem Gesicht des Detektivs. Dieser öffnete die Augen und blickte um sich.

„Was ist los?“ fragte er mit belegter Stimme, aber der Inspektor war damit beschäftigt, die Handschellen zu lösen. Schließlich warf er sie klirrend auf den Fußboden und richtete den Mann wieder auf, während Jack mit zitternden Fingern die Fesseln um Yales Beine löste.

Sie führten ihn zu seinem Stuhl. Er ließ sich darauf niederfallen und strich sich mit der Hand über die Stirn.

„Was ist passiert?“ fragte er.

„Das möchte ich gern wissen“, sagte Parr. „Wie sind sie hereingekommen?“ Der andere schüttelte den Kopf.

„Ich weiß nicht, ich kann mich nicht erinnern, ist die Tür verschlossen?“

Jack lief zur Tür. Der Schlüssel war von innen herumgedreht. Durch die Tür konnte also niemand gekommen sein, aber das Fenster stand offen. Das war das erste, was Parr gesehen hatte, als er das Zimmer betrat.

Er lief zum Fenster und blickte hinaus. Es ging achtzig Fuß tief — und keine Spur von einer Leiter oder einem anderen Gegenstand, mit Hilfe dessen Yales Angreifer hätte entkommen können.

„Ich weiß nicht, was geschehen ist“, sagte Yale, als er sich etwas erholt hatte. „Ich saß hier auf diesem Stuhl, als plötzlich ein Tuch über mein Gesicht gezogen wurde und zwei mächtige Hände mich mit solcher Kraft griffen, die ich einem menschlichen Wesen nie zugetraut hätte. Bevor ich mich wehren oder schreien konnte, muß ich das Bewußtsein verloren haben.“

„Haben Sie mich rufen hören?“ fragte Parr.

Yale schüttelte den Kopf.

„Aber, Mr. Yale, wir haben ein Geräusch gehört, und Mr. Parr fragte, ob mit Ihnen alles in Ordnung sei. Sie antworteten, daß Sie nur gestolpert seien.“

„Das war ich nicht“, sagte Yale. „Ich erinnere mich von dem Augenblick an an nichts mehr, bis Sie mich hier gefunden haben.“

Inspektor Parr stand am Fenster. Er zog das Schiebefenster herunter, dann schob er es wieder hinauf, daraufhin betrachtete er das Fensterbrett, und als er sich umdrehte, stand ein breites Lächeln auf seinem Gesicht.

„Das ist das Genialste, was ich je gesehen habe“, sagte er. Jack empfand wieder etwas von seiner alten Antipathie gegenüber dem kräftigen Inspektor.

„Ich finde nicht, daß das genial ist. Die haben Yale fast umgebracht und sind entkommen“, sagte er.

„Ich habe gesagt, es ist genial, und dabei bleibt es“, sagte Mr. Parr stur, „und jetzt gehe ich mal runter zu den Leuten, die ich unten in der Halle auf Posten gelassen habe.“

Aber die Posten hatten nichts zu berichten. Keiner hatte das Haus betreten oder verlassen, mit Ausnahme des Postboten.

„Mit Ausnahme des Postboten, sagen Sie?“ Parr wurde nachdenklich. „Hm, natürlich, der Postbote! In Ordnung, Sergeant, Sie können Ihre Männer wegschicken.“

Er fuhr mit dem Fahrstuhl hoch und ging wieder zu Yale.

„Das Geld ist weg“, sagte er. „Wir können wohl nichts anderes machen, als die Angelegenheit an das Hauptquartier zu melden.“

Yale war jetzt wieder fast der alte, er saß an seinem Schreibtisch, den Kopf in die Hände gestützt.

„Diesmal bin ich der Schuldige, das können sie Ihnen nicht anlasten, Parr. Ich bin immer noch dabei, herauszukriegen, wie die durchs Fenster gekommen sind und mich gefaßt haben, ohne ein Geräusch von sich zu geben.“

„Saßen Sie mit dem Rücken zum Fenster?“

Yale nickte.

„Ich habe nie im Traum an das Fenster gedacht. Ich habe so gesessen, daß ich beide Türen im Auge hatte.“

„Ihr Rücken war also dem Kamin zugewandt?“

„Da können sie nicht reingekommen sein“, sagte Yale, den Kopf schüttelnd. „Nein, also das ist das größte Rätsel in meiner ganzen bisherigen Laufbahn; noch verblüffender als der Feuerrote Kreis.“ Er stand langsam auf. „Ich muß es dem alten Froyant melden, und es wäre besser, Sie kämen mit und unterstützten mich moralisch. Der Alte wird toben vor Wut.“

Yale schloß beide Türen ab, steckte den Schlüssel in seine Tasche, und dann verließen sie gemeinsam das Büro.

Froyants Reaktion als wütend zu bezeichnen hieße einen sehr milden Ausdruck verwenden zur Beschreibung seiner dem Wahnsinn nahekommenden Raserei.

„Sie haben gesagt – Sie haben es mir ausdrücklich versprochen, daß ich das Geld zurückbekommen würde, und jetzt kommen Sie mir mit einem Lügenmärchen von wegen Betäubung. Das ist ungeheuerlich! Und wo waren Sie, Parr?“

„Ich war im Haus, und die Geschichte, die Yale erzählt hat, ist wahr.“

Plötzlich verebbte Froyants Raserei, so plötzlich, daß die Gefaßtheit seiner Stimme einen fast in Schrecken versetzte nach diesem Ausbruch.

„In Ordnung, es ist nichts zu machen. Der Feuerrote Kreis hat sein Geld, damit wäre die Sache erledigt. Ich danke Ihnen, Yale. Bitte schikken Sie mir Ihre Rechnung.“

Mit diesen schroffen Worten entließ er sie.

„Na, das übertrifft ja alles“, sagte Parr. „Ich dachte einen Augenblick, er kriegt einen Schlaganfall! Haben Sie bemerkt, wie er sich plötzlich veränderte?“

Yale nickte langsam.

Froyant war in dem Augenblick, als diese plötzlich Veränderung mit ihm vor sich ging, ein großer Gedanke, ein ungeheuerlicher und erschrekkender Zweifel gekommen, der ihn nahezu lähmte.

„Und jetzt“, sagte Parr gutgelaunt, „da ich Ihnen moralische Unterstützung geboten habe, wollen Sie mir vielleicht den gleichen Dienst erweisen? Im Polizeihauptquartier bin ich nicht so sehr Persona grata wie Sie. Kommen Sie mit und erzählen Sie dem Kommissar, was passiert ist." – Derrick Yales Büro war still und verlassen. Zehn Minuten waren vergangen, seit das Summen des Fahrstuhls signalisiert hatte, daß die drei Männer gegangen waren. Die Stille wurde durch ein Klicken unterbrochen, und langsam wurden die Türen des großen Schranks in der Ecke von Derrick Yales Büro aufgestoßen, heraus kam Thalia Drummond. Sie schloß die Türen hinter sich und stand eine Weile tief in Gedanken versunken im Zimmer. Aus ihrer Tasche nahm sie einen Schlüssel, öffnete die Tür, ging in den Korridor und schloß die Tür hinter sich ab.

Sie nahm nicht den Fahrstuhl. Weiter hinten auf dem Korridor befand sich eine kleine Treppe, die zum Zimmer des Hausmeisters im obersten Stockwerk führte und nur von ihm benutzt wurde. Diese ging sie hinunter. Unten führte eine Tür auf den Hof des Hauses. Diese schloß sie ebenfalls auf, und bald hatte sie sich unter die nach Hause drängenden Angestellten gemischt, die um diese Zeit die Straßen füllten.

24

10 000 Pfund Belohnung

Die Vereinigte Handelsbank ist befugt, eine Belohnung von 10 000 Pfund auszusetzen für Informationen, die zur Verhaftung und Überführung des Kopfes der als Feuerroter Kreis bekannten Bande führen. In Verbindung mit dieser Belohnung verspricht der Innenminister Straferlaß für jedes Bandenmitglied mit Ausnahme derer, die des vorsätzlichen Mordes schuldig sind, wenn besagtes Mitglied Informationen und Beweise erbringt, die der Überführung des Mannes oder der Frau, die als Feuerroter Kreis bekannt sind, dienen.

An jedem Zaun, an jedem Postfenster, auf jeder Polizeistation leuchtete diese Bekanntmachung in blutroter Farbe.

Derrick Yale sah die Anzeige auf dem Weg ins Büro, las sie und ging weiter, wobei er sich fragte, welche Wirkung das auf die zweitrangigen Mitglieder der Bande haben würde, die zur Strecke zu bringen seine Beschäftigung war.

Thalia Drummond las es vom Oberdeck des Busses aus. Sie lächelte vor sich hin. Aber die nachhaltigste Wirkung hatte das Plakat auf Harvey Froyant. Es brachte etwas Farbe in sein Gesicht und ein Leuchten in seine Augen, was ihn nahezu jugendlich erscheinen ließ. Er war auch auf dem Weg ins Büro, als er die Anzeige las, eilte aber zurück nach Hause und nahm aus einem Fach in seinem Arbeitszimmer eine lange

Liste. Sie enthielt die Nummern der Banknoten, die der Kreis bekommen hatte und die er sorgfältig und fast liebevoll zusammengestellt hatte.

Mit eigener Hand machte er jetzt eine weitere Abschrift, eine Arbeit, die ihn fast den ganzen Vormittag beschäftigte. Als er damit fertig war, schrieb er einen Brief, legte die neue Liste bei, adressierte den Brief und schickte ihn persönlich an eine Rechtsanwaltsfirma ab, von der er wußte, daß sie auf die Verfolgung verlorenen und gestohlenen Eigentums spezialisiert war.

Heggitts Firma hatte ihm schon einmal gute Dienste erwiesen. Am folgenden Morgen erschien ein Vertreter der Firma, Mr. Samuel Heggitt, der Seniorpartner, ein verhutzeltes Männchen mit einem chronischen Schnupfen.

Der Name Heggitt war keiner von den allgemein geachteten, auch sprachen Anwälte nicht gerade mit Sympathie und Respekt von ihm. Und dennoch stand er für eine der blühendsten Anwaltsfirmen der Stadt. Die meisten ihrer Klienten befanden sich an oder jenseits der Grenze, die Gesetzliches von Ungesetzlichem schied, aber auch den Gesetzestreuen war sie nützlich und wurde oft von bedeutenderen Unternehmen konsultiert, deren Klienten wertvolle Gegenstände, die ihnen von Langfingern gestohlen worden waren, zurückbekommen wollten. Auf geheimnisvolle Weise konnte Heggitts Firma immer einen „Gentleman" ausfindig machen, der von dem verlorengegangenen Besitz „gehört" hatte, und in den meisten Fällen wurde der vermißte Gegenstand zurückgegeben.

„Ich habe Ihre Nachricht erhalten, Mr. Froyant", sagte der kleine Anwalt, „und ich kann Ihnen heute sagen, daß keine dieser Banknoten durch die üblichen Kanäle gehen wird." Er machte eine Pause und leckte sich die Lippen, wobei er an Froyant vorbeisah. „Der größte Hehler von allen ist weg, so kann ich ihm nicht schaden, wenn ich das jetzt sage."

„Wer war das?"

„Brabazon", war die überraschende Erwiderung, worauf Froyant ihn verblüfft anstarrte.

„Sie meinen doch nicht Brabazon von der Brabazon Bank?"

„Ja, genau den", sagte Heggitt nickend. „Ich möchte meinen, der hat mehr als jeder andere in London große Geschäfte mit gestohlenem Geld gemacht. Sehen Sie mal, es konnte durch seine Bank gehen, ohne daß es jemand bemerkt hätte, und da er eine Menge Geschäfte im Ausland machte und im Rahmen von Exportgeschäften ständig Geld tauschte und zurücktauschte, blieb er unentdeckt. Wir wußten, wer es deckte. Zumindest hatten wir", verbesserte er sich, „einen starken Verdacht. Als Beamte des Gerichts hätten wir die Behörden natürlich benachrichtigen müssen, wenn wir sicher gewesen wären. Ich dachte, es wäre besser, ich käme, um Ihnen zu erklären, daß es eine sehr schwierige Sache sein wird, dieses Geld zu verfolgen. Die meisten Scheine gehen bei Wettrennen weiter, und eine ganze Menge geht ins Ausland, wo die Scheine viel leichter einzutauschen, aber äußerst schwer zu verfolgen sind. Sie sagen, der Feuerrote Kreis hat sie?"

„Kennen Sie den?" fragte Froyant schnell.

Der Anwalt schüttelte den Kopf.

„Ich hatte noch nie mit denen zu tun, aber natürlich wußte ich von ihnen, und zwar so viel, daß mir klar ist, wie gerissen diese Leute sind. Wahrscheinlich hat dieser Brabazon bewußt oder unbewußt für sie gearbeitet. In diesem Fall dürfte es schwierig sein, das Zeug loszuwerden. Es ist außerordentlich schwierig, Deckung für gestohlene Banknoten zu finden. Was soll ich machen, wenn ich einem dieser Scheine auf die Spur komme und denjenigen entdeckt habe, der sie hatte?"

„Sie sollen mich sofort benachrichtigen, sonst aber niemanden. Sie verstehen, daß das eine Frage von Leben und Tod sein kann, denn wenn der Feuerrote Kreis zufällig herauskriegt, daß ich versuche, mein Geld zurückzubekommen, könnte es sehr ernste Folgen für mich haben."

Der Anwalt gab ihm recht.

Der Kreis interessierte ihn anscheinend, denn er blieb noch eine Weile bei diesem Thema und stellte seinem Auftraggeber geschickt Fragen, ohne daß dieser merkte, daß er ausgefragt wurde.

„Das ist etwas Neuartiges in der Welt des Verbrechens. In Italien, wo die Schwarze Hand ihr Unwesen treibt, ist es ganz normal, daß eine Geldforderung zusammen mit einer Morddrohung gestellt wird. Aber ich hätte nicht gedacht, daß das in diesem Land möglich wäre. Das erstaunlichste ist, daß der Kreis zusammenhält. Ich könnte mir vorstellen", sagte er nachdenklich, „daß es nur ein Mann ist und daß der eine ganze Menge Leute beschäftigt, die sich untereinander nicht kennen und jeweils eine besondere Aufgabe haben. Sonst wäre er schon lange verraten worden. Nur wenn die für ihn arbeitenden Leute ihn nicht kennen, ist es möglich, daß er immer weitermachen kann." Er nahm seinen Hut.

„Übrigens, haben Sie Felix Marl gekannt? Ein Klient von uns steht unter der Anklage, in sein Haus eingebrochen zu sein, Mr. Barnet. Sie haben vielleicht noch nicht von ihm gehört."

Mr. Froyant hatte noch nichts von Flush Barnet gehört, aber er kannte Marl, und er interessierte sich fast so sehr für ihn wie der Anwalt für den Kreis.

„Ich habe Marl gekannt. Warum fragen Sie?"

Der Anwalt lächelte.

„Ein seltsamer Mensch, ein bemerkenswerter Mensch in vielerei Hinsicht. Er war damals in die Betrugsmanöver in einer Reihe französischer Banken verwickelt. Ich nehme an, Sie wußten das nicht? Sein Anwalt war heute bei mir. Anscheinend ist eine Mrs. Marl aufgetaucht, die Anspruch auf seinen Besitz erhebt, und die hat die ganze Geschichte erzählt. Er und ein Mann namens Lightman hatten ein Vermögen gemacht, bevor man sie faßte. Marl wäre auf die Guillotine gekommen, aber er trat schließlich als Kronzeuge auf. Lightman, glaube ich, kam unters Messer."

„Muß ja ein reizender Mann gewesen sein, dieser Marl!" sagte Mr. Froyant ironisch.

Der kleine Anwalt lächelte.

„Was für reizende Menschen wir doch alle sind, wenn unser Leben bloßgelegt wird!" sagte er, aber Froyant hatte etwas gegen die implizierte Kritik, denn er hielt sich etwas darauf zugute, daß sein Leben wie ein Buch war, er hätte ruhig hinzufügen können: ein Spar-Buch.

Brabazon hatte also mit gestohlenem Geld gehandelt, und Marl war ein überführter Mörder! Froyant fragte sich, wie Marl seiner Strafe entkommen war — es mußte eine sehr hohe gewesen sein —, im Innern war er glücklich, daß seine Geschäftsbeziehungen mit dem Verstorbenen nicht noch schlimmer geendet hatten.

Er zog sich an und fuhr in den Klub zum Dinner. Sein Wagen bog in die Pall Mall ein, als im Schein einer Lampe ein Plakat zu sehen war und ihn daran erinnerte, daß er jetzt am Abend um 50 000 Pfund ärmer als am Morgen war.

„Zehntausend Belohnung!" murmelte er. „Pah! Wer will schon Kronzeuge werden? Ich glaube, nicht mal Brabazon würde es wagen."

Aber er kannte Brabazon nicht.

25

Der Bewohner des Hauses am Fluß

Mr. Brabazon saß in einem kühlen Zimmer im oberen Stockwerk des Flußhauses und aß langsam eine große Portion Brot und Käse. Er trug noch immer den Frack, den er anhatte, als er die Warnung erhielt. Er gab eine lächerliche Figur ab in dem feinen, nun aber völlig verschmutzten Aufzug. Sein weißes Hemd war ganz grau geworden, er trug keinen Kragen, und der allgemeine Eindruck von Liederlichkeit wurde durch den Stoppelbart, der sein Gesicht zierte, noch verstärkt.

Er beendete seine Mahlzeit, öffnete vorsichtig das Fenster und warf die Brotreste hinaus. Dann verschwand er durch die Falltür, stieg die Leiter hinunter und ging in die große Küche auf der Hinterseite des Hauses. Er hatte weder Seife noch Handtuch, versuchte sich aber trotzdem zu waschen, indem er die zwei Taschentücher benutzte, die er auf seine Flucht mitgenommen hatte. Alles in allem war er völlig unangemessen ausgerüstet für dieses ungewollte Abenteuer.

Die Nahrungsmittel, die ihm der geheimnisvolle Mann gebracht hatte, nachdem er sein Versteck erreicht hatte, waren nahezu verzehrt. Er hatte vierundzwanzig Stunden ohne Nahrung zugebracht, aber in seiner Aufregung war er sich dessen gar nicht bewußt geworden, bis der Fremde mit einem Netz voll Lebensmitteln gekommen war. Mit seinen Nerven war er fast am Ende. Eine Woche in diesem Loch, ohne Kontakt zu Menschen, mit dem Wissen, daß die Polizei hinter ihm her war und daß eine lange Haft folgen würde, wenn man ihn faßte, all das hatte Spuren der Zerstörung in seinen sanften Zügen hinterlassen; zu der Einsamkeit war der Schreck einer Durchsuchung gekommen.

Er hatte in einer Ecke hinter der Tür zu einem Zimmer gekauert, das zur Dachkammer führte, während der Detektiv das Zimmer durchsuchte. Die Erinnerung an Derrick Yales Besuch war ein Alptraum.

Er setzte sich auf den alten Stuhl, den er in dem Haus gefunden hatte, um eine weitere Nacht dort zu verbringen. Der Mann, dessen Warnung ihn zur Flucht bewegt hatte, mußte bald kommen und etwas zu essen bringen. Brabazon döste, als er unten einen Schlüssel im Schloß hörte. Er sprang auf. Auf Zehenspitzen ging er vorsichtig zur Falltür, nahm sie hoch und hörte die dröhnende Stimme des Fremden.

„Kommen Sie runter", sagte sie, und er gehorchte.

Das letzte Gespräch hatte im Flur stattgefunden, wo es noch dunkler war als anderswo im Haus. Er hatte sich an die Dunkelheit gewöhnt und stieg die brüchige Treppe, ohne fehlzutreten, hinunter.

„Bleiben Sie, wo Sie sind. Ich habe Essen und Kleidung mitgebracht. Sie werden alles finden, was Sie brauchen. Sie müßten sich rasieren und anständig anziehen."

„Wohin soll ich gehen?"

„Ich habe einen Platz auf einem Schiff für Sie, das morgen vom Victoria Dock nach Neuseeland ausläuft. Sie finden Paß und Ticket im Griff der Tasche. Hören Sie. Sie lassen Ihren Schnauzbart, oder was davon noch übrig ist, unrasiert, rasieren aber dafür Ihre Augenbrauen. Die sind am auffälligsten."

Brabazon fragte sich, wann dieser Mann ihn gesehen hatte. Mechanisch griff seine Hand nach seinen struppigen Augenbrauen, und er mußte dem geheimnisvollen Besucher recht geben.

„Ich habe Ihnen kein Geld mitgebracht. Sie haben sechzigtausend, die Sie von Marl gestohlen haben — Sie haben sein Konto aufgelöst und seinen Namen auf einem Scheck gefälscht, in der Annahme, daß ich mit Marl abrechnen würde — was ich auch gemacht habe."

„Wer sind Sie?"

„Ich bin der Feuerrote Kreis. Warum stellen Sie diese Frage? Sie haben mich bereits kennengelernt."

„Ja, natürlich. Ich glaube, dieser Ort macht mich noch wahnsinnig. Wann darf ich das Haus verlassen?"

„Sie dürfen morgen gehen. Warten Sie, bis es dunkel wird. Ihr Schiff läuft am folgenden Morgen aus, aber Sie können schon morgen abend an Bord gehen."

„Aber man wird das Schiff beobachten", gab Brabazon zu bedenken. „Meinen Sie nicht, daß das zu gefährlich ist?"

„Es besteht keine Gefahr für Sie. Geben Sie mir Ihr Geld."

„Mein Geld?" stieß der Bankier hervor und wurde blaß.

„Geben Sie mir das Geld." Es lag etwas Bedrohliches in der Stimme, die in der Dunkelheit sprach, und der zitternde Brabazon gehorchte. Zwei große Päckchen Geld wanderten in die behandschuhte Hand des Besuchers.

„Hier, nehmen Sie das."

„Das" war ein dünneres Päckchen Geldscheine, und die erfahrenen Finger des Bankiers sagten ihm, daß es nur neue waren.

„Sie können sie im Ausland umtauschen."

„Kann ich nicht schon heute gehen?" Brabazons Zähne klapperten jetzt. „Dieser Ort hier treibt mich zum Entsetzen."

Der Kreis dachte offensichtlich nach, denn es verging etwas Zeit, bevor er sprach.

„Wenn Sie wollen", sagte er, „aber denken Sie daran, es ist riskant. Gehen Sie jetzt nach oben."

Der Befehl kam scharf und entschieden, und der kleinlaute Brabazon gehorchte.

Er hörte die Tür schließen. Durch die schmutzigen Fenster sah er den dunklen Schatten den Weg entlanggehen und in der Dunkelheit verschwinden. Dann hörte er das Tor zuschlagen. Der Mann war fort. Brabazon langte nach der Tasche, die der andere dort gelassen hatte, und trug sie in die Küche. Hier konnte er Licht machen ohne Angst, entdeckt zu werden, und er zündete einen von den Kerzenstummeln an, die er im Lauf der Woche im Haus gefunden hatte.

Der Fremde hatte nicht übertrieben, als er sagte, die Tasche würde alles enthalten, was Brabazon brauchte. Aber sein erster Gedanke war, das Geld zu untersuchen, das ihm der andere gegeben hatte. Die Scheine stammten von verschiedenen Serien und trugen die unterschiedlichsten Nummern. Seine eigenen waren nur von einer Serie gewesen; dennoch waren sie alle neu. Er betrachtete sie neugierig. Er wußte, daß neue Banknoten gewöhnlich nicht kunterbunt durcheinander herausgegeben wurden, und dann erriet er den Grund. Der Kreis hatte jemanden erpreßt und hatte verlangt, daß die Scheine nicht fortlaufend numeriert waren. Er legte das Geld weg und zog sich um.

Es war ein fein herausgeputzter Brabazon, der eine Stunde später vorsichtig durch das Tor schritt, seine Tasche unterm Arm. Die durch die rasierten Augenbrauen bewirkte Veränderung war derart gravierend, daß er unerkannt blieb, als er gegen dreiundzwanzig Uhr einen der vielen Polizisten passierte, die nach ihm suchten.

Er hatte ein Zimmer in einem kleinen Hotel in der Nähe des Euston-Bahnhofs genommen und ging zu Bett. Es war die erste Nacht sorgenfreien Schlafes nach über einer Woche.

Den folgenden Tag verbrachte er in seinem Zimmer, denn er wagte nicht, sich bei Tageslicht zu zeigen, erst am Abend ging er hinaus an die Luft. Er gewann immer mehr Vertrauen und war schließlich sicher, daß er die Kontrolle des Schiffdetektivs erfolgreich überstehen würde. Er nahm die stilleren Straßen und ging am Museum vorbei, als er an der Anschlagwand eine frisch angeklebte Bekanntmachung entdeckte. Er hielt an, um sie zu lesen.

Während er las, kam ihm eine Idee. Zehntausend Pfund und Straferlaß! Es war überhaupt nicht sicher, daß er am Morgen davonkommen würde; wahrscheinlicher war es sogar, daß man ihn entdeckte, und wie würde sein Leben im besten Fall aussehen? Das Leben eines gejagten Hundes, wofür ihn selbst das Geld nicht entschädigen könnte. Zehntausend Pfund und Freiheit! Und niemand wußte von dem Geld, das er von Felix Marl ergaunert hatte. Er würde es am nächsten Morgen sicher unterbringen und dann dem Polizeihauptquartier Informationen zukommen lassen, die seiner Meinung nach mit Sicherheit zur Vernichtung des Kreises führen mußten.

„Das werde ich machen", sagte er laut.

„Ich glaube, das ist sehr klug."

Die Stimme war in Höhe seines Ellbogens, und er schnellte herum.

Ein kleiner, untersetzter Mann war leise hinter ihm hergegangen, auf gummibesohlten Schuhen; Brabazon erkannte ihn sofort.

„Inspektor Parr", keuchte er.

„Richtig", sagte der Inspektor. „Nun, Mr. Brabazon, kommen Sie ein Stückchen mit mir, oder werden Sie Ärger machen?"

Als sie in die Polizeistation gingen, kam eine Frau heraus; der blasse Brabazon erkannte seine frühere Angestellte nicht. Er stand in dem stählernen Verschlag, während die Geschichte seiner Schandtaten in der kalten offiziellen Polizeisprache wiedergegeben wurde.

„Sie können sich eine Menge Ärger ersparen, wenn Sie mir die Wahrheit sagen. Ich weiß, wo Sie sich aufhalten – im Bright Hotel in der Euston Road. Sie sind dort spät am Abend angekommen, und Ihre Schiffspassage ist auf den Namen Thomson gebucht, der mit der *Itinga* morgen früh vom Victoria Dock nach Neuseeland ausläuft."

„Schon gut, schon gut!" sagte der erschrockene Brabazon. „Woher wissen Sie das alles?"

Aber das sagte Inspektor Parr ihm nicht.

Brabazon wollte gar nicht lügen. Er erzählte alles, was er wußte. Alles, was von dem Augenblick an passiert war, da er telefonisch die Anweisung erhalten hatte zu fliehen, bis zu seiner Verhaftung.

„Sie waren also die ganze Zeit in dem Haus?" sagte der Inspektor nachdenklich. „Wie konnten Sie denn der Durchsuchung Yales entgehen?"

„Oh, war das Yale? Ich dachte, Sie wären es gewesen. Da war ein Innenraum – früher wohl eine Art kleiner Lagerraum –, ich habe mich hinter der Tür versteckt. Er war fast bis an die Tür gekommen. Ich bin vor Angst bald gestorben."

„Dann hatte Yale also recht. Sie waren da!" sagte der Inspektor, mehr zu sich selbst sprechend. „Und was wollen Sie nun in der Angelegenheit tun, Brabazon?"

„Ich werde alles, was ich über den Feuerroten Kreis weiß, erzählen, ich glaube, meine Informationen werden zu seiner Verhaftung führen. Aber Sie werden es sehr gescheit anstellen müssen."

Er verfällt wieder in seine alte Wichtigtuerei, stellte Parr fest.

„Ich habe Ihnen erzählt, daß er seine Geldscheine gegen meine austauschte. Ich bin sicher, das hat er gemacht, weil er wegen der Nummern Angst hatte, aber meine Scheine waren alle von einer Serie – Serie E neunzehn –, und ich kann Ihnen die Nummer jedes einzelnen Scheines geben", fuhr er leichthin fort. „Er wollte das Zeug nicht wechseln."

„Das war Froyants Geld, denke ich. Ja, machen Sie weiter."

„Er hat nicht gewagt, das einzutauschen, aber er wird meins eintauschen. Sehen Sie nicht, welche Chance das ist?"

Der Inspektor war etwas skeptisch. Trotzdem rief er, nachdem Brabazon in die Zelle gesperrt worden war, Froyant an und erzählte ihm so viel von dem, was geschehen war, wie er wissen mußte.

„Sie haben das Geld?" sagte Froyant eifrig. „Kommen Sie sofort zu mir."

„Ich würde es Ihnen mit Vergnügen bringen, aber ich fürchte, ich muß Sie enttäuschen, denn dieses ist nicht Ihr Geld, obwohl es die Scheine sind, die von Ihnen an den Kreis gegangen sind."

Später erklärte er Froyant die Zusammenhänge. Der hagere Mann versuchte nicht, seine Enttäuschung zu verbergen, denn er meinte wohl, er habe in jedem Fall ein Recht auf das wiedergefundene Geld, unter welchen Umständen auch immer es gefunden worden war. Nach einer Weile hatte Parr ihn von einer vernünftigeren Denkweise überzeugt. Und er stellte schließlich die Frage:

„Haben Sie die Nummern der Banknoten, die Brabazon ihm übergeben hat?"

„Die sind leicht zu merken, sie gehören zu einer Serie", und Parr zählte die Nummern auf, während Froyant eilig mitschrieb.

26

Die Flasche mit Chloroform

Thalia Drummond schrieb gerade einen Brief, als sie Besuch bekam. Von allen möglichen Leuten, die als Besucher in Frage kamen, war Milly Macroy allerdings die letzte, die sie erwartet hatte. Das Mädchen sah mitgenommen und müde aus, aber sie war nicht so weit von allem Menschlichen entfernt, daß sie nicht den feinen Salon hätte bewundern können, in den Thalia sie führte – das Dienstmädchen war bereits nach Hause gegangen.

„Hm, das ist ja ein Palast, Kleine“, sagte sie und betrachtete Thalia mit widerstrebender Bewunderung. „Du weißt eben, wie man es richtig macht, besser als der arme Flush.“

„Und wie geht es dem feinen Flush?“ fragte Thalia kühl.

Milly Macroys Gesicht verfinsterte sich.

„Hör mal“, sagte sie grob, „ich will nicht, daß in dem Ton über Flush geredet wird, verstehst du? Er ist da, wo du eigentlich sein müßtest. Du steckst genauso drin wie er.“

„Spiel mal nicht verrückt. Nimm deinen Hut ab und setz dich. Dich zu sehen, Macroy, ist ja wie in alten Zeiten.“

Das Mädchen murmelte etwas vor sich hin, nahm aber die Einladung an.

„Wegen Flush bin ich gekommen. Es wird geredet, daß eine Mordanklage gegen ihn aufgebaut werden soll, aber du weißt, er hat keinen Mord begangen.“

„Ich weiß? Woher sollte ich? Ich wußte ja nicht einmal, daß er in dem Haus war, bis ich es am nächsten Morgen in der Zeitung las – wie fix die bei der Zeitung sind, daß sie Neuigkeiten so heiß kriegen.“

Milly Macroy war nicht gekommen, um über das Zeitungsgeschäft zu reden. Sie steuerte also direkt auf ihr Thema zu, das, wie Thalia erwartet hatte, Flush Barnet und seine Zukunftsaussichten betraf.

„Drummond, ich bin nicht gekommen, um mich mit Ihnen zu streiten.“

„Das freut mich. Ich könnte auch gar nicht sagen, worüber wir uns streiten sollten.“

„Das sei dahingestellt“, bemerkte Macroy ironisch. „Die Frage ist, was gedenkst du für Flush zu tun? Du kennst doch alle diese feinen Pinkel, und du arbeitest für das Schwein Yale“, zischte sie fast heraus. „Yale hat Parr auf Marisburg Place gehetzt, von alleine wäre Parr da gar nicht draufgekommen, hat der gar nicht Köpfchen genug. Hast du die ganze Zeit bei Yale gearbeitet?“

„Daß ich nicht lache“, sagte Thalia verächtlich. „Ich arbeite tatsächlich für Yale, wenn Briefe schreiben und seinen Schreibtisch aufräumen Arbeit ist. Aber von welchen feinen Pinkeln redest du? Und was kann ich für Flush tun?"

„Du kannst zu Inspektor Parr gehen und ihm die alte Geschichte erzählen. Ich hab's mir alles schon ausgedacht, du kannst sagen, daß Flush scharf auf dich war und dich in das Haus reingehen sah und dir hinterherging und dann nicht mehr rauskonnte."

„Und was ist mit meinem Ruf?" fragte das Mädchen kühl. „Nein, Milly Macroy, du mußt dir etwas Netteres ausdenken, und überhaupt, ich glaube nicht, daß sie ihn wegen Mordes anklagen, nach dem, was Derrick Yale heute morgen sagte."

Sie stand auf und ging langsam durch das Zimmer, die Hände auf dem Rücken verschränkt.

„Was geht mich dieser Mann überhaupt an? Warum sollte ich mir die Mühe machen und für ihn aussagen?"

„Das werd ich dir sagen."

Miß Macroy erhob sich, die Hände in die Hüften gestützt, den Blick auf das Mädchen fixiert.

„Weil ich nämlich, wenn Brabazons Fall rankommt, hingehen und erzählen werde, wie du auf schnelle Weise zu Geld gekommen bist, als du Brabs Sekretärin warst. Ha! Das bringt dich auf Trab, was?"

„Wenn Brabazons Fall rankommt!" sagte das Mädchen langsam. „Wie? Haben sie Brabazon denn gefaßt?"

„Heute abend", antwortete das Mädchen triumphierend. „Parr. — Ich war gerade auf der Polizei, mich erkundigen wegen dem Geld, das Flush für mich hinterlassen hat, als sie ihn brachten."

„Brabazon ein Gefangener", sagte Thalia langsam. „Armer alter Brab!"

Die Macroy beobachtete sie durch halbgeschlossene Augenlider. Sie hatte Thalia Drummond nie leiden können, jetzt haßte sie sie sogar. Sie hatte auch Angst vor ihr, denn es lag etwas Bedrohliches in ihrer absoluten Kühle.

„Ich werde für Flush Barnet tun, was ich kann. Nicht weil ich vor deiner Aussage Angst habe — im Zeugenstand wirst du dich nicht gerade sehr überzeugend ausnehmen, Macroy —, sondern weil der arme kleine Gauner an dem Mord unschuldig ist."

Miß Macroy schluckte etwas angesichts dieser Beschreibung ihres Liebhabers.

„Ich werde morgen früh mit Yale sprechen. Ich weiß nicht, ob es etwas nutzen wird. Aber ich versuche, von Mensch zu Mensch mit ihm zu reden, wenn er mir Gelegenheit dazu gibt."

„Danke", sagte Miß Macroy etwas freundlicher, dann fuhr sie fort, die Wohnung in ihren abgenutzten Wendungen zu rühmen.

Thalia führte sie von Zimmer zu Zimmer.

„Was ist das da?"

„Die Küche", sagte Thalia, ohne Anstalten zu machen, die Tür zu öffnen. Die Macroy sah sie mißtrauisch an.

„Hast du einen Freund?" Bevor Thalia sie davon abhalten konnte, hatte sie die Tür geöffnet und war hineingegangen.

Die Küche war klein und leer. Das Licht brannte, so daß das Mädchen vermutete, Thalia war aus der Küche gekommen, als sie sie hereingelassen hatte.

Thalia hätte angesichts der offenkundigen Enttäuschung auf dem Gesicht der Macroy lachen mögen, die Lust dazu verging ihr jedoch, als diese zum Ausguß ging und eine Flasche in die Hand nahm.

„Was ist denn das?" Sie las das Etikett. Die Flasche war zur Hälfte mit farbloser Flüssigkeit gefüllt. Miß Macroy brauchte den Stopfen gar nicht herauszunehmen; das Etikett sagte ihr, was sie wissen wollte.

„Chloroform und Äther", las sie und sah dabei das Mädchen an.

„Wozu hast du Chloroform gebraucht?"

Nur einen kurzen Augenblick war Thalia befangen, dann lachte sie.

„Weißt du, Milly Macroy, wenn ich an den armen Flush Barnet im Brixton-Gefängnis denke, muß ich etwas schnüffeln, um ihn aus meinen Gedanken zu vertreiben."

Die Macroy knallte die Flasche wutschnaubend auf den Tisch.

„Du bist eine von der ganz schlimmen Sorte, Thalia Drummond. Irgendwann in der nächsten Zeit wird jemand um acht Uhr kommen, um dich wach zu rütteln und dich zu fragen, ob du noch irgendeine Nachricht für deine Freunde hast."

„Und ich werde antworten", sagte Thalia süßlich, „beerdigt mich gleich neben Flush Barnet, dem großen Gauner."

Miß Milly Macroy fiel erst eine schlagfertige Antwort ein, als sie in der Marylebone Road war, und da wurde ihr ärgerlicherweise bewußt, daß Thalia Drummond ihr in dem ganzen Gespräch nichts zugesichert hatte.

27

Mr. Parrs Mutter

Jack Beardmore hatte von Brabazons Verhaftung gehört und begab sich unverzüglich zum Polizeihauptquartier, um Parr zu sprechen.

Er stellte fest, daß der Gentleman nach Hause gegangen war.

„Wenn es wichtig ist, Mr. Beardmore", sagte der diensthabende Polizeibeamte, „können Sie ihn zu Hause in der Stamford Avenue antreffen."

Außer seinem natürlichen Interesse an dem Kreis und allem, was damit zusammenhing, hatte Jack kein weiteres Bedürfnis, den Inspektor zu besuchen, und außerdem hatte Derrick Yale ihm alles, was bekannt war, telefonisch mitgeteilt: „Parr glaubt, daß diese Verhaftung wichtige Folgen haben könnte. Nein, ich habe Brabazon nicht gesehen, aber ich begleite Parr morgen, wenn er ihn besucht."

Yale war anscheinend auch unerreichbar; er hatte so etwas angedeutet wie eine Theaterparty an diesem Abend, und so lenkte Jack seine Schritte nach Hause. Er hatte den Wagen weggeschickt, denn er brauchte etwas Bewegung, um seine Energien zu verbrauchen, und als er durch den dunklen Park ging, fragte er sich, was für ein Familienleben ein Mann wie Parr wohl führen mochte. Er hatte nie über seine Familie gesprochen, und sein Leben außerhalb des Polizeihauptquartiers war fast ein ebenso großes Geheimnis wie das, das er momentan aufzudekken versuchte.

Wo war die Stamford Avenue? Er hatte eine verlassene Stelle im Park erreicht, als er Schritte hinter sich zu hören vermeinte und sich umdrehte. Er war kein nervöser Typ, und normalerweise hätte ihn das Geräusch von jemandem, der hinter ihm ging, nicht dazu veranlaßt, sich umzudrehen. Der Weg zog sich an dichtem Rhododendrongesträuch entlang. Niemand war zu sehen. Jack ging weiter, seine Schritte beschleunigend.

Dann vernahm er keine Schritte mehr, doch als er sich umsah, glaubte er, einen Mann auf dem Rasen neben dem Weg bemerkt zu haben. Als Jack stehenblieb, hielt dieser auch an. Er wußte nicht, was er tun sollte. Den Mann zur Rede zu stellen würde ihn in eine absurde Lage bringen; warum sollte ein anständiger Bürger am Abend nicht einen Spaziergang im Park machen und in respektablem Abstand hinter ihm gehen?

Schließlich entdeckte er vor sich eine langsam laufende Gestalt – unverkennbar ein Polizist auf seinem Rundgang. Zu seiner Überraschung fühlte er sich erleichtert. Als er sich umsah, war die Gestalt, die ihm gefolgt war, verschwunden. Er versuchte, seinen Eindruck zu rekonstruieren: Wer immer ihn verfolgt hatte, es war eine kleine Gestalt gewesen. Zuerst meinte Jack, es könnte ein Junge gewesen sein, vielleicht ein armer Parkbettler, der sich erst Mut machen mußte, bevor er sich zu nähern wagte, um Geld für eine Übernachtung zu erbetteln. Es kam ihm dumm vor, daß er froh war, als er den Park hinter sich gelassen hatte, und dennoch war es so.

Er fragte einen Polizisten nach der Stamford Avenue.

„Der Bus dort drüben fährt hin, Sir, oder Sie nehmen ein Taxi und sind in zehn Minuten da."

Jack stand eine ganze Weile unschlüssig herum, ehe er ein Taxi rief. Mr. Parr würde dieses Eindringen in seine Privatsphäre zu Recht als Störung empfinden, und es gab auch wirklich keine Entschuldigung. Aber dann entschied er sich ganz plötzlich, rief ein Taxi und hatte kurze Zeit später vor der Tür zu Inspektor Parrs Häuschen dieselben Zweifel und Befürchtungen.

Parr selbst öffnete die Tür. Sein Gesicht war wie immer ausdruckslos, es zeigte weder Überraschung noch Verärgerung über die Ankunft des späten Besuchers.

„Kommen Sie herein, Mr. Beardmore. Ich bin gerade gekommen und esse Abendbrot. Ich nehme an, Sie haben schon vor längerer Zeit zu Abend gegessen."

„Ich will Sie nicht stören, Mr. Parr, es war nur sehr interessant für mich, zu hören, daß Sie Brabazon gefaßt haben, da dachte ich, ich käme mal vorbei."

Der Inspektor führte ihn ins Eßzimmer und blieb plötzlich stehen.

„Großer Gott!"

Jack wunderte sich, was ihn wohl so überrascht haben mochte.

„Würden Sie bitte hier warten?"

Zum erstenmal sah Jack den Polizeibeamten Parr verwirrt.

„Ich muß erst meiner alten Tante sagen, wer Sie sind. Sie ist Besucher nicht gewohnt. Ich bin Witwer, wissen Sie, und sie führt mir das Haus."

Er ging eilends ins Eßzimmer, die Tür hinter sich schließend. Jack spürte die Nervosität seines Gastgebers.

Ein paar Minuten vergingen. Er hörte, wie sich etwas rasch bewegte, dann öffnete Parr die Tür.

„Kommen Sie rein, Sir." Sein rotes Gesicht war noch dunkler geworden. „Setzen Sie sich, und entschuldigen Sie, daß ich Sie warten ließ."

Das Zimmer, in dem er sich befand, war gut und geschmackvoll eingerichtet. Jack ärgerte sich, daß er etwas anderes erwartet hatte.

Mr. Parrs Tante war eine ältliche Dame, die sich reichlich geistesabwesend benahm. Sie schien Parr ziemlich zu verunsichern. Er wandte kaum ein Auge von ihr, wenn sie sich im Zimmer bewegte, und sobald sie zu sprechen begann, unterbrach er sie auch schon, stets sehr höflich, aber immer sehr entschieden.

„Ich hoffe, Sie entschuldigen die Unordnung bei uns, Mr. – eh ..."

„Beardmore", sagte Jack.

„Sie behält das nie", murmelte der Inspektor.

„Ich kann das Haus nicht so unterhalten, wie Mutter es tat", sagte sie.

„Natürlich nicht, natürlich nicht, Tantchen", sagte Parr schnell. „Ein bißchen abwesend", murmelte er. „Nun, was wollten Sie wissen, Mr. Beardmore?"

Jack entschuldigte sich lachend für seinen Besuch.

„Der Kreis ist eine so komplizierte Angelegenheit, daß ich jeden Neuen im Verdacht habe, die Hauptfigur zu sein. Meinen Sie, daß die Verhaftung Brabazons uns helfen wird?"

„Ich weiß nicht", erwiderte Parr langsam. „Es könnte sein, daß Brabazon tatsächlich eine große Hilfe ist. Übrigens habe ich einen von meinen Männern damit beauftragt, auf ihn aufzupassen. Und ich habe Anweisung gegeben, daß der Wächter unter keinen Umständen die Zelle betritt."

„Sie denken an Sibly, den Seemann, der vergiftet wurde?"

Parr nickte.

„Finden Sie nicht, Mr. Beardmore, daß das das größte Rätsel von allen rätselhaften Morden des Kreises war?" Er stellte diese Frage sehr nüchtern, aber in seinen Augen war ein schwaches Leuchten, das Jack nicht entgangen war.

„Sie lachen? Warum? Ich finde, es war wirklich sehr rätselhaft, oder?"

„Ja, sehr", sagte der Inspektor. „In verschiedener Hinsicht, und die Vergiftung von Sibly wird meiner Meinung nach ein wichtigerer Faktor bei der Verhaftung des Kreises sein, als es die Festnahme unseres Freundes Brabazon ist."

„Mir wäre es lieber, du würdest nicht soviel von Verbrechen und Verbrechern reden", sagte seine Tante mürrisch; „wirklich John, du kannst einem sehr auf die Nerven gehen. Es mag Mutter gepaßt haben . . ."

„Ja, natürlich, Tantchen; es tut mir leid", beeilte sich Parr zu sagen. Als sie das Zimmer verlassen hatte, siegte Jacks Neugier über seine Diskretion.

„Mutter scheint ja ein Muster an Tugend gewesen zu sein", bemerkte er lächelnd und fragte sich im selben Augenblick, ob er einen Fauxpas begangen hatte.

Das Lachen Parrs gab ihm die Sicherheit zurück.

„Ja, wirklich ein Muster an Tugend; sie weilt zur Zeit nicht bei uns."

„Ist es Ihre Mutter, Mr. Parr?"

„Nein, meine Großmutter", sagte Parr, und Jack sah ihn erstaunt an.

28

Ein Schuß in der Nacht

Der Inspektor mußte fast fünfzig sein, und er rechnete schnell, wie alt seine Großmutter sein konnte, die sich für Verbrechen interessierte und das Haus in Ordnung hielt.

„Sie muß eine wunderbare alte Dame sein, und ich nehme an, sie würde sich sogar für den Kreis interessieren."

„Interessieren!" Mr. Parr lachte. „Wenn Mutter der Bande mit der Autorität, die ich habe, auf der Spur wäre, dann würden die noch heute nacht in der Cannon-Street-Polizeistation hinter Schloß und Riegel sitzen."

Während der ganzen Zeit, in der sie sich unterhielten, beschäftigte Jack die Frage, warum das Zimmer trotz seiner Ordnung den Eindruck von Unaufgeräumtheit gemacht hatte. Aber er konnte nicht lange bei seinen Gedanken verweilen, denn Mr. Parr war in ungewöhnlich mitteilsamer Stimmung. Er ging sogar so weit, Jack einige der unangenehmen Dinge zu erzählen, die ihm der Chef gesagt hatte.

„Natürlich ist das Hauptquartier ziemlich nervös wegen der Fortdauer dieser Verbrechen. So etwas hatten wir seit fünfzig Jahren nicht. Ich glaube wirklich, seit den Ripper-Morden hat es nicht mehr solche Mordorgie gegeben. Es mag für Sie auch interessant sein, daß der Kreis, wer immer es ist, seit fast fünfzig Jahren der erste Verbrecher ist, der die Taten wirklich organisiert. Kriminelle Organisationen sind lockere Verbindungen, sie hängen, was ihre Sicherheit betrifft, davon ab, daß jeder Gauner ein Gefühl für Ehre hat, was mir jedoch noch nie begegnet ist, und so halten sie sich nicht lange. Der Kreis allerdings ist ein Mann, der niemandem traut. Er kann nicht verraten werden, weil niemand in der Lage ist, ihn zu verraten. Selbst die unteren Chargen können einander nicht verraten, weil es ganz klar ist, daß sie sich weder dem Namen nach noch von Angesicht kennen."

Er diskutierte mit großem Engagement weiter über Fälle, mit denen er zu tun hatte. Es war fast halb zwölf, als Jack sich – wiederum mit einer Entschuldigung – erhob.

„Ich bringe Sie zur Haustür. Sie haben Ihr Auto hier, nicht?"

„Nein, ich bin mit dem Taxi gekommen."

„Hm, ich dachte, ich hätte ein Auto vorfahren sehen. Das ist hier keine Gegend, in der man Autos besitzt; wahrscheinlich ist es ein Arztauto."

Er öffnete die Tür, und wie er gesagt hatte, stand ein schwarzes Auto an der Bordsteinkante.

„Es scheint mir so, als hätte ich das vorhin schon gesehen", sagte der Inspektor und machte einen Schritt nach vorn. Während er das tat, schoß ein Feuerstrahl aus dem Innern des dunklen Autos heraus, es gab einen ohrenbetäubenden Lärm, und Inspektor Parr fiel in Jacks Arme und sank dann auf die Erde. Eine Sekunde später jagte das Auto die Straße hinauf; es war ohne Licht und verschwand gerade um die Ecke, als die aufgeschreckten Bewohner in ihren Türen erschienen.

Ein Polizist kam auf dem Bürgersteig entlang gelaufen; gemeinsam hoben sie Parr auf und trugen ihn ins Eßzimmer. Glücklicherweise war die Tante bereits schlafen gegangen und hatte offensichtlich nichts gehört und gesehen.

Inspektor Parr öffnete die Augen und blinzelte.

„Das war böse", sagte er, vor Schmerzen zusammenzuckend. Er griff vorsichtig in seine Weste und holte ein flaches Bleistück heraus. „Ich kann froh sein, daß er keine Automatik benutzt hat", sagte er grinsend, als er Jacks Erstaunen sah. „Der Kreis ist nur einer von dreien, die eine kugelsichere Weste tragen. Ich bin der zweite, und", er machte eine Pause, „Thalia Drummond ist die dritte, wie ich zufällig weiß."

Er sprach eine Weile nicht, dann sagte er zu Jack: „Rufen Sie bitte Derrick Yale an. Ich glaube, er wird sehr überrascht sein."

Seine Vorhersage war eine starke Untertreibung des tatsächlichen Sachverhalts.

Derrick Yale erschien eine halbe Stunde nach dem Zwischenfall in solcher Eile, daß man annehmen mußte, er hatte nur etwas über seinen Pyjama geworfen. Er hörte sich Parrs Geschichte an, und dann sagte er: „Ich möchte Sie ja nicht beleidigen, Inspektor, aber Sie sind der letzte auf der Welt, von dem ich angenommen hätte, daß man ihn erschießen wollte."

„Danke", sagte Parr, der sich vorsichtig ein Mullkissen auf seine verletzte Brust legte.

„Das sollte nicht unhöflich sein. Ich meine nur, daß ich eine so deutliche Herausforderung der Polizei wirklich nicht von denen erwartet hätte." Er runzelte die Stirn. „Ich versteh es nicht", sagte er wie zu sich selbst. „Ich frage mich, warum sie Ihre Adresse wissen wollte, ich rede von Thalia Drummond. Sie hat mich heute morgen danach gefragt. Soviel ich weiß, steht Ihr Name weder im Telefonbuch noch im Adreßbuch."

„Was haben Sie gesagt?"

„Ich habe ihr eine ausweichende Antwort gegeben, aber mir fällt gerade ein, daß ihr mein privates Adreßbuch zugänglich ist und daß sie sie dort gefunden haben kann. Ich weiß nicht, ob sie es vielleicht getan hat."

Jack seufzte heftig.

„Also wirklich, Yale, Sie wollen doch damit nicht sagen, daß Miß Drummond den Schuß abgefeuert hat, oder? Wenn nämlich, dann ist das einfach lächerlich. Ja, ich weiß, was Sie sagen wollen: Sie hat es ganz dick hinter den Ohren und hat sich schon allerlei kleiner Vergehen schuldig gemacht, aber das macht sie nicht zu einer Mörderin!"

„Sie haben ganz recht. Ich bin ungerecht zu dem Mädchen, und es sieht nicht so aus, als würde ich ihr ernsthaft eine Chance geben. Übrigens wollte ich heute sowieso zu Ihnen kommen, Parr." Dabei zog er aus seiner Tasche eine Karte und legte sie auf den Tisch. „Wie wirkt das auf Ihre Nerven?"

„Wann haben Sie die erhalten?"

„Sie wartete im Briefkasten auf mich, aber ich habe sie merkwürdigerweise erst gesehen, als ich rauseilte, um ein Taxi hierher zu finden. Ist das nicht stark?"

Die Karte trug das den beiden Männern nur allzu vertraute Zeichen, dessen bloßer Anblick Jack zum Schaudern brachte. Im Kreis stand geschrieben:

Sie arbeiten für die Verlierer. Arbeiten Sie statt dessen für uns, und Sie bekommen das Zehnfache dafür. Machen Sie mit Ihrer gegenwärti-

gen Arbeit weiter, werden Sie am Vierten des kommenden Monats sterben.

„Da haben Sie noch zehn Tage", sagte Parr ernst, und war es nun wegen der Schmerzen oder wegen der Aufregung, er wurde jedenfalls ganz bleich. „Zehn Tage", murmelte er.

„Natürlich nehme ich nicht die geringste Notiz von dieser Drohung", sagte Derrick Yale fröhlich. „Ich muß gestehen, nach meiner unerfreulichen Erfahrung im Büro schreibe ich denen übernatürliche Gaben zu."

„Zehn Tage. Haben Sie schon irgendwelche Pläne gemacht? Wo würden Sie normalerweise am Vierten des nächsten Monats sein?"

„Es ist komisch, daß Sie danach fragen. Aber ich hatte tatsächlich schon geplant, nach Deal zum Angeln zu fahren. Ein Freund von mir hat mir ein Motorboot geliehen, und ich wollte die Nacht auf dem Kanal verbringen, ich hatte tatsächlich alles für diesen Tag so eingerichtet."

„Sie können planen, was Sie wollen, aber Sie werden auf keinen Fall allein fahren", sagte Parr nachdrücklich. „Und nun können Sie sich alle davonmachen. Danken Sie Ihren guten Sternen, daß meine Tante nicht wach geworden und Mutter nicht hier ist."

Das letzte war für Jack bestimmt, der auch verständnisinnig lächelte.

29

Der Rote Kreis

Harvey Froyant tat sich etwas darauf zugute, daß er zu niemandem Vertrauen hatte. Er vertraute dem Anwalt bis zu einem gewissen Punkt, aber dessen Verbindung zu fragwürdigen Leuten hätte Harveys Vertrauen schon gedämpft.

Zwei Abende nach dem Schuß auf Parr besuchte der kleine Anwalt seinen Auftraggeber, und er zitterte von Kopf bis Fuß vor Aufregung. Er war einer der neuen Banknotenserien, die der Kreis Brabazon abgenommen hatte, auf der Spur.

„Wir haben jetzt eine heiße Spur, Mr. Froyant, und wenn wir in der Richtung weitermachen, finden wir den ursprünglichen Einwechsler bestimmt."

Aber hier blieb Froyant hart. Er konnte und wollte den Fall nicht vollständig in die Hände dieses Mannes legen. Bis hierher mochte die Anwaltsfirma Heggitt gehen, aber den Rest würde er von einer anderen Firma erledigen lassen. Das sagte er auch ausdrücklich.

„Ich bedaure, daß Sie mich nicht weitermachen lassen", sagte der enttäuschte Heggitt. „Ich habe diese Suche persönlich durchgeführt, und ich kann Ihnen versichern, daß nur noch ein paar Schritte fehlen von dem Mann, den wir mit dem Geld entdeckt haben, zu dem Mann, den Sie suchen."

Das wußte Harvey Froyant sehr gut.

Jack Beardmore hatte eine tiefe Wahrheit ausgesprochen, als er sagte, daß dieser Mann nicht ruhen würde, bis er das verlorene Geld wiederhätte. Es war Anreiz zum Nachdenken und ein Stachel, der ihn nachts wach hielt und morgens weckte in dem Gefühl purer Verzweiflung.

Harvey war jetzt, da der Boden für ihn geebnet war, gut gerüstet, um die Nachforschungen bis zum Ende selbst durchzuführen. Er hatte durch Kauf und Verkauf von Boden in jedem Land der Erde ein Vermögen gemacht. Ohne Kapital hatte er durch persönlichen Einsatz eine siebenstellige Summe zusammengetragen. Und so etwas war nicht zu erreichen, indem man im Büro saß und auf die Untergebenen vertraute. Es hatte ständiges Reisen, endlose Nachforschungen und rücksichtsloses Erkunden der persönlichen Umstände seiner Verhandlungspartner bedeutet, letzteres eine Besonderheit, die er, ohne es zu wissen, mit James Beardmore teilte. Er nahm sich seiner eigenen Sache mit Eifer an und informierte weder Yale noch Parr über seine Absichten.

Wie Heggitt gesagt hatte, war es ziemlich einfach, das Geld weiter zu verfolgen, zumindest drei Stufen weiter. Seine Nachforschungen führten ihn zu einer Wechselstube auf dem „Strand", zu einem Touristenbüro und schließlich zu einer äußerst respektablen Bank. Das war für ihn besonders günstig, denn es handelte sich um eine Filiale der Bank, die seine Geschäfte führte.

Drei Tage lang steckte er seine Nase überall hinein, stellte Fragen, durchsuchte Bücher — wozu er gar nicht berechtigt war —, und langsam, aber sicher kam er zu einer Schlußfolgerung. Er war allerdings nicht damit zufrieden, die Sache bei der Entdeckung des ursprünglichen Überbringers der Banknoten zu belassen. Nicht einmal der Leiter der Filiale, der ihm die Möglichkeit eingeräumt hatte, Privatkonten einzusehen, und danach von seinen Vorgesetzten dafür getadelt wurde, wußte genau, was sein Ziel war oder gegen wen seine Nachforschungen gerichtet waren.

Am Morgen des ersten Tages begab sich Froyant eilends nach Frankreich. Er hielt sich nur zwei Stunden lang in Paris auf, in der Nacht war er bereits unterwegs nach dem Süden. In Toulouse kam er um neun Uhr morgens an; auch hier war wieder das Glück auf seiner Seite, denn ein bedeutender Beamter der Stadt war vor ein paar Jahren einer seiner Agenten in einer geschäftlichen Angelegenheit gewesen.

Monsieur Brassard begrüßte seinen Gast freudig, was Froyant jedoch dessen Hoffnung auf ein neues Geschäft und einen Auftrag zuschrieb. Das schien in der Tat so zu sein, denn er war schon weniger begeistert, als er den Grund des Besuches erfuhr.

„Ich kümmere mich nicht um diese Angelegenheiten, denn obwohl ich

Anwalt bin, hat meine Arbeit nichts mit dem Kriminalgericht zu tun, mein lieber Mr. Froyant." Er strich sich gedankenvoll über seinen langen Bart. „Ich erinnere mich sehr gut an Marl – Marl und noch ein anderer, ein Engländer, glaube ich."

„Ein Mann namens Lightman?"

„Ja, so hieß der Kerl. Großer Gott, ja!" Sein Gesicht drückte Abscheu aus. „Natürlich, das ist schon allgemeine Geschichte. Das waren zwei Schurken! Einer erschoß den Kassierer und den Wächter der Nimes Bank, und es gab zwei weitere Morde hier in Toulouse, mit denen ihre Namen in Verbindung gebracht wurden. Ich erinnere mich sehr gut an ihre Namen – und diesen schrecklichen Zwischenfall!" Er schüttelte den Kopf.

„Was für ein schrecklicher Zwischenfall?" fragte Mr. Froyant neugierig.

„Das passierte, als Lightman zur Exekution geführt wurde. Ich glaube, unsere Henker müssen betrunken gewesen sein, denn das Messer funktionierte nicht; zweimal, dreimal fiel es, berührte aber nur seinen Hals. Und als die entsetzten Zuschauer dazwischengingen – Sie wissen, unsere Franzosen sind sehr emotional –, hätte es einen Aufruhr gegeben, wenn man den Gefangenen nicht ins Gefängnis zurückgeführt hätte. Ja, der Rote Kreis ist davongekommen."

Mr. Froyant, der an einer Tasse Kaffee nippte, sprang auf, wobei er die Tasse umriß und ihren Inhalt verschüttete.

„Der was?" schrie er geradezu.

Mr. Brassard sah ihn mit offenem Mund an.

„Was ist los, Monsieur?" fragte er, mit einem Auge zu dem befleckten Teppich schielend.

„Der Rote Kreis! Was meinen Sie damit?" fragte Froyant, vor Aufregung zitternd.

„Das war Lightman", erklärte Brassard, erstaunt über die Wirkung seiner Worte. „Das war sein üblicher Name. Aber mein Angestellter wird mehr wissen, denn er hat sich damals sehr für die Sache interessiert, im Gegensatz zu mir."

Er läutete, und ein älterer Franzose kam herein.

„Erinnern Sie sich an den Roten Kreis, Jules?"

„Sehr gut, Monsieur. Ich war bei der Exekution. Entsetzlich!" Er hob beide Hände in einer ausdrucksstarken Geste.

„Warum wurde er der Rote Kreis genannt?"

„Wegen eines Zeichens." Der Mann fuhr mit seinem langen Finger um seinen Hals herum. „Um seinen Hals, Monsieur, zog sich ein roter Kreis; daher der Name. Lange vor der Exekution erzählte man sich, daß ihn niemals ein Messer berühren würde, denn solche Zeichen sollen Zauberkraft besitzen. Ich glaube, es war ein Muttermal. Auf dem Weg zur Exekution traf ich viele Leute – meinen Freund Thiep zum Beispiel –, die sicher waren, daß die Exekution nicht stattfinden würde. – Wenn sie genauso sicher gewußt hätten, daß der Henker und seine Gehilfen betrunken waren und die Guillotine so schlecht aufgebaut hatten, daß das Messer nicht funktionieren konnte, dann wären sie wohl schlauer gewesen."

Mr. Froyant atmete jetzt sehr schnell.

Stück für Stück wurde die ganze Wahrheit enthüllt, so daß er die Sache jetzt klar und deutlich vor sich sah.

„Was ist mit dem Roten Kreis passiert?"

„Ich weiß nicht", antwortete Jules und zuckte mit der Schulter. „Er wurde auf eine Insel gebracht, und Marl, der Kronzeuge wurde, hat man entlassen. Vor einiger Zeit habe ich gehört, Lightman sei entkommen. Aber ich weiß nicht, ob das stimmt."

Lightman war tatsächlich entkommen, wie Froyant schon vermutet hatte. Froyant verbrachte den weiteren Tag in fieberhafter Suche nach allen verfügbaren Dokumenten beim Staatsanwalt. Er beendete zwölf anstrengende Arbeitsstunden mit der Prüfung von Fotos im Büro des Gefängnisdirektors.

Man kann sagen, daß Mr. Froyant an jenem Abend mit dem Gefühl völliger Zufriedenheit in sein Bett im Hotel Anglaise ging und darüber hinaus das Vergnügen genoß, da erfolgreich gewesen zu sein, wo die gescheitesten Polizisten versagt hatten. Das Geheimnis des Feuerroten Kreises war kein Geheimnis mehr.

30

Froyant wird zum Schweigen gebracht

Froyants Besuch in Frankreich war nicht unbemerkt geblieben, sowohl Yale als auch Inspektor Parr wußten, daß er gefahren war, also wußte es auch der Kreis, wenn Thalia Drummonds Telegramm sein Ziel erreicht hatte.

Seltsamerweise boten gerade diese von Thalia abgeschickten Telegramme und Nachrichten Yale einen Vorwand für seinen Besuch im Hauptquartier — genau an dem Abend, an dem Mr. Froyant im Triumph aus Frankreich kam.

Bei seiner Rückkehr ins Büro fand Parr Yale am Inspektortisch sitzen, eine kleine, aber erlesene Zuhörerschaft von Polizisten mit einer Darstellung seiner ungewöhnlichen Kräfte unterhaltend. Seine Fähigkeiten in dieser Richtung waren verblüffend. Anhand eines Ringes, den ihm ein Polizeiinspektor gereicht hatte, erzählte er dem verwirrten Zuhörer nicht nur dessen ganze Lebensgeschichte, sondern zu dessen Verwunderung auch eine kleine, bislang geheimgehaltene Geschichte.

Als Parr hereinkam, gab ihm sein Assistent einen versiegelten Umschlag. Nachdem er die mit Maschine geschriebene Adresse gelesen hatte, legte er denselben in Yales ausgestreckte Hand.

„Sagen Sie mir, wer ihn geschickt hat."

Yale lachte.

„Ein sehr kleiner Mann mit einem irrsinnig gelben Bart; er spricht durch die Nase, und er unterhält einen Laden."

Ein feines Lächeln erschien auf Parrs Gesicht.

„Aber das ist keine Psychometrie, ich weiß nämlich zufällig, daß er von Mr. Johnson aus der Mildred Street kommt."

Er grinste angesichts der Sprachlosigkeit von Mr. Parr. Als sie allein waren, gab er eine Erklärung.

„Ich weiß zufällig, daß Sie entdeckt haben, wo alle Nachrichten des Kreises hingeschickt werden. Ich allerdings weiß schon sehr lange davon, und jede an den Kreis geschickte Nachricht ist auch von mir gelesen worden. Mr. Johnson hat mir erzählt, daß Sie Nachforschungen anstellen. Ich sagte ihm, er solle Ihnen alles brieflich erklären."

„Sie haben es also die ganze Zeit gewußt?" fragte Parr zögernd. Derrick Yale nickte.

„Ich wußte, daß für den Kreis bestimmte Nachrichten an diesen kleinen Zeitungshändler adressiert werden und daß jeden Nachmittag und Abend ein kleiner Junge kommt, um sie abzuholen. Ich muß allerdings zu meiner eigenen Schande bekennen, daß ich es bisher noch nicht vermocht habe, die Person auszumachen, die die Briefe aus der Tasche des Jungen stibitzt."

„Aus der Tasche stibitzt?" wiederholte Parr, und Yale hatte seinen Spaß an der Rätselhaftigkeit der Sache.

„Der Junge hat die Instruktion, die Briefe in der Jackentasche zu tragen und die belebte High Street entlangzulaufen. Während er das tut, nimmt jemand die Briefe aus seiner Tasche, ohne daß er es merkt."

Inspektor Parr setzte sich auf den Stuhl, den Yale frei gemacht hatte, und rieb sich das Kinn.

„Sie sind ein erstaunlicher Geselle", sagte er, „und was haben Sie noch entdeckt?"

„Was ich schon immer vermutet hatte, daß Thalia Drummond in Verbindung mit dem Kreis steht und ihm alle Informationen weitergereicht hat, deren sie habhaft werden konnte."

„Was wollen Sie da machen?"

„Ich habe Ihnen doch gesagt, daß sie uns zu dem Kreis führen würde", erwiderte Yale leise, „und früher oder später werden sich meine Vorhersagen als richtig erweisen. Es ist jetzt zwei Monate her, daß ich unseren Freund, der einen kleinen Zeitungsladen führt, dazu überredete, mich alle Briefe, die an Johnson adressiert sind, zuerst lesen zu lassen. Es bedurfte einiger Überredungskunst, denn unser Zeitungshändler ist ein ehrlicher und aufrechter Mann, aber es ist meine Erfahrung und vielleicht auch Ihre, daß die bloße Andeutung, daß es sich um einen Dienst an der Gerechtigkeit handelt, einen Menschen dazu veranlassen kann, den schändlichsten Treuebruch zu begehen. Ich hatte mir erlaubt anzudeuten, ohne es zu behaupten, daß ich ein regulärer Polizeibeamter wäre; ich hoffe, Sie haben nichts dagegen."

„Manchmal denke ich, Sie sollten ein regulärer Polizeibeamter sein. – Thalia Drummond steht also in Verbindung mit dem Kreis?"

„Ich werde sie natürlich weiterhin beschäftigen. Je näher sie mir ist, desto ungefährlicher wird sie sein."

„Was will Froyant im Ausland?"

Derrick Yale zuckte mit den Schultern.

„Er hat viele geschäftliche Verbindungen zum Ausland, und wahrscheinlich hat er Geschäft zu erledigen. Er besitzt etwa ein Drittel der Weingärten in der Champagne. Ich nehme an, Sie wissen das?"

Der Inspektor nickte. Dann schwiegen beide. Jeder war mit seinen Gedanken beschäftigt. Parr dachte in erster Linie an Froyant und warum er nach Toulouse gefahren war.

„Woher wußten Sie, daß er nach Toulouse gefahren war?" fragte Yale.

Die Frage kam so unerwartet und war eine so überraschende Fortsetzung seiner eigenen Gedanken, daß Parr aufsprang. „Du lieber Himmel! Sie können wirklich Gedanken lesen."

„Manchmal", sagte Yale, ohne zu lächeln. „Ich hatte gedacht, er wäre nach Paris gefahren."

„Er war in Toulouse", sagte der Inspektor knapp, ohne zu erklären, woher er das wußte.

Nichts von dem, was Derrick Yale bisher getan hatte, keine Demonstration seiner Talente hatte den gelassenen Polizeiinspektor so aus dem Konzept gebracht wie diese Erfahrung von Gedankenübertragung. Das alarmierte, ja ängstigte ihn sogar, und er war immer noch erschüttert, als Harvey Froyant anrief.

„Sind Sie das, Parr? Ich möchte, daß Sie zu mir kommen. Bringen Sie Yale mit. Ich habe eine sehr wichtige Mitteilung zu machen." Parr legte nachdenklich den Hörer auf.

„Was, zum Teufel, weiß er?" sagte er, zu sich selbst redend.

Yales Augen, die die ganze Zeit auf das Gesicht des Inspektors gerichtet waren, leuchteten für einen kurzen Augenblick in einem seltsamen Licht auf.

Thalia Drummond hatte ihr einfaches Mahl beendet und war mit häuslichen Dingen wie Strümpfestopfen beschäftigt. Eine gar nicht häusliche Aufgabe, von weitaus größerer Bedeutung, bestand darin, nicht an Jack Beardmore zu denken. Es gab Augenblicke, in denen der Gedanke an ihn ein scharfer Schmerz war, und da Augenblicke der Ruhe und Einsamkeit wie dieser das Grübeln förderten, hatte sie ihre Arbeit gerade beiseite gelegt und suchte nach einer neuen Ablenkung, als die Glocke läutete.

Es war ein Eilbote, in seiner Hand trug er ein quadratisches Paket, das wie ein Schuhkarton aussah.

Es war mit handgeschriebenen Druckbuchstaben an sie adressiert. Das Herz klopfte ihr, als sie erkannte, wo es herkam. Zuoberst fand sie einen Brief vom Kreis, er lautete:

Sie kennen den Eingang in Froyants Haus. Es gibt einen Eingang vom Garten zum Luftschutzkeller unter seinem Arbeitszimmer. Verschaffen Sie sich Zugang und nehmen Sie den Inhalt des Paketes mit. Warten Sie in dem Kellerraum, bis ich Ihnen weitere Instruktionen gebe.

Sie nahm den Inhalt aus dem Karton. Der erste Gegenstand war ein großer Stulpenhandschuh, der ihr fast bis zum Ellbogen ging. Es war ein Männerhandschuh, und zwar von der linken Hand. Ansonsten befand sich lediglich noch ein langes spitzes Messer, das einen gewölbten Handschutz hatte, in dem Karton. Sie faßte es vorsichtig an und fühlte die Schneide, sie war scharf wie eine Rasierklinge. Lange Zeit saß sie da und blickte auf die Waffe und den Handschuh, dann stand sie auf und ging zum Telefon. Sie wartete sehr lange, bis ihr die Telefonistin mitteilte, daß niemand an den Apparat ging.

Um neun Uhr.

Sie sah auf ihre Uhr. Es war schon nach acht, und sie hatte keine Zeit zu verlieren. Sie packte den Handschuh und das Messer in eine große Lederhandtasche, warf sich selbst einen Mantel über und ging hinaus.

Eine halbe Stunde später schritten Yale und Mr. Parr die Stufen zu Froyants Wohnsitz hinauf. Das erste, was Yale auffiel, war die strahlende Beleuchtung des Flurs; alle Lichter in der Halle und auch auf dem Absatz oben waren an, ein merkwürdiger Umstand angesichts der Sparsamkeit von Froyant. Gewöhnlich begnügte er sich mit einem trüben Licht in der Halle, und die Zimmer, in denen niemand war, blieben dunkel.

In die Bibliothek kam man von der Haupthalle; die Tür war weit geöffnet, und die Besucher sahen, daß dieser Raum genauso strahlend erleuchtet war wie die Halle.

Froyant saß an seinem Schreibtisch, mit einem Lächeln auf seinem müden Gesicht, und trotz der Erschöpfung lag in jeder Geste, in jedem Ton seiner Stimme Selbstzufriedenheit.

„Nun, meine Herren“, sagte er fast jovial, „ich werde Ihnen etwas mitteilen, was Sie sowohl überraschen als auch amüsieren wird.“

Er lachte in sich hinein und rieb sich die Hände. „Ich habe gerade den Polizeichef angerufen, Parr. In einem solchen Fall möchte man ganz sichergehen. Ihnen beiden könnte alles mögliche zustoßen, wenn Sie das Haus verlassen, und wir können nicht zu viele in unser Geheimnis einweihen. Legen Sie doch Ihre Mäntel ab. Die Geschichte, die ich Ihnen erzählen möchte, wird etwas dauern."

In dem Augenblick ertönte das Telefon.

„Ja, ja, Colonel. Ich habe eine sehr wichtige Mitteilung zu machen. Darf ich Sie in ein paar Sekunden anrufen? Sie sind dann da? Gut." Er legte den Hörer zurück. Sie sahen, wie er unentschlossen die Stirn krauste und dann sagte: „Ich spreche doch besser gleich mit dem Colonel, wenn es Ihnen nichts ausmacht, nach nebenan zu gehen und die Tür zu schließen. Ich möchte nämlich nichts von meiner kleinen Sensation vorwegnehmen."

„Natürlich", sagte Parr und ging aus dem Zimmer.

Yale zögerte.

„Ist diese Mitteilung über den Kreis?"

„Ich werde es Ihnen erzählen. Geben Sie mir nur noch fünf Minuten, und dann sollen Sie Ihre Sensation haben."

Yale lachte, und Parr, der schon in der Halle war, lächelte wohlwollend mit.

„Es gehört aber viel dazu, mich zu schrecken", sagte Yale. Er kam aus dem Zimmer und blieb einen Augenblick, die Tür in der Hand, stehen. „Und nachher werde ich Ihnen etwas über unsere Freundin Drummond erzählen. Oh, ich weiß, Sie sind nicht interessiert, aber diese kleine Sache wird Sie vielleicht genauso interessieren wie die Geschichte, die Sie uns erzählen wollen."

Parr sah ihn lächeln und nahm an, daß Froyant etwas wenig Schmeichelhaftes über Thalia Drummond gemurmelt hatte.

Yale schloß sanft die Tür. „Ich möchte nur wissen, was das für eine Sensation ist, und was, zum Teufel, hat er Ihrem Colonel zu sagen?"

Sie gingen in den vorderen Salon, der gleichermaßen erleuchtet war.

„Das ist ungewöhnlich, nicht wahr, Steere?" sagte Yale, der den Butler kannte.

„Ja, Sir. Mr. Froyant ist gewöhnlich nicht unmäßig in Fragen des Stroms. Aber er sagte mir, er wolle heute abend alle Lichter anhaben und er wolle kein Risiko eingehen, was immer das bedeuten mag. Ich habe ihn noch nie so erlebt. Er hat zwei geladene Revolver in seiner Tasche — das finde ich seltsam. Er haßt diese Feuerwaffen, ja, das tut er wirklich, unser Mr. Froyant."

„Woher wissen Sie, daß er Revolver hat?" fragte Parr scharf.

„Weil ich sie für ihn geladen habe. Ich war bei der berittenen Polizei, und ich weiß mit Waffen umzugehen. Eine davon ist meine."

Yale pfiff und blickte zum Inspektor. „Es sieht so aus, als kenne er nicht nur den Kreis, sondern erwarte auch noch Besuch. Übrigens, haben Sie ein paar Männer zur Verfügung?"

„Auf der Straße sind ein paar Detektive; sie sollen sich dort aufhalten, für den Fall, daß sie gebraucht werden."

Sie konnten Froyants Stimme am Telefon nicht hören, denn die Wände des Hauses waren dick.

Eine halbe Stunde verging, und Yale wurde ungeduldig.

„Fragen Sie ihn doch, Steere, ob er uns braucht." Aber der Butler schüttelte den Kopf.

„Ich kann ihn nicht stören. Vielleicht kann einer von den Herren hineingehen. Wir gehen niemals hinein, wenn nicht nach uns geläutet wurde."

Parr war kaum aus dem Zimmer, als er auch schon die Tür zu Froyants Arbeitszimmer aufriß. Die Lichter strahlten, und er hatte nicht den geringsten Zweifel über das, was geschehen war, als er die Gestalt Froyants zusammengesunken im Sessel sah. Harvey Froyant war tot. Der Griff eines Messers stak aus der linken Brust heraus, eines Messers mit einem stählernen schalenförmigen Handschutz. Auf dem Schreibtisch lag ein blutbefleckter lederner Stulpenhandschuh.

Der überraschte Aufschrei Parrs ließ Yale in das Zimmer eilen. Parrs Gesicht war weiß wie der Tod, als er auf die tragische Gestalt im Sessel starrte, keiner der beiden Männer sprach ein Wort.

Dann ordnete Parr an: „Rufen Sie meine Männer herein. Niemand verläßt das Haus. Sagen Sie dem Butler, er soll die Dienstboten versammeln und sie in der Küche festhalten."

Er nahm jedes Detail im Zimmer auf. Vor den Fenstern, die auf ein grünes Karee auf der Hinterseite des Hauses gingen, waren schwere Samtvorhänge. Er zog sie zur Seite. Dahinter kamen Rolläden zum Vorschein, die sicher befestigt waren.

Wie war Harvey Froyant getötet worden?

Sein Schreibtisch stand gegenüber dem Kamin, es war ein schmaler Tisch, dessen geringe Ausmaße jeden normalen Menschen irritiert hätten, aber dem toten Geldgeber war er ein Lieblingsstück gewesen.

Von wo war der Mörder gekommen? Das Messer war von oben nach unten geworfen worden, und die Theorie, daß der Angreifer für ihn völlig überraschend kam, war zumindest plausibel. Aber warum dann der Handschuh? Inspektor Parr behandelte ihn mit Vorsicht. Es war ein lederner Stulpenhandschuh, so wie Chauffeure sie benutzen, und er war sehr abgenutzt.

Der nächste Schritt war, den Chef anzurufen, und wie er bereits vermutet hatte, wartete der Colonel auf eine Nachricht von Froyant.

„Dann hat er gar nicht mit Ihnen telefoniert?"

„Nein. Was ist passiert?"

Parr gab einen kurzen Bericht und hörte sich ungerührt den stammelnden Wutausbruch seines Chefs am anderen Ende der Leitung an. Gleich danach legte er den Hörer auf und ging in die Halle, wo er seine Leute schon postiert fand.

„Ich durchsuche jeden Raum in dem Haus."

Er war eine halbe Stunde weg und kam dann zu Yale zurück.
„Und?“ fragte dieser eifrig.
Parr schüttelte den Kopf.
„Nichts, es ist niemand hier, der nicht das Recht hätte, hier zu sein.
Wie ist er in das Zimmer gekommen? Der Weg durch die Halle war niemals frei, nur als Steere im Salon war.“
„Vielleicht gibt es eine Falltür im Fußboden“, meinte Yale.
„Es gibt keine Falltüren in den Salons der Häuser im West End von London“, stieß Parr aus, eine weitere Durchsuchung ergab jedoch ein überraschendes Ergebnis.
Als sie eine Ecke des Teppichs anhoben, kam eine kleine Falltür zum Vorschein, und der Butler erklärte dazu, daß Mr. Froyant im Krieg, als es jede Nacht Bombenangriffe gab, in einem der unteren Weinkeller einen Luftschutzraum aus Beton hatte bauen lassen, zu welchem man über eine Treppenflucht von seinem Arbeitszimmer aus Zugang hatte.
Parr ging die Treppe hinunter, mit einem Kerzenlicht ausgestattet. Er fand sich in einem kleinen, quadratischen Raum, einer Zelle ähnlich, wieder. Es gab dort eine Tür, die jedoch verschlossen war. Bei einer Durchsuchung Froyants fand man den Hauptschlüssel. Hinter der ersten Tür befand sich eine zweite aus Stahl, die ins Freie führte. Die Häuser in der Straße hatten ein Stück Rasen und Sträucher gemeinsam.
„Es ist sehr gut möglich, durch das Tor am Ende des Gartens hier hereinzukommen“, sagte Yale, „und ich würde meinen, daß der Mörder hier entlanggekommen ist.“ Er leuchtete mit seiner Taschenlampe den Fußboden ab. Plötzlich bückte er sich hinunter und spähte. „Hier ist eine frische Fußspur, und zwar von einer Frau!“
Parr sah über seine Schulter.
„Es gibt wohl keinen Zweifel, die ist frisch“, sagte er, und dann trat er plötzlich einen Schritt zurück.
„Mein Gott!“ stieß er hervor, mit von Schrecken belegter Stimme. „Was für eine teuflische Intrige!“ Denn es schoß ihm durch den Kopf, daß das die Fußspuren von Thalia Drummond waren.

31

Thalia beantwortet einige Fragen

Derrick Yale las, den Kopf in die Hände gestützt, eine Zeitung. Er hatte schon ein Dutzend an diesem Morgen gelesen und sie alle beiseite geschoben, um wieder eine andere durchzusehen.
„Unter den Augen der Polizei“, zitierte er. „Inkompetenz im Polizeihauptquartier.“ Er schüttelte seinen Kopf. „Sie spielen unserem armen

Freund Parr in der Zeitung heute übel mit. Dabei hätte er sowenig wie Sie oder ich den Mord verhindern können." Thalia Drummond sah an diesem Morgen ein wenig mitgenommen aus. Sie hatte dunkle Ringe unter den Augen, und sie war im Gegensatz zu ihrer sonstigen Heiterkeit lustlos.

„Wer in diesem Spiel mitmacht, weiß, daß er Tritte kriegen kann, oder etwa nicht?" fragte sie kühl. „Die Polizei kann nicht alles nach ihrer Fasson haben."

Er sah sie mit Interesse an.

„Sie scheinen die Polizeimethoden nicht gerade zu bewundern, Miß Drummond?"

„Nicht übermäßig", erwiderte sie, während sie ihm einen Stapel Briefe vorlegte. „Sie erwarten doch nicht von mir, daß ich die Leistungsfähigkeit des Hauptquartiers bezeuge, oder?"

Er lachte still vor sich hin. „Sie sind ein merkwürdiges Mädchen, manchmal glaube ich, daß Sie ganz ohne Leidenschaften sind. Sie haben doch auch für Froyant gearbeitet."

„Ja", gab sie kurz zur Antwort.

„Sie haben einige Zeit in seinem Haus gelebt?"

Sie antwortete nicht, aber ihre grauen Augen hielten den seinen stand.

„Ich habe tatsächlich in dem Haus gelebt. Warum fragen Sie?"

„Ich frage mich, ob Sie von der Existenz des Luftschutzraumes wußten", sagte Yale wie nebenbei.

„Natürlich wußte ich davon. Der arme Mr. Froyant hat kein Geheimnis aus seiner Schlauheit gemacht. Er hatte mir ein dutzendmal erzählt, wie teuer es war", fügte sie hinzu, ein Lächeln andeutend.

Er dachte einen Moment nach. „Wo wurden die Schlüssel zu diesem bombengeschützten Raum gewöhnlich aufbewahrt?"

„In Mr. Froyants Schreibtisch. Wollen Sie damit andeuten, daß ich Zugang zu ihnen hatte oder daß ich mit dem Mord gestern abend zu tun habe?"

Er lachte.

„Ich deute gar nichts an, ich frage nur, und da Sie viel mehr über das Haus zu wissen scheinen als die meisten Leute, die darin wohnen, ist meine Neugier nur natürlich. Glauben Sie, daß es möglich wäre, die Falltür ohne jedes Geräusch aufzustoßen?"

„Zweifellos. Die Tür funktioniert mit Gegengewichten. Wollen Sie einen von diesen Briefen hier beantworten?"

Er schob den Stapel Briefe beiseite.

„Was haben Sie gestern abend gemacht, Miß Drummond?"

Dieses Mal war seine Methode direkter.

„Ich habe den Abend zu Hause verbracht", sagte sie. Ihre Hände wanderten auf den Rücken, und die merkwürdige Starre, die er schon zuvor beobachtet hatte, erfaßte ihren ganzen Körper.

„Waren Sie den ganzen Abend zu Hause?“

Sie antwortete nicht.

„Stimmt es nicht, daß Sie um halb neun mit einem kleinen Paket weggingen?“

Wieder erwiderte sie nichts.

„Einer von meinen Leuten hat Sie zufällig gesehen“, sagte Yale ohne besonderen Nachdruck, „hat Sie dann aber aus den Augen verloren. Wo haben Sie den Abend verbracht? Sie sind erst gegen elf Uhr nach Hause gekommen.“

„Ich war spazieren. Wenn Sie mir eine Karte von London geben, mache ich mir die Mühe und verfolge meine Spuren.“

„Einige sind wahrscheinlich schon verfolgt worden.“

Sie kniff die Augen zusammen.

„In dem Fall kann ich mir die Mühe ersparen, Ihnen zu sagen, wohin ich gegangen war.“

„Nun sehen Sie mal, Miß Drummond, ich bin vollkommen davon überzeugt, daß Sie im Grunde Ihres Herzens keine Mörderin sind. Bei diesem Wort zucken Sie zusammen, und es ist auch ein häßliches Wort. Aber es gibt doch verdächtige Umstände, was Ihre Aktivitäten gestern abend betrifft, die ich Inspektor Parr noch gar nicht entdeckt habe.“

„Unter Verdacht zu stehen ist für mich etwas ganz Normales, und da Sie schon soviel wissen, ist es wohl unnötig, daß ich Ihnen noch mehr erzähle.“

Er sah sie an, und sie erwiderte seinen Blick, ohne mit der Wimper zu zucken. Schließlich sagte er mit einem Achselzucken:

„Eigentlich ist es auch ganz egal, wo Sie waren.“

„Ich bin fast geneigt, Ihnen zuzustimmen“, sagte sie spöttisch und ging zurück an die Schreibmaschine in ihrem Zimmer.

Eine eigenartige Person, dachte Derrick Yale. Frauen interessierten ihn im allgemeinen nicht, aber Thalia Drummond war jenseits des Allgemeinen. Es war nicht ihre Schönheit, die ihn ansprach; er wußte, sie war schön, genauso wie er wußte, daß seine Bürotür braun und die Farbe der Pfennigbriefmarke rot war. Er nahm sich wieder die Zeitung vor und las einige Kommentare über die Unfähigkeit des Hauptquartiers noch einmal. Bald kam, wie er erwartet hatte, Parr, mit einer gewissen Forschheit ließ er sich auf einen Stuhl fallen.

„Der Chef hat meinen Rücktritt gefordert“, sagte er mit einer überraschend fröhlichen Stimme. „Ich mache mir deshalb keine Sorgen. Ich wollte schon vor drei Jahren aufhören, als mir mein Bruder sein Geld hinterließ.“

Zum erstenmal hörte Yale eine Andeutung, daß Inspektor Parr ein relativ reicher Mann war.

„Was wollen Sie tun?“

„In Regierungsämtern tritt man zurück, wenn man dazu aufgefordert wird. Aber mein Rücktritt wird ja erst Ende nächsten Monats erfolgen. Ich muß warten und sehen, was mit Ihnen geschieht, mein Freund."

„Mit mir? Ach, Sie meinen die Warnung, daß ich am Vierten beseitigt werde? Warten Sie mal, da bleiben mir nur noch zwei oder drei Tage." Er lachte ironisch und blickte auf den Kalender. „Darauf brauchen Sie nicht zu warten. Aber Scherz beiseite, warum überhaupt zurücktreten? Glauben Sie, ich sollte mal mit dem Chef ..."

„Hat keinen Zweck, er würde Sie kaum zur Kenntnis nehmen", sagte Parr, „bis zu meinem Rücktritt muß ich den Fall weiterbearbeiten, und das habe ich Ihnen zu verdanken."

„Mir?"

Der untersetzte Inspektor lachte still in sich hinein.

„Ich habe ihm gesagt, daß Ihr Leben für das Land so wertvoll ist, daß ich so lange im Amt bleiben müßte, bis ich Sie über das tödliche Datum gerettet habe."

In dem Augenblick kam Thalia herein mit einem weiteren Stoß Briefe. Der Inspektor blickte zu dem Mädchen auf.

„Ich habe über Sie heute in der Zeitung gelesen. Sie werden ja eine öffentliche Persönlichkeit, Mr. Parr."

„Alles um der Werbung willen", murmelte der Inspektor ohne jeden Groll. „Es ist ja schon eine Weile her, daß ich Ihren Namen in der Zeitung las, Miß Drummond."

Die Erwähnung ihrer Affäre mit der Polizei schien Thalia kolossal zu amüsieren.

„Ich werde mein Teil schon noch kriegen. Was gibt es Neues über den Kreis?"

„Das neueste", sagte Parr langsam, „ist, daß alle Briefe, die an den Kreis in der Mildred Street adressiert sind, in Zukunft woanders hingeschickt werden müssen."

Er sah, wie sich in ihrem Gesicht etwas veränderte; es war nur ein kurzes Aufleuchten, aber es war dennoch befriedigend für Inspektor Parr.

„Eröffnen sie jetzt Büros in der Stadt?" fragte sie und hatte sich schon wieder gefangen. „Warum sollten sie nicht? Sie scheinen ja sowieso zu machen, was sie wollen. Warum sollten sie nicht in einem hübschen Haus mit Fahrstuhl und elektrisch beleuchteten Aushängeschildern wohnen — nein, lieber keine beleuchteten Aushängeschilder, die würde ja sogar die Polizei sehen!"

„Sarkasmus bei einer jungen Frau", entgegnete Parr scharf, „ist nicht nur unpassend, sondern auch unanständig!"

Yale lauschte diesem Abtausch mit genüßlichem Lächeln. War das Mädchen eine Überraschung für ihn, so gab es Augenblicke, in denen Inspektor Parr ihn genauso überraschte. Dieser schwerfällige Mann konnte boshaft sein, wenn er wollte.

„Und wo waren Sie gestern abend, Miß Drummond?“ fragte Parr, die Augen nach unten gerichtet.

„Im Bett und habe geträumt“, sagte sie.

„Dann müssen Sie im Schlaf gelaufen sein, als Sie sich gegen halb zehn hinter Froyants Haus herumtrieben.“

„Ach, das ist es. Sie haben meine zierlichen Fußspuren im Garten gefunden? Yale hat schon so etwas angedeutet. Nein, Inspektor, ich war am Abend nur im Park spazieren. Die Einsamkeit ist sehr anregend.“

Immer noch blickte Parr aufmerksam auf den Teppich.

„Jedenfalls, wenn Sie im Park spazierengehen, junge Frau, dann halten Sie etwas Abstand von Jack Beardmore. Das letztemal, als Sie ihm folgten, haben Sie ihn jedenfalls sehr erschreckt!“ Diesmal hatte er ins Schwarze getroffen. Ihr Gesicht lief feuerrot an, und ihre feinen Augenbrauen verzogen sich.

„Mr. Beardmore läßt sich nicht so leicht erschrecken, und außerdem — außerdem ...“

Sie drehte sich plötzlich um und verließ das Zimmer. Als Parr nach einem kurzen Gespräch auch in das Nebenbüro ging, blickte sie ihn finster an.

„Manchmal, Inspektor, hasse ich Sie richtig!“

„Das überrascht mich“, sagte Inspektor Parr.

32

Ein Ausflug aufs Land

Das Polizeihauptquartier machte eine Kraftprobe durch. Die unbequemen Artikel, die die Presse den jüngsten mit dem Feuerroten Kreis zusammenhängenden Tragödien widmete, die Liste der Parlamentsanfragen und nicht weniger die hinter den verschlossenen Türen des Hauptquartiers abgehaltenen Konferenzen sowie die Zurückhaltung derer, die normalerweise mit Inspektor Parr in seiner Arbeit zu tun hatten, waren unheilvolle Anzeichen, die Parr durchaus nicht übersah. Es gab kaum eine Zeitung, die nicht eine nahezu vollständige Liste der Untaten des Kreises veröffentlichte, und nicht eine, die nicht voller Anzüglichkeit die vernichtende Wahrheit erwähnte, daß seit Beginn der Aktivitäten des Kreises Inspektor Parr mit dem Fall beauftragt war.

Er beantragte, Nachforschungen in Frankreich anstellen zu dürfen, was ihm auch gewährt wurde. Während seiner Abwesenheit von ein paar Tagen sorgten seine Vorgesetzten für einen Nachfolger. Er hatte nur einen Freund im Hauptquartier, und das war seltsamerweise Colonel Morton, Chef von Parrs Abteilung. Morton setzte sich für ihn ein, wußte aber von Anfang an, daß es hoffnungslos war. Er wurde von Yale unterstützt. Der sprach beizeiten im Hauptquartier vor und legte alle Einzelheiten dar, in der Absicht, seinen offiziellen Kollegen zu entlasten.

„Die bloße Tatsache, daß ich auch zugegen und sogar speziell mit Froyants Schutz beauftragt war, muß einen großen Teil der Verantwortung von Parrs Schultern nehmen."

Der Colonel lehnte sich in seinem Sessel zurück und verschränkte die Arme.

„Ich will Ihre Gefühle nicht verletzen, Mr. Yale", sagte er schonungslos, „aber offiziell existieren Sie gar nicht, und leider wird nichts, was Sie sagen, Mr. Parr helfen. Er hatte seine Chance – er hatte sogar mehrere, aber er hat sie vertan."

Als Yale gehen wollte, forderte ihn der Colonel auf, noch zu bleiben.

„Sie können vielleicht Klarheit in eine Sache bringen, Mr. Yale. Es hat mit dem Mord an dem Mann zu tun, der James Beardmore erschossen hatte. Sie erinnern sich, Sibly, der Matrose."

Yale nickte und nahm wieder Platz.

„Wer war in der Zelle, als Sie ihn verhört haben?"

„Ich, Mr. Parr und ein amtlicher Stenograf."

„Mann oder Frau?"

„Ein Mann. Ich glaube, er gehörte zu Ihrem Personal. Und das waren alle. Der Wärter kam ein- oder zweimal herein; ja, richtig, er kam herein, als wir gerade da waren. Er brachte das Wasser, in dem später das Gift gefunden wurde."

Der Colonel öffnete eine Akte und nahm aus den zahlreichen Dokumenten ein Formblatt heraus.

„Hier ist die Aussage des Wärters. Ich erspare Ihnen die Einleitung, hören Sie, was er gesagt hat", sagte der Colonel, setzte die Brille auf und las langsam:

„Der Gefangene saß auf seinem Bett, Mr. Parr saß ihm gegenüber, und Mr. Yale stand mit dem Rücken zur Zellentür, die offen war, als ich hineinging. Ich hatte einen Blechnapf halbvoll mit Wasser. Das Wasser hatte ich von einem Hahn, der für Trinkwasser angebracht worden war. Ich erinnere mich, daß ich den Blechnapf abgestellt habe, als aus einer anderen Zelle ein Klingeln kam. Soviel ich weiß, war es unmöglich, daß jemand an dem Napf rumpfuschen konnte, obwohl es stimmt, daß die Tür zum Hof offen war. Als ich in die Zelle kam, nahm mir Mr. Parr den Napf ab und stellte ihn auf einen Mauervorsprung neben der Tür. Zu mir sagte er, ich sollte sie nicht unterbrechen."

„Sie sehen, ein Stenograf ist nicht erwähnt worden. War der vielleicht von dort?"

„Ich bin mir ziemlich sicher, daß er aus Ihrem Büro kam."

„Ich muß Parr danach fragen."

Als Mr. Parr (der aus Frankreich zurückgekehrt war) telefonisch befragt wurde, gab er zu, daß der Stenograf aus der Stadt war. Er habe sich durch Nachforschungen seiner Zuverlässigkeit versichert. In dem Durcheinander, das der Entdeckung des Todes Siblys folgte, habe er nicht daran gedacht, die Identität des Mannes zu überprüfen. Eine maschinengeschriebene Durchschrift von Siblys Aussage sei ihm überreicht worden, und er erinnere sich undeutlich, den Schreiber für seine Mühen bezahlt zu haben. Soweit könne er dem Colonel nur helfen, dessen Kenntnis von der Materie sich dadurch nicht bedeutend erweitert hatte.

Yale wartete, während das Telefongespräch im Gange war, und als der Colonel geendet hatte, konnte er dessen unzufriedenem Ausdruck entnehmen, daß Parrs Informationen nicht besonders aufschlußreich waren.

„Sie erinnern sich nicht an den Mann?"

Yale schüttelte den Kopf.

„Er hatte mir die meiste Zeit den Rücken zugewandt, er saß neben Parr."

Der Colonel murmelte etwas über grobe Nachlässigkeit und sagte dann: „Ich würde mich nicht wundern, wenn Ihr Stenograf ein Abgesandter des Kreises gewesen ist. Es war ein Akt krimineller Nachlässigkeit, für eine so wichtige Arbeit einen Mann genommen zu haben, dessen Identität nicht bestätigt werden konnte. Ja, Parr hat versagt."

Er seufzte. „Ich bedaure es in vielerlei Hinsicht. Ich mag Parr. Natürlich, er ist ein altmodischer Polizeibeamter, den Ihr brillanten Leute von draußen gern geringschätzig abtut, und er hat auch keine außergewöhnlichen Gaben, obwohl – früher war er ein auffallend guter Beamter. Aber er muß gehen. Das ist entschieden. Ich kann Ihnen das so sagen, weil ich Parr gegenüber auch diese Andeutung gemacht habe. Es ist mehr als schade."

Es war keine Neuigkeit für Yale, und auch für den jüngsten Beamten des Polizeihauptquartiers war das keine Neuigkeit mehr.

Am wenigsten schien es Inspektor Parr selbst auszumachen. Er setzte seine Routinearbeit fort, als wüßte er nicht, welche außerordentliche Veränderung seiner Position erwogen wurde. Und selbst als er mit seinem Nachfolger zusammentraf, der sich das Büro ansehen wollte, störte ihn das kaum, er war die Freundlichkeit in Person. Eines Nachmittags traf er zufällig Jack Beardmore im Park, dem die gute Laune des untersetzten kleinen Mannes auffiel.

„Nun, Inspektor, sind wir dem Ende etwas näher gerückt?"

„Ich glaube schon, meinem Ende jedenfalls."

Das war die erste eindeutige Nachricht, die Jack über den Rücktritt des Inspektors erfahren hatte.

„Aber Sie werden doch nicht gehen? Sie haben alle Fäden in der Hand, Mr. Parr. Die können doch nicht so dumm sein und Sie jetzt in diesem kritischen Augenblick weglassen, es sei denn, die haben jede Hoffnung aufgegeben, den Schurken zu fassen."

Mr. Parr dachte, „die“ haben schon lange alle Hoffnung aufgegeben, aber das Hauptquartier interessierte ihn nicht.

Jack wollte zu seinem Landhaus. Er hatte diesen Ort seit dem Tod seines Vaters nicht wieder besucht, und er wäre auch nicht hingefahren, wenn es nicht erforderlich gewesen wäre, sich um einige der Pachtverträge zu kümmern, und da diese Angelegenheit nicht in der Stadt erledigt werden konnte und noch andere Dinge seine Anwesenheit erforderten, hatte er sich entschlossen, eine Nacht an jenem Ort zu verbringen, mit dem ihn neben der Erinnerung an die Tragödie noch anderes Unangenehme verband.

„Sie fahren also aufs Land“, sagte Parr nachdenklich. „Allein?“

„Ja, würden Sie wohl als mein Gast mit hinauskommen, Mr. Parr? Ich würde mich freuen, aber ich vermute, die Untersuchungen zum Kreis halten Sie in der Stadt fest.“

„Ich denke, die werden auch ohne mich auskommen“, sagte Parr grimmig. „Ja, ich würde gern mitkommen. Ich bin seit dem Tod Ihres Vaters nicht dort gewesen, und ich würde gern wieder einmal über das Grundstück gehen.“

Er bat um zwei weitere freie Tage, und das Hauptquartier, das ihn bereitwillig für den Rest seines Lebens freigestellt hätte, stimmte zu. Da Jack an dem Abend fuhr, ging der Inspektor nach Hause, packte eine kleine Reisetasche und traf sich mit ihm auf dem Bahnhof. Weder das Wetter noch die Straßen verlockten zu einer langen Autofahrt, und überhaupt war der Inspektor der Meinung, daß Reisen mit dem Zug bequemer war. Er hatte eine kurze Nachricht für Yale hinterlassen, in der er ihm mitteilte, wohin er fuhr, und folgendes beifügte:

Es ist möglich, daß sich Umstände ergeben, die meine Anwesenheit in der Stadt erfordern. Schicken Sie unbedingt nach mir, wenn dies der Fall sein sollte.

Angesichts dieser Anmerkung erschien Parrs späteres Verhalten reichlich merkwürdig.

33

Die Anschlagzettel

Jack hatte an dem Inspektor keinen angenehmen Reisegefährten. Parr hatte ein Bündel Zeitungen mitgebracht, in denen er mit peinlicher Genauigkeit alle Kommentare über den Kreis las. Sein Gastgeber war erstaunt, daß dieser phlegmatische Mann ein Vergnügen an den wenig schmeichelhaften Äußerungen über sich, von denen die Gazetten voll waren, haben konnte. Er sprach ihn daraufhin an.

Der Inspektor legte die Zeitungen aufs Knie und nahm den stahlgeränderten Kneifer ab. „Ich weiß nicht, aber Kritik hat noch nie jemandem geschadet. Nur jemand, der weiß, daß er im Unrecht ist, kann durch dieses Zeug irritiert werden. Da ich aber weiß, daß ich im Recht bin, macht es mir nichts, was sie sagen."

„Sie glauben wirklich, daß Sie recht haben? In welcher Hinsicht?" fragte Jack neugierig, aber hierzu äußerte sich Parr nicht weiter.

Sie waren an dem kleinen Bahnhof angekommen und fuhren die drei Meilen von der Bahnlinie bis zu dem großen finsteren Haus, das James Beardmores Freude gewesen war.

Jacks Butler, der bereits da war, um die Vorbereitungen für die Bequemlichkeiten seines Herrn zu überwachen, überreichte Inspektor Parr, kaum daß er einen Fuß über die Schwelle gesetzt hatte, ein Telegramm.

„Wie lange ist das schon hier?"

„Es ist vor fünf Minuten angekommen; ein Radfahrer hat es aus dem Dorf gebracht."

Das mit „Derrick Yale" unterzeichnete Telegramm lautete:

Sofort nach London kommen; äußerst wichtige Entwicklung.

Ohne ein Wort reichte er die Nachricht an den jungen Mann.

„Natürlich werden Sie fahren. Es ist allerdings ärgerlich, vor neun fährt kein Zug." Jack war enttäuscht, daß er so schnell auf die Gesellschaft Parrs verzichten sollte.

„Ich fahre nicht", sagte Parr ruhig. „Nichts auf der weiten Welt kann mich dazu bringen, heute abend noch eine Zugreise auf mich zu nehmen. Ich muß warten."

Diese Einstellung zu der Aufforderung schien nicht zu Jacks Vorstellung vom Charakter des Inspektors zu passen. Er war, um die Wahrheit zu sagen, insgeheim enttäuscht, obwohl er wiederum froh war, daß Parr mit ihm die erste Nacht in diesem Haus verbringen würde, in dem jede Ecke, jedes Zimmer seinen eigenen Geist zu beherbergen schien.

Parr sah noch einmal auf das Telegramm. „Er muß es, eine halbe Stunde nachdem wir den Bahnhof verlassen haben, abgeschickt haben. Sie haben doch ein Telefon."

Es dauerte eine viertel Stunde, bis sein Ferngespräch zustande kam. „Wie ich es mir schon dachte, das Telegramm war eine Finte. Ich habe gerade mit unserem Freund Yale gesprochen."

„Hatten Sie vermutet, daß es eine Finte war?"

Mr. Parr nickte.

„Ich kann schon fast so gut raten wie Yale", sagte er gutgelaunt.

Sie verbrachten den Abend mit Piquet, in dessen Geheimnisse Parr den jungen Mann einführte. Es gibt kaum ein faszinierenderes Kartenspiel für zwei Leute als dieses. Der Abend war so vergnüglich vergangen, daß Jack, als er auf die Uhr blickte, mit Schrecken feststellte, daß es schon Mitternacht war.

Das dem Inspektor zugeteilte Zimmer war das des seligen James Beardmore, es war geräumig, hoch und ausladend. Es hatte drei Fenster, und nachts war es wie die anderen Zimmer des Hauses durch Karbidlampen erleuchtet.

„Wo schlafen Sie eigentlich?"

„Ich bin im Zimmer nebenan", erwiderte Jack. Parr nickte, schloß die Tür und verriegelte sie.

Er hörte Jacks Tür schließen. Er mühte sich gar nicht erst, sich auszuziehen, sondern wickelte sich nur in einen alten seidenen Morgenmantel, den er aus seiner ramponierten Tasche genommen hatte. Dann zog er die drei Jalousien hoch.

Die Nacht war ziemlich hell, so daß er keine Schwierigkeiten hatte, zum Bett zurückzufinden, wo er sich hinlegte und sich mit der Daunendecke zudeckte. Es gibt eine Methode, mit der man gegen die schlimmsten Fälle von Schlaflosigkeit ankommen kann, obwohl diese, glaube ich, kaum bekannt ist. Sie besteht darin, die Augen im Dunkeln bewußt offenzuhalten.

Mr. Parr gelang das nur, indem er sich auf die Seite legte und aus dem nächstgelegenen Fenster starrte, das er ein wenig offengelassen hatte. Gegen Morgen erhob er sich plötzlich und ging ganz leise zum Fenster. Er hatte ein schwaches Surren vernommen, ein Geräusch, wie es leise laufende Autos machen, aber jetzt herrschte tiefe Stille. Er ging zum Waschtisch, rubbelte sein Gesicht mit kaltem Wasser ab und trocknete es gemächlich. Dann ging er zurück zum Fenster und zog sich einen Stuhl heran, so daß er alles überblicken konnte, was sich auf der Allee, die zur Vorderseite des Hauses führte, abspielte.

Er mußte fast eine halbe Stunde warten, bis er eine dunkle Gestalt erblickte, die von Baum zu Baum schlich. Einen kurzen Augenblick sah er sie noch einmal, bevor sie aus seinem Blickfeld in den Schatten des Hauses verschwand.

Der Inspektor begab sich ganz leise aus dem Zimmer, die Treppe hinunter. Die Haupttür des Hauses war verriegelt und verschlossen, und es dauerte eine Weile, bis er sie geöffnet hatte. Als er in die Nacht hinaustrat, konnte er niemanden sehen. Er schlich sich den Gang entlang, der parallel zum Haus verlief, fand aber keinen Eindringling. Er hatte den Haupteingang wieder erreicht, als er das Geräusch eines schwächer werdenden Motors hörte — der mitternächtliche Besucher war fort.

Er verriegelte abermals die Tür und ging zurück in sein Zimmer. Dieser Besuch gab ihm ein Rätsel auf. Es war klar, daß der Mann, wer immer es war, Parr nicht gesehen hatte und auch nicht sicher gewesen sein konnte, daß er beobachtet wurde. Er mußte gekommen und sofort wieder gegangen sein. Erst als er am Morgen zum Frühstück herunterkam, klärte sich das Geheimnis des Besuches. Jack stand vor dem Feuer und las ein zerknittertes Stück Papier, das aussah, als ob es irgendwo angebracht und dann wieder abgerissen worden wäre. Es hatte die Größe eines kleinen Plakats und war handgeschrieben. Bevor er den Inhalt kannte, wußte Parr, daß es vom Kreis kam.

„Was halten Sie davon?" fragte Jack, der sich umdrehte, als der Inspektor hereinkam. „Wir fanden ein halbes Dutzend von diesen Zetteln, an die Bäume der Auffahrt geklebt oder gesteckt, und dieses hier war unter meinem Fenster angebracht!"

Die Schuld Ihres Vaters ist noch nicht beglichen. Sie soll unbeglichen bleiben, wenn Sie Ihre Freunde Derrick Yale und Parr überzeugen, ihre Aktivitäten einzustellen.

Darunter stand in kleineren Buchstaben und offensichtlich als Nachtrag:

Wir stellen keine weiteren Forderungen an Privatpersonen.

„Anschläge hat er also angebracht", sagte Parr gedankenvoll. „Ich habe mich auch gewundert, warum er kam und gleich wieder ging."

„Sie haben ihn gesehen?" fragte Jack überrascht.

„Ganz flüchtig. Ich wußte ja, daß er kommen würde, aber ich hatte mit aufregenderen Folgen gerechnet."

Das ganze Frühstück über sagte er von sich aus kein Wort, beantwortete nur Jacks Fragen, und das auch nur in der kürzesten Form.

Erst als sie über die Wiese gingen, begann Parr:

„Ich frage mich, ob er weiß, daß Sie etwas für Thalia Drummond übrig haben."

Jack wurde rot.

„Warum sagen Sie das?" fragte er ein wenig ängstlich. „Sie glauben doch nicht, die nehmen Rache an Thalia?"

„Wenn es ihm nützte, würde er Thalia Drummond so beseitigen." Der Inspektor schnippte mit den Fingern.

Er machte dem Gespräch ein Ende, indem er stehenblieb und umkehrte.

„Das reicht."

„Ich dachte, Sie wollten bis zu dem Tor am Weg zum Bahnhof gehen, dem Weg, den Marl damals kam."

„Nein, ich wollte Gewißheit haben, wie er sich dem Haus genähert hat. Können Sie mir die Stelle zeigen, wo er plötzlich so aufgebracht war?"

„Ja, natürlich", sagte Jack, wunderte sich aber, wozu das alles gut sein sollte. „Es war viel näher am Haus; ich kann Ihnen sogar die Stelle genau sagen, weil ich mich besonders gut daran erinnere, wie er zur Seite trat und dabei einen jungen Rosenstrauch kaputttrat. Dort."

Er zeigte auf die Stelle, und Parr nickte mit seinem schweren Kopf mehrere Male.

„Das ist sehr wichtig." Er ging bis zu der angezeigten Stelle. „Ich wußte, daß er lügt", sagte er mehr zu sich. „Man kann die Terrasse von hier überhaupt nicht sehen. Marl hatte mir erzählt, er habe Ihren Vater auf der Terrasse stehen sehen, als er den Anfall bekam. Mein erster Eindruck war dann, daß der Anblick Ihres Vaters für seinen Schreck verantwortlich war."

Er erzählte Jack die Einzelheiten seines Gesprächs mit Marl.

„Ich hätte das gleich richtigstellen können. Vater war den ganzen Morgen in der Bibliothek und war erst herausgekommen, als wir die Treppe zur Terrasse hinaufstiegen."

Parr machte sich in seinem Notizbuch eine grobe Skizze. Zu seiner Linken war das massive Sedgwood-Haus, unmittelbar vor ihm waren die Gärten, die von leichten Eisengittern umgeben waren, um die Blumenbeete vor den umherziehenden Kühen zu schützen. In dem Zaun befand sich das Tor, durch das Marl gekommen sein mußte. Rechter Hand stand eine Sträuchergruppe, in deren Mitte ein Sonnenschirm zu sehen war.

„Papa liebte diese Sträucher besonders. Wir haben hier selbst an wärmsten Tagen starken Wind, und das Gebüsch bietet Schutz. Papa saß dort oft stundenlang und las."

Parr drehte sich langsam auf dem Absatz um und nahm jedes Detail der Ansicht auf. Dann nickte er.

„Ich glaube, ich habe alles gesehen."

Als sie zum Haus zurückgingen, kam er noch einmal auf das mitternächtliche Zettelankleben zurück, und zu Jacks Überraschung sagte er: „Das war der einzige falsche Schritt, den der Kreis bis jetzt gemacht hat, und ich glaube, daß es mehr ein Nachtrag war. Ich schwöre, das war nicht die ursprüngliche Absicht."

Er setzte sich auf die Terrassentreppe und blickte über die Landschaft. Jack konnte sich nicht helfen, aber er war noch nie einem Mann begegnet, der weniger Ausstrahlungskraft besaß als Parr. Seine geringe Körpergröße, seine Rundlichkeit, sein großes gemütliches Gesicht — das alles paßte so gar nicht in seine Vorstellung von einem scharfsinnigen Kriminalbeamten.

„Ich hab's", sagte Parr schließlich. „Meine erste Idee war richtig. Er kam, um von Ihnen das Geld zu erpressen, das Ihr Vater nicht gezahlt hatte. Auf dem Weg kam ihm diese neue Idee, auf die er in dem Nachtrag Bezug nimmt. Er plant einen großen Coup, so daß der Hinweis auf mich und Yale echt sein kann. Er will uns wirklich raushaben aus dem Spiel, obwohl — er müßte ja ein Dummkopf sein, wenn er nicht wüßte, daß die Erfüllung dieses Wunsches ziemlich unwahrscheinlich ist. Zeigen Sie mir noch mal den Zettel."

Jack brachte ihn, und der Inspektor legte ihn auf die Terrasse.

„Ja, ja, das ist in Eile geschrieben, wahrscheinlich im Auto, und anstelle des Zettels, den er ursprünglich im Sinn hatte." Er rieb sich ungeduldig das Kinn. „Wie sieht sein neuer Plan aus?"

Er sollte das gleich erfahren, denn der Butler kam herausgeeilt, um mitzuteilen, daß das Telefon in Jacks Arbeitszimmer bereits fünf Minuten lang klingele.

„Für Sie", Jack reichte den Hörer zum Inspektor.

Mr. Parr erkannte sofort Colonel Mortons Stimme.

„Kommen Sie sofort nach London, Parr; Sie müssen heute nachmittag zu einer Sitzung des Kabinetts."

Parr lächelte über das ganze Gesicht. „Ich werde Kabinettsmitglied", sagte er und lachte, wie Jack ihn noch niemals hatte lachen sehen.

34

Eine Regierung wird erpreßt

Als sie London erreichten, waren die Abendzeitungen bereits voll von der neuen Sensation.

Der Kreis hatte sich tatsächlich ein ehrgeiziges Programm vorgenommen.

Die Geschichte war laut einem offiziellen Kommuniqué an die Presse folgendermaßen:

An diesem Morgen hatte jedes Regierungsmitglied ein maschinegeschriebenes Schriftstück erhalten, das keine Adresse und keinen anderen Hinweis auf seine Herkunft enthielt als einen feuerroten Kreis, der auf jede Seite gedruckt war. Das Schriftstück lautete folgendermaßen:

Alle Bemühungen Ihrer Polizei, sowohl der offiziellen als auch der privaten, des genialen Mr. Derrick Yale und des angestrengt arbeitenden Chefinspektors Parr, konnten unsere Aktivitäten bisher nicht unter Kontrolle bringen. Das ganze Ausmaß unseres Erfolgs ist nicht bekannt. Es war unglücklicherweise unsere unangenehme Pflicht, eine bestimmte Zahl von Menschen aus dem Leben zu entfernen, nicht so sehr aus einem Geist der Rache heraus, sondern um anderen eine heilsame Warnung zu geben. So hatten wir erst heute morgen die traurige Pflicht, Mr. Samuel Heggitt, einen Anwalt, zu beseitigen, der von dem verstorbenen Harvey Froyant für eine besondere Arbeit angestellt worden war, in deren Verlauf er unserer Identität unangenehm nahe kam. Zum Glück für die anderen Mitarbeiter seiner Firma hatte er diesen Auftrag persönlich erledigt. Seine Leiche ist neben dem Eisenbahngleis zwischen Brixton und Marsden zu finden.

Da die Polizei unser nicht habhaft werden kann und da wir vollkommen mit jenen übereinstimmen, die uns für die gefährlichste Bedrohung dieser Gesellschaft halten, sind wir übereingekommen, unsere Aktivitäten einzustellen unter der Bedingung, daß uns eine Million Pfund Sterling zur Verfügung gestellt wird. Auf welche Weise uns das Geld überbracht werden soll, wird später im Detail dargelegt. Zusammen damit muß uns ein Blankostraferlaß übermittelt werden, dessen wir uns bedienen können, wenn die Situation es erfordert oder unsere Identität entdeckt wird. Eine Weigerung, auf unsere Bedingungen einzugehen, wird unangenehme Folgen haben. Wir nennen im folgenden zwölf bedeutende Parlamentsmitglieder, die als Geiseln für die Erfüllung unseres Wunsches dienen müssen. Wenn am Ende der Woche die Regierung unseren Forderungen nicht zustimmt, wird einer dieser Herren beseitigt werden.“

Der erste, dem Parr bei seiner Ankunft in Whitehall begegnete, war Derrick Yale, und zum erstenmal sah der berühmte Detektiv besorgt aus.

„Ich hatte diese Entwicklung befürchtet“, sagte er, „und das merkwürdige ist, daß sie gerade in einem Augenblick eintrat, als ich glaubte, dem Hauptübeltäter die Hand auf die Schulter legen zu können.“ Er nahm Parrs Hand in die seine und führte ihn den dunklen Korridor entlang. „Das bringt mich um meinen Angeltag.“

„Natürlich, heute ist der Tag, an dem Sie sterben! Aber vermutlich fallen Sie unter die allgemeine Amnestie, die der Kreis heute erlassen hat“, sagte Parr trocken, und sein Begleiter lachte.

„Bevor wir in die Sitzung gehen, möchte ich Ihnen sagen, daß ich bereit bin, mich uneingeschränkt zu Ihrer Verfügung zu halten. Sie sollten, glaube ich, wissen, daß es der Wunsch des Kabinetts ist, mir einen offiziellen Status zu geben und alle Untersuchungen unter meine Verantwortung zu stellen. Ich bin zu der Angelegenheit schon angehört worden, und ich habe ihnen eine glatte Absage gegeben. Ich bin überzeugt, daß Sie der beste Mann für diesen Job sind, und ich möchte unter keinem anderen Chef arbeiten.“

„Danke“, sagte Parr einfach, „vielleicht wird das Kabinett seine Meinung ändern.“

Die Kabinettssitzung fand im Büro des Ministers statt; alle Empfänger eines Schreibens vom Kreis waren von Anfang an anwesend, Außenstehende wurden erst etwas später hinzugezogen.

Yale wurde zuerst hereingerufen, eine viertel Stunde später wurde der Inspektor aufgefordert.

Inspektor Parr kannte die meisten Vertreter der erlauchten Versammlung von Angesicht, und da er auf der Seite der Opposition stand, hatte er für keinen besonderen Respekt übrig. Er spürte Feindseligkeit, als er den Raum betrat, und das kühle Nicken, mit dem der weißbärtige Premierminister seine Verbeugung erwiderte, bestätigte seinen Eindruck.

„Mr. Parr", sagte der Premierminister eisig, „wir besprechen die Frage des Feuerroten Kreises, der, wie Sie einsehen müssen, ein nahezu nationales Problem geworden ist. Der gefährliche Charakter dieser infamen Vereinigung ist noch unterstrichen worden durch das Memorandun, das verschiedene Mitglieder des Kabinetts erhalten haben, worüber Sie, daran hege ich keinen Zweifel, in der Zeitung gelesen haben."

„Ja, Sir."

„Ich will Ihnen nicht verbergen, daß wir mit dem Verlauf Ihrer Untersuchungen außerordentlich unzufrieden sind. Obwohl Ihnen alle Möglichkeiten und Kompetenzen gewährt wurden, einschließlich ..." Er sah in ein Dokument vor sich, aber Parr unterbrach ihn.

„Ich hätte es nicht gern, Herr Premierminister, wenn Sie der Versammlung mitteilten, welche Kompetenzen oder besonderen Privilegien mir vom Innenminister gewährt wurden", sagte er mit fester Stimme.

Der Premierminister war verwundert.

„Gut, dann füge ich hinzu, daß Sie, obwohl Sie außergewöhnliche Privilegien und Gelegenheiten hatten, obwohl Sie sogar in einigen Fällen dabei waren, als die Verbrechen verübt wurden, es nicht geschafft haben, den Verbrecher vor Gericht zu bringen."

Der Inspektor nickte.

„Es war unsere ursprüngliche Absicht, die Angelegenheit Mr. Derrick Yale zu übergeben, der besonders erfolgreich war bei der Verfolgung zweier Mörder, ohne jedoch in der Lage gewesen zu sein, den Hauptschuldigen festzunehmen. Mr. Yale nimmt aber den Auftrag nicht an, wenn Sie nicht die Leitung haben. Er hat freundlicherweise seine Bereitschaft ausgedrückt, unter Ihnen zu arbeiten, und mit diesem Verlauf sind wir einverstanden. Soviel ich weiß, liegt Ihr Rücktrittsgesuch bereits vor und ist formal akzeptiert. Die Annahme wird im Augenblick noch zurückgehalten. Denken Sie daran", der Premierminister beugte sich nach vorn und sprach mit großem Ernst und Nachdruck, „es ist absolut ausgeschlossen, daß wir den Forderungen des Kreises nachgeben: ein solcher Vorgang würde die Negierung jeglichen Gesetzes und die Rücknahme aller Autorität bedeuten. Wir verlassen uns darauf, daß jedem Mitglied der Regierung, das bedroht ist, von Ihnen der Schutz gewährt wird, auf den es als Bürger ein Anrecht hat. Ihre ganze Karriere steht auf dem Spiel."

Der Inspektor, solchermaßen entlassen, erhob sich langsam.

„Wenn der Kreis Wort hält, garantiere ich, daß keinem Mitglied Ihrer Regierung in London ein Haaar gekrümmt werden wird. Ob ich den Mann, der sich selbst als der Feuerrote Kreis beschreibt, fassen kann, bleibt abzuwarten."

„Ich nehme an“, sagte der Premierminister, „es besteht kein Zweifel, daß der unglückliche Heggitt hier getötet worden ist.“

Yale antwortete: „Nein, Sir; die Leiche wurde heute morgen gefunden. Mr. Heggitt, der in Marsden wohnt, fuhr gestern nacht mit dem Zug von London ab, und offensichtlich wurde das Verbrechen unterwegs begangen.“

„Es ist entsetzlich, entsetzlich.“ Der Premierminister schüttelte den Kopf. „Eine Mordorgie sondergleichen, und wie es aussieht, sind wir noch nicht am Ende.“

Als Yale und sein Begleiter Whitehall verließen, hatte sich eine große Menschenmenge versammelt, denn die Nachricht von einer Sitzung, auf der das neue und außergewöhnliche Problem, vor dem die Regierung stand, diskutiert werden sollte, war durchgesickert.

Yale, den man erkannte, galten Hochrufe, Inspektor Parr aber konnte zu seiner Erleichterung die Menge unbemerkt passieren.

Zweifellos war der Kreis die Sensation der Stunde. Einige der Abendzeitungen trugen einen feuerroten Kreis als Imitation des berühmten Insigniums der Bande. Wo immer man sich traf, diskutierte man über die Möglichkeit des Kreises, seine Drohung zu verwirklichen. Thalia Drummond sah ihren Chef an, als er hereinkam. Die Abendzeitung lag vor ihr, und sie las, das Kinn auf die verschränkten Hände gestützt, jede Zeile, Wort für Wort.

Derrick bemerkte ihr Interesse und nahm auch ihre augenblickliche Verwirrung zur Kenntnis, mit der sie die Zeitung zusammenfaltete und weglegte.

„Nun, Miß Drummond, was halten Sie von der letzten Tat?“

„Kolossal, in mancher Hinsicht bewundernswert.“

Er sah sie bedeutungsvoll an. „Ich muß gestehen, ich kann wenig Bewundernswertes sehen. Sie betrachten die Dinge aber ziemlich merkwürdig und verdreht.“

„Warum nicht? Sie dürfen nicht vergessen, Mr. Yale, daß ich einen merkwürdigen, verdrehten Verstand habe.“

Er hielt einen Moment inne an der Tür zu seinem Zimmer und sah sie lange und prüfend an, was sie, ohne die Augenlider zu bewegen, ertrug.

„Ich meine, Sie sollten dankbar sein, daß Mr. Johnson aus der Mildred Street nicht mehr Ihre interessanten Mitteilungen erhält.“

Sie sagte nichts.

Er kam kurz darauf wieder heraus.

„Ich werde mein Büro wahrscheinlich im Polizeihauptquartier einrichten, und da ich einsehe, daß das nicht die Atmosphäre ist, in der Sie sich wohl fühlen, möchte ich Sie hier weiter meine üblichen Geschäfte führen lassen.“

„Übernehmen Sie jetzt die Verantwortung, den Kreis zu fassen?“

„Nein, Inspektor Parr hat die Leitung, aber ich werde ihm helfen."

Er machte keine weiteren Bemerkungen über seine neue Aufgabe, und der Rest des Vormittags verging mit Routinearbeit. Er ging zum Mittagessen und sagte, er würde an dem Tag nicht mehr zurückkommen, dann gab er ihr noch Anweisungen betreffs der Briefe, die abgeschickt werden sollten.

Er war kaum gegangen, als auch schon das Telefon läutete, beim Klang der Stimme am anderen Ende ließ Thalia fast den Hörer fallen.

„Ja, ich bin es. Guten Morgen, Mr. Beardmore."

„Ist Yale da?"

„Er ist gerade weggegangen, und er kommt heute nicht mehr zurück. Wenn es etwas Wichtiges für ihn gibt, könnte ich ihn vielleicht finden", sagte sie und bemühte sich, ihrer Stimme Festigkeit zu verleihen.

„Ich weiß nicht, ob es wichtig ist oder nicht, aber ich habe die Papiere meines Vaters heute morgen durchgesehen, eine sehr unerfreuliche Sache, nebenbei bemerkt; ich habe ein ganzes Bündel gefunden, das sich auf Marl bezog."

„Auf Marl?" fragte sie gedehnt.

„Ja, offensichtlich wußte Vater eine Menge mehr über Marl, als wir ahnten. Er hat im Gefängnis gesessen. Wußten Sie das?"

„Ich hätte es mir denken können."

„Vater hat immer erst Nachforschungen über die Leute anstellen lassen, mit denen er Geschäfte machen wollte. Anscheinend gibt es viele Informationen über Marls früheres Leben, die eine französische Agentur gesammelt hat. Er scheint ein ziemlich übler Genosse gewesen zu sein, und ich wundere mich, daß der Alte Geschäfte mit ihm machte. Eine ganz merkwürdige Sache ist ein Briefumschlag mit der Aufschrift ‚Foto von der Exekution': Er ist von den Franzosen versiegelt worden, und der Alte hat ihn offensichtlich nicht geöffnet. Er haßte solche scheußlichen Dinge."

„Haben Sie ihn aufgemacht?" fragte sie hastig.

„Nein", antwortete er in einem überraschten Ton. „Warum fahren Sie mich so an?"

„Würden Sie mir einen Gefallen tun, Jack?"

Sie hatte ihn zum erstenmal bei seinem Vornamen genannt, und sie sah ihn richtig rot werden.

„Ja — natürlich, Thalia, ich würde alles für Sie tun", beteuerte er eifrig.

„Öffnen Sie den Umschlag nicht", sagte sie mit Nachdruck. „Heben Sie alle Sachen, die mit Marl zu tun haben, an einer sicheren Stelle auf. Wollen Sie mir das versprechen?"

„Ja, das verspreche ich. Eine merkwürdige Bitte!"

„Haben Sie schon jemandem davon erzählt?"

„Ich habe Inspektor Parr benachrichtigt."

Er hörte, wie sie ärgerlich etwas ausrief.

„Versprechen Sie mir, niemandem etwas davon zu sagen, vor allem nicht von dem Foto!"

„Natürlich, Thalia, ich schicke es Ihnen, wenn Sie wollen."

„Nein, nein, machen Sie das nicht", sagte sie und brach das Gespräch abrupt ab.

Einen Augenblick saß sie hastig atmend da, dann erhob sie sich, setzte ihren Hut auf, schloß das Büro ab und ging essen.

35

Thalia speist mit einem Kabinettsmitglied

Der Vierte des Monats war vergangen, und Derrick Yale lebte noch. Er machte dazu seine Bemerkung, als er in das von ihm und Inspektor Parr gemeinsam genutzte Büro kam. „Ich habe nur meine Angeltour versäumt."

Parr murrte.

„Es ist wohl besser, Sie haben einen Angeltag verloren, als daß wir Sie verloren hätten. Ich bin absolut sicher, daß Sie, hätten Sie diesen Ausflug gemacht, nicht mehr zurückgekehrt wären."

Yale lachte.

„Sie haben ein unglaubliches Vertrauen in den Kreis und seine Fähigkeit, gegebene Versprechen zu halten."

„Das habe ich – bis zu einem gewissen Grad", sagte der Inspektor, ohne von dem Brief aufzublicken, den er gerade schrieb.

„Ich habe gehört, Brabazon hat bei der Polizei eine Aussage gemacht", sagte Yale nach einer Pause.

„Ja, nicht sehr informativ, aber so eine Art Aussage war es schon. Er gab zu, daß er lange Zeit das Geld, das der Kreis von seinen Opfern erpreßte, eingetauscht hat, ohne sich jedoch des Fakts bewußt zu sein. Er gab auch Einzelheiten darüber an, wie er dem Kreis beigetreten ist und danach wissentlich als Agent gearbeitet hat."

„Klagen Sie ihn wegen Mordes an Marl an?"

Parr schüttelte den Kopf.

„Wir haben nicht genügend Beweise dafür." Er löschte den Brief, faltete ihn und steckte ihn in einen Briefumschlag.

„Was haben Sie in Frankreich herausgefunden? Ich hatte noch keine Gelegenheit, mit Ihnen darüber zu sprechen."

Parr lehnte sich auf seinem Stuhl zurück, griff nach seiner Pfeife und zündete sie an, bevor er antwortete: „Etwa so viel, wie der arme Froyant herausgefunden hatte. Ich habe im großen und ganzen die gleiche Richtung in meinen Untersuchungen verfolgt wie er. Im wesentlichen ging es um Marl und dessen Untaten. Sie wissen, daß er Mitglied einer kriminellen Bande in Frankreich war und daß er und sein Kompagnon – Lightman hieß er wohl – zum Tode verurteilt worden waren. Lightman sollte sterben, aber die Henker hatten gepfuscht, und so wurde er nach Devil's Island oder Cayenne gebracht oder auf irgendeine andere französische Niederlassung, wo er schließlich starb."

„Er ist geflüchtet", sagte Yale leise.

„Ja, das ist er, der Teufel." Parr blickte auf. „Persönlich war ich gar nicht so an Lightman interessiert wie an Marl."

„Sprechen Sie Französisch?" fragte Yale plötzlich.

„Fließend", war die Antwort. „Warum fragen Sie?"

„Ich habe eigentlich keinen Grund, ich frage mich nur, wie Sie Ihre Nachforschungen bewerkstelligt haben."

„Ich spreche recht gut Französisch", sagte Parr und wollte das Thema wechseln.

„Und Lightman ist geflüchtet. Ich frage mich, wo er jetzt ist." Yales Stimme war weich.

„Mit dieser Frage habe ich mich niemals herumgequält." Es lag ein Anflug von Ungeduld in der Stimme des Inspektors.

„Sie sind anscheinend nicht der einzige, der sich für Marl interessiert. Ich habe auf Ihrem Schreibtisch eine Nachricht vom jungen Beardmore gesehen, die besagt, daß er einige Unterlagen entdeckt hat, die mit dem toten Felix zu tun haben. Sein Vater hatte auch Nachforschungen über ihn angestellt. Es war ja klar, daß James Beardmore das tun würde. Er war ein vorsichtiger Mann."

Er würde mit dem Polizeichef essen, erfuhr Parr, der sich keine Spur verletzt fühlte, weil er nicht eingeladen war. Er hatte in diesen Tagen sehr viel zu tun mit der Auswahl der Leute, die die Leibwache der Kabinettsmitglieder bilden sollten, und er konnte gut auf Verabredungen verzichten, die ihn sowieso langweilten.

Seine Gegenwart wäre ohnehin störend gewesen, denn Yale hatte dem Polizeichef etwas Wichtiges mitzuteilen, etwas, was Inspektor Parr besser nicht hören sollte. Es war ziemlich am Ende der Mahlzeit, als er seine Bombe platzen ließ, und das mit solcher Wirkung, daß sich der Polizeichef auf seinem Stuhl zurückfallen ließ und nach Luft schnappte.

„Jemand im Polizeihauptquartier", sagte er ungläubig. „Also, das ist unmöglich, Mr. Yale."

„Ich würde nicht sagen, daß etwas unmöglich ist, Sir, aber scheint es Ihnen nicht auch so, daß alle Anzeichen darauf hinweisen? Allen unseren Bemühungen, den Kreis unschädlich zu machen, wird gewissermaßen vorweggegriffen. Jemand, der Zugang zu der Zelle Siblys hatte, hat ihn getötet. Wer, wenn nicht jemand, der vom Hauptquartier autorisiert war. Nehmen Sie den Fall Froyant: Es waren eine Reihe Detektive um das Haus und drinnen verteilt, es konnte doch niemand herein oder hinaus."

Der Polizeichef hatte sich jetzt beruhigt.

„Wollen wir es ganz klar sagen, verdächtigen Sie Parr?"

Derrick Yale lachte und schüttelte den Kopf. „Nun, natürlich nicht. Ich kann mir nicht vorstellen, daß Parr auch nur einen einzigen verbrecherischen Gedanken hegen könnte. Wenn man aber das Problem bis zu Ende denkt", er lehnte sich über den Tisch und sprach mit leiserer Stimme, „und man jedes Detail und Verbrechen betrachtet, das der Kreis begangen hat, dann kann man folgende auffallende Tatsache nicht übersehen: Derjenige, der sich die ganze Zeit im Hintergrund aufhielt, war jemand mit allen Vollmachten."

„Parr?"

Yale biß sich gedankenvoll auf die Unterlippe. „Ich will nicht an Parr denken. Ich würde eher denken, daß er das Opfer eines Untergebenen ist, dem er vertraut. Daß Sie mich recht verstehen, ich würde nicht zögern, Parr zu verdächtigen, wenn mich meine Untersuchungsergebnisse in die Richtung führen würden. Ich würde selbst Sie nicht vom Verdacht freisprechen, Sir, wenn Sie mir Anlaß dazu gäben."

Dem Polizeichef wurde es unbehaglich zumute.

„Ich kann Ihnen versichern, daß ich absolut nichts über den Kreis weiß", sagte er barsch, lachte dann jedoch, als er sich der Absurdität seines Protestes bewußt wurde.

„Wer ist denn das Mädchen dort drüben?" Er wies auf ein Paar, das in einer Ecke des großen Restaurants speiste. „Sie sieht dauernd zu Ihnen her."

„Dieses Mädchen ist eine junge Dame namens Thalia Drummond, und ihr Begleiter ist, wenn ich mich nicht sehr irre, der ehrenwerte Raphael Willings, ein Mitglied der Regierung, einer, der eine Drohung vom Kreis erhalten hat."

„Thalia Drummond? Ist das nicht die junge Person, die vor nicht langer Zeit einige Schwierigkeiten hatte? Sie war doch Froyants Sekretärin?"

Der andere nickte.

„Sie ist mir ein Rätsel. Und das größte Geheimnis — das sind ihre Nerven. Genau in diesem Augenblick sollte sie eigentlich in meinem Büro sitzen, Telefongespräche entgegennehmen und die Post bearbeiten, die möglicherweise eintrifft."

„Ach, Sie lassen sie für sich arbeiten?" fragte der erstaunte Polizeichef, und dann mit einem kleinen Lächeln: „Ich finde auch, sie muß Nerven haben, aber wie kommt ein solches Mädchen dazu, mit Mr. Willings bekannt zu sein?"

Hierauf eine Antwort zu geben, war Derrick Yale nicht vorbereitet. Er saß immer noch mit dem Polizeichef zusammen, als er das Mädchen aufstehen und, von ihrem Begleiter gefolgt, den Raum durchschreiten sah.

Sie kam auch an seinem Tisch vorbei, und sie begegnete seinen fragenden Augen mit einem Lächeln und einem leichten Nicken. Über ihre Schulter hinweg machte sie eine Bemerkung zu dem Mann hinter ihr, einem Mann in mittleren Jahren.

„Was sagen Sie dazu?"

„Ich denke, Sie sollten der jungen Dame ein paar Worte sagen", war der einzige Kommentar des Polizeichefs.

Yale war selten konventionell, weder in seiner Sprache noch in seinem Verhalten, aber diesmal sah er keine andere Möglichkeit, als auf konventionelle Weise mit der peinlichen Situation fertig zu werden.

Das Mädchen war ein paar Minuten vor ihm im Büro eingetroffen.

„Einen Augenblick, Miß Drummond. Ich habe mit Ihnen zu reden, bevor Sie Ihre Arbeit fortsetzen. Warum haben Sie das Büro zur Mittagszeit verlassen? Ich hatte Sie doch ausdrücklich gebeten hierzubleiben."

„Und Mr. Willings hatte mich ausdrücklich gebeten, mit ihm essen zu gehen." Thalia lächelte unschuldig. „Und da er der Regierung angehört, bin ich mir sicher, Sie hätten es nicht gern gesehen, wenn ich abgelehnt hätte."

„Woher kennen Sie Mr. Willings?"

Sie musterte ihn von Kopf bis Fuß mit jenem kühlen, anmaßenden Blick, der ihr eigen war. „Es gibt viele Möglichkeiten, Männer kennenzulernen. Man kann eine Heiratsannonce aufgeben, oder man begegnet ihnen im Park, oder man wird ihnen vorgestellt. Ich wurde Mr. Willings vorgestellt."

„Wann?"

„Heute nacht, gegen zwei Uhr. Ich gehe manchmal in den Merros Club tanzen. Das ist eine Form der Entspannung, die man in meinem Alter pflegt. Dort haben wir uns kennengelernt."

Er nahm etwas Geld aus seiner Anzugtasche und legte es auf den Tisch.

„Das ist Ihr Wochenlohn, Miß Drummond. Ich brauche Ihre Dienste nach diesem Nachmittag nicht mehr."

Sie zog ihre Augenbrauen hoch.

„Wollten Sie mich nicht umerziehen?" fragte sie ihn so ernst, daß er verblüfft war. Dann lachte er.

„Sie lassen sich nicht umerziehen. Vieles verzeihe ich, und wenn die Kasse einen erheblichen Fehlbetrag aufgewiesen hätte, ich hätte darüber hinwegsehen können. Aber ich erlaube Ihnen nicht, mein Büro zu verlassen, wenn ich Ihnen ausdrücklich auftrage hierzubleiben."

Sie nahm das Geld und zählte es.

„Stimmt genau", spottete sie. „Sie müssen ein Schotte sein, Mr. Yale."

„Es gibt nur eine Möglichkeit, Sie zu ändern, Thalia Drummond."

Seine Stimme war jetzt sehr ernst, und er schien Schwierigkeiten zu haben, die rechten Worte zu finden.

„Und wie, bitte schön?"

„Wenn ein Mann Sie heiratet. Ich wäre fast geneigt, das Experiment zu wagen."

Sie saß auf der Schreibtischkante und schaukelte, dabei leise lächelnd. „Sehr spaßig. Jetzt sehe ich, daß Sie es ernst meinen mit dem Umerziehen." Sie war jetzt ganz Würde. „Gestehen Sie, Mr. Yale, daß Sie mich nur als Experiment betrachten und daß Sie nicht mehr Zuneigung für mich empfinden als ich für diese altersschwache Schmeißfliege, die die Wand da hochkriecht."

„Ich liebe Sie nicht, wenn Sie das meinen."

„So etwas in der Art habe ich gemeint. Nein, alles in allem denke ich, ich nehme lieber die Entlassung und meinen Wochenlohn an und danke Ihnen für die Gelegenheit, so einen Genius kennengelernt und ihm gedient zu haben."

Er beendete das Gespräch, als ob er einen geschäftlichen Vorschlag unterbreitet hätte, der abgelehnt worden war. Er sagte noch etwas von einem Empfehlungsschreiben, und damit war die Sache für ihn abgeschlossen. Er ging in sein Büro und tat ihr nicht einmal die Ehre, die Tür hinter sich zuzuschlagen.

Dennoch nahm Thalia die Entlassung sehr ernst. Sie konnte zweierlei bedeuten. Entweder verdächtigte Yale sie ernsthaft – und das war die schlimmere Variante –, oder ihre Entlassung war nur ein Trick, Teil eines komplexeren Plans, ihre Missetaten ans Licht zu bringen.

Auf ihrem Weg nach Hause erinnerte sie sich an die Bemerkung über Johnson in der Mildred Street. Es könnte etwas mehr dahinterstecken als die Tatsache, daß er von ihrer Verbindung zum Kreis wußte, und er wollte, daß sie das erfuhr.

In ihrer Wohnung wartete ein Brief auf sie – wie auch schon den Abend zuvor. Der wachende Geist des Kreises war ein emsiger Briefeschreiber, jedenfalls was sie anbetraf. In der Abgeschlossenheit ihrer Wohnung riß sie den Umschlag auf.

Sie haben es gut gemacht. Sie haben meine Anweisungen genau ausgeführt. Ihre Begegnung mit Willings lief gut, und es gab keinerlei Schwierigkeiten, wie ich Ihnen versprochen hatte. Ich möchte, daß Sie diesen Mann genau kennenlernen und seine kleinen Schwächen herausfinden. Vor allem sollen Sie ermitteln, welche Haltung er und das Kabinett zu meinem Vorschlag haben. Das Kleid, das Sie heute zum Essen trugen, war nicht gut genug. Scheuen Sie keine Ausgaben, was Ihre Garderobe anbelangt. Derrick Yale entläßt Sie heute nachmittag, aber das braucht Sie nicht zu beunruhigen, denn es besteht keine Notwendigkeit mehr für Sie, weiter in seinem Büro zu arbeiten. Sie dinieren heute abend mit Willings. Er ist besonders empfänglich für weiblichen Charme. Richten Sie es so ein, daß er Sie in sein Haus einlädt. Er hat eine Sammlung alter Schwerter, auf die er sehr stolz ist. Sie werden herausfinden können, wie sein Haus angelegt ist.

Sie sah in den Briefumschlag hinein und fand zwei zerknitterte Einhundertpfundnoten, und als sie sie in ihre kleine Handtasche legte, machte sie ein sehr ernstes Gesicht.

36

Der Kreis trifft sich

Mr. Raphael Willings war ein Produkt seiner Zeit. Obwohl er erst Anfang Vierzig war, hatte er sich allein kraft seiner Persönlichkeit auf die Kabinettsebene hochgekämpft. Ihn als einen beliebten Minister zu bezeichnen würde heißen die Wahrheit zu weit beugen. Er war weder bei seinen Kollegen noch im Lande beliebt, das ihm, wiewohl es seine bemerkenswerten Fähigkeiten anerkannte und ihn für den größten Redner im Parlament hielt, dennoch mißtraute. Er hatte seine Unaufrichtigkeit so oft unter Beweis gestellt, daß es erstaunlich war, wie er die Position, die er innehatte, erreichen konnte.

Aber er hatte eine Reihe von Gefolgsleuten, Männer, die unerschütterlich in ihrem Glauben waren und die auf einen Fingerzeig von Willings zuverlässig abstimmten, und die Regierungsmehrheit war zu schwach, als daß sie riskieren könnte, die Willings-Fraktion auszuschließen.

Bei seinen Kollegen hatte er einen schlechten Ruf. Es ist nicht nötig, die näheren Umstände, die zu diesem Ruf führten, darzulegen, aber es war allgemein bekannt, daß er um Haaresbreite drum herumgekommen war, in einer widerwärtigen Scheidungsaffäre vorgeladen zu werden. Er war so unbeliebt, daß sowohl der Merros Club als auch ein schicker Nachtklub, dessen Mitglied und Stammgast er war, zweimal von einer Polizeirazzia in der Hoffnung heimgesucht wurden, den allzu leichtfertigen Politiker in kompromittierenden Umständen zu überraschen. Die Razzia war von der Frau eines seiner Kollegen geplant worden. Daß Willings letzterer Umstand nicht entgangen war, zeigte sich, als die in seinem Besitz befindliche Zeitung den unglücklichen Ehemann dieser Dame mit derart scharfen Worten angriff, daß sich der Minister aus dem öffentlichen Leben zurückziehen mußte.

Ein gutgebauter Mann mit Neigung zur Rundlichkeit, schon etwas Glatze, konnte man ihm doch einen gewissen Charme nicht absprechen.

Er bildete sich ein, das Zusammentreffen mit Thalia Drummond selbst geschickt gesteuert zu haben. Er wäre entsetzt gewesen, hätte er erfahren, daß die Dame, die ihn vorgestellt hatte, an dem betreffenden

Morgen vom Kreis die Anweisung erhalten hatte, die beiden miteinander bekannt zu machen. Der Kreis hatte seine Agenten in allen Bereichen und Schichten des Lebens. Unter den hundert, die dem Ruf des Kreises folgten, waren Buchhalter, ein Arzt, drei Hotelchefs und mindestens ein Eisenbahndirektor. Sie wurden gut bezahlt, obgleich ihre Pflichten nicht sonderlich schwierig waren. Manchmal hatten sie, wie in diesem Fall, nicht mehr zu tun, als zwei Leute miteinander bekannt zu machen, die der Kreis dazu bestimmt hatte, einander zu begegnen. Aber in jedem Fall kamen die Anweisungen auf dieselbe Weise.

Die Organisation dieser großen Streitmacht war ungewöhnlich perfekt. Auf unheimliche Weise hatte der Chef des Kreises Not und Unglück aufgespürt, fast in demselben Augenblick, da sich die Heimgesuchten ihrer unglücklichen Umstände selbst erst bewußt wurden. Einer nach dem anderen waren sie hineingezogen worden, jeder in Unkenntnis der Identität des anderen und gänzlich ahnungslos im Hinblick auf die Identität ihres Herrn. Er war an merkwürdigen Orten und unter seltsamen Umständen zu ihnen gekommen. Jeder hatte seine eigene Aufgabe zu erfüllen, und im allgemeinen war die Rolle, die die untergeordneten Mitglieder zu spielen hatten, lächerlich einfach und unwichtig. Einige Mitglieder des Kreises hatten aus Angst Aussagen bei der Polizei gemacht, wodurch man Kenntnis davon hatte, von welcher Art die Aufträge waren, die der geheimnisvolle Mann erteilte.

Aus Angst vor den tragischen Folgen von Untreue blieben die meisten Leute des Kreises ihrem unbekannten Chef gegenüber loyal. Ein vielsagender Beweis für das Funktionieren seines Spionagesystems wurde an dem Tag erbracht, als er alle Mitglieder zu dem einzigen Treffen, das je stattfand, zusammenrief — es war an dem Tag, an dem Derrick Yale mit dem Polizeichef zu Mittag gegessen hatte — und er ihnen die ausdrücklichsten Anweisungen hinsichtlich der zu tragenden Kleidung gegeben und ihnen Mittel und Wege genannt hatte, wie sie es vermeiden sollten, von ihren „Kollegen“ erkannt zu werden. Nur die Schwankenden und Unzufriedenen hatte er ausgelassen, so als hätten ihre Gedanken klar leserlich vor ihm gelegen.

Für Thalia Drummond wird dieses Treffen stets die lebendigste und klarste Erinnerung an ihre Zeit beim Kreis bleiben.

Die Stadt hat viele alte Kirchen, aber keine ist älter als die St. Agnes Church auf dem Powder Hill. Sie war dem Großen Feuer entgangen, um dann von der betriebsamen Stadt erdrückt zu werden, die sich um sie herum ausbreitete. Sie war so dicht von großen Lagerhäusern umgeben, daß ihr gedrungener Kirchturm nicht mehr am Himmel zu sehen war. Ihre Gemeinde konnte man an einer Hand abzählen, obwohl sie einen Pastor unterhielt, der jede Woche pünktlich seine Predigt vor einer Gemeinde hielt, die praktisch fürs Zuhören bezahlt wurde. Einstmals hatte ein Kirchhof die Kirche umgeben, auf dem die Gebeine der Gläubigen zur ewigen Ruhe bestattet waren, aber die habgierige Stadt, die sich über soviel ungenutztes Bauland ärgerte, verabschiedete Gesetze, die es erlaubten, die Gebeine an einen passenderen Ort zu bringen und die Stätte einstmaliger Familiengruften mit Bürogebäuden zu übersäen.

Der Eingang zur Kirche ging von einer Allee aus, die von einem Seitenweg abzweigte, und die Gestalten, die auf dem unbeleuchteten Weg entlangschlichen, schienen sich durch die fast unsichtbaren Türen hindurch in einem Dunkel aufzulösen, das noch tiefer als die Nacht war.

Jedes Mitglied des Kreises hatte klare und eindeutige Aufträge erhalten, die bis auf die Minute genau die Ankunft festlegte, so daß niemals zwei zusammen kamen. Wie er an die Kirchenschlüssel gekommen war, welches sorgfältige Planungsmanöver er vollbracht haben mußte, um das Treffen und die Auflösung genau zwischen zwei Patrouillen der Stadtpolizei zu arrangieren, das konnte Thalia Drummond nur ahnen.

Sie erreichte die Allee pünktlich, ging die zwei Stufen zu einer Tür, die sich öffnete, als sie ankam, und sofort wieder schloß, als sie in der Halle war. Es war kein Licht mit Ausnahme des schwachen Lichts, das die Nacht durch die farbigen Glasfenster warf.

„Gehen Sie geradeaus weiter", flüsterte eine Stimme. „Gehen Sie ans Ende der zweiten Reihe rechts."

Es waren andere Leute in der Kirche. Sie konnte sie knapp erkennen, zwei in einer Bank, eine schweigende, gespensterhafte Gemeinde, keiner sprach mit dem anderen. In dem Augenblick kam der Mann, der sie eingelassen hatte, in die Kirche und ging vor zur Altarbrüstung. Bei den ersten Worten wußte sie, daß die Diener des Kreises die Anwesenheit ihres Meisters erlebten. Seine Stimme klang tief und dumpf. Sie vermutete, er trug den Schleier, den er das erstemal über seinem Kopf hatte, als sie ihn traf.

„Meine Freunde", sagte er, und sie hörte jedes Wort, „die Zeit ist gekommen, da sich unsere Gesellschaft auflösen muß. Sie haben mein Angebot in der Presse gelesen; und Sie haben daran insofern Anteil, als ich beabsichtige, mindestens zwanzig Prozent des Geldes, das die Regierung mir am Ende doch geben muß, an die zu verteilen, die mir gedient haben. Sollte jemand hier sein, der befürchtet, wir könnten unterbrochen werden, dann lassen Sie mich Ihnen versichern, daß es in der nächsten viertel Stunde keine Patrouille geben wird und daß es ganz unmöglich ist, meine Stimme außerhalb der Kirche zu vernehmen."

Er hob seine Stimme ein wenig, und sie hatte einen härteren Klang angenommen, als er fortfuhr: „Und jenen, die vielleicht Verrat in ihren Herzen tragen und sich denken, daß eine breit bekanntgegebene Versammlung mein Verderben bedeuten könnte, sei gesagt, daß es unmöglich ist, mich in dieser Nacht zu fassen. Ladys und Gentlemen, ich will Ihnen nicht verheimlichen, daß wir in ziemlicher Gefahr sind. Zweimal sind Fakten, die es der Polizei ermöglichen, mich zu identifizieren, fast bekannt geworden. Mir auf der Spur sind Derrick Yale, der mir zugegebenermaßen Angst einflößt, und Inspektor Parr" – er machte eine Pause – „der nicht zu unterschätzen ist. In diesem außerordentlichen Augenblick schrecke ich nicht davor zurück, jeden von Ihnen zu größtem Einsatz aufzufordern. Morgen wird jeder Arbeitsanweisungen bekommen, die so detailliert sind, daß es unmöglich ist, auch nur eine der Forderungen zu mißverstehen. Denken Sie daran, daß Sie genauso in Gefahr sind wie ich. Und", sagte er mit sanfter Stimme, „Ihre Belohnung wird entsprechend groß sein. Verlassen Sie jetzt die Kirche einer nach dem anderen in einem Abstand von dreißig Sekunden, die ersten zwei rechts machen den Anfang, gefolgt von den ersten zwei links. Los!"

In Abständen glitten diese dunklen Gestalten durch das Kirchenschiff und verschwanden durch die Tür links der Kanzel.

Der Mann an der Altarbrüstung wartete, bis die Kirche leer war, dann ging auch er. Er schloß die Außentür ab und steckte den Schlüssel in seine Tasche. Die Kirchturmuhr schlug die halbe Stunde, als er ein Taxi rief und in Richtung Westen fuhr.

Thalia war ihm eine viertel Stunde voraus. In dem Taxi, das sie in die gleiche Richtung brachte, vollbrachte sie eine blitzschnelle Veränderung ihrer Erscheinung. Der alte schwarze Regenmantel, der bis zum Hals geschlossen war, und der mit einem schweren Schleier verhangene Hut wurden abgenommen, zum Vorschein kam ein Gewand aus feinster Seide, das ein Abendkleid umhüllte, das selbst ihren offensichtlich sehr anspruchsvollen Meister zufriedenstellen würde.

Sie nahm ihren Hut ab und richtete das Haar, so gut es ging. Als sie die Stufen des gleißenden Eingangs zum Merros Club hinabstieg und dem Diener ihren kleinen Aktenkoffer überreichte, bot sie ein Bild strahlender Lieblichkeit.

Das fand auch Beardmore. Er aß mit einigen Freunden entgegen seinem eigentlichen Wunsch dort zu Abend, er haßte das Nachtleben. Eifersüchtig schickte er einen finsteren Blick auf ihre heitere Begleitung.

„Wer ist das?"

Jacks Begleiter blickte träge hinüber.

„Die Dame kenne ich nicht, aber der Mann ist Raphael Willings. Er ist ein hohes Tier in der Regierung."

Thalia hatte den jungen Mann gesehen, bevor er sie wahrgenommen hatte, und sie seufzte innerlich. Die Hälfte von dem, was ihr Gastgeber sagte, entging ihr, ihre Gedanken waren von ganz anderen Dingen gefesselt, und erst als eine vertraute Wendung ihr Ohr erreichte, richtete sie ihr Interesse auf den Minister.

„Antike Schwerter", sagte sie plötzlich. „Man hat mir gesagt, Sie sollen eine wunderbare Sammlung besitzen, Mr. Willings."

„Interessieren Sie sich dafür?"

„Ein wenig, eigentlich ziemlich stark“, sagte sie ungeschickt, es war sonst nicht Thalias Art, um eine Antwort verlegen zu sein.

„Dürfte ich Sie einmal zum Tee einladen, so daß Sie sie sich ansehen können? Man trifft nicht oft Frauen, die sich für solche Dinge interessieren. Sagen wir morgen?“

„Nicht morgen“, entgegnete Thalia hastig. „Vielleicht übermorgen.“ Er traf die Verabredung und tat so, als schrieb sie sich auf die Manschette.

Sie sah Jack aus dem Klub gehen, ohne einen Blick in ihre Richtung getan zu haben, und sie fühlte sich unsinnigerweise elend. Sie wollte so gern mit ihm sprechen und hatte gebetet, daß er an ihren Tisch kommen möge.

Mr. Willings bestand darauf, sie in seinem Auto nach Hause zu bringen, sie verabschiedete sich mit einem Seufzer der Erleichterung.

Er paßte einfach nicht zu ihrer Stimmung an dem Abend.

Ihre Wohnung hatte einen kleinen Vorgarten. Sie hatte ihren Verehrer (er hatte aus ihrer Beziehung kein Geheimnis gemacht) auf der Straße verabschiedet. Sie hatte noch ein paar Schritte bis zu einem der zwei Eingänge zu gehen. Schon als sie ihren Begleiter fortgeschickt hatte, hatte sie bemerkt, daß ein Mann in dem dunklen Vorgarten auf sie wartete. Sie blieb auf dem Bürgersteig stehen, bis Willings' Auto fort war, dann ging sie langsam zu dem Mann. Er sprach einen Augenblick halblaut zu ihr, sie erwiderte in demselben Ton.

Das Gespräch war sehr kurz. Der Mann ging ohne ein Zeichen oder ein Wort des Abschieds, während sie sich in ihre Wohnung begab.

Obwohl der Mann es nicht zu erkennen gab, wußte er, daß er verfolgt wurde. Er hatte in den zehn Minuten, die er warten mußte, die heimliche Gestalt in dem Torweg eines geschlossenen Ladens gegenüber den Wohnungen wahrgenommen. Anscheinend hatte er jetzt vergessen, daß jemand hinter ihm lief. Jemand, den er kannte, würde ihn gleich überholen und ihm ins Gesicht sehen. Er bog in eine seitliche Durchfahrt ein, wo nur wenige Lampen in großen Abständen standen. Außerdem verlangsamte er seinen Schritt. In dem Moment überholte ihn der Spion, der eine Stelle im Lichtkreis einer Lampe gewählt hatte. Er hatte seinen Kopf gebeugt, um dem Mann ins Gesicht zu blicken, als sich das Opfer plötzlich umdrehte und ihn ansprang. Der Verfolger war durch diesen Überraschungsangriff überwältigt; noch bevor er schreien konnte, spürte er einen eisernen Griff um seinen Hals und wurde halb bewußtlos auf den Bürgersteig geschleudert. Von irgendwoher erschienen plötzlich drei Männer, die sich auf den niedergestreckten Mann stürzten und ihn hochzogen.

Er stierte, benommen und schwankend, schließlich fiel sein Blick auf den Mann, auf den er angesetzt war.

„Mein Gott!“ stieß er keuchend hervor. „Ich kenne Sie!“

Der andere lächelte.

„Sie werden von Ihrem Wissen niemals Gebrauch machen können“, sagte er.

37

„Wir sehen uns morgen – wenn Sie dann noch leben“

Jack Beardmore ging voller Wut und mit kummervollem Herzen nach Hause. Er war besessen von Thalia Drummond, und dennoch hatte er allen Grund, das Schlimmste von ihr zu glauben. Er war ein Narr, ein dreifach verdammter Narr, sagte er zu sich selbst, während er die Bibliothek durchmaß, die Hände in den Taschen vergraben, sein schönes Gesicht düster vor Verzweiflung. In diesem Augenblick fühlte er ein Verlangen, sie zu verletzen, sie zu strafen, wie sie ihn unbewußt gestraft hatte. Er warf sich in einen Sessel und saß dort eine Stunde lang, seine Gedanken auf den altbekannten, ausgetretenen Pfaden.

Er stand auf voller Überdruß, dann öffnete er einen Safe und nahm ein Bündel Schriftstücke heraus, das er auf den Tisch schleuderte. Dieser an seinen Vater adressierte Umschlag, versiegelt und noch nicht geöffnet, interessierte ihn am meisten, und er spürte ein kindisches Verlangen, ihn zu öffnen, nur um Thalia zu treffen.

Warum wollte sie unbedingt, daß er das Foto, das darin war, nicht sah? Interessierte sie sich so sehr für Marl? Mit Groll im Herzen dachte er daran, daß sie den Abend mit ihm verbracht hatte, an dem dieser Mann auf so mysteriöse Weise gestorben war. Er erhob sich, sammelte die Papiere ein und brachte sie in sein Schlafzimmer. Er war so müde, daß er keine Neugier verspürte, das Geheimnis, das dem Foto von der Exekution anhaftete, zu ergründen. Es schauderte ihn bei dem Gedanken an den gräßlichen Inhalt. Er warf das Päckchen auf die Frisierkommode, das Gesicht zu einer Grimasse verzogen, und zog sich langsam aus.

Er erwartete eine schlaflose Nacht; seine Gefühle und sein Seelenzustand würden einen solchen Abschluß des Tages geradezu herausfordern, aber seine Jugend, brachten sie auch Qualen mit sich, setzte sich doch durch. Er hatte sich kaum hingelegt, als er auch schon eingeschlafen war. Er träumte. Er träumte von Thalia. Sie befand sich in der Macht eines Ungeheuers, das Inspektor Parr auffallend ähnlich war. Er träumte von Marl, einer grotesken, erschreckenden Gestalt, die er mit Parrs Großmutter in Verbindung brachte – der „Mutter“, vor der er solche Ehrfurcht hatte.

Wach wurde er durch die Reflexion eines Lichtstrahls im Spiegel der Frisierkommode. Das Licht war bereits wieder aus, als er sich aufrichtete, aber obwohl er noch im Halbschlaf war, war er sicher, daß etwas aufgeleuchtet hatte – und es war nicht die Jahreszeit für Gewitterblitze.

„Wer ist da?“ Er langte nach der Lampe. Aber sie war fort. Jemand hatte sie weggestellt. Jetzt verstand er, und in Sekundenschnelle war er aus dem Bett.

Er vernahm eine Bewegung in Richtung Tür. Er lief dorthin und bekam jemanden zu fassen, jemanden, der sich wand und sträubte, er ließ los. Es war eine Frau – sein Instinkt sagte ihm: Thalia Drummond. Langsam tastete er nach dem Lichtschalter, das Zimmer war hell erleuchtet.

Es war Thalia – leichenblaß und zitternd. Sie verbarg etwas hinter ihrem Rücken. Seinem schmerzerfüllten Blick begegnete sie in einer tragisch anmutenden Trotzhaltung.

„Thalia!“ stöhnte er und setzte sich.

Thalia in seinem Zimmer! Was hatte sie gemacht?

„Warum sind Sie hergekommen?“ fragte er mit bebender Stimme, „und was verbergen Sie?“

„Warum haben Sie diese Papiere in Ihr Zimmer gebracht?“ fragte sie heftig. „Wenn Sie sie in Ihrem Safe gelassen hätten – oh, warum haben Sie sie nicht in ihrem Safe gelassen?“

Jetzt sah er, daß sie das versiegelte Päckchen mit dem Foto von der Exekution in der Hand hielt.

„Aber – aber, Thalia“, stammelte er, „ich verstehe Sie nicht. Warum haben Sie mir nicht gesagt . . .“

„Ich habe Ihnen gesagt, sich das Foto nicht anzusehen. Nicht im Traum wäre mir eingefallen, daß Sie es hierherbringen würden. Sie waren heute nacht hier und haben danach gesucht.“

Sie war ganz außer Atem, den Tränen nahe, die nicht nur Tränen des Zorns waren.

„Heute nacht hier?“ sagte er langsam. „Wer?“

„Der Kreis. Die wußten, daß Sie das Foto hatten, und durchsuchten Ihre Bibliothek. Ich war hier, als sie kamen, und ich betete – betete“, sie rang ihre Hände, und er sah den Ausdruck von Schmerz auf ihrem Gesicht. „Ich betete, daß sie es finden würden, aber nun werden sie denken, daß Sie das Foto gesehen haben. Ach, warum haben Sie das getan?“

Er griff nach seinem Morgenmantel, als er seine etwas dürftige Kleidung gewahr wurde. Dann fühlte er sich sicherer.

„Ich verstehe immer noch kein Wort. Das einzige, was ich verstehe, ist, daß in mein Haus eingebrochen worden ist. Würden Sie bitte mitkommen?“

Sie folgte ihm hinunter in die Bibliothek. Sie hatte die Wahrheit gesagt. Die Tür zum Safe hing schief in den Angeln. Ein Loch war in der Klappe, und sie stand offen. Der Inhalt des Safes lag auf dem Fußboden. Die Fächer seines Schreibtisches waren aufgebrochen, und offenkundig war auch zwischen den Papieren auf dem Schreibtisch gesucht worden. Selbst der Papierkorb war umgestülpt und durchsucht worden.

„Ich kann das nicht verstehen", murmelte er, während er die schweren Vorhänge vor die Fenster zog.

„Sie werden es besser verstehen, obwohl ich hoffe, Sie werden nicht zu gut verstehen. Jetzt nehmen Sie bitte ein Stück Papier und schreiben Sie, was ich diktiere."

„An wen soll ich schreiben?" fragte er überrascht.

„Inspektor Parr, sagen wir: *Lieber Inspektor. – Hier ist das Foto, das mein Vater, einen Tag bevor er starb, erhalten hatte. Ich habe den Brief nicht geöffnet, aber vielleicht interessiert es Sie.*"

Demütig schrieb er, was sie ihm auftrug, und unterzeichnete den Brief, den sie zusammen mit dem Foto in einen großen Umschlag legte.

„Und jetzt adressieren Sie ihn und schreiben Sie in die linke obere Ecke ‚Von Jack Beardmore' und setzen Sie daneben ‚Foto, sehr dringend'." Mit dem Umschlag in der Hand ging sie zur Tür.

„Wir sehen uns morgen, Mr. Beardmore, wenn Sie dann noch leben."

Er hätte gelacht, aber in ihrem verzerrten Gesicht, auf ihren zitternden Lippen nahm er eine Botschaft wahr, die ihm das Lachen verbot.

38

Die Verhaftung Thalias

Sieben Tage waren seit dem Kabinettstreffen vergangen, und weit davon entfernt, den Bedingungen des Kreises zuzustimmen, hatte die Regierung in absolut unmißverständlichen Worten bekanntgegeben, daß sie es ablehnte, mit dem Kreis oder seinen Vertretern zu verhandeln.

An diesem Nachmittag bereitete sich Mr. Raphael Willings auf einen Besucher vor. Sein Haus in Onslow Gardens gehörte zu den Sehenswürdigkeiten des Landes. Seine Sammlung von antiken Schilden und Schwertern, seine unbezahlbaren Intaglien sowie seine seltenen Drucke waren ohnegleichen auf der Welt. Aber er dachte während seiner Vorbereitungen nicht an das antiquarische Interesse seines Besuchs, und das vertraute Dokument, das ihm in die Hände gekommen war und Andeutungen über Thalia Drummonds Charakter enthielt, regte ihn mehr an, als daß es ihn abschreckte.

Eine Diebin mochte sie ruhig sein – nun ja, sie konnte ruhig irgendein Schwert aus der Waffensammlung, einen Druck von der Wand, das seltenste Intaglio aus seinen Schaukästen nehmen, solange sie sich nur angenehm und wohlgefällig verhielt.

Thalia Drummond wurde von einem fremdartig aussehenden Bedienten eingelassen, und sie erinnerte sich, daß Willings nur italienische Dienstboten im Haus hatte.

Sie besah sich das Zimmer, in das sie geleitet wurde, mit großer Umsicht. Die Fenster standen offen, worüber sie sehr überrascht war. Sie hatte einen kleinen Tête-à-tête-Teetisch erwartet. Der fehlte. Allerdings befand sich in diesem Raum der erlesenste Teil seiner Sammlung, wie sie auf den ersten Blick sehen konnte.

Willings kam ein paar Sekunden später und begrüßte sie herzlich. „Essen, trinken und fröhlich sein, denn morgen sterben wir; vielleicht schon heute", sagte er melodramatisch. „Haben Sie schon das Neueste gehört?"

Sie schüttelte den Kopf.

„Ich bin das jüngste Opfer des Kreises. Ja, von allen meinen Kollegen habe ich die Ehre, der erste zu sein, der geopfert wird, um die anderen zu ermutigen."

Sie wunderte sich, wie Willings unter diesen Umständen eine so gelassene Meinung bewahren konnte.

„Da sich die Tragödie an diesem Nachmittag ereignen soll, muß ich Sie bitten, Ihre Freundlichkeit noch etwas ..."

Ein Diener betrat den Raum und sagte etwas auf italienisch, was Thalia nicht verstand. Willings nickte.

„Mein Auto steht vor der Tür, wenn Sie mir die Ehre geben, dann nehmen wir den Tee in meinem kleinen Häuschen auf dem Land. Wir sind in einer halben Stunde dort."

Diese Entwicklung hatte sie nicht vorhergesehen.

„Wo ist denn Ihr kleines Häuschen auf dem Land?"

Zwischen Barnet und Hatfield erstrecke sich das Anwesen bis in das liebliche Hertfordshire, erklärte er ihr.

„Ich möchte den Tee lieber hier nehmen."

Er schüttelte aber entschieden den Kopf.

„Glauben Sie mir, meine liebe junge Dame, die Drohung vom Kreis bereitet mir nicht den geringsten Kummer. Onslow Gardens ist Paradies genug mit so einem entzückenden Gast, aber die Polizei war heute hier und hat alle meine Pläne durchkreuzt. Ich erzählte ihnen, daß ich einen Freund zum Tee hier hätte, und sie schlugen ein etwas öffentlicheres Rendezvous vor. Sie hatten aber nichts gegen meine Alternative. Nun, Miß Drummond, Sie werden doch nicht einen sehr glücklichen Nachmittag verderben wollen? Ich muß Sie tausendmal um Verzeihung bitten, aber ich wäre sehr enttäuscht, wenn Sie ablehnten: ich habe schon zwei Dienstboten hingeschickt, die alles vorbereiten. Und ich hoffe, daß ich Ihnen das reizendste kleine Haus im Umkreis von hundert Meilen um London zeigen kann."

„Sehr gut", sagte sie und wanderte, als er gegangen war, durch das Zimmer, seinen faszinierenden Inhalt mit anscheinend großem Interesse betrachtend.

Er kam im Mantel zurück und fand sie vor dem Teil der Wand, der von wunderschönen Exemplaren der östlichen Schwertmacherkunst bedeckt war.

„Sie sind phantastisch, nicht wahr. Ich kann Ihnen leider nicht ihre Geschichte erzählen", sagte er, und dann in verändertem Ton: „Wer hat den assyrischen Dolch genommen?"

Ganz ohne Zweifel war an der Wand eine freie Stelle, wo eine Waffe gehangen hatte, und ein kleines Schild unter der freien Stelle machte auf das Fehlen noch zusätzlich aufmerksam.

„Ich habe mich auch schon darüber gewundert", sagte das Mädchen.

Mr. Willings runzelte die Stirn. „Vielleicht hat ihn einer der Dienstboten abgenommen. Obwohl ich ihnen strikte Anweisung gegeben habe, sie nur unter meiner persönlichen Anleitung zu reinigen." Er zögerte und fuhr dann fort: „Ich werde mich darum kümmern, wenn wir zurück sind." Er begleitete sie nach draußen in die wartende Limousine.

Sie bemerkte, daß das Verschwinden seiner kostbaren Trophäe seine Lebhaftigkeit etwas gedämpft hatte.

„Ich verstehe das nicht", sagte er, als sie durch Barnet fuhren. „Ich weiß, daß der Dolch gestern noch da war, weil ich ihn Sir Thomas Summers gezeigt habe. Er interessiert sich mächtig für Stahlarbeiten aus dem Osten. Keiner vom Dienstpersonal würde wagen, die Waffen anzurühren."

„Vielleicht waren Fremde in dem Zimmer."

„Nur ein Herr vom Polizeihauptquartier, und ich bin ganz sicher, daß er ihn nicht genommen hat. Nein, es bleibt ein kleines Rätsel, das wir im Augenblick beiseite lassen können."

Für den Rest der Fahrt war er aufmerksam, höflich und in Maßen amüsant. Nicht ein einziges Mal deutete er an, daß er ihr gegenüber andere Gefühle hegte als die eines feinen Herrn gegenüber einem geachteten Gast.

Er hatte hinsichtlich des Charmes des „kleinen Häuschens" an der Hatfield Road nicht übertrieben. Es lag tatsächlich drei Meilen von der Hauptstraße entfernt, inmitten hügeligen bewaldeten Landes. Er führte sie durch eine getäfelte Halle in ein erlesen gestaltetes kleines Gesellschaftszimmer. Der Tisch war bereits zum Tee gedeckt, aber kein Diener war zu sehen.

„Und nun, meine Liebe, sind wir allein, Gott sei Dank." Sein Tonfall, ja sein ganzes Verhalten hatten sich geändert, und das Mädchen wußte, daß jetzt der kritische Moment bevorstand. Dennoch zitterte ihre Hand nicht, als sie das dampfende Wasser in die Teekanne goß, so als hätte sie gar nicht gehört, was er sagte. Sie hatte Tee eingeschenkt und stellte seine Tasse gerade an ihren Platz, als er sich ohne alle Umstände über sie beugte und sie küßte. Einen Augenblick später hielt er sie in seinen Armen.

Sie wehrte sich nicht, aber ihre ernsten Augen waren unverwandt auf die seinen gerichtet, und sie sagte ruhig: „Ich hätte Ihnen etwas zu sagen."

„Sie können alles sagen, meine Liebe", antwortete der liebeshungrige Willings, wobei er sie fest umschlang und in ihre starren Augen sah. Bevor sie wieder sprechen konnte, war sein Mund auf ihrem. Sie versuchte, ihren Arm zwischen sich und ihn zu schieben und den Jiu-Jitsu-Trick anzuwenden, den sie in der Schule gelernt hatte, aber er verstand auch etwas davon. Sie hatte beim Betreten des Zimmers einen Alkoven mit Vorhang entdeckt, zu dem er sie jetzt halb zog und halb trug. Sie schrie nicht, und sie erschien Willings sogar nachgiebiger, als er zu hoffen gewagt hatte. Zweimal versuchte sie zu sprechen, zweimal unterbrach er sie. Sie strebten immer näher zum Brokatvorhang ...

Die zwei italienischen Dienstboten waren in der etwas entlegenen Küche, aber sie hörten den Schrei und sahen einander an, und wie auf Kommando stürzten sie in die Halle. Die Tür zum Salon war nicht verschlossen, und sie rissen sie auf. Dicht neben dem Vorhang lag Raphael Willings auf dem Gesicht, der assyrische Dolch drei Zoll tief in seiner Schulter, daneben ein leichenblasses Mädchen, auf ihn hinunterstarrend.

Einer der Männer zog seinem Herrn den Dolch aus dem Rücken und schleppte ihn zu einem Sofa, während der andere zum Telefon eilte. In seiner Aufregung brabbelte der Italiener, der sich bemühte, den Blutstrom zu stoppen, unverständlich auf das Mädchen ein, das gar nicht zuhörte.

Wie ein Traumwandler ging sie langsam durch das Zimmer, die Halle, hinaus ins Freie. Willings' Auto war in einiger Entfernung vom Eingang abgestellt, und der Chauffeur hatte es unbeaufsichtigt gelassen. Sie blickte sich um, niemand war zu sehen, da erwachten alle ihre Lebensgeister, und sie schwang sich auf den Fahrersitz und startete. Aufheulend und tuckernd sprang der Motor an, und sie jagte das Auto die Auffahrt hinunter – aber hier war ein Hindernis. Das Eisentor war verschlossen, ihr fiel ein, daß der Chauffeur ausgestiegen war, um es aufzuschließen. Sie hatte keine Zeit zu verlieren. Sie setzte das Auto zurück, und dann brauste sie bei voller Geschwindigkeit gegen das Tor. Glas klirrte, die Tore krachten, und sie war auf der Straße, mit einem ramponierten Kühler, damit bis zur Unkenntlichkeit verbeulten Lampen, mit herunterhängenden Schutzblechen. Aber das Auto fuhr, und sie jagte es in Richtung London.

Der Portier in ihrem Haus erkannte sie nicht, so wild und verändert war ihr Aussehen.

„Fühlen Sie sich nicht wohl, Miß", fragte er, als er sie im Lift nach oben brachte, worauf Sie nur den Kopf schüttelte.

In ihrer Wohnung angekommen, ging sie sofort ans Telefon, und den Mann am anderen Ende überschüttete sie mit einer so verworrenen unzusammenhängenden Geschichte, noch dazu schluchzend wiedergegeben, daß dieser es schwer hatte, genau herauszufinden, was eigentlich geschehen war.

„Ich bin erledigt, ich bin erledigt!" Sie keuchte. „Ich kann nicht mehr! Ich will nicht mehr! Es war schrecklich, schrecklich!"

Dann stolperte sie in ihr Zimmer und spürte, daß sie sich jetzt ganz stark zusammennehmen mußte, um nicht die Besinnung zu verlieren. Stunden vergingen, bis sie sich beruhigt hatte. So fand sie Derrick Yale, als er sie am Abend besuchte, gelassen und anmaßend wie immer.

„Das ist eine ganz unerwartete Ehre. Und wer ist Ihr Freund?" Sie sah den Mann an, der hinter dem Detektiv stand.

„Thalia Drummond", sagte Yale ernst, „ich habe einen Haftbefehl gegen Sie."

„Schon wieder?" Sie hob ihre Augenbrauen. „Ich scheine ja ständig in den Händen der Polizei zu sein. Wie lautet die Anklage?"

„Versuchter Mord. Versuchter Mord an Mr. Raphael Willings. Ich warne Sie, daß das, was Sie ab jetzt sagen, aufgeschrieben und gegen Sie verwendet werden kann."

Der andere Mann trat vor und nahm sie beim Arm.

Thalia Drummond verbrachte die Nacht in der Zelle der Marylebone-Polizeistation.

39
Gefängniskost

„Was geschehen ist, muß ich noch in Erfahrung bringen", sagte Yale zu einem schweigsamen, aber aufmerksamen Inspektor Parr. „Ich kam in Onslow Gardens an, gerade als Willings mit dem Mädchen weggefahren war. Die Dienstboten gaben mir nicht gerade bereitwillig Auskunft, aber ich hatte bald heraus, daß sie zu Willings' Haus auf dem Land unterwegs waren. Ob sie ihn gelockt oder er sie verführt hatte, bleibt noch aufzuklären. Wahrscheinlich hatte er den Eindruck, daß sie gegen ihren Willen fuhr. Ich hatte Thalia die ganze Zeit im Verdacht, mehr zu sein als nur ein Diener des Kreises, natürlich war ich gewarnt und eilte nach Thetfield, wo ich eintraf, als sie bereits auf und davon war. Sie war in Willings' Auto geflüchtet, mit dem sie in voller Fahrt durch das Gartentor gedonnert war, nebenbei bemerkt – dieses Mädchen hat Nerven."

„Wie geht's Willings?"

„Er erholt sich wieder, die Wunde ist nur oberflächlich, aber das Wichtige daran ist der Beweis, daß es sich um ein vorsätzliches Verbrechen handelt. Willings hatte den Dolch, mit dem er erstochen werden sollte, erst an diesem Nachmittag vermißt, nachdem er das Mädchen in der

Waffensammlung allein gelassen hatte, während er seinen Mantel anzog. Er meint, sie müsse ihn in ihrem Muff gehabt haben, und das ist natürlich sehr wahrscheinlich. Er kann mir nicht genau sagen, was sich unmittelbar vor dem Dolchstoß abgespielt hatte."

„Hm, was für eine Art Zimmer war das? Ich meine, wo das passiert ist."

„Ein ziemlich kleiner Salon, mit einer Verbindung zu dem von Willings als Türkisches Zimmer bezeichneten Raum. Es ist eine wunderbare Imitation eines fernöstlichen Interieurs und — wie ich mir vorstellen könnte — Szenerie mehr oder weniger ruchloser Geschehnisse — Willings hat nicht den besten Ruf. Es ist vom Salon nur durch einen Vorhang getrennt, und neben dem Vorhang wurde er gefunden."

Mr. Parr war so in seine Gedanken vertieft, daß Yale dachte, er wäre eingeschlafen. Aber der Inspektor schlief nicht, er war hellwach. Er war sich der erschreckenden Tatsache bewußt, daß aller Ruhm, der mit den neuesten Verbrechen verbunden war, an seinen Kollegen ging, und dennoch neidete er diesem die Ehre nicht.

Ohne irgendeine Andeutung zu machen, äußerte Parr plötzlich eine Meinung, die mit dem, worüber sie gerade diskutierten, nicht das mindeste zu tun zu haben schien.

„Alle großen Verbrecher kommen durch geringfügige Irrtümer zu Fall", sagte er orakelhaft.

Yale lächelte. „Der Irrtum in diesen Fall besteht vermutlich darin, daß sie unseren Freund Willings nicht getötet haben — er ist nicht gerade ein feiner Kerl, und von allen Kabinettsmitgliedern könnte man auf ihn wohl am ehesten verzichten. Aber ich zum Beispiel bin sehr froh, daß diese Teufel ihn nicht gekriegt haben."

„Ich meine nicht Mr. Willings", sagte der Inspektor, sich langsam erhebend. „Ich meine eine kleine dumme Lüge, die mir ein Mann erzählt hat, der es wirklich besser wissen müßte."

Mit dieser rätselhaften Bemerkung ging Parr, um Jack Beardmore die Neuigkeiten zu überbringen.

Es war charakteristisch, daß er zuerst an Jack dachte, als er von Thalias Verhaftung erfuhr. Er mochte den Jungen, mehr als dieser ahnen konnte, und er wußte besser als Yale, wie schwer das Gewicht ihrer Schuld auf dem Mann, der sie liebte, lasten würde.

Jack hatte seinen Schock schon hinter sich. Die Nachricht von der Verhaftung des Mädchens war als aktuelle Meldung in den Spätausgaben erschienen, und als Parr kam, bot er ein Bild des Jammerns.

„Sie muß die bestmöglichen Verteidiger bekommen. Ich weiß nicht, ob ich Sie ins Vertrauen ziehen soll, denn Sie stehen natürlich auf der anderen Seite, Mr. Parr."

„Natürlich, aber ich habe auch ein heimliches Interesse an ihr."

„Sie?" sagte Jack erstaunt. „Ich dachte . . ."

„Ich bin auch ein Mensch. Ein Verbrecher ist nur ein Verbrecher für mich. Ich habe keinen persönlichen Groll gegen die Männer, die ich verhaftet habe. Truland, der Giftmörder, den ich an den Galgen geliefert habe, war einer der nettesten Burschen, die ich jemals kennengelernt habe, und nach einer Weile mochte ich ihn richtig."

Jack schauderte. „Sprechen Sie nicht von diesem Giftmörder und Thalia Drummond in einem Atemzug", sagte er gereizt. „Glauben Sie ernsthaft, daß sie der führende Kopf des Kreises ist?"

Parr verzog seine dicken Lippen. „Wenn jemand käme und mir sagte, der Erzbischof sei der führende Mann, wäre ich auch nicht überrascht, Mr. Beardmore. Wenn die Angelegenheit mit dem Kreis erledigt ist, dann werden wir alle unsere Schocks erlebt haben. Als ich mit meinen Untersuchungen anfing, war ich bereit zu glauben, jeder könne der Kreis sein – Sie, Marl, der Kommissar oder Yale, Thalia Drummond – fast jeder."

„Und glauben Sie das immer noch?" fragte Jack mit einem Anflug von Lächeln. „Was das anbetrifft, könnten ja auch Sie, Mr. Parr, der Schurke des Stückes sein."

Mr. Parr leugnete diese Möglichkeit nicht. „Mutter denkt . . .", begann er, und diesmal lachte Jack tatsächlich.

„Ihre Großmutter muß eine bemerkenswerte Frau sein, hat sie eine Ansicht über den Kreis?"

Der Inspektor nickte heftig. „Die hatte sie schon die ganze Zeit, seit dem ersten Mord. Sie legte den Finger von Anfang an auf die richtige Stelle, aber Mutter hat so etwas schon immer gekonnt. Ich habe meine besten Anregungen von ihr, tatsächlich alle . . ." Er unterbrach sich selbst.

Jack war belustigt, aber auch ein bißchen von Mitleid erfüllt. Dieser von Natur aus so schlecht für seine Arbeit ausgestattete Mann hatte sich wahrscheinlich durch verbissene phantasielose Beharrlichkeit eine hohe Position im Polizeidienst erarbeitet. In jeder Dienststelle gab es Männer, die allein durch ihr Alter bis fast an die Spitze gelangt waren! Aber in einem Augenblick, da sich die scharfsinnigsten Köpfe darum bemühten, diese exzentrische Organisation zur Strecke zu bringen, war es einfach grotesk, daß ein Inspektor ernsthaft von den Ratschlägen seiner Großmutter redete.

„Ich muß wieder einmal vorbeikommen und meine Bekanntschaft mit Ihrer Tante erneuern."

„Sie ist aufs Land gegangen, und ich bin allein. Eine Frau kommt jeden Morgen saubermachen, aber abends ist niemand da – es ist jetzt gar kein Zuhause mehr für mich."

Jack empfand es als Erleichterung, als sie auf Parrs häusliche Angelegenheiten zu sprechen kamen. Das Nebensächliche wirkte beruhigend auf sein gemartertes Gemüt. Er hatte den Eindruck, daß ein Abend mit Parrs kluger Großmutter ihm dazu verhelfen könnte, wieder zum Normalen zurückzufinden.

Parr lenkte das Gespräch jedoch wieder in ernsthaftere Bahnen.

„Die Drummond wird morgen vorgeführt werden und dann in Untersuchungshaft kommen."

„Besteht irgendeine Hoffnung auf Kaution?"

„Nein, sie wird nach Holloway kommen, aber das ist nicht so schlimm", sagte er für Jacks Begriffe herzlos. „Es ist eins der besten Gefängnisse des Landes, und vielleicht ist sie froh über die Ruhe."

„Wieso hat Yale sie verhaftet? Ich dachte, das wäre Ihre Sache?"

„Ich hatte ihm den Auftrag erteilt. Er hat jetzt den Status eines offiziellen Polizeibeamten, und da er schon im Lauf des Tages mit dem Fall zu tun hatte, sollte er die Sache auch zu Ende bringen."

Wie der Inspektor vorausgesagt hatte, beschränkten sich die Untersuchungen des Polizeigerichts am folgenden Tag auf eine Haftbeweisaufnahme. Dann kam Thalia in Untersuchungshaft.

Das Gericht war übervoll, Menschen über Menschen, angezogen vom sensationellen Charakter der Anklage, standen in allen Straßen, die zum Gericht führten.

Mr. Willings ging es noch nicht so gut, daß er anwesend sein konnte, aber doch gut genug, um seinen Rücktritt einzureichen, seine Reaktion auf einen in derart unerfreulichen Worten abgefaßten diesbezüglichen Vorschlag von seiten des Premierministers — und der Premierminister war berüchtigt für sein scharfzüngiges Vokabular —, daß sich selbst der dickfellige Willings getroffen fühlte. Was auch geschah, er war für immer in Ungnade gefallen; selbst diejenigen, die seine Politik durch dick und dünn unterstützt hatten, wären entsetzt angesichts der Aussage, die er machen mußte. Er hatte das Mädchen — fast eine Fremde — mit in sein Landhaus genommen, es zu verführen versucht, und man hatte ihn dabei erstechen wollen. Man konnte diese unerfreuliche Geschichte in keiner Weise romantisch verbrämen; und im stillen verfluchte er sich für seine Dummheit.

Parr stattete dem Mädchen einen Besuch ab, während sie im Gefängnis war. Sie weigerte sich, ihn in ihrer Zelle zu empfangen, und sie bestand darauf, daß die Unterredung in Anwesenheit einer Aufseherin stattfand. Sie erklärte ihm ihr Verhalten, als sie sich in dem großen finsteren Wartezimmer des Gefängnisses gegenübersaßen, er an dem einen Ende des Tisches, sie an dem anderen.

„Sie müssen schon entschuldigen, daß ich Sie nicht in meinem Zimmer empfange, Mr. Parr. Aber etliche vielversprechende junge Abgesandte des Kreises haben bei Unterredungen mit Polizisten in ihren Zellen ein vorzeitiges Ende gefunden."

„Der einzige, an den ich mich erinnern kann, ist Sibly."

„Das war nur ein leuchtendes Beispiel für Indiskretion."

Sie zeigte ihre ebenmäßigen weißen Zähne in einem Lächeln. „Was wollen Sie also von mir?"

„Erzählen Sie mir, was geschah, als Sie nach Onslow Gardens kamen."

Sie berichtete wahrheitsgetreu und genau über ihren nachmittäglichen Besuch.

„Wann stellten Sie fest, daß der Dolch weg war?"

„Als ich mich im Zimmer umsah, während Willings seinen Mantel anzog. Wie geht es Lothario?"

„Gut. Ich befürchte, er wird sich erholen – ich wollte sagen", fügte er rasch hinzu, „ich freue mich, daß es ihm bald besser geht. Hatte Willings da das erstemal festgestellt, daß der Dolch fehlte?"

Sie nickte.

„Trugen Sie einen Muff?"

„Ja. Ach, soll da die tödliche Waffe versteckt gewesen sein?"

„Hatten Sie den Muff in der Hand, als Sie in Hatfield ins Haus gingen?"

„Ja." Sie nickte.

Inspektor Parr erhob sich.

„Und Sie bekommen das Essen, das Sie haben wollen?"

„Ja, aus dem Gefängnis", sagte sie mit Nachdruck. „Das Gefängnisessen gefällt mir ausgezeichnet, und ich will nicht, daß mir jemand aus falsch verstandener Freundlichkeit schmackhafte Gerichte von draußen zukommen läßt, Untersuchungshäftlingen ist das ja wohl erlaubt."

Er kratzte sich am Kinn.

„Ich glaube, Sie sind klug."

40

Die Flucht

Das Verbrechen an Willings hatte im Kabinett eine ziemliche Panik hervorgerufen.

Mr. Parr erfuhr, wie tief die Betroffenheit war, als er ins Hauptquartier kam. Der Premierminister hatte allen Grund zu Befürchtungen. Der Kreis hatte sich nicht darüber geäußert, wann und auf wen der nächste Anschlag erfolgen würde.

Der Inspektor wurde in die Downing Street gerufen und hatte mit dem Premierminister ein zweistündiges Gespräch unter vier Augen. Es war die erste persönliche Unterredung, die er hatte und der eine vertrauliche Kabinettssitzung folgte, eine Tatsache, die in der Presse ordnungsgemäß erwähnt wurde.

Es wurde behauptet, allerdings ohne Autorisierung, daß das Leben des Premierministers bedroht worden sei, eine Behauptung, die weder dementiert noch bestätigt wurde.

Als Yale in dieser Nacht nach Hause kam, wartete Parr bereits vor seiner Tür.

„Ist etwas nicht in Ordnung?“ fragte er hastig.

„Ich brauche Ihre Hilfe“, sagte Parr, der erst weitersprach, als er im Wohnzimmer Yales in einem bequemen Sessel vor dem Kamin saß. „Sie wissen, Yale, daß ich gehen muß, und der Premierminister erwägt, ob ich nicht schon früher gehen sollte, als ich erwartet hatte. Es ist ein Kabinettsausschuß gegründet worden, der die vom Hauptquartier benutzten Methoden hinterfragen wird. Der Chef hat mich aufgefordert, morgen abend an einem informellen Treffen im Hause des Premierministers teilzunehmen.“

„Und wozu?“

„Ich soll so eine Art Vortrag halten“, sagte Parr finster, „und den Kabinettsmitgliedern erklären, mit welchen Methoden ich gegen den Kreis vorgegangen bin. Sie wissen wahrscheinlich, daß ich ungewöhnliche Befugnisse habe und daß ich der Regierung nicht alles, was ich weiß, mitteilen muß. Das aber will ich Freitag abend tun, und ich brauche Ihre Hilfe.“

„Mein Lieber, die haben Sie schon, bevor Sie darum bitten“, sagte Yale herzlich, und Parr fuhr fort:

„Mir ist immer noch eine ganze Menge hinsichtlich des Kreises ein Rätsel, aber ich setze es mir zusammen. Im Augenblick habe ich den Eindruck, daß es jemanden im Polizeihauptquartier gibt, der mit ihm zusammenarbeitet.“

„Das ist auch meine Ansicht. Wie kommen Sie dazu?“

„Nun ja“, sagte der langsame Parr, „ich gebe Ihnen ein Beispiel: Der junge Beardmore hatte ein Foto, das er unter den Papieren seines Vaters gefunden hatte und das an mich geschickt worden ist. Es ist auch angekommen, das Siegel auf dem Umschlag war unversehrt, aber als ich aufmachte, steckte eine leere Karte darin. Ich habe nun herausbekommen, daß er die Karte Thalia Drummond gegeben hatte, die sie abschicken sollte. Er schwört, er habe auf der Treppe gestanden und beobachtet, wie sie sie in den Briefkasten auf der gegenüberliegenden Straßenseite gesteckt hat. Wenn das stimmt, dann muß an dem Brief herumgefummelt worden sein, nachdem er im Hauptquartier eingetroffen ist.“

„Was für ein Foto?“

„Es war entweder ein Foto von einer Exekution oder von dem verurteilten Lightman, ich glaube, es wurde gemacht, als die Exekution Lightmans fehlschlug. Es kam in Beardmores Hände, einen Tag bevor dieser umgebracht wurde – den Opfern des Kreises ist ja so manches einen Tag vor ihrem Tod passiert –, und wurde dann von Jack gefunden und, wie ich bereits sagte, abgeschickt.“

„Von Thalia Drummond!“ sagte Yale bedeutungsvoll. „Meiner Meinung nach können Sie die Leute vom Hauptquartier entlasten. Dieses Mädchen ist tiefer in den Kreis verwickelt, als Sie sich vorstellen können. Ich habe ihr Haus heute durchsucht – von dort bin ich nämlich gekommen, und das habe ich gefunden."

Er holte ein in braunes Papier eingewickeltes Paket und öffnete es, der Inspektor erstarrte.

Ein Stulpenhandschuh und ein langes Messer mit blanker Schneide kamen zum Vorschein.

„Dieser Handschuh gehört zu dem, der in Froyants Arbeitszimmer gefunden wurde. Das Messer ist eine genaue Entsprechung zu dem anderen."

Parr griff nach dem Handschuh und prüfte ihn.

„Ja, das ist der linke, und der auf Froyants Schreibtisch war der rechte. Es ist ein abgetragener Motorradhandschuh. Wer war der Besitzer? Versuchen Sie es doch einmal mit Ihren psychometrischen Kräften, Yale."

„Habe ich schon, aber der Handschuh ist durch zu viele Hände gegangen, so daß die Eindrücke, die ich bekomme, sehr verworren sind. Jedenfalls bestätigt diese Entdeckung die Theorie, daß Thalia Drummond bis über beide Ohren in dieser Sache steckt. Was die andere Sache, über die Sie gesprochen haben, anbelangt", sagte er, während er das Messer und den Handschuh sorgfältig einwickelte, „werde ich Ihnen sehr gern zur Seite stehen."

„Ich hätte gern, daß Sie die Lücken, die ich nicht füllen kann, füllen." Er schüttelte den Kopf. „Wenn doch nur Mutter hiersein könnte", sagte er voller Bedauern.

„Mutter?"

„Meine Großmutter", sagte Parr feierlich. „Der einzige wahre Detektiv in England – außer Ihnen und mir."

Zum erstenmal hatte Yale Grund zur Annahme, Mr. Parr besitze einen Sinn für Humor.

In der Zeit, als der Name des Kreises in aller Munde war, war man es gewohnt, daß eine Sensation die andere jagte, aber wahrscheinlich hatte kein Zwischenfall soviel Aufsehen erregt wie jener, der Derrick Yale am folgenden Morgen im Bett beim Zeitunglesen aus den verstreuten Zeitungsüberschriften entgegentrat.

Thalia Drummond war geflüchtet!

In Geschichten kommt es vor, daß Leute aus Gefängnissen fliehen; man weiß, daß zeitweilig sogar Leute aus Dartmoor geflüchtet sind, aber niemals in der Geschichte der Gefängnishaft war eine Frau aus Holloway entkommen. Und dennoch fand die Aufseherin, die Thalia Drummonds Zelle am Morgen aufschloß, diese leer. Es bedurfte schon einer ganzen Menge, um Yale zu schocken, aber diese Nachricht lähmte ihn für einige Augenblicke. Er las den Fluchtbericht Wort für Wort, aber am Ende war er nicht klüger als zuvor.

Aber dennoch stand es da — in kalten Lettern gedruckt, offiziell eingestanden, von der Regierung in unnatürlicher Eile an die ersten Morgenzeitungen gemeldet.

Aufgrund der großen Bedeutung der Gefangenen und der Art der gegen sie erhobenen Anklage waren außergewöhnliche Sicherheitsvorkehrungen zu ihrer Bewachung ergriffen worden. Die Patrouille zu ihrer Zelle hatte man verdoppelt, und statt stündlich machten die diensthabenden Beamten halbstündlich Visiten. Es ist nicht üblich, daß jedesmal in jede Zelle gesehen wird, aber als die Aufseherin, Mrs. Hardy, heute morgen um drei Uhr durch das Beobachtungsloch in die Zelle sah, war die Gefangene noch da. Um sechs, als die Zellentür geöffnet wurde, war Miß Drummond verschwunden. Die Gitterstäbe vor den Fenstern waren intakt, und an den Türen sind keine Eingriffe entdeckt worden.

Eine Untersuchung des Gefängnisgeländes zeigte keine Fußspuren, und es ist fast ausgeschlossen, daß sie über die Mauer entkommen sein kann. Es ist gleichermaßen ausgeschlossen, daß sie ganz normal herausgegangen ist, denn sie hätte sechs Türen passieren müssen, von denen keine die Zeichen von Gewalt trägt, oder an der Pförtnerloge vorbei, die aber die ganze Nacht besetzt ist. Dieser neuerliche Beweis der Allmacht des Feuerroten Kreises ist sehr beunruhigend, vor allem, da jetzt das Leben der Kabinettsmitglieder von dieser Bande bedroht wird.“

Yale sah auf die Uhr: halb zwölf. Dann stellte er fest, daß ihm sein Dienstmädchen frühe Ausgabe der Abendzeitungen gebracht hatte. Er war in einer Sekunde aus dem Bett und eilte, ohne das Frühstück abzuwarten, ins Hauptquartier, wo er Inspektor Parr in bester Laune und beim Durchdenken aller Umstände antraf.

„Aber das ist doch unglaublich, Parr, es ist unmöglich! Sie muß Freunde im Gefängnis haben!“

„Das ist genau meine Meinung. In den gleichen Worten sagte ich zum Chef, sie müsse Freunde im Gefängnis haben. Wie sonst“, sagte er nach einer Pause „konnte sie rauskommen?“

Yale sah ihn mißtrauisch an. Es schien ihn nicht der Zeitpunkt für leichtfertige Reden, und Parrs Tonfall war ganz ohne Zweifel ein leichtfertiger.

41

Wer ist der Feuerrote Kreis?

Yale erfuhr nichts Neues und nahm sich ein Taxi, um in sein Büro in der Stadt zu fahren, wo er seit zwei Tagen nicht gewesen war. Die Flucht der Drummond war viel wichtiger, als Parr zu denken schien. Parr! Ein furchtbarer Gedanke kam Yale. John Parr! Dieser sture, einfältig aussehende Mann – es war unmöglich! Er schüttelte den Kopf, machte sich jedoch die Mühe, jeden Zwischenfall, in dem Parr aufgetreten war, zusammenzusetzen, um am Ende zu sagen: „Unmöglich!", was er vor sich hin murmelte, als er langsam die Stufen zu seinem Büro hochging, das Angebot des Liftboys ablehnend.

Als erstes bemerkte er, daß der Briefkasten leer war. Es war ein sehr großer Briefkasten mit einer Patentklappe, die es jedem Dieb von draußen unmöglich machte, etwas herauszuziehen. Der Drahtbehälter ging fast bis zum Fußboden, und die Briefe mußten sich drehende Aluminiumflügel passieren, wodurch das Stehlen von Briefen aussichtslos war. Aber der Briefkasten war leer! Nicht einmal ein Werbeschreiben.

Er schloß leise die Tür und ging in sein Zimmer. Er war kaum einen Schritt gegangen, als er stehenblieb. Jedes Schubfach in seinem Schreibtisch war offen. Der kleine Stahlsafe neben dem Kamin, durch ein Holzpaneel verdeckt, war aufgeschlossen und stand ebenfalls offen. Er guckte unter den Tisch. Dort stand ein kleiner Schrank, den nur ein Experte gefunden haben konnte, hier hob er die geheimeren Dokumente, die mit dem Kreis zu tun hatten, auf.

Er sah nur ein kaputtes Fach und Spuren des Meißels, mit dem es aufgebrochen worden war.

Er saß lange da und starrte aus dem Fenster. Er brauchte nicht zu fragen, wer der Künstler gewesen war. Dennoch stellte er einige Nachforschungen an, und der Liftboy teilte ihm alles mit, was er brauchte.

„Ja, Sir, Ihre Sekretärin war heute morgen hier, die hübsche junge Dame. Sie kam kurz nach Öffnung der Büros. Sie war nur eine Stunde hier."

„Hatte sie eine Tasche?"

„Ja, Sir, eine kleine."

„Danke." Yale fuhr wieder ins Hauptquartier, um dem phlegmatischen Parr die Geschichte eines geplünderten Schreibtisches und gestohlener Dokumente ins Ohr zu posaunen.

„Jetzt will ich Ihnen mal was sagen, Parr, was ich nicht einmal dem Polizeichef erzählt habe. Wir glauben, daß der Kreis von einem Mann geleitet wird. Ich weiß zufällig, daß das Mädchen den Mann getroffen hat, der sie in die Geheimnisse der Bande eingeweiht hat. Ich weiß aber auch, daß der geheimnisvolle Herr in dem Auto überhaupt nicht der

Chef ist und genau wie jeder andere Aufträge von dem eigentlichen Zentrum der Organisation entgegennimmt – und das ist Thalia Drummond!"

„Du lieber Himmel!"

„Sie fragen sich, warum ich sie in meinem Büro hatte? Ich habe Ihnen damals gesagt, daß ich glaubte, sie würde uns dem Kreis näherbringen. Und ich hatte recht."

„Aber warum haben Sie sie jetzt entlassen?"

„Weil sie etwas getan hatte, wofür sie entlassen werden mußte. Hätte ich sie nicht entlassen, hätte sie gewußt, daß ich sie mit einem bestimmten Ziel in meinem Büro behalte. Ich hätte mir die Mühe ja wohl sparen können", er lächelte, „denn das Werk von heute morgen beweist, daß sie von dem Spiel wußte." Sein schmales feingeschnittenes Gesicht verfinsterte sich, und dann sagte er ziemlich scharf: „Wenn Sie Ihre Geschichte heute abend dem Premierminister erzählt haben, habe ich Ihnen auch eine kleine Geschichte zu erzählen, die Sie überraschen wird."

„Mich wird gar nichts überraschen."

Den dritten Schock an diesem Tag erlebte Yale, als er nach Hause kam. Die erste Überraschung bestand darin, daß sein Dienstmädchen nicht da war. Die einzige Frau, die er angestellt hatte, schlief nicht in seinem Haus, sollte aber bis neun Uhr abends in der Wohnung bleiben. Es war genau sechs, als Yale kam und die Wohnung völlig dunkel vorfand.

Er schaltete das Licht an und ging durch alle Zimmer. Offensichtlich war nur das Wohnzimmer verwüstet worden, aber hier war der Eindringling, wer es auch gewesen sein mag, gründlich und genau gewesen – er konnte sich natürlich denken, wie er hieß. Er brauchte das Dienstmädchen gar nicht aufzutreiben, um herauszufinden, was sich ereignet hatte. Sie war durch eine Nachricht, die angeblich von ihm kam, aus dem Haus gelockt worden – soviel konnte er erraten. Während sie weg war, konnte Thalia Drummond seine Wohnung in aller Ruhe untersuchen.

„Eine kluge junge Frau!" sagte Yale ohne Bosheit, denn er konnte Genie auch dann bewundern, wenn es gegen ihn gerichtet war. Sie hatte keine Zeit verloren. Innerhalb von zwölf Stunden hatte sie den Ausbruch aus dem Gefängnis geschafft, war in sein Büro und in seine Wohnung eingedrungen und hatte Dokumente entfernt, die außerordentlich wichtig für den Kreis waren.

Er zog sich in aller Gelassenheit um und fragte sich, welches ihre nächsten Schritte sein würden. Über seine hatte er absolute Sicherheit. Innerhalb der nächsten vierundzwanzig Stunden würde Inspektor Parr ein ruinierter Mann sein. Er nahm einen Revolver, sah ihn einen Augenblick lang nachdenklich an und steckte ihn dann in seine Hüfttasche. Die Jagd auf den Kreis würde ein sensationelles Ende nehmen, ein Ende, das von den Zuschauern des tragischen Schauspiels nicht vorhergesehen worden war.

In dem geräumigen Vestibül des Hauses des Premierministers fand er einen Gast, für dessen Anwesenheit er keine Erklärung finden konnte. Jack Beardmore hatte sicher unter den Aktivitäten des Kreises zu leiden gehabt, aber er hatte nichts zu tun mit den jüngsten Ereignissen.

„Sie sind sicher überrascht, mich hier zu sehen, Mr. Yale." Jack lachte, während er die Hand des anderen ergriff, „aber sicher nicht mehr als ich, daß ich zu einer Kabinettssitzung eingeladen worden bin."

„Wer hat Sie eingeladen – Parr?"

„Um genau zu sein, der Sekretär des Premierministers. Aber Parr muß etwas mit der Einladung zu tun haben. Fühlen Sie sich nicht eingeschüchtert in dieser Gesellschaft?"

„Nicht sehr", Derrick lächelte und klopfte dem anderen auf die Schulter.

Ein junger Sekretär stürmte herein und geleitete sie in einen schmucklosen Salon, wo ein Dutzend Herren sich in zwei Gruppen unterhielten.

Der Premierminister trat vor, um den Detektiv zu begrüßen.

„Inspektor Parr ist noch nicht gekommen." Er sah Jack fragend an. „Ich nehme an, Sie sind Mr. Beardmore? Der Inspektor hat ausdrücklich darum gebeten, daß Sie anwesend sind. Ich glaube, er wird etwas Licht in die näheren Umstände des Todes des armen James Beardmore bringen – Ihr Vater war übrigens ein enger Freund von mir."

In dem Augenblick kam der Inspektor herein. Er trug einen Abendanzug, der auch schon bessere Zeiten gesehen hatte, mit einem tiefgezogenen Kragen und einer seltsam gebundenen Krawatte. Er wirkte in dieser Atmosphäre von Intellekt und Raffinesse deplaciert. Ihm folgte der graubärtige Polizeichef, der seinem Untergebenen knapp zunickte und den Premierminister beiseite führte.

Die zwei flüsterten eine Zeit miteinander, und dann kam der Polizeichef herüber zu Jack und Yale.

„Haben Sie eine Ahnung davon, was für einen Vortrag Parr halten will?" fragte er etwas ungeduldig. „Ich hatte ja den Eindruck, er wäre zu einer Darlegung eingeladen worden, aber wie der Premierminister mir sagt, hat Parr selber vorgeschlagen, die Geschichte des Kreises darzulegen. Ich hoffe, er macht sich nicht zum Narren."

„Das glaube ich nicht, Sir." Die Unterbrechung kam von Jack, und der Polizeichef sah ihn fragend an, bis Yale ihn vorstellte.

„Ich bin ganz der Meinung von Mr. Beardmore", sagte Yale. „Ich nehme ganz und gar nicht an, daß sich Mr. Parr zum Narren machen wird. Er wird sicher eine Reihe von Lücken auffüllen und scheinbar unvereinbare Umstände in Übereinklang bringen, und ich bin darauf vorbereitet, Stellen, die er ausläßt, zu füllen."

Die Gesellschaft nahm Platz, und der Premierminister winkte den Inspektor nach vorn.

„Wenn Sie nichts dagegen haben, Sir, bleibe ich, wo ich bin. Ich bin kein Redner, und ich würde meine Geschichte gern so erzählen, wie ich sie einem einzelnen vortragen würde."

Er räusperte sich und begann zu sprechen. Zuerst kamen seine Worte stockend, und er machte immer wieder Pausen, um den richtigen Ausdruck zu finden, aber als er mit seinem Thema vertraut war, sprach er immer zügiger und klarer.

„Der Feuerrote Kreis – das ist ein Mann namens Lightman, ein Verbrecher, der mehrere Morde in Frankreich begangen hat, zum Tode verurteilt war und durch einen Zufall der Exekution entkommen ist. Sein vollständiger Name ist Ferdinand Walter Lightman, und am Tage der versuchten Exekution war er dreiundzwanzig Jahre und vier Monate. Er wurde nach Cayenne deportiert, von wo er nach Ermordung eines Wächters fliehen konnte, und man nahm an, er wäre nach Australien entkommen. Ein Mann, auf den seine Beschreibung zutraf, mit anderem Namen, arbeitete achtzehn Monate für einen Ladenbesitzer in Melbourne, danach zwei Jahre und fünf Monate für einen Siedler namens Macdonald. Er verließ Australien in aller Eile, weil die dortige Polizei gegen ihn einen Haftbefehl wegen versuchter Erpressung seines Dienstherrn erlassen hatte.

Was mit ihm dann geschah, haben wir nicht verfolgen können, bis in England ein unbekannter und geheimnisvoller Erpresser auftauchte, der mit sorgfältigster Organisation und bemerkenswerter Geduld und Energie eine große Zahl von Hilfskräften sammelte, von denen keiner den anderen kannte. Sein Modus operandi" (bei diesem Ausdruck verhaspelte er sich) „bestand darin, jemanden zu finden, der in verantwortlicher Position war und entweder Geld brauchte oder in Angst vor einer Verfolgung schwebte – wegen irgendeines Vergehens. Er stellte die gründlichsten Nachforschungen an, bevor er sich einem Kandidaten näherte, der dann in einem geschlossenen Wagen, den der Kreis selber fuhr, befragt wurde. Der Treffpunkt war gewöhnlich einer der Plätze in London, die vier oder fünf Ausgänge haben und außerdem schwach beleuchtet sind. Die Herren hier wissen wahrscheinlich, daß Plätze in den Wohngegenden die am schlechtesten beleuchteten Orte in der Hauptstadt sind.

Eine andere Gruppe von Kandidaten, die sich der Kreis eifrig sicherte, waren überführte Verbrecher. So zog er Sibly hinein, einen ehemaligen Seemann von besonders niedriger Intelligenz, der des Mordes verdächtig und also genau der Richtige für den Kreis war. Auf diese Weise holte er sich Thalia Drummond" – er machte eine Pause – „eine Diebin und Kumpanin von Dieben. So hatte er auch den Schwarzen gefunden, der den Eisenbahndirektor ermordete. Für seine Zwecke ließ er auch Brabazon, den Bakier, arbeiten, und er hätte auch Marl genommen, aber zum Unglück für Marl waren sie zusammen an dem Verbrechen beteiligt, für das Lightman fast sein Leben verloren hatte. Und was ein noch größeres Unglück war, Marl hatte Lightman erkannt, als er ihm in England begegnet war, was auch der Grund dafür ist, daß Marl schließlich dran glauben mußte, in welchem Fall der Mörder übrigens die genialste Methode benutzte, die jemals bei einem Mord verwendet wurde.

Sie verstehen, meine Herren", fuhr er fort, und man folgte dem kleinen Mann mit gespanntem Interesse. „Der Feuerrote Kreis . . ."

„Warum nannte er sich der Feuerrote Kreis?" Die Frage kam von Derrick Yale, und einen Augenblick lang schwieg der Inspektor.

„Er nannte sich Feuerroter Kreis", sagte er langsam, „weil er von seinen Mitgefangenen so genannt worden war. Um seinen Hals hatte er ein rotes Muttermal – und ich puste Ihnen den Kopf weg, wenn Sie sich bewegen!"

Der schwerkalibrige Webley in seiner Hand war auf Derrick Yale gerichtet. „Hände hoch!" Und dann streckte er plötzlich seine Hand aus und riß den hohen weißen Kragen weg, der Yales Hals umschloß.

Jeder hielt den Atem an. Rot, blutrot, wie von Menschenhand gemalt, zog sich ein feuerroter Kreis um den Hals von Derrick Yale.

42

Mutter

In dem Salon waren auf geheimnisvolle Weise drei Herren erschienen – die drei, die zwei Abende zuvor den auf Parr angesetzten Spion gefaßt hatten –, und binnen einer Sekunde war Yale an Händen und Füßen gefesselt. Eine geschickte Hand zog ihm die Pistole aus der Tasche, ein dritter Mann stülpte einen Stoffsack über seinen Kopf, dann wurde er eilends aus dem Zimmer geführt.

Inspektor Parr wischte sich den Schweiß von der Stirn und sah sich einen überraschten Publikum gegenüber.

„Meine Herren", sagte er ein bißchen zitternd, „wenn Sie mich für heute entschuldigen würden, ich werde Ihnen die ganze Geschichte morgen erzählen."

Sie umringten ihn und bedrängten ihn mit Fragen, aber er konnte nur den Kopf schütteln.

„Er hatte eine schlimme Zeit." Es war der Polizeichef, der das sagte. „Niemand weiß das besser als ich. Ich wäre sehr erfreut, Herr Premierminister, wenn Sie der Bitte des Inspektors nachgeben würden und die weitere Aufklärung bis morgen aussetzen könnten."

„Vielleicht würde der Inspektor mit uns speisen", sagte der Premierminister, und der Polizeichef nahm an Parrs Stelle an.

Parr faßte Jacks Arm und verließ den Salon. Ein Taxi wartete draußen, und Parr schob Jack hinein.

„Ich denke, ich träume", sagte Jack, als er seine Sprache wiedererlangt hatte. „Derrick Yale! Unmöglich! Und dennoch . . ."

„Oh, es ist schon möglich."

„Dann haben er und Thalia Drummond zusammengearbeitet?"

„Genau."

„Aber, Inspektor, wie haben Sie denn das herausbekommen?"

„Mutter hat mich darauf gebracht", lautete die unerwartete Antwort. „Sie ahnen nicht, was für eine kluge alte Dame Mutter ist. Sie hat mir heute abend erzählt . . ."

„Dann ist sie wieder zurück?"

„Ja, und Sie müssen sie kennenlernen. Sie ist ein bißchen dogmatisch, und sie muß immer streiten, aber ich lasse sie immer machen, wie sie will, in der Beziehung jedenfalls."

„Und Sie können sicher sein, ich werde das auch so halten." Jack lachte, obwohl ihm gar nicht danach zumute war. „Sie glauben wirklich, der Kreis ist in Ihren Händen?"

„Absolut sicher. So sicher, wie ich hier im Taxi sitze, so sicher, wie Großmutter die weiseste alte Dame in der Welt ist."

Jack schwieg dann, bis sie in die Allee einbogen.

„Das heißt doch dann, daß Thalia Drummond nicht ganz oben ist?" sagte er leise. „Wenn dieser Yale, wie Sie glauben, der Kreis ist, wird er sie nicht schonen."

„Dessen bin ich mir ganz sicher. Aber warum, um alles in der Welt, wollen Sie sich unbedingt den Kopf über diese Thalia Drummond zerbrechen?"

„Weil ich Sie liebe, Sie Narr!" sagte Jack grob, entschuldigte sich aber sofort.

„Ich weiß, daß ich ein bißchen dumm bin", brachte der Inspektor zwischen Lachen hervor, „aber ich bin nicht der einzige in London, glauben Sie mir, Mr. Beardmore. Und wenn Sie einen Rat von mir annehmen, dann vergessen Sie Thalia Drummond für immer. Wenn Sie jemandem Liebe geben wollen, dann geben Sie sie Mutter!"

Jack war im Begriff, etwas wenig Schmeichelhaftes über dieses Vorbild einer Großmutter zu sagen, unterdrückte aber seinen Wunsch.

Mr. Parrs Heim war im ersten Stock, er ging vor, öffnete die Tür und stand einen Augenblick im Eingang.

„Hallo, Mutter, ich habe Jack Beardmore mitgebracht. Kommen Sie herein, Mr. Beardmore, und lernen Sie Mutter kennen."

Jack trat ins Zimmer und stand wie angewurzelt. Ihm gegenüber stand ein lächelndes Mädchen, ein bißchen blaß und ein bißchen abgespannt, aber unzweifelhaft, jedenfalls, wenn er nicht völlig verrückt war oder träumte, Thalia Drummond!

Sie ergriff seine ausgestreckte Hand und führte ihn zum Tisch, wo für drei Leute gedeckt war.

„Daddy, du hast doch gesagt, du bringst den Polizeichef mit", sagte sie vorwurfsvoll.

„Daddy?" stammelte Jack. „Aber Sie haben doch gesagt, es wäre Ihre Großmutter."

Sie streichelte seine Hand.

„Daddy hat einen sehr merkwürdigen Sinn für Humor entwickelt. Ich werde zu Hause immer Mutter genannt, weil ich ihn bemuttert habe, seit meine arme Mutter gestorben ist. Die Geschichte mit der Großmutter ist Unsinn, aber Sie müssen ihm vergeben."

„Ihr Vater?"

Thalia nickte.

„Thalia Drummond Parr, so heiße ich. Glücklicherweise sind Sie kein Detektiv, sonst hätten Sie mein schreckliches Geheimnis herausgefunden. Und nun essen Sie, Mr. Beardmore, ich habe es selbst zubereitet."

Aber Jack konnte weder essen noch trinken, bevor er alles erfahren hatte.

So klärte Thalia ihn weiter auf. „Als es die ersten Morde des Kreises gab und Daddy den Fall bekam, wußte ich, daß er eine enorme Arbeit haben und möglicherweise scheitern würde. Er hat viele Neider im Hauptquartier, und der Chef riet ihm, den Fall nicht zu übernehmen, weil er wußte, wie schwierig es sein würde. Sie müssen wissen, der Colonel ist mein Patenonkel und hat demzufolge ein Interesse an unseren Angelegenheiten. Aber Daddy bestand weiter darauf, obwohl ich glaube, daß er es im selben Augenblick auch schon bereute. Ich habe mich schon immer für die Arbeit der Polizei interessiert, und so entschied ich mich, bald nachdem Vater die Organisation des Kreises und seine Methode, Hilfskräfte zu rekrutieren, durchschaut hatte, für eine Verbrecherlaufbahn. Ihr Vater hatte drei Monate vor dem Mord die erste Drohung erhalten. Ein paar Tage später hatte ich eine Stelle als Sekretärin bei Froyant angenommen, und zwar nur, weil sein Grundstück an Ihres grenzte. Er war ein Freund von Froyant, so hatte ich Gelegenheit zur Beobachtung. Ich versuchte eine Stelle bei Ihrem Vater zu bekommen. Vielleicht wissen Sie das nicht", sagte sie ruhig, „aber es gelang mir nicht. Ganz furchtbar war, daß ich im Wald war, als er ermordet wurde." Sie drückte mitfühlend seine Hand. „Ich habe nicht gesehen, wer den Schuß abgefeuert hat, aber ich stürzte zu Ihrem Vater und mußte feststellen, daß ihm nicht mehr geholfen werden konnte. Als ich Sie dann über die Wiese in Richtung Wald eilen sah, hielt ich es für besser, mich zurückzuziehen, zumal ich einen Revolver in der Hand hielt, denn ich hatte einen Mann im Wald gesehen, und ich war dabei, der Sache nachzugehen.

Da Ihr Vater nun tot war, gab es keinen Grund mehr, länger bei Froyant zu bleiben. Ich wollte dem Kreis näherkommen, und ich wußte, ich würde die Aufmerksamkeit des Mannes, der die Bande beherrschte, am ehesten auf mich lenken, wenn ich selber kriminell wurde. Es war nicht die Vorsehung, die es fügte, daß Sie gerade an der Pfandleihe vorübergingen, als ich Froyants Goldfigur verpfändet hatte. Mein Vater hatte das arrangiert. Und wenn er mich eine Diebin und Kumpanin von Gaunern nannte, dann sollte dadurch eine Atmosphäre geschaffen werden, die Derrick Yale, oder besser Ferdinand Walter Lightman, beeindrucken würde. Es bestand gar nicht die Gefahr, daß man mich ins Gefängnis stecken würde. Der Richter behandelte mich als nicht Vorbestrafte, aber mein Ruf war ruiniert, und wie ich erwartet hatte, erhielt ich gleich danach eine Aufforderung, das Haupt des Kreises kennenzulernen.

Ich traf ihn eines späten Abends auf dem Steyne Square. Ich glaube, Daddy hatte mich die ganze Zeit beobachtet und mich bis nach Hause beschattet. Du warst nie weit weg, nicht wahr, mein Lieber?"

„Nur bei Barnet, da war ich doch erschrocken, Mutter."

„Meine erste Aufgabe beim Kreis war, zu Brabazon zu gehen. Sie sehen, Yales Methode bestand darin, ein Mitglied das andere bespitzeln zu lassen. Mr. Brabazon war mir ein Rätsel. Ich wußte nie genau, ob er ein anständiger Mann oder ein Gauner war, und natürlich hatte ich zu Anfang keine Ahnung, daß er ein Mitglied der Bande war. Ich mußte wieder stehlen, um überzeugend zu wirken. Das hatte mir eine Rüge von meinem mysteriösen Chef eingebracht, aber es war auch nützlich, denn ich kam in Kontakt mit einer Verbrecherbande und war so unbeabsichtigt im Haus am Marisburg Place, als Felix Marl umkam. Yales Ziel im Hinblick auf mich war es, jeden Verdacht von seiner Person abzulenken. Außerdem dachte er, er könnte meinem jungen Leben ein jähes Ende bereiten. In der Nacht, als er Froyant ermordete, hatte er mich in die Nähe des Hauses bestellt, mit einem Messer und einem Handschuh ausgerüstet, die genau den von ihm in dem furchtbaren Verbrechen verwendeten Gegenständen entsprachen."

„Aber wie sind Sie aus dem Gefängnis entkommen?"

Sie sah ihn vergnügt an.

„Mein lieber Junge, wie konnte ich wohl aus dem Gefängnis entkommen? Der Leiter ließ mich in der Nacht heraus, und ich wurde von einem geachteten Inspektor der Polizei nach Hause begleitet!"

„Wir wollten Yale in die Enge treiben, verstehen Sie", erklärte Parr.

„Als er erfuhr, daß Mutter aus dem Gefängnis war, geriet er aus der Fassung und beeilte sich mit seinen Vorbereitungen für eine Flucht. Als er sein Büro durchstöbert vorfand, war ihm ziemlich klar, daß Thalia etwas mehr war, als er sich gedacht hatte."

43

Fortsetzung folgt

Jack nahm am folgenden Tag an dem Essen teil und ebenfalls Thalia, die eine so wichtige Rolle gespielt hatte und nun die Heldin des Tages war. Nach dem Essen beendete der Inspektor seine Darlegungen.

„Wenn Sie zurückdenken, meine Herren, dann werden Sie sich erinnern, daß man den Namen Derrick Yale zum erstenmal hörte, als die ersten Morde des Kreises geschehen waren. Er hatte sich in der Stadt ein Büro eingerichtet und Rundschreiben verteilt, in der Zeitung für sich als psychometrischen Detektiv geworben, aber er bekam nur wenige Fälle. Natürlich wollte er auch gar keine Fälle. Er arbeitete an seinem großen Coup. Es war nach dem ersten Mord, wie Sie sich vielleicht erinnern, daß Derrick Yale von einer Zeitung, die eine sensationelle Geschichte brauchte, angeheuert wurde, seine psychometrischen Kräfte bei der Verfolgung des Verbrechers einzusetzen.

Wer kannte die Namen der Verbrecher besser als Yale? Wer wußte besser, wie die Verbrechen ausgeführt worden waren? Und die Folge war, daß ein Schwarzer verhaftet wurde, genau an der Stelle, wo Yale es vorausgesagt hatte. Als das bekannt wurde, wuchs Yales Ruf ins gigantische. Es war genau das, was er erwartet hatte. Er wußte, daß jemand, der vom Kreis eine Drohung erhielt, mit großer Wahrscheinlichkeit seine Hilfe erbitten würde, und das geschah auch.

Indem er seinen Opfern nahe war und ihr Vertrauen gewann – und Yale war ein äußerst gewinnender Typ –, war er in der Lage, sie zum Zahlen zu drängen, und wenn sie sich weigerten, war er sofort zur Stelle, sie in den Tod zu befördern.

Froyant wäre vielleicht nicht gestorben und ganz gewiß nicht von der Hand Yales, wenn er nicht, durch den Verlust des vielen Geldes erzürnt, selber Nachforschungen angestellt hätte. Ausgehend von einer auf einem ganz schwachen Verdacht ruhenden Hypothese, baute er einen Fall Derrick Yale auf und konnte Lightman und Yale als ein und dieselbe Person identifizieren. An dem Abend, als er umkam, hatte er uns rufen lassen, um uns dieses zu eröffnen. Daß er etwas befürchtete, beweisen die zwei geladenen Revolver in seiner Hand – es ist bekannt, daß Froyant den Gebrauch von Schußwaffen haßte.

Und Sie erinnern sich, daß der Polizeichef Froyant als Antwort auf dessen Anruf anläutete. Das war Yales Chance. Froyant schickte uns hinaus. Ich ging zuerst und dachte nicht im Traum daran, daß Yale es in dem Augenblick wagen würde. Als wir ins Zimmer gegangen waren, hatten wir unsere Mäntel an, und mir fiel auf, daß Yale die Hand in der Tasche hatte. Diese Hand", sagte er mit Nachdruck, „steckte in einem Motorradhandschuh und hielt das Messer, mit dem er Froyant tötete."

„Aber warum trug er den Handschuh?“ fragte der Premierminister.

„Damit seine Hand, die ich ja gleich danach sehen würde, keine Blutflecken zeigen würde. In dem Augenblick, als ich ihm meinen Rücken zudrehte, muß er direkt auf Froyants Herz gezielt haben, und dieser muß sofort tot gewesen sein. Er streifte den Handschuh ab und legte ihn auf den Tisch, ging zur Tür und tat so, als würde er die Konversation fortsetzen – mit einem Mann, der bereits tot war.

Ich wußte, daß es so passiert war, aber ich hatte keinen Beweis. Er hatte dafür gesorgt, daß meine Tochter im Haus war, das wir sofort durchsuchten. Auf sie sollte der Verdacht fallen, aber sie war klug genug, nur bis ans Haus zu gehen und dann, da sie Verdacht geschöpft hatte, wieder zu verschwinden. Doch ich greife vor.

Einer von denen, die wir zu bewachen hatten, war James Beardmore, und das war ein Bodenspekulant, ein Mann, der alle möglichen Leute kannte, gute und schlechte. An den Tag erwartete er einen Besuch von Marl, den er nie zuvor gesehen hatte, er hatte den Namen Marls vorher seinem Sohn gegenüber erwähnt, aber nicht gegenüber Yale. Als Marl kam, war der letzte, den zu treffen er erwartet hätte, sein Verbrecherkumpan aus dem Toulouser Gefängnis, ein Mann, den er durch seinen Verrat dem Tod ausgeliefert hatte.

Yale muß am Ende der Hecke gestanden haben, und Marl sah ihn ganz kurz und ging sofort zurück ins Dorf, angeblich nach London, gepackt von Angst und trotz seiner Panik entschlossen, Lightman zu töten, bevor dieser ihn töten würde. Sein Mut muß dann verflogen sein, er war nie ein besonders tapferer Mann, jedenfalls schrieb er Yale statt dessen einen Brief und schob ihn unter dessen Fenster – Yale las den Brief und verbrannte ihn – zum Teil. Ich kann Ihnen nur sagen, daß er wahrscheinlich eine Äußerung enthielt in der Art, daß Marl, wenn er in Ruhe gelassen würde, Lightman ebenfalls in Ruhe lassen würde. Er wußte nicht, welche Rolle Yale spielte. Die Worte ‚Block B‘ bezogen sich auf den Richtblock im Toulouser Gefängnis. Von dem Zeitpunkt an war Marl ein toter Mann. Er erpreßte Brabazon seinerseits ein bißchen, einen Mitarbeiter des Kreises, und Brabazon deutete die Gefahr Yale gegenüber an, der in seiner Eigenschaft als Detektiv das Geschäft besuchte, an das alle Briefe des Kreises gerichtet waren, und unter dem Vorwand, der Gerechtigkeit zu helfen, las er sie.

Einen Tag nach Marls Tod wollte Brabazon durchbrennen, und mit diesem Ziel vor Augen hatte er Marls Konto aufgelöst. Bei Marls Tod fiel natürlich der Verdacht auf ihn, und als der Kreis ihm signalisierte, daß er in Gefahr wäre, flüchtete er in das Haus am Fluß, das wir durchsuchten.“

Inspektor Parr lachte vor sich hin.

„Wenn ich sage, ‚wir durchsuchten es‘, meine ich, Yale durchsuchte es. Mit anderen Worten, er ging in das Zimmer, wo sich seines Wissens Brabazon aufhielt, und kam wieder herunter, um mir zu sagen, daß alles in Ordnung wäre."

„Eine Sache hätte ich gern noch aufgeklärt – die Betäubung Yales in seinem Büro", sagte der Premierminister.

„Das war ganz schlau und hat mich einen Augenblick lang getäuscht. Yale hatte sich selbst die Handschellen angelegt, sich gefesselt und betäubt, nachdem er das Geld in einen Briefumschlag gesteckt und ihn an seine Privatadresse aufgegeben hatte. Sie erinnern sich, Sir, daß der Postbote ein paar Minuten nach dem ‚Verbrechen' das Gebäude verließ, nachdem er den Kasten geleert hatte. Zum Unglück von Yale hatte ich Thalia ins Zimmer gelassen und sie im Schrank versteckt, von wo aus sie die ganze Komödie beobachtete und die Chloroformflasche mitnahm, die er in ein Schreibtischfach gelegt hatte.

Das letzte Opfer, Mr. Willings", jetzt sprach Mr. Parr sehr deutlich und entschieden, „verdankt sein Leben der Tatsache, daß er eine unheilvolle Neigung zu meiner Tochter hatte. Sie wehrte sich gerade gegen ihn, als sie sich umsah und eine Hand hinter dem Vorhang zum Vorschein kam, die das Messer hielt, das zuvor von Yale (wieder in seiner Eigenschaft als Detektiv) gestohlen worden war. Es war auf Willings Herz gerichtet, mit aller Kraft stieß sie ihn zur Seite, aber nicht weit genug, um ihn ganz zu retten. Yale war natürlich zur Stelle, um das Verbrechen aufzudecken (ich glaube, er ärgerte sich sehr, als er feststellte, daß der Mord mißglückt war), und es war natürlich ganz einfach für ihn, das Verbrechen auf Thalia zu schieben.

Bedenken Sie, mit welcher Raffiniertheit er zu Werke ging!" sagte Parr voller Bewunderung. „Er hatte selbst dafür gesorgt, daß er einer der begehrtesten Privatdetektive wurde, so daß er immer zur Stelle war, wenn es um Informationen ging, die für ihn als Kreis unschätzbar waren. Er kam schließlich – auf meinen Vorschlag – ins Polizeihauptquartier, wo ihm die wichtigsten Dokumente zugänglich waren. Einige waren nicht ganz so wichtig, wie er dachte. Aber es rettete Mr. Jack Beardmore das Leben, daß Yale als erster mit dem Foto von seiner fehlgeschlagenen Exekution zu tun hatte.

Nun, meine Herren, gibt es noch etwas, worüber Sie Aufklärung wünschen? Eine Sache, die gar nicht so unwichtig zu sein scheint, möchte ich noch erläutern. Vor zwei Tagen sagte ich zu Yale, daß große Verbrecher gewöhnlich wegen eines lächerlichen Fehlers zur Strecke gebracht werden. Yale hatte die Kühnheit, mir zu erzählen, er sei bei Willings gewesen, nachdem dieser gegangen war, und die Dienstboten hätten ihm gesagt, wo Thalia und Willings sich aufhielten. Das allein hätte schon gereicht, ihn zu verhaften, denn er war seit dem Morgen nicht mehr in die Nähe von Willings' Haus gekommen, und im Landhaus war er mindestens eine Stunde vor den Dienstboten eingetroffen."

„Was mich im Augenblick beunruhigt, ist die Frage, wie wir Ihre Tochter belohnen", sagte der Premierminister. „Ihre Beförderung, Mr. Parr, ist natürlich leicht zu bewerkstelligen, denn der Polizeichef braucht einen Stellvertreter, aber ich weiß nicht, was wir für Miß Drummond tun können, außer daß wir ihr die Geldprämie, die ihr für die Entlarvung des gefährlichen Verbrechers zukommt, auszahlen."

Dann war eine sehr heisere Stimme zu vernehmen. Jack hatte das Gefühl, es war seine, und den Eindruck hatte auch der Rest der Gesellschaft.

„Sie brauchen sich um Miß Drummond keine Sorgen zu machen", sagte diese fremde Stimme, die Jacks Gedanken aussprach, „wir heiraten bald."

Als sich das Gratulationsgewirr gelegt hatte, beugte sich Inspektor Parr zu seiner Tochter. „Davon hast du mir gar nichts erzählt, Mutter", sagte er voller Tadel.

„Ich habe es ja nicht einmal ihm erzählt", sagte sie und sah Jack erstaunt an.

„Willst du damit sagen, er hat dich gar nicht gebeten, dich zu heiraten?"

Sie schüttelte den Kopf. „Nein", antwortete sie, „und ich habe auch nicht davon gesprochen, daß ich ihn heiraten würde, aber ich habe so etwas kommen sehen."

Lightman oder Yale, als den man ihn eigentlich kannte, war ein vorbildlicher Gefangener. Seine einzige Beschwerde bestand darin, daß man ihm auf dem Weg zur Exekution nicht das Rauchen erlaubte.

„In Frankreich regeln sie diese Sachen viel besser", sagte er zum Gefängnisdirektor. „Als ich das letztmal zur Exekution ging ..." Dem Gefängnisprediger gegenüber äußerte er sein wärmstes Interesse an Thalia Drummond.

„Unter Tausenden gibt es ein wirkliches Mädchen!" sagte er. „Ich glaube, sie heiratet den jungen Beardmore – er hat Glück, der Bursche. Was mich betrifft, haben mich Frauen wenig begeistern können. Darin liegt wahrscheinlich der Erfolg meines Lebens begründet. Wäre ich jedoch ein Mann, der heiraten wollte, dann wäre Thalia Drummond sicher die Richtige."

Er mochte den Geistlichen, weil er von großer Menschlichkeit war und sehr interessant über Land und Leute erzählen konnte; Derrick Yale hatte die meisten der faszinierenden Orte dieser Welt selbst gesehen.

An einem grauen Morgen im März kam ein Mann in seine Zelle und fesselte ihm die Hände.

Yale sah ihn über die Schulter hinweg an. „Haben Sie schon einmal von Monsieur Pallion gehört? Er stammte aus Ihrer Gilde."

Der Henker antwortete nicht. Die Vorschrift verbot ihm, mit dem Gefangenen über anderes zu sprechen als über die Vergebung des Gefangenen für die Tat, die nun von dem Henker begangen werden sollte.

„Sie sollten etwas über Pallion in Erfahrung bringen und von seinem Beispiel lernen. Trinken Sie nie! Trinken – das war mein Ruin! Nur wegen des Trinkens bin ich hier!"

Dieser kleine Einfall hielt ihn auf dem Weg zum Schafott aufrecht. Man legte ihm die Schlinge um den Hals und deckte sein Gesicht mit einem weißen Tuch zu. Dann trat der Henker an den stählernen Hebel.

„Ich hoffe, das Seil reißt nicht", sagte Derrick Yale.

Das war die letzte Nachricht vom Feuerroten Kreis.